# 김가네

2

이 번역서는 2017년 대한민국 교육부와 한국연구재단의 지원을 받아 수행된
연구임(NRF-2017S1A6A3A03079318)

접경인문학
번역총서
009

# 김가네

**2**

블라디미르 **김(용택)** 지음
손은정 옮김

學古房

　중앙대·한국외대 HK⁺ 접경 인문학 연구단은 2017년 한국연구재단의 인문한국사업(HK⁺)에 선정되어 1단계 사업을 3년에 걸쳐 수행한 후, 2020년부터 2단계 사업을 시작했습니다. 접경 인문학에서 접경은 타국과 맞닿은 국경이나 변경만을 의미하지 않습니다. 같은 공간 안에서도 인종, 언어, 성, 종교, 이념, 계급 등 다양한 내부 요인에 의해 대립과 갈등이 발생하기 때문입니다. 연구단이 지향하는 접경 인문학 연구는 경계선만이 아니라 이 모두를 아우르는 공간을 대상으로 진행됩니다. 다양한 요인들이 접촉 충돌하는 접경 공간(Contact Zone) 속에서 개인과 집단이 이를 어떻게 인식하고 변화시키려 했는지를 추적하고 분석하는 것이 접경 인문학의 목표입니다.

　연구단은 2단계의 핵심 과제로 접경 인문학 연구의 심화와 확장, 이론으로서의 접경 인문학 정립, 융합 학문의 창출을 선택하였습니다. 1단계 연구에서 우리는 다양한 접경을 발견하고 그곳의 역사와 문화를 '조우와 충돌', '잡거와 혼종', '융합과 공존'의 관점에서 규명하였습니다. 이 성과를 바탕으로 삼아 2단계에서는 접경 인문학을 화해와 공존을 위한 학술적이면서 동시에 실천적인 방법론으로 제시하고자 합니다. 연구단은 이 성과물들을 연구 총서와 번역 총서 및 자료 총서로 간행하여 학계에 참고 자원으로 제공하고 문고 총서의 발간으로 사회적 확산에 이바지하고자 합니다.

　접경은 국가주의의 허구성, 국가나 민족 단위의 제한성, 그리고 이분

법적 사고의 한계성을 여실히 드러내는 대안적인 공간이자 역동적인 생각의 틀이라 생각합니다. 우리 연구단은 유라시아의 접경에서 일어나는 다양한 조우들이 연대와 화해의 역사 문화를 선취하는 여정을 끝까지 기록하고 기억할 수 있기를 희망합니다.

중앙대·한국외대 HK<sup>+</sup> 접경 인문학 연구단

단장 손준식

# 믿고 싶다!
## 한국 독자들에게 전하는 메시지

이 책은 2003년에 러시아어로 출판되었습니다. 이 기간 동안 저는 책에 대한 다양한 의견들을 들었는데 그 중에는 이런 의견도 있었습니다. "당신의 책 덕분에 어려운 시기에 우리 조상들이 한국에서 도망쳤다고 비난하는 한국인들에게 이제 무슨 말을 해야 할지 알게 되었습니다. 모든 것이 실제로 그렇지 않았다는 것도 밝혀졌습니다. 많은 사람들이 더 나은 삶을 찾아 한반도에서 러시아 극동으로 떠났습니다. 그러나 그들 중에는 일제와 맞서 싸운 사람들, 저항세력을 조직하고 한반도를 무력으로 습격한 사람들도 있었습니다. 그러나 일반적으로 자칭 "고려사람"이라 부르는 한반도에서 온 이민자들은 러시아를 포함한 CIS 나라에서 합당한 방식으로 스스로의 모습을 보여주었습니다."

독자의 이러한 반응은 매우 의미있는 것입니다. 그러나 우리가 '한국인'이라고 부르는 한국에 사는 동포들이 고려사람들의 러시아로 이주의 역사에 대해 잘 모르기 때문에 우리에게 그러한 공격적인 비난을 할 수 있다는 사실에 씁쓸할 뿐입니다.

그리고 이 책이 출판된지 20년이 지난 지금, 한국어로 번역되어 한국에서 출판을 준비하고 있습니다. 작가의 말이 한국어를 사용하는 독자들의 영혼과 정신에 절실하게 전달되어, 이 책을 읽은 사람들은 '고려사람'을 다르게 생각하게 될 것이라고 믿고 싶습니다. 왜냐하면 150년 동안 외국 땅에서 살면서 내 형제들은 정말로 자랑스러워할 만한 일을 해냈기 때문입니다.

예를 들면, 지구상의 6분의 1을 차지하는 가장 열심히 일하는 민족 중 하나로 한국인의 이미지를 만드는 것입니다. 소련에서 노동자에게 가장 영예로운 상은 사회주의 노동 영웅이라는 칭호를 받았는 것이었습니다. 그래서 인구 1,000명 당 노동 영웅의 수로 보면 우리 형제들이 전국에 살고 있는 150개가 넘는 민족 중에서 1위를 차지했습니다. 그리고 고려사람은 교육에 대한 열망이 높아 대학 및 학교 졸업생 수에 있어서 여러 민족들 중 2위를 차지했습니다. 우리는 올해로 각각 100주년과 95주년을 맞이한 신문 '고려일보'와 '고려극장'을 지키며 시공간을 넘어 민족의 정체성을 지켜왔습니다. 세계 디아스포라 역사상 그러한 예는 찾아보기 힘들 것입니다.

내 형제들의 장점은 조상의 고향에서 멀리 떨어져 살면서 항상 우리를 보호해 준 나라의 애국자임을 증명하려고 노력했다는 것입니다. 우리 아버지와 할아버지가 참여한 두 차례의 세계 대전의 시련이 그러했습니다. 그리고 일제에 맞선 투쟁의 영광스러운 연대기 속에는 전설적인 유격대 홍범도, 한창걸 등 고려사람 애국자들이 생생하게 담겨져 있습니다. 그런데 국민영웅 안중근이 극동의 한인군 기지 중 한 곳에서 위업을 위해 훈련을 받았다는 사실을 아는 한국사람은 많지 않습니다.

나는 기사와 저서에 다음과 같이 썼습니다. "150년 동안 우리가 잃어버린 모국어, 문화 등 모든 것을 복구할 수 있지만, 우리가 새로운 조국에서 얻은 이웃 나라의 언어, 관습, 관용 등도 놓을 수 없습니다. 이것은 CIS의 한인뿐만 아니라 한민족 전체의 유산입니다. 그리고 우리의 조상인 고려사람이 고요한 아침 나라의 미래 경제, 문화 공간의 멀고 가까운 경계선에서 진정한 전초기지인 한국의 가치 있는 개척자였다는 사실을 매우 자랑스럽게 생각합니다."

여러 대한민국 국민들의 도움이 없었더라면 이 책은 세상에 나올 수 없었을 것입니다.

　20년 전 러시아어 소설『김가네』출판을 후원해 준 내 친구 박제선, 이 책의 한국어 번역을 위해 기금을 기부한 타슈켄트 한국문화궁전 프로젝트의 책임자였던 건축가 김태우, 그리고 그의 친구들 최홍철, 박정현, 강영만, 장준하, 한국 독자들에게 내용이 잘 전달될 수 있도록 전문적으로 번역해주신 번역가 손은정, 한국에서 이 책이 출간될 수 있도록 물심양면으로 힘써주신 중앙대·한국외대 접경인문학연구단 손준식 단장님과 양민아 연구교수님, 출판사 학고방의 임직원 및 실무자분들, 마지막으로 이 작품을 읽기 위해 시간과 애정을 할애해 주신 모든 분들께 깊은 감사의 말씀을 전합니다.

저자 블라디미르 김(용택)

번역 양민아(중앙대·한국외대 HK⁺ 접경인문학연구단 연구교수)

# 목차

1. 러시아어 표기는 기본적으로 외래어의 한국어 표기법에 따라 표기했다. 단, 인물들의 대화를 표기할 때에는 낯설게 하기를 통한 원작의 묘미와 현장성을 살리기 위해 원 발음에 가깝게 표기하였다.

2. 이 책에서 '고려, 조선, 한국, 한반도, 조선 사람, 고려 사람, 한인'으로 번역한 단어는 모두 'Korea, Korean'에 해당하는 러시아어 'Корея, Кореец'이다. 문맥과 화자, 역사적 사실, 상황에 따라 달리 번역하였다.

3. 2003년 이 책이 러시아어로 초판될 당시 한국어 제목 『김가네』로 소개되었다. 연구단은 작가의 작품세계와 창작 의도를 존중하기 위하여 원작의 한국어 제목을 그대로 반영하였음을 미리 밝힌다.

# 제4부
# 시위를 떠난 화살

# 제31장

**예**전처럼 강철이 예피판의 오두막에서 살긴 했지만, 예피판 가족이 강가 근처로 이사하는 바람에 집 전체를 사용하게 되었다. 이제는 방 두 칸을 문으로 연결해서 작은 방은 주방으로 쓰고, 창고로 쓰던 큰 방은 휘장으로 막을 쳐 그 뒤쪽에 침대를 놓았다.

창가에는 강철이 쓰던 탁자와 의자를 갖다 놓았고, 그 옆에는 옷장과 책장, 넓은 긴 의자를 놓았다. 방 출입문 위에는 지난겨울 강철이 다듬은, 가지처럼 뻗은 엘크의 뿔이 걸려 있다. 휘장을 걷으면 또 하나의 전리품인 스라소니의 납작한 가죽이 벽을 채웠다.

탁자 양 끝 가장자리에 책 뭉텅이가 쌓여있다. 어학 교재, 문학작품과 사전들이 섞여 있다. 탁자 중간에 1913년 1월 16일 자 신문〈러시아 소식〉지가 펼쳐져 있다. 신문은 석 달이나 지난 것이지만, 기사마다 연필로 그어진 줄과 여백에 빽빽이 적힌 한국어 단어를 보니 계속해서 읽고 또 읽기를 반복하는 것처럼 보였다.

작은 액자 그림이 탁자 위에 걸려 있다. 한국 민속의상을 입은 남자와 여자 두 사람을 그려놓은 그림이다. 젊은 얼굴이 행복으로 빛을 뿜고 있었다. 가까이 다가가 자세히 들여다보니 그림은 특이하게도 비단 천에 자수를 놓아 만든 것이다.

이 집에 그림과 신문이 없었다면 한인이 산다는 사실을 아무도 짐작하지 못했을 것이다. 강철이 러시아 국경을 넘은 지 겨우 일 년이 조금 지났을 뿐인데도 말이다.

아침이다. 활짝 열린 창 너머로 부는 사월 바람에 커튼이 들썩이고 신문이 페이지를 넘긴다. 침대의 침구가 정리되지 않았고 바닥에는 집에서 입는 옷이 널브러져 있다. 집주인이 급하게 외출한 모양이다.

실제로도 그랬다.

한밤중에 강철은 뭔가 불길한 일을 알리는 듯한 맹렬한 종소리에 잠에서 깼다. 급히 다가가 창밖을 보니 캄캄한 하늘로 치솟는 벌건 불길이 보였다. 강가 아래에서 불이 난 것이다.

'방앗간!' 강철이 질겁하여 부리나케 옷을 입었다. 밖으로 뛰어나갔다. 근처 어딘가에서 사람들의 비명과 뛰는 발소리가 들려왔다. 그는 산란기에 고기를 잡을 때 썼던 도끼와 갈고리를 집어 들고 강으로 달렸다. 불타는 방앗간이 강철의 시야에 들어왔을 때, 도우러 나왔던 다른 모든 이처럼 저절로 걸음이 늦춰졌다. 불을 보는 광경은 끔찍할 정도로 강렬했다. 불길이 전부를 집어삼켰다. 지붕을 태우고 가게와 창고가 있는 옆 건물로도 번졌다. 높이 치솟은 불길이 수천 개의 불꽃을 뿜어내며 격렬하게 위협적인 춤을 추고 있었다.

가까이서 보니 화재는 더 끔찍했다. 쓰러지는 들보가 무섭게 갈라지는 소리, 탁탁거리며 타는 소리와 열기, 사방으로 날아가는 사나운 불덩이 때문에 사람들은 상당한 거리를 두고 둘러서서 거세게 타오르는 불을 무력하게 보고 있는 것밖에는 달리 할 수 있는 일이 없었다. 작은 양동이와 도끼밖에 가진 것이 없는 한 줌의 사람들이 위협적인 불을 대적하여 할만한 일이 뭐가 있단 말인가? …

모여든 사람들 속에서 강철은 예피판을 보았다. 그의 아내 카테리나가 행여나 남편이 불 속으로 뛰어들까 봐 남편의 손을 꼭 잡고 있었다. 아는 마을 사람도 많았다. 돌처럼 굳은 그들의 얼굴에 불빛이 반사되어 이글거렸다.

'트로핌에게도 알렸을까? 트로핌이 알면 … 그가 뭘 할 수 있는데? 비록 …' 강철이 생각했다.

그는 둘러선 마을 사람들의 어리둥절한 시선을 무릅쓰고 사람들을 밀치며 예피판을 향해 곧장 앞으로 나아갔다. 옛 대장장이도 강철을 향해 얼굴을 돌렸다.

"예피판 아저씨, 방죽을 열어야 해요!" 강철이 그에게 달려가며 고함을 질렀다. "댐, 수문 문짝… 열쇠는 어디 있어요?"

예피판이 알아듣지 못하는 것을 보면서 손으로 나사를 돌리는 시늉을 했다.

"아아" 예피판이 알아들은 듯한 표정을 보이더니 서둘러 주머니에서 뭔가를 찾기 시작했다. "여기, 찾았다!"

그것은 수문 문짝을 잠근 자물쇠의 열쇠였다. 강철이 그것을 받아 쥐는 순간 어디선가 아포냐와 글렙이 나타났다.

"나와 같이 가자. 예피판 아저씨, 가서 물레방아 물을 가두세요." 강철이 말했다.

두 청년과 강철은 함께 댐으로 달려갔다.

얼음이 사라진 지 겨우 일주일이 지났다. 강의 수위가 올라가도 방죽의 높이가 높고 수문이 있어서 물레방아가 있는 강의 후미에 영향을 주지 않았다. 강철의 결정은 단순한 것이었다. 문짝을 열고 물레방아와 상점 바닥이 흥건히 잠기도록 물을 내보내는 것.

그들이 댐에 발을 디뎠다. 오른쪽이 강의 후미, 왼쪽은 물살이 센 곳이다. 콘크리트와 철로 만들어진 수문이 미친 듯 쏟아지는 물의 압력에 온몸을 덜덜 떠는 것 같았다. 녹슨 자물쇠를 열기가 쉽지 않았다. 풀린 사슬이 물속으로 미끄러졌다. 새것을 만들면 되니 떨어진 건 내버려 두자. 중요한 것은 수문의 문짝을 들어 올리는 것이다.

아포냐가 좁다란 통로를 따라 수문 반대편으로 가서 개폐 장치의 손잡이를 움켜잡았다.

"시작!" 강철이 물살의 소리보다 더 큰소리를 내려고 애쓰면서 아포냐를 향해 고함을 질렀다. 글렙이 그를 도왔다.

수문 개폐 장치는 블라디보스토크 공장에서 제작되었다. 장치를 설치할 때 강철과 아포냐가 예피판을 도왔기에 어떻게 작동하는지 잘 알고 있었다.

범상치 않은 글렙의 힘이 한몫했는지, 아니면 개폐 장치가 그렇게 만들어졌는지는 모르겠으나 강철로 만들어진 육중한 수문의 문짝이 놀랄 만큼 쉽게 위로 올라갔다. 강에서 물이 무서운 소리를 내며 엄청난 기세로 강의 후미 쪽으로 떨어졌다.

"여기에 서 있어, 글렙." 강철이 외쳤다. "나는 아래 방죽으로 갈게…"

사람들이 강철이 지나갈 수 있도록 길을 터주었다. 흔히 그렇듯, 뭘 해야 할지 아무도 모르는 상황에서 먼저 뭔가를 제안하는 사람은 어느새 주도자가 되고 나머지는 그의 말에 순종하게 된다.

수문 두 개는 강의 후미에 물이 항상 고여있게끔 계산하여 설치되었다. 상부 방죽은 하부 방죽보다 1.5m 더 높이 있어서 강이 심하게 얕아지는 8월에도 수문의 역할이 필요했다. 봄에는 수문이 강의 미친듯한 압력을 견뎠다. 장벽이 제거된 지금, 물이 후미로 떨어져 범람하여, 실제로 방앗간의 벽 역할을 하는 아래 방죽을 지나 흘러넘쳐 가장 귀중한 장비인 맷돌과 바퀴가 설치된 건물의 아랫부분이 침수되도록 해야 한다. 그러고 나서 가게와 창고 바닥이 물에 잠기도록 해야 한다.

문제는 이것이다. 뭐가 더 빨리 움직일 것인가? 물인가 불인가?

남자 몇 명과 함께 예피판이 방죽의 가장자리, 불에서 안전한 거리에 서 있었다. 그의 손이 헝겊으로 싸여있었다. 바람이 강이 흐르는 방향으로 불고 있어서 다행이었다. 그는 수문까지 어찌어찌 가서 문짝을 닫는 데 성공

했다.

"어떻게 됐어요?" 예피판에게 달려가 강철이 물었다.

"이제 물레방아가 물에 잠기기 시작할 거다." 예피판이 대답했다. "이제 양동이로 물을 뜰 수 있어…"

강철이 누군가에게서 목재 동이를 낚아채 방죽으로 향했다. 물을 길어서 불로 달려가 끼얹었다. 다시 물을 뜨러 서둘러 갔다. 그때 옆에서 동이 몇 개가 더 물속으로 털썩 떨어지는 것이 보였다. 물을 긷는 동이가 점점 더 많아졌다.

아무도 명령하지 않았지만, 사람들이 서로에게 물이 담긴 용기를 전달하기 위해 줄을 섰다. 가장 강한 남자들이 더 멀리, 더 높이 물을 끼얹기 위해 불 가까이에 섰다.

물이 점점 차올랐다. 이제 물이 방죽을 넘어 넘치기 시작했고 처음에는 빠르게 웅덩이를 만들었다가 나중에는 발목까지 차올랐다.

"물러나세요! 모두 방죽에서 나가세요!" 강철이 소리쳤다.

물이 이제 제 역할을 스스로 할 차례가 왔다. 물이 할 일을 도울 유일한 방법은 불타는 지붕을 쇠갈고리로 무너뜨리는 일이었다.

불이 잦아들기 시작했다. 물이 기다란 방죽을 넘어 콸콸 흐르고 있었다. 마침내 방앗간 지붕이 마지막 불꽃을 내뿜으며 악에 받친 듯한 소리와 함께 무너져 내렸다.

가게와 상점이 남았다. 옆에서 보면 이것은 환영처럼 보였다. 거울과 같은 수면 위에 커다란 방주 두 채가 불타고 있고, 그 주위에는 무릎까지 물에 담그고서 성난 불을 끄느라 정신이 없이 사람들의 형상이 있다. 추위가 다리를 얼어붙게 하고 머리로는 열기가 뻗치지만, 불과 싸우느라 이를 느끼는 사람은 거의 없었다.

물이 건물 내부로 차오르도록 사람들이 도끼와 몽둥이로 문을 부쉈다. 불타는 서까래가 떨어지기 시작하자 내부로 물이 차올랐다.

누군가 사다리를 가져오자 용감한 사람들이 타고 올라가 지붕의 불타는 잔해를 쇠갈고리로 긁어 떨어뜨렸다.

불이 완전히 잦아들기 전에 강철이 수문을 닫기 위해 서둘러 상부 방죽으로 갔다. 글렙과 아포냐는 여전히 그곳을 지키며 추위로 온몸을 덜덜 떨고 있었다. 그들은 셋이서 힘을 들여 물을 막고 강가로 급히 달려갔다. 그곳에선 누군가가 모닥불을 피우고 있었다. 사람들 대부분이 이제는 집으로 흩어졌다.

셋이서 모닥불로 다가갔을 때 예피판이 강철에게 술병을 내밀었다. "자, 몸 좀 데워. 수문을 열겠다고 생각하다니 대단하다. 나는 손을 놓고서 이제 방앗간은 끝이라고 생각했지. 그런데 방앗간이 부서지긴 했지만, 그래도 서 있네…"

그가 피식 웃었다. 이미 보드카를 한 잔씩 한 사내들이 그의 짧고 지친 웃음을 따라 웃었다.

강철이 보드카 한 모금을 마시고 술병을 글렙에게 넘겨주었다. 가슴이 금세 뜨거워졌다.

"트로핌 집으로 사람은 보냈어요?" 강철이 물었다.

"카테리나를 보냈어." 예피판이 말했다. "곧 올 거야, 아포냐, 부탁이 있다. 마카르 할아범 집에 급히 좀 가거라. 웬일인지 이 문지기를 본 사람이 아무도 없네. 돌아오는 길에 마리야에게 들러서 사마곤 한 병이랑 빵, 돼지비계, 또 뭐라도 먹을만한 것 좀 가져오고."

아포냐가 쏜살같이 마을로 갔다.

날이 밝아오고 있었다. 환해지니 화재의 잔해가 더욱더 끔찍해 보였다.

까맣게 타버린, 지붕도 없는 건물들이 아직 연기를 피워올리고 있었고 주변에는 잔해들이 나뒹굴었다.

"앙심을 품고 고의로 그랬을 거 같아, 예피판." 사내 중 누군가가 말했다. "누군가 방앗간 꼴을 보기 싫었던 게지 … "

모두가 뭔가를 기대하며 침묵했다. 이런 짓을 누가 벌였는지 누구라도 추측할 수 있었지만, 입 밖으로 낼 엄두가 안 났다.

"괜찮아. 방아가 예전보다 더 잘 돌아갈 거다."

방앗간과 가게는 일 년 동안 시골 마을에 눈에 띄는 활기를 몰고 왔다. 곡식을 잘 빻는다는 소문이 나 관구 전역에서 이곳을 찾았고, 루자옙카에 지인이나 친척이 있는 사람들은 하룻밤을 묵고 갔다. 휴일마다 이곳에 작은 시장이 형성되면서 지역 주민들에게 쏠쏠한 부가 수입도 가져다주었다. 방앗간 옆 가게도 좋은 상품과 낮은 가격으로 유명해졌다. 이 지역은 겨울이면 남자들이 짐승을 사냥하며 사는 곳이고, 이 가게로 가져가면 모피값을 넉넉히 쳐 주었기에 너 나 할 것 없이 포획물을 이곳으로 날랐다. 지금처럼 봄이면 방앗간 헛간에는 쭉정이를 골라낸 곡물 가마니 수백 개가 쌓이고, 가게 창고에는 수백 루블 상당의 다양한 상품이 보관되었다. 사람의 힘든 노동으로 키우고, 사냥하고, 만든 모든 것을 하마터면 불이 잿더미로 만들 뻔했다.

아포냐가 보따리를 들고 돌아왔다.

"마카르 할아범이 집에 없던데요." 그가 말했다. "그 집 할멈이 말하기를 방앗간 경비 서러 저녁에 나가서 아직 안 왔다고 하더라고요. 할멈이 놀라 기겁해서 여기 오려고 해요."

"이상하네. 그럼, 대체 어딜 갔단 말이야?" 예피판이 말했다.

"아니시야 할멈 집에 한잔 꺾으러 갔을지도 모르지." 누군가가 우스갯소리를 했다. 모두가 웃음을 터뜨렸다. 아니시야 할멈은 이제 팔십 줄이었기 때문이다.

한 잔씩 마시고 안주를 먹으려 할 때 동산에 마차가 나타났다.

"저기, 트로핌이 아들과 함께 오나 보네." 예피판이 말했다.

길이 지그재그로 나 있어서 짐을 실은 말의 부담을 덜어주려 트로핌이 마차에서 뛰어내려 오솔길을 따라 걸어오고 있었다. 그들을 향해 다가오는 트로핌을 모두가 말없이 지켜보았다.

예피판이 일어나서 동업자를 맞으러 다가갔다.

"아니 어떻게 ⋯ 어떻게 이런 일이 벌어졌는가?" 트로핌이 잠긴 목소리로 물었는데, 쉰 목소리와 굳은 눈빛이 트로핌의 상태를 보여주었다.

"방화인 것 같아. 문지기가 어딘가로 온데간데없이 사라졌어 ⋯"

예피판이 몇 마디 말로 화재를 어떻게 진압했는지 설명했다. 트로핌이 입술을 굳게 다문 채, 이따금 불에 탄 방앗간을 쳐다보며 예피판의 이야기를 들었다. 이야기가 강철이 판단력을 발휘한 지점에 이르자, 트로핌이 강철을 바라보고 잠자코 고개를 끄덕였다.

물이 이제 잠들었다. 트로핌이 예피판과 큰아들 게라심과 함께 불에 탄 곳을 둘러보고 모닥불로 돌아왔다.

"그럼, 예피판, 도와줄 남자들 좀 모아. 어쩌겠어, 남은 거라도 건져야지. 게라심, 너는 살아남은 상품 목록을 작성하고. 창고 먼저 복원해야 하니까 수레와 목수들을 불러야 해. 강철아, 목재와 일꾼들이 얼마나 필요하겠는지 생각해 봐. 경찰 불러오라고 사람은 보냈어? 보내야지 ⋯"

다시 강가에 사람들이 가득 찼다. 점심 무렵이 되자 가게와 창고에 남았던 물품들이 모두 강가에 흩어져 놓여있었다. 곡식 자루는 말리려고 탈곡장으로 가지고 갔다. 고용된 목수들이 불에 탄 창고 벽을 해체하기 시작했다.

거의 2주 동안 고강도의 작업이 계속되었다. 이날들 내내 강철이 지칠 줄 모르는 기력으로 모두를 재촉해서 트로핌은 그때마다 놀라움을 금치 못했다. 트로핌은 눈에 띄게 수척해졌고, 얼굴은 검게 그을고, 부풀어 오른 눈에는 절망이 언뜻거리기도 했으나, 침착해지려 애쓰면서 감정을 드러내지 않았다.

어쩌다 보니 강철이 십장 역할을 맡게 되었다. 작업과 건축자재 공급을 계획하고 통제했다. 예피판은 사람들을 고용하고 수레를 구하고 식사 준비를 감독했다. 게라심은 경리 역할을 맡았다. 저녁마다 트로핌은 그날 하루 작업을 결산하고 다음 날 할 일을 검토하기 위해 그들을 불러 모았다. 그는 강철과 자주 여러 문제를 의논했다. 예피판은 이를 별일 아니라고 받아들였지만, 큰아들 게라심은 그럴 때마다 몹시 시기하는 반응을 보였다.

이 일이 있기 전에는 강철이 트로핌의 맏아들과 접촉할 일이 그리 많지 않았다. 마주치면 짧고 건조하게 인사만 하고 지나치는 일이 다반사였다. 방앗간을 지을 때도 게라심은 볼일이 있을 때만 이따금 루자옙카로 왔다. 그 이후로는 강철이 홍씨 부부를 보러 갈 때만 게라심과 마주쳤다.

성격이 판이한 표트르와는 그렇지 않았다. 벌써 반년째 표트르는 벨라루스 어딘가에서 군 복무를 하고 있으니 잘 있다고 봐야 한다.

옐레나와도 아주 친한 관계가 형성되었다. 최근에는 같이 하는 일이 생겨 관계가 더 돈독해졌다. 그 일은 아이들 교육이었다. 한 달 전 옐레나가 교사로 있는 학교에서 강철이 동양 격투기 태권도 수업을 맡은 적이 있었다.

게라심만 강철이 다정하게 다가가도 차갑게 대했다. 그럴만한 이유가 있는 것일까? 틀림없이 그렇다. 자기한테 아무런 나쁜 짓을 하지 않았고 나쁜 짓을 할 마음도 없는 사람을 배척하는 이유는 한 가지밖에 없다. 질투심이다. 상황을 보아하니 글라피라가 남편 게라심과 한창 싸울 때 강철을 대하는 그의 태도에 영향을 미칠만한 어떤 말을 한 것 같았다.

게라심을 아예 신경 쓰지 않을 수도 있다. 하지만 강철은 게라심이 측은 했고 마음 깊은 곳에서 이는 죄책감을 인정할 수밖에 없었다.

드디어 방앗간이 활기를 되찾는 날이 왔다. 곡물 포대를 실은 수레 수십 대가 아침부터 강 쪽으로 줄을 지었다. 얼굴에 웃음기를 띄고 농부들은 화재를 어떻게 진압했는지, 방화범을 어떻게 잡았는지 하는 최근 소식을 떠들썩하게 주고받았다. 사람들이 추측한 대로 방화범은 이웃 마을 방앗간 주인이었다. 그가 전과자 두 명을 꼬드겨 이런 나쁜 짓을 벌인 것이다. 그들은 불만 지른 게 아니라 마카르 할아범도 죽여서 강에 던져버렸다고 실토했으나, 결국 시체는 찾지 못했다.

방아가 어떻게 돈을 버는지 보려고 마을 주민들 절반이 모여들었다. 많은 이들이 명절처럼 차려입고 왔다. 트로핌의 온 가족이 홍씨 부부를 대동해서 왔다. 동산에는 구경하는 아이들로 빽빽했다.

모두가 와서 이런 날을 기념하여 술 한 잔씩 비울 수 있도록 강가에 잔칫상을 차려놓았다. 누구보다 더 기뻐해야 할 트로핌만이 이상하게도 즐거워하지 않았다.

아직 오전일 때, 수문의 문짝을 살짝 열어 물살이 거대한 바퀴를 돌리기 시작하자 트로핌의 얼굴이 아픈 것처럼 일그러지는 것을 강철이 보았다. 지금까지 고민하느라 고생해서 그렇거니 하고 치부하려 했지만, 지금 벌어지는 상황에 아무 관심도 없이 넋을 놓고 있는 것을 보고 주인이 어떤 고민에 휩싸여 괴로워하고 있다는 걸 알아차렸다. 게다가 게라심도 풀이 죽어서 다녔다.

"뭐가 잘못됐습니까?" 잠시 짬을 내어 강철이 트로핌에게 다가갔다.

트로핌은 마치 질문을 이해하지 못한 듯 바로 대답하지 않았다. 그러다 한숨을 내쉬면서 말했다.

"아니야, 다 괜찮다. 단지 … 이게 다 무슨 소용인가 싶다 … "

"여쭤봐서 죄송합니다만, 무슨 말씀인지 잘 모르겠습니다."

"무슨 말이냐고?" 트로핌은 강철에게 솔직하게 털어놓아야 할지 말지 망설였다. 그렇지만 유일하게 자신의 상태를 눈치챈 강철의 마음 씀씀이가 고맙기도 했다. 게다가 걱정을 누군가와 나누고 싶기도 했다. "내가 빚을 기한 내에 갚을 수가 없어서 방앗간과 상점을 넘겨야 할 때가 올 거다."

강철이 어리둥절했다. 그가 물론 짐작은 했었지만, 일이 이 지경까지 전개될 줄은 몰랐다.

"큰 빚입니까?"

"그래. 오천 루블. 불타지 않은 모피나 옷감, 이런저런 상품을 다 판다쳐도 싹싹 긁어봤자 삼분의 일밖에 안 돼. 빌어먹을 방화가 내 모든 걸 망쳐놨다. 이제 어떡하냐?"

트로핌의 눈이 서글펐다.

"범인이 잡혔으니 그 사람에게 벌금을 추징해서 받아올 수 있을 텐데요…"

"아이고, 기다리다 날 새겠다. 빚을 스무날 후에 갚아야 한다."

이야기하는 동안 그들은 무의식적으로 걷다가 방죽 위에 다다라 멈춰섰다. 강철은 사람들로 북적이는 강변을 바라보다가 그중에서 아는 얼굴을 발견하기도 했다. 사내들과 한잔하기 위해 맷돌에서 잠시 멀어진 예피판 아저씨와 그의 부인 카테리나도 보였다. 청년들이 모인 곳에서는 그간 대장간에서 쉴 새 없이 일한 아포냐도 보였고, 남의 불행을 보고 사심 없이 두 팔을 걷어붙인 글렙과 니콜라이, 그리고 다른 청년들도 많이 보였다. 마을에서 방앗간은 단순히 곡식을 빻아 가루를 내는 장치만이 아니라, 부자와 빈자, 러시아인과 한인을 통합하고, 서로를 도와 힘을 합치는 것이 얼마나 중요한지를 깨우치는 수단이 되었다. 방앗간이 남의 손에 넘어가다니, 안 된다, 절대 안 된다!

"기한 안에 돈을 마련하지요." 강철이 말했다.

"뭐라?" 트로핌이 믿지 못하겠다는 듯 고개를 쳐들었지만, 그의 눈에 기대가 서려 있었다. "정말로 네가 도울 수 있단 말이냐?"

대답이 단호하고 짧았다.

"예."

"네가? 네가 돈이 어디 있어서? 네 돈 다 긁어모아도 윗도리 하나 살 수 있겠냐!"

"그건 걱정 안 하셔도 됩니다. 아니, 아니에요(강철이 하하거렸다), 제가 훔치지는 않을 겁니다. 강도질도 안 할 거고요."

그래서 트로핌이 강철의 말을 믿기로 했다.

"만약 네가 도와주면 내가 너를 동업자로 대우하겠다." 트로핌이 말했다. 그러고선 한마디 보탰다. "막내 옐레나도 너한테 시집 보내마."

강철이 당황하여 주인을 바라보았다.

"못 믿겠냐?"

"왜요, 믿어요." 강철이 빙그레 웃었다. 세상에, 벌써 두 번째 사람이 강철에게 자기 딸을 내준다고 한다. 강철의 의사는 묻지도 않고서. "저한테 그러실 필요는 없습니다. 저는 어르신이 저와 다른 사람들을 항상 잘 대해 주셨기에 그저 도와드리고 싶을 뿐입니다. 돈을 빌려준 사람은 누구인가요? 어르신이 돈을 갚아야 할 사람이 누굽니까?"

"삼천 루블은 니콜스크 토지은행에서 빌렸고, 나머지 이천은 이 지역 부호에게 빌렸다."

"제가 돈을 니콜스크에서 구해오겠습니다. 그런데 그곳에 가려면 신분증과 말, 이백 루블이 필요합니다. 그리고 은행 저당 증서도요."

강철은 꿰뚫고 싶어 하는 트로핌의 시선을 어렵게 견뎠다.

"너의 신분증을 내가 아직 정리하지 않았다. 그러니 게라심 것을 가져가라. 저당 증서와 돈은 주마."

"내일 아침에 곧장 니콜스크로 가겠습니다. 새벽에 댁에 들르겠습니다."

"근데 너 나와…", 트로핌이 웅얼거렸다. "같이 가면 어떻겠냐? 아니면 게라심을 데리고 가는 건?"

"아닙니다." 강철이 거절했다. "제가 어르신을 속이는 일은 없을 테니 염려하지 마십시오. 조선 양반의 말입니다."

"그럼 네가… 당신이 양반이란 말이오?" 이제 트로핌이 놀랄 차례였다.

강철이 고개를 끄덕였다.

트로핌이 다시 강철의 말을 무조건 믿었다. 이 젊은이를 평민으로 보기에는 너무 배운 티가 난다고 항상 느꼈기 때문이다. 하지만 그가 알 수 없는 한 가지가 있었다. 강철이 오천 루블 빚을 갚을 돈이 있다면 왜 이백 루블이 필요할까? 그는 이걸 물어보고 싶었지만, 지금도 자기를 믿지 못한다고 강철이 생각할까 봐 차마 입 밖에 내지 못했다.

점심을 먹으며 강철도 이날을 기념하여 보드카를 몇 컵 마셨고, 그러자 집에 가 잠시 누워 쉬어야겠다고 생각했다. 그러다 생각지도 못하게 저녁까지 자고 말았다. 아포냐가 찾아와 강철이 잠에서 깼다.

"뭐야, 대낮에 무슨 잠이야?" 아포냐가 소리를 버럭 질렀지만, 눈동자는 싱글거리고 있었다. "내가 거기서 한참 널 찾았잖아."

"나도 모르겠네." 강철이 당황하여 어깨를 으쓱했다. "낮잠을 이렇게 오래 잔 일이 없었는데. 피곤했나 봐."

"그래, 그럴만했지. 나 이제는 마음만 먹으면 뭐든 불러서 만들 수 있다."

"빼기지 마, 아포냐. 헤파이스토스만 다 만들 수 있어."

"헤파이스토스? 그게 누군데?"

"고대 그리스에 그런 대장간 신이 있었어. 얼마나 빼기는 것도 질색했는지."

"빼길 거야! 나는 신이 아니고 나름의 약점을 가진 사람이니까."

강철이 놀라서 친구를 보았다. 이 친구 좀 보게, '나름의 약점을 가진 사람이니까', 이렇게 말을 잘했나?

"네가 그런 대장장이가 되었다면 이제부터는 혼자서 일할 수 있겠네?"

"당연히 할 수 있지." 아포냐가 이렇게 말하고 나서 바로 정신을 차렸다. "잠깐, 잠시만, 너 어디 가?"

"내일 니콜스크에 다녀올 일이 있어. 며칠 걸릴 거다. 그러고 나서 … 그 다음에는 한인 학교에서 가르치고 싶다."

"나는 어쩌고?"

"너는 루자옙카와 주변 마을 전체에서 으뜸가는 대장장이가 되는 거지. 모든 것을 만들어 낼 수 있는 장인."

"철, 지금 장난쳐? 옐레나 때문이지? 걔가 너한테 물을 들인 거야?"

"아니야, 아포냐. 가을에 낚시 갔던 거 생각나? 그때 러시아 청년들이 한인들이 잡은 고기를 뺏으려 했지?"

"당연히 기억하지. 양아치들. 그때 우리가 뜨거운 맛을 보여줬잖아!"

"그렇지, 그래서 내가 학교에 태권도 수업을 열고 싶은 거야. 사내아이들이 자신을 방어하는 기술을 익히도록 말이지. 러시아말도 아이들에게 가르쳐주고 싶고. 자유롭게 알아듣고 이야기하고 친해질 수 있도록. 알겠지?"

아포냐가 고개를 끄덕였다.

"알아들었어. 근데 니콜스크는 뭐 하러 가? 내가 같이 가줄까, 어?"

"거기 볼일이 있어, 아주 중요한 일이야. 우리가 같이 가면 좋지만, 대장간은 누가 지키냐?"

"대장간 걱정하냐? 놔둬도 어디 도망 안 가…"

"아포냐, 아니야. 사람들을 그렇게 대하면 안 돼. 네가 사람들에게 필요할 때는 특히 더."

"알았어, 거기 뭐가 있는지… 모임에는 갈 거야?"

"왠지 내키지 않네. 짐도 싸야 하고. 오늘 모임에도 혼자 가야겠다. 취할 때까지 마셔서 다른 사람 골치 아프게 하지 말고."

"일부러라도 그렇게 해야겠네." 아포냐가 장난스럽게 말했다. "뭐 도와줄 일 없어? 아니면 배웅이라도 할까?"

"아니다, 괜찮아. 고맙다. 잘 놀다 와!"

"잘 다녀와. 대장간 걱정일랑 접어두고, 별일 없이 잘할 거야."

"응, 걱정 안 해…"

강철은 오늘 나탈리야 생각이 많이 났다. 그녀가 부베노프 부관에게 시집가 니콜스크로 떠난 지 벌써 석 달이 지났다. 편지를 몇 통 보내왔는데 강철은 자주 꺼내 읽어보면서 소중하게 간직했다. 강철은 니콜스크에서 바로 나탈리야를 만나, 일이 계획대로 진행되도록 도움을 받고 싶었다. 아포냐가 모임에 가자고 했을 때 다시금 나탈리야의 모습이 떠올랐다. 그가 처음으로 그녀의 집에 갔던 날 얼마나 따뜻하게 맞아주었는지를 떠올렸다. 얼마나 아름답고 선하고 숭고한 마음인가, 얼마나 다른 이들에게 인정스럽고 세심한가! 강철은 나탈리야에게 많은 빚을 졌다. 그녀가 선택한 사람,

그 장교는 틀림없이 행복에 겨울 것이다. 그가 다녀갔을 때 강철은 트로핌의 곡식 수확을 돕느라 인사할 기회를 놓쳤었다. 강철은 느닷없이 트로핌의 말이, 자기 딸을 내주겠다는 약속이 떠올랐다. 옐레나는 당연히 좋은 처녀이고 마음에 든다. 그런데 옐레나한테 장가간다고? 어인 일인지 그런 생각이 머릿속에 떠오른 적은 없었다.

나탈리야의 명명일을 축하하는 자리가 있고 나서 강철이 홍씨 부부를 뵈러 갔을 때 대문에서 옐레나가 그를 맞았다. 오랜 지인에게 대하듯 인사를 하고 나서는, 학생들과 여러 가지 예쁜 공예품을 만들어 보고 싶다고 했다. 그러고선 강철이 나탈리야 명명일에 선물한 것과 비슷한 여러 모양의 나무 밑동부리를 주울 수 있도록 어느 일요일에 자기 반 아이들을 강가로 데려가 줄 수 있는지 그에게 물었다. 강철은 그리하겠다고 했다.

옐레나는 의도치 않게 강철에게 가장 멋진 하루를 선사하게 되었다. 황금빛 가을, 강가, 아이들, 찾던 걸 발견했을 때 터지는 환호성, 숯에 구운 감자, 소중한 마음의 휴식. 소풍을 다녀오고 나서 그들 사이에 동등하고 친근한 관계가 형성되었다. 강철은 옐레나에게 여동생처럼 대했고, 옐레나는 … 아마 그녀도 강철을 오빠처럼 대하긴 했겠지만, 마음을 흔들어 설레게 하는 그녀의 눈길을 낚는 일이 이따금 있었다.

언젠가 봄날, 강철이 옐레나에게 한인 아이들이 동양 격투기를 접하도록 했으면 좋겠다는 속내를 드러내었다. 그녀가 제안을 바로 받아들이지는 않았지만, 강철이 그런 교육의 타당성을 설득하자 이 발상의 열렬한 지지자가 되어 학교장에게 승낙을 얻어냈다. 그렇지만 방화 사건 때문에 수업을 바로 시작하지는 못했다. 지금도 수업이 또다시 뒤로 미뤄졌다.

내일 새벽에 옐레나를 만나, 볼일이 있어 다녀온다고 전할 수 있을까? 못 만난다 해도 괜찮다. 어차피 그녀가 알게 될 일이니까. 그런데도 강철은 옐레나가 보고 싶었고 이 바람이 이상한 흥분을 불러일으켰다.

강철이 트로핌 집에 당도한 때가 아주 이른 시각이었지만, 트로핌은 벌써 일어나 있었다. 집 안으로 들어오라고 하면서 같이 아침을 들자고 했다. 식사를 마치자마자 트로핌이 상에 문서와 돈을 올려놓았다.

"너는 이제 자유를 얻은 새다." 강철이 신분증과 은행 저당 증서를 확인하고 재킷 안주머니에 넣고 나자, 트로핌이 말했다. "은행 일 해본 경험은 있느냐?"

"아니요. 그러나 염려하지 않으셔도 됩니다. 변호사를 선임하겠습니다."

"만약의 경우를 대비해 내가 잘 아는 두 사람의 주소도 써두었다. 무슨 일이 생기면 그 사람들에게 연락하고. 도와줄 거다."

"알겠습니다."

"종마를 타고 갈 거냐?"

"예." 대답하고 나서 문 열리는 소리가 나자 강철이 뒤를 돌아보았다. 방으로 옐레나가 들어왔다. 그녀가 인사하고 트로핌에게 말했다.

"아버지, 먼 길을 가야 하는 사람이니 뭐라도 싸줄까요?"

"그러려무나."

강철이 마구간에서 종마를 끌고 나와 안장을 얹고 있었다. 홍씨 아저씨가 나와서 보고 거들러 급히 다가왔다.

"강철아, 무슨 일이 생긴 거냐?" 걱정스럽게 아저씨가 물었다. "이렇게 일찍 대체 어디를 가는데?"

"일이 있어서요, 아저씨. 요새는 어떻게 지내셨어요?"

"우리는 항상 그렇지 뭐. 멀리 가는 거야?"

"니콜스크에 갑니다."

"정말? 가서 할망구 깨우마. 길에서 먹을 것만 싸라고 할게 … "

"걱정하지 마세요, 아저씨."

트로핌이 아들, 딸과 함께 현관에 섰다. 옐레나가 거의 알아채기 힘들게 고개만 살짝 까딱하면서 강철에게 음식 꾸러미를 건넸다.

"고마워." 강철이 꾸러미를 배낭에 넣고 안장에 묶었다.

"조심해라." 트로핌이 말했다. "혹시 무슨 일이 있을지 모르니 총이라도 가져갈 테냐?"

"괜찮습니다. 그럼 다녀오겠습니다!"

"잘 다녀오거라."

강철이 주인이 내민 손에 악수하고 게라심과 옐라나에게는 고개를 끄덕였다. 옐레나가 손을 살짝 들어 작별의 뜻으로 손가락을 살짝 흔들었다. 대문까지 강철을 배웅하는 사람은 홍씨 아저씨뿐이었다.

강철이 말에 올라탔다.

장교였을 때 말을 자주 타고 다녀서 예전의 기량을 금세 되찾았다. 게다가 종마도 온순하고 순종적이었다.

마을 하나를 더 지나가고 나서 점심때쯤 강철 앞에 기마경찰 제복을 입은 무장한 기병 두 명과 호송하는 수레가 등장했다. 그중 하나가 말에서 내려 강철을 향해 걸어왔다.

"누군가?" 다가오면서 그가 엄한 어조로 물었다. "어디로 가는가?"

"저는 루자옙카 주민입니다." 강철이 대답했다. "볼일이 있어 니콜스크에 갑니다."

"부사관님께 가자." 기마경찰이 명령했다.

부사관은 사십 줄에 들어선 남자로 풍채가 좋고, 숱이 많은 콧수염이 입술을 덮었다. 그가 강철을 알아보았으나 혹시나 해서 확인하듯 물었다.

"예피판과 같이 대장간에서 일하던 사람이 아닌가?"

"맞습니다."

"지금 방앗간 방화범들을 압송하는 중이다."

마차에는 턱수염이 덥수룩한 남자 셋이 앉아있었다. 그들의 손과 발은
밧줄로 묶였다. 가장자리에 앉은 옆 마을 방앗간 주인을 강철이 알아보
았다.

"자네는 우리를 추월해서 가든지 우리보다 뒤처져 오든지 해야 해." 부
사관이 말했다. 우리를 추월해서 가는 게 낫겠군. 선봉대 대신이라 생각해.
의심스러운 게 발견되면 우리에게 보고하고."

"알겠습니다." 강철이 대답하고 발뒤꿈치로 말을 찼다.

큰 마을인 얀치히까지 가는 길은 여러 번 와봤기에 익숙했다. 이 마을을
지나 언덕에 올라서서야 숲에서 나온 마차가 따라오는 게 보였다. 강철은
요기도 하고 말도 쉬게 하려고 말에서 내려 조금 걸었다. 음식 보따리에
뭐가 들었나 싶어 풀어보니 흑빵과 삶은 닭 반 마리, 달걀 다섯 알, 소금에
절인 커다란 오이가 몇 개 들어있었다. 말아둔 종이 안에 든 소금을 보자
피식 웃음이 나왔다. '옐레나, 챙겨줘서 고맙다', 마음이 따스해지는 걸 느
끼며 닭 다리를 한입 베어 물었다.

그사이 마차와 기병들도 같이 멈췄다. 그들은 강철이 있는 곳으로부터
3km 정도 떨어져 있었다. 그곳에서 이윽고 연기가 피어오르기 시작했다.

요기하고 나서 강철은 등을 대고 누웠다. 너무 오랜만에 말을 탔는지 다
리가 뻐근해서 폈다 구부렸다 하였다.

강철이 잠시 쉬고 있는 자작나무 아래에선 봄바람이 살랑거리며 어린
이파리와 장난을 쳤고 하늘에는 커다란 흰 구름이 떠다녔다.

강철은 마음이 따사롭고 평화로웠다. 자연의 품에 혼자 안겨있으니 이렇게나 좋다! 모든 일상적인 걱정거리는 뒤로 물러나고, 고요와 풍요가 그득하다.

그가 러시아로 온 지 벌써 일 년이 지났다. 부단히 남의 말을 배우면서 노동으로 채운 시간이 알아챌 새도 없이 쏜살같이 지나갔다. 한때 자유롭게 말하고 읽는 것이 강철의 꿈이었는데, 이제 최소한 러시아어로 생각할 수 있을 정도는 이루었다. 아아, 공부하러 어디라도 입학하면 좋으련만. 그렇지만 강철같은 성인 남자를 위한 교육기관이 어디에 있단 말인가? 사실 대도시에 이제 노동자들이 다니는 야간학교가 생겼다고 나탈리야가 말해준 적이 있다. 그런 곳으로 가면 좋을까?

강철은 얼마 전부터 혼자 더 깊이 공부할 기회를 주지 않는 대장간 일에 지쳐가기 시작했다. 다른 일을 해야 한다는 생각이 점점 더 자주 들었다. 그런데 지금 처음으로 러시아 도시에 가서 도시 사람들을 볼 수 있는 기회가 주어졌다. 현재의 일상다반사와 걱정거리에 짓눌리지 않은, 학식 있고 교양을 갖춘 사람들과 만나 사귀고 싶은 욕구가 일었다. 이해하고 이해받고 싶었다. 나탈리야와 대화를 나눌 때처럼 말이다. 도시에 나탈리야 같은 사람은 차고 넘칠 것이다.

항상 감탄해 마지않던 여인과 곧 만날 것을 생각하니 강철의 마음이 서서히 차올랐다. 내일, 내일이면 강철은 그녀를 만나 지금껏 익힌 러시아말로 그녀에게 놀라움을 안겨줄 것이다. 이를테면 이런 말을 하면 어떨까? '나탈리야 니콜라예브나, 수많은 당신의 친구들을 대표하여 존경을 가득 담아 드리는 저의 인사를 받으십시오.' 아니면 '나탈리야 니콜라예브나, 당신을 기억하는 루자옙카 마을을 대표하여 제가 고개 숙여 인사드립니다.'

강철이 몸을 일으켰다. 죄수들을 실은 수레가 이미 출발했으니, 그도 출발해야 할 때였다. 한숨 돌린 말이 그를 흔쾌히 받아들였다.

약 10 베르스타(약 10.67km) 떨어진 곳의 길을 따라 어둡고 울창한 숲으로 깊숙이 들어갔다. 숲 뒤에는 이바놉카라는 큰 마을이 있다고 들었다. 그곳에서 하룻밤을 묵어야 한다. 내일 정오쯤에는 이미 니콜스크에 도착했을 것이다.

밝게 빛나는 햇살을 받아 반짝거리는 하얀 꽃들이 흩뿌려진 작은 들이 눈앞에 펼쳐졌다. 강철이 들판을 지났을 때 어디선가 멀리서 말이 울부짖는 소리가 들려왔다. 그러자 강철이 탄 종마가 심하게 몸을 떨었다. 앞에 누가 있을까, 궁금했다.

다시 숲을 만났다. 강철이 20m도 채 가기 전에 나무에서 총을 든 남자 둘이 나타났다. 강철이 몸을 돌렸다. 뒤쪽에도 두 명이 총을 들고 있었다. 높은 털모자를 쓰고 검은 턱수염을 기른 한 사람만 제외하고 다들 젊었다. 그 사람이 베르당총을 재빨리 겨냥하며 소리 질렀다.

"정지! 오시까, 도망가지 못하게 가서 말을 잡아라."

일행 중 한 명이 잽싸게 달려와 고삐를 잡았다. 청년의 얼굴은 뻔뻔하고도 위협적이었다.

"어이, 내려." 그가 명령하고 뒤를 돌아보며 나이 든 사내에게 말했다. "파홈 아재, 이거 고려 사람이요."

"이쪽으로 데려와. 이자에게 수레 일을 따져보자."

강철이 천천히 말에서 떨어졌다. 턱수염 사내의 말로 판단하건대 그들이 숲에서 누구를 기다리고 있었는지 명확히 알 것 같았다. 뒤에 있던 사람들도 다가왔다. 그중 하나가 강철의 등을 개머리판 끝으로 아프게 찔렀다.

"앞으로 가, 어서. 안 그러면 개머리판으로 얻어터질 줄 알아."

청년이 재갈을 물려 종마를 끌고 갔다. 강철은 등을 이따금 개머리판으로 찔리며 그의 뒤를 따라서 걸었다. 세 번째 남자가 어깨에 베르당총을 되는대로 걸치고 그 뒤를 따라왔다. 이들의 손아귀에서 벗어날 더없이 좋은 순간이었다.

강철이 갑자기 뒤를 돌아 왼손으로 베르당총 개머리를 쳐내고 불끈 쥔 오른손 주먹으로 사내의 울대뼈에 직격탄을 날렸다. 그런 다음 숨도 쉬지 않고 곧바로 앞선 다른 사내의 사타구니를 발로 가격했다. 그러자 사내가 비명을 지르며 성기를 잡고 몸을 반으로 접은 채 나뒹굴었다. 강철이 지나온 들판 쪽으로 난 길로 잽싸게 도망갔다.

"정지!" 소리를 듣고 강철이 뒤돌아보았다. 말의 재갈을 잡고 끌고 가던 사내가 이미 어깨에서 총을 내려 조준하고 있었으나 쏘지는 못했다. 강철에게 얻어맞은 두 사내가 아파서 몸부림치는 바람에 시야를 가렸기 때문이다. 말 때문에 아예 보이지 않았던 턱수염 사내가 고함쳤다.

"쏘지 마, 쏘지 마!… "

그렇게 나무둥치 뒤로 안전하게 뛰어들 수 있었다.

총성은 들려오지 않았다. 쫓아오지도 않아서 강철은 20m 정도를 내달려 쓰러진 거대한 나무 뒤로 안전하게 몸을 숨겼다.

이들은 죄수 호송 수레를 기다리며 매복하던 중이었다. 어쩌면 이들은 방앗간 주인의 자식이나 친척들일 것이다. 부사관에게 이를 알려야 한다. 그러려면 수레를 따라잡아야 한다. 만약 시간 내에 그렇게 하지 못하면? 아니다, 다른 방도를 연구해야 한다.

들판 쪽으로 가는 대신에 강철은 길 쪽으로 우회하여 왔던 방향으로 갔다. 드디어 찾던 것을 발견했다. 나무에 묶인 채 평화롭게 풀을 뜯고 있는 말 네 필이 있었다. 강철은 멀지 않은 곳에 몸을 숨기고 기다렸다.

발소리가 들려오자, 말이 묶인 곳으로 뻔뻔한 얼굴을 한 그 청년이 강철의 종마를 데리고 나타났다. 그는 종마를 서둘러 나무에 묶고 왔던 길로 되돌아가려 했다. 하지만 길에 미처 도달하기도 전에 옆에서 어떤 재빠른 그림자가 튀어나와 그를 덮쳤고, 청년이 눈으로 볼 수 있었던 마지막 장면은 자기 얼굴을 짓이기는 장화의 밑창뿐이었다. 강철이 높이 뛰어올라 발로 그의 머리를 가격한 것이다.

한쪽으로 날아간 청년은 나무에 세게 부딪혀 의식을 잃고 땅에 나동그라졌다. 강철이 그에게 다가가 허리띠를 풀어 재빨리 손을 등 뒤로 묶었다. 그러고선 모자를 벗겨 쓰고 총을 어깨에 걸었다.

그는 남의 말을 전부 길가로 데리고 나와 쌍으로 고삐를 묶었다. 자기 종마에 올라 강철이 휘파람을 불었다. 휘파람 소리에 놀란데다 채찍에 쫓기다 보니 말들이 사력을 다해 들판으로 질주했다.

가장 먼저 길가로 달려 나온 사람은 턱수염 달린 사내였다.

"오시까, 너 어디 가냐?"

자기가 잘못 알아본 걸 깨닫고 사내가 급히 옆으로 물러섰다. 하지만 강철이 한발 앞서 잽싸게 그를 채찍으로 정확하게 때리자, 그가 쓴 높은 모자가 머리에서 떨어졌다. 나머지 두 사람은 나무 뒤에서 몸을 내밀었지만 바로 다시 숨었다.

말들이 들판으로 달렸다. 총성이 한 발, 또 한 발 울렸다. 강철이 안장으로 몸을 굽혔다. 그러자 안전한 숲에 도달했다.

강철은 머리에서 모자를 벗어 던졌다. 그리고 품에서 뜨개질한 모자를 꺼내 썼다.

200m 정도 가서 드디어 수레를 만났다. 기마경찰들이 서둘러 말에서 내려 총을 겨눴다. 강철이 팔을 흔들며 소리쳤다.

"어이, 쏘지 마. 나야, 고려 사람!"

강철이 일어난 일을 얘기하자 얼굴이 하얗게 질린 부사관이 물었다.

"그자들이 모두 아직도 거기 있나?"

강철이 고개를 끄덕였다.

"그 사람들이 말이 없어서 어디로 갈 수가 없어요."

"어떻게 하지? 그곳으로 다시 가야 하나?"

기마경찰들이 그의 말에 동의하고 나섰다.

"당연히 다시 가야지요, 시묘늬치. 갑자기 매복하고 있다가 우리를 전부
쏠 수도 있고 … "

"어이, 너는 어떻게 생각해?" 부사관이 강철을 보고 물었다.

"우리가 갈림길을 지나왔잖아요, 기억하시지요? 거기 왼쪽 길로 가면 뭐
가 나옵니까?"

기마경찰들이 서로를 바라보았다.

"옳지, 그렇지, 시묘늬치." 그들 중 한 명이 외쳤다. "그래 우회하는 길이
잖아. 사실 7베르스타를 우회해야 하지만, 신은 스스로 돕는 자를 돕는다고
하니까."

그들은 그렇게 하기로 했다.

부사관이 뺏어온 말들을 수레에 묶으라고 지시했다.

"말을 이용해 악당 놈들을 잡아서 뜨거운 맛을 보여주겠어."

그들은 손에서 무기를 내려놓지 않은 채 사방을 경계하면서 말없이 길
을 갔다. 저녁 무렵 그들의 시야에 이바놉카 마을이 들어오고 나서야 부사
관이 성호를 긋고 웃음 띤 얼굴로 말했다.

"신이 은총을 베푸신 것 같네. 젊은이, 자네가 우리를 구했어. 이름이 뭔
지 내가 모르겠네. 고맙다. 묵을 곳이 없으면 우리와 같이 여인숙으로 가지.

거기 주인이 내 오랜 지인인데 저녁도 차려주고 포도주도 한 병 내줄 거네.
그래, 우리와 같이 갈 텐가?"

　강철이 동의의 뜻으로 고개를 끄덕였다.

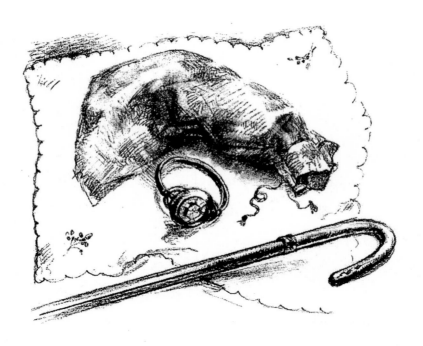

# 제32장

**강** 철이 트로핌의 강권으로 묵어야 했던 트로핌의 사촌은 꼬레이까라는 이름의 한인 정착촌에 살고 있었다. 그 마을은 니콜스크 변두리에 형성되었고 길에서 마주치는 사람은 모두 그곳으로 가는 길을 알고 있었다.

스무 채 정도 되는 통나무 오두막들은 지금까지 본 건물과 별반 다를 바 없었다. 하지만 강철이 어떤 집 근처에 말을 묶어놓고 마당을 들여다보자 금세 친근하고 가족 같은 뭔가가 느껴졌다. 여름철 간이 부엌과 '시리다리' 기둥에 매달려 아궁이에 고정된 솥, 일상생활의 여러 용도로 쓰이는 버드나무 가지로 동그랗게 땋아 만든 커다란 똬리, 말린 빨간 고추와 생선 몇 마리, 더 잘 말리기 위해 뒤에 작대기를 받쳐 들어 올린 모습이 그의 고향 사람들이 이곳에 산다는 것을 분명히 말해주고 있었다.

문을 두드리는 소리에 긴 치마에 마고자를 입은 나이 든 한인 여자가 나왔다. 강철이 자기도 모르게 빙그레 웃었다. 친숙한 민속의상을 보는 것이 얼마나 좋은 일인지 알 것 같았다.

"안녕하세요." 강철이 고개 숙여 인사했다. "박미령 씨 댁이 어딘지 아십니까?"

"다섯 집을 지나면 오른편에 큰 집이 나오는데 양철 지붕 집이에요."

"고맙습니다."

점심때가 다가오는 시간이라 길거리가 텅 비었다. 어떤 집 대문 옆에는 마차가 서 있고 말이 귀리 자루에 대가리를 처넣고 귀리를 씹고 있었다. 담 너머 어딘가에서 아이와 여자들의 목소리가 새어 나왔다.

이 도시 변두리에 사는 한인들이 얼마나 러시아 생활방식과 비슷하게 사는지 확연하게 느껴졌다. 이 마을의 외양만 봐서는 다른 나라에서 온 이민자들이 산다고 생각하기 어려울 것이다. 집 모양이 완전히 다르고 마당을 가리는 높은 울타리 같은 건 없는 그런 다른 나라. 하지만 실존이 의식을 규정한다. 이곳의 실존은 겨울에 특히 가혹하다. 이곳에선 이웃을 경계하거나 사나운 사람들이 두려워 담을 치는 것이 아니라 눈보라와 눈사태 때문에 어쩔 수 없이 더 단단한 보호장치로 집을 둘러쌀 수밖에 없다. 게다가 목재도 숲에만 가면 얼마든지 실컷 구할 수 있다.

시간은 러시아의 전통과 관습을 받아들이는 과정에 속도를 가한다. 종국에는 고국의 식문화만 오래 살아남겠지만, 그것도 시간이 흐를수록 변화할 것이다. 이민자들이 자신의 민족적 정체성을 잃어갈수록 그것을 지키려는 노력은 더 열렬해질 것이다. 이것이 삶의 역설이다.

사십 줄에 들어선 남자가 바깥문을 열었다. 키는 작았지만, 체격이 매우 다부졌다. 그가 낯선 손님을 주의 깊게 훑어보더니 친절한 말투로 물었다.

"우리 집을 찾아오신 겁니까?"

"박미령 씨를 찾아왔습니다." 강철이 대답했다. "이반치히 마을 트로핌 어르신이 보내서 왔습니다."

"아이고, 어서 오십시오! 제가 지금 대문을 열겠습니다." 주인이 말했다.

말의 안장을 푸는데 그가 거들었다.

"안으로 들어오시지요. 마침 우리가 점심을 들려던 참이예요."

박미령의 가족은 아내와 슬하에 자식 넷을 둔 대가족이었다. 그들은 모두 긴 의자가 놓인 식탁에 같이 앉아있었다. 강철을 마지막 자리에 앉으라고 권한 뒤 잠시 후 조밥 한 대접과 배춧잎을 말려 끓인 시래깃국, 김치를 내왔다. 안주인은 부군과 마찬가지로 키가 작았지만 젊어 보였다. 강철 앞에 음식을 놓으며 으레 하는 말을 빼놓지 않았다.

"차린 것이 변변찮아서 손님 대접하기가 죄송하네요."

"시장이 반찬입니다." 강철이 대답했다. "게다가 시래깃국보다 더 좋은 게 뭐가 있겠습니까!"

숟가락을 들기 전에 강철이 식구들을 둘러보았다. 식탁 오른편에 아버지와 아들 둘이 앉았는데 판박이로 닮아있었다. 큰아들은 열여섯 정도로 보이는데 벌써 아버지보다 키가 컸다. 청소년으로 보이는 딸들은 쌍둥이인 것 같았다. 막내아들은 여덟 살 정도 됐고 단정한 용모에 빗질이 깔끔하게 된 머리로 보아 집안의 귀염둥이인 것 같았다. 엄한 훈계와 벌을 받아본 경험이 없는 아이들만이 이렇게 손님을 빤히 대놓고 쳐다볼 수 있다.

옆방에서 나이 든 사람의 목소리가 들려왔다.

"미령아, 젊은이가 무슨 일로 찾아왔느냐?"

"트로핌 집에서 온 손님입니다, 아버지. 식사를 마치면 아버지께 인사시키겠습니다."

"트로핌이라고 했냐? 오랫동안 소식이 없더니만."

강철이 속으로 놀랐다. '나를 보지도, 내 목소리를 듣지도 않고서 어떻게 이 노인은 내 나이를 알아맞혔을까?' 그러고 나서 바로 맛있게 밥을 먹기 시작했다. 식사를 마치고 주인이 노인의 방으로 강철을 데리고 갔다.

노인의 방은 바닥을 데우는 온돌이었고 볏짚으로 만든 돗자리가 깔려있었다. 하얀 턱수염, 하얀 의복, 하얀 버선 차림의 노인은 깔끔하고 정갈한 인상을 주었다. 양반다리를 하고 바닥에 앉아 긴 담뱃대로 담배를 피우고 있었다. 노인의 시선이 어딘가 허공을 응시하고 있어서 매끄럽고 가무잡잡한 노인의 마른 얼굴이 고요하고 평화롭게 보였다. 그들이 방 안으로 들어섰을 때 노인이 손짓했다.

"이쪽으로들 와서 앉게 … 트로핌은 어찌 사는가? 큰 방앗간을 지었다고 하던데. 가내 두루 평안하신가?"

"예." 강철이 고개를 끄덕했다. "두루 평안합니다."

"표트르는 군에 갔다고 들었네. 편지라도 보내오나?"

"예, 보내옵니다. 얼마 전에도 받았습니다."

노인이 여전히 어딘가 허공을 응시하고 있었다. 그제서야 강철은 노인이 장님이라는 사실을 눈치챘다. 노인의 말을 더 듣자, 강철이 더 놀랄 일이 생겼다.

"내가 방금 표트르를 봤네. 정말로 잘 있군 … 그런데, 청년은 무슨 일을 보러 왔는가?"

또 '청년'이란다. 노인이 어떻게 알았을까?

"저는 트로핌 어르신의 지시로 왔습니다. 박미령 어르신께 편지를 전하라고 하셨어요." 강철이 겉옷 주머니에서 접힌 종이를 꺼냈다.

박미령이 눈으로 편지를 급히 읽고 조금 당황했다.

"아버지, 트로핌이 아버지께 이 사람을 한번 봐주시라고 청합니다."

"뭘 보라는 거냐? 선한 사람이고 트로핌 조카를 도우려 하는 게 보이는데 그러냐."

"아무튼, 아버지, 트로핌이 청하니 들어주셔야지요."

아버지와 아들의 이상한 대화에 강철은 의아했다. 노인이 장님인데 '본다'라는 것이 무슨 말일까?"

"좋다, 조카님이 청한다면 … 젊은이, 양손을 앞으로 내미시오 … "

강철이 노인의 요구대로 하고 나서 또다시 깜짝 놀랐다. 노인이 실수 없이 정확히 강철의 손바닥에 자신의 메마른 손을 올려놓은 것이다. 손이 아주 따뜻했다. 침묵이 이어지는 가운데 옆방의 벽시계가 똑딱거리는 소리가 또렷이 들려왔다.

"자네가 아직 나이는 얼마 안 먹었지만, 고초를 많이 겪은 것이 보이네." 읊조리듯 노인이 갑자기 운을 뗐다. "자네가 거쳐온 길이 짧지는 않았지만, 앞으로 더 먼 길을 걸어야 할 걸세. 기쁨과 슬픔, 사랑과 이별이 기다리고 있을 거야. 자네의 정직함과 성실한 의무감은 자네가 스러지는 원인이 될 것이고, 가까운 사람들 손에 죽게 될 거야. 아들 셋을 두게 될 텐데 내 눈에 보이는 건 둘이고, 하나는 어딘가 멀리서 어렴풋하네. 아이들 모두 자네의 길을 따를 거네, 고통과 사랑의 길, 남을 돕는 길을 … 전쟁, 사람들의 눈물, 피 … "

마지막 말을 하는 노인의 목소리가 잦아들어서 강철이 자기도 모르게 들으려고 몸을 앞으로 기울였다. 마침내 노인이 입을 다물자, 그의 손이 금세 느껴질 정도로 식었다.

"할아버님, 뭐 좀 여쭤봐도 되겠습니까?" 흥분한 마음에 강철의 목소리가 잠겼다. 이 눈먼 노인이 해준 말의 진실성을 조금도 의심하지 않았다. 미래를 점치는 사람들의 존재를 들어보았기 때문이다.

"물어봐라. 단 한 가지만이다."

"제 아들은 어떻게 됐습니까?"

"그 아이는 멀리, 여기서 아주 멀리 떨어진 곳에 있다 … 여물면서 살이 붙고 있다 … 지금 강아지와 마당에서 뛰어놀면서 웃고 있구나 … "

노인이 다시 말을 멈추고 자기 손을 거둬들였다.

강철이 질문을 하나 더 하려고 했지만, 박미령이 그의 어깨를 툭 건드렸다.

"지치셔서 이제는 아무 말씀도 안 하실 겁니다."

강철의 앞날이 그렇게 펼쳐진다는 말인가. 길. 그래, 나쁘지 않다. 강철

자신도 평생 한곳에 머물기를 바라지 않는다. 고통, 사랑, 이별. 사람이라면 거의 모두가 살면서 안고 가는 것들이 아닌가. 아들이 셋이라네. 노인의 말대로라면 이미 두 명이 있다. 둘째는 누구란 말인가? 정말로 순희일까? …

강철이 두 손으로 얼굴을 세게 문질렀다. 순희를 찾아야 한다. 만약 강철의 아들이 정말로 태어났다면 강철은 그들과 함께 살 것이다. 하지만 그건 나중 일이다. 지금은 니콜스크로 가서 일을 마무리 지어야 할 때다.

강철이 마당으로 나왔다. 박미령이 처마 밑에서 허름한 옷을 입은 사내들과 뭔가를 의논하고 있었는데 일꾼인 것 같았다. 강철이 박미령에게 다가오는 것을 보자 그는 대화를 멈추고 강철을 향해 돌아섰다.

"이제 저는 도시로 가야 합니다." 강철이 말했다.

"내가 안내해 드릴 수 있소." 박미령이 흔쾌히 나섰다.

"염려하지 않으셔도 됩니다. 시내 중심지로 가려면 어떻게 가야 하는지만 설명해 주시면 됩니다. 제가 들은 바로는 그곳에 광장과 교회가 있다고 했습니다."

"쉽게 찾을 수 있소. 대문을 나서서 오른쪽으로 길을 따라 계속 가면 광장이 나올 거요. 여하간 나랑 같이 가십시다."

"정말로 염려하지 않으셔도 됩니다." 다시 한 번 강철이 정중하게 거절했다. "그런데 제가 저녁때까지 돌아오지 못할지도 모릅니다."

"괜찮소, 그건. 러시아 촌락을 지나갈 때는 조심하시구려. 삯마차꾼이나 노동자, 품팔이들이 살아요. 사람들에게 들러붙는 술주정뱅이도 있소."

"알려주셔서 감사합니다. 그럼, 일을 보러 가도 되겠습니까?"

"예, 예, 그러시오."

러시아인 마을은 조선인 정착촌보다 나무가 더 적었고 건물이 어수선하고 지저분했다. 술집 옆에는 술 취한 사람이 드러누워 있었지만 아무도 신경 쓰지 않았다.

이곳을 지나가자 더 좋은 이층집, 삼층집들이 나왔다. 거리는 자갈로 포장되어 있었다. 가로등도 나왔다. 갈수록 다양한 가게들이 나왔다. 멋지게 차려입은 사람들이 점점 더 많아졌다. 맞은편에서 팔짱을 낀 한 쌍이 걸어왔다. 밝은색 우아한 줄무늬 정장에 회색 모자를 쓰고 갈색 구레나룻을 기른 남자와 허리가 조이고 밑단이 풍성한 긴 드레스를 입은 여자였다. 창이 넓은 밀짚모자가 그녀의 이마를 가려 모자 바로 밑에 눈이 보였다.

강철이 그들에게 주소를 묻기로 마음먹었다.

"실례합니다, 니키티나 거리로 가려면 어떻게 가야 하는지 부디 말씀해 주시지 않으시겠습니까?"

그들이 놀라서 멈춰 섰다. 그녀가 미소를 지으며 옆의 남자를 바라보았다. 그가 손으로 가리키며 말했다.

"교회 보이시지요? 교회 오른편에서부터 니키티나 거리가 시작됩니다. 그런데, 혹시 어느 댁에 가시는 길입니까?"

"저요?" 강철은 대답하고 싶지 않았지만, 질문이 직설적이고 명령하는 투라 대답이 바로 나왔다. "나탈리야 세르게예브나 댁에 갑니다."

"아하, 부베노프 중위댁에 가시나 보네요. 오른쪽 네 번째 집입니다."

"감사합니다."

"안녕히 가세요, 예의 바르시네요."

이 신사가 '아하'라고 하면서 부베노프의 성을 말할 때 약간 깔보는 투가 서려 있었다. '으음, 알만해, 이렇게 이상하고 러시아인도 아닌 평민이 그 집이 아니면 방문할 곳이 없지'라고 말하는 것 같았다. 하지만 신사는 처음부터 질문을 무시하지 않고 길을 설명하며 손으로 가리켜 보여주기까지 했다. 교양 있는 문화인이라는 뜻이다. 조선이라면 농민이 양반에게 감히 길을 물어볼 수가 있을까? 그랬다간 바로 매를 벌었을 것이다.

강철이 이 생각을 하자 몹시 유쾌해졌다. 공손한 사람이 으레 사용하는 '실례합니다', '부디please' 같은 단어를 넣어 질문을 만들어 낸 것이 다른 것보다 가장 만족스러웠다. 그래서 너한테 예의 바른 사람이라고 했군. 가는 말이 고와야 오는 말이 곱다. 대단하다, 철!

니키티나 거리는 큰 나무들이 즐비해 녹음 속에 안겨있었다. 지나가는 길에 담장은 없었고 양쪽으로 철로 만든 울타리만 쳐놓았다. 철 울타리에 훌륭한 예술적인 감각으로 기교를 부려놓았다. 강철이 무심코 한곳에 멈춰서서 손으로 정교한 격자를 쓰다듬어 보았다. 이런 제품을 대장간에서 자기가 직접 만들 수 있을지 궁금했다. 그러다 만들지 못한다고 솔직하게 인정했다. 그러나 시간이 흐르면 할 수 있을지도 모른다.

이곳은 부유한 사람들이 사는 게 한눈에 보였다. 커다란 석조저택, 잘 손질된 잔디와 화단, 밝은 모래를 깔아놓은 길. 칙칙한 통나무 오두막에 살다가 이런 저택에서 살면 어떤 기분일지 궁금했다.

강철이 주소로 찾은 커다란 저택 앞에 섰다. 붉은 벽돌로 지었고 끝이 뾰족한 양철지붕에는 굴뚝 두 개가 솟아있다. 아아, 여기서 사시는군요, 나탈리야 세르게예브나.

대문 오른편에 있는 격자문이 잠겨있지 않았다. 강철이 문을 건드리자, 안으로 열렸다.

정면 현관문 옆에 달린 끈을 보자 강철은 잡아당겨야겠다고 생각했다. 집 안에서 경쾌한 종소리가 들려왔다. 가벼운 발소리가 들리고 고운 얼굴의 나이 든 여자가 문에 나타났다.

"누구를 찾으세요?" 어리둥절한 눈으로 강철을 머리부터 발끝까지 훑어본 후 그녀가 물었다. "일 때문에 온 거라면 문지기 방으로 가보세요."

"아닙니다, 저는 일 때문에 오지 않았습니다." 강철이 차분하게 대답했다. "나탈리야 세르게예브나가 여기 사시지요?"

"그런데요. 아아, 루자옙카에서 오신 분인가요? 들어오세요 … 제가 가서 아뢸게요."

'오오 … ' 큰 응접실에 혼자 남겨진 강철이 주위를 둘러보며 생각했다. 참나무로 모자이크한 바닥, 푹신한 소파와 안락의자, 니스 칠한 탁자, 푸른 빛의 벽지, 큰 창문에는 천장에서 바닥까지 작은 파도처럼 떨어지는 하얀 비단 커튼이 달려있었다.

걸린 그림이 그의 관심을 끌었다. 폭풍우 치는 대양에서 범선 한 척이 가라앉고 있었다. 선원 대다수는 이미 죽었으리라. 선원 몇 명만이 돛대가 달린 장대를 붙잡고 목숨을 구하려 필사적으로 매달려 있었다. 난파된 배를 견디고 있는 선원들의 염원하는 시선이 앞을 응시하고 있었다. 단 한 명만이 뒤를 돌아보고 있었는데, 거대한 풍랑이 그들을 향해 덮쳐오는 것을 보는 그의 얼굴은 끔찍하게 일그러져 있었다. 그들은 목숨을 구할 수 있을까? 그들은 구원의 십자가를 부여잡을 수 있을까? 이 물음에 답은 없겠지만, 그들이 살아남았으면 좋겠다 …

"어머나 세상에, 이게 누구야, 철!" 외치는 소리를 듣고 강철이 뒤를 돌아보았다. 문 앞에 친숙하기도 하고 낯설기도 한 나탈리야가 서 있었다. 새로운 머리 모양, 아랫단에 달린 레이스 주름 장식과 어깨가 드러난 드레스 차림이 낯설어 보였다.

나탈리야가 미소를 머금고 다가와 손을 내밀었다.

"이게 웬일이에요, 철! 당신을 만나서 제 마음이 얼마나 기쁜지 상상도 못 하실 거예요!"

강철이 그녀의 손을 살짝 쥐었다.

"저도 당신을 보니 기쁩니다, 나탈리야. 당신을 따스하게 기억하는 루자옙카를 대표하여 엎드려 인사드립니다."

"감사해요. 그런데 러시아어를 아주 많이 잘하시게 됐네요."

"당신의 노력 덕분입니다, 나탈리. 저의 러시아어로 당신을 놀라게 할 꿈을 꾸며 먼 길을 달려왔습니다." 강철이 큰소리로 웃었다.

"꿈을 이루셨네요, 철."

그들은 갑자기 침묵 속에서 서로를 바라보며 미소만 짓고 있었다.

"어머나, 왜 우리가 이렇게 서 있지요." 문득 정신을 차리고 나탈리야가 말했다. "이쪽으로 앉으세요. 이제 이야기 좀 해주세요, 어서요…"

"무슨 이야기요?"

"무슨 이야기든 저는 다 흥미로워요. 당신은 아직 대장간에서 일하나요?"

"예." 강철이 대답했다. "흥미로울 만한 이야기가 없어요. 당신은 이곳에서 어떻게 사시나요, 그… 그…"

"결혼한 다음에요? 그걸 말씀하려고 하셨죠? 저는 행복해요, 철. 김나지움에서 가르치면서 이런저런 사회 활동도 하고 있어요. 남편 일도 도울 수 있는 만큼 돕고요. 그렇긴 하지만 루자옙카가 그리워요."

"남편분을 꼭 만나 뵙고 싶었어요…"

"그 사람은 지금 출장 중이에요. 하지만 이틀 후에는 돌아온답니다. 당신이 그때까지 이곳에 머물면 만나볼 수 있을 거예요. 그런데 무슨 일로 니콜스크에 오신 건가요? 어디서 묵으세요?"

"조선인 정착촌에 있습니다. 그곳에 트로핌의 친척이 삽니다. 트로핌 일로 이곳에 왔어요. 방앗간 기억나지요? 그런데 누가 불을 질렀어요…"

"세상에, 누가요?"

"그 사람들은 잡혔어요. 그런데 지금 트로핌과 예피판이 빚을 갚을 방도가 없어요. 그래서 제가 그 일을 도우려고 왔습니다."

"큰 빚인가요?"

"한 오천 루블 됩니다." 강철이 가만히 나탈리야를 응시했다.

그녀가 뭔가를 머릿속으로 짚어보더니 단호하게 선언했다.

"제가 그 돈을 구해보도록 하겠어요."

강철이 살포시 웃었다. 이 여인은 얼마나 선하며, 얼마나 공감을 잘하는 사람인가.

"아니, 아닙니다. 제가 당신에게 돈을 구하려고 온 것이 아닙니다." 그가 말했다. "저는 다른 식의 도움이 필요합니다."

"어떤?"

강철이 셔츠 깃의 단추를 열고 목에 찬 비단 주머니를 풀어 사파이어가 박힌 금반지를 꺼냈다.

"이거…" 강철이 나탈리야에게 보석을 내밀었다.

그녀가 반지를 조심스럽게 집어서 살펴보더니 외마디소리를 질렀다.

"정말 아름답네요! 황실의 문장이 찍혀있네요! 어디서 난 건가요?"

"이제 홀로 되신 러시아 황후께서 제 어머니께 선물하신 겁니다."

"아니, 어떻게요?" 나탈리야의 얼굴에 진심으로 의아한 표정이 서렸다.

"언젠가, 아주 옛날에, 저의 외조부께서 대한제국 황제의 명으로 유럽으로 파견되셨던 적이 있습니다. 스페인, 프랑스, 나중에는 러시아에도 계셨는데 그곳에서 돌아가셨습니다. 어머니께서는 스물두 살에 한국으로 돌아오셨습니다."

"그래서 당신이 프랑스어를 아는 것이군요." 나탈리야가 약간 나무라는 투로 말했다.

"선교사에게 프랑스어를 배웠다고 당신을 속여서 죄송합니다. 상황이 그래서 어쩔 수 없었습니다만, 지금은 당신에게 아무것도 숨기지 않아도 될 만큼 당신을 충분히 압니다."

"그래서 당신은 이 훌륭한 반지를 팔고 싶으신 건가요?"

"예." 강철이 고개를 끄덕였다. "물론 반지를 저당 잡힐 수 있으면 더 좋고요."

"그러면 이렇게 하지요." 나탈리야가 말했다. "그런데 당신은 어떻게… 어떤 식으로 반지를 저당 잡힐 생각인가요?"

"그래서 당신의 도움을 간청합니다. 여기 이백 루블이 있습니다. 양복과 구두, 모자, 한마디로 상당히 신분이 높은 사람의 완벽한 복장이 제게 필요합니다. 보석상 중에서 어디에 반지를 저당 잡힐 수 있는지 알아봐 주시면 좋겠고, 갈 때는 동행해 주셨으면 합니다. 당신은 저를 유럽에서 유학해서 프랑스어를 아는 조선 양반이라고 소개하시면 됩니다."

"모든 걸 다 계획하셨군요." 나탈리야가 웃었다.

"제게 다른 방도가 없습니다. 제가 지금의 차림새로 보석상에 간다면 이상하지 않겠습니까? 경찰을 바로 부를 겁니다."

"제가 이고르의 양복을 빌려드릴 수는 있는데 어깨가 안 맞을 거예요." 나탈리야가 말했다. "제가 나쟈 아주머니를 지금 이리로 부를게요. 예전에 재봉사였어요. 아주머니가 당신의 치수를 재면 제가 가게에 다녀올게요."

나쟈 아주머니는 강철이 현관에서 본 그 여자였다. 아주머니가 흔쾌히 치수를 재고 종이에 적었다.

"이제 차 한잔 대접해 드릴게요." 나쟈 아주머니가 응접실에서 물러나자, 나탈리야가 말했다.

"사양하지 않겠습니다. 솔직하게 말해서 루자옙카에서 당신이 환대하던 모습을 자주 떠올립니다."

이야기를 얼마나 즐겁게 나눴던지 저녁이 오는 줄도 몰랐다.

"벌써 시간이 이렇게 됐네요." 강철이 문득 정신을 차렸다. "늦은 시간에 러시아인 촌락에서 돌아다니지 말라고 들었습니다. 두려운 건 아니지만, 신중할 필요는 있을 것 같습니다."

"여기서 묵고 가셔도 되는데요 … "

"아니, 아닙니다, 나탈리." 강철이 단호하게 거절했다. "내일 아침 몇 시에 오면 되겠습니까?"

"열 시로 하지요. 만약 의복 중에서 치수가 맞지 않는 것이 있어도 교환할 수 있을 거예요. 그럼 열한 시쯤 보석상에 가지요."

나탈리야가 정문까지 강철을 배웅했다.

강철은 별일 없이 박미령의 집에 도착했다. 저녁을 들고 주인이 바닥에 이부자리를 깔아둔 별채로 강철을 데리고 갔다.

아침에 그가 다시 나탈리야 집에 도착했을 때 그녀가 말했다.

"철, 제 생각에 이발하시면 더 좋을 것 같아요."

파우더룸에 이미 출장 온 이발사가 대기하고 있었다. 마르고 이상하리만큼 행동이 민첩한 검은 머리 이발사가 40여 분을 강철의 머리 위에서 묘기를 부렸다. 강철이 거울 앞에 서서 변신한 모습을 뜯어보았다. 이제 더벅머리 총각은 사라지고 세련되고 단정한 헤어스타일을 한 멋쟁이 신사가 탄생했다.

"어때요?" 강철의 어깨와 목에 붙은 머리카락을 솔로 털며 이발사가 물었다.

"메르시. 솜씨 좋은 장인이십니다." 강철의 말에 기분이 좋아진 이발사의 볼이 빨개졌다.

나쟈 아주머니가 뜨거운 물을 받아둔 욕실로 그를 안내했다. 강철은 향긋한 비누와 부드러운 수건, 깨끗하고 값진 속옷이 주는 포근함을 만끽하며 목욕을 즐겼다. 가운을 입은 채 새 의복이 걸려있는 드레스룸으로 갔다.

옷을 입고 거울 앞에 섰다. '이것이 정말 나인가?' 자기 모습을 보자 저절로 그런 생각이 들었다. 옷, 머리 모양이 무엇을 의미할까? 사람의 외양을 이렇게나 완전히 바꿀 수 있다니 … 이제 강철이 자기 손을 보았다. 목욕하며 문지르긴 했지만, 더 부드러워지거나 하얘지지 않았다. 반대로 뜨거운 물로 목욕하니 손의 힘줄이 더 불거졌다. 그래도 이제는 어쩔 수 없다.

강철이 커프스단추는 어찌어찌 채울 수 있었지만, 넥타이 매는 법은 전혀 몰랐다. 그래서 화려한 색깔의 끈을 손에 들고서 응접실로 나왔다.

나탈리야는 소파에 앉아서 책을 읽고 있었다.

"거기 한번 서보세요." 나탈리야가 손으로 가리켰다. "이 옷이 정말로 잘 어울리네요. 항상 입고 다닌 것처럼요."

"칭찬 감사합니다. 그런데 이 넥타이가 … "

"지금 제가 매 드릴게요. 목에다 걸치고 고리를 하나 만든 다음 두 번째 고리를 만들어요. 그리고 그리 세지 않게 조입니다. 지금 입으신 셔츠 깃이 서 있는 모양이라 … 이게 다예요."

나탈리야에게서 나는 향내로 머리가 어지러웠고 부드러운 손길이 닿자 놀랍도록 기분이 좋았다.

다시 거울 앞에 섰다. 넥타이가 화룡점정이었다. 나탈리야가 매듭을 약간 고쳐주고 말했다.

"어깨를 반듯하게 편 다음 저기 저쪽으로 걸어가 보세요."

그는 순순히 시키는 대로 했다.

"조금 더 자연스러운 자세로, 철. 당신은 이제 격식을 갖춘 사람이에요.

이 점을 잊지 마세요. 살짝 태연하고 당당한 태도가 좋을 거예요. 모자는 없어도 될 것 같아요. 오늘 날씨가 너무나 화창해서요. 지팡이를 들면 딱 좋겠네요."

나탈리야가 어디로 가더니 동물 뼈로 손잡이를 만든 가느다랗고 우아한 지팡이를 가지고 왔다.

"이고르 블라디미로비치와 원정대에 같이 있던 손재주가 좋은 사람이 만든 거예요."

강철이 지팡이를 돌리기 시작했다.

"오오, 잘하시는데요. 이따금 한 번씩 그렇게 돌리세요." 나탈리야가 치켜세웠다.

현관 옆에 세워둔 덮개가 열린 작은 마차에서 마부가 그들을 기다리고 있었다.

나탈리야가 주소를 말하자, 말이 바로 가볍게 움직였다. 딱딱한 안장에 앉아 이틀을 보내고 나서 이런 푹신한 용수철 위에서 마차를 타고 가니 정말로 흥겨웠다. 늘어선 집과 사람들 옆을 지나치면서 주변 모든 것들을 여유롭게 관찰할 수 있었다.

마차가 이미 보았던 작은 교회가 서 있는 중심지를 지나쳐 넓은 길로 나갔다. 창문에 붙은 알록달록한 것들과 상점 벽에 달린 간판들을 보느라 강철의 눈이 휘둥그레졌다.

작지만 아름다운 첨탑이 달린, 외관이 빼어난 건물 앞에 마차가 멈춰 섰다. 강철이 먼저 내려 나탈리야가 내릴 때 손을 잡아주었다. 정면 유리 출입문이 회전문 방식으로 한 사람씩 들어가도록 설계되었다.

그들이 밝은 실내로 들어서자, 반짝이는 귀금속이 전시된 진열장이 가장 먼저 시야에 들어왔다. 그들에게 보석상이 고개를 숙이고 황급히 다가왔다. 기름을 발라 빗어 넘긴 머리카락을 깔끔한 가르마가 이마에서 뒤통수까지

양 갈래로 정확하게 나눠놓았다.

"어서 오십시오, 마담."

"잘츠만 씨를 불러주십시오." 나지막한 목소리로 청하고 나서 나탈리야가 강철을 향해 프랑스어로 말했다. "이분이 보석상이십니다."

"잠시만 기다려 주십시오, 마담." 보석상이 또다시 공손하게 고개를 숙이고 옆에 붙은 어떤 공간으로 재빨리 몸을 감췄다. 얼마 지나지 않아 거기서 안경을 쓰고 살집이 붙은 신사가 나왔다. 크게 솟은 코에 비해 안경이 작아 보였다. 그가 나탈리야를 보더니 한껏 함박웃음을 지었다.

"영광입니다, 부베노바 마담."

그의 목소리는 예상외로 가늘었다.

"잘츠만 씨, 제가 조선에서 오신 귀족 한 분을 소개해 드리려고 해요. 이분이 잘츠만 씨와 긴히 의논할 일이 있다고 하시는데 저희가 따로 이야기를 나눌 수 있을까요?"

"제 집무실로 가시지요." 주인이 말했다.

집무실은 창문과 문에 철창이 달리고, 벽을 따라 놓인 철제 금고와 석재 바닥 때문에 감옥 같아 보였다.

"마담, 앉으십시오. 커피나 차 드시겠습니까?"

"괜찮습니다, 감사합니다. 미스터 김은 저희 가족과 오랜 친분을 쌓아오신 분으로 파리에서 오시는 길입니다. 이 도시에서 먼 친척분 몇 분을 만나셨는데 그분들에게 도움을 주시기로 하셨습니다. 그래서 이 반지를 저당 잡히기를 원하십니다. 저당물로 보석을 받으시지요?"

"정확합니다, 마담." 물건 한번 감정해 보아도 되겠습니까?"

마담 부베노바가 강철에게 프랑스어로 주인의 요청을 통역했다. 강철이 서두르지 않고 느긋하게 돋을새김 된 양피 상자를 꺼냈다. 1년 전에 이 상자에 약혼반지를 넣어 이고르 블라디미로비치가 나탈리아에게 청혼했었다.

잘츠만 역시 서두르지 않고 뚜껑을 열어 안에 든 반지를 바라보았다. 두 손가락으로 조심스럽게 반지를 꺼내 들고 불빛에 비춰보았다.

"허락하시면 자세히 한번 보겠습니다." 대답을 기다리지 않고 책상 서랍에서 돋보기를 꺼냈다.

그가 이리저리 돌려보며 반지를 살펴보다가 흥분을 숨기려 애쓰면서 물었다.

"한가지 여쭤봐도 되겠습니까? 이것이 어떻게 조선 귀족의 손에 들어갔을까요?"

나탈리야가 질문을 통역했다. 강철이 고개를 끄덕거리면서 프랑스어로 대답했다.

"예, 예, 물론입니다. 제 외조부께서 공사로 러시아에 계실 때 한 고귀한 황녀께서 외조모의 이국적인 모습을 인상적으로 보시고 하사하셨습니다. 세월이 흘러 외조모께서 이 반지를 어머니께 물려주셨고 이제는 제가 가지고 있습니다. 솔직히 말씀드리면, 파리에서 신부를 맞이할 생각이었지만, 유감스럽게도 제 꿈은 이루어지지 않을 운명이었나 봅니다. 지금은 이곳의 친척분들을 도와야 합니다. 반년 정도 후에 이곳으로 다시 돌아오면 대가를 치르고 다시 찾아가겠습니다."

"얼마나 원하십니까? 액수가 많을수록 대여금에 대한 이자도 높아지는 점을 참작해주십시오 … "

"잘츠만 씨께서는 얼마 정도로 평가하시겠어요?"

"보시다시피, 마담 부베노바, 반지 자체는 그리 값이 나가지 않습니다. 그런데 황실 문장이 이 물건을 묵직하게 합니다. 이런 물건을 수집하는 사람들은 실제 가치의 두 배, 세 배를 더 쳐줄 수도 있습니다. 저는 개인적으로 6천 루블로 평가하겠습니다. 당신은 … 당신은 동의하십니까?"

강철이 고민하는 것처럼 보이려고 손가락으로 일부러 탁자를 두들겼다. 마음속으로는 보석상의 제안에 즉시 동의하고 싶었다. 하지만 세속적인 한량 역할이 취향에 맞는 것 같았다.

"대여금에 대한 이자는 어떻게 됩니까?"

"반년이면 15%입니다."

강철이 다시 손가락으로 두드리는 소리를 내다가 단호하게 말했다.

"6천 루블에 10%로 합시다."

"좋습니다." 잘츠만이 바로 대답했다. "이제 서류를 준비하겠습니다."

30분이 지난 뒤 반지가 든 양피 상자는 금고로 자취를 감췄고 단단히 묶인 두툼한 돈다발이 강철의 주머니로 들어갔다. 그는 가까스로 문서를 훑어본 다음 서명했다.

"마담 부베노바, 진열품 중에 보시고 싶은 것은 없습니까?"

"다음 기회에 보겠어요, 잘츠만 씨."

"어김없이 기다리고 있겠습니다."

주인이 상점 출입문까지 그들을 배웅했다.

"우리가 너무 헐값에 넘긴 건 아니겠지요, 철?" 마차를 타고 토지은행으로 가는 길에 나탈리야가 물었다.

"그럴 수도 있지요. 그렇다 해도 우리가 진짜 가격을 알 도리가 없지 않습니까?" 강철이 헛웃음을 웃었다.

"그래도 정말 아쉬워요. 반지가 참 아름다웠는데." 나탈리야가 한숨을 쉬었다.

트로핌의 부채를 갚는 절차는 반지를 담보로 돈을 빌리는 일보다 더 간단하고 쉬웠다. 매우 예의가 바른 은행가가 바로 변호사를 불러 필요한 문서에 서명했다. 두툼했던 돈다발은 훨씬 홀쭉해졌지만, 여하튼 강철의 손에 상당한 액수의 돈이 남았다. 은행원과 상의한 후 이백 루블 상당의 국채를 사고 나머지는 나탈리야 집에 보관하기로 했다.

"니콜스크로 옮겨오고 싶습니다." 강철이 솔직히 털어놓았다. "이유는 모르겠지만 루자옙카 생활이 갑자기 지겹고 재미가 없습니다. 하지만 제가 시작하기로 약속한 일이 하나 있습니다."

강철이 한인 학교에서 러시아어를 가르치고, 사내아이들과 태권도 수업을 하고 싶다고 나탈리야에게 이야기했다.

"몇 달만 수업하더라도 제가 아이들에게 강하고 기민해지고자 하는 열망을 심어줄 수 있을 텐데, 그러고 나면 아이들 스스로 향상될 수 있어요." 나탈리야를 설득한다기보다 자기 자신을 설득하면서 그가 말했다.

그들은 나탈리야의 집에서 점심을 먹었다. 식사하며 끊임없이 이야기를 나누었고, 어떤 주제가 나와도 대화가 흥미로웠다. 저녁 무렵 숙소로 돌아가기 전에 강철은 입고 왔던 시골 의복으로 다시 갈아입었다.

다음날 그들은 다시 만나 함께 시간을 보냈다. 커다란 사냥 물품 상점에서 강철은 이고르 블라디미로비치에게 선물할 사냥용 쌍발총을 샀다. 나탈리야 선물로 뭘 고르면 좋을지 오랫동안 고심했다. 중국 도예가가 만들어 러시아로 밀수되는 12인조 다기 세트보다 더 좋은 게 없었다. 친구들과 지인들에게 줄 선물도 한아름 샀다.

점심때 이고르 블라디미로비치가 집으로 돌아왔다. 강철이 나탈리야와 함께 응접실에 앉아있을 때 나쟈 아주머니가 들어와 들뜬 목소리로 반가운 소식을 알렸다.

"마님, 도착하셨어요!"

강철은 제복을 입은 아무르 제2 국경수비대 중위를 금방 알아보지 못했다. 이고르 블라디미로비치가 말을 하기 시작했을 때에야 강철은 그를 기억해내고 환하게 웃었다.

나탈리야가 그들을 서로에게 소개했고 이고르는 강철의 미소를 일반적인 예의의 표시라고 받아들였다.

"만나서 반갑습니다, 반가워요, 미스터 철." 그가 말했다. "나탈리야에게 말씀 많이 들었습니다. 그런데 대장간에서 일하신다고 들었던 것 같았는데 … ?"

"제가 변신한 이유는 니콜스크에 용무가 있어서입니다. 내일은 다시 제가 입던 평상복으로 갈아입을 것이고 다시 시골 청년으로 돌아갈 겁니다."

"러시아어를 썩 잘 배우셨네요. 러시아에 오신 지 오래됐습니까?"

"일 년 조금 넘었습니다. 일전에 우리가 만난 적이 있습니다 … "

"네? 언제요?"

"아무르 국경수비대를 기억해 보세요. 작년 봄에 국경을 건너 혼자 온 한인이 있었어요. 그 한인이 칼을 가지고 있었는데 수비대장 대위님이 보시고 깜짝 놀랐었지요 … "

이고르 블라디미로비치가 강철을 주의 깊게 응시했다.

"아아, 특이했던 이주민이 있었어요, 그런데 그 얼굴을 잊어버렸네요. 아니면 당신의 용모가 많이 변했거나. 그분이시란 거네요 … 그 후 제가 대위님과 함께 당신이 어떻게 사는지를 추적해 보려고 했었습니다. 제가 로모프쪄프 대위님을 뵙게 되면 당신과 만난 얘기를 꼭 해드리리다. 나탈리야, 당신 들었어? 어떻게 이런 만남이, 어떻게 이런 대변신이 … "

그들은 식사하면서 더욱 활발하게 대화를 이어 나갔다. 아내를 다시 보게 돼서 한껏 흥겨워진 이고르 블라디미로비치가 대부분 대화를 주도하였다.

"지금 세계에서 무슨 일이 벌어지고 있습니까? 재분할입니다. 어느 정도 선진국이 됐다 싶으면 서둘러 무장하고 식민지를 차지하려고 합니다. 아프리카, 중동, 중앙아시아, 곳곳에서 쟁탈전이 벌어지고 있어요. 수십 개 나라가 참여하는 대규모 전쟁이 벌어지고 있습니다. 세계에 대한 정치적, 경제적 영향력이 상당한 러시아가 한쪽으로 물러나 있을 리 만무하지요. 그리고 이곳, 극동에서는 일본과 미국, 영국의 이해관계가 충돌하고 있습니다. 조선은 일본 식민주의자들의 희생양이 되었고 중국과 동남아 국가들이 그 뒤를 잇습니다."

부부가 그들끼리 따로 있고 싶어 할 것 같아 강철은 그날 부베노프의 집에 오래 머물지 않고 일어섰다. 길었던 식사 시간이 끝나고 강철은 주인들과 작별 인사를 했다. 그들은 더 있으라고 강권했지만, 강철이 사양했다.

"내일 아침 일찍 출발해야 합니다. 트로핌이 소식을 기다리면서 애를 태우고 있을 겁니다."

집을 나가면서 강철이 뒤를 돌아보았다. 무슨 일이 일어나든, 어디서 살든, 항상 이 사람들에 대한 따뜻한 감정이 그의 마음속에 둥지를 틀 것이다.

이틀 후에 강철은 루자옙카로 돌아왔다.

# 제33장

**트**로핌이 풍을 맞았다.

이 일은 오후에 벌어졌다. 지금껏 숨이 가빠 고생하긴 했지만, 최근에 8월 초 날씨치고는 예년과 달리 너무 후텁지근해서 그런지, 아니면 이제는 몸이 고장 나서 그를 오랫동안 갉아먹던 질병에 대항할 수 없는 상태가 되어서인지는 모른다.

10년 전쯤에도 트로핌은 이미 비슷한 일을 겪었고 후유증으로 말을 못하고 손을 움직이지 못했지만, 홍씨 아저씨가 숲에서 캔 약초를 달인 물을 마시고 정상으로 돌아왔다. 그때부터 그는 건강에 신경 쓰려고 노력했다. 하지만 그렇게 위험한 증상이 없었기에, 흔히들 그러는 것처럼, 다시 술과 기름진 음식을 가까이하게 되었다. 화재로 받은 충격과 걱정 때문에 그는 평소의 궤도에서 완전히 비켜나 버렸다. 술독에 빠진 것이다. 술을 마시면 음식도 과하게 먹게 된다. 가족들이, 특히 옐레나가 과식하지 못하도록 단속한 적이 한두 번이 아니지만, 소용이 없었다. 음식만 절제하지 못하는 것이 아니라 그의 성격도 무절제가 지배했다. 사소한 일에도 트로핌은 맹렬하게 화를 냈다.

사건이 일어난 바로 그날 트로핌은 점심으로 찌개 한 그릇, 펠메니(피가 두꺼운 러시아식 만두) 한 접시, 닭 반 마리, 사마곤(가양주) 세 컵을 마셨다. 그는 시간 안에 다 먹지 못할까 봐 걱정하는 사람처럼 게걸스럽게 허겁지겁 욱여넣었다. 식탁에서 아버지, 딸, 그리고 홀몸이 아닌 새며느리 바랴, 이렇게 세 사람이 같이 밥을 먹고 있었다. 새며느리는 입덧과 현기증으로 고생하며 임신 기간 내내 힘겨워했다. 시아버지의 쩝쩝거리는 소리와 트림에 병적으로 반응하는 새며느리를 보면서 옐레나가 참지 못하고 아버지를 질책하려 한 적이 한두 번이 아니지만, 그래 봤자 아무 소용이 없을 것을 알기에 매번 참았다.

일요일 오후였다. 게라심은 가게에서 팔 상품을 사두려고 전날 수레 두 대를 끌고 얀치히로 떠났다. 글라피라가 도망간 후 바랴에게 장가든 게라심은 곧 태어날 자식을 기다리는 기쁨 덕인지 사람이 달라졌다. 그의 성격은 낙천적으로 바뀌었고 상점 일을 더 신나게 했으며 이윽고 많은 일에서 아버지 자리를 대신하게 되었다. 아내는 게라심을 한없이 사랑했고, 이 맹목적인 숭배는 자존감을 키워주기도 했다. 그가 처음부터 그런 여자와 결혼했다면 좋았겠지만, 자기에게 무엇이 필요한지 젊을 때부터 아는 사람이 있겠는가?

바랴와 옐레나는 식사를 마친 지 오래되었으나, 먹어도 먹어도 양이 차지 않는 트로핌 때문에 자리에서 일어나지 못하고 앉아있었다. 그들은 트로핌을 보지 않으려 애쓰면서 식사가 끝나기를 잠자코 기다리고 있었다.

"왜들 앉아있느냐?" 갑자기 트로핌이 물었다.

"진지를 다 드실 때까지 기다리고 있는 거예요, 아빠." 옐레나가 말했다.

"기다린다고?" 그의 튀어나온 눈이 휘둥그레졌다. 이것은 성질을 버럭 내기 직전의 신호였다. "내가 저녁때까지 밥을 먹으면 계속 그렇게 앉아 있을 작정이냐? 할 일이 그렇게도 없냐? 밥도 편하게 못…"

트로핌이 입을 벌리고 굳은 채 여자들의 위쪽 허공을 놀란 눈으로 응시했다. 여자들이 두려움에 주위를 둘러보았다.

"아빠, 무슨 일이에요?" 먼저 정신을 다잡고 트로핌에게 달려든 건 옐레나였다.

트로핌은 몸을 세우려고 했지만, 할 수가 없었다. 요사이 심하게 살이 붙은 그의 몸이 힘없이 축 늘어져 옆으로 쓰러졌다. 넘어지면서 그가 식탁보를 움켜잡았다. 그릇과 숟가락들이 시끄러운 소리를 내며 바닥으로 떨어졌다.

"아빠, 아빠!" 옐레나가 큰 소리로 부르며 트로핌이 등을 대고 눕도록 어렵사리 몸을 뒤집었다.

트로핌의 눈이 마치 끔찍한 무엇을 본 것처럼 힘을 주어 꼭 감겨있었다. 가슴이 들썩거리며 경련을 일으켰다. 미처 씹지 못한 음식 조각이 가득한 벌어진 입으로 공기가 들락날락하며 휘파람 같은 소리를 냈다.

"바랴, 홍씨 아저씨 빨리 불러와!" 옐레나가 다급하게 말했다. "아빠, 정신 차려요, 아빠…"

남은 음식이 아빠의 기도를 막을까 걱정되어 옐레나가 트로핌의 머리를 들어 올렸다.

집안으로 홍씨 아저씨가 뛰어 들어왔다. 홍씨 아주머니도 뒤따라왔다.

"내려, 아버지 머리 내려." 아저씨가 문턱에서 옐레나에게 말했다.

"입에 음식이 가득해요." 울먹이는 목소리로 옐레나가 말했다.

홍씨 아저씨가 주인의 머리를 붙잡고 두 손가락으로 입안에 든 음식을 파내기 시작했다.

"물 좀 이리 주라! 숟가락도."

홍씨 아저씨가 아주머니에게 비둘기 알만한 크기의 검은 환을 그릇에다 녹이라고 시키고, 녹인 약물을 둘이서 숟가락으로 트로핌의 입으로 떠 넣는 것을 옐레나와 바랴가 애타는 심정으로 지켜보았다.

"하느님, 이 사람 좀 보살펴 주시오." 노인이 속삭였다. "아아, 정신이 드네…" 트로핌의 눈이 조심스럽게 떠졌지만, 눈빛은 초점 없이 멍했다. 눈동자가 천천히 움직이기 시작했고 초점이 맞춰지는 것 같았다. 하지만 말은 안 나왔고 몸도 여전히 마비된 상태 그대로였다.

"아버지를 침대로 옮겨야겠다." 홍씨 아저씨가 말했다. "이반 좀 불러와라 … ”

　두 남자와 세 여자가 힘을 합쳐 트로핌을 침대로 들고 가 옷을 벗기고 이불로 몸을 감싸주었다.

　“아빠, 몸이 어떠세요?” 옐레나가 물었다.

　아버지가 마치 처음 보는 사람처럼 딸을 오랫동안 쳐다보았다. 그러자 뭔가 그의 눈빛에서 명확해졌다. 눈을 깜빡거리다가 다시 감았다.

　“풍을 맞았을 때 바로 죽지 않으면 산다는 말이다.” 홍씨 아저씨가 말했다. “걸을 수 있으려면 시간이 걸릴 거다.”

　“말은요?” 옐레나가 낚아채듯 물었다.

　“말은 아마 하게 될 거다.” 아저씨가 희망을 주었다. “마음을 편하게 해주고 잘 돌봐드려야 해. 지금 트로핌에게 가장 중요한 거다 … ”

　게라심이 저녁이 다 되어 돌아와 소식을 듣고 아연실색했다. 아버지에게 달려갔다. 트로핌은 침대에서 옴짝달싹도 못 하고 누워있었다. 아들이 몸을 숙여 아버지에게 가까이 갔다.

　“아버지, 제 말 들리세요?”

　트로핌이 눈을 떴다. 아버지가 바로 기운을 차리고 잘 다녀왔는지, 물건값은 얼만지, 지인들 소식은 어떤지 물어볼 것만 같았다. 하지만 그런 일은 일어나지 않았다. 눈에 관심이 잠깐 스쳤을 뿐이다.

　일상은 계속되어야 한다. 늦은 시간에 말없이 저녁을 먹었다. 누군가 가장의 빈자리를 간혹 흘긋거릴 뿐이었다. 어떤 강박적인 생각이 게라심을 집어삼킨 듯 그는 침울하게 골똘한 표정을 짓고 있었다.

　트로핌이 병들었다는 소식이 마을 전체로 빠르게 퍼져나갔다. 이웃들이 동정을 표하기 위해 다녀갔지만, 그 이면에는 인간이라면 마땅히 드는 호기심을 감춘 경우가 많았다. 남의 불행만큼 사람들의 관심을 끄는 것도 없지 않은가.

트로핌이 풍을 맞은 이유가 일꾼으로 데리고 있던 사람에게 은행 빚을 갚으라고 돈을 주었는데 그놈이 가로챘기 때문이라는 소문이 여기저기서 나돌았다. 이런 천벌 받을 배은망덕이라니! 일 년 전 조선에서 거지꼴로 나타난 강철을 거둬주고 기술까지 가르쳐 대장간을 맡겨놓았더니 그놈이 대체 무슨 짓을 벌인 거야? 술을 처마시며 흥청망청 남의 돈을 날려 버렸다는 게 아닌가. 이 때문에 트로핌이 거의 목숨을 잃을 뻔했고 지금은 꼼짝달싹도 못 하고, 말한마디 못하고 짐승처럼 자리보전하고 누웠다. 이런 일을 겪고도 남에게 선뜻 선행을 베풀 수 있겠나…

강철은 아포냐와 함께 풀 베는 기계 수리를 하느라 바빠서 아무것도 모르고 있었다. '여름에는 썰매를, 겨울에는 수레를 점검하라'는 러시아 속담과는 반대로 농민들은 수확 때까지 '수레' 점검을 미뤘다. 그러다 느닷없이 찾아와 급하다며 하루빨리 수리해달라고 애원했다. 홍씨 아저씨가 대장간에 들어서자, 강철이 깜짝 놀랐다. 여느 때처럼 공손하고 싹싹하게 인사하고 물었다.

"어쩐 일이세요?" 이 말을 하고 나서야 아저씨 얼굴에 드리운 근심을 알아챘다. "무슨 일이 생겼습니까? 아주머니에게 무슨 일이?"

"아니, 아니다." 아저씨가 고개를 가로저었다. "아주머니는 잘 지낸다. 그런데 트로핌이… 풍을 맞았다…"

강철은 아저씨 말의 의미를 금방 이해하지 못했다.

"무슨 풍 말입니까? 왜요?"

아저씨가 팔을 벌렸다.

"누가 그것을 알겠냐… 병은 의사를 묻지도, 설명하지도 않는다…"

"그래서요? 지금 주인 어르신은 어떤 상태인가요?"

"움직이지 못하고 누워있다. 말도 못 하고··· 눈만 껌벅거린다···"

강철이 과감하게 가죽 앞치마 끈을 풀어서 벗어 던졌다.

"무슨 일이야, 철?" 아포냐가 망치질을 멈추고 갈색 반제품을 화로로 던져 넣었다.

"트로핌이 병이 났어. 내가 다녀와야겠다. 혼자서 이곳을 감당하고 있어야겠다."

"그래, 그렇게."

강철이 세수를 하고 옷을 갈아입었다. 홍씨 아저씨가 밖에 놓인 긴 의자에 앉아 그를 기다렸다.

"다 됐어요. 아저씨, 가십시다···"

아저씨가 자기 옆자리를 가리키며 말했다.

"강철아, 잠깐 옆에 앉아봐라··· 이런 말 하기가 쉽지 않은데 입을 닫고 있을 수도 없구나··· 너는 나한테 아들이나 진배없으니 숨기지 않고 다 말하마."

강철은 다른 사람에게, 특히 연장자에게 질문을 던지며 말을 재촉하는 성격이 아닌데 참지 못하고 다급하게 물었다.

"무슨 일입니까, 아저씨?"

"왜 그런지는 모르겠지만 사람들이 수군거리기를 트로핌이 쓰러진 건 네 잘못 때문이라는구나." 아저씨가 궁금한 표정으로 강철의 얼굴을 보면서 한마디 더 했다. "트로핌이 은행 빚을 갚으라고 네게 맡긴 돈을 네가 다 써버렸다는구나···"

강철의 얼굴이 황당함으로 일그러졌다.

"무슨 말도 안 되는 소립니까?" 강철이 소리를 질렀다. "제 돈으로 트로핌의 빚을 갚아줬는데 어떻게 그 돈을 가로챌 수가 있겠습니까? … "

"네가?" 이제 홍씨가 놀랄 차례가 되었다. "네가 빚을 갚을만한 돈이 어디 있어서?"

"아저씨, 제가 어머니께서 물려주신 반지를 팔았습니다. 전에 루자옙카 학교에서 일하던 나탈리야 선생님이 그 일을 도와줬어요 … "

"어쩌면 그 여자가 … "

"아저씨, 무슨 말씀이세요? 제가 직접 은행에 가서 돈을 지불하고 어음을 받았는데요. 사실 … "

"사실 뭐?"

"사실 그때 게라심 이름으로 지불했어요, 게라심 신분증을 가지고 다녀왔었거든요. 주인 어르신에게 서둘러 갑시다. 가서 상태도 보고, 간 김에 게라심과 이야기도 하고요 … "

강철은 분노가 목까지 차올랐다. 트로핌의 집으로 가면서 어느 정도 화를 가라앉히고 홍씨 아저씨와 보폭을 맞추기 위해 빨리 걷지 않으려 노력했다. 아저씨는 트로핌이 어떻게 마비되었는지 소상하게 이야기해 주었다. 게라심이 얀치히에서 조무사를 데리고 왔지만, 안심이 되는 한마디도 들을 수 없었다는 말도 해주었다.

"회복될 가망이 아예 없는 겁니까?" 강철이 물었다.

"누가 알겠어, 간혹 회복되는 사람들도 있으니까. 말도 하고 몸도 가눌 수 있게 되고. 보통은 몸 한쪽이 회복되지. 허나 가망은 적다." 아저씨가 말했다.

강철이 이를 악물었다. 자신이 부정을 저질렀다는 소문이 거짓임을 입증해줄 사람이 트로핌 말고는 없다. 물론 나탈리야도 있다. 하지만 그녀를 이리로 데려와 동네 사람들을 찾아다니며 실제로 일어난 일을 전부 설명해줄 수는 없지 않은가? …

그런데 그런 소문이 어디서 발생했을까? 강철이 트로핌의 빚을 갚으러 니콜스크로 간 사실을 누가 대체 안단 말인가? 주인이 자기 일을 누구에게 말했을까? 아니면 주인이 직접 이 소문을 지어냈단 말인가? 그러지는 않을 것 같다. 트로핌이 그 정도의 사람은 아니다 …

강철이 갑자기 가던 길을 멈췄다. 뒤를 따라오던 홍씨 아저씨가 하마터면 강철을 덮칠뻔했다.

"아이고, 강철아, 뭐냐?"

"누가 저에 관한 소문을 퍼뜨리고 다니는지 알 것 같습니다." 강철이 아저씨 쪽으로 돌아섰다. "게라심이에요." 그가 이제 트로핌의 모든 재산을 물려받을 텐데 제가 제 돈을 갚으라고 할 수도 있다 생각하고 겁을 먹은 거지요. 실제로 그렇다면 그는 공연한 일을 … "

이제서야 자신이 어떤 상황에 부닥쳤는지 강철은 제대로 인지했다. 만약 게라심이 소문을 낸 장본인이라면 소문을 부인하지 않을 것은 불을 보듯 뻔한 일이다. 부인할 경우 아버지의 빚을 인정할 수밖에 없기 때문이다.

그렇지, 옐레나가 있다! 옐레나도 자기 오빠와 같은 생각일까 … 강철은 트로핌의 딸이 이 소문을 믿을지 모른다는 생각에 몸이 굳었다. 어쩌면 벌써 믿고 있을지도 … …

강철의 얼굴이 어두워졌다. 그냥 모든 것에 침 한번 뱉고 무시하면 그만이다. 마을 사람들이, 게라심이 뭐가 그리 중요한가? 가까운 사람들은 무슨 일이 일어나도 그런 거짓을 믿지 않을 것이다. 그런데 옐레나는?

강철은 옐레나에게 양가감정을 느꼈다. 솔직히 말해서 예쁜 용모와 지혜가 그의 마음을 끌었다. 하지만 그들의 관계가 발전하는 과정은 힘겨웠다. 그녀에게 마음을 완전히 열 수 없는 상황이 감정을 속박했고 부자연스럽게 거리를 두게 했다. 트로핌이 옐레나를 그에게 시집 보낸다고 약속했을 때 강철은 그냥 농으로 받아들였다. 하지만 자기도 모르게 그녀를 아내로 상상하면서 마음속으로 이 말을 자주 생각했다.

옐레나 또한 강철을 조심스럽게 대했고 그런 태도 뒤에 무엇이 감춰져 있는지 알아내기가 어려웠다. 주인의 딸과 전직 일꾼 사이라 거리를 두는 것인지, 조선 여인의 수줍음인지, 아니면 강철에게 별다른 관심이 없어서인지 파악할 수가 없었다. 강철은 계산적인 사람이 아니었지만, 학교에서 가르치게 되면 옐레나와 가까워지겠다는 생각은 자주 했다. 그런데 그녀의 아버지에게 이런 일이 생기다니!

트로핌 집 마당이 쥐 죽은 듯 고요했다. 개조차도 어디론가 사라지고 없었다. 강철이 주인의 집을 바라보았다.

"홍씨 아저씨, 제가 주인 어르신 먼저 뵙고 오겠습니다." 강철이 말했다. "그다음에 아주머니께 인사드릴게요."

강철이 현관 계단을 올라 문손잡이를 잡았다. 그런데 문이 잠겨있었다. 무슨 일일까? 지금껏 한 번도 이런 적이 없었다.

강철이 문을 두드렸다. 다시 더 세게 두드렸다. 드디어 발걸음 소리가 들려왔다.

"누구시오?"

게라심의 목소리였다.

"나요, 강철이. 트로핌 아저씨를 뵈러 왔습니다 … "

"뭐? 아버지를 이 지경까지 몰고 간 주제에 어디라고 감히 찾아와? 헛소리하지 말고 꺼져, 낯짝도 뻔뻔하지. 이제부터 이 집에는 얼씬도 말아."

"이봐, 게라심, 문 열어봐요. 할 말이 있어요 … "

"너랑 내가 할 말이 어디 있다고. 꺼져! 내가 벌써 경찰에 신고도 해놨어."

"게라심, 대체 뭐 때문에 이럽니까?"

"뭐 때문에 이러는지 너 스스로 잘 알 텐데, 뻔뻔스러운 새끼! 말로 할 때 꺼져라, 안 그러면 … "

강철은 어찌할 바를 몰랐다. 이런다고 문을 부술 수는 없지 않은가 … 현관 계단에서 서성이다 문에서 물러났다.

그렇다고 지금, 이 상황을 그냥 두고 볼 수는 없지 않은가? 도움을 줬는데 오히려 죄인이 되었다 …

강철이 니콜스크에 다녀온 일을 더듬어 보았다. 방앗간 주인 아들들의 손에 거의 죽을뻔했고 보석상과 만나서는 젊은 조선 귀족 역할도 했다. 적반하장도 유분수지! 경찰까지 들먹이면서 게라심이 뭐라고 했더라? 나를 신고했다고 했나?

강철이 홍씨 부부의 거처로 갔다. 만일 트로핌이 죽으면 누가 이 나이든 사람들만큼 안쓰러울까? 강철은 내일 당장이라도 이 지역을 떠날 수 있다. 그런데 이들은? 평생 남의 집에서 일하며 살지 않겠는가. 게다가 게라심 같은 그런 주인 밑에서.

홍씨 부부는 온돌방 바닥에 앉아있었다. 아주머니는 항상 그렇듯 강철에게 밥을 차려주려고 분주했지만, 강철이 그러지 마시라고 말렸다.

"아주머니, 고맙습니다만 시장하지 않습니다." 그런 다음 강철은 아저씨를 보고 말했다. "게라심이 문을 열어주지 않네요."

"걔가 요새 계속 문을 걸어두고 있다." 홍씨 아저씨가 입을 뗐다. "우리도 들어오지 못하게 해. 트로핌이 일어나도록 뭐라도 해주고 싶은데."

"불쌍한 옐레나." 아주머니가 한숨을 쉬었다. "혼자서 아버지 수발을 다 들고 있어 … "

강철이 급히 일어섰다. 옐레나가 지금 학교에 있을 거라는 생각을 왜 바로 하지 못했을까? 그곳에 가면 옐레나를 만날 수 있다!

"제가 지금 어디 좀 들렀다가 다시 오겠습니다." 이렇게 말하고 강철은 집에서 뛰쳐나갔다.

학교가 멀지 않아서 십여 분 후에 그는 벌써 학급의 문을 열고 있었다. 모든 학생이 일제히 강철을 향해 고개를 돌렸다. 예전 같으면 강철은 그들에게 웃어주거나 한쪽 눈을 찡긋했을 수도 있지만, 지금은 소년, 소녀들이 자기를 바라보자, 소외감이 일었다. 강철이 옐레나를 바라보았다. 이런 일을 전혀 예상하지 못한 옐레나가 펼쳐진 책을 가슴에 품고 얼어붙어 있었다.

"제가 드릴 말씀이 있습니다." 작은 목소리로 강철이 말했다. "잠깐만 밖으로 나올 수 있나요?"

옐레나가 고개를 끄덕이고 강철이 있는 곳으로 나왔다. 학급 출입문에서 뒤를 돌아보며 아이들에게 말했다.

"여러분, 조용히 앉아있을 거죠, 그렇죠?"

"예에." 아이들이 싹싹하게 대답했다.

그들은 짧은 복도를 지나 밖으로 나와 현관 계단에 멈춰 섰다. 옐레나가 몸이 으슬으슬한지 숄을 걸치고 그 밑으로 팔짱을 꼈다. 확실히 그녀는 강철의 시선을 피하고 있었다. 그녀의 자세 전체가 씁쓸한 당혹감을 표현하고 있었다.

"제가 오늘에서야 아버님께서 편찮으시다는 소식을 들었어요." 강철이 말했다. "찾아뵈러 갔는데 게라심이 문을 열어주지 않았습니다. 왜 그러는 지 혹시 아시나요?"

"아, 아니요." 그녀가 힘없이 대답했다.

"아시잖아요, 옐레나." 강철이 말했다. "당신은 알고 있고 나에 관한 당신 오빠의 온갖 말도 믿고 있잖아요. 마을 사람 대부분이 믿듯 말입니다. 사람들은 그러든 말든 저는 괘념치 않습니다. 그런데 제가 그렇게 행동할 사람이라고는 절대 믿지 않을, 저를 아는 사람들도 있습니다. 그런데 당신은… 하지만 저는… 저는 당신 앞에서는 악의에 찬 거짓 비방으로부터 저 자신을 방어하고 싶습니다. 당신 아버님 돈을 제가 횡령하는 것은 불가능한 일이었어요. 왜냐하면 당신 아버님 돈은 처음부터 없었으니까요."

"무슨 말씀이세요?" 옐레나가 고개를 들었다. "그럼 누구의 돈을 당신이 니콜스크로 가져갔단 말인가요?"

"그건 제 돈이었습니다. 그런 돈이 대체 어디서 났냐고 물으시겠지요?" 강철이 품 안에서 비단 주머니를 꺼냈다. "이 주머니에 어머니의 반지를 제가 가지고 있었습니다. 그 반지를 니콜스크 보석상에게 저당 잡혔고요. 거래를 마치고 은행에 게라심 이름으로 돈을 가져다줬어요. 그때 게라심의 신분증을 가지고 갔으니까요. 그리고 당신 아버님께 남은 돈 이천 루블을 드렸습니다… "

"저는 그 일을 전혀 몰랐어요." 옐레나가 혼란스러워하며 말했다. "나중에 오빠가 그 일을 보러 니콜스크에 직접 다녀왔다고 제게 말했어요… "

"게라심이 언제 니콜스크에 다녀왔는지 기억하십니까? 여기 저당 증서에 적힌 날짜와 비교해 보세요. 차이를 확인할 수 있을 겁니다."

수줍은 미소가 옐레나의 얼굴을 스쳤고, 마치 처음 보는 것처럼 그녀가 강철의 눈을 바라보았다.

"저는 당신을 믿어요." 그녀가 조용히 말했다. "당신이 그런 행동을 할 수도 있었다고 생각하는 것이 두려웠을 뿐이에요."

강철도 빙그레 웃었다.

"고맙습니다. 아버님은 어떠세요?"

"안 좋으세요, 몹시 안 좋습니다. 움직이지 못하고 누워 계세요. 눈만 살아 있고 … "

울음이 터질까 봐 옐레나는 입술에 힘을 주었다.

"게라심이 왜 홍씨 아저씨를 집안으로 들여보내지 않을까요? 저를 못 오게 하는 건 알겠습니다만, 아저씨는 민간요법으로 치료하는 분이지 않습니까?"

"오빠는 아저씨를 돌팔이 취급해요. 그래 봤자 아무 효과도 없을 거라고 말하면서. 진짜로 그러니 더 나빠지시지 않도록 아무도 건들지 못하게 하라고 … "

강철이 고개를 가로저었다.

"이 일로 게라심이 완전히 이성을 잃은 것 같네요. 니콜스크에서 의사를 불러와야 하지 않을까요?"

"저도 오빠에게 말을 꺼내 봤는데 누구 말도 듣지 않아요. 요새 오빠가 완전히 이상한 사람이 된 것 같아요 … "

"이렇게 하지요. 제가 홍씨 아저씨 거처에 있을 테니까 학교에서 돌아오시면 제게 문을 열어주세요. 어쨌든 저는 당신 오빠와 이야기를 해봐야 할 것 같습니다."

"그러면 … 오빠가 무척 화를 낼 거예요. 게다가 당신이 하는 말을 오빠가 들을까요?"

"듣도록 해야 합니다. 문을 열어 주실 거지요?"

"네." 옐레나가 단단히 약속했다.

옐레나는 약속을 지켰다. 그녀가 학교에서 돌아온 후 강철이 트로핌 집의 현관 계단으로 올라갔을 때 문이 잠겨있지 않았다. 그러나 강철은 다음 능선을 넘어가지 못했다. 문을 열자마자 옆방에서 게라심이 나왔는데 손에 총을 들고 있었다.

"이 집에 다시는 얼씬하지 말라고 내가 너에게 경고했지." 위협적인 목소리로 게라심이 말했다. "당장 꺼져, 파렴치한 새끼야. 아니면 내가 네 대갈통을 짓이겨 주마."

강철이 실눈을 떴다. 게라심에게서 총을 뺏는 건 강철에게 식은 죽 먹기이지만, 그는 그렇게 하지 않았다. 해명도 하고 싶지 않았다.

"좋아요, 게라심. 갈게요. 하지만 가기 전에 제 말 좀 들어보세요. 돈 얘기를 하자는 게 아닙니다. 진행된 일은 전부 당신 아버님을 위한 것이었습니다. 당신이 적절하다고 판단하는 대로 모든 것을 그냥 두세요. 저는 아무것도 요구하거나 주장하지 않습니다. 부탁할 건 하나밖에 없습니다. 니콜스크에서 의사를 불러오도록 허락해 주세요."

"내가 직접 의사를 데려올 것이고 너의 도움은 필요 없다." 게라심이 경멸하는 투로 말했다.

"좋아요, 좋아. 다시 한 번 말합니다. 게라심, 저는 아무것도 요구하지 않아요. 아무것도. 다만 한 가지 부탁이 있습니다 … "

"너는 참 부탁도 많네." 게라심이 피식 웃었다.

"하나입니다. 바로 거절하지 마시고 잘 듣고 고민해 보세요. 저는 정말로 아무것도 필요하지 않습니다. 그런데 당신 아버님께서 약속하신 게 있습니다. 제가 니콜스크로 가기 전에 아버님께 홍씨 아저씨네에 땅 다섯 헥타르를 떼주고 거기에 집을 짓는 걸 도와달라고 부탁드렸어요. 이 부탁만 들어주면 앞으로 그 어떤 식으로도 당신이 염려할 일을 하지 않겠다고 맹세합니다."

"아버지가 약속했다고 치자! 내가 그 약속을 지키지 않더라도 네가 나를 어쩔 건데?"

강철이 앞으로 몸을 숙이고 낮은 목소리로 말했다.

"그때는 당신이 내 돈을 갚을 수밖에 없도록 할 겁니다."

게라심이 강철의 시선을 견디지 못하고 이를 앙다물고 말했다.

"생각해 보지. 이제 내 집에서 썩 꺼져!"

"잘 생각해라, 게라심." 강철이 처음으로 게라심에게 반말하고 돌아선 뒤 집 밖으로 나갔다.

홍씨 부부가 마당에서 그를 기다리고 있었다.

"트로핌은 봤나?" 아저씨가 물어보았다.

"아니요." 강철이 고개를 가로저었다. "게라심이 못 가게 막았어요. 그럼, 이제 저는 루자옙카로 가겠습니다. 잘 지내고 계십시오."

"그래 너도, 몸조심해라!"

대문 옆에서 강철이 뒤를 돌아보니 커튼을 젖힌 가장자리 창문에 누군가의 얼굴이 보였다. 강철이 아는 옐레나의 방이었다. 그녀가 강철의 말을 믿어주었다. 이 사실이 강철에겐 가장 중요했다. 오늘 갑자기 자기가 옐레나를 사랑하고 있음을 깨달았기 때문이다.

여름이 저물고 있었고, 자연은 마지막 남은 청명한 날씨를 누리느라 부산스러웠다. 공중에는 거미줄이 펄럭거리고, 여전히 떼를 지어 몰려다니는 하루살이는 이제 사람에게 들러붙지 않았다. 나무든 관목이든 풀잎이든,

식물들은 모두 자기 사명을 수행해 냈다. 꽃을 피우고 뒤를 이을 씨를 남긴 것이다. 자연 속에서 생의 순환이 끊임없이 일어나도록 죽어가는 새싹 대신에 새로운 싹이 돋았다.

가을은 언제나 강철에게 쓸쓸함과 평온함을 가져다주었다. 이제 비가 오면 쌀쌀해질 것이고 마음 상태가 달라질 것이다. 그러나 이건 내일의 일이다. 오늘은 마음을 어르며 작별해야 한다. 모든 이별이 그러하듯 여름과 작별하는 순간에는 기억들이 소환된다.

늦은 오후에 숲길을 혼자 걷는 사람은 많은 것을 머릿속에 떠올릴 수 있다. 부모님, 아내, 동생, 그리고 사랑했고 여전히 사랑하는 모든 이들을. 상상 속에서 그들과 이야기를 나누면 보이지 않아도 그들이 곁에 있어 반갑다. 그는 상상 속으로 소환한 모든 이들을 언젠가 현실에서 대했던 것처럼 그렇게 대했다. 모두를 실제와 같이 대했지만, 옐레나는 예외였다. 그녀가 알 수만 있다면. 상상 속에서 강철이 그녀와 어떤 이야기를 나누는지를, 수많은 관습으로부터 그가 얼마나 자유로운지를. 상상 속에서 그녀는 얼마나 재치가 충만한가(강철 역시도), 얼마나 자주 웃는가(강철 역시도), 놀라고, 감탄하고, 화를 내고 … 강철 역시도. 상상 속 옐레나가 실상의 옐레나보다 더 실감이 났는데, 이점이 강철은 전혀 혼란스럽지 않았다. 때가 되면 상상 속에서 그랬던 것만큼 그들이 친밀해진다고 강철은 믿고 소망했기 때문이다.

그날 저녁 강철은 그 어느 때보다 처절하게 외롭다고 느꼈다. '옐레나와 같이 니콜스크로 떠나고 싶다.' 갑자기 이런 생각이 들자, 이루지 못할 소망에 쓴웃음이 났다. 만약 옐레나가 그와 같은 마음이라 해도 어떻게 아버지를 버리고 떠나겠는가? 강철은 갑자기 미치도록 옐레나에게 편지가 쓰고 싶었다.

강철은 늦은 시각까지 앉아서 몇 장을 써보았다. 몇 군데는 문장이 애매했지만, 전체적으로는 그가 말하고 싶은 것이 표현되었다. 그녀가 이 편지를 읽기를 온 마음으로 바라긴 했지만, 잠에 빠져들면서도 그는 옐레나에게 편지를 전할지 말지를 결정하지 못했다.

다음날 일을 마칠 무렵 대장간에 부사관이 나타났다. 이 사람이 종종 대장간에 일을 맡겼었기에 강철과 아포냐는 별스레 놀라지 않았다. 그런데 이번에는 이 기마경찰이 다른 용무로 왔음이 감지되었다.

"이봐, 철." 눈썹을 미간으로 모으고 심각한 얼굴로 그가 말했다. "박게라심이 경찰서로 찾아와서 네가 자기 아버지 돈을 횡령했다고 하던데. 사실인가?"

"아니요." 강철이 대답했다. "트로핌이 토지은행에 진 빚을 갚으라고 나한테 준 돈을 내가 게라심 명의로 은행에 가져다줬어요. 그리고 어음도 그 사람에게 갖다줬습니다."

"그런데 게라심은 자기가 직접 니콜스크로 가서 빚을 갚았다고 주장하는데."

"우리가 그때 말을 타고 같이 갔던 일 기억하시잖아요?"

"나는 기억하지. 그때 자네가 우리를 도운 일도 … 그런데 돈 문제는 내가 알 수가 없단 말이지. 신고서가 제출됐으니까 나는 자네 집을 수색해야 해. 자네 숙소로 가지. 그리고 아포냐 너도 우리와 함께 가자."

강철이 바로 양복을 떠올렸다. 당연히 부사관이 옷을 찾아낼 것이고, 그러면 추궁하겠지. 나탈리야가 선물했다고 말해야겠다. 그녀까지 끌어들여야 할까? 다른 방도가 없지 않나! …

천으로 덮인 양복이 벽에 걸려있었고 바로 눈에 띄었다. 그런데 부사관은 그걸 못 본 것 같았다. 강철이 이미 그 존재도 잊어버린 물건들이 간혹 발견되기도 하면서 수색이 체계적으로 진행되었다. 그런 다음에서야 부사관은 벽으로 시선을 돌렸다.

"이게 뭔가?" 질문을 던지고 나서 그가 천을 잡아당겼다. "어이, 참 근사하네. 네 거야, 철?"

강철이 미처 대답할 새도 없었다.

"알렉세이 아저씨." 아포냐가 대화에 끼어들었다. "고려 사람에게 그런 옷이 뭐가 필요하겠어요? 당연히 내 거예요. 결혼식 때 입으려고 샀답니다."

방안이 조금 더 밝았다면, 부사관은 아마 특이한 재단법과 값비싼 소재를 금세 알아보았을 것이다.

"아하." 부사관이 아포냐를 향해 돌아섰다. "너 장가가냐? 누구한테?"

"그건 비밀이에요, 알렉세이 아저씨." 아포냐가 낄낄거렸다.

"그래 우리는 그 비밀을 알고 있다." 부사관이 구시렁거렸다. "그래, 철, 이제 어떻게 할까? 네가 은행에 돈을 갖다준 것을 증명할 만한 사람이 있나?"

여기서 강철은 다시 나탈리야 생각이 났지만, 이 사건에 그녀를 끌어들여서는 안 된다고 생각했다. 만약 일이 은행까지 간다면 거기서는 이름이 게라심인 어떤 조선 귀족이 지급했다고 증언할 것이다. 그렇게 되면 더 큰 의심을 부르게 된다.

"아무도 없어요." 강철이 대답했다. "며칠에 우리가 니콜스크로 갔는지 기억하시지요?"

"가만, 14일이었던 것 같은데. 맞아, 정확해. 14일이었어."

"이제 어음을 확인해 보세요. 거기에 8월 16일이라고 적혀 있습니다. 게라심이 제 앞에서, 혹은 제 뒤에 바짝 붙어 니콜스크에 갔을 수는 없지 않습니까?"

"진짜 맞네!" 부사관의 얼굴이 밝아졌다. "내일 내가 게라심에게 다녀오지. 너는 루자옙카에서 어디로 갈 생각 말고 대기하고 있어야 해."

부사관이 나가자, 강철은 아포냐에게 정장이 어떻게 생겼는지 설명하기로 마음먹었다. 이러저러해서 장화와 솜옷 차림으로 은행에 갈 수는 없었다고 했다. 아포냐의 표정을 보고 강철은 그가 자기 말을 별로 믿지 않는다고 생각했다.

하루가 지나자 부사관이 다시 대장간을 찾았다.

"철, 일이 너한테 안 좋은 방향으로 흘러가네. 게라심이 어음을 부친에게 줬다고 주장하는데, 너도 알다시피 그 사람 상태가 지금 … 내 보기에, 게라심이 네가 이곳을 떠나기를 바라는 것 같아. 가고 싶은 곳으로 꺼지면 그때는 신고를 철회하겠다고 말했다니까. 그렇게 안 하면 너를 감옥에 집어넣으려고 무슨 일이든 할 거다."

그래서 강철은 떠나기로 마음먹었다. 게라심이 그렇게 행동함으로써 스스로 자신의 죄를 인정하는 꼴이라는 것도 알고 있었다. 아무것도 겁내지 않아도 된다고 게라심을 설득할 수만 있다면. 그런데 무슨 수로 그를 설득한단 말인가? 이제 소문이 다 퍼졌는데 돈을 횡령당한 사람의 아들이 가만히 있으면 이상하게 보일 것이다. 그래, 차라리 떠나자. 그런데 홍씨 부부, 아포냐, 예피판 아저씨는 이 일을 어떻게 받아들일까? … 옐레나는 무슨 생각을 할까?

출구가 없는 상황이었다.

# 제34장

로핌의 삼촌 점쟁이 노인이 눈을 감고서 자기 내면의 어떤 박자에 맞춰 고개를 살짝 흔들면서 강철의 이야기를 주의 깊게 들었다. 다 듣고 나서 작은 소리로 말했다.

"나는 네가 죄가 없는 것을 안다. 저번에 왔을 때도 자네 심장이 아주 깨끗하고 고르게 뛰어서 내가 깜짝 놀랐지. 너를 중상모략하지 못하도록 내가 게라심에게 편지를 써야겠구나. 그 아이의 미래는 그렇지 않아도 회색 장막으로 덮였는데 탐욕스러운 거짓으로 그것을 더 어둡게 만드는구나…"

"트로핌은 어떻게 됩니까?" 강철이 물었다.

"예전 같지기야 하겠느냐. 하지만 오래 살 것이다, 무슨 일이 일어나지만 않는다면."

강철은 니콜스크에 있는 한인 정착촌에 들를 계획이 없었다. 하지만 길에서 눈먼 노인 생각이 번뜩 났고 트로핌의 신세가 어찌 될지 알아보고 싶은 마음이 들었다. '신세'라는 단어가 유독 서글프게 느껴졌다. 불쌍한 사람 트로핌! 침상에 누워 옴짝달싹 못 하면서 오랜 세월을 견뎌야 한다니… 가엾은 옐레나…

옐레나에게 작별 인사도 하지 못하고 떠나왔다. 강철이 루자옙카를 떠나기 전날 학교에 들렀지만, 그곳에 옐레나는 없었다. 그는 홍씨 부부 집으로 가면서 옐레나를 마주치리라 내심 기대했다. 그러나 유감스럽게도 트로핌의 집은 다시 쥐 죽은 듯했다.

홍씨 부부는 강철이 다른 곳으로 떠난다는 소식을 듣고 몹시 낙담했다.

홍씨 아주머니는 참지 못하고 눈물을 흘렸다.

"낯선 도시에서 혼자 어찌 살 거냐?" 아주머니가 푹푹 한숨을 내쉬었다.

"왜 혼자야, 할망구야." 홍씨 아저씨가 아주머니에게 면박을 줬다. "어디를 가든 사람들이 있으니, 안면을 트고 친해지면 다 괜찮아지지, 그럼. 강철이가 떠나기로 한 건 잘한 거다. 젊을 때 넓은 데 가서 많은 것을 봐야지. 단지 … "

아저씨가 말을 다 하지 않았다. 그냥 한숨만 내쉬었다. 강철은 이렇게 순박하고 좋은 사람들과 헤어지는 것이 이다지도 힘들 줄 몰랐다. 새로운 곳에서 자리를 잡으면 이 사람들을 자기가 사는 곳으로 모셔 가도록 애써야겠다고 결심했다. 비록 마음속 깊은 곳에서는 그 자신도 이를 믿지 않았지만. 강철이 남은 돈의 절반을 부부에게 주려 하자 얼마나 오랫동안 고집스럽게 받기를 거부하는지 강제로 쥐여줄 수밖에 없었다.

예피판 아저씨 역시 서운해 했다. 강철이 그의 가족과 마지막으로 같이 저녁을 먹을 때였다. 송별하는 식사 자리에 아포냐도 참석했다. 그는 마리야 옆자리에 골똘한 표정을 하고 앉아서 이따금 마리야를 흘긋거렸다. 친구와 같이 떠나지 않고 루자옙카에 남을 정도로 마리야가 가치가 있는지 확인하려는 것처럼 보였다.

강철이 아침 일찍 길을 나섰다. 아포냐가 그를 마을 어귀까지 바래다주었다.

"철, 나도 너랑 같이 가고 싶은데, 그런데 … "

"그런데 뭔가가 너를 붙들고 있지." 강철이 빙그레 웃었다. "자책하지 마, 친구. 만약 마리야 만큼 누군가가 나를 사랑해 주었다면 나 역시 무슨 일이 있어도 떠나지 않았을 거야."

"맞아." 아포냐가 속내를 보였다. "마리야만 아니었다면. 그런데 양복을 공연히 두고 가는 거 아니야? 도시에서는 그런 옷이 필요할 텐데."

"누가 장가를 가냐? 나야, 너야? 결혼식은 장담할 수 없지만, 첫아이가 첫 생일을 맞으면 보러 오도록 해볼게."

그들은 서로 부둥켜안았다. 그리고 강철 혼자 길을 떠났다.

나탈리야와 그녀의 남편은 갑작스러운 강철의 등장에 이루 말할 수 없이 놀라면서 반겼다. 이번에는 그들의 집에서 하룻밤을 묵었다. 그는 시골을 떠난 진짜 이유를 그들에게 말하지 않았다. 그냥 넓은 세상을 보기 위해 떠났다고만 말했다. 그러자 그들은 그 말에 수긍했다.

"무슨 일을 하고 싶습니까, 철?" 이고르 블라디미로비치가 물었다.

"아직 모르겠습니다. 블라디보스토크 아니면 어디라도 가고 싶습니다…"

"니콜스크에서 사시는 건 어떠세요? 나탈리야가 권유했다. "이고르 블라디미로비치가 일자리 찾는 걸 도와주실 거예요."

"저도 그 생각을 했습니다. 하지만 어느 조선 시인의 시구처럼 이미 방랑의 바람이 등을 떠밉니다."

"아름다운 구절이네요." 이고르 블라디미로비치가 말을 받았다. "니콜스크에 리파토프라는 젊은 학자가 인솔하는 민속학 탐사대가 있어요. 마침 한국말을 하는 사람이 그 탐사대에 필요합니다. 탐사 경로는 포시에트를 거쳐 겨울에 블라디보스토크에 도착하는 것으로 짰습니다."

"정말로 훌륭하네요!" 강철이 외쳤다. "그런데 … 민속학 탐사대가 무엇입니까?"

"민속학은 인종과 민족성, 부족 같은 것을 연구하는 학문입니다."

이틀 후 강철은 탐사대의 일원이 되어 니콜스크를 떠났다.

베니아민 페트로비치 리파토프 탐사대장은 얼마 전에 서른 살이 되었고, 탄생 30주년과 모스크바국립대학교 졸업 5주년을 같이 축하하는 자리가 있었다. 대학생 시절부터 민속학에 매료되었는데, 더 정확하게 말하면, 민속지학에 푹 빠졌다. 러시아에서는 신생 학문이었는데, 19세기까지는 러시아로 유입되는 이민자도 많지 않았을뿐더러 나라 안 인구의 이동이나 나라 밖으로 나가는 경우도 흔치 않았기 때문이다. 인종의 경계, 발전 역학, 러시아 유대인 디아스포라의 규모를 다룬 그의 졸업 논문이 학계에서 주목받아 그는 박사과정에 진학했다. 3년이 흐르고 그는 비상근 대학 강사가 되었다. 그런데 최근에는 조선과 중국에서 극동으로 이주해 오는 아시아 민족들이 젊은 학자의 관심을 강하게 끌었다. 그는 탐사대를 조직할 기회가 올 때까지 최근 1년 동안 이 주제를 다룬 여러 문서와 출판물을 탐독했다.

여느 학문과 마찬가지로 민속학에도 문화역사, 전파론, 기능주의 등 여러 학파가 형성되어 있었다. 다윈의 진화론이 등장하면서 새로운 학파가 생겨났고 리파토프도 이 이론의 신봉자가 되었다. 프리드리히 엥겔스의 책〈가족, 사유재산, 국가의 기원〉에 그는 특히 충격을 받았다. 그는 이 독일 철학자의 다른 책들을 모조리 섭렵했다. 비록 그 책들이 민속학과 직접적인 연관은 없다 해도 질과 양, 대립물의 통일과 투쟁의 법칙을 설득력 있게 입증하고, 많은 부분에서 사회와 자연의 발전 동기를 포괄적으로 설명하고 있었다. 엥겔스의 동지 카를 마르크스의 저작들은 리파토프를 확신에 찬 마르크스주의자로 만들었다. 그렇게 되는 데 한몫했던 사건도 있었다.

2년쯤 전에 누군가 리파토프가 혼자 사는 아파트의 문을 두드렸다. 늦은 시간에 누가 찾아와서 놀란 그가 문을 열었다. 리파토프가 금방 알아보지 못한, 문 앞에 선 턱수염이 더부룩한 남자는 대학 동창 안드레이 크릴로프였다. 그는 모종의 정치단체 결성에 가담하고 불온서적을 소지한 이유로 2학년 때 대학에서 제적되었다. 그 후로 그들은 만난 적이 없었다.

"내가 너를 너무 성가시게 한 건 아니지?" 겨우 알아들을 만한 작은 소리로 안드레이가 말했다.

"아, 아니야, 오랜만에 봐서 반갑네. 들어와." 리파토프가 문을 활짝 열었다. 이 친구에게 항상 호감을 느꼈었기에 리파토프는 진심으로 이 만남이 반가웠다.

"미리 말해두는데 나는 지금 유배지에서 도망친 몸이다." 이렇게 말하고선 뭔가 기대하는 눈빛으로 집주인의 눈치를 살폈다. "너한테 곤란한 일이 생길 수도 있어."

"그렇다면 더더욱 들어와." 리파토프가 고개를 끄덕였다.

안드레이는 베니아민 리파토프의 집에서 2주 동안 머물렀다. 지내는 동안 끝없는 대화와 논쟁이 벌어졌다. 유배지에서 도망친 옛 동창생이 그의 동지들과 함께, 문자 그대로, 전제군주제를 전복하려 한다는 말을 처음 들었을 때 리파토프는 자기가 무슨 짓을 벌이는지 모르는 어린아이를 대하듯 안드레이를 보고 사람 좋게 피식했다.

"안 믿기냐?" 그의 웃음에 안드레이가 차분하게 반응했다. "한 체제가 무너지고 다른 체제가 들어서는 시기가 있다는 걸 역사에서 배워 너도 알잖아?"

"그래." 리파토프가 수긍했다. "하지만 그런 교체에 앞서 항상 전쟁이나 혁명이 일어났었지. 너희들 뭐야, 봉기를 원하는 거냐? 너희들이 말하는 훌륭한 미래가 피를 흘리는 희생을 감수할 만큼 가치가 있는 거냐?"

"우리가 잃는 게 뭔데? 자유? 우리한테 그런 건 없잖아? 평등? 소수가 무자비하게 다수를 착취하여 떵떵거리고 사는 상황에서? 우호 관계? 제국 간에 식민지 쟁탈전이 끊임없이 벌어지는 이 마당에? 우리가 잃을 건 아무 것도 없고, 얻을 건 세상 전부야. 미안해, 어쩌면 내가 조금 과장되게 말하는 것일지도 모르지. 그렇다 해도, 앞으로 벌어질 위대한 일들을 생각하면 다른 식으로 말을 할 수가 없다니까! … "

"나는 학자야. 그렇기에 사실로만 나를 설득할 수 있어." 리파토프가 차분하게 말했다. "사실이 보여주는 것은, 러시아가 농노제를 타파하고 자본주의의 길로 진입하는 고통스러운 단계를 극복했다는 것이야 … "

"그래, 바로 그 '진입!'" 안드레이가 외쳤다. "만약 유럽에서 자본주의가 수백 년간 발전해 왔다면, 우리나라에서 자본주의는 시간적 속박에 매일 수밖에 없어. 모든 것이 한계점에 이를 정도로 압축될 것이기에 민중들의 분노가 폭발하는 것을 막지 못할 거야. 너 한 번이라도 러시아 공장이나 탄광에 가본 적이 있냐? 거기 노동자들이 어떤 비인간적인 환경에서 일하는지 알아? 상상할 수 있는 최악 그 이상이다! 끔찍하게 비위생적인 일터, 옴짝달싹하기도 힘든 좁은 공간, 무지몽매, 무자비하기 이를 데 없는 착취 … "

"그래서 너희들이 그것을 바꾸려고? 하지만 정상적인 생활 조건과 노동 환경은 저절로 생겨나는 게 아니잖아. 물질적 부를 축적해야 해. 안 그래?"

"우리는 그것을 인간적인 방식으로 하려고 해. 현존하는 군주제를 타도하고, 민주주의, 인간애, 공감과 배려를 앞세운 그런 국가체제를 만들려고 한다."

"우리? 그게 누군데? 아니면 '이 비밀이 크도다'(신약 성경 에베소서 5장 32절 인용 - 옮긴이)?"

"전혀 비밀이 아니야. '우리'는 레닌이 이끄는 볼셰비키당을 말하는 거다. 우리의 숫자가 아직은 적지만, 강물도 샘물에서 시작되잖아. 때가 되면 민중의 분노가 파도처럼 일어나 썩어 문드러진 이 군주제를 쓸어버릴 거다. 그 목표를 이루기 위해 나는 내 생을 바치겠다고 각오했어!"

예전 동창생의 말이 종일토록 리파토프의 머릿속에서 울렸다. 그런 얘기를 다른 사람에게서 들었다면 그런 깊은 인상을 주지 않았을지도 모른다. 하지만 안드레이는 명문 귀족 가문의 후손이고 잘생기고 영민해서 동창생들이 대단히 인정하고 추앙하던 인물이었다. 그가 인생을 걸고 세운 목표는 얼마나 고귀하고 훌륭한가!

저녁에 리파토프가 먼저 전날의 대화 주제를 다시 꺼냈다.

"너희들이 전제군주제를 타도했다고 치자. 대신 어떤 체제를 도입할 건데? 입헌군주제? 의회주의?"

"그래, 의회주의야." 이 주제로 대화가 재개되어 아주 만족스러운 안드레이가 고개를 끄덕였다. "러시아 역사를 보면, 군주제하에서 두마(의회)를 만들려는 시도가 몇 차례 있었지. 하지만 그런 시도들은, 너도 알다시피, 모조리 실패로 돌아갔어. 절대 왕정에 제동 거는 것을 용납할 군주는 한 사람도 없기 때문이지."

"하지만 그것이 가능하다는 예를 영국이 보여주고 있잖아." 리파토프가 반박했다.

"그렇게 되려고 왕의 머리를 베어야만 했어. 프랑스나 미국의 국가 체제가 우리에게 더 적합할 거야. 단, 거기서 생산수단에 대한 사적 소유를 배제한 체제. 모든 부가 민중에게 속하게 되는 그때에서야 비로소 진정한 평등이 실현될 거야."

"원시공동체 사회처럼 말이지?"

"그래, 단, 새로운 의식적 기반 위에서." 안드레이가 힘주어 말했다.

리파토프가 잠시 생각에 빠졌다. 러시아 민중은 정확하게 말하면 대다수가 농민인데 그들은 아직 촌락 공동체(코뮌)를 이루고 살아간다. 그 공동체는 기본적인 생산수단인 땅에 대해 집단적인 소유 형태를 가진다. 그래서 결국 어떻게 되었나? 그 어떤 자발성도, 주도성도 없을뿐더러 개인은 완전히 녹아 없어졌고 다수에 대한 불평 없는 복종만이 있을 뿐이다. 리파토프는 자기 생각을 친구에게 말하고 싶었지만, 갑자기 이야기가 다른 방향으로 흘러갔다.

"한 체제가 다른 체제로 교체되는 원인으로 작동하는 동력이 무엇인지 우리는 알지 못해. 어느 정도 과학적인 이론만 세워볼 수 있을 뿐이지. 하지만 역사의 흐름에 강제로 개입하는 것은… "

"신의 계획에 반하는 것이기에 안 된다?" 안드레이가 웃음을 터뜨리며 문장을 맺었다. "깨어나시오, 리파토프 씨, 인간의 역사를 마음의 눈으로 둘러보십시오. 이 세상 모든 것은 뒷면을 가지고 있어. 빛과 어둠, 자유와 속박, 사랑과 미움 … 앞면에서 뒷면으로, 뒷면에서 앞면으로의 전환은 자연계에서만 고통 없이 이루어지지. 인간 사회에서는 전환이 일어나려면 투쟁이 동반되어야 해."

"그래, 그래, 대립물의 통일과 투쟁의 법칙에 관해서 읽었다. 그런데 사람 역시 자연의 일부잖아. 역사의 자연스러운 흐름에 기대는 것이 더 낫지 않을까?"

"그럴 수 있지." 대답하는 안드레이의 얼굴이 사뭇 진지해졌다. "그러나 한 줌도 안 되는 소수가 모든 것을 장악하고, 대다수는 아무것도 소유하지 못하는 상황과 어떻게도 화해할 수 없는 양심은 어떻게 해야 하지? 안 돼, 절대 안 돼!"

안드레이가 얼마나 온 마음을 다해 격정적으로 말을 하는지 리파토프는 자기도 모르게 친구를 넋을 놓고 바라보았다.

그런 대화가 자주 이어졌다. 대화를 거듭할수록 리파토프는 매번 안드레이가 많은 책을 섭렵했고 깊게 사유하는 보기 드문 완전체라고 확신했다. 체제를 뒤집어엎으려는 이 사람이 무신론자인 것은 놀랄 일도 아니었지만, 신을 정의하는 그의 말은 충격적이었다. "우리를 둘러싼 모든 존재하는 것들의 운명이 어떻게 예정되어 있는지 우리는 몰라. 그러나 이성이 있는 한 양심도 존재할 거야. 인간관계의 정수가 존재할 거란 말이지. 그것이 바로 사람의 마음속에 있는 신이야." 그리고 '양심은 무엇인가?'라는 질문에 단순하게 대답했다. "고통에 동참하는 것, 그리고 고마움을 느끼는 것."

안드레이가 저녁에 어디론가 사라져서 값싼 담배 냄새를 풍기며 밤늦게 돌아오는 일이 몇 차례 있었다. 하지만 술 냄새가 난 적은 한 번도 없었다. 안드레이는 어디를 갔다 왔는지 말하지 않았고 리파토프는 그냥 짐작만 했다. 안드레이가 가지고 오는 전단과 소책자는 읽다 보면 숨이 가빠지고 피가 끓어올랐다. 거기에 쓰인 모든 구절이 과업의 정당성에 대한 열렬한 확신과 현존 질서를 향한 적개심으로 숨 쉬고 있었기 때문이다.

어느 날 안드레이가 외국으로 떠난다고 했다. 그러면서 리파토프가 전제 군주제를 타도하고 훨씬 더 민주적인 새로운 체제를 수립하는 일에 동참할 준비가 됐는지를 대놓고 물었다.

"위험한 일이다." 안드레이가 미리 일러두었다. "실패할 경우 수감되거나 유형을 가게 될 거야."

리파토프 자신도 이를 알고 있었다. 하지만 최근에 많은 것에 대한 그의 생각이 바뀌었다. 그리고 이제 더는 냉정한 방관자로 한쪽으로 비켜나 살 수는 없겠다고 생각했다.

"나는 너희들과 함께할 준비가 되었다." 이렇게 말하고 리파토프는 친구가 내민 손을 굳게 잡았다.

안드레이가 떠나기까지 남은 시간 동안 그들은 지하 활동의 기법과 비밀을 리파토프에게 전수하고 연습하는 데 매진했다. 밀회 장소와 암호, 미행을 알아차리고 따돌리는 기법, 은신처 마련, 메시지 암호화, 그것을 전달자에게 넘기는 법 등 리파토프가 살면서 상상한 적도 없는 것들을 훈련했다.

리파토프가 이중생활을 하면서 지낸 지 벌써 삼 년이 되었다. 겉보기에는 모든 것이 순조로웠다. 연구 작업과 직장생활, 동료와의 교류, 썩 괜찮은 급여와 고급 아파트. 하지만 마르크스주의자 모임 개설과 이론 연구 같은 각종 불법 활동에 가담하는 또 다른 삶이 존재했다. 전단과 소책자를 인쇄하고, 동맹파업과 집회를 벌이고, 무기를 들여오거나 사서 은신처에 숨겨놓는 등 한마디로 말해서 혁명을 일으킬 준비를 하고 있었다. 이 모든 이론, 실천 활동 지침은 해외로 피신한 지도부가 내렸고, 투쟁 전술도 끊임없이 바뀌었다. 하지만 목표는 언제나 하나로 수렴했다. 지금의 체제를 전복하는 것. 전제군주제에 불만을 품은 사람은 누구라도 잠재적 동맹군이 될 수 있었다. 그들을 연합하여 왕좌를 박살 내려 보내려는 목적 하나에 나머지 모든 것을 맞추었다. 하지만 1913년에 정점에 달한 러시아의 경제 성장, 상대적인 표현의 자유와 언론의 자유, 국가두마(의회)의 창설로 인하여 불만을 품은 사람들의 숫자가 줄어들었고, 볼셰비키당은 입지 확보를 위해 사회의 가장 낮은 계층인 룸펜 프롤레타리아트, 소수 민족, 범죄 환경으로 시선을 돌려야 했다. 베니아민 리파토프가 극동으로 탐사를 떠나게 된 것도 우연이 그렇게 된 것이 아니라 동아시아에서 유입된 정착민들의 분위기를 면밀하게 관찰하라는 지령이 있었기 때문이었다. 바타예프 교수가 젊은 학자 리파토프에게 새로운 연구 주제를 제안했다. 그 교수는 중앙아시아, 시베리아, 동아시아에 사는 대다수 민족의 기원 연관성에 관한 이론에 말 그대로 사로잡혀 있었다. 교수의 학설에 따르면 오비강과 레나강 사이에 있는 알타이 지역이 그들 민족의 기원지이다. 자기 논문에서 이 학자는 러시아인과 몽골인의 민족지학적 뿌리가 같다는 대담무쌍한 가설까지 내세우며, 지금까지의 관행대로 몽골 - 타타르 침공 이전과 이후 시기로 나누어서 보지 말고 그것을 하나의 역사적 집합체로 볼 것을 제안했다. 이 논문은 학계를 발칵 뒤집었다. 이 교수는 전방위적 비판을 받았고 교수가 타타르인이라 그런 가설을 주장한다면서 비꼬며 공격하는 이들이 한둘이 아니었다. 하지만 그래도 바타예프 교수는 *끄떡*도 하지 않았다.

"그래, 나는 타타르 사람이오." 동료들에게 그는 떳떳하게 선언했다. "그런데 러시아 사람들이 우리와 다른 점이 뭡니까? 인종 혼합이 시작된 지 5세기가 지났어요. 이것이 내 이론을 뒷받침할 가장 좋은 증거가 아니고 무엇이오?"

논문이 통과되고 바타예프 교수의 학과로 들어간 첫날부터 그는 리파토프에게 알타이계 민족들의 기원을 연구하라고 설득하기 시작했다.

"이 알타이계 민족의 가장 놀라운 가지가 한반도를 거쳐 일본까지 이르지. 그래, 그래요, 나는 한인, 일본인들이 알타이에서 이주한 민족이라고 확신하고 있어요. 토테미즘과 결속된 풍속, 우리가 샤머니즘으로 정의하는 신앙과 의례의 유사성이 이를 입증합니다. 지금 조선에서 많은 사람이 극동으로 활발하게 이주하고 있어요. 러시아 정부는 경제적 관점에서 이주를 환영하지요. 비록 이주민이 러시아인에게서 인종 차별, 정치적 차별을 받을 건 뻔하겠지만. 그런데 한인들은 이주하는 것이 아니라 그들의 역사적 조국으로 돌아오는 것이지요. 마치 러시아인들이 알타이로 돌아가는 것처럼 말이지요. 아마 고대의 단일한 뿌리를 가진 사람들의 역사적 집단이 이렇게 광활한 러시아 영토에 곧 등장하게 될 겁니다. 이 주제를 연구하세요, 후회하지 않을 겁니다!"

"저는 지금 유대인 문제를 연구하고 있습니다." 리파토프가 빠져나가려 해보았다.

"이보게, 친구, 유대인들은 직접 자기들을 연구할 것이고 자기들에게 득이 되는 방식으로 세상에 정체성을 드러낼 거요. 그들이 자리 잡고 사는 모든 나라에서 같은 현상이 반복됩니다. 처음에는 그들을 관대하게 받아들이고 참아줬다가 나중에는 미워하기 시작하고 결국에는 유대인 학살로 끝납니다. 그들은 태생이 아니라 신앙으로 결속돼 있어요. 택한 백성이라는 깊고 비밀스러운 신앙 말이오. 바로 그 신앙에서 그들의 불행과 그들의 위대함이 나와요. 그들의 고통이 끝나는 날은 그들의 신앙도 끝나는 날이오."

극동의 저명한 연구자 아르세니예프가 탐사대를 꾸리는 데 큰 도움을 주었다. 기금을 받을 수 있도록 러시아 지리학회에 탄원한 사람도 바로 그였다. 액수가 그리 많지 많아 바타예프 교수는 자기를 존경하는 동족 타타르 거상들에게 연락했다.

애초에 바타예프 교수 자신이 직접 탐사대를 이끌고 싶어 했으나 겨울에 심한 감기에 걸렸고 의사들이 먼 길을 떠나는 것은 절대 안 된다고 금지했다. 그렇게 해서 베니아민 리파토프가 탐사대장이 되었다. 리파토프는 탐사에 참여하고 싶어 하는 자원자 중에서 가장 먼저 고학년 학부생 가브릴라 사벨리예프를 뽑았다. 그런 결정에는 몇 가지 이유가 있었는데 그건 나중에 따로 언급하겠다. 세 번째로 뽑힌 대원은 알렉세이 코브로프인데 예술 아카데미를 졸업한 젊은이였다. 어떤 아케이드에 전시된 그의 그래픽 스케치에 리파토프가 깊은 인상을 받았다. 그때 그들은 처음 만나 친해졌다. 알렉세이는 사진에도 심취해 있었는데 이는 그림 그리는 능력과 함께 아주 유용하게 쓰일 것이다.

이 세 사람 모두 젊고 열정에 가득 차 있었다. 모두가 학문에 공헌할 수 있기를 소망했고 어떤 난관과 역경도 헤쳐 나갈 기세였다. 이런 면에서 그들은 닮아있었다.

리파토프는 탐사를 철저히 준비했다. 동아시아에서 유입되는 이주민에 관한 자료라면 찾을 수 있는 건 다 찾아 읽었다. 그러다가 그는 부베노프의 기고문을 접하게 되었고 그가 니콜스크에서 부관으로 복무하는 사실도 알게 되었다. 마침 건설 중인 시베리아횡단철도가 바로 이 도시까지 가니 거기서부터 탐사대는 말을 타고 이동해야 했다.

베니아민 리파토프와 강철의 길은 그렇게 교차하였다.

# 제35장

일요일 아침 식사를 하고 이고르 블라디미로비치는 강철을 리파토프에게 소개하러 갔다. 사복을 입은 부관은 자기 나이보다 훨씬 더 어려 보였다. 가벼운 외투가 그의 몸에 잘 맞았고 몸가짐 전체에서 군인의 자세가 느껴졌다. 강철이 그를 감탄하는 시선으로 보다가 시골을 떠나올 때 입고 온 반코트의 옷매무새를 자기도 모르게 바로 잡았다. 이를 본 부베노프가 빙그레 웃었다.

"우리가 귀족과 집사처럼 보이네. 안 그래, 나타샤?"

"젊고 경솔한 난봉꾼 귀족과 실속 있고 자신의 가치를 아는 집사로 보이네요." 아내가 농담에 장단을 맞춘 뒤 문 옆에서 성호를 그었다. "잘 다녀오세요!"

요사이 강철은 그들의 대화에서 모르는 단어가 들리면 나중에 물어보거나 사전에서 찾아보기 위해 기억해 두려 애쓰는 것이 거의 습관이 되었다. '젊고 경솔한 난봉꾼', 강철이 집을 나서며 마음속으로 되뇌었다. '아마 익살꾼 같은 뭐 그런 종류의 말이겠지.'

이고르 블라디미로비치가 선물한 새들백에 소지품을 넣었다. 두꺼운 안장가죽으로 만든 가방이 얼마나 기발하게 만들어졌는지 보는 사람마다 감탄했다. 각 가방은 두 칸으로 나뉘어 있고 전면에 주머니가 많이 달렸다. 가지런하게 누운 따뜻한 속옷과 셔츠, 양말을 보자 강철은 감사하는 마음이 벅차올랐다. 공책과 연필, 주머니칼, 심지어 성냥까지 들어있었다. 성냥상자들은 왁스 칠한 종이로 싸여 있다. 새들백은 어깨에 잘 맞았다. 하나는 앞에, 다른 하나는 등에 짊어졌다.

그들이 마차에 앉았다. 상인 레브리코프의 집을 아느냐는 질문에 마부가 진지하게 대답했다.

"압니다요, 나리. 어떻게 레브리코프 상인 집을 모를 수가 있습니까요. 니콜스크 최고 부잣집 중 하나인뎁쇼…"

"그리로 가자."

"분부대로 하겠습니다요, 나리."

그들이 어떤 상인 집으로 가다니, 강철이 놀라서 궁금한 얼굴로 동행자를 바라보았다.

"상황이 이렇게 된 겁니다." 마차가 출발하자 이고르 부베노프가 운을 뗐다. "레브리코프의 아버지가 한때 리파토프 집안의 농노였는데 한번은 사냥 중에 목숨을 걸고 주인을 구한 일이 있었어요. 주인이 은혜를 잊지 않았고, 그에게 자유를 주고 한몫 떼어 줬지요. 시간이 지나면서 농사꾼은 거상으로 변신했고 이곳으로 옮겨왔어요. 하지만 리파토프 가족을 잊지 않았고 자식에게도 기억하라고 당부했지요. 많은 세월이 흐르고 전 농노와 주인, 이 두 사람의 지류들이 만난 겁니다."

"지류가 무엇이지요?" 강철이 물었다.

"후손, 자손, 아이들." 부베노프가 빙그레 웃었다.

"농노는요?"

"예속된 농민, 아니면 다른 식으로는 노예. 러시아에는 농노제라는 부끄러운 사실이 있었어요. 대다수 농민이 지주에게 속했지요. 지주는 그런 농노를 팔 수도, 체벌할 수도 있었어요. 한마디로 말해서 지주가 농노의 전적인 주인이었지요."

"죽일 수도 있었나요?"

"아니요, 죽일 권리는 없었어요. 조선에는 농노제가 있었습니까?"

"아주 옛날에요. 하지만 어쨌든 농민은 항상 양반에게 종속되어 있었어요. 모든 것을 좌우하는 것이 토지인데 그걸 누가 소유하느냐가 관건이지요. 러시아든 조선이든 어디에 살든 가난한 사람은 힘듭니다."

"어떻게 생각하시오, 강철, 가난한 사람은 왜 생기는 걸까요?" 이고르 블라디미로비치가 질문을 던지고 호기심에 찬 눈빛으로 강철을 바라보았다. 그가 이렇게 떠보는 질문을 하는 것이 처음은 아니었다. 동아시아에서 온 사람의 세계관을 파악하고 철학, 과학, 정치에서 그가 인식하는 부분을 명백히 이해하고 싶었기 때문이다.

"한마디로 바로 대답하기는 어렵습니다." 강철이 미소 지었다. "부가 충분하지 않아서가 아닐까요?"

"이 부가 왜 부족한 걸까요? 이렇게나 땅이 넓고 광물자원이 도처에 널렸는데 … 일하고 생산하기만 하면 되는 거잖습니까."

"적게 일하고 적게 생산하는가 봅니다."

"맞는 말입니다." 이고르 블라디미로비치가 고개를 끄덕였다. "하지만 주된 원인은 사람들의 필요가 항상 증가하고 있기 때문입니다. 생산이라는 것이 하면 할수록 수요가 더 많이 발생합니다. 바로 여기에 진보의 원인이 있습니다. 사람에게는 항상 뭔가가 부족합니다. 돈, 지식, 권력 같은 것들이지요. 한 이십여 년 지나면 이 지방도 알아보지 못할 정도로 변신할 겁니다. 사람들은 지금보다 몇 배는 더 잘살게 되고요. 하지만 그렇다 해도 그때 역시 뭔가가 아주 부족할 겁니다."

"특히 가난한 사람들에게 부족하겠지요." 강철이 말했다.

"오, 아니에요. 가난한 사람은 그리 많은 걸 필요로 하지 않아요. 물질적 빈곤이란 상대적이잖습니까. 어느 시대나 더 가난한 사람은 있습니다. 더 부유한 사람도요. 제가 말하고 싶은 것은 물질적 빈곤에 자주 따라붙는 영혼의 빈곤입니다. 실존이 의식을 낳습니다. 사람이 부유하고 풍요롭게 살

수록 그는 더 풍요롭고 더 부유하게 생각하게 될 겁니다. 러시아의 문제는 어둠과 무지입니다. 바로 이것 때문에 유일하게 풍요를 담보할 수 있는 자본주의적 생산 방식이 널리 도입되지 못하는 겁니다."

"제가 볼 때는 시간의 문제인 것 같습니다." 강철이 말했다. 그는 이고르 블라디미로비치와 대화를 나누면 아주 흥미로웠다. 이 사람은 폭넓은 지식에도 불구하고 항상 상대방을 동등하게 대했기 때문이다. "더 부유해지면 학교와 대학도 많이 생기겠지요."

"그렇게만 되면 좋겠네요, 정말 좋겠어요. 큰 격변만 일어나지 않는다면."

"방금 하신 말씀을 못 알아들었어요, 이고르 블라디미로비치." 강철이 솔직하게 말했다.

"아시는지 모르겠지만, 지금 러시아는 정치적 격동과 투쟁으로 요동치고 있습니다. 어느 시대나 나라가 발전하려면 정권의 안정이 필요합니다. 의식의 전환을 위해서는 혁명이 필요할지 모르겠지만, 혁명이 일어나면 나라를 수년 전으로 되돌려놓습니다. 무정부 시대나 독재 시대가 오기 때문이에요. 당신은 토머스 모어에 관해 들어보신 적이 있습니까?"

"아니요." 강철이 고개를 가로저었다.

"400년 전에 살았던 사람인데 이상적인 국가 체제에 관한 책을 한 권 썼어요. 부자도 빈자도 없고 모든 것이 사회에 귀속되어 있고 모든 사람이 필요한 만큼 소비하는 나라말입니다. 모두를 평등하고 행복하게 만든다는 사상은 위대합니다. 이 사상은 많은 사람에게 영향을 끼쳤고 앞으로도 끼칠 것입니다. 하지만 그런 나라를 구현하려면 수백, 수천 년이 필요할 겁니다."

"왜지요?"

"철, 당신 자신이 직접 이 질문에 대답했어요. 부가 충분하지 않기 때문이지요. 물질적, 정신적, 학문적 부 말입니다. 토머스 모어 자신도 이를 잘 알았기에 책 제목을 〈유토피아〉라고 지었어요. 라틴어로 '존재하지 않는 곳'을 의미하지요."

"그렇지만 사람들이 한 가족처럼 살았던 시대가 있지 않았습니까?"

"그렇지요, 있었지요." 이고르 블라디미로비치가 강철의 말에 수긍했다. 그리고 나서 질문 하나로 허술한 곳을 정확하게 짚을 줄 아는 이 조선인의 능력에 다시 한 번 감탄하면서 강철을 바라보았다. "그 당시 사람들은 다른 방식으로 생존하는 것이 불가능했기에 그렇게 살아야 했습니다. 최소한의 것만 필요로 했지요, 모든 것이 충분하지 못했으니까. 그런데 충분한 부가 생기게 되면서 재산이 생기고 사람들을 부자와 빈자로 나누었어요. 하지만 이것도 영원하지는 않을 겁니다. 때가 되면, 반복해서 말하지만 때가 금방 오지는 않을 겁니다, 이 땅이 풍요로 충만할 것이고 그때는 소유라는 것이 의미를 잃게 될 겁니다. 그렇지만 그때도 불평등은 존재할 겁니다. 지능, 힘, 아름다움에서의 불평등을 말합니다. 사람들이 모두 같을 수는 없어요, 한 사람 한 사람이 다 고유한 존재이고, 바로 이것에 인류의 행복이 있습니다.

강철은 이고르 블라디미로비치가 이 대화를 시작한 이유가 있다고 느꼈다. 게다가 이 러시아 장교는 강철만이 아니라, 다른 어떤 보이지 않는 상대방을 염두에 두고 말하고 있다고 느껴졌다.

"그냥 받아들이고, 고개를 떨구고서 아무것도 알아채지 못해야 한다는 말이군요. 동양 철학과 같은 겁니다!" 강철이 외쳤다.

"아니, 아니에요." 부베노프가 반박했다. "제가 했던 말은 다른 뜻이었어요. 사람은 어딘가로 치우쳐서, 즉, 냉정하지 않게 살아야 합니다. 하지만 … 하지만 역사와 사회발전의 자연스러운 흐름을 바꾸려고 하는 것은 마치 … 사람이나 식물의 성장을 막는 것과 같습니다. 그렇게 되면 결과적으로 흉물이 될 수밖에 없어요. 자연은, 우리 사람들도 자연의 일부이지요, 거친 폭력을 용납하지 않습니다. 유토피아적 사회주의 사상은 훌륭합니다. 하지만 그것에 휩쓸리지 않도록 주의하세요, 그건 아직 유토피아일 뿐입니다. 선은 언제나, 어디서나 행할 수 있습니다. 그래요, 언제나, 어디서나."

"일본에서 그런 나무를 키웁니다. 작고 흉한. 분재라고 일컫습니다." 강철이 말했다.

"그래, 그래요." 이고르 블라디미로비치가 고개를 끄덕였다. "자연스러운 것에서 평범하지 않을 것을 만들어 내지요, 시선을 끌기 위해서. 프랑스에서도 강도들과 콤프라치코스Comprachicos*가 있었지요. 그들은 아이들을 납치하여 이상한 기형을 만든 다음 서커스에 세웠어요. 우리를 둘러싼 자연스러운 이 모든 것보다 더 훌륭한 것이 뭐가 있겠습니까."

그가 손으로 원을 그리며 주변을 가리키자, 강철은 자기도 모르게 눈으로 그의 손짓을 따라가며 보았다. 경사진 지붕이 덮인 큰 집들, 겨울잠을 자고 나서 다시 살아나고 있는 나무들, 봄비를 머금은 화창한 하늘을 응시했다.

마차가 이층 벽돌집 앞에 멈춰 섰다.

"여기가 바로 제1 길드의 상인 레브리코프 댁입니다." 마부가 뒤를 돌아보며 넓은 턱수염이 떨리도록 미소 지었다. "오늘 이 댁에 사람이 넘쳐나요. 손님들이 모스크바에서 많이 오셨다고 하던데요. 대단합니다."

"대단할 게 뭐가 있지?" 마차에서 내리며 이고르 블라디미로비치가 물었다.

∙∙∙∙∙∙∙∙∙∙

* 콤프라치코스 : Comprachicos 빅토르 위고의 『웃는 남자』에 언급되는, 아이들을 납치해서 인위적으로 기형으로 만든 뒤 팔아넘기는 악질 범죄 조직. 이름인 콤프라치코스는 스페인어로 compra(구매하다)와 chicos(아이들)의 합성어이다.(나무위키 참조)

"이렇게 먼 곳까지 사냥하러 왔다니까 대단하지요, 하하!"

"뭘 보고 손님들이 사냥하러 왔다고 생각하나?"

"총을 사들이고, 화약도 사고, 이런저런 비상식량까지. 사람들이 말하길 요사이 말도 보러 다닌다고 … "

"마부들은 모든 것을 알고 있네." 부베노프가 빙그레 웃으며 돈을 내밀었다. "받으시오, 나리."

"대단히 감사합니다." 마부가 고개 숙여 절하자, 그의 턱수염이 절반으로 접혀 가슴팍에 닿았다. "마부들은 정수리에 귀가 달렸습니다.(주의 깊게 경청한다는 말 - 옮긴이)"

이고르 블라디미로비치와 강철이 바깥문으로 들어가 모서리 끝에서 집을 돌아 별채들로 둘러싸인 널찍한 마당으로 들어섰다. 땅바닥에 촘촘한 천이 커다랗게 펼쳐져 있었고 검은 구레나룻이 난 젊은 껑다리가 어마어마하게 기다란 바늘로 네모로 잘린 자리를 가늘고 흰 망을 덧대어 꿰매고 있었다. 조금 떨어진 곳에서 비슷하게 생긴 코안경을 쓰고 턱수염을 기른 젊은이가 나무 궤짝에서 꾸러미와 상자들을 꺼내 연필로 표시하고 자루에 집어넣고 있었다. 그는 이 작업을 체계적으로 서두르지 않고 했다. 벽 앞에는 옷, 장화, 밧줄들이 무더기로 쌓여있었다. 그 옆에는 소총들이 줄을 지어 벽에 기대고 서 있었다. 막사 안쪽 깊숙한 곳 어디에서 모루에 망치질하는 소리가 들려왔다.

"신의 도움이 임하기를!" 이고르 블라디미로비치가 큰 소리로 활기차게 말했다.

청년들이 하던 일을 잠시 멈추고 기분 좋게 화답했다.

"베니아민 페트로비치는 어디 계시는가?"

검은 구레나룻 청년이 막사 쪽을 손으로 가리켰다.

"저기서 말편자를 만들고 계세요. 그런데 대장장이가 어제부터 술이 깨지를 않네요. 아침부터 일하는데 겨우 편자 하나를 만들었어요."

이고르 블라디미로비치가 강철에게 윙크했다.

"갑시다. 당신이 대장장이라고 들었던 것 같은데?"

막사 밑 통로가 어찌나 넓은지 수레 두 대는 너끈히 다닐 수 있었다. 한쪽에는 마구간이 있고 다른 쪽에는 외양간, 양 우리와 돼지우리가 있었다. 걸어가면서 강철이 세어보니 스무 칸이 넘었고 거의 모든 칸에 동물들이 차 있었다. 말 몇 마리가 대가리를 내밀고 낯선 손님들을 환영하듯 콧김을 뿜었다. 끝부분에서 통로가 더 넓어지면서 벽돌로 포장된 공간을 만들어 놓았다. 그곳을 둘러싼 모양으로 대장간, 마구 작업실, 목공소, 여름 식당 겸 주방이 있었다. 갈고리들이 걸려있는 걸 보니 여기서 짐승을 도축하는 것 같았다. 모든 것이 놀랄 만큼 규모가 어마어마했다.

수염도 안 난 소년 둘이서 작은 말의 굴레를 잡고 있었는데 대장장이가 다리를 잡으려고 할 때마다 말이 물러서면서 말을 듣지 않았다. 빨간 띠가 달린 군모를 쓴 키 큰 남자가 옆에 서서 다정한 말로 짐승을 달래며 말의 엉덩이를 받치고 있었다. 마침내 대장장이가 자기 무릎 사이에 말굽을 끼웠지만, 위치를 조정하다가 망치를 떨어뜨리고 말았다. 대장장이가 더듬거리며 망치를 찾는 동안 말이 다시 걷어차면서 발을 빼버렸다. 대장장이가 욕지거리했다. 덥수룩한 턱수염이 덮힌 그의 커다란 얼굴은 무력한 분노와 울화로 붉으락푸르락했다.

"잠시만요." 강철이 외치고 대장장이에게 다가갔다. 그에게서 보드카에 절은 냄새가 났다. 사람이 참을 수 없는 냄새를 말이라고 참아낼까? "망치 두고 여기서 나가세요."

대장장이가 당황하여 사방을 둘러보았다.

"시키는 대로 해." 키가 큰 남자가 말했다. 검은 셔츠 소매를 걷어붙이고 있어서 그의 희고 강한 팔이 드러났다.

"분부대로 합죠, 나리." 대장장이가 말을 따랐다.

술에 취한 대장장이가 물러날 때까지 기다렸다가 강철이 말에게 다가갔다.

"놀랐구나, 이 예쁜 것이." 강철이 한국어로 말하면서 말의 목을 쓰다듬었다. 말이 금방 순해지면서 고개를 떨구더니 잠시 젖은 주둥이를 사람의 어깨에 기댔다.

강철이 허리를 숙여 침착하게 말의 앞다리를 살짝 들어 올려 말굽을 살펴보았다.

"아이고 지저분하네. 그렇지만 지금 제대로 손을 봐줄게 … "

모두가 뭐라고 중얼거리면서 새로 등장한 대장장이 강철을 조용히 지켜보았다. 재빨리 말굽을 깨끗하게 닦은 다음 편자를 능숙하게 끼우더니 정확한 타격 몇 번으로 못을 박았다.

"이제 다른 발을 줘봐라 … 옳지 … 어이, 말을 잡고 서 있을 필요 없어요. 이제 말이 순해졌어요."

코사크 군모를 쓴 남자가 이고르 블라디미로비치 부베노프에게 다가와 악수했다.

"솜씨 좋은 한인이네요. 그때 이분 이야기를 하신 것 맞나요?"

"예." 부베노프가 고개를 끄덕였다.

"스테판 이바노비치 레브리코프가 지금 어떤 급한 일이 생겨 알메티옙스크로 가셨어요. 그래서 저에게 아들과 조카를 보냈는데 이 아이들 머리에는 놀 생각밖에 없네요. 술이 덜 깬 대장장이를 이렇게 데려와서 하마터면 말을 불구로 만들 뻔했네요 … "

"말 사는 일은 직접 하셨나요?" 궐련에 불을 붙이며 부베노프가 물었다.

"제가 어떻게요? 저는 말 타는 것만 할 줄 압니다. 농부들이 없다면 우린 죽겠지요, 그렇지요?"

둘은 유쾌하게 웃었다.

"그럼 일하는 데 방해하지 맙시다." 베니아민 리파토프가 말했다. "더구나 세부 경로에 관해 부관님과 의논할 일도 있고요. 가시지요 … "

말의 편자 박는 일을 끝내고 마당으로 나온 강철은 찬란한 햇빛에 눈이 부셨다.

"고단합니까?" 옆에서 베니아민 리파토프의 목소리가 들려왔다. "이제 제대로 인사 나눕시다 … "

강철이 예상한 대로 이 새로운 지인의 악수는 단단하고 힘이 넘쳤다. 강철은 악수가 마음에 들었다.

"이고르 블라디미로비치 부베노프가 인사도 못 하고 가서 죄송하다고 전해달래셨습니다. 내일 아침에 우리를 배웅하러 다시 오실 겁니다. 출발할 때까지 우리와 같이 계셔야 하는데 괜찮겠습니까?"

"괜찮습니다."

"니콜스크에서 떠나기 전 찾아봬야 할 분이 계십니까?"

"감사합니다만, 저는 이고르 부베노프와 그분의 부인 외에 니콜스크에서 가까이 지내는 사람은 없습니다."

"부베노프 부관께 들은 바로는, 시골에서 사셨다지요. 그런데 당신이 대장간 일을 그리하는 것을 보고 부관도 놀란 것 같았습니다. 말의 편자를 그렇게 능숙하게 박는 일은 어디서 배우셨나요?"

"한 대장장이의 조수로 일했습니다. 조금-조금 익혔어요 … "

106

"조금-조금?" 리파토프가 큰 소리로 웃기 시작했다. 그런 다음 갑자기 고개를 치켜들고 손을 옆구리에 얹은 다음 위압적으로 물었다. "뭘 또 하실 줄 아십니까, 나으리? 우리는 '조금-조금'은 안 봐줍니다, 우리는 '많이-많이'가 필요해요! 그래서 또 뭘 할 줄 아십니까?"

강철이 어리둥절하여 이 러시아인을 응시하다가 웃고 있는 눈을 보고 이 사람이 농담하고 있는 것을 알아차렸다. 그래서 농담을 받아주기로 마음먹었다.

"뭘 할 줄 아냐고?" 강철이 소리를 지르고 머리에서 모자를 벗어 땅바닥에 내던지고서 울분에 찬 듯 말하려고 애쓰면서 천천히 리파토프를 향해 다가갔다. "나는 훌륭한 신사요, 많은 것을 조금-조금 할 줄 알아요. 장작도 조금-조금 팰 줄 알고, 낫질도 조금-조금 할 줄 알고, 쟁기질도 조금-조금 할 줄 알고, 밥도 조금-조금 할 줄 알고…… "

"됐어요, 됐어." 리파토프가 겁을 내며 뒤로 물러났다. "당신이 이런 것을 어디서 배웠는지 모르겠지만 허풍쟁이 러시아 사내와 완전히 똑같네요. 그런데 왜 하필이면 조금-조금이라고 합니까? 자신을 치켜올려야지요…… "

"모르겠어요." 강철이 어깨를 으쓱했다. "한인들은 왜 그런지 모르지만 자기가 뭘 잘한다고 내세우지 않아요. '조금 할 줄 압니다'라고 말하면 잘한다는 뜻입니다."

"재미있는 반전이네요. 왜 '조금-조금'이라고 말했는지 이제 알 것 같습니다. 내 보기에, 한마디로 말해서 당신은 손재주가 좋은 분이네요. 그대로 좋습니다. 저는 당신을 '조금-조금' 안내자, '조금-조금' 나무꾼, '조금-조금' 사냥꾼, '조금-조금' 통역관으로 쓰겠습니다. '조금-조금' 동의합니까?"

"'조금-조금' 동의합니다." 강철이 고개를 숙였다. 그는 이제 막 알게 된, 유쾌하게 농담도 하고 큰 소리로 웃을 줄 아는 이 사람에게 호감을 느꼈다.

"이제 그럼 다른 사람들과도 인사합시다. 어이, 훌륭한 청년들!" 리파토프가 나머지 탐사대원들을 향해 소리쳤다. "이쪽으로 얼른 오시게들!"

가장 먼저 검은 턱수염이 다가왔다.

"가브릴라." 그가 무서운 크기의 손을 내밀었다.

"가브릴라는 우리의 경리부장이자 요리사, 책임 짐꾼입니다." 베니아민 페트로비치가 소개했다. 마르고 코안경을 쓴 청년이 인사를 하자 베니아민이 말했다. "이 사람은 알렉세이, 화가이자 사진사이고 책임 화부예요."

"자 이제 우리 대원정대의 네 번째 대원이신 대단한 분을 소개하겠습니다. 강철입니다. 그는 통역관, 사냥꾼, 책임 나무꾼입니다. 자, 여러분, 이제 벤치로 가서 담배나 한 대 피우면서 좀 쉽시다 … 강철, 담배 피워요? 안 피워요? 훌륭하십니다."

러시아인 세 명이 궐련 연기를 맛있게 들이켰다.

"이렇게 탐사대가 다 꾸려졌으니 출발해도 되겠지요?" 알렉세이가 물었다. 그의 목소리는 놀랄 만큼 깊게 울리고 톤이 좋았다.

"그렇지요." 리파토프가 대답했다. "오후에 우리의 후원자 레브리코프가 오실 겁니다. 내일 아침에, 별일이 없으면, 출발하도록 하지요. 짐 꾸리는 일을 서둘러 마쳐야 해요. 목록 중에서 어떤 항목이 아직 파악이 안 됐나요, 가브릴라 세묘노비치?"

"선물 항목입니다. 우리가 아직 구체적으로 뭘 살지 정하지를 못해서요 … "

"아하, 그럼, 우리 통역관에게 물어봅시다. 한인의 마음과 몸이 원하는 것이 뭘까요? 남자들, 여자들, 아이들 … 그 사람에게 선물로 당신이라면 뭘 사겠어요, 강철?"

"저요? 살 게 많을 것 같은데 … 예를 들어, 피아노, 책, 축음기. 니콜스크에는 말도 모자라요. 조금 더 가벼운 걸 준비해도 좋겠습니다. 어른들에게는 쌈지, 손수건, 아이들에게는 색연필, 유리구슬 … "

"무쇠 펜, 바늘." 알렉세이가 말했다.

"단추." 가브릴라가 한마디 얹었다. "왜 웃어요? 저는 어제 가게에서 아주 예쁜 단추 세트를 보자마자 어린 시절과 어머니가 떠올랐는데요. 집에 자작나무 껍질로 만든 큰 상자가 있었는데 그걸 열면 온갖 잡동사니가 있었어요 … "

"그것도 훌륭하겠군." 리파토프가 수긍했다. "사소하지만, 그 대신 많이 준비하는 게 좋겠군. 알렉세이, 강철, 선물 사는 일을 같이해 주세요. 여기 돈이 있습니다. 지금 바로 가세요. 나와 가브릴라는 여기 일을 마무리할게요 … "

선물은 실제로 자루 몇 개에 그득 담을 정도라 옮기려면 수레를 빌려야 했다.

점심때가 지나자, 상인 레브리코프가 도착했다. 깔끔하게 면도한 얼굴에 건장한 남자였다. 뚫어보는 듯한 위압적인 시선이 특히 인상적이었다.

"다 준비되었다는 말이지, 리파토프? 자 그럼 총점검을 해보세. 모두들 탐사대 복장으로 갈아입고 말에 안장을 채우고 짐을 실으라고 시키게. 그러고 나서 보자고 … "

30분 후에 탐사대 전체가 장비를 갖추고 마당에 줄을 섰다. 레브리코프와 리파토프가 점검을 시작했다. 복장과 신발, 마구와 안장, 무기와 짐 포대를 검사했다.

마지막 차례가 강철이었다.

"스테판 이바노비치(레브리코프), 이 사람은 한인 통역관입니다. 부베노프가 말한 바로 그 사람입니다."

두 사람은 몇 초간 서로의 눈을 응시했다.

"총명해 보이는군. 몇 살이지? 조선에서 온 지 오래됐나? 거기서 뭘 했지?"

강철이 조금 머뭇거렸다. 그는 아직 자기 생각을 즉석에서 러시아어로 말하는 것이 익숙하지 않았다.

"저는 스물넷입니다. 조선에서는 이 년 전에 왔습니다. 조선에서는 사무소 직원이었습니다."

"훌륭해. 이 년 만에 그렇게 러시아어로 말하다니!" 레브리코프가 흡족해하면서 강철의 어깨에 두툼한 손을 얹었다. "리파토프를 실망시키지 말게. 한인 정착민들이 잘되길 바라는 그의 마음을 잊지 말게. 나도 마찬가지야. 한인들은 부지런하고 정직한 민족이기 때문이지."

레브리코프가 한 발 뒤로 물러서서 모두를 향해 말했다.

"나는 타이가를 수없이 다녀왔다. 숲속에서 몇 주간 살았던 적도 있었고 온갖 일을 다 겪었다. 호랑이도 만나고 곰도 만났다. 흉악한 이들과 싸워야 할 때도 있었다. 여기서 분명한 건 하나다. 옆에 충직한 친구들이 있으면 어떤 위험도 두렵지 않다. 우리도 여러분과 함께 원정을 떠났으면 좋았겠지만, 이곳에도 수염같이 그냥 깎아버릴 수 없는 걱정거리와 할 일이 태산처럼 쌓였다. 안 그랬다면 … 에이, 말해 뭐하나 … 내가 여러분에게 많은 시간을 할애하지 못해 미안하다. 가브릴라, 제유기를 수리해 줘서 고맙다. 네 손은 금손이고, 머리는 명석하니 대학 졸업하고 이 지역으로 오겠다고 결심하면 내가 기꺼이 너에게 일자리를 마련해주마. 알렉세이, 그림을 그려 줘서 너에게도 고맙다. 너는 위대한 화가가 되어 너의 그림으로 사람들에게 기쁨을 주리라 믿는다. 한인, 너에게 한마디 하마. 정직해라, 그리고 러시아 사람들이 너의 동포들에 관해 많이 알면 알수록 그들이 러시아에서 더 쉽게 정착한다는 사실을 잊지 마라. 자, 이제 한증막에서 마지막으로 몸을 씻고 길 떠나기 전에 한잔하기로 하지."

저녁때가 오자 모두가 넓은 응접실에 모였다. 가구와 거대한 액자에 걸린 그림, 사슴뿔과 곰의 머리를 강철은 흥미롭게 관찰하였다. 바닥은 두꺼운 카펫으로 덮여있었다. 모든 것이 크기로 압도했고 굵직하고 무거운 물건을 선호하는 주인의 취향을 말해주었다.

레브리코프가 들어왔다. 그는 우아한 검은 턱시도를 입고 나비넥타이를 맸다. 머리카락은 매끄럽게 빗질하여 가르마를 타고 깔끔하게 뒤로 넘겼다. 강철은 그가 레브리코프인지 바로 알아보지 못했다.

"목욕 잘했나?" 그가 명랑하게 물었다. "좋았어? 러시아 사람들은 어디를 가든, 어디에 살든, 자작나무 가지와 한증탕 없이 어떻게 살까 싶어. 한인들은 뭐 없이 못 살지, 어떻게들 생각하나?"

강철은 자기한테 묻는 말인지 금방 알아듣지 못했다. 질문이 자기를 향했다는 것을 깨닫고는 잠시 생각해 보았다.

진짜로 어디에 살든 어떻게 살든 상관없이 한국 사람들에게 없으면 안되는 게 뭐가 있을까?

"아마 온돌일 겁니다." 강철이 설명을 보탰다. "온돌은 따뜻한 바닥입니다."

"알아, 알아." 레브리코프가 고개를 끄덕였다. "그게 러시아 벽난로의 스토브 벤치와 비슷한 것 같더라고. 겨울에 그 위에서 자면 특히 좋아. 조선에는 목욕탕이 있나?"

"러시아 목욕탕 같은 건 없습니다. 그리고 있을 수도 없고요. 안 그랬다면 우리도 러시아 사람이 되었겠지요."

강철의 말에 모두가 기분 좋게 웃었다.

"아빠, 식탁 다 차렸어요. 다들 저녁 드시라고 부르세요."

흰 드레스를 입은 키가 크고 어여쁜 아가씨가 문지방에 서 있었다. 강철은 낮에도 레브리코프의 딸을 보았다. 그녀가 몇 번 마당으로 나올 때마다 크고 파란 눈을 가진 그녀의 하얀 얼굴에서 시선을 거두기가 어려웠다. 아마 강철만 그리 느낀 것은 아닐 것이다. 이를테면 알렉세이는 대놓고 아가씨를 감상했으며 가브릴라는 몰래 슬쩍슬쩍 흘끔거렸다. 그런데 베니아민 리파토프는 온통 하얗게 질리더니 주변에 아무도 없는 듯 그 아가씨만 응시했다.

커다란 식탁은 눈처럼 하얀 식탁보와 크리스털, 은식기로 반짝거렸다. 스테판 이바노비치 레브리코프는 상석에 앉았고 양옆에 딸 알료나와 리파토프를 앉혔다. 모두가 자리에 앉기를 기다렸다가 운을 뗐다.

"젊은 지식인들이 신을 그리 숭배하지 않는 것을 알고는 있네만, 이 집에서는 식사 전에 기도드려야 합니다." 그는 자기 앞에 두 손을 모으고 고개를 약간 숙였다. "하느님, 음식을 먹게 해주셔서 감사합니다. 침울한 외로움 속에서가 아니라 마음이 가깝고 통하는 사람들과 이 자리를 함께할 수 있게 해주셔서 감사합니다. 인간은 일용할 양식으로만 사는 것이 아니라, 사람이 만나 소통하여 만드는 영혼의 양식으로도 살기 때문입니다. 아멘!"

세월이 많이 흐르면 오늘 이 저녁 자리에서 있었던 많은 것이 강철의 기억에서 사라질 것이다. 하지만 더는 만날 기회가 없을 집주인의 형상은 영원히 기억 속에 남을 것이다. 왜냐하면 이날 저녁 조선에서 온 가난한 이민자가 스테판 이바노비치 레브리코프의 격의 없는 태도와 말, 농담에 감상하고 감탄하면서 갑자기 위대한 진실을 깨달았기 때문이다. 즉, 모든 사람은 피부색에 상관없이 똑같이 태어나는데, 운명이 어떤 이는 높이고 어떤 이는 낮출 뿐이다. 이 지적이고 위엄 있는 사람의 할아버지는 누구였던가? 농노였다. 그런데 그의 손자는 어떤 사람이 되었나?

만약 모든 사람에게 훌륭한 양육과 교육 기회가 주어진다면 세상은 얼마나 행복해질 것인가! 왜 어떤 이들은 태어나는 순간부터 모든 것을 누리고, 어떤 이들은 아무것도 누리지 못하는 것일까? 이런 불의는 어디서 생긴 것일까?

누구나 자기 운명을 스스로 만들 수 있도록 세상을 다시 건설해야 한다. 궁핍하고 천대받는 이들을 돕는다는 목적, 이것이야말로 위대한 목적이 아닌가? 모든 사람이 존엄한 삶을 누릴 수 있도록 평등한 권리를 보장하는 일에 인생을 바친다면…?

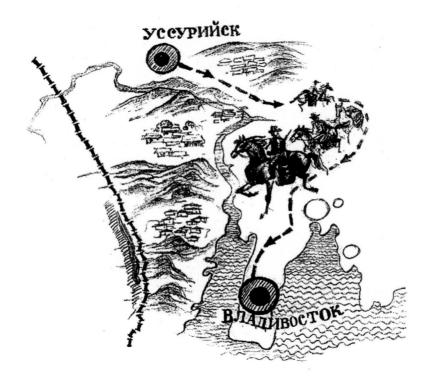

# 제36장

**다**시 길을 떠났다.

　마치 2년의 평화로운 시골 생활을 하지 않은 것처럼, 앞으로 끊임없이 전진해야만 하는 견디기 힘든 원정을 앞두고 모든 것이 머릿속에서 지워진 것 같았다. 그러나 이제 강철은 남의 눈을 피해 몰래 움직이는 가엾은 이민자가 아니라 필요한 신분증과 장비를 전부 갖춘, 온전한 러시아 국민으로, 학술 탐사대의 일원으로 이 원정을 떠난다.

　그렇기는 하지만 종일토록 말 안장에 앉아 길을 가는 것은 얼마나 힘든 일인가! 그들이 첫 번째 휴식을 하려고 가던 길을 멈췄을 때 강철은 말에서 미끄러져 하마터면 떨어질 뻔했다. 다리가 몸의 무게를 감당하지 못해 구부러지면서 말을 듣지 않아서였다. 비틀거리는 걸음걸이와 신음으로 보아하니 다른 대원들도 모두 같은 형편이었나 보다.

　"휴우." 리파토프가 나무 밑에 자리를 잡고 다리를 뻗으며 한숨을 쉬었다. 나머지 대원들이 그 옆에 되는대로 풀썩 주저앉았다. "대초원을 질주하는 내 모습을 상상할 때는 얼마나 좋았게! … "

　"엉덩이에 아무것도 느껴지지 않아요." 하소연하는 투로 가브릴라가 말했다. "조선의 아들은 기분이 어떠신가? 에게, 엉거주춤 걸음걸이를 연습하기로 했나 보네 … "

　모두가 흥미롭게 강철을 지켜보았다. 그는 등을 대고 누워서 다리를 구부렸다 폈다 하고 있었다. 그런 다음 벌떡 일어나서 천천히 앉기를 몇 번 반복했다.

　"어때, 그러니까 몸이 좀 개운해요?" 알렉세이가 물었다.

"그래요." 강철이 빙그레 웃고 나서 도끼를 꺼냈다. 나머지 대원들도 슬슬 움직이기 시작하자 이윽고 거대한 동 주전자 밑에서 불꽃이 명랑하게 타올랐다.

뜨겁고 달짝지근한 차를 마셔가면서 건식 비상식량으로 끼니를 해결했다.

"저녁쯤에는 반테옙카에 도착할 건데 거기서는 뜨거운 밥을 얻어먹을 수 있기를 바라네." 리파토프가 밝은 목소리로 말했다. "시작은 어렵지만 적응하면 쉬워질 겁니다. 일주일만 견디면 말 안장에서 잠도 잘 수 있을 거요."

담배를 피우고 다시 길을 떠났다. 악마라고 별명을 지은 튼실한 검은 종마를 탄 가브릴라가 앞장섰다. 그 뒤를 리파토프, 짐을 실은 말 두 마리, 알렉세이가 따라갔고 마지막을 강철이 막았다.

말을 탄 채 이동하니, 생각에 잠길 수 있는 훌륭한 조건이 형성되었다. 말이 한 줄로 서서 이동하니 특별히 조종할 일도 없었다. 고삐를 내려놓고 하고 싶은 생각을 하면 되었다. 주변의 단조로운 풍경도 생각을 산만하게 흩트리지 않았다.

… 부베노프 부부가 약속한 대로 강철을 배웅하러 왔다. 헤어질 때 이고르 블라디미로비치 부베노프가 회색 봉투를 강철에게 내밀었다.

"제 지인에게 보내는 편지입니다. 블라디보스토크에 도착하면 바로 그 사람을 찾으세요. 그가 당신이 정착하도록 도와줄 겁니다. 그럼, 행운을 빕니다!"

나탈리야가 부드럽게 강철을 안아주고 단단히 일렀다.

"사라지지 마세요, 철. 자주 편지 쓰시고요. 곧 다시 볼 수 있는 기회를 하느님이 주시길 바라요."

나탈리야가 선물로 여정에 어울릴 장갑을 주었고 지금 강철이 끼고 있다. 처음에는 생가죽 냄새가 지독했는데 이제는 익숙해졌다.

모두가 안장에 뛰어오르자, 말들이 초조하게 발굽을 골랐다. 모두가 기다리는 사이 리파토프는 한쪽으로 비켜서서 알료나에게 뭔가를 말하고 있었다. 알료나가 홀린 듯한 표정으로 그의 말을 들으며 고개를 끄덕거렸다. 레브리코프가 고개를 돌려 나머지들을 보고 손짓했다.

"출발들 하게, 이 사람이 따라잡을 거야."

도시를 벗어나는 출구에서 리파토프가 나머지 대원들을 따라잡았다. 그의 눈이 어찌나 환하게 빛나던지 그 모습을 보고 미소를 짓지 않을 수 있는 사람이 없을 정도였다. 참으로 이상한 일이다. 남의 기쁨에 동화되기는 이리도 자연스러운데 남의 고통에 공감하기는 때때로 그런 척을 해야만 하다니.

어제저녁 만찬에서 집주인 레브리코프와 리파토프 사이에 흥미로운 대화가 이어졌는데, 그것을 들으면서 강철은 러시아 사회 다른 계층을 대표하는 두 사람이 한인 이민자 문제를 어떻게 바라보는지 어느 정도 알게 되었다. 화제를 꺼낸 건 레브리코프였다.

그가 말했다. "이 땅의 진정한 주인으로서 나는 여러분 탐사대의 목표와 목적을 환영하네. 누가 우리의 지붕 밑으로 살러 오며, 우리 아이들과 손자들이 누구와 살게 될 것인지 우리가 알아야지. 이 문제를 가지고 내 안에서는 두 개의 감정이 싸우고 있네. 한편으로는 이토록 광활한 영토가 진정한 농부의 손길을 기다리면서 텅 비어있는 것을 보는 게 나는 고통스러워. 우리 힘으로 이 땅을 다 개간하려면 수십 년, 아니 수백 년이 걸릴 것을 아니까 하는 말이네. 하지만 러시아 애국자의 감정이 내게 말하네, 남의 나라 떠돌이들을 이곳에 들이지 말아야 한다고. 이 문제에서 나는 전직 운테르베르게르 총독의 입장에 동의하네. 다른 나라에서 온 이민자가 현지 주민의 숫자를 넘어버리면 실제로 무슨 일이 일어나겠나. 그들이 농업이나 상업, 광업이나 다른 산업을 주도하게 된다면? 우리 생각에는 그런 일은 일어나지 않을 거라고, 아니면 최소한 가까운 미래에 일어날 일은 아닐 것 같잖아. 의기소침하고 러시아말도 제대로 모르고 많은 권리를 빼앗긴 이민자가 이 지역에 뿌리내릴 날은 멀었다고 말하면서 말이야. 그러나 순진한 사람만 그렇게 생각할 수 있어. 이민이라는 것은 그 자체로 사람에게 어마어마한 삶의 전환점이야. 그래서 이민을 감행하는 사람들은 가장 결단력 있고 원기 왕성한 사람들이지. 그들이 남의 땅에 얼마나 빨리 적응할지는 … 글쎄, 내 생각에는 멀리 가서 예시를 찾을 필요도 없을 것 같네. 여기 우리와 함께 강철이라는 분이 앉아있잖아. 이곳에 온 지 이년이 채 안 됐는데 벌써 러시아말을 꽤 능숙하게 구사하잖아. 그래, 이런 경우는 드물다고 치자고. 대부분은 글을 모르는 농민이니까. 하지만 나는 장사 일로 한인 정착촌을 자주 가는데 거기 가면 그 사람들이 교육에 얼마나 헌신적인지 알수 있어. 한인들이 지어놓은 그런 학교를 러시아 마을 어디에서도 나는 본적이 없다. 이것이 전직 총독의 선견지명을 입증하는 증거야. 게으르고 엉덩이가 무겁고, '어떻게든 되겠지'라는 법칙에 따라 살며, 〈요술 부리는 물〉, 〈나르는 식탁보〉, 〈개구리 공주〉, 〈황금 물고기〉 같은 동화에 나오는 어떤 기적이 일어나기만을 바라며 사는 러시아 농민들을 이주민들이 가뿐하게 뛰어넘을 것이야… "

레브리코프가 숨을 고르며 잠시 뜸을 들인 후 다시 이야기를 이어 나갔다.

"그런데 사업가이자 이 지역의 빠른 개간을 바라는 애국자의 입장에서 보면 말이지, 나는 동아시아에서 이주민들이 유입되는 것에 찬성하네. 그리고 내 이웃에 사는 사람의 권리를 억지로 제한하는 것에는 내 의식이 저항하고 있어. 게을러서 가난한 사람은 있어 왔고 앞으로도 있을 것이지만, 그들을 영원한 품팔이로 전락하게 하면서 가난할 수밖에 없게 한다면 그건 사회적 반란의 씨앗이 돼. 이 문제를 어떻게 바라봐야 하지? 베니아민 페트로비치(리파토프), 자네가 한 말씀 하겠나?"

"저희의 탐사 목적이 바로 이민자의 동화가 얼마큼 가능한지를 전면적으로 연구하는 것입니다." 베니아민 리파토프가 대답했다. "예카테리나 2

세가 유대인 정착 지역을 설정하던 지난 세기의 경험이 말해주는 것은, 인공적인 장벽을 세우면 그 장벽을 넘어서려는 욕구를 더 부추기게 된다는 것입니다. 100년도 채 지나지 않았지만, 유대인들은 군대를 제외한 러시아 사회의 모든 영역에서 중요한 역할을 하게 되었습니다."

"정치도 제외하고." 가브릴라가 덧붙였다.

리파토프가 피식 웃었다.

"잘못 보신 겁니다. 정치와 권력은 자본의 의견을 대변합니다. 그런데 지금 상당한 자본이 유대인의 손에 있습니다. 하지만 과거에 있었던 일련의 경험들이 우리에게 본보기가 되기도 하지요. 러시아에 복무하러 온 외국인이 러시아 국민이 되어 애국자가 되곤 했지요. 운테르베르게르 총독 자신이 이것의 증거 아닙니까? 예카테리나 2세도, 다른 통치자들도, 현재의 친척들 또한 외국 혈통이 아니던가요?"

"그렇긴 하지만 같은 피부색, 비슷한 문화가 우리와 그들을 동일한 범주로 묶지." 집주인이 말했다. "러시아 사람들과, 예를 들어, 한인들 사이에는 인종 장벽이 오랫동안 존재할 거야."

"이 모든 것은 교육에 의해 생성되고, 권력에 의해 심어지고, 소통의 과정에서 발생하는 시각에 따라 좌우됩니다. 러시아인들이 자기들을 어떻게 대하는지 이 자리에 계신 대표적인 이민자에게 물어보는 게 어떻겠습니까?"

앉아 있는 사람들의 시선이 강철을 향했다. 그는 약간 당황스러웠다.

"전반적으로 잘 대해줍니다. 러시아 사람이 조선에 살았다면 훨씬 더 힘들었을 겁니다."

강철의 말에 모두가 웃음을 터뜨렸다.

"민족 간 불화는 나라가 빈곤, 전쟁, 경제 침체에 휩싸이는 순간에 촉발

됩니다. 즉, 사회에 불만이 팽배할 때입니다. 시대를 막론하고 불만에 찬 사람들이 자기 바깥에서 원인을 찾았기 때문이지요. 게다가 누군가를 가리키며 고갯짓해서 자기에게 향하는 비난을 떨쳐버리는 것이 정권에게도 더 쉽기 때문입니다. 대규모로 유입된 타국인들이 원주민의 평균 수준보다 더 잘산다면 그들을 비난할 이유는 얼마든지 만들어 낼 수 있어요. 그렇다면 이민자들을 수용하는 나라는 무엇을 중요하게 여겨야 할까요? 경제의 조화로운 발전, 번영, 합리적인 정책, 교육 이런 것들입니다. 사실, 전체 역사가 인종주의와 민족 간 내분으로 넘쳐남에도 불구하고 그것들은 항상 비난받아 왔습니다. 지혜롭고 교육받은 사람은 피부색과 민족에 상관없이 사람들이 평등하다는 원칙을 이상으로 삼습니다."

이런 대화가 만찬에서 벌어졌다. 강철도 그날을 떠올리며 마음속으로 자신의 의견을 내세워 보았다. 한인들이 패권을 잡을 수도 있다고 정치권력이나 기득권 세력이 우려하는 것을 강철은 터무니없는 걱정이라고 여겼다. 대부분 의기소침하고 억눌린 한인이 러시아인 위에 군림할 수 있다고? 러시아 사람들 뒤에는 거대한 나라와 강력한 육군과 해군, 두터운 지식인 계층, 발달한 문화, 문학, 예술이 버티고 서 있는데? 러시아인을 능가하기 위해서는 모든 러시아적인 것을 습득해야 한다. 그런데 그렇게 되는 날에는, 그렇게 됐을 때는, 동양 무예의 철학이 가르치듯, 목표를 달성하기 위한 지난하고 힘든 여정에서 목표 자체가 달라질 것이다.

한국인의 성격은 결코 음흉한 적이 없었다. 그들이 힘의 압박에 굴복할 수도, 배반할 수도 있지만, 배신을 미리 계획한다고? 그래 한인들은 정신력이 매우 강하지 않을 수도 있다. 게다가 그들 사이에 특별한 연대 의식도 없다. 그들은 항상 동일한 구성 속에서, 단일민족으로 살아왔기에 다른 민족들로부터 구분되려고 애쓸 필요가 없었다. 물론 조선에서 온 이민자들이 자기들만의 정착촌에서 살고 있거나 살려고 하지만 초기에만 그럴 것이다. 시간이 흐르면 러시아어와 러시아 문화는 그들의 모국어와 고유의 문화가 될 것이다. 그때가 되면 수많은 민족이 사는 이 거대한 러시아 전체가 그들의 고향 집이 될 것이다. 될 것인가?

이틀이 지나자 첫 번째 조선인 정착촌이 나타났다. 리파토프가 말했다.

"동포들과의 첫 만남이네요, 철. 우리가 여기서 이틀을 묵을 예정인데 처음부터 주민들과 좋은 관계를 형성하는 것이 아주 중요해요. 당신의 동포들이 우리의 목표와 의도가 선하다는 것을 이해하도록 해야 해요. 당신에게 많은 것이 달렸습니다."

"노력하겠습니다." 강철이 소리 없이 웃었다. "이 시간 동안 나 자신이 얼마나 많이 변했는지 저도 알고 싶네요. 그런데 … 동포들을 만나보면 나 자신이 어떤 사람이 되었는지 알게 될 겁니다."

"아아, '너의 친구가 누구인지 알려주면 네가 어떤 사람인지 말해주마 …' 이런 말이군요. 그건 맞아요. 그리고 전반적으로 신경 써야 할 것은, 여기 러시아에서 당신 동포들의 삶에 새롭게 등장한 것이 무엇이냐입니다. 모조리 알아차리도록 노력하세요. 일상생활, 의복, 음식, 언어, 서로를 대하는 태도 등 … 모든 것이 우리에게 흥미로워요. 그리고 여기 반테옙까가 있는데 … "

리파토프가 가방에서 쌍안경을 꺼내 눈에 갖다 대었다.

"이상하네." 접안경에서 눈을 떼고 그가 말했다. "저렇게 우묵한 곳으로 깊이 들어가는 것보다 조금 높이 솟아오른 언덕, 저기 저쪽에 마을을 형성했다면 훨씬 편리했을 텐데요."

러시아인이라 할 수 있는 생각이었다. 어린 시절부터 산에 둘러싸여 사는 것에 익숙한 한국인은 그리 생각하지 않는다. 하지만 리파토프의 지적을 듣고 강철은 잠시 생각해 보았다. 높이 솟은 언덕배기에 살면서 자기 집을 모두에게 훤히 보이도록 한다? 모든 사람에게 마음을 활짝 열어 보이는 것처럼? 이 문제에는 아마 뭔가가 있을 것이다 … 언덕에서 세상을 바라보는 사람의 마음 상태는 움푹 꺼진 곳에서 사는 사람의 상태와는 뭔가가 다르지 않겠는가. 풍경이 정착할 장소를 결정짓는다면 그 장소는 그곳에 사는 사람의 의식을 구성하는 일부가 될 것이다.

미묘한 설렘을 안고 강철이 낯선 마을로 다가갔다. 멀리서 보아도 이곳에 동포들이 사는 것을 한눈에 알아볼 수 있었다. 진흙을 바르고 초가지붕이 덮인 야트막한 집들이 줄을 지어 들어섰다. 집 주변에는 텃밭이 널려있다. 하지만 조선과는 뭔가가 달랐다. 이런 생각을 하자마자 강철은 뭐가 다른지 알아챘다. 반테옙카의 집들은 담장이 아니라 러시아인들의 집처럼 울타리로 서로 분리되어 있었다.

집 앞에는 넓고 땅딸막한 아궁이가 있는 여름 부엌이 있었고 가마솥 하나, 작은 솥 두 개를 걸어 놓았다. 가마솥에 채소 껍질, 생선 찌꺼기, 깻묵, 남은 음식 같은 것들을 되는대로 다 넣고 돼지죽을 끓인다. 작은 솥에 한국인의 주식인 밥과 국을 한다.

처마 기둥에는 온갖 것이 주렁주렁 매달려 있다. 손잡이가 긴 한국식 곧은 낫, 꼬투리가 달린 붉은 고추 다발과 마늘 타래, 눈으로 보더라도 용도를 알아맞힐 러시아 사람이 적을, 나무로 짠 소쿠리가 걸려있었다. 게다가 토막으로 잘라 막대에 꿴 생선도 걸려있다. 한국 사람들은 물고기를 그런 식으로 소금에 절여 말린 다음 쪄서 먹는데 이렇게 생선을 말릴 때도 소쿠리가 사용된다.

마당에서 사람들이 뭔가를 하고 있었다. 말에 탄 사람들을 보고서 일손을 멈추고 두려워하는 시선을 던진 다음 곧바로 다시 중단된 작업을 하려 서두르는 데는 잠깐이면 충분했다.

"저 노인한테 이 마을 촌장이 어디 사는지 물어보세요." 리파토프가 요청했다.

강철이 말을 탄 채로 울타리로 다가가 주인을 불렀다. 그가 삽을 내려놓고 다가와 고개 숙여 인사했다. 살갗이 거친 농부의 얼굴에 잔주름이 많았지만,

노인으로는 절대 볼 수 없는 얼굴이었다. 비실비실한 체구에다 누가 입어도 늙어 보일 낡아빠진 옷을 입고 있어서 리파토프가 오해한 것 같았다.

"안녕하십니까?" 강철이 말에서 내려 인사했다. "이 마을의 촌장님이 어느 댁에 사시는지 여쭤봐도 되겠습니까?"

"당연하지요." 농부가 고개를 끄덕였다. "저기 오른쪽 세 번째 집이요."

"고맙습니다. 여기, 러시아에서 사시는 건 좀 어떻습니까?"

"그야… 괜찮은 것 같소만…"

"조선에서 오신 지는 오래되셨습니까?"

"그렇게 오래는 안 됐고, 한 삼 년쯤 됐어요. 그런데 당신은… 당신은 누구십니까?" 농부의 눈에 다시 경계심이 보였다.

강철이 활짝 웃었다.

"어떻게 사시는지 한번 보러 왔습니다. 혹시 뭐라도 도와드릴 일이 있을 수도 있고요. 그러니 염려 마십시오. 촌장님 성함은 어떻게 됩니까?"

"한국 이름은 안길모, 러시아 이름은 그리고리 마트베예비치요."

"감사합니다, 기억해 두겠습니다."

말을 탄 대원들이 촌장의 집에 당도했을 때 바깥문 앞에서 한국 노인이 이미 기다리고 있었다. 복장이 완전히 러시아식이었는데, 검은 바지 위로 장화를 신었고 옥양목 셔츠에 시곗줄이 달린 조끼를 입었다. 희끗희끗한 턱수염이 깨끗하게 손질되었다.

"즈드라시쩨(안녕하시오)." 'R' 발음에 힘을 주면서 러시아어로 그가 인사했다. "이 말을 촌장 그리고리 마트베예비치입니다."

"안녕하십니까?" 리파토프가 앞으로 한 걸음 다가가서 손을 내밀었다.

"저는 베니아민 페트로비치입니다. 이 사람들은 저와 함께 왔는데 나중에 소개해 드리겠습니다. 이 사람이 우리 통역관 강철인데 이 사람도 한국 사람입니다."

촌장이 반기는 눈빛으로 강철을 보더니, 한국말을 했다.

"정말이오? 그것참 반가운 일이오."

강철이 두 손으로 노인의 손을 잡았는데 거칠고 굳은살이 박였다.

"어떻게들 사시는지 보러 왔습니다." 리파토프가 말했다. "여기서 며칠 머무를 겁니다. 그러니 저희가 묵을 거처를 마련해주시면 좋겠습니다."

촌장은 러시아어를 그리 썩 잘하지 못하는 모양인지 묻는 눈빛으로 강철을 바라보았다.

"이 사람들은 학자입니다. 조선에서 이주해 온 정착민들의 삶을 연구하고 있어요. 무슨 문제가 있으면 도와줄 수 있는 사람들입니다. 이 마을에서 며칠간 머물 예정인데 묵을만한 집을 좀 찾아주시길 청하고 있습니다."

"그런데 우리 사는 거야 뭐 별시리 특별한 게 없어요." 놀란 촌장이 소리 없이 웃었다. "그렇지만 연구를 하신다고 하니 우리가 기꺼이 모셔야지요. 일단 우리 집으로 들어오세요. 말은 울타리에 매두시고, 아무도 안 건드릴 거니까."

촌장의 집은 이웃집들과는 달리 가로로 아주 길었고 출입문이 몇 개나 달렸다. 그중 하나가 다른 것들보다 더 넓었고 층계를 세 개 올라가는 현관 위에 있었다. 마당에 널어놓은 빨래를 보니 이 집에 꽤 많은 식구가 사는 듯했다. 처마 밑에는 장작이 가지런하게 더미로 쌓여있었는데 그 양이 의아할 정도로 많았다. 그 옆에 커다란 외양간이 있었다. 그다음 옆, 작업장 벽에는 목공 공구가 걸려있었다. 마당 한복판에 우물이 있었는데 완전히 러시아식으로 박공지붕이 덮였고 두레박은 쇠사슬로 감겨있었다.

집 안으로 들어가서 온돌방에 앉기 전에 신발을 벗었다. 한국식으로 따지면 방이 너르긴 했지만 지을 때는 이렇게 키가 큰 손님들이 올 것을 예상하지 않은 듯했다. 가브릴라는 머리가 천장에 거의 닿을뻔하자 조심스럽게 위를 쳐다보았다.

"앉으세요." 강철이 어찌할 바를 모르는 대원들을 보고 먼저 누런 갈대 돗자리에 앉으며 주인의 권유를 반복해서 통역했다. "바닥이 얼마나 따뜻한지 느껴집니까?"

그가 손바닥을 돗자리에 대면서 말했다. 나머지들도 그의 행동을 따라했다.

"와, 좋은데요!" 알렉세이가 외쳤다. "러시아식 난로와 똑같아요."

"이것을 '칸'이라고 하는데." 리파토프도 한마디 했다. "여행가 아르세니예프 책에서 읽은 적이 있어요. 그런데 이렇게 앉아보기는 처음이네."

"어색합니까?" 대원들을 보며 강철이 물었다.

"그러네요." 가브릴라가 대답했다. "그래도 러시아 농부들의 집보다는 더 좋네요. 깨끗하고 따뜻하고 안락하고. 솔직히 춤을 출 정도는 아니지만 그래도 … 좋아요."

"그런데 가구가 필요하지 않나 봅니다." 알렉세이가 말했다. "잠도 … 바닥에서 자나요?"

"예." 강철이 고개를 끄덕였다.

주인이 어디론가 사라졌다가 한 청년과 함께 다시 돌아왔다. 그들은 둘이서 길고 낮은 밥상을 들고 들어와 방 한가운데에 놓았다. 모두 상에 둘러앉았다.

"다리는 어디에 놓을까요?" 가브릴라가 물었다. "상 밑으로?"

"그러면 안 돼요." 강철이 고개를 가로저었다. "다리를 앞으로 쭉 뻗는 것은…"

"예의에 어긋나요?" 알렉세이가 거들어 주었다.

"맞아요, 맞아. 다리는 하나를 이렇게, 다른 다리는 이렇게 하면 됩니다." 강철이 양반다리로 앉는 법을 보여주었다.

모두가 농을 주고받고 웃음을 터뜨리며 할 수 있는 만큼, 되는대로 어정쩡하게 앉았다. 가브릴라만 어떻게 해도 이 새로운 자세를 해낼 수가 없어서 상을 뒤엎어 버리겠다고 으름장을 놓으며 계속 기우뚱거렸다.

여자들이 들어와서 재빠르게 손님들 앞에 음식이 담긴 사발을 놓았다. 간장 냄새와 무김치 냄새가 식탁 위에 피어올랐다. 손님들이 어찌나 음식 종류마다 관심을 보이는지 강철이 미처 대답할 겨를이 없을 정도였다.

"근데 이걸 반드시 젓가락으로 먹어야 해요?" 포크가 없는 것을 눈치채고 가브릴라가 물었다.

"예." 강철이 진지한 얼굴로 고개를 끄덕였다. "손으로 집어 먹어도 됩니다."

"에이, 이걸로 시도해 보는 게 낫겠어요." 가브릴라가 말하고 동으로 만든 숟가락을 집었다. "그런데 숟가락이 완전히 평평하네! 이런 거로 어떻게 국을 떠먹지?"

"여기 국이 없잖아요. 밥이랑 샐러드 같은 것들뿐인데. 그리고 국은 그릇을 들고 마셔도 되고…"

집주인이 손님들을 흐뭇하게 바라보았다. 그는 의아할 정도로 입을 다물고 있었지만, 그의 침묵은 아무도 불편하게 하지 않았다. 자비로운 기운이 그에게서 풍겨왔기 때문이다. 상을 다 차렸을 때 주인이 아들에게 고개를 끄덕이자, 아들이 술병을 들고 투명한 액체를 각자 술잔에 따라주었다. 방에 술 냄새가 금세 그득해졌다.

"이거 중국 술입니까?" 질문에 그렇다는 대답을 듣고 강철이 대원들을 향해 말했다. "조심해서 마시세요, 아주 독합니다."

"러시아 사람은 독할수록 좋아해요." 가브릴라가 술잔을 코에 갖다 대며 말했다.

그러나 미처 술을 마실 새가 없었다. 마당에서 비명이 들려왔다. 누군가 집으로 와서 큰소리로 집주인의 한국 이름을 불렀다. 순식간에 문이 열리고 서른 살쯤으로 보이는 키가 큰 사내가 방으로 들어왔다. 그의 모습은 끔찍했다. 얼굴은 온통 피범벅이고 옷은 찢어지고 물에 젖었다.

"이게 무슨 일이냐, 태일아?" 그리고리 마트베예비치가 크진 않지만, 위엄 있는 목소리로 물었다.

청년은 이곳에 이렇게 사람이 많을 걸 예상하지 못한 것 같았다. 더구나 러시아 사람들이 있으리라곤. 청년이 어리둥절하게 입을 벌린 채 그들을 보았다.

"무슨 일이냐, 태일아?" 촌장이 같은 말로 다시 한 번 더 물었다.

"그게 … 그 멧돼지가, 그 개새끼가 지 친구들을 데리고 우리를 공격해서 잡은 물고기와 수레, 말을 모조리 뺏어갔어요." 태일이 이를 갈았다. "동욱이는 머리가 깨졌는데 죽지 않고 겨우 살았고, 촌장님 아들은 도망치다가 골짜기에서 떨어져서 다리를 접질렸어요. 간신히 마을까지 데리고 왔어요."

"그 아이는 어디에 있느냐?"

"금수 집에 있어요."

그리고리 마트베예비치가 손님들을 곁눈질로 보았다.

"무슨 일이에요, 강철?" 리파토프가 물었다.

"내가 이해하기로는, 청년들이 고기를 잡으러 갔는데 멧돼지가 친구들과 함께 청년들을 덮쳐 잡은 고기와 수레, 말을 빼앗어갔다고 하네요."

"멧돼지가 누굽니까?"

강철이 촌장에게 질문을 통역했다.

"이웃 마을에 그런 사람이 있어요. 솔직히 말하면 사람이 아니라 짐승입니다. 주변에서 자기와 비슷한 깡패 같은 놈들을 모아서 심심하면 한인들을 괴롭히고 약탈하고 폭행합니다."

"당하고만 있으셨습니까?" 강철이 놀랐다.

"뭐라도 해보려고 했지만, 모두가 그놈에게 겁을 내요."

"겁을 내다니요? 여기 사내들은 다 어디로 갔답니까?"

"잠시만요, 강철." 리파토프가 개입했다. "여기서 러시아인 마을이 멉니까?"

"한 4베르스타(약 4.3km) 됩니다. 강 너머에 바로 보이는 마을이오."

"그래요, 여러분, 그리로 다녀올까요?" 리파노프가 제안하면서 일어서려고 했다.

"안 그러는 게 좋지 않겠어요?" 촌장이 말리려고 했다. "우리가 직접 어떻게든 해결해 보지요. 그 마을 촌장과 함께."

"안 그러다니요?" 리파토프가 얼굴을 찌푸렸다. "그래야 합니다, 그리고 리 마트베예비치. 다음번에 또 불쾌한 일을 안 겪으려면."

"다음번에 더 못되게 굴까 봐 염려되는 거요." 촌장이 씁쓸하게 웃었다. "당신들이 떠나고 나면 그놈이 다시 … "

"어르신, 불의와 싸워야 합니다. 두려워하는 자는 불의한 자가 되기 마련입니다."

강철이 마지막 단어를 어떻게 통역해야 할지 몰라 머뭇거렸으나 촌장은 이렇게 불현듯 나타나 도우려 하는 러시아 탐사대장이 무슨 말을 하고자 했는지 알아들었다.

"그럼 밥이라도 먼저 드시지요." 촌장이 중얼거렸다.

집 앞에는 벌써 꽤 많은 사람이 모였다. 소문이 벌써 온 동네로 퍼진 모양이었다.

"가볍게 갑시다." 리파토프가 말했다. "안장 가방을 벗기세요."

"소총은 가져갈까요?" 알렉세이가 물었다.

"당연하지요. 내가 그 멧돼지에게 뜨거운 맛을 보여주겠소. 잠깐, 강철, 누가 우리와 같이 갈 건지 물어보세요."

같이 가려고 하는 사람이 아무도 없었다. 한인 남자들이 눈을 피하며 고개를 가로저었다.

"정말로 다들 단단히 겁을 먹은 겁니까?" 리파토프가 고개를 도리질했다. "그럼 그 멧돼지 이름이라도 알려주시지요?"

"시몬입니다." 촌장이 대답하고 나서 또다시 손님들을 말리려 들었다. "하여튼 안 가는 게 좋지 않겠소?"

"비키세요, 그리고리 마트베예비치, 친구들, 전진!"

첫 번째 야산을 넘으니, 저지대에서 초승달처럼 반짝거리는 강이 펼쳐졌다. 강 뒤 굴곡진 땅에 바로 마을이 있었다. 마을 주변에는 숲으로 둘러싸인 언덕들이 흩뿌려져 있었다. 마을이 형성된 이 풍경에 감탄하지 않을 도리가 없었다.

"이렇게 아름다운 시골에 그런 비열한 사람들이 살고 있다니." 리파토프가 중얼거리더니 말을 채찍질했다.

물이 얕은 곳에서 반대편 강변으로 건너가 마을로 들어섰다. 잘 만든 통나무 주택들, 개 짖는 소리가 새 나오는 튼튼한 담장, 쇠사슬 소리, 지나가는 낯선 이들을 향해 상냥하고 정중하게 고개를 숙이는 사람들, 모든 것이 윤택하고 균형 잡힌 생활방식을 말해주었다.

이 마을의 촌장은 시골에 어울리는 사람이었다. 아름답고도 현명한 눈을 가진 키가 크고 기품 있는 사람이었다. 판텔레이몬 나자리치, 이름도 점잖았다. 말을 타고 총을 든 낯선 이들이 찾아온 이유를 밝혔을 때 촌장이 당혹해하며 말했다.

"이놈의 시몬이 또다시 말썽을 피웠구먼." 혀를 차며 씁쓸하게 웃었다. "나는 또 무슨 더 심각한 일이 일어난 줄 알고…"

"이것보다 더 심각한 일이 어디 있습니까?" 리파토프가 의아해했다. "벌건 대낮에 강도질을 벌이는 것보다 더 심각한 일이 뭐란 말입니까?"

"그렇기 하지만서도… 미안합니다, 그런데 누구십니까?"

"우리요? 이민자정착국가위원회입니다. 들어보셨지요, 아마도, 판텔레이몬 나자리치?"

"들어본 것 같긴 하네요." 촌장이 얼버무리며 대답하고서 갑자기 싹싹한 톤으로 물었다. "그런데 저에게 바라시는 바가 뭡니까? 우리가 벌써 시몬 그놈을 매질도 하고 그 친구들에게 경고도 했지만, 소용이 없습니다. 일도 안 하려 하고, 연신 놀고먹으려고만 드니. 한인들을 털어 돈을 벌고 있어요, 소도 훔치고, 물고기도 뺏고. 이런 짓을 이제 못하게 해야 하는데, 우리가 그 불량배들을 겁내는 것도 사실입니다."

"그러면 이렇게 하지요." 리파토프가 촌장에게 다가가 귀에 대고 뭔가를 속삭였다. 판텔레이몬 나자리치가 들으며 고개를 끄덕였다. 속삭임이 끝날 때는 턱수염이 흔들리도록 소리 없이 웃었다.

"그래요, 좋소." 그가 수긍하며 마당을 향해 소리쳤다. "프로시까, 데미얀, 이리 와라!"

촌장이 부른 사내아이들은 쌍둥이였다. 둘 다 키가 크고 어깨가 넓었지만, 얼굴은 아직 아이였다.

"내 막둥이들이오." 촌장의 목소리에서 부드러운 자긍심이 흘러나왔다. "자식들아, 지금 바로 마을 사람에게 시몬의 집으로 모이라고 해라. 내가 시킨 일이라고 말하고 … "

시몬의 집은 마을 변두리에 있었다. 대문 한 짝이 날아갔고 다른 한 짝은 겨우 버티고 서 있었다. 활짝 열린 창문에서 시끄러운 음악, 고함과 휘파람 소리가 새 나왔다.

"저렇게 허구한 날 놀기만 하니." 촌장이 도리질했다. "무위도식과 나태는 술주정뱅이와 도둑놈이 되는 지름길이야."

"맞는 말씀입니다, 판텔레이몬 나자리치." 리파토프가 뒤돌아보고 대원들에게 말했다. "알렉세이, 강철, 창문 옆에 서서 아무도 도망가지 못하게 지키세요."

강철이 말을 탄 채로 창문으로 다가가 안을 들여다보았다. 난로 옆에서 곱슬머리 청년이 더없이 행복한 얼굴로 러시아 아코디언을 연주하고 있었다. 다른 두 사람은 장화로 바닥을 차고 손바닥으로 가슴과 허벅지를 치면서 무아지경에 빠져 춤을 추고 있었다. 남녀 한 쌍이 식탁에 앉아있었는데 여자가 박자에 맞추어 큰 소리로 세상에 존재하는 온갖 음란한 말들을 있는 대로 쏟아내고 있었다.

언젠가 강철은 이 춤에 큰 인상을 받았었다. 서정적으로 시작하여 힘있게 가다가 격렬하게 끝을 맺는 이 춤은 마치 연극과 같아서 춤추는 사람은 자기가 무슨 역할을 하는지 알고 있었다. 그런데 이상하게도 지금 이 사람들은 열정적으로 춤을 추고 있지만, 전혀 아름답지 않았다.

아코디언이 삐익 소리를 내며 멈추었다. 그 순간 총성이 울리고 명령이 울려 퍼졌다. "모두 바닥에 엎드려라! 바짝 엎드려!" 빗장이 달각거리는 소리와 바닥으로 엎어지는 소리가 들렸다.

그런데 식탁에 앉아있던 사람은 어째서인지 겁을 먹은 것 같지 않아 보였다. 느닷없는 일이 벌어졌지만, 그는 정신을 차리고 일어서서 긴 의자를 발로 밀어내고 리파토프에게 다가왔다. 남자의 어깨가 어찌나 넓은지 몸이 정사각형처럼 보일 정도였다. 경사진 이마와 짧은 목이 실제로 멧돼지 같은 느낌을 주었다.

"내가 지금 이것들을, 씨팔 것들… 내 손에 뒈져라!" 그가 소리를 지르고 주먹을 휘둘렀다.

가브릴라가 멧돼지에게 총을 겨누며 리파토프를 막아주었다. 하지만 멧돼지가 개머리판을 움켜쥐자, 둘이 엉겨 붙어 격렬한 싸움을 벌이면서 바닥으로 함께 굴렀다.

"덤벼, 얘들아!" 멧돼지가 자기 친구들에게 말했다.

아코디언을 연주하던 청년이 문 쪽으로 달려갔지만 거기서 촌장이 그를 잡았다. 춤추던 청년 중 하나가 가브릴라를 뒤에서 덮쳤고 다른 한 명은 창문으로 달려갔다. 거기서 말에 탄 사람들을 보고 머뭇거리다가 어쨌든 밖으로 도망치려 했다. 강철이 그가 땅으로 뛰어내리는 순간을 기다렸다가 말을 탄 채 그 청년에게 다가갔다. 채찍을 들고 위협적으로 명령했다.

"어이, 엎드려!"

청년이 순순히 엎드렸다.

"알렉세이, 이 사람을 묶어요. 나는 집 안으로…"

그 안에는 모든 것이 난장판이었다. 두 거구가 엉겨 붙어 바닥에서 뒹굴며 걸리적거리는 것은 다 쓰러뜨렸고, 가브릴라의 등에 멧돼지의 친구가 매달려 목을 조르려고 하고 있었다. 리파토프는 개머리판을 들고서 공격할 순간을 잡으려는 중이었다. 촌장은 아코디언 청년을 구석으로 몰아 막고 서 있었고 여자는 벽에 붙어 서서 벌어지는 일을 번뜩이는 눈으로 구경하고 있었다.

강철이 엉겨 붙어 싸우는 사람들을 향해 달려가 양손으로 청년의 갈비뼈를 내려쳤다. 청년이 짧은 비명과 함께 바닥으로 나동그라졌다.

등에 달라붙은 청년이 떨어지자 가브릴라가 멧돼지에게 몸을 던졌고, 멧돼지가 식탁 위로 거꾸러지자, 총으로 몸을 눌렀다.

"아가리 닫아, 안 그러면 모가지를 따버린다, 이 개새끼야…"

밧줄로 묶인 청년들을 주민들이 모여있는 마당으로 데리고 나왔다. 사람들의 눈이 벌어진 사건을 구경하느라 호기심으로 휘둥그레지고 번득였다. 그러나 그 눈빛에 동정은 없었다. 여자가 도망가려고 하자 촌장이 여자를 향해 고함을 질렀고 사람들이 폭소를 터뜨렸다. 흔히 관중들이 그러하듯 웃음 덕분에 분위기가 누그러졌다. 질문과 발언들이 쏟아졌다.

"촌장님, 무슨 일입니까?"

"강도질을 하다니, 짐승 같은 것들…"

"강도들이 맞지…"

"치욕이고 수치야…"

촌장이 현관 계단으로 올라 모자를 벗었다.

"주민 여러분, 우리 마을에서 벌어지는 이 악행을 언제까지 참아야 합니까? 벌써 몇 년을 애들은 손에 잡히는 것은 뭐든 훔치고 선량한 사람들의 평온한 삶에 해를 가하고 있어요. 오늘도 파리 한 마리 안 죽이고 사는 한인들을 습격해서 수레와 말을 빼앗고 폭행을 했답니다. 참는 데도 한계가 있습니다. 지금 이런 추태를 끝내기 위해 주 정부에서 일부러 이곳까지 와

주셨습니다. 이제 우리가 이 강도들을 어떻게 하면 좋겠습니까?"

"채찍질을 해야 마땅하지 … "

"강제노역을 보내야 해 … "

"영원히 마을에서 추방합시다 … "

촌장이 손을 들었다.

"쫓아낼 수도 있지요. 그런데 이들이 옆 동네에서 살게 되면요? 강제노역을 보내려면 재판을 받아야 하는데 그렇게 되면 온 마을의 수치예요. 다시 한 번 채찍질을 해서 혼을 내줄 수도 있지만, 매를 맞은 궁둥이에 통증이 사라지면 머리와 손이 다시 또 예전 습관대로 살 겁니다. 안 됩니다, 여러분. 주 정부에서 오신 나리들의 판단과 결정을 들어봅시다. 리파토프 나리께서 한마디 하시겠습니다!"

베니아민 페트로비치 리파토프도 모자를 벗을까 했지만, 생각을 바꾸고 모자의 챙을 잡고 더 깊이 썼다.

"세레브랸카 주민 여러분! 여러분은 이렇게 아름다운 마을에 살고 계시고 마을 이름도 아주 … 이렇게 벌레만도 못한 인간들이 여러분과 더불어 산다고 믿기 어려울 정도로 아주 노래처럼 서정적입니다. 여러분이 살고 계시는 곳에서 저쪽 편으로는 중국, 조선, 일본이 있습니다. 그 나라들은 아주 간단한 방법으로 절도를 근절시켰습니다. 예를 들어, 곡식 한 가마를 훔친 자는 손가락 하나를 자르고, 말을 훔치면 손목을 자르고, 집을 다 털어가면 팔 하나를 잘라버립니다. 우리 러시아에서도 도둑의 코를 뽑아버리는 것으로 낙인찍는 풍습이 한때 있었습니다. 그런데 지금은 제가 이 강도들을 보면서 어떻게 해야 할지를 모르겠습니다. 주인이 손봐줄 날을 기다릴 상황이 아닌 이 부서진 대문에 이들의 목을 매다는 방법밖에 없습니다. 어때요, 목을 매달까요?"

사람들이 어리둥절한 표정으로 조용해졌다. 아무도 상황이 이렇게까지

134

전개될 것은 예상하지 못했다.

"침묵은 곧 동의입니다. 알렉세이, 의자 가져와. 가브릴라, 밧줄 준비하고."

농민들이 교수형을 준비하는 모습을 묵묵히 지켜보았다. 여자들이 조그맣게 성호를 그었다. 멧돼지와 그의 패거리들이 동상처럼 얼어붙었다. 모두가 혼이 빠진 것 같았다. 어쩌면 지금 일어나는 일을 진지하게 믿는 사람은 적었을 수도 있다. 대문을 가로지른 장대에 밧줄을 걸고 힘겹게 서 있는 멧돼지를 데리고 가 의자에 세우고 그의 목에 올가미를 걸어 조일 때가 돼서야 어떤 여자가 약하게 탄식하는 소리가 들렸다. 구경꾼들이 술렁거리기 시작했다.

"잠시만." 갑자기 어떤 가느다란 목소리가 들려왔다. 손에 지팡이를 든 여윈 노인이 앞으로 나왔다. 노인은 장식 끈을 떼어낸 흔적이 있는 구식 프록코트를 입고 있었다. "지금 일어나는 일은 전부 이치에 맞지 않아요. 재판도 조사도 없이 이러실 권한이 없습니다 … 그렇소, 재판도, 조사도 없이 말입니다! 이건 횡포요!"

"누굽니까?" 노인의 용모와 말에 놀라서 리파토프가 촌장에게 물었다.

"유배를 갔다 왔던 귀족 코멜료프입니다. 그의 말을 사람들이 전부 존중합니다 … "

" … 재판을 받아야 합니다, 그렇지 않으면 사적 형벌이 될 것이니. 이렇게 해버리면 부끄러움과 양심이 없는 이 강도들과 우리가 어떻게 다를 수가 있습니까?"

"여러분 모두 코멜료프 영감님의 말씀에 동의하십니까?" 리파토프가 마을 사람들을 둘러보았다. "좋습니다. 여러분들이 교수형에 반대한다면 온 마을이 책임을 지셔야 합니다. 삼 년 동안 시몬과 그 패거리들이 한인들의 말 여섯 필, 수레 세 대, 돼지 아홉 마리, 이루 셀 수 없이 많은 물고기를 강탈했습니다. 여러분들이 그것을 돌려줄 수 있습니까? 이들이 강간한 부녀자들은요? 여러분이 그 일에 대한 책임은 어떻게 지실 겁니까? 계속 아무 말씀도 안 하실 겁니까? 그렇다면 이 흉악한 놈들의 목을 매다는 방법밖에 없네요. 가브릴라…"

"잠시만요!" 가느다란 노인의 목소리가 또다시 들려왔다. "마지막으로 죄인들에게 말할 기회를 주시오."

"옳소, 시몬에게 한마디 하라고 합시다…"

"시몬, 잘못했다고 빌어, 목을 매단다잖아…"

멧돼지가 고개를 들자 애처롭게 일그러진 표정이 보였다.

"나는… 마을 사람들, 죄송합니다." 멧돼지가 갈라진 목소리로 말했다. "앞으로 그 사람들 손가락 하나도 건들지 않겠습니다. 뺏어온 건 전부 돌려주도록 애써보겠습니다."

"아픈 곳을 건드렸나 보네…"

"지가 죽을까 봐 무서워서 비는 거지…"

"멧돼지 너도 들판의 허수아비구나…"

이 상황에서 갑작스러운 사태가 발생했다. 멧돼지가 비틀거리며 균형을 잃은 것이다. 의자가 한쪽으로 기울다 반대쪽으로 기운 다음 쓰러지는 것을 공포에 질린 구경꾼들이 지켜보고 있었다. 가브릴라가 밧줄을 당겨 멧돼지를 구했다. 그러지 않았다면 목등뼈가 손상됐을 것이다.

옆에 서 있던 강철이 순식간에 넘어진 의자를 세우고 그 위로 뛰어올라 칼을 뽑았다. 단숨에 팽팽해진 밧줄이 끊어졌다. 쓰러지면서 멧돼지가 자기를 구해준 강철을 하마터면 덮칠 뻔했다.

갑작스러운 반전으로 다행스럽게 극이 막을 내렸다.

"살았네, 하느님 감사합니다!"

"저런 인간은 삼십 분을 매달아 놓아도 정신이 돌아올 거야."

"저 한인이 얼마나 솜씨 좋게 밧줄을 끊었는지 … "

"멧돼지는 한인들을 못살게 구는데 한인은 멧돼지의 생명을 구해줬네. 이젠 무릎을 꿇고 빌어야 해."

행복한 결말이 모두에게 활기를 불어넣었다.

"그래도 어쨌든 매질은 해야 해요."

"매질할 시간은 충분합니다. 그전에 먼저 약탈한 것을 한인들에게 돌려 줘야지요." 촌장이 말했다. "그렇습니다, 뭐라도 힘을 합쳐 이웃을 도우면 우리한테도 좋은 일이고요 … "

이렇게 문제가 해결되었다. 저녁이 다가올 즈음 수많은 마을 사람이 배 웅하는 가운데 탐사대원들은 말 여섯 필과 수레 두 대에 의복, 마구, 농사 도구 등 온갖 물품을 싣고 돌아갔다. 집집마다 이 일에 자기 몫을 보태야 한다고 여겼다.

강 근처에서 리파토프가 촌장에게 말했다.

"판텔레이몬 나자리치, 도와주셔서 감사합니다. 그리고 한인들과 좋은 관계를 만들도록 노력하세요. 어쨌든 다 이웃들 아닙니까 … 가난한 평화가 부유한 싸움보다 낫습니다."

"옳은 말씀이오. 리파토프, 나도 고맙소. 선한 조언과 좋은 교훈을 주셔서."

한인 정착촌은 자기들을 지켜준 이들을 말없이 열광하며 반겼다.

# 제37장

**문**답, 문답, 끝없는 문답…

질문은 여러 가지였다. 가장 느닷없는 것부터 황당하게 여겨지는 것까지. 예를 들어, 조선은 일부다처제인가요? 답은 – 아니오. 그럼 이혼할 수는 있나요? 답은 – 예. 이혼과 관련하여 국가에서든 종교적으로든 어떤 금기가 있나요? 아아, 이혼은 전통 때문에 못 해요… 만약 동거가 불가능하거나 처가 부부생활의 의무를 다하지 못하면? 그런 경우에는 첩을 둡니다. 흥미롭네요, 이혼은 안 되는데 첩은 원하는 만큼 둘 수 있다니… 그렇단 말이지요.

리파토프가 버릇처럼 말하는 '그렇단 말이지요'는 궁금증이 해소되었다는 뜻이자 이런저런 상념들이 남았다는 표시였다. 즉, '그렇단 말이지요'는 '조선 사람은 그렇게 사나 보네요, 그런데 왜 그렇지요?' 이런 말이었다. 어째서 그런 생활방식, 관습, 신앙, 관계, 전통 등이 만들어졌냐는 뜻이었다.

모든 것이 이 민족지학자의 관심을 끌었다. 일상생활, 음식, 명절, 미신, 속담과 수수께끼, 의복, 노동 도구 등 한마디로 말해서, 강철이 마을 주민들에게 통역해야 할 질문이 셀 수가 없을 정도였다.

그렇다, 이 상황은 초보 통역관에서 훌륭한 실습이었다.

게다가 강철은 러시아인의 눈으로 지금껏 생각지도 못했던 조선의 많은 측면을 새롭게 알게 되었다. 어떤 것은 감탄하면서 긍지를 느끼며 쉽게 전해줄 수 있었고, 전하기가 당황스럽고 부끄럽기도 한 어떤 것들은 강철 자신에게 그런 관습의 기원에 대해 깊이 생각하도록 했다. 그런 것들은 예전에는 미처 몰랐거나 별로 중요하게 생각하지 않던 것들이었다.

"아무것도 저절로 일어나는 일은 없습니다." 리파토프가 자기 생각을 말했다. "실존이 의식을 규정하는데, 그러면 실존이라는 것이 무엇입니까? 기후 조건, 지리 상황, 영토, 천연자원, 이웃 국가 등 많은 것들입니다. 예를 들면, 한국어는 유성자음이 거의 없습니다. 그런데 왜 그럴까요? 한국인의 성대가 극심한 대륙성기후의 영향을 받았기 때문입니다. 이탈리아를 예로 들면, 거기도 반도이지만 따뜻한 아드리아해가 감싸고 있습니다. 그곳 사람들의 목소리는 완전히 다릅니다. 그런데 한국인과 이탈리아 사람들을 아우르는 특징이 뭐지요? 음악성과 노래하는 재능입니다. 춤은 한국 남자들이 잘 못 추지요. 이것은 무엇을 의미합니까? 춤은 많은 부분 사회적 관계, 사회에서 여성의 위치를 나타냅니다. 캅카스에는 레즈긴카라는 춤이 있어요. 남자는 독수리를 연상케 하고 여자는 백조처럼 남자의 주변을 맴돕니다. 캅카스의 삶도 그렇습니다. 여자는 베일을 쓰고 다니고 낯선 사람의 출입이 금지된, 여자만의 공간이 집 안에 따로 마련돼 있습니다. 러시아 춤은 달라요. 이곳의 춤은 그래도 평등이 있다고 말할 수 있습니다.

또한 이 질문은 부부가 어떻게 맺어지느냐와 연관되기도 합니다. 젊은이들이 왜 스스로 짝을 고르지 못할까요? 부모에게 물질적으로 종속되어 있기 때문이지요. 중매가 없는 나라나 섬도 있지 않습니까? 그곳에서는 배우자를 얻고자 하는 사람들이 일 년에 한 차례 특정 장소에 모여 친분을 쌓아요. 마음에 들면 결혼합니다. 훌륭하지요, 그렇죠?

그런데 핵심은 우리가 쓸모없는 호기심에 이끌려 이런저런 것들을 궁금해하는 건 아니라는 점입니다. 다른 민족의 생활방식이나 관습을 연구하면서 궁극적으로는 그들을 이해할 뿐만 아니라 우리 자신도 이해하려고 애씁니다. 비교하면서 좋은 것을 본받기 위해서지요. 인류의 공동 자산인 세계 문화가 그런 식으로 발전합니다."

강철은 이런 대화를 나눌 수 있어 리파토프에게 이루 말할 수 없이 고마운 마음이 들었다. 백과사전을 방불케 하는 러시아 학자의 지식에 탄복하기도 하고 참으로 부럽기도 했다. 리파토프는 강철보다 겨우 여섯 살이 많다. 이 사람은 이만큼을 알기 위해서 얼마나 많은 시간을 썼을까… 운명이 강철을 이 탐사대로 이끌어, 이렇게 훌륭한 사람들과 친분을 쌓을 수 있게 해줬다니 정말로 복된 일이다.

가브릴라는 누가 됐든 도우려는 사람이었다. 그의 육체적 힘은 모두를 경악하게 할 정도였다. 한 손으로 5푸드(81.9kg) 자루를 들어 올릴 수 있고, 통나무를 등에 가득 짊어져도 깃털을 진 듯 가볍게 날랐다. 진정으로 강한 사람들은 놀랄 만큼 선하다. 아이들과 개들은 이를 알아볼 수 있기에 언제나 가브릴라를 좋아하며 따라다녔다.

알렉세이는 어떤가? 그가 그림 그리는 것을 강철은 몇 시간이고 구경할 수 있었다. 그의 그림에 모두가 관심을 보였다. 그는 연필로 몇 분 만에 초상화를 스케치해 바로 선물해 주기도 했다. 그가 처음으로 사진을 찍었을 때는 마을 사람 절반이 구경하러 모여들었다. 그리고 사진은 바로 볼 수 없다는 사실을 알고 많은 이들이 몹시도 실망하였다. 누구보다 알렉세이가 사진을 보고 싶어 했지만, 사진 작업실 전체를 끌고 다닐 수는 없지 않은 가?

그들에게 방학이라 텅 빈 학교를 숙소로 내주었다. 학교 건물은 방이 세 칸인 커다란 통나무집이었다. 방 두 칸은 침실로 사용하고 나머지 한 칸은 식당 겸 사무실로 사용하기로 했다. 온 마을 사람들이 음식을 갖다줬는데 올 때마다 매번 새로운 사람들이었다. 누군가가 식사 당번을 정하여 집집마다 명확하게 순서를 정해준 덕분이었다. 모두가 손님들을 잘 대접하려고 애를 썼다.

리파토프는 이 마을에서 3일을 머물 예정이었으나 출발일 전날 갑작스러운 사건이 일어나 모든 계획을 흐트러뜨렸다.

늦은 밤 누군가가 학교 출입문을 두드렸다. 항상 잠귀가 밝은 강철이 잠에서 깬 귀를 기울였다.

'잘못 들었나 보다.' 강철이 생각하고 돌아누우려는 찰나 문 두드리는 소리가 다시 들려왔다.

강철이 상체를 일으켜 벽에 걸려있던 소총을 집었다. 혹시 그 멧돼지가 왔을지도 모른다고 생각했다. 패거리들과 함께 설욕전을 치르러 왔나, 이 생각을 하자마자 강철은 피식 웃었다. 복수하러 온 사람이 저렇게 소심하게 문을 두드릴 리가 있는가?

강철이 등불을 켜고 한국어로 물었다.

"누구십니까?"

"밤늦게 죄송합니다만, 드릴 말씀이 있습니다." 역시 한국어로 대답이 돌아왔다.

흥분한 목소리로 보아 분명 젊은이였다. 강철이 문을 열고 등불을 들어 올렸다. 떨리는 불꽃이 어둠 속에서 청년의 얼굴을 비췄다. 그 뒤에 어둠에 가려 얼굴이 보이지 않는 처녀가 서 있었다.

"이렇게 늦게 불쑥 찾아와서 죄송합니다. 그런데 저희가 대장님께 드릴 말씀이 있습니다." 비슷한 말을 반복하고 청년이 처녀를 돌아보았다. 그러자 강철은 처녀가 러시아 여자라는 것을 알아보았다.

"무슨 일이 생겼습니까?" 이렇게 늦은 방문의 이유에 대해 이미 짐작하기 시작하면서 강철이 물었다. "잠시만요, 제가 지금 리파토프를 깨우겠습니다."

몇 분 후에 청년이 자기 이야기를 하기 시작했다. 이야기하면서 청년은 이따금 처녀를 바라보았다. 그러면 처녀는 부드럽게 수줍은 미소를 머금고 청년에게 고개를 끄덕였다.

가장 보편적인 사건이 벌어진 것이다. 두 사람이 만나 서로 사랑하게 되었다. 이전에도 그랬고 이후에도 그럴 듯이. 청년이 한국 사람이고 처녀가 러시아 사람이라는 상황만 빼고 보면 말이다. 이들에게 결혼이 허락될 것인가?

"자네 부모님은 아시는가?" 리파토프가 청년에게 물었다.

"예."

"뭐라고 하시던가?"

"반대하셨지만, 제가 설득했습니다. 이제는 알료나의 부모님 손에 모든 게 달렸습니다."

"그분들은 아직 모르시고?"

"아빠는 알고 계세요." 처녀가 리파토프의 얼굴을 바라보며 담대하게 대답했다.

"제가 다 말씀드렸어요. 아빠는 반대하지 않으실 건데, 사촌 오빠들이 광분하고 있어요. 오빠들이 … 얼마나 … 한마디로 말해서 잘 안되면 인식과 저는 같이 도망가기로 했어요."

"아, 아, 걱정하지 마세요. 도울 방법만 생각하면 되는데 … 강철은 어떻게 생각하나요?"

"처녀 아버지가 알고 계신다면 그분과 이야기를 해봐야겠지요. 촌장님과도 상의하고."

"맞네요. 일단 이야기를 해본 다음에 상황을 보고 행동하면 되겠네. 그건 그렇고 대체 어디서 만났는지요?"

실제로 그들이 어디서 만나 사귀게 됐을까? 마을끼리 서로 교류도 없고 어떤 관계도 전혀 형성되어 있지 않은 상황에서? 서로의 말을 겨우 알아들으면서 어떻게 사랑하게 되었을까? 사람의 운명은 참으로 알 수가 없다.

그들은 이렇게 처음 만났다. 지난가을 알료나가 친구들과 함께 버섯과

열매를 따러 숲으로 갔다가 혼자 뒤처져 길을 잃어버렸다. 고함을 지르다 지쳐 완전히 절망에 빠졌을 때 사냥하러 갔다가 돌아오던 인식이라는 뜻밖의 구세주가 어디선가 나타났다. 인식이 알료나를 타이가에서 데리고 나왔다. 그 일을 계기로 그날 작별 인사를 한 숲으로 들어가는 길목에서 만나기 시작했다.

"제가 이 사람에게 그쪽으로 오라고 말했어요." 알료나가 말했다.

"반했나 보군." 리파토프가 사람 좋게 웃었다. "러시아인 마을에는 총각이 적은가?"

"이 사람은 우리 러시아 총각들과는 달라요. 이 사람은 다르고 특별해요." 이 말을 하는 알료나의 얼굴이 온통 환하게 빛났다. "무슨 일이 일어나더라도 우리는 함께할 거예요."

청년과 아가씨가 희망에 부풀어 집으로 가자 리파토프가 물 한 잔을 들이켜고 꿈꾸듯 말했다.

"세상에, 와! 우수리스크의 로미오와 줄리엣이네. 그들을 도와주어야겠어요. 누가 알겠어요, 어쩌면 이 젊은이들이 의도치 않게 두 마을의 관계를 새롭게 만들어 갈지. 그런데 어떻게 도와야 할까요?"

"도망가게 도와야 하지요." 방안에서 가브릴라의 목소리가 들려왔다. 자지 않고 전부 듣고 있었나 보았다.

"아니, 그건 안 돼요." 리파토프가 고개를 가로저었다. "더구나 처녀의 아버지가 이 일을 알고 있고, 반대하지도 않는 상황에서. 아이고, 일단 잡시다. 아침이 밤보다 지혜로우니. 내일 촌장님과 얘기해 보고 어떻게 하면 좋을지 결정합시다."

강철은 오랫동안 잠이 오지 않았다. 느닷없이 왔다 간 이 한 쌍이 계속해서 머릿속을 떠돌았다. 그들은 얼마나 다르고, 또 동시에 얼마나 닮았던

가. 두 사람은 마치 서로를 위해 창조된 것처럼 외모가 출중했다.

그들이 만난 사건은 또 어떤가? 청년이 고함을 듣고 도와주러 급히 달려갔다 … 처음 보았을 때 처녀는 어떤 모습이었을까? 당황하고 무력한 모습이었을까? 아니면 고집스럽게 길을 걸으며 희망을 잃지 않는 모습이었을까? 그런데 갑자기 청년을 발견한 것이다! 겁을 먹지는 않았을까? 아마 아닐 것이다. 깨끗한 얼굴과 용감한 눈빛을 가진 이 청년이 자기에게 나쁜 짓을 하지 않을 것을 처녀는 바로 알아챘을 것이다.

처음으로 한 말이 무엇이었을까? 아니면 아예 아무 말도 하지 않았을까? 청년이 미소 짓자, 처녀도 미소 지었을 것이다. 청년이 처녀에게 날 따라오라는 뜻으로 고갯짓했을 것이다. 그런 다음엔 어땠을까? 처녀가 총각에게 이름과 사는 곳을 물었을까? 이웃 마을에 사는 걸 알고서 처녀가 기뻐했을까?

총각은 사냥꾼답게 가볍게 걷는다. 하지만 처녀가 힘들 거로 생각해 그리 빨리 걷진 않는다. 때때로 뒤를 돌아보며 처녀가 잘 따라오고 있는지 확인한다. 처녀가 들고 있는 버섯 바구니를 들어줘야겠다는 생각이 그제야 든다. 청년이 바구니를 진작 받아 들어줬을 수도 있지만, 이러나저러나 처녀가 청년에게 고마운 뜻으로 살포시 웃는다. 어쩌면 '고마워요'라고 했을 수도 있다. 아니면 아예 말을 안 했을 수도 있다. 그다지 말은 하지 않았어도 그들이 아예 침묵했다는 뜻은 아니다. 마음에 와닿는 이야기를 주고받는다.

이제 타이가의 끝, 입구까지 오니 세레브랸카 마을이 보인다. 그런데 왜 걸음걸이가 늦춰지고 길이 계속되었으면 하는 마음이 들까? 마지막 나무이다. 그들이 멈춰 선다. 총각이 처녀에게 바구니를 내민다. 처녀가 아마 '고마워요'라고 말했을 것이다. 처녀가 총각의 눈을 바라본다. 총각의 눈에서 무언가를 발견한 처녀는 온 마음으로 그것을 받아들인다. 처녀가 마지막 나무를 가리키며 속삭인다. '이틀 후에 내가 여기서 자기를 기다릴게.'

그리고 이틀 후에 총각이 그 자리에 다시 나타난다.

강철이 피식 웃었다. 깊은숨을 내쉬고 잠에 빠져들면서 다른 쪽으로 돌아누웠다 …

리파토프가 한인 마을 촌장 그리고리 마트베예비치와 함께 탐사대원들을 데리고 러시아 마을 촌장 판텔레이몬 나자리치에게 갔을 때 그는 오랜 친구를 보듯 반색하며 맞이했다.

"무슨 일이 생긴 겁니까, 아니면 그냥 마실 오셨나요?"

"그냥 마실 한번 나와봤습니다, 판텔레이몬 나자리치." 리파토프가 그를 안심시켰다. "겸사겸사 볼일도 있고요. 아주 좋은 일입니다."

"그럼 안으로 들어가십시다. 좋은 일이면 항상 반갑지요."

판텔레이몬 나자리치가 한인 마을 촌장을 평가라도 하듯 이따금 흘끔거리며 손님들의 방문 목적에 귀를 기울였다. 고개를 끄덕이며 듣는데 턱수염에 가려진 입이 희미하게 웃었다.

"일이 그렇게 된 겁니다." 리파토프가 양팔을 벌리며 이야기를 마쳤다. "중매를 빨리 서야 합니까, 아닙니까?"

"제가 이 문제에 답을 할 수는 없지요." 촌장이 조심스럽게 대답했다. "하지만 알료나의 아버지가 반대하지 않는다면 지금 판을 한번 벌여볼 수도 있겠지요. 젊은 사람들이 기쁘고 행복하게 살라고 하지요 뭐."

"도와주신다는 말씀이지요, 판텔레이몬 나자리치?"

"그래야지요. 그런 일을 안 도우면 죄가 됩니다. 그런데 알료나의 사촌 오라비들이 단단한 화강암 같아서 쉽지는 않을 겁니다. 둘 다 고집이 쇠심 줄이라 마음을 돌리기가 어려워요. 자기들이 시집가는 것도 아니면서."

"이런 상황에서 저희가 어떻게 하면 좋겠습니까?"

"고대 러시아 때부터 해왔던 풍습대로 중매인을 보내야지요."

"저희가 중매인입니다." 리파토프가 껄껄거렸다. "보드카와 안줏거리, 선물을 한 수레 가득 싣고 왔습니다. 촌장님과 이 마을에서 존경받는 분들께서 저희와 함께 가주시면 좋겠습니다. 온 세상의 기운을 받아 청혼하는 거지요."

"그렇다면 미룰 것 없어요. 그렇지만 느닷없이 불쑥 찾아가는 것도 안 되지요. 그 사람들 탓도 아니니 … "

"그러면 어떻게 하는 게 좋을까요?"

"우리가 가기 전에 먼저 기별할 사람을 보내야지요." 판텔레이몬 나자리치가 말했다. 그가 다정한 눈길로 앉은 사람을 둘러보더니 아내를 불렀다. "펠라게유시까, 이리 좀 와봐!"

살림방과 부엌을 가르는 커튼 뒤에서 몸집이 좋은 여자가 나타났다. 얼굴은 젊었을 때의 미모를 간직하고 있었다. 그때는 아주 예뻤을 것으로 보였다.

"애들 어멈, 다 들었지?"

여자가 웃으며 고개를 끄덕였다.

"우리가 가기 전에 누가 기별을 전하면 좋겠어?"

"그야 당연히 스피리도니하 할머니지, 또 누가 있겠어. 부를까?"

"펠라게유시까, 자네가 가서 직접 할머니랑 이야기해. 네하이는 데미디치 집에 가서 한인 마을에서 알료나를 중매하러 왔다고 전해라. 지금은 촌장님 댁에 있는데 한 시간 후에 그 집에 간다고 하고. 알레시까는 어디 있어?"

"마당에 있는 것 같은데."

"알레시까를 심부름 보내서 스테파니치와 부사관님, 코멜료프 영감님을 우리 집으로 오시라고 하고, 아, 아가피야도 꼭 부르고 하려면 제대로 해야지. 딸내미한테는 음식 좀 차리라고 하고."

"촌장님께서는 일을 이렇게 순식간에 지시하시네요." 리파토프가 감탄하며 말했다. "부인께서도 촌장님 말씀 한마디면 다 알아들으시고."

"어째 안 그럴 수가 있겠소. 이십 년을 같이 사는데."

"부인께서 아름다우시네요. 젊었을 때 구애하는 남자가 많았겠습니다."

"그건 맞지." 판텔레이몬 나자리치가 수염을 쓰다듬었다. 촌장의 눈이 뭔가를 떠올리며 이글거렸다. "내가 저 여자의 혼례식 직전에 데리고 도망쳤지."

"예? 정말로 혼례식 직전에요?"

"그럼. 아내는 유복한 집에서 자랐어요. 내 짝이 아니었지 … 나한테 시집을 안 보내려고 했지요. 그래서 우리는 몰래 결혼하기로 했지. 사실 나중에 장인, 장모가 화를 푸셨지만, 우리더러 처가에서 살라고 했어요. 아무리 없는 형편이어도 나는 내 집이 있다고 거절했어. 그리고 재산도 내 힘으로 불릴 것이고, 나는 사나이니까. 그러다가 이쪽으로 이사 오기로 마음먹었지. 다 괜찮아요. 여러분이 보시는 것처럼 살고 있고 배는 곯지 않으니. 자식들도 이렇게 많이 낳았고 모두가 화목하게 살고 있어요."

마지막 말을 그는 유독 따스하고 부드럽게 하였다.

가장 먼저 온 사람은 키가 별로 크지 않은 남자였다. 문지방에 서서 음식이 차려진 식탁과 손님들을 흘금거리더니 쾌활하게 말했다.

"촌장님이 한턱내시는 자리입니까? 안녕하십니까, 선한 사람들, 아는 사람들과 모르는 사람들, 노인과 젊은이들, 그렇지만 모두가 소중한 사람들이라오!"

148

느긋하게 방 안으로 들어와서는 정중하게 고개를 숙여 인사했다. 리파토프와 그의 대원들도 답례로 고개 숙여 인사했다.

"스테파니치를 소개해 드리지요." 판텔레이몬 나자리치 촌장이 말했다. "성격도 유쾌하고 입담이 얼마나 대단한지 온갖 행사나 결혼식을 도맡아 멋지게 치릅니다. 이 사람 없는 잔치는 잔치가 아니고 그냥 술만 퍼마시는 자리입니다. 이리로 앉게, 스테파니치, 잠시만 참아. 나머지 사람들이 오면 나 나자리치 촌장이 무슨 일로 한턱내는지 우리가 설명해 줌세. 세상에, 무슨 일로 한턱내냐니, 멋진 말이야!"

살림방이 웃음으로 울려 퍼졌다.

"나는 이미 모든 것을 알고 있다, 나자리치. 우리 동네 소식통 스피리도니하 할멈이 이야기를 전부 듣고 나서 이미 사람들에게 다 전했지."

"무슨 말이야?" 촌장이 경악한 척을 했다. "이 할멈이 입이 가볍네. 그런데 대체 그 할멈은 어떻게 알았을까? 완전 일본 간첩이네!"

부사관과 유형수 코멜료프가 함께 나타나자 극명한 대조를 이뤘다. 한 명은 키가 크고 체격이 좋았고 다른 한 명은 작고 말랐다. 코멜료프가 먼저 들어와 살짝 고개를 까딱했다. 부사관이 그를 따라 고개를 숙이고 구두 뒤축을 부딪치는 소리를 냈다.

"여러분, 친애하는 손님 여러분. 이쪽으로 오셔서 앉으세요 … 소개는 별도로 하지 않겠습니다. 누가 누군지 서로 알고 있으니까요. 아가피야도 왔네."

어깨에 꽃무늬 숄을 두른 사십 대로 보이는 여자가 살포시 살림방으로 들어왔다. 하얀 피부와 붉은 입술, 웃음으로 반짝이는 검은 눈이 도드라지는 여자의 얼굴이 화려한 옷차림에 어울렸다. 그녀는 스테파니치 옆에 자리를 잡았다.

판텔레이몬 나자리치 촌장의 부인과 딸이 모두에게 포도주를 따라주었다. 하지만 아무도 잔을 먼저 건드리지 않고 촌장의 말을 기다리고 있었다. 그런데 촌장은 자기를 향한 사람들의 시선을 눈치채지 못하는지 고개를 떨구고 뭔가를 생각하며 앉아있었다. 스테파니치가 일부러 헛기침을 크게 하자 촌장이 정신을 차렸다.

"친애하는 마을 분들을 모이시라고 한 데는 이런 일이 있어서입니다. 옆마을 총각이 한인인데 블라스 데미디치의 딸에게 장가들고 싶어 합니다. 그래요, 알료나에게. 그래서 이분들이 이렇게 오셔서 중매인 역할을 해달라고 도움을 청합니다. 여기 모이신 분들은 이 마을에서 덕망이 있는 분들이니 한 말씀 해주시면 좋겠습니다."

방안에 잠시 침묵이 돌았다.

"총각은 믿을만합니까?" 부사관이 묻고 나서 질문이 부적절했다는 걸 깨닫고 당황하여 구시렁거렸다.

"바실리 테렌찌예비치, 그 총각 자네가 아는 사람이야. 인식이라고, 사냥꾼 있잖아. 작년에 그 총각이 길을 잃은 암소 두 마리를 찾아왔잖아, 기억나? 암소를 멧돼지놈과 그 패거리들이 훔쳐 갔다고 생각했었잖아."

"아아, 기억나. 그 총각이 돈도 안 받으려고 했지. 정직하고 좋은 사람이었어 … "

"총각은 좋은 사람일 수 있지." 아가피야가 웃으며 말했다. "알료나의 부모와 친척들이 어떻게 보느냐에 달렸지. 러시아 사람에게 시집보내는 게 아니잖아. 내 보기엔 신랑들은 모두 다 똑같은데. 누구라도 중매를 설 수 있어. 맞지, 스테파니치?"

"한인이든, 러시아 사람이든 장가들면 낭패 보는 건 똑같아." 그가 실없이 농을 던졌다.

"여하튼 이번 일이 익숙한 상황이 아닌 건 맞지." 판텔레이몬 나자리치가 말했다. "코멜료프 영감님, 한 말씀 하시지요?"

옛 유형자 코멜료프가 고개를 들고 꿰뚫어 보는 듯한 영민한 시선으로 한인 마을 촌장을 바라보았다. 그런 다음 무슨 이유에선지 강철을 바라보고 작은 소리로 말했다.

"사람마다 자기 인생길이 있지요. 젊은 사람들이 서로를 사랑하고 부모가 반대하지 않으면 그렇게 하는 거지요."

"부모는 반대하지 않는데 알료나의 사촌 오라비들을 설득해야 하는 상황이에요. 그 작달막한 한인의 옆구리를 짓이겨 놓을 거예요." 스테파니치가 고개를 절레절레 흔들었다.

"성당에서 식을 올리는 것이 아니잖습니까. 그냥 결혼식을 하고 나면 그 사람들이 어떻게 악한 마음을 품을 수 있겠어요?" 판텔레이몬 나자리치가 무게를 잡고 말했다. "그래서 우리가 모두 알료나의 중매를 서려는 것이 아닙니까. 자, 그럼, 거사를 치르기 전에 한 잔씩 하고 블라스 데미디치 집으로 바로 갑시다 … "

대문 앞에 이미 꽤 많은 사람이 모여있었다. 마을의 반이 이미 소식을 들은 것 같았다.

"나자리치, 이게 무슨 일입니까?" 주황색 앞머리가 삐져나오게 빵모자를 쓴 키 큰 청년이 약간 휘청거리면서 앞으로 나왔다. 청년의 혀가 잘 돌아가지 않았다. "한인들이 괜찮은 우리 처녀들을 다 낚아채 가네!"

"그래, 낚아챌 거다, 만약 밤낮으로 그렇게 보드카만 처마시면." 촌장이 씁쓸하게 웃었다. "자, 비켜 … "

"한인에게 시집가고 싶네." 장난스러운 여자의 목소리가 들려왔다.

"왜, 불알 따먹게?" 스테파니치가 농담에 장단을 맞췄다.

모여든 사람들이 폭소를 터뜨렸다.

수십 명 마을 사람들의 눈길을 받으며 그들은 블라스 데미디치의 집까지 걸어서 갔다. 판텔레이몬 나자리치 촌장과 코멜료프 영감이 앞장서고 양옆으로 스테파니치와 아가피야가 섰다. 부사관이 이따금 코멜료프 영감을 조심스럽게 잡아주었고 그때마다 영감은 고개를 까딱하며 감사를 표했다. 한인 마을에서 온 사람들이 그 뒤를 따랐다. 사내아이들이 일행을 좇아가며 앞다투어 외쳤다. "신랑, 신랑이 반죽에 갇혔네!" 그러면서 강철을 손가락으로 가리켰다.

"얘네들이 강철을 신랑이라고 생각하나 봐." 가브릴라가 웃었다. "무시무시한 알료나 사촌들도 잘못 보면 어떡하지?"

강철이 말없이 웃으면서 아이들에게 손을 흔들었다.

그 집은 그리 멀지 않았다. 판텔레이몬 나자리치 촌장이 굳게 잠긴 대문을 두드릴 새도 없이 문짝이 활짝 열리더니 훤칠한 청년 두 명이 손님들 앞에 나타났다. 마당 안쪽에 놓인 벤치에 나이 들어 보이는 남자와 여자가 앉아있었다.

"잠깐만요." 청년 중 연장자로 보이는 한 명이 손을 들었고 조롱과 무시가 담긴 눈빛으로 불청객들을 둘러보았다. "판텔레이몬 아저씨, 왜들 오셨는지 이미 알고 있어요."

"아는데도 이리 길을 막고 있나." 촌장이 얼굴을 찌푸렸다. "이 집은 너의 집이 아니고 우리는 네가 아니라 블라스 데모디치를 찾아왔다."

"알료나는 우리한테 남이 아니지요." 청년이 대꾸했다. "알료나는 우리 사촌 여동생이에요. 우리는 눈 째진 어떤 놈이 그 아이를 데려가는 걸 반대한다 이 말입니다. 맞지, 꼴랴?"

"그렇지." 다른 청년이 맞장구쳤다. "그러기만 해보라고 해."

"너희들 완전히 제정신이 아니구나." 판텔레이몬 나자리치 촌장이 씁쓸하게 웃었다. "손님들 앞에서 부모 욕되게 하지 마라."

"우리를 욕되게 하는 건 당신들이야! 이렇게 지들 마음대로 찾아와서! 그래, 여기서 누가 신랑이야? 너야?"

청년이 강철을 손가락으로 지목했다.

"아니요, 신랑은 아니오. 나는 신랑의 형이오."

왜 그렇게 대답했는지는 강철 자신도 몰랐다.

"허, 형이다 이거지. 잘됐네. 너, 잘 들어, 눈 째진 신랑 형 놈아. 네가 우리 중 누구라도 패줄 수 있으면 너 하자는 대로 알료나를 네 동생 놈이 데려갈 수 있다. 이리 나와. 나와 어서 … 왜, 겁나냐?"

강철이 앞으로 나가려고 했다. 판텔레이몬 나자리치 촌장이 그를 붙잡았다.

"저놈들한테 말리지 말게, 청년. 이 마을 주먹 대장들이야." 그러고선 안마당을 향해 외쳤다. "블라스 데미디치, 구경거리 그만 만들어. 사촌 아이들 좀 말리고. 들려? 블라스!"

"내가 어떻게 그 황소 같은 아이들을 대적하겠소?" 목소리가 들려왔다. 목소리만 들어서는 조롱하는 것인지, 탄식하는 것인지 알 수가 없었다. "신랑이 그 아이들을 패주면 그때는 다 해결되는 거요."

"젠장." 판텔레이몬 나자리치가 뒤를 돌아보았다. "사람답게 행동하지 않네요. 연극을 하는 것인지. 아무 이유도 없이 총각을 때려눕히고 싶은가 봅니다."

"제가 그 사람들을 … " 강철이 웃었다.

"자네가?" 촌장이 못 미더운 눈으로 그를 보았다. 촌장의 눈이 옛날 얘기할 때의 열정으로 반짝거렸다. "그럴 수 있을 것으로 보이진 않는데 …

작은놈 꼴랴는 패줄 수 있어도 큰놈 일리야는 못 당할 거다, 불 보듯 뻔해 … ”

“한번 해보지요.”

“이것은 너무도 형식적인 추태입니다.” 코멜료프 영감이 진지하게 나무랐다. “하지만 다른 면에서 보면 시대를 막론하고 신랑을 시험하는 장치가 있었습니다. 이보게, 청년, 동생의 명예를 위해 나서기로 했다니 참으로 장하네.”

“강철과 가브릴라가 짝을 이루면 어떨까?” 리파토프가 제안했다. “어이, 무법자들, 이 사람과 싸워보겠어?”

“에이, 싫소.” 사촌 형제들이 가브릴라를 흘긋 보더니, 대답했다. “우리에게 신랑을 내놓든가 아니면 신랑의 형을 내놓든가 해야지. 우리 둘이 같이 한 사람을 공격한다고 생각하지 마쇼. 정정당당하게 싸울 테니 … ”

강철이 당당하게 앞으로 나갔다.

“진작에 그럴 것이지.” 사촌 형제들이 마당 안쪽으로 들어가며 피식 웃었다. “어이, 째진 눈, 우리 중 누구랑 붙을 거냐?”

소매를 걷어붙이며 일리야가 말했다. 그는 오른쪽 주먹을 내밀어 모욕적인 조롱을 담아 빙빙 돌렸다. 본의 아닌 웃음소리가 구경꾼들을 휘감았다. 그런 조롱을 받고도 싸우자고 다른 상대를 고르는 것은 수치스러울 일이었다.

강철이 이들을 마주하고 섰다. 일리야를 손가락으로 가리키고 고개를 까딱했다. 그러고선 속으로 씁쓸하게 웃었다. 모욕을 모욕으로 갚으려는 마음 하나 다스리지 못했다고 생각한 것이다. 한국 사람들이 누군가를 향해 손가락질하면 하대한다는 뜻이 아닌가.

일리야가 웃음을 머금고 옆을 보다가 갑자기 강철을 덮치려고 앞으로 달려들었다. 하지만 시도는 성공하지 못했다. 쫙 펼친 손가락이 강철의 옷을 잡으려다 미끄러져 내려갔을 뿐이다. 너무나 놀란 나머지 일리야가 눈을 잠시 껌벅거렸다. 손이 왜 빗나가서 내가 넘어지고 있을까?

폭소가 마당에 울려 퍼졌고 흥분한 목소리들이 들려왔다.

"아이고 잘했네! 발 하나 까딱해서 일리야를 눌러버렸네!"

"늑대가 양에게 달려들다 땅바닥에 코를 박아버렸네 … "

"일리야, 힘내라, 다음번엔 마당부터 쓸어라. 흙이 너무 많다."

강철은 기적적으로 싸움을 피할 수 있어서 다행이라 생각했다. 만약 일리야가 자기를 붙잡았다면 몸싸움이 어느 지경까지 갔을지 모를 일이니까. 그런데 넘어졌다고 싸움을 끝낼 수는 없었다. 일리야가 다시 정신을 차리고 일어섰다. 일리야의 모습은 그다지 좋아 보이지 않았다. 뺨이 긁혔고 옆구리는 온통 흙투성이였다. 조롱하던 표정은 마치 처음부터 없었던 것처럼 사라졌다. 분노로 불타오르는 눈빛을 뿜으며 어금니를 앙다물었다.

강철은 일리야가 혼란스러운 틈을 타 공격할까 싶은 마음이 순간적으로 들었지만 그러지 않기로 했다. 앞에 서 있는 사람은 동양 무술이라곤 전혀 모르는 그냥 시골 청년이 아닌가. 공격하라고 내버려 두고 잡히지만 않으면 된다.

손으로 싸울 태세를 취한 다음 일리야가 서서히 다가오기 시작했다. 타격, 다시 또 타격! 마을의 으뜸 싸움 대장이 자기 앞에서 발걸음을 떼기만하는 사람을 왜 제대로 공격할 수가 없는지 구경꾼들은 이해할 수가 없었다. 자, 자, 한 번 더, 한 번 더! 구경꾼들은 마음속으로 이제 일리야를 응원하기 시작했다. 지는 사람을 응원하는 건 동서고금을 막론하고 으레 있는 일 아닌가.

그런데 일리야가 갑자기 멈추더니 두 손을 위로 치켜들었다.

"끝, 네가 이겼다, 한인. 발 잡고 화해하자."

웃음과 환호 속에서 두 대결자가 서로 악수하려고 손을 맞잡았다. 그러자 강철은 손이 세게 조이는 게 느껴졌다.

"이제 한번 보시지, 누가 이기는지." 일리야가 큰소리로 웃으며 강철의 손을 자기 쪽으로 잡아당겼다. "뱀을 피하듯 피하기만 해서는 안 되지 … 악! … "

일리야가 끌어온 새로운 결투는 아직 시작도 못했다. 강철이 갑자기 몸을 숙여 일리야의 손을 세게 잡아 비틀었기 때문이었다. 일리야가 버티지를 못하고 두 번째로 바닥으로 쓰러졌다.

또다시 웃음소리로 마당이 왁자지껄해졌다. 패배한 일리야가 사람들과 함께 웃음을 터뜨렸다. 내민 손을 흔쾌히 붙잡고 일어섰다. 강철이 일리야를 도와 함께 흙을 털었다.

"이제는, 일리야, 사돈을 인정하냐, 안 하냐?" 판텔레이몬 나자리치 촌장이 물었다.

"인정합니다, 판텔레이몬 아저씨, 신랑도 이렇게 기민하다면 알료나가 인제부터는 귀신도 겁낼 필요가 없겠어요."

"블라스 데미디치, 왜 연극 구경 온 것처럼 앉아만 있어? 이제 손님 맞아야지. 살림방으로 들어가진 않겠어, 자네가 보듯 이렇게 손님들이 많으니. 마당에다 바로 상을 차리지 뭐. 어이, 할멈들, 어째 그리들 보고만 있나? 수레에서 사돈들이 보낸 음식 좀 날라와 … "

세레브랸카에서 그런 청혼 절차를 여태껏 한 번도 본 적이 없었다. 상차림 하나만 보아도 그랬다. 한국식 떡과 러시아식 파이가, 매운 채소 무침 옆에는 러시아식으로 소금에 절인 양배추가, 간장 소불고기 옆에는 숙성돼 지비계가, 쌀로 빚은 가양주 옆에는 밀로 빚은 가양주가 나란히 자리 잡고 있었다.

156

식탁 한쪽에는 집주인과 친척들, 가까운 지인들이 앉고, 반대편에는 중매인들이 앉았다. 중매가 비정상적으로 시작되니 전통적인 절차가 다 흐트러져 버려 이제 뭐부터 시작해야 할지 아무도 몰랐다. 하지만 누구나 인정하는 남자 중매인 스테파니치와 여자 중매인 아가피야가 특유의 입담으로 이 분위기를 화기애애하게 만들었다.

"블라스 데미디치, 장황하게 얘기하지 않겠네. 우리가 무슨 부탁으로 자네 집에 왔는지 다들 알고 있잖아, 그리고 자네 집에서 우리를 어떻게 맞아줬는지도." 스테파니치가 슬며시 웃었다. "하지만 끝이 좋으면 다 좋은 게 아닌가. 결혼식으로 끝을 맺으면 더할 나위 없지. 자네에게는 어여쁜 딸이 있고 우리에게는 멋진 총각이 있네. 비록 다른 민족 출신이긴 하지만, 자신을 어떻게 지킬 줄 아는지 우리 눈으로 다들 똑똑히 보지 않았나. 그런고로 이 총각을 위해 마을에서 존경받는 분들, 두 마을의 촌장님들, 코멜료프 영감님, 바실리 테렌찌예비치 부사관님이 다 출동하시지 않았겠나. 총각이 별 볼 일 없으면 누가 이렇게 만사 제쳐두고 달려오겠나."

"우리 마을의 대표 미녀 알료나는 그런 대접을 받을 만도 하지요." 아가피야가 능숙하게 끼어들었다. "참하지, 똑똑하지, 일도 잘하지, 그만한 처녀가 없지요."

"내 보기에 이보다 더 훌륭한 쌍은 또 없지요, 아무렴, 없지." 스테파니치가 윙크했다. "블라스 데미디치, 그래서, 딸내미를 우리 훌륭한 총각에게 주는 데 동의하는가?"

조금 당황한 알료나의 아버지가 천천히 일어서서 이웃 마을 손님들과 마을 사람들을 둘러보고 헛기침을 한번 한 뒤 말했다.

"여식이 한인 남자를 사랑한다고 말하기 전까지 난 한 번도 그런 생각을 해본 적이 없어요. 그런 사실을 알게 되었을 때 어이하여 이런 일이 나한테 일어났는지를 생각하게 되었소. 다른 사람 여식들은 그냥 여식인데 내 여식은… 내가 한인들을 싫어하는 것은 아니지만, 이 문제는… 처음에는 아비 말을 안 듣는 여식을 때리고도 싶었지만 차마 손이 안 올라갔어요. 지금은 이렇게 … 여식이 결정하는 대로 하렵니다. 꼴랴, 알료나 불러와라. 사람들이 다 보는 데서 직접 말하라고 하지요 … ”

알료나가 집에서 나와 자기들에게 다가와 머리 숙여 절하는 것을 식탁에 앉은 사람들이 복잡한 심경으로 지켜보았다. 알료나가 마을 사람들의 얼굴을 대담하게 바라보며 흥분된 목소리로 말했다.

“그렇게 하겠습니다. 저는 인식에게 시집간다면 지금 당장이라도 면사포를 쓰겠습니다 … ”

말을 마치자마자 뒤돌아 집 안으로 뛰어 들어갔다.

“허허.” 판텔레이몬 나자리치가 고개를 절레절레 흔들었다. “우리는 이제 이 사건을 기념하며 한잔해야 하지 않겠습니까?”

술잔들이 부딪치는 소리로 식탁이 가득 찼다. 스테파니치에게 문득 이런 생각이 떠오르기까지 술잔을 세 번 부딪히고 먹고 마셨다.

“신부가 지금 당장이라도 면사포를 쓰겠다고 하는데 기다릴 게 뭐가 있어요, 바로 식을 올리지? 상도 거나하게 차렸지, 손님들도 넘쳐나지. 신랑만 없는데, 휘파람만 불면 바로 날아올 거요.”

“옳소.” 아가피야가 맞장구를 쳤다. “내가 듣기로는 웨딩드레스도 진작 장만해 뒀다던데.”

“어때요, 데미디치? 일을 오래 끌 일이 뭐가 있나.” 판텔레이몬 나자리치가 말했다. “손님들, 여러분 생각은 어떻습니까?”

“우리 생각도 같아요.” 리파토프가 껄껄 웃었다. “신랑은 지금 바로 데려오지요.”

“에이,” 블라스 데미디치가 손을 내저었다. “그래, 데려오시오.”

러시아인과 한국인이 결합하는 결혼식 잔치가 사흘 내내 이어졌다.

# 제38장

은 일은 **빨리** 끝나기 마련이나 기억 속엔 오래 남는다. 이날까지 살면서 강철 이렇게 느낀 적은 한두 번이 아니었다.

탐사대 활동 석 달이 순식간에 지나갔다. 새로운 친구를 만나 사귀고 함께 활동하며 영감을 얻은 기적 같은 시간이었다. 상상할 수 있는 갖가지 감동과 새로운 인연, 깨달음이 줄을 이었다. 군데군데 비극이 비집고 들어선 사연들은 또 얼마나 많이 들었던가. 조선 사람들이 어떤 고난과 역경을 겪으며 러시아로 오게 되었는지를. 얼마나 굴욕을 당하고 속고 공공연한 약탈을 견뎌야 했는지를. 모든 것을 잃었다. 심지어 아이들까지도. 목적지에 도달하기 위해 어쩔 수 없이 아이를 팔아야 하는 상황도 있었다. 중국에서 아들을 잃어버린 강철은 아이를 잃은 이야기를 들을 때마다 몹시 견디기가 힘들었다.

마침내 목적지에 도착한 이들을 기다리고 있었던 건 약속의 땅이 아니라 러시아제국 변방의 오지 타이가였다. 그리고 혹독한 노동이었다. 그런데도 수 세기 동안 토지와 자유의지를 박탈당했던 조선 농민의 마음이 노동을 갈구했기에 육체노동은 상대적으로 자유롭게 느껴졌다.

본질에서 보면 사람에게 필요한 것은 얼마나 작은 것인가! 땅 한 뙈기 자유롭게 경작하는 것으로 족하지 않나. 눈으로 보고도 믿을 수 없을 정도로 품이 넓은 자연, 생존권을 얻기 위해 사람들이 다투고 서로를 적대할 필요가 없는 지역이 있다. 그런데 그곳에도 평화와 안녕은 없다. 탐욕과 시기 질투, 악의에 휩싸이는 사람들이 어디나 있기 때문이다. 부가 많을수록 마음은 굳어진다. 도덕적으로, 영적으로 높은 경지에 이른 사람만이 그렇게 되지 않을 수 있다.

리파토프 탐사대장과의 잦은 대화는 강철에게도 흔적을 남겼다. 젊은 조선 사람을 고민하게 했던 많은 질문에는 알고 보니 명확한 답이 있었다. 왜 사람들은 부자와 빈자로 나뉘는 걸까? 신분은 어디서 생겨난 걸까? 어떻게 국가가 형성되었으며 사유재산이란 무엇인가? 고대부터 사람들은 이를 고민해 왔고, 인간을 둘러싼 세계를 인식하려는 힘겨운 경험과 만물의 상호작용을 파악하려는 거대한 시도, 미래를 예견하고자 하는 열망을 자식들에게 전수하면서 진실을 향해 나아갔다.

사회를 혁명적으로 변혁하려는 과감한 사상에 강철은 압도되었다. 낡은 제도를 쓸어버리고 그 자리에 폭력과 착취, 전쟁이 없는 새로운 제도를 세운다. 이 꿈을 위해 살고, 이 꿈을 위해 투쟁할 가치가 있지 않은가!

리파토프가 간직해 온 생각을 강철에게 솔직하게 말했던 그 모닥불 앞 저녁을 강철은 잊을 수가 없다.

"만약 내 할아버지가 악독한 지주가 아니었다면 나는 사람들의 사회적 불평등에 대해 고민하지 않았을 겁니다." 그는 막대로 숯을 헤집으며 말했다. "어렸을 때 할아버지가 품팔이들을 하대하는 끔찍한 장면을 어찌나 보았는지 나는 평생 할아버지를 미워했고 지주 집안 출신인 것도 싫었어요. 하루는 암소 두 마리가 늑대에게 잡아먹히자, 할아버지가 목동을 벌주기로 했어요. "불쌍한 암소들!", 할아버지가 위선적으로 외쳤어요, 어쩌면 완전히 진심이었는지도 모르지요, "늑대의 이빨이 연약한 살을 물어뜯을 때 암소들은 어땠을까?" 할아버지가 목동에게 말했어요. "네가 암소의 고통과 공포를 직접 체험하도록 하겠다." 할아버지가 사냥개를 풀어 목동을 물어뜯게 명했어요. 목동이 어찌나 비명을 지르던지! … 지금까지 그 비명이 귀에서 울려요 …

맞아요, 나는 할아버지를 미워하면서도 두려워했어요. 그 목동이 겪은 일을 할아버지도 직접 겪었으면 좋겠다고 마음속으로 생각했어요. 사실 연세가 들어가면서 할아버지도 변했고 기도도 하고 사람들에게 너그러워지긴 했지요. 저세상에 가면 자기가 지은 죄를 용서받기 힘들겠다고 여기셨던 것 같습니다.

외국에서 오래 사시던 아버지는 할아버지가 돌아가시고 집에 돌아오자마자 땅을 농노들에게 나눠줘 버렸어요. 그래서 아버지는 영원히 존경받는 인물이 되었지요.

물론 사람들 사이에 불평등이 앞으로도 항상 존재할 것을 알고 있어요. 어떤 사람은 더 잘살고 어떤 사람은 더 못 살겠지요. 하지만 사회적 제도 자체는 공정하고 모두에게 평등한 기회를 줄 수 있어야 합니다. 어려서부터 유복한 환경에서 자라 교육받은 사람들이 먼저 그렇게 생각해야 합니다. 어떤 부든지 착취와 수백, 수천만 사람들의 노동으로 일구어지는 게 아닙니까. 악의 뿌리는 사유재산에 있기에 사유재산은 없어져야 합니다. 모든 생산수단, 광물자원, 토지가 사회에 속하는 제도만이 정의롭습니다. 그렇게 되기 전까지는 폭력과 전횡, 무자비가 세상을 지배할 것입니다. 피착취 계급은 자신의 상황에 절대 굴복하지 않을 것이며 항상 착취 계급을 타도하려고 할 것입니다. 마르크스가 말한 것처럼 사회의 역사는 계급 투쟁의 역사입니다. 이 끝나지 않을 투쟁에서 나는 멸시와 모욕을 당하는 자들의 편에 설 것입니다. 강철, 지금 러시아의 미래 변혁을 도모하는 러시아 사민당에 가입할 것을 당신에게 호소합니다. 전제군주제를 무력으로 전복하는 그날까지, 혁명의 그날이 올 때까지."

강철은 리파토프의 호소를 온 마음으로 받아들였다. 강철 자신도 이 세상의 불평등에 대해 생각해 오지 않았던가? 핍박당하는 그의 조국 조선만 보아도 그렇다. 한 나라가 아무런 처벌도 받지 않고 뻔뻔스럽게도 다른 나라를 예속시키고 원하는 대로 무슨 짓이든 자행하고 있지 않나? 그 지경까지 내몰린 상황은 지배계급이, 황제의 전체 도당들이 일신만을 위하고 백성을 팔아먹은 대가가 아니던가. 언젠가 조국이 독립하는 날이 오면 지금 리파토프가 꿈꾸는 그런 정의로운 체제를 조선에 반드시 세워야 한다.

8월 초 탐사대는 일정의 종착지인 블라디보스토크에 당도했다. 말들을 여관집 마당에 묶어두고 그들은 맞은편에 있는 값싼 여관으로 들어갔다. 제일 먼저 한 일이 욕탕에서 씻는 일이었다. 그런 다음 식당에서 저녁을 먹었다. 그간의 피곤이 중첩되어 시내를 걸어서 구경하자는 제안은 거부되었다. 이날은 일찍 잠자리에 들기로 했다.

"내일 아침에 스케치하러 갈 거예요." 알렉세이가 꿈꾸듯 말했다. "가브릴라, 나랑 같이 갈 거지?"

"싫어." 가브릴라가 거절했다. "넌 그림을 그리겠지만, 난 뭘 하냐? 객실에서 잠을 더 잘 거야."

"강철, 우리는 어디를 갈까요?" 두 사람만 남아 잠잘 준비를 할 때 리파토프가 강철에게 물었다. "지리학회에 나와 같이 가겠소? 거기 갔다가 강철, 당신이 관심을 가질만한 뭔가를 찾아봅시다."

강철이 블라디보스토크에서 무슨 일을 할 계획인지 리파토프가 이미 여러 차례 물었다. 도와준다는 제안도 했었다. 하지만 강철 자신도 앞으로 무슨 일을 해야 할지 아직 몰랐다. 한편으로 보면 강철에게는 대장장이 기술이 있다. 하지만 많은 시간을 힘겨운 육체노동에 쏟아야 한다는 생각이 망설이게 했다. 강철은 배우고 싶었다. 알아야 할 것들이 얼마나 많은가? 유럽 문학, 역사, 예술, 문화… 책으로 치면 산더미 분량이다. 중요한 것은 그만큼의 책이 세상에 있다는 것이다! 그 책들을 읽고 이해하고 다른 사람에게 지식을 전해줄 수도 있다.

그러다 어느 날 갑자기 생각이 분명해졌다. 강철 자신이 원하는 것은 배워서 동포들을 가르치는 것이다! 이렇게 큰 도시에는 틀림없이 러시아어를 배우고 싶은 한인들이 있을 것이다.

그래서 오늘 강철은 리파토프와 다른 대원들에게 자기 생각을 말해보기로 했다.

"정말 훌륭한 생각이오!" 리파토프가 얼마나 반가운지 침대에서 벌떡 일어나며 큰 소리로 외쳤다. "그럼 강철 당신이 성인 정착민들을 위한 야간학교를 열면 되겠네요. 당국에서도 그 일을 반드시 지원하리라 생각합니다. 다른 면에서 보면 당신이 조선 사람들에게 선전선동 활동도 벌일 수도 있고요. 그들은 현재 가장 억압받고 권리를 박탈당한 사회 계층이기에 우리를 반드시 따를 것입니다."

언제나 훌륭한 조언자인 리파토프의 말속에 울려 퍼진 실리주의가 강철을 약간 어리둥절하게 했다. 그 어떤 사상을 위해서라 해도 사람들의 처지를 자신에게 유리하도록 이용하는 것은 정당하지 않은 것 같았다. 그래서 강철은 반박을 시도해 보았다.

"그들이 비참한 상황에 놓인 것은 문맹인 데다가 러시아어를 모르기 때문입니다. 이것이 이민자의 일반적인 숙명이고요."

"맞는 말이오. 하지만 그들 중에서도 교육을 잘 받아들이고 자신이 처한 환경을 벗어날 사람들이 생길 것이오. 그런데 나는 지금 전체 시스템, 전제 군주제, 풍요와 빈곤, 불의에 대해 말하는 것이오!"

"당신들이 새로운 체제를 세웠다 칩시다. 그때 그 체제는 외국에서 유입되는 이민자들을 어떻게 인식할까요?"

"계급적 형제로 맞이하겠지요. 그리고 그 체제에서는 공민권, 토지, 재정적 지원을 즉각 제공할 겁니다."

자기도 모르게 강철의 입에서 웃음이 삐져나왔다. 강철은 러시아인 이주자들을, 새로운 지역에 온 그들의 쉽지 않았던 정착 과정을 떠올렸다. 국가가 자국 농민들조차 돌보지 못하는데 남의 나라에서 온 사람들에 대해 말하면 뭐 하겠나. 국경을 넘어오도록 허용해 주고 정상적으로 살면서 일할 기회를 뺏지 않은 것만 해도 감지덕지하지. 그런데 실제로 많은 외국인에게 러시아 공민권을 주고 토지도 주지 않았나. 그런 혜택을 누린 조선 이민자들은 실제로 조선에서 살 때보다 훨씬 더 윤택하게 살게 되었다. 그렇다면 뭘 위해서 반란을 일으킨단 말인가?

"베니아민 페트로비치(리파토프), 모든 것은 상대적이지 않습니까? 지금 조선 사람 아무나 붙잡고 다시 고국으로 돌아가고 싶냐 물으면 대다수는 싫다고 대답할 겁니다. 조선과 비교하면 이곳에서 사는 게 더 낫기 때문이지요. 시간이 흐르고 조선인들이 익숙해지면 지금의 생활에도 좋은 것은 아무것도 없다고 깨닫게 되는 날이 올 겁니다. 그때가 되면 뭔가 새로운 것, 더 나은 것에 끌리게 되겠지요. 아마도 그런 식으로 인간과 사회의 진보가 이루어지는 것 같습니다. 모든 사람이 똑같이 살 수도 없고 똑같이 살고 싶어 하지도 않을 겁니다."

"왜지요? 모두가 똑같이 나눠 가져야지요, 공정하게."

"어떤 사람은 더 이바지하고 어떤 사람은 덜 이바지하는데 모두가 똑같이 나눈다고요? 그것이 무슨 공정입니까?"

"각자가 자신의 역량만큼 이바지하면 됩니다. 당신과 내가 수레를 끌고 간다고 상상해 봅시다. 우리 둘 다 최선을 다해서 애를 씁니다. 당신이 힘이 더 세지만, 나도 모든 힘을 다 쏟습니다. 그래서 내게는 당신과 같은 크기의 보상을 요구할 권리가 있어요."

"그렇지만 수레 주인은 그렇게 생각하지 않을 겁니다. 결과를 보고 돈을 주겠지요."

"바로 그래서 우리가 주인을 바꾸려고 하는 것이오." 리파토프가 껄껄 웃었다. "주인의 소유를 전부 빼앗아 민중에게 주는 것이지요. 주인들이 순순히 전부 내주지 않을 것은 불 보듯 뻔한 일입니다. 그래서 혁명이, 강제적인 국가의 재건이 필요합니다. 바로 그런 이유로 우리가 강력하고 전투적인 조직을 만드는 것이고요. 그런 조직이 사민당입니다. 하지만 사민당이 공개적으로 나설 수 있을 때까지 수년간에 걸쳐 어렵고 위험한 작업을 수행해 나가야 할 겁니다. 지금 울리야노프-레닌 동지를 필두로 하여 우리 동지 수십 명이 어쩔 수 없이 외국에서 체류하고 있습니다. 그들은 우리의 대오를 강화하기 위해 위대한 과업을 수행하고 있어요. 신문과 소책자를 발행하고 무기를 준비하고 있습니다. 공장과 작업장, 군대에서도 주도

면밀한 작업을 진행하고 있어요. 그리고 강철, 당신에게 할당된 중요한 임무는 이주자들을 담당하는 것이오. 당신이 말한 그런 학교를 여는 일을 돕기 위해 나는 이곳에서 며칠 더 머무를 수 있습니다. 그러니 내일 시 당국을 찾아가 봅시다. 자 이제 잠을 좀 자둡시다."

또다시 리파토프의 말이 강철의 마음에 걸렸다. 강철이 혁명사상을 받아들이지 않았다면 그런 학교가 필요 없단 말인가? 그랬다면 리파토프가 강철의 일을 도왔을까? 그냥 인간적으로? 정말로 모든 것이 사상에 종속되어야 한단 말인가? …

뱃고동 소리에 강철은 잠에서 깼다. 본능적으로 창가로 달려가 멈춰서서 눈 앞에 펼쳐진 한 폭의 그림 같은 풍경을 바라보며 감탄했다. 대부분 단층집으로 이루어진 이 도시는 만을 따라 반원으로 펼쳐진 형태이다. 뿌연 안개 속에서 선박들이 보였다. 부두에 정박한 작은 배들은 옹기종기 모여있어 돛대 숲을 이루었다. 큰 범선들은 성채처럼 솟아있었다. 항구 한가운데에는 군함 몇 척이 줄지어 있었다. 하얀 파이프와 대포의 포신이 빽빽하게 박힌 뾰족한 선수, 그 풍경은 장엄하고 멋있었다.

"아시아로 향하는 창이지요." 리파토프의 목소리가 들려와 뒤를 돌아보았다. 리파토프가 다른 쪽으로 난 창가에 서 있었다. "해안 지역만 가지는 변하지 않는 매력이 있지요. 어느 쪽에서 보더라도 바다가 보인다는."

"맞아요." 강철이 정확한 관찰에 놀라며 맞장구쳤다. "그렇다면 바다에서 보면 모든 집이 다 보인다는 말이네요."

"모든 집이 다 보일는지는 모르겠지만, 항해를 마치고 돌아오는 선원은 아마 자기 집을 찾을 수 있겠지요."

'집이 있다면, 집이.' 이런 생각을 하는 순간 갑자기 극도로 우울한 기분이 강철을 덮쳐왔다. 그는 달갑지 않은 생각을 몰아내려 머리를 흔들었다. 이토록 아름다운 아침을 향수병으로 우울하게 만들 수는 없다. 강철은 미소를 지으며 일부러 활기차게 옷을 갈아입었다.

가브릴라는 말했던 대로 객실에 남아서 잠을 잤다. 알렉세이는 스케치북을 들고 만으로 향했고 리파토프와 강철은 느긋하게 도심 쪽으로 걸었다.

이른 시간이었다. 길에는 하얀 앞치마를 두른 청소부들과 우유 배달원들만 눈에 띄었다. 늙은 중국인이 쓰레기를 실은 수레를 굴리고 있었다. 채소 가게는 이미 문을 열었다. 밖으로 나온 땅딸막한 주인이 조선 사람이었다. 아직 잠이 덜 깬 얼굴만 봐서는 나이와 기분을 알아맞히기 어려웠다.

"저 사람과 이야기를 한번 해보지요." 리파토프가 이렇게 말하더니 그 사람에게 다가갔다. "아뇽아십니까?"

러시아 사람이 한국말로 인사를 하니 가게 주인이 어리둥절한 표정을 짓다가 몸을 움츠려 고개를 숙이고 러시아어로 반복해서 말했다.

"안냥세요, 안냥세요 … "

"실례합니다." 강철이 말했다. "저희가 어제 막 이곳에 와서 그런데 뭐 좀 여쭤봐도 되겠습니까?"

친근한 모국어가 가게 주인을 안심시켰다. 하지만 눈 속의 경계심은 아직 그대로 있었다.

"예, 말씀하세요."

"해삼시에서 사신 지는 오래됐습니까?"(고려인들이 블라디보스토크를 중국식으로 해삼위 또는 해삼시라고 부름 - 옮긴이)

"한 5년 됩니다."

"출신이 어디입니까?"

"함경도요."

"러시아말은 잘하십니까?"

"조금 합니다 … "

"조선에 다시 가고 싶으십니까? … "

"오, 그런 말씀 마세요! 처음 왔을 때야 마음이 힘들어서 목이라도 매달까 했지요. 그때 매번 나 자신을 구슬렸지요. 조선에 돌아가고 싶냐, 거기서 뭐가 그리 좋았는데? 이러면서요. 그러다가 안정을 얻고. 지금은 살만한 것 같은데 … "

"장사는 잘됩니까?"

"어느 정도 돼요. 이 동네에서 나를 아는 사람이 이제는 많아졌고, 나는 장사할 때 절대 속이질 않거든."

"어떤 조선인 단체 같은 것을 들어보신 적이 있습니까?"

"암요, 아무렴요 … 저한테 단체 활동원들이 이따금 찾아오기도 하는데요, 이름이 뭐더라 … " 주인이 잠시 뜸을 들이더니 손을 내저었다. "어쨌든, 어떤 협회가 있어요 … 모임에 오라고도 하고 이런저런 일을 한다고 찬조금도 청하고. 돈은 주는데 모임은 안 갑니다."

"왜 안 가십니까?"

"시간도 없고, 나는 불평 없이 살아요."

"어떤 단체에서 옵니까, 말씀해 주실 수 있습니까?"

"여기 있는 단체가 두 개인데. '국민회'와 '권업회'가 있어요. 나는 두 단체에 다 돈을 내요. 두 곳 다 조선 사람들을 보살피는 일을 하니까. 그런데 실례지만 누구십니까?"

"저요?" 강철이 되묻고는 리파토프를 가리키며 고갯짓했다. "저는 이 러시아 사람이 조선 출신 정착민들의 생활을 연구하는 것을 도웁니다. 저희가 남우수리스크 지방을 전부 거쳐서 왔어요. 니콜스크에서 출발해서 블라디보스토크까지 온 겁니다."

"거기에도 조선 사람들이 산단 말입니까?" 깜짝 놀라며 가게 주인이 물었다.

"곳곳에 다 삽니다. 조선 사람들끼리 촌을 형성해서 살고 있고 전체적으로 형편도 괜찮습니다. 이곳에도 아마 한인 정착촌이 있겠지요?"

"있지요, 당연히, 있어요. 이 길을 따라 쭉 가면 해변이 나오는데 거기서 오른쪽으로 돌아가다가 다시 한 번 오른쪽으로 돌면 한인 정착촌이 나옵니다. 거기에 조선 사람들이 가는 도서실도 열었다고 합디다."

"잘된 일이네요." 리파토프가 말했다. "그 단체들이 의미 있는 단체라면 강철, 당신을 알아보지 못할 수가 없어요."

"국민회는 군사학교 다닐 때 들어본 적이 있습니다." 강철이 말했다. "결성되고 한 1년 정도 있다가 없어졌다고 했던 것 같은데 … 국무대신 민영환과 함께 국민회 간부들이 체포되었고 그중 일부는 외국으로 떠났습니다."

"국무대신이 무슨 일을 저질렀길래 체포되었답니까?" 리파토프가 부드럽게 물었다.

"민영환이 1905년 11월 17일에 일본과의 반역적인 을사늑약 체결에 서명한 다섯 명의 대신들을 처형하라고 상소를 올렸습니다. 이 늑약을 기점으로 왜놈들이 조선을 사실상 노예화하기 시작했습니다."

"그래서 그 국무대신은 어찌 됐습니까?"

"체포되었다 풀려나서 자결했습니다. 어쩌면 누군가에 의해 죽임을 당했을 수도 있지요." 강철이 주먹을 불끈 쥐었다. "때가 되면, 한 줌 도당의 비열과 반역이 다른 이들의 의열과 우국충정을 짓이겨 버린 조선의 이 쓰라린 시기를 역사학자들이 제대로 정리하겠지요."

"잠시만." 리파토프가 걸음을 늦췄다. "조선의 황제는 어떻게 됐습니까? 그 당시에 뭘 하고 있었지요?"

"전하라 … " 강철이 씁쓸하게 웃었다. "전하가 그러고자 했다면 제대로 맞서 싸웠을 겁니다. 옥좌에서 강제로 퇴위 되었을 때 조금 발버둥 치는 듯하더니 금세 받아들였습니다. 제 부친께서는 이십오 년 동안 전하를 눈동자처럼 지켰고 시해 시도에서 두 번이나 구해드렸지만 한 번도 전하에 관한 말씀을 제게 하신 적이 없습니다. 좋은 말도, 나쁜 말도요. 아버지께서는 생의 끄트머리에서 전하에게 크게 실망하신 것 같습니다. 아아, 아버지, 아버지 ⋯ ”

강철은 아버지와 어떻게 이별하게 되었는지를 지금껏 아무에게도 말하지 않았다. 그런데 어느 날 리파토프를 앞에 두고 그 이야기를 털어놓았다. 그때가 함께 길을 떠난 지 한 달쯤 되던 때였고 휴식 시간이었다. 이야기를 다 듣고 나서 리파토프가 슬프게 웃으며 말했다. “선하고 용맹스러운 왕이나 황제에 대한 믿음은 항상 존재해 왔지요. 가장 어리석고도 ⋯ 가장 굳건한. 러시아에서도 1905년에 운명을 좌우할 수 있었던 사건이 있었어요. 혁명이 일어났고 겁에 질린 황제가 즉시 칙령을 공포하여 백성들에게 약간의 자유를 부여했지요. 그 반쪽짜리 자유를 시간이 조금 지나자 다시 도로 앗아가 버렸어요. 아니지요, 군림하는 족속들에게 예의를 갖추면 안 되는 겁니다. 그런 족속들은 아예 뿌리를 뽑아야 합니다. 그렇지, 그래요. 뿌리를 뽑아야 합니다. 전체 왕족을. 그리고 그럴 날이 이제 그리 멀지 않았습니다.”

지리학회는 그리 크지 않은 2층 건물에 자리 잡고 있었는데 이를 아는 행인들이 드물었다. 리파토프에게 정확한 주소가 있어서 다행이었다.

1층에 있는 홀은 배의 선실을 연상시켰다. 벽에는 지도 몇 점과 커다란 선박용 나침반, 진짜 조타륜이 걸려있었다. 그런데 정작 강철의 눈길을 가장 끈 것은 어마어마한 크기의 지구본이었다.

어두운색 제복을 입은 검은 구레나룻이 덥수룩한 건장한 남자가 책상에서 일어서며 상냥하게 물었다.

“무엇을 도와드릴까요?”

리파토프가 자기를 소개하자 그들은 곧 활기찬 대화를 이어 나갔다. 강철이 지구본 가까이 다가섰다.

이것이 바로 우리 사는 지구이구나! 그것은 바다와 대양으로 온통 둘러싸여 있었다. 갈색은 산맥이고 핏줄처럼 뻗은 것들은 강이다. 푸르른 공간은 숲과 들이며 아프리카 대륙은 누런 사막이다. 그리고 하얀 북쪽은 눈과 추위, 미지의 세계이다. 한반도는 대체 어디에 있나? 지구본을 한 바퀴 돈 다음에야 강철은 고국을 찾았다. 지구 전체와 비교하면 한반도는 얼마나 작은가… 육지의 100분의 1, 아니지, 1,000분의 1, 10,000분의 1! 옆에는 커다란 중국과 어마어마한 크기의 러시아가 있다…

"강철, 잠깐만 이리 와보시겠어요." 리파토프가 불렀다. "보리스 마트베예비치, 제 후배를 소개해 드리겠습니다. 여정을 함께 하며 이곳까지 왔는데 강철이 없었다면 몹시도 힘들었을 겁니다. 아주 듬직한 대원입니다."

"만나 봬서 반갑습니다." 검은 구레나룻 남자가 인사하면서 힘주어 강철의 손을 잡았다.

"강철이 이곳에서 한인을 위한 학교를 열고 싶어 합니다. 성인을 중심으로 해서 러시아어를 가르치려고 해요. 보시다시피 동기가 매우 고결합니다…"

"시기적절하기도 하고요." 보리스 마트베예비치가 한마디 얹었다. "이 지방이 지금껏 전례가 없던 번영을 누리고 있고 이곳의 농업과 산업은 비약적으로 발달하고 있습니다. 이 지역으로 오지 않는 사람이 없을 정도지요. 그런데 시골에서는 한인 정착민들이 누구보다 가장 중요하기에 그 사람들을 전면적으로 지원해야 합니다. 저의 지인 유리 미하일로비치 보브린쩨프가 시 당국 교육과에서 근무합니다. 그가 반드시 도와줄 겁니다. 그럼, 지금 바로 제가 쪽지를 써드릴 테니 가시면 보여주십시오…"

"제가 신세를 졌습니다." 리파토프가 고개를 숙였다. "지리학회 잡지를 주시고 저에게 온 서신을 모아주신 것도 감사드립니다."

172

"언제라도 도와드릴 수 있으면 기쁩니다." 보리스 마트베예비치가 응답으로 고개를 까딱했다. "언제 모스크바로 돌아가십니까?"

"일주일쯤 후에 갑니다. 그래서 있는 동안 이곳 지리학회 열람실을 이용하게 될 겁니다."

그들은 작별 인사를 하고 밖으로 나왔다.

"시의회로 갈까요, 아니면 한인 정착촌으로 갈까요?" 강철을 살펴보더니 리파토프가 정했다. "당신은 시의회로 갈 준비가 아직 완전히 돼 있지 않네요. 그렇다면 거기는 내일 아침에 가는 것으로 하고 지금은 블라디보스토크에서 당신의 동포들이 어떻게 사는지 보러 갑시다."

"예, 알겠습니다, 제독님!" 강철이 구두 뒤축을 부딪쳐 소리를 냈다.

"왜 제독이지요?" 리파토프가 의아해했다.

"아아, 저도 모르겠네요 … 지구본에서 바다를 보다가, 제독이 … "

한인 정착촌은 도시의 다른 마을들과 건물부터 달랐다. 대다수 집이 초라해 보였다. 통나무가 아니라 아도비로 만든 벽돌로 벽을 지어 점토를 발라놓았다. 하지만 경사진 박공지붕은 러시아 방식대로 나무판자를 덮어 만들어 놓았다.

백토를 칠한 허연 집은 따로 보면 괜찮아 보일지도 모르지만 붙어서 일렬로 늘어서 있으니 그리 깔끔한 인상을 주지 못했다. 무늬가 조각된 서까래나 덧문도 없고 모양을 내어 장식한 굴뚝도 없다. 낮은 사립문, 흰 종이를 바른 창문 … 아플 정도로 익숙한 풍경이다.

그들은 마을 전체를 거의 다 돌았다. 도서실로 만든 오두막 쪽으로 갈 때는 러시아어로 '안냐세요!' 하고 밝게 외치며 인사하는 아이들에게 미소로 화답했다. 한국말로 쓴 간판이 없었다면 도서실을 그냥 지나쳤을 것이다. 안타깝게도 도서실 오두막 문이 잠겨있었다. 출입문에 매달린 종이에는 '일주일에 하루 – 휴일'이라고 쓰여 있었다. 이 휴일이 마침 오늘, 월요일인가 보았다.

더는 할 일이 없어서 항구 쪽으로 가던 중 중국식 선술집을 발견했다. 리파토프가 거기서 점심을 들자고 제안했다.

"세상에, 천하 제국 음식에 관해 말만 수도 없이 들었는데 이렇게 '짜잔' 하고 눈앞에 나타나네." 맛있는 음식을 기대하며 리파토프가 웃음을 머금고 말했다.

메뉴라고 할만한 것이 없었다. 손님들이 꽤 있었는데 자리마다 같은 음식을 가져다주었다. 여러 해산물을 섞어 넣은 탕이 나왔다. 그 안에는 빨판이 달린 오징어 다리, 여드름이 난 것 같지만 소의 혀처럼 부드러운 해삼, 딱딱한 게의 다리가 들어있었다. 식욕을 돋우는 냄새를 피우는 이 음식은 냄비에 담겨 화로와 같이 나왔는데, 특별하고 근사해 보였다. 뜨거운 국물에 입안이 데일 것 같았지만, 너무 맛있어서 기다릴 수가 없었다. 탕 다음에 여러 가지 샐러드와 부드럽게 튀겨 끈끈한 전분 소스를 끼얹은 광어가 나왔다.

"중국인들이 대단하네." 리파토프가 식사를 마쳤을 때 감탄을 쏟아냈다. "대단하네, 말로 표현할 수 없을 만큼! 중국 음식이 전 세계를 지배할 날이 올 겁니다. 일본 음식도 한번 먹어보고 싶군요. 그러면 아시아 음식을 주제로 기사를 제대로 한번 써볼 텐데요. 강철, 일본 요리사의 작품을 드셔본 적이 있소?"

"그럼요." 강철이 웃으며 대답했다. "중국 음식을 먼저 먹고 나서 일본 음식을 먹으면 밋밋하게 느껴질 수도 있습니다. 일본인들은 해산물을 주로 먹는데 물고기를 날것으로 먹는 것을 좋아합니다. 일본에는 수천 종의 물고기가 있는데 일본인들은 세 가지 요리 방법밖에 모르고, 중국에 사는 물고기는 세 종류밖에 없는데 중국인들은 수천 종의 요리 방법을 안다는 말이 있습니다."

"왜 그렇게 대조적이지요?" 리파토프가 의아해했다. "중국이 일본문화에 엄청난 영향을 끼친 것도 자명한 사실 아닙니까…"

"조선에 영향을 끼쳤듯이요." 강철이 말을 보탰다. "제가 볼 때는 모든 원인이 물과 인구과잉에 있습니다. 그래, 맞아요, 중국에는 깨끗한 식수가 적습니다. 어떤 채소이든 중국인들은 샐러드로 만들기 전에 반드시 끓이거나 데쳐요. 우리와 일본인들은 채소를 대부분 그냥 생으로 먹지요. 거기서 음식 문화의 차이가 발생합니다."

"민족의 특성과 음식 문화 간의 상관관계를 추적해 보면 재미있을 것 같아요. 중국인, 한국인, 일본인… 그들은 서로 기질이 아주 다른가요?"

"러시아인, 중국인, 일본인들의 차이보다 더 크지는 않아요." 강철이 농담하자 리파토프가 유쾌하게 껄껄거렸다.

그들은 항만을 드나드는 배와 그 사이로 바쁘게 짐을 나르는 짐꾼들, 그림 같은 항구에서 절대로 빠지지 않는 날아다니는 갈매기를 감상하며 느긋하게 차를 마셨다.

다음 날 아침 중국 요리 이야기에 감동한 알렉세이와 가브릴라가 중국 선술집으로 갔고 리파토프와 강철은 언질을 받은 대로 시 교육과로 갔다.

보브린쩨프는 러시아 지식인의 전형인 턱수염과 코안경을 쓴 중년 남자였는데, 안경알 너머로 호기심 많은 갈색 눈동자가 유난히 반짝거렸다. 쪽지를 읽자마자 그가 탄성을 질렀다.

"이럴 수가, 우리가 어제 막 주 정부에서 지시문을 받았는데 외국인이 러시아어를 배우도록 전방위적으로 지원하라는 내용이었습니다. 그런데 바로 여러분께서 이렇게 오신 겁니다! 지금까지 이곳에 다녀간 한인들은 그들의 모국어로 학교를 개교하겠다는 청원밖에 안 했었는데. 모국어도 당연히 아주 중요하지요. 하지만 러시아로 이주해 왔다면 우리말을 배워야 하는 것 아니겠습니까? 그러지 않으면 어떻게 되겠습니까? 그냥 일시적인 것이 돼버려요. 왔다가 가는 것이지요. 이곳은 일꾼이 필요합니다. 글을 알고, 지혜롭고도 양심적인."

리파토프가 그의 말을 거들고 나섰다.

"완전히 옳은 말씀입니다, 보브린쩨프. 김 선생과 저는 한인 정착민들이 어떻게 살고 있는지를 보기 위해서 아무르주를 죄다 거쳐서 왔습니다. 보고 느낀 결론은 그들이 러시아어를 알지 못하면 밝은 미래를 기약하기 어렵다는 점입니다."

"제 말씀이 바로 그 말씀입니다. 근면하고 성실한 사람들입니다. 그런데 현지 언어를 모르면 권리를 얻지 못합니다. 한인들만 그렇습니까? 퉁구스를 봐도 그렇지요. 어둡고 무식하고 술에 취해 삽니다. 그곳에 대해서 말해 뭐 합니까!" 보브린쩨프가 한숨을 내쉬었다.

"저희한테 해주실 조언이 있습니까?" 리파토프가 물었다. "저희가 듣기로는 어떤 한인 문화단체가 있다고 합니다. 그들 이름으로 시작하는 것이 유리할까요?"

"그건 제가 별로 권해드리고 싶지 않습니다. 그 사람들은 같은 한인을 대변하는 것 같지만, 그 단체들이 다 같은 생각을 하지는 않는 듯합니다. 서로에게 막말하고 우위를 점하려고 다투고 있어요. 단체 지도자들은 어리석지 않은, 제가 보기에는 교양 있는 사람들인데 … 그들이 단체를 통합해서 자기 동포들을 열심히 도우면 좋을 텐데요. 러시아에서 기반을 잡고, 언어와 손기술을 배우고 수공업을 하도록 말이지요. 그렇게 안 해요. 일부는 조선의 독립보다 더 중요한 과업이 없다고 말하면서 머리를 혼란스럽게 하지요. 어떤 사람들은 동포들을 장로교 신앙으로 끌어들이려고 합니다. 또 다른 일부는 자기 나라의 전통만 고수하도록 호소합니다. 그들은 평범한 한인들이 영원히는 아닐지라도 오래 살려고 이곳으로 이주해 왔다는 것을 깨닫지 못합니다. 미국이나 캐나다, 호주로 이주하듯 말입니다.

지금 하신 질문에 답을 드리자면 그냥 개인 학교를 여십시오. 교육과장 앞으로 요청서를 제출하시면 제가 필요한 서류 작성을 도와드리겠습니다.

허가를 받으시면 장소와 교과서를 마련해서 가르치는 일을 얼마든지 하십시오."

밖으로 나왔을 때 리파토프가 감동한 어조로 말했다.

"러시아에도 아직 현명한 관리들이 남아있군요. 강철, 그 사람의 조언대로 합시다. 그래도 한인 단체와는 연결고리를 만드세요. 전제군주제에 불만을 품는 사람은 모두 그날이 올 때까지 우리와 같이 가야 할 사람입니다. 이것이 볼셰비키당의 전략입니다."

보브린쩨프가 약속을 지켰다. 더구나 각종 서류 중에서 강철의 학력 증명서가 필요하여지자 그는 김나지움에 요청해서 강철의 러시아어 수준을 평가하도록 했다. 일주일 후로 시험일이 정해지자, 리파토프는 무척 애가 탔다. 그는 시험에 강철과 동행하여 어떻게든 도움을 주고 응원하고 싶어했다. 하지만 그는 이미 돌아갈 때가 되었고 가을 진창길이 시작되기 전에 철도역까지 도착해야 했다.

떠나기 전날 마지막으로 모두가 모여 식당에서 저녁을 들었다. 술을 마시면서 따스한 말을 주고받았다. 감정이 달아오른 가브릴라가 강철에게 같이 모스크바로 떠나자고도 했다.

"이곳에 철을 붙드는 게 뭐가 있어요?" 그가 설득하고 있었다. "모스크바는 중심지이고 러시아 전체의 어머니 같은 곳이에요. 모스크바는 누가 와도 품어줄 테니 거기서 나락으로 떨어질 일은 없을 거예요 … "

"철은 여기서도 나락으로 안 떨어져." 알렉세이가 피식 웃었다. "만년 대학생인 너랑은 다르지. 철은 무엇을 원하는지 알고 있고 그 목표를 향해 가는 거야. 우리가 모스크바에서 철을 다시 만날 일이 있을 거야. 그리고 어떤 사람이 되어 철이 모스크바로 올지 누가 알겠어."

"사람마다 자기만의 인생길이 있어요." 리파토프가 말했다. "나도 강철에게 같이 모스크바로 가자고 해볼까, 생각해 봤어요. 하지만 강철이 동의

하지 않을 것을 나는 압니다. 이곳에는 동포들이 살고 있고 그들에게 강철이 필요합니다. 맞지요, 철?"

"맞습니다. 제가 한인들을 떠나 어디로 가겠습니까? 하지만 모스크바도 가보고 싶긴 하지요. 한 2~3년 후쯤에…"

"와, 그러면 좋겠네요! 그렇게 되도록 건배합시다…"

이를 위해서도 그렇고 다른 것들을 위해서도 그렇고, 건배하지 않을 수가 없었다. 그렇게 그들은 상당히 취한 상태로 숙소로 돌아왔다.

가을의 청량함이 물씬 풍기는 이른 아침 강철은 친구들을 배웅했다. 러시아인들이 하듯 가브릴라와 알렉세이, 마지막으로 리파토프와 포옹했다.

"시험 결과를 보지 못하게 돼서 유감입니다. 하지만 좋은 결과가 있을 거라 믿어요. 가장 중요한 것은 이거예요, '기죽지 마'." 리파토프가 강철의 귀에 대고 소곤거렸다. "모든 것이 안정되면 내가 말한 사람에게 연락하세요. 그 사람은 검증된 우리의 동지요. 그를 통해 우리가 지시를 내릴 것이고 문건과 당 소식을 전할 거요. 일단 우리가 결정을 내린 것은 이렇소. 당신은 한인 단체와 긴밀한 관계를 구축해야 하고 그들의 내부 사정을 알아내고 같은 뜻을 품은 동지를 찾아내야 하오. 조심 또 조심하시오. 그럼 우리는 이제 그만…"

찬란한 우울감이 강철을 사로잡았다. 친구들이 모퉁이를 돌아 보이지 않게 되자 그는 숨을 한번 몰아쉬고 머리를 흔들고 나서 일을 시작하러 나섰다. 강철은 우선 한인 정착촌에 있는 오두막 도서실을 다시 가보기로 했다.

이른 시간이었음에도 문에 자물쇠가 걸려있지 않았다. 강철이 문을 두드리자, 한국말로 들어오라고 하는 남자의 목소리가 들렸다.

내부 공간은 꽤 넓었고 한복판에 책꽂이 두 개가 서 있었다. 그 뒤쪽 창가에는 크지 않은 책상이 놓였다. 책 냄새와 베인 지 얼마 안 된 나무에서 풍기는 특유의 옅은 냄새를 맡자, 기분이 좋아졌다. 좋아하면 모든 것이 이

뼈 보이는 법이다.

강철을 보고 동그란 안경을 쓴 키가 작은 조선 사람이 책상에서 일어섰다. 머리카락이 완전히 하얗게 셌지만, 용모는 놀라울 정도로 젊어 보였다. 그가 고개를 까딱하면서 인사하고 앉으라고 권했다.

"처음 뵙는 분인 것 같습니다."

이것은 물어보는 말도 아니고 확언도 아니었다. 한국인들의 보편적인 어법이었다. 뻔한 사실을 두고 반은 묻는 듯, 반은 확언하는 듯하면서 최종적인 확언의 권리를 대화 상대방에게 넘겨주는 방식이다.

"예." 강철이 대답했다. 이제 강철이 똑같은 태도를 보일 차례이다. "여기 책이 많아 보입니다."

"많다고 할 순 없지요." 남자가 부드럽게 반대 의견을 내비쳤다. "전부해서 534권입니다. 그중 86권은 조선말로 된 책이고요."

"이제 시작하는 단계이잖습니까." 강철이 그를 달래듯 말했다.

"아무렴요, 아무렴요." 남자가 기운을 얻은 듯 수긍했다. "도서실을 개방한 지 겨우 석 달째입니다. 그런데 어디서 오셨습니까?"

"일 년 반쯤 전에 러시아로 왔습니다. 시골에서 살았고 최근 두 달은 아주 흥미진진한 일을 했습니다. 이 지방에 자리 잡은 조선 사람들의 생활양식과 전통을 연구하는 러시아 학자를 도왔습니다. 아르쫌스크에서 출발하여 블라디보스토크까지 왔습니다."

"정말이오?" 남자가 놀랐다. "그 학자는 무슨 목적으로 그런 연구를 한답니까?"

"그런 학문이 있어요, 민족의 이주를 연구하는. 사실 본질에서 보면 모든 민족이 어딘가에서 와서, 무엇인가를 가져오고, 정착해서 사는 지역민들에게서 뭔가를 받아들이지 않았습니까? 언어와 생활방식, 전통은 변하는 것이지요. 이 모든 것을 연구해야 하는 것 같았어요. 우리의 미래는 과거에 숨겨져 있으니까요."

"많이 배우신 분인가 봅니다." 남자의 말에 존경심이 배어 나왔다. "블라디보스토크에서는 무슨 일을 하실 겁니까?"

"성인 조선 사람이 러시아어를 배우는 일요 학교를 열고 싶습니다."

"아주 좋은 발상입니다." 남자가 반기며 말했다. "그럼 러시아어를 잘 아신다는 뜻이네요?"

"어떻게 말씀드려야 할지 … 지금은 공부하고 있습니다. 아 참, 제 소개하는 것을 잊었습니다. 김강철입니다."

"나도 김 씨요, 김봉일. 러시아 이름은 보리스 일리치입니다."

두 사람이 서로 악수했다.

"언제 개교하실 계획입니까?"

"먼저 김나지움에서 시험을 봐야 합니다. 다른 걱정거리는 그 학교에서 배우려는 사람들이 있을까 싶습니다."

"반드시 생길 겁니다." 김봉일이 장담했다. "보는 사람마다 그 학교 이야기를 해드리리다. 게다가 이곳에 '국민회'가 있지 않습니까, 들어보셨는지요?"

"예."

"국민회 회원들에게 제가 소개해 드리지요. 제 생각에 한인 마을을 거쳐오면서 보신 것을 보고서 형식으로 작성해 보시면 더할 나위 없이 좋을 것 같습니다. 그렇게 하시겠소?"

"좋습니다. 대신 별로 재미가 없더라도 저를 원망하진 마십시오."

"어떤 사람이 많은 것을 보았다 해도 그것을 사람들에게 말하지 못한다면 그게 다 무슨 소용이겠습니까?"

강철은 점심때까지 도서실에 있었다. 찾아오는 사람은 그리 많지 않았고 사람이 오면 강철은 책을 둘러보았다. 조선말로 된 책은 대부분 고전문학이나 시조였다. 현대 산문은 합병 전에 조선에서 출판된 책이 전부였다. 많은 책이 표지가 날아가고 책장이 뜯기고 얼룩이 져서 상태가 매우 좋지 않았다. 그럴 만도 한 것이 이 책들은 조선에서 연해주까지 오는 힘든 여정을 주인과 같이 겪지 않았겠는가. 놀랄만한 사실은 다른 것이었다. 그 힘든 길을 걸어서 가는데 웬만하면 짐을 줄이고 싶었을 것이다. 그런데 이렇게 책을 빠뜨리지 않고 가져온 사람들이 있었다는 것이다.

자국민에 대한 긍지가 저절로 우러나와 강철은 조선말 책들을 부드럽게 쓰다듬었다. '괜찮아, 우리가 너희들에게 새 옷을 입혀줄 테니 너희들은 사람들에게 지식의 빛을 오래오래 비춰주거라.' 강철이 마음속으로 말했다.

러시아어책들은 대신 상태가 훌륭했다. 좋은 가죽 표지에 금빛 제목이 박힌 책들이 꽂힌 선반이 단번에 시선을 사로잡았다. 〈러시아 국가의 역사: 저자 카람진〉. 그 옆에는 팻말이 붙어있었다. '블라디보스토크 김나지움 장학회 기증'. 강철이 책 한 질에서 한 권을 뽑아 펼쳤다. 페이지가 잘 펼쳐지지 않는 것으로 보아, 이 책을 읽은 사람이 아직 없는 것 같았다. 괜찮다, 책들아, 때가 오길 기다려라. 때가 되면 러시아를 제2의 고향으로 여기는 조선 사람들이 원주민 못지않게 러시아를 아는 날이 올 테니.

"그런데 어디에 사십니까?" 방문객이 나가자, 김봉일이 물었다.

"지금은 여관에 있는데 숙소를 옮기고 싶습니다. 혹시 이 마을에 방을 내줄만한 이가 있습니까?"

"제가 한번 알아보지요. 그런데 학교는… 이 마을에 보통학교가 있어요. 일요일에는 수업이 없으니, 그쪽과 이야기해 보면 좋을 것 같습니다."

"그렇게 되면 정말로 좋겠습니다!"

김봉일이 자기 집으로 가서 점심을 함께 들자고 했다. 김봉일의 집은 도서관에서 멀지 않았다. 보잘것없는 세간살이와 소박한 식사였지만 안주인이 따뜻하게 손님을 맞아주어 마음이 밝아졌다.

이틀 후에 강철은 김봉일이 애써준 덕분에 거처할 곳을 찾아 짐을 옮겼다. 집주인은 서른다섯 살 정도 되는 여자인데 이름이 은순이라고 했다. 일 년 전에 남편과 사별하고 열세 살 아들 장길이와 단둘이 살고 있었다. 조그마한 땅뙈기를 일궈서는 당연히 먹고 살기가 힘들어서, 집주인은 여름 내내 품팔이로 일했다. 그렇게 갑자기 생긴 세입자를 집주인은 고마운 선물로 받아들였고 남자의 손길이 필요한 집안 곳곳을 강철이 손봐줄 때는 이런 행운에 특히 더 고마워했다. 지붕도 수리해야 했고 겨울에 쓸 땔감도 마련해야 했으며 밭도 갈아야 했다.

첫날 저녁 식사 자리에서 집주인이 자기가 살아온 녹록지 않았던 인생살이를 털어놓았다.

"어떨 때는 그냥 죽어버렸으면 해요." 집주인이 눈물을 닦으며 말했다.

"그런 생각은 하지도 마세요." 강철이 말했다. "아들 생각을 하셔야지요. 겨울만 견디면 그런 걱정을 안 하실 겁니다. 봄이 되면 닭을 사고 돼지를 키우지요. 아들내미 학교에 입고 갈 것이 없는 것도 걱정할 필요 없어요. 내일 가서 신발과 옷을 사지요. 학교 가서 제대로 공부하면 큰 사람이 될 겁니다. 이를테면 교수가 될 수도 있어요. 그렇지, 장길아? 너 교수님 되고 싶으냐?"

사내아이가 수줍게 고개를 끄덕였다. 열세 살치고는 키가 꽤 크지만, 가시처럼 말랐다. '아이가 고기를 좀 먹어야겠네.' 강철이 속으로 안쓰럽게 생각했다.

"미리 약속한 대로 방값은 한 달 선불로 내겠습니다. 그리고 (강철이 빙그레 웃었다) 저도 하루에 세 번씩 밥을 먹어야 합니다. 밥값은 따로 내겠습니다. 아니, 아닙니다, 사양하지 마세요. 여기 … 돈 받으십시오."

"어떻게 감사해야 할지를 모르겠네요." 집주인이 감격한 듯 울먹거렸다.

"대신 밥은 잘 차려주십시오. 그것이 바로 가장 좋은 감사입니다. 그리고 남자가 할 일은 전부 저와 장길이가 같이 하겠습니다. 그럴 거지, 동생아?"

사내아이가 아까와 마찬가지로 수줍게 고개를 끄덕였다. 이 아이를 보면 동생 동철이 생각이 났다…

"에이, 그걸로 안 되지, 장길아. 어른이 뭘 시키면 '잘 알겠습니다'라고 대답해야지. 군인처럼."

사내아이의 얼굴에 미소가 어리자 강철은 기분이 좋아져서 마지막 말에 웃음소리가 섞였다.

김나지움에서 치른 러시아어 평가 시험은 생각만큼 그리 힘들지 않았다. 심사관들이 강철에게 관대하게 대하기로 한 것인지, 보브린쩨프가 강철을 위해 좋은 말을 해준 덕분인지는 모르겠으나 질문들이 단순했다. 한마디로 그는 합격증을 받았고 그것은 학력 증명서를 대체했다. 강철에게 개교 허가증을 내주면서 보브린쩨프가 웃음 지으며 말했다.

"성공하시길 바랍니다! 도와드릴 일이 생기면 언제든 저에게 오십시오. 말이 나와서 말인데 매달 지원금을 수령하러 저희한테 오셔야 할 겁니다. 그래, 그래요, 잘못 들으신 거 아닙니다. 연해주 상인 장학회에서 학교에 보조금을 지급합니다."

보조금을 받으면 학교를 무료로 개방할 수 있게 된다. 강철은 이 소식에 뛸 듯이 기뻤다. 강철이 보브린쩨프의 손을 굳게 잡고 말했다.

"배려해 주신 모든 것에 감사드립니다. 한인 정착민들에게 베푸신 배려에 대해 러시아 사람들이 절대 후회할 일은 없을 겁니다."

"그런 말씀을 들으니 좋습니다. 정말로 좋네요…"

성인을 위한 러시아 학교가 개교된다는 소문이 마을 전체에 삽시간에

퍼졌다. 며칠 만에 학교에 등록한 사람이 열여섯 명이어서 수업을 시작할
수 있었다.

이제 강철은 거의 매일 김봉일과 만났다. 그들은 러시아에 사는 한인 이
야기를 주로 나눴다. 어느 날 강철이 김봉일에게 물었다.

"저번에 선생님께서 하신 말씀이 기억나는데, 연해주에 한인 문화단체가
두 곳이 있다고 하셨지요? 그 둘은 무엇이 다릅니까?"

"국민회는 진작에, 한 10년 전쯤에 조선에서 결성되었지요. 회원들을 쫓
아냈을 때 많은 이들이 미국으로 건너갔어요. 그러다 샌프란시스코에서
1909년에 재건되었어요. 연해주 지부는 3년 전에 결성되었지요."

"러시아 당국은 이 단체를 어떻게 보고 있습니까?"

"최근에는 부정적으로 봅니다. 국민회 간부들이 온 힘을 다해 포교 활동
을 벌이는 것을 알고 나서는 특히 그래요. 그 사람들이 우리 조선 사람들에
게 장로교 신앙을 심어주려고 합니다. 당연히 러시아 사람들이 그걸 싫어
하지요. 심지어 몇 달 전에는 〈한인에게 고하는 글〉이라는 제목으로 러시
아정교회 호소문이 신문마다 실렸을 정도예요. 안 보셨소? 내가 잘라놓았
는데 읽어보는 게 좋을 겁니다. 자, 여기, 읽어보세요. 나는 담배나 한 대
피우겠소."

강철이 접힌 신문 조각을 펼치고 읽어 내려갔다.

〈러시아 땅에 사는 모든 한인에게 우리의 진심 어린, 선한 말씀을 전합
니다.

조국을 잃고서, 러시아정교회 신앙을 고백하는 러시아 차르가 통치하는
이 러시아 땅이 제2의 조국이 되기를 염원하는 한인들은 우리의 말에 귀
기울여주십시오.

한인들 가운데 '장로교'라고 불리는 모종의 미국 신앙을 전파하는 자들
이 있는 것을 모든 한인이 알고 있습니다.

'장로교'는 러시아 신앙이 아닙니다.

비록 러시아 차르가 누구나 원하는 대로 신앙을 선택할 자유를 막지는 않지만, 차르는 장로교 신앙을 고백하지 않으며 러시아 공민 누구도 장로교 신앙을 고백하기를 바라지 않습니다. 러시아 차르와 러시아인 모두가 구원의 신앙, 참된 신앙이라고 인정하는 신앙은 하나밖에 없습니다. 바로 러시아 정교입니다. 러시아 차르와 러시아인의 신앙을 이 땅의 모든 사람이 인정하여 '정교'라고 부릅니다. 러시아의 신앙이 '정통 신앙', 올바르고 참되게 하느님께 영광을 돌리는 신앙이라면, 이 땅의 모든 사람이 그것을 '정통'이라고 인정한다면, 우리는 한인들에게 묻습니다. 정통 신앙을 전하는 이들이 아니라 다른 신앙을 포교하는 자들의 말을 따를 필요가 있습니까?

러시아 공민이 되어 러시아 정교를 받아들이고서도 장로교 전도자들의 말을 따르고 장로교로 기우는 한인들은 매우, 매우 그릇된 행동을 하고 있습니다. 그들은 자기 조국에서 고난을 겪다가 불행을 타개할 출구를 찾으러 이 땅에 왔을 때, 러시아 차르와 러시아 사람들이 베풀어준 자비를 잊어버리고, 러시아 차르와 러시아 사람들을 욕되게 하고 있습니다. 고국을 잃고 현재 러시아 공민권을 얻으려 하면서도 장로교 전도자들의 말을 따르는 한인들의 행실은 더 나쁩니다. 아직 러시아 공민이 되지도 않은 상태에서 러시아 신앙이 아닌 남의 신앙을 받아들이면서 그들이 어떻게 러시아 차르의 공민이 될 수 있으며, 그들이 어떻게 러시아인의 형제가 될 수 있겠습니까? 그런 사람들은 영적으로 러시아인의 형제가 될 수 없기에 러시아 공민권이 아니라 미국 공민권을 받으려 해야 할 것입니다.

한인들이여, 러시아 정교가 세운 러시아 차르를 모욕하려는 의도가 없다면, 이미 여러분에게 적지 않은 선행을 베푼 위대한 러시아인과 하나가 되기를 바란다면, 장로교 전도자들의 말을 따르지 마십시오. 러시아 정교회의 설교만 들으십시오. 그러면 러시아인과 믿음의 형제가 될 수 있습니다.〉

"만약 국민회가 실제로 러시아 정교에 반하여 선교 활동을 한다면 당국은 왜 국민회를 폐쇄하지 않습니까?"

"나도 그런 의문을 품은 적이 있다오." 김봉일이 진지하게 말했다. "주로 국민회의 활동이 일본에 대항하는 것이기 때문이라 생각돼요. 러시아는 왜 놈들에게 이를 갈고 있으니까."

두 사람이 같이 웃었다.

"선생님은 아무 단체에도 가입하지 않았습니까?"

"왜 안 해요. 나는 권업회 회원입니다. 마침 도서관 분과장을 맡고 있기도 하고."

"권업회 간부들과 만남을 주선해 주실 수 있습니까?"

"그러지요." 김봉일이 웃었다. "더구나 거기 간부들이 김강철 선생에게 관심을 보이고 있으니까. 내일모레 정도는 괜찮소? 좋소."

만남은 저녁에 조선식 선술집에서 성사되었다. 종업원의 안내에 따라 강철과 김봉일이 미닫이문이 달린 맨 끝방으로 갔다. 거기에는 이미 남자 세 명이 기다리고 있었다. 두 사람을 보고 그들은 바닥에서 일어나 인사했다.

"만나 뵙게 돼서 반갑습니다." 그들 중 이동휘라고 자기를 소개한 사람이 말했다. 유럽식 신식 양복을 입고 나비넥타이를 했다. 말쑥하게 면도한 얼굴과 약간 슬퍼 보이는 영민한 눈, 크고 단정한 손을 가졌다. "좋은 일을 하신다고 들었습니다. 우리 권업회가 어떻게 그런 중요한 부문을 놓쳤는지 모르겠습니다 …"

"적임자가 있느냐가 관건입니다, 선생님." 마른 중년 남자가 공손하게 말을 얻었다. 그도 유럽식 복장을 하고 있었다. "모두가 러시아어를 가르칠 수 있는 건 아니지 않습니까."

"일하지 않을 구실이야 찾으면 한가득하오, 성관 선생." 이동휘가 부드럽게 나무랐다. "러시아어를 아는 권업회 간부들은 모두 가르치는 일에도 뛰어들어야 해요. 아마 이것은 단체가 할 실천 중 하나가 될 것이오. 우리가 이곳 말을 모르면서 러시아 프롤레타리아트와 어떻게 연합할 수 있습니까? 우리는 공동의 계급 투쟁을 위해 연합해야 합니다. 논쟁의 여지가 없습니다.”

강철이 바짝 긴장했다. 조선 사람의 입에서 나오는 ‘프롤레타리아트’, ‘계급 투쟁’이라는 말을 처음 들었다. 그런 용어들은 명백히 마르크스주의자의 것이 아닌가.

“우리의 제1 과업은 조선을 일본의 식민지에서 해방하는 것입니다.” 세 번째 남자가 입을 뗐다. 어떤 의심도 허용할 수 없다는 듯 단호한 어조가 굵고 깊게 울리는 저음으로 흘러나오면서 독단적이고 강경한 그의 성격을 드러내주었다. 복장은 혼합되었다. 비스듬하게 트인 러시아 셔츠 위로 조선 북부 사람들이 일상적으로 입는, 소매 없는 두꺼운 재킷을 걸쳤다. 커다란 머리와 위풍당당한 얼굴이 엄청나게 넓은 어깨 위에 자리 잡았는데 탁자 위로 솟은 몸통이 사각으로 보일 정도였다. 그의 이름은 홍범서였다.

“아무도 그것을 부정할 사람은 없어요, 홍 사령관.” 이동휘가 짜증이 조금 묻어나는 투로 말했다. “하지만 이것은 전략적인 과업입니다. 기습 공격으로 조선을 해방할 수 없는 것은 자명한 일 아닙니까. 같은 생각으로 똘똘 뭉친 수십만 명이 참여하는 큰 조직을 꾸려야 합니다. 무기를 사고 신문을 발간할 자금도 필요하고요. 이를 위해서는 조선 정착민들이 튼튼하게 자립하는 것이 급선무입니다. 그런데 러시아어를 모르고, 교육을 받지 않고서는 그럴 수가 없습니다.”

“사람들이 잘살게 되면 그때는 조국이 무엇인지 까맣게 잊어버릴 겁니다. 부유해지면 살기 좋은 곳을 조국이라 여기기 마련입니다.” 홍범서가 물러서지 않았다.

“손님들이 계신 데서 늘 하던 논쟁을 또 시작하지는 맙시다.” 강성관이 말하고 강철에게 이것저것을 꼬치꼬치 캐묻기 시작했다. 강철이 언제 조선

제4부 시위를 떠난 화살　**187**

에서 왔는지, 러시아에서는 무엇을 했는지, 어떻게 러시아어를 아는지 …
이 만남을 앞두고도 강철은 얼마나 솔직하게 신상을 밝혀야 할지 결정하지
못했다. 하지만 그들의 말을 듣고서 이 사람들은 완전히 강철을 신뢰하고
있다는 것을 느낄 수 있었고, 강철의 답변 속에 감추거나 회피하는 것이
있으면 의혹만 살 것이 뻔하다고 판단했다. 그래서 강철의 출신을 물었을
때 그는 아무것도 숨기지 않고 이야기해 주었다. 아들의 돌잔치에서 어떤
비극이 있었는지, 부친이 고종을 탈출시키려 했다가 어떻게 행방불명되었
는지, 일본 군함을 나포하여 어떻게 조선 북쪽까지 갔는지, 빨치산 유격대
를 어떻게 조직하게 됐는지, 그리고 부대에 어떤 운명이 닥쳤는지.

강철이 이야기를 마쳤을 때 방안에 잠시 정적이 흘렀다.

"그러셨군요. 그렇게 많은 고초를 겪으셨네요." 이동휘가 침묵을 깨뜨렸
다. "우리 권업회에 가입하신다면 저로서는 무척 반가울 것입니다. 고통받
는 조국을 위해 우리 힘을 합칩시다."

그들은 늦은 저녁까지 선술집에 앉아 함께 저녁을 먹고 중국 술을 마셨
다. 홍범서는 몇 번이나 항일 무장 투쟁 문제를 화제로 올리려고 했지만,
다른 사람들이 부드럽게 그를 말렸다.

"알았어요, 알겠습니다." 그럴 때마다 홍범서가 양손을 들면서 수긍했다.
또 한 번 사람들이 그를 타이른 후에 그는 강철에게 불쑥 이렇게 제안했다.
"우리 유격대 중 하나를 맡아서 봄에 조선으로 진격할 생각은 없소이까?"

이 새로운 동지가 무슨 대답을 할지 모두가 관심 있게 지켜보았다.

"그 질문에 오늘 바로 답을 드릴 수는 없습니다." 홍범서의 눈을 똑바로
바라보며 강철이 솔직하게 말했다. "제가 적응할 시간이 필요합니다. 그러
나 저의 가슴속에도 사령관님과 마찬가지로 왜놈들을 향한 적개심이 불타
고 있습니다."

"말씀 잘하셨습니다." 이동휘가 수긍하면서 술잔을 들고 말했다. "김강

철의 성공을 위해 건배합시다! 순식간에 수십, 수백 명의 러시아어 교사가 배출되는 날을 위하여!"

집으로 돌아오면서 강철은 조선 사람들이 잘살게 되면 조국은 금세 잊어버릴 거라는 홍범서의 말을 떠올렸다. 어쩌면 실제 그럴 수도 있다. 하지만 어떤 훌륭한 목적도 사람들이 어렵게 살기를 바라는 것이어서는 안 된다. 자유의 가치를 알기 위해서 노예 생활을 반드시 해야 할 필요는 없다. 자유롭게 살았던 경험이 있는 것으로도 충분하다.

새롭게 알게 된 사람 중에서 강철은 이동휘가 가장 마음에 들었다. 영민하고 자기 생각을 조리 있게 표현하며, 중요한 것은, 다른 사람의 말을 들을 줄 안다. 무조건적 단호함은 군대에서 필요한 속성이다. 그곳에서는 논쟁할 시간이 없고 모든 것을 재빨리 결정해야 하는 상황이 자주 있기 때문이다. 역사가 보여주듯 일반적인 상황에서 그런 식의 단호함은 권위주의 체제의 속성이 되곤 한다. 그렇다면 프롤레타리아트 독재를 선언한 테제는 어떻게 봐야 하는가? 그것이 한 사회체제가 다른 사회체제보다 우월하다는 조건 없는 맹신으로 이어지지는 않을까? 다시 말해 이것 또한 권위주의 체제로 이어지지는 않을까? 러시아 정교회 또한 다른 신앙을 배척하지 않는다고 말하면서도 진정한 신앙은 오직 러시아 정교뿐이라고 단호하게 선언한다.

강철, 너 자신에게는 어떤 신앙이 있나? 아버지는 공자의 가르침을 따랐고 어머니는 분명 기독교에 끌린 것 같지만, 두 아들은 신앙 문제에 열중하지 않았고 종교는 각자 양심의 문제로 여겼다. 천지창조에 관한 성경의 이야기는 흥미롭고도 교훈적이다. 부처나 모하메드에 관한 재미있는 역사도 그만큼 흥미롭다. 그냥 그렇게 그대로 남았으면 좋았을 텐데, 이 모든 것들은 신앙으로 탈바꿈하여, 사람들을 양떼로 여기며 목동을 자처하고 그들이 아는 길만이 진리라고 맹목적으로 확신하는 종교 사상가들이 등장한다. 그리고 그들은 '신이 존재하는가?'와 같은 불명확한 질문에서 무조건적인 단호함을 취하는 것이야말로 사람들을 마비시키고 사람들의 이성과 자유의

지 위에 군림하는 폭력 행사라는 사실을 자각하지 못한다.

　그런 광신도들의 잘못으로 얼마나 많은 피와 눈물을 쏟았던가? 예루살
렘으로 향했던 십자군의 신성한 원정, 그 못지않게 신성했던 이단자 정벌
을 향한 반달족의 원정, 종교재판, 성 바르톨로메오 축일의 학살 등을 떠올
리는 것으로도 충분하다. 인간에게 부여된, 가장 자유로워야 할 신앙 선택
의 권리가 어떻게 가장 끔찍한 폭압의 대상이 되었을까? 사람들이 진정으
로 자유롭고 행복하게 살려면 이 땅에 어떤 삶을 꾸려야 할 것인가?

　볼셰비키들은 기존 체제를 바꿔야 하고 완전히 다른, 공산주의적 이데올
로기가 필요하다고 한다. 그런데 여기서도 광신도가 나타나 이 이데올로기
에 반대하는 모든 이들을 숙청해 버린다면, 그건 상상만 해도 끔찍하다. 포
용력과 관대함, 이것이야말로 인류에게 필요한 것이다.

　이동휘 선생과 더 자주 만나면 좋으련만. 그는 유럽에도, 미국에도 살았
었으니 그곳의 나라, 신앙에 대한 태도, 사회 구조에 관한 이야기를 많이
해줄 수가 있을 거다. 그렇게 훌륭한 분들과 알게 되었다니 얼마나 좋은
일인가…

　드디어 첫 수업을 시작하는 일요일이 왔다. 1913년 8월 21일 오전 10시
이다. 강철이 교탁으로 다가가 학급 전체를 둘러보았다. 열여섯 쌍의 눈들
이 말을 기다리면서 강철을 쳐다보고 있었다. 가장 연장자로 보이는, 마흔
정도 된 사람이 뒷줄 책상에 앉아있다. 나머지들은 스물에서 스물다섯 정
도로 보인다. 가장 어린 학생이 장길이다. 그 옆에 앉은 짝도 어리지만 장
길이보다 두 살 많다. 이 거대한 남의 땅에서 이 아이들에게 앞으로 무슨
일이 생길까? 우리 모두를 기다리는 것은 과연 무엇일까? 이런 추상적인
생각들은 한쪽으로 치워버리고 이제 수업을 시작할 때다.

　"여러분은 위대한 러시아말을 오늘부터 배우게 되었습니다." 강철이 말
하고 가볍고 숨을 골랐다. 아아, 강철은 이 첫 문장을 몇 번이나 머릿속으
로 연습했던가. "위대한 말이라고 한 것은, 흑해에서 태평양까지, 중앙아시

아에서 북극해까지 뻗어있는 러시아라는 나라에서 사는 수십 민족들이 이 말을 사용하기 때문입니다. 이 나라의 면적은 지구 전체의 6분의 1입니다. 한반도보다 약 100배 넓습니다. 여러분은 러시아어로 곧 자유롭게 말하게 될 것이고 그러면 이 광활한 나라를 둘러볼 수도 있고 수많은 민족과 친교를 쌓을 수 있을 겁니다. 여러분은…"

"누가 우리한테 그러라고 한대요?" 뒷줄에서 갑자기 빈정거리는 목소리가 튀어나와 강철의 말을 끊었다.

강철이 목소리가 나온 쪽을 보면서 웃었다.

"어떤 학교든 질문을 하기 전에 먼저 손을 들어야 합니다. 그리고 질문을 할 때는 일어서서 해야 합니다."

"우리가 뭐 어린애들입니까?" 같은 목소리가 들렸다.

"예." 강철이 말했다. "우리는 아직 말을 할 줄 모르는 어린아이입니다. 바로 그래서, 어쩌면 그렇게 하는 것이 옳은 것일 수도 있지만, 러시아 중심으로 이주하도록 아직 허락을 안 해주는지도 모릅니다. 하지만 저는 확신합니다. 때가 오면 러시아에 사는 조선 사람들도 이 거대한 가족의 온전한 구성원이 될 것입니다. 그런 날을 앞당기기 위해서 여러분은 열심히 일하고 열심히 배워야 합니다. 가장 먼저 말을 배워야 합니다. 거기, 질문하기 좋아하는 총각, 칠판 앞으로 나오세요…"

그는 대꾸 없이 순순히 앞으로 나와 학생들이 지켜보는 가운데 섰다. 그는 이십 대 초반으로 보이고 키가 꽤 크고 체격이 건장했다. 머리부터 발끝까지 러시아식으로 입었다. 검은 재킷, 앞섶이 비스듬한 빨간 셔츠, 회색 바지를 입고 주름진 크롬 가죽 부츠를 신었는데 전체적으로 유행을 몹시 신경 쓴 인상을 주었다.

"러시아어 할 줄 압니까?" 각각의 단어를 제대로 발음하려 애쓰면서 강철이 물었다.

"예, 말하다." 청년이 뻐기면서 말했다.

"이름이 무엇입니까?"

"조선 이름은 만돌이고, 러시아 이름은 마틔베이입니다."

"마트베이." 강철이 발음을 교정해주었다. "마트베이, 어디서 일하십니까? 무슨 일을 하십니까?"

"나의, 술집, 일해라 … 손님을, 몬나라 … 못있게 요리해라 … "

"러시아어를 잘하는구나, 마트베이. 읽고 쓸 줄은 아느냐?"

마트베이가 웃음을 터트리고 조선말로 말했다.

"내가 읽고 쓸 줄 알면 모처럼 노는 날에 뭐 하러 이 학교에 왔겠어요? 보드카나 맥주 한잔하면서 놀았지 … "

청년의 시원시원한 대답이 강철은 마음에 들었다.

"흠, 마트베이, 열심히 노력하면 반드시 목표를 이룬다고 나는 확신합니다. 선생의 말을 중간에 자르지 않고 비아냥대지 않고 다른 사람보다 더 잘났다고 생각하지 않으면 목표를 더 빨리 이룰 수 있을 겁니다. 자, 이제부터 학생을 저의 보조로 임명합니다. 다른 사람보다 러시아어를 잘 아는 학생 몇 명도 보조가 될 겁니다. 보조 한 명당 학생 두세 명을 붙일 겁니다. 자리에 앉으세요, 마트베이." 강철이 수업을 이어 나갔다. "자, 우리가 가장 먼저 할 일은 알파벳이라고 불리는, 순서대로 나열된 러시아어 철자를 배우는 것입니다. 한글 자모표와 비슷합니다. 러시아 알파벳 첫 번째 글자에 주목하세요. 이 철자는 '아A'입니다. 모두 다 함께 따라 해봅시다 …

학생들이 소심하게 '아-아'하고 따라 했다.

"그리 명확하지 않네요. 자, 다시 한 번 해봅시다 … 지금은 더 좋아졌어요."

강철이 칠판 앞으로 갔다.

"러시아말에는 거의 모든 철자가 대문자와 소문자를 갖습니다. 문장은 대문자로 시작해서 써야 하고, 이름이나 명칭도 대문자로 시작해야 합니다. 그래서 알파벳을 보면 철자마다 두 문자가 쌍을 이루고 있습니다. 또 한 가지 유념할 것은 글자가 인쇄체가 있고 필기체가 있습니다. 서로 생긴 모양이 좀 다릅니다. 책에서 보는 인쇄체 'A'는 이렇게 생겼습니다. 필기체는 또 이렇게 생겼습니다. 둘 다 낯설어 보이기는 마찬가지지만 모든 것이 숙달되면 나아집니다. 이런 철자들을 골라 단어를 구성하는 방법은 아주 단순합니다. 철자를 가져다가 가로로 옆에 세우면 됩니다. 예를 들어, '아a' 옆에 '우y'를 가져다 세우면 '아우ay'가 됩니다.

"그런데 '아우'가 무슨 뜻입니까?" 누군가가 물었다.

"'아우'? 러시아 사람들이 길을 잃으면 이렇게 소리 지릅니다. 아우우우우…"

학급 전체가 웃음을 터뜨렸다. 아마도 학생들이 모두 숲에서 길을 잃었을 때 '여보세요'라고 외치지 않고 '아우우우우'라고 외치는 모습을 상상했나 보았다.

두 시간 수업이 순식간에 지나갔다. 강철이 회중시계를 보고 수업이 끝났음을 알리자 학생들이 아쉬워하며 연필을 내려놓았다.

"이렇게 합시다." 강철이 마지막으로 말했다. "다음 수업까지 알파벳을 외우도록 노력해야 합니다. 그래요, 맞아요, 러시아말 철자 모조리. 외우려면 알파벳을 쓰고 그 밑에 조선말로 발음을 적어 보는 연습을 몇 차례 해 보는 것이 좋습니다. 이제는 러시아어로 작별 인사를 합시다. '다 스비다니야!(안녕히 가세요, 다음에 또 만나요! - 옮긴이)'

학생들도 모두 친절하게 '다 스비다니야!' 하며 강철을 따라 했다.

강철도 학생들을 배웅하러 길거리로 나가 골목 끝까지 바래다주었다.

"선생님, 우리가 진짜로 러시아말을 다 배워서 완전히 러시아 사람처럼 말할 수 있을까요?"

장길이가 물었다.

"당연하지." 강철이 명확하게 딱 잘라 말했다. "네가 생각하는 것보다 그렇게 될 날이 훨씬 빨리 올 거다. 너의 자식들은 러시아 사람들보다 러시아말을 더 잘하게 될 것이고."

"그게 진짜로 말이 돼요?" 의심스러워하는 누군가의 목소리가 튀어나왔다.

"당연하지요! 멀리서 살러 온 사람들은 현지인보다 조금이라도 더 똑똑하고 민첩한 법이지요. 그러지 않고는 살아남을 수가 없잖습니까."

"그럴 날이 빨리 오면 좋겠어요." 장길의 짝이 꿈꾸듯 말했다. "저는 항상 러시아 사람들이 무서워요. 특히 술 취한 사람. 마치 짐승들처럼 무슨 짓을 할지 모르니. 물어뜯을 수도 있고, 발길질을 할 수도 있잖아요 … "

"그건 전부 네가 러시아말을 몰라서 그런 거야." 옆에서 걷던 학급의 가장 연장자가 말했다. "러시아말로 그들이 욕설을 퍼부어도 말을 알면 무섭지 않을 거다."

"욕설도 가르쳐주실 거지요, 아저씨?"

"살다 보면 욕은 저절로 알게 돼, 꼬마야, 하하, 인생이 얼마나 잘 가르쳐 줄 건데 … "

왁자지껄 웃으면서 골목 끝에 다다르자, 그들은 헤어졌다.

빡빡한 일과를 정해 자신을 적응시키는 습관 덕분에 강철은 빠르게 새로운 생활에 빠져들었다. 그는 일찍 일어나 운동을 하고 온갖 집안일을 하면서 아침 시간을 보냈다. 아침을 먹고 도서실로 가거나, 가면 언제나 뭐라도 할 일이 있는 학교로 갔다. 마을 교사가 두 명이었는데 오상기와 권두봉이었다. 처음에는 막 새로 온 강철을 경계하는 듯했으나 점차로 그를 같은 교사로 받아들였다. 두 사람 다 강철보다 나이가 많았지만, 강철에게 존대하며 '선생님'이라고 불렀다. 모아둔 돈이 그리 많지 않았지만, 강철은 한인 학교를 위해 20루블을 떼 수업에 필요한 온갖 학용품을 직접 샀다. 이 일 때문에라도 도시를 돌아다녀야 했는데 강철은 이럴 때가 참으로 좋았다. 물론 가장 중요한 일은 러시아어를 가르치는 일이었다. 수업이 있을 때마다 아주 완벽히 주도면밀하게 수업계획을 짰으며 질의응답을 만들고 회화 주제를 고심해서 준비했다. 수업 준비를 할 때면 나탈리야가 어떻게 러시아어를 가르쳐주었는지를 기억해 냈고 당시 그녀의 수업에 등록하지 못한 것이 못내 아쉬웠다. 수업이 끝나면 도서실에서 보관 상태가 훌륭한 러시아 고전문학을 늦게까지 읽었다.

집주인이 강철을 몹시 사랑하게 되었지만, 조선의 금욕적인 도덕에 충실한 여인이라 강철에게도, 이웃들에게도 속마음을 들키지 않으려 애썼다. 집주인의 아들 장길이는 아직 자기감정을 감출 줄도, 잘 드러낼 줄도 몰랐다. 강철을 무척 따르는 장길이의 눈 속에는 강철이 시키는 일이면 뭐든지 하겠다는 마음이 반짝거렸다. 그 아이는 교실 청소나 교실 안 온도를 높이려 미리 난롯불 지피는 일을 스스로 떠맡았다. 강철은 아이의 마음 씀씀이에 무척 감동하였지만, 겉으로 드러내지는 않았다. 이사 오자마자부터 강철은 아이와 동등한 관계를 형성하고 응석을 허용하지 않았다. 왜냐하면, 강철은 그렇게 하는 것만이 장길이가 진정한 남자로 성장하는 길이라고 여겼기 때문이다. 강철은 장길이의 인생에 뭐라도 보탬이 되고 싶었다. 아버지의 보살핌을 받지 못하는 이 아이의 마음이 얼마나 쓸쓸한지 강철이 보았고, 알았기 때문이다.

# 제39장

**학**교가 열리고 두 달이 지나자, 시의회에서 위원회가 학교를 방문했다. 방문단은 국민교육과 대표로 온 보브린쩨프, 상인장학회에서 온 시몬 폴리카르포비치 마튜힌, 시의회 외국인위원회 위원장인 발레리안 파블로비치 아르발라코프 의원이었다.

비록 속으론 무척 떨렸지만, 강철은 여느 때와 마찬가지로 수업을 진행했다. 학생들도 좋은 모습을 보이려 노력했다. 보통 때의 대꾸나 웃음도 없었고 새로운 단어를 모두가 열심히 따라 하고 질문에 활기차게 대답했다.

"그래요, 김 선생님." 수업이 끝나자 아르발라코프 위원장이 말했다. "제가 좋은 인상을 받았습니다. 이 반의 나이 많은 학생들이 러시아어를 얼마큼 알고 이 수업을 들으러 왔는지는 모르겠습니다만, 지금 학생들의 쓰기와 말하기 수준이 썩 괜찮습니다. 보조교사를 두는 선생님의 방식이 처음에는 의아했지만, 그 방법이 효과가 있는 것을 제가 확인했네요. 보브린쩨프, 어떻게 생각하십니까?"

"수업 시간 100분 만에 학생들이 지난 시간에 배운 내용을 복습하고, 문법 두 종류를 배우고, 다섯 단어의 격변화를 익히고, 받아쓰기하고, 새로운 단어 서른 개를 외우고, 그것으로 문장을 만들었습니다. 가장 중요한 것은 김 선생의 독특한 방식 덕분에 수업 시간 동안 학생들이 모두 대략 서른 개 질의응답을 서로 주고받을 수 있었어요. 이것 외에도 학생들의 출석률이 매우 높다는 점을 지적하고 싶습니다. 개교 이래 수업에 결석한 적이 있는 학생이 몇 명뿐이었어요."

"예전에도 교사 생활을 하신 적이 있습니까?"

"없습니다. 아르발라코프 위원장님. 하지만 러시아 여선생님이 저를 지도하신 적이 있는데 그때 보조교사 활용법을 저에게 이야기해 주셨습니다."

"이 학교에서 학습 기간은 얼마로 잡습니까?"

"삼 개월입니다. 이 과정을 끝내고도 계속 수업을 듣고 싶고, 다른 학생을 가르칠 의사가 있는 학생들을 위해 반드시 별도의 학급을 만들 겁니다."

"전체적으로 러시아어를 배우고 싶어 하는 학생들이 많습니까?" 아르발라코프가 관심을 보였다.

"오늘 기준으로 스물일곱 명이 등록했습니다."

"나쁘지 않네요, 김 선생. 악수 한번 하시지요. 저는 제가 할 수 있는 모든 지원을 해드리겠다고 약속하겠습니다. 마침 말이 나와서 말인데 얼마 전에 수송 선박들이 적지 않은 책을 싣고 항으로 들어왔습니다. 그중 일부를 도서실과 학교에 전달하도록 힘써보겠습니다."

"고맙습니다. 아르발라코프 위원장님."

"혹시 부탁하실 게 있습니까, 김 선생?"

"예. 고려인 초등학교 정규과목으로 러시아어를 넣었으면 좋겠습니다…"

"블라디보스토크에 그런 초등학교가 몇 군데나 됩니까?"

"세 곳입니다."

"그런데 아무 데서도 러시아어를 가르치지 않는단 말입니까?" 발레리안 파블로비치가 의아해했다.

"예산에 잡혀있지도 않은 데다 그럴만한 이력을 가진 교사도 없습니다." 보브린쩨프가 말했다. "김 선생 학교가 양성하지 않는 이상…"

"비용 문제는 해결할 수 있다고 생각해요. 김 선생, 우리가 선생께 기대하는 바가 큽니다."

강철이 말없이 고개 숙여 인사했다.

위원회 방문단을 배웅하고 강철은 학교로 돌아왔다. 학생들이 귀가하지 않고 강철을 기다리고 있어서 반갑고도 놀라웠다.

"선생님, 어떻게 됐습니까?" 가장 나이가 많은 만학도여서 반장으로 뽑힌 지환물이 물었다. "우리 학교 … 문은 안 닫겠지요?"

"우리 학교가 왜 문을 닫아야 합니까?" 강철이 웃었다. "오히려 우리 학교 같은 곳을 더 많이 열어야 한다고 하던데요. 그래서 여러분들 가운데 더 배워서 다른 사람에게 러시아말을 가르치고 싶은 사람은 충분히 그 꿈을 이룰 수 있을 겁니다. 그리고 여러분 모두 수업에서 명확하게 답변을 잘해주셨습니다."

"선생님이 미리 언질을 주셨으면 우리가 준비를 더 잘했을 건데요." 박영근이 변성기 목소리로 말했다. 박영근은 가장 열성적인 학생인데 맨 앞줄에 앉고 질문에 항상 먼저 대답해서 강철의 자랑이자 희망이었다.

"나도 위원회가 올지 몰랐어요." 강철이 솔직히 말했다. "모르는 게 차라리 나을 수도 있고. 그건 그렇고 오늘 마트베이는 왜 안 왔지요?"

강철이 학생들을 둘러보았다.

"선생님, 제가 듣기로는 마트베이 집에서 하는 술집에 어떤 사람들이 들이닥쳐서 마트베이와 아버지를 폭행했다고 합니다." 환물이 말했다.

"언제 들었습니까?"

"엊그제요. 술집에 가보려고 했는데 어쩌다 보니 여력이 없었네요. "

"그 술집이 어디 있는지 아십니까?"

"당연하지요, 선생님. 부두 노동자 촌락 근처에 있어요 … "

"그 근처에 중국 선술집이 있지 않나요?"

"맞습니다, 선생님. 제가 같이 가드릴 수 있는데요."

"고맙긴 하지만 어딘지 제가 압니다 … 아 참, 우리가 수업을 수요일 저녁마다 추가로 할 수 있어요. 수업 참여는 순전히 자발적입니다. 참여하겠다는 사람은 손을 들어보세요."

일곱 명이 손을 들었다.

"그럼 수요일 일곱 시에 여러분을 기다리고 있겠습니다. 일상 회화 연습을 주로 할 겁니다. 다시 한 번 모두에게 말하는데 언제 어디서나, 마음속으로나, 소리 내서나 러시아말로 말하고 또 말하세요. 질문을 자기 자신에게 해보고 답변도 해보세요. 알고 있는 단어를 적극적으로 활용하세요. 그럼, 다음 시간에 봅시다!"

점심을 먹고 나서 강철은 마트베이네 술집에 가려고 길을 나섰다. 마당에서 장길이가 기다리고 있었다.

"형님, 나 같이 가도 돼요?" 그가 애원하듯 말했다. "나도 마트베이를 보고 싶어요."

"좋아, 같이 가자." 강철이 장길이를 보며 고갯짓했다. 장길이는 너덜너덜한 겹옷과 군데군데 천을 대 기운 바지 … 발에는 두툼한 버선을 신고 머리에는 빵모자를 썼다.

30분 후에 그들은 세월을 거치면서 검게 변한 나무판자로 덮어놓은, 마치 쪼그리고 앉아있는 듯한 집 앞에 섰다. 입구에는 러시아어로 '간이식당', 한국말로는 해물탕으로 시작해 족발로 끝나는 여러 메뉴가 아주 자세하게 적혔고, 김이 모락모락 나는 음식이 가득 찬 대접 그림까지 있는 팻말이 걸려있었다.

유리가 깨진 창문 두 개가 뭔가가 잘못된 것을 말하고 있었다. 입구 내부는 담요로 가려져 보이지 않았다. 강철이 문을 밀어보았지만 잠겨 있었다.

"저기 마당에 바잣문이 있어요." 장길이 말했다. "여기도 잠겼네요. 내가 담을 한번 넘어가 볼게요."

"그래, 그래 봐라." 강철이 말했다.

장길이 담장을 재빠르게 넘었다. 문을 치는 소리와 귀청이 째질 것 같이 큰 아이의 목소리가 들려왔다.

"마트베이, 문 열어! 나야, 장길이! 나 몰라? 나 선생님이랑 같이 왔어. 밖에서 기다리시니까 얼른 문 열어… 세상에, 이게 무슨 일이야?"

대답 소리는 알아듣기 힘들었다. 서둘러 오는 발걸음 소리가 들렸다. 걸쇠가 딸깍거리는 소리가 나더니 마트베이가 나타났다. 머리는 흰 천으로 동여맸고 오른쪽 광대뼈에는 커다란 타박상이 있다. 눈에는 화가 번쩍거렸고 누구라도 한 대 칠 것처럼 보였다. 마트베이의 인사에 대답하면서 강철이 자기도 모르게 웃었다.

"누가 너를 이렇게 했느냐?"

마트베이도 웃음을 터트리며 손을 내저었다.

"아아, 그럴 일이 있었어요… 들어오세요, 선생님, 들어오세요."

집 안으로 가보니 마트베이의 아버지는 상태가 훨씬 심각했다. 그는 다리와 손에 붕대를 감고 이부자리에 누워 있었다. 얼굴에는 아들처럼 얼마 전에 생긴 찰과상이 있었다. 그렇긴 해도 아버지의 기분 역시 그리 침울해 보이진 않았다. 그가 절제된 미소를 지으며 점잖게 말했다.

"아들놈한테 선생님 이야기 많이 들었습니다. 지혜와 명철을 가르쳐주셔서 고맙습니다, 선생. 이 아이들이 우리보다는 사람답게 살겠지요…" 그가 마른기침했다. 그놈의 개자식들이 어찌나 가슴을 두들겨 팼는지…"

"누가 이런 짓을 했습니까?" 강철이 물어보았다.

"말해봤자 무슨 소용이 있습니까?" 마트베이 아버지가 이렇게 말하고 입을 굳게 다물었다. 아버지와 아들의 얼굴에 똑같이 광대뼈가 불거졌다. 광대뼈가 유독 불거진 사람은 고집이 세다.

"그래도 말씀해 주시면 제가 뭐라도 도움이 되지 않겠습니까…"

마트베이의 아버지가 날카로운 시선으로 강철의 얼굴을 빤히 보더니 잠시 눈을 감았다. 마치 자기가 본 것을 가늠하는 듯 보였다. 그러다 화를 누르며 조용히 말했다.

"우리 가족은 노역자처럼 꼭두새벽부터 잘 때까지 밤낮없이 일하는데 이 개놈의 자식들이 와서 돈을 갈취해 갑니다. 총이 없었던 게 한이지, 안 그랬으면 다 쏘아죽여 버렸을 거요!"

"'이 개놈'이 누굽니까? 러시아 사람들인가요?"

"러시아 사람들이었다면 그렇게 분통이 터지진 않았을 겁니다. 조선 놈들이에요, 개새끼들! 처음에 와서는 한인 단체에서 나왔는데 독립자금을 모금한다고 했어요. 무기도 사야 하고 여러 장비도 갖춰야 한다면서요. 어떻게 거절합니까? 그런데 그다음에 또 왔어요. 이제는 부탁하는 게 아니라 요구하는 겁니다. 좋소, 나도 애국자고 마지막 한 푼이라도 있으면 돈을 내놓고 싶지요. 그런데 우리 가족은 누가 먹여 살리고, 애들은 어떻게 키웁니까? 그래 아무 말도 안 하고 돈을 줬지요. 그러니까 적다는 겁니다. 왈가왈부하기 싫어서 한 달 동안 모은 돈을 모조리 내줬어요. 그런데 그저께 또 온 겁니다. 그래서 이번에는 내가 거절하니까 이런 짓을 하고 갔어요. 나와 아들놈을 패고 부엌에 있는 그릇은 모조리 깨부수고 창문도 박살 내고. 다시 온다고 하고 갔습니다…"

"그 사람들이 몇 명이었습니까?"

"셋이오."

"무슨 단체라고 하던가요?"

"그 뭐라더라… 아… 권업회. 그건 그렇고, 마트베이, 어머니한테 손님 대접할 것 좀 준비하라고 일러라…"

"아닙니다, 괜찮습니다. 저희는 이만 가겠습니다. 한 가지 궁금한 것이 있는데 앞으로도 식당 운영은 계속하십니까?"

"안 하고 별수가 있습니까? 그놈들이 나를 이렇게 만들었지만, 아예 꼬리를 감추고 사라질 만큼은 아니오. 다시 또 내게 주먹질을 하더라도 식당은 할 거요. 우리 양씨 집안은 그렇게 만만한 사람들이 아닙니다!"

"저도 돕도록 애써보겠습니다." 집주인의 미심쩍은 시선을 보자 강철이 웃음 지었다. "아드님도 아버님 성격과 똑 닮았습니다. 이제 저희는 이만 가보겠습니다…"

그 집에서 나와 강철은 바로 도서실로 갔다. 장길이가 겨우 따라오는 것을 눈치채고 강철은 일부러 빨리 걷지 않았다. 강철이 농을 던졌다.

"어이, 동생, 걸어서 따라잡기 힘들면 뛰어. 자 누가 더 빠른지 내기하자. 너는 뛰고, 나는 걷고…"

장길이 가볍게 뛰어 강철의 걸음을 어렵게 따라잡았지만, 뭐 때문인지 추월하지는 않았다.

"경쟁자를 가엾어하지 마라, 안 그러면 이룰 게 없다. 자, 장길아 나 잡아 봐라! 이제는 나보다 빨리 달려라, 안 그러면 내가 뒤꿈치를 밟을 거다."

강철도 뒤처지지 않으려 뛰었다. 이제 그들은 있는 힘을 다해 거리를 질주하고 있었고 그들의 웃는 표정이 아니었다면 행인들이 무슨 일이 난 것으로 오해했을 것이다.

강철과 장길이 도서실에 도착했을 때 김봉일이 벌써 덧문을 닫고 있었다.

"왜 그렇게 숨이 찹니까?" 김봉일이 눈이 휘둥그레져서 물었다.

"달리기 시합을 했어요." 강철이 해맑게 웃었다. "이 아이가 아주 날쌘돌이예요. 내가 졌다, 장길아. 자, 받아, 가서 사탕 사 먹어. 저녁에 집에서 보자…"

강철이 도서관 문 닫는 것을 도와주었다. 바깥문을 통해 밖으로 나갈 때

무심코 지나가듯 질문을 던졌다.

"선생님, 지금 단체 회의에 가십니까?"

"예. 같이 가시겠소?"

"그러면 감사하지요."

"별말씀을. 손님이 오면 우리로서는 반갑기만 하지요. 김 선생은 손님이라기보다 진작 회원이 돼야 했을 사람이지만."

"맞는 말씀입니다."

한동안 말없이 길을 걷다가 김봉일이 불쑥 외쳤다.

"아이고, 내가 어떻게 그것을 잊었나? 오늘 학교에 시찰을 왔었다지요! 어떻게 잘하고들 갔습니까?"

"제가 생각했던 것보다 더 잘 마쳤습니다. 오늘 제가 다시 한 번 확실하게 느낀 것인데, 조선 사람들이 남의 언어 습득에 재능이 있는 것 같습니다. 유럽 언어 중에 러시아어가 가장 어렵지 않습니까."

"그런데 나는 왜 이리도 배우기가 힘들까요? 그렇게 많은 책을 읽었는데도 발음이 모두 잘 안 됩니다." 김봉일이 푸념했다.

"너무 겸손하시네요." 강철이 웃었다. "러시아어에서 유성음 몇 가지만 유념하시면 됩니다. 'G, D, Z,Zh(Г, Д, З, Ж)' 같은 …

이야기를 나누느라 높은 담장으로 둘러싸인 커다란 이층 저택 앞에 다다르는지도 몰랐다.

"우리가 잘못 온 것 아닙니까?" 강철이 물었다. "단체가 정말로 이곳에 있습니까?"

"맞아요, 그런데 선생은 이 저택이 마음에 안 듭니까?"

"마음에 듭니다. 너무나도 마음에 들지요. 그런데 이곳으로 평범한 조선 사람들이 드나든단 말입니까?"

"건물 문제로도 우리가 논쟁을 많이 했지요. 그런데 단체의 외양이 마땅한 수준에 있어야 한다는 결론을 지었어요. 단체에 농민뿐만 아니라 양반도 있는 것 아니겠소. 게다가 높은 사람들이 오기도 하고요, 시장님도 오시고."

"그런데 이런 공간이 어디서 났답니까?"

"아무도 그걸 몰라요." 왠지 모르지만, 김봉일이 소리를 낮추어 속삭이듯 대답했다. "이 저택의 주인이 익명을 원해요. 주인이 그 저명한 얀콥스키 백작이라는 소문이 돌기는 하지만 정확하게 아는 사람은 없습니다."

강철이 속으로 생각했다. '또다시 이 백작이네. 벌써 이 사람 이름을 세 번째 듣는데 전부 좋은 얘기들이구나. 언젠가 그 백작을 만나볼 날이 있을까?'

이 생각을 하고 나자, 강철은 더 신경 써서 주변을 둘러보았다. 저택 내부 또한 모든 것이 인상적이었다. 널찍한 방들, 미끈한 회반죽 벽, 조각술로 멋을 낸 높다란 천장, 유럽식으로 니스 칠한 가구들. 얼마 전까지만 해도 의자 하나 구경할 일도 없었던 조선 사람들이 회원으로 있는 단체가 이런 공간을 쓴다니, 상상도 못 할 일이었다.

"김봉일 선생님, 혹시 가능하다면 이동휘 선생님을 바로 만나 뵐 수 있을지요?"

"그러시지요. 보통은 서재에 계시니까. 이리로 갑시다 … 보세요, 혼자서 책상에 앉아계시네요. 같이 갈까요, 아니면 … ?"

"감사합니다만 저 혼자 가보겠습니다 … "

이동휘가 강철을 아주 반갑게 맞았다.

"학교 일은 잘됩니까? 뭐라도 도와드릴 일이 있습니까?"

"감사합니다만 전부 다 괜찮습니다."

"우리 단체에 러시아어 강습 특별분과를 만들고 싶습니다. 그 분과장 직책에 선생을 추천할 예정입니다."

"말씀은 감사하지만 저는 아직 단체에 가입도 안 했습니다…"

"그건 문제 될 것이 없습니다. 이미 가입했다고 생각하셔도 좋습니다. 동의하십니까?"

"예." 강철이 고개를 끄덕였다. "이제 제가 단체의 정식 회원이 되었으니, 공식적으로 회장님께 여쭤보고 싶은 것이 있습니다. 혹시 동포들을 대상으로 모금 활동을 허용하셨습니까?"

"모금이라니요? 사람들이 자발적으로 성금을 냅니다…"

"그렇다면 권업회 이름을 내걸고 단체에 성금을 바치라고 여러 방법으로 동포들을 압박하는 사람들은 어떻게 이해해야 합니까? 심지어 폭행까지 하는 사람들도 있습니다."

"그럴 리가요!" 이동휘가 반박했지만, 완전한 확신은 없는 듯했다. "그런 일을 직접 보신 적이 있습니까?"

"저희 반 학생의 아버지가 선술집을 합니다. 그리로 권업회 이름으로 성금을 모금한다고 하면서 찾아오는 사람들이 있었답니다. 선술집 주인이 기부를 거절하자 그 사람들이 주인과 아들을 폭행했습니다."

"그게 대체 무슨 말씀입니까?" 이동휘가 아연실색하여 외쳤다. "우리 회원들이 그렇게 행동했을 리가 없습니다…"

"그렇다면 더더욱 그 포악한 사람들을 찾아 명명백백히 밝혀내야 합니다. 권업회 사람들이 아니라고 확신하시는 거지요?"

"제가 100% 확신한다고 장담할 수는 없습니다… 사실 우리 권업회 내부에서도 강제 모금에 찬성하는 사람들이 있긴 합니다."

"홍범서 사령관도 그런 생각을 하고 있습니까?"

"예." 이동휘가 당황해하며 대답했다. "그런데 선생께서 어떻게 아셨습니까? 그 사람들이 그러던가요?"

"아닙니다." 강철이 말했다. "저는 아직 행패 부린 사람들을 못 만나봤습니다. 그런데 어떻게 단체 이름을 걸고 강제로 성금을 뜯어내는 일이 있을 수 있습니까? 이를 조사해서 그런 일을 막을 수는 없으신지요?"

"단체를 자신의 사익을 실현할 도구로만 생각하는 사람들도 있습니다." 이동휘가 안타까워하며 말했다. "그 사람들은 제가 뭐라고 하면 제 앞에서는 알아듣는 척을 하고 실제로 행동은 내키는 대로 합니다. 김 선생, 지금 단체 이사회 주간 회의가 시작되니 거기서 발언할 기회를 드리는 건 어떻겠소?"

"예, 좋습니다." 강철이 고개를 끄덕였다.

열다섯 명쯤 모인 회의실은 더 많은 사람이 앉을 수 있을 만큼 널찍한 곳이었다. 커다란 회의용 탁자의 상석인 의장석에 이동휘가 앉고 이미 강철이 보았던 강성관, 홍범서가 맞은편에, 김봉일은 멀찍하게 떨어진 구석에 앉았다. 먼저 이런저런 현안들에 대한 논의가 끝나자, 의장이 말했다.

"제가 언젠가 회의에서 여러분께 말씀드린 적이 있는 한 분이 오늘 이 자리에 새로 참석하셨습니다. 성인들을 위한 일요 학교를 최초로 개교하여 가르치고 계시는 김강철 선생입니다. 인사 말씀하시겠습니다."

사람들의 박수와 미소에 강철은 순간 불편했다. 따뜻한 환대에 대한 응답으로 공격하는 말을 바로 할 수가 없어서 강철은 즉석에서 어조를 바꾸어야 했다. 하지만 불편한 말이라고 하지 않을 수는 없는 노릇이었다. 마트베이와 그 아버지의 폭행당한 얼굴이 눈앞에 어른거렸다.

"따뜻하게 맞아주셔서 감사합니다. 일요 학교 개교는 권업회가 결성되어 수행한 선도적인 사업들이 없었다면, 단체의 권위와 명성이 없었다면, 불가능했을 것입니다. 그렇기에 단체의 이름을 사리사욕을 위해 사용하는 그런 자들도 생겨나는 것입니다… "

강철의 말에 회의 참석자들이 술렁거렸다. 이사회 임원들이 일제히 강철을 쳐다보았다.

"오늘 우리 학교로 시 정부 국민교육 부서에서 시찰을 다녀갔습니다. 그런데 한 번도 수업에 결석한 적이 없던 가장 적극적인 학생이 오지 않았습니다. 알아보니 그 학생의 아버지가 운영하는 선술집으로 권업회 이름을 대며 몇 번씩이나 다녀간 조선 사람들이 있었습니다. 그들이 성금을 내라고 종용하는 바람에 적지 않은 금액을 낸 적도 여러 번입니다. 그런데 저희 학생의 아버지가 거절하려고 하자 그들이 아버지와 학생을 반 죽을 정도로 폭행했습니다!"

"말도 안 돼요!" 누군가가 큰소리로 외치자 또 다른 누군가가 거들고 나섰다.

"정말로 그건 말이 안 되는 일이오!"

강철이 참석자들을 주의 깊게 둘러보았다. 그들은 정말로 당혹스럽고 화가 난 표정을 하고 있었다. 홍범서는 침착한 얼굴을 하고 있었지만, 꾹 다문 입가에 가소롭다는 표정이 묻어있는 듯했다.

"저도 말이 안 되는 일이라고 생각했습니다. 그래서 저희 학생의 아버지에게 용감하게 영업을 계속하시라고 말했습니다. 만약 그런 강도들이 다시 온다면 권업회의 진짜 회원들이 와서 그들을 훈육할 거라고도 했습니다. 저는 아직 권업회 회원은 아니지만 지금 즉시 가입하여 온갖 괴롭힘으로부터 조선 사람을 보호하는 일을 맡아 하고 싶습니다."

세 시간이 지나서야 참석자들이 공동의 결정을 내릴 수 있었다. 전횡과 사기, 핍박과 억압으로부터 동포들을 법적으로 보호하고, 그럴 필요가 있을 때는 물리적으로도 보호하는 일을 전담할 부서가 실제로 필요하다고 결론지었다. 그리고 강철을 부서장으로 선출하였다.

이 문제를 토론하는 동안 강철은 자신을 평가하는 홍범서의 시선을 여러 번 포착했다. 그 시선은 마치 비웃으며 묻는 듯했다. '네가 진짜 그런 일을 해낼 만한 인간이냐?'

다음날 강철은 아침을 먹고 마트베이 집으로 향했다. 그곳은 이미 수리가 한창이었다. 이런 일을 당한 김에 주인은 간판도 갈고 출입문도 새로 달고 전체적으로 새 단장을 하기로 한 것 같았다. 약탈자들이 제대로 엉망진창을 만들어 놓고 갔다. 선술집 안에 부술 수 있는 것은 다 부숴놓았다.

"식기가 놋그릇이어서 그나마 다행입니다." 강철과 인사를 나누고 강철이 애잔한 마음을 표현하자 마트베이 아버지가 쓸쓸하게 웃으며 말했다. "술잔을 사 오라고 마트베이는 심부름 보냈고 솥에는 사골국이 끓고 있으니, 점심이나 같이하십시다."

"그자들이 다시 오면 어쩌시렵니까?"

"오면 그때는 말을 해야죠." 주인이 이를 뿌드득 갈았다. "그때는 참지 않을 겁니다."

"저기, 음…"

"내 이름은 만길이요. 러시아 이름으로 부르는 게 낫겠네요. 말로페이요. 러시아식으로 세례를 받았는데 사제가 그 이름을 지어줬어요."

"좋은 이름입니다, 말로페이." 그런 이름을 처음 듣기는 했지만, 강철은 이렇게 말하고 웃음 지었다. "제가 아버님을 도와드리고 싶습니다. 그자들이 이 집으로 오는 길을 싹 잊어버릴 수 있도록 해드리겠습니다. 그러려면 저를 종업원으로 써주셔야 합니다. 그자들이 다시 올 때까지 저에게 숙식을 제공해 주세요."

"그자들이 안 올 수도 있잖습니까?" 말로페이가 기대를 담아 말했다. "나는 겁쟁이가 아닌데 그 파렴치한 자들을 생각하면 내 속에 뭔가가 나약

해집니다. 어떻게 그렇게 무작정 들이닥쳐서 벌건 대낮에 돈을 뺏어갈 수 있답니까?"

"돈이 뭐라고요." 강철이 헛웃음을 웃었다. "온 세상천지가 다 보는 앞에서 조선 전체를 강탈한 자들도 있는데요. 그자들이 오지 않을 거라는 헛된 희망을 품지 마시고요. 그자들은 아마 생각하시는 것보다 빨리 올 겁니다. 저를 종업원으로 쓰시겠습니까?"

"그렇다면 그렇게 해야지요." 말로페이가 빙그레 웃었다. 살아오면서 온갖 사연을 다 겪은 사람이 이렇게 천진하고 해맑은 어린아이처럼 웃을 수 있다는 게 믿어지지 않았다.

… 삼일이 지나고 선술집이 이미 문을 닫은 아주 늦은 밤에 그자들이 다시 들이닥쳤다. 주인은 마지막 손님을 배웅하러 가고 없었다. 강철이 바닥 청소를 하고 마트베이는 부엌에서 설거지하고 있을 때 누군가의 상스러운 목소리들이 밖에서 느닷없이 들려왔다. 문이 거칠게 열렸고 건장한 남자 두 명이 저항하는 말로페이를 질질 끌고서 술집으로 들어왔다. 얼굴은 더 어리고 어깨가 더 좁은 세 번째 남자가 뒤따라 들어오면서 속삭이듯 말했다.

"쉿! 조용히 하라고! 너 계속 그렇게 꽥꽥대면 여기 있는 사람 전부 가만히 안 둘 거다! 주둥아리 닥치라고, 인마, 조용히 해!"

이 말을 하던 사람이 말로페이를 때리려고 손을 들자, 강철이 그에게 곧바로 달려갔다.

"왜 이러십니까, 주인 어르신을 때리지 마십시오. 어떤 깡패 같은 놈들한테 얼마 전에도 얻어맞았어요. 그래서 어르신 몸이 아주 안 좋습니다 … "

"어이, 너, 이 하인 놈아, 너 누구한테 그 더러운 주둥이로 함부로 깡패라는 말을 해. 우리가 깡패야?"

"당신들이 주인 어르신을 폭행했으면 당신들이 깡패지요." 천진난만하게 강철이 말했다.

"야 이 개새끼야!" 가장 연장자로 보이는 삐쩍 마른 사내가 소리쳤다. "어이, 집주인 놔두고 이 하인 새끼 잡아. 이 새끼가 뜨거운 맛을 봐야 정신을 차리지 … "

두 사내가 지시대로 강철에게 곧바로 돌진했다. 앞에 섰던 사내가 강철의 멱살을 잡으려고 손을 뻗었지만, 강철이 그의 손목을 낚아채 앞으로 잡아당겼다. 그런 반응을 예상하지 못한 사내가 앞으로 엎어졌고 관성의 법칙에 따라 반들반들한 바닥을 타고 쭈욱 미끄러져 머리를 벽에 부딪혔다. 두 번째 사내가 어찌할 바를 몰라 머뭇거렸다.

"뭐하고 섰어?" 마른 사내가 버럭 소리를 질렀다. "코흘리개 새끼에게 겁먹었냐? 그 새끼한테 덤벼, 우발렌!"

이름이 우발렌인 사내가 손바닥을 세우고 싸우는 자세를 취했다. 이 순간 강철이 뛰어올라 발차기했다. 발꿈치가 정확하게 사내의 턱을 가격했다. 사내의 머리가 급격히 경련을 일으키더니 벌렁 뒤로 나자빠졌다.

마른 사내가 칼을 꺼내 들었지만, 미처 휘두를 새도 없이 마트베이가 들고 있던 방망이가 사내의 머리를 강타했다.

아직 정신을 제대로 차리지 못한 약탈자들이 묶여있었다. 강철이 밧줄을 더 달라고 해서 한쪽 끝을 천장 기둥에 걸고 올가미를 만들었다. 다른 쪽 끝은 선술집 주인에게 내밀었다. 그는 말없이 순순히 끝을 잡았다. 아버지의 눈에도, 아들의 눈에도 긴장하는 빛이 역력했다. 무슨 일이 일어나는 걸까, 이렇게 자처해서 자기들을 지켜준 사람이 진짜로 이 약탈자들의 목을 매달기라도 하려는 것일까?

"저기, 선생님, 이 정도면 되지 않았나 싶습니다." 말로페이가 말했다.

강철이 대답 대신 눈을 한번 찡긋하고 비쩍 마른 사내의 멱살을 잡았다. 한 번에 그를 번쩍 들어 일으키더니 올가미 쪽으로 끌고 갔다. 밧줄이 목을 제대로 감았을 때 강철이 올가미를 조이라고 손짓을 했다. 그때 마른 남자의 정신이 돌아왔다.

"당신들 뭡니까, 당신들 뭐냐고요, 사람이오? 용서해 주시오, 내가 그러려고 그런 것이 아니고 누가 시켜서 한 일이오 … "

"누가 시킨 거냐? 똑바로 말해라, 안 그러면 너에게 무참하게 폭행당한 사람들을 내가 말릴 수가 없을 거다. 내 말이 맞지요, 말로페이?"

"그보다 더 맞을 수는 없지." 말로페이가 고함을 치며 짐승같이 험악한 표정을 지었다. "내 손으로 이 비열한 놈의 숨통을 졸라버릴 거다. 마트베이, 너도 거들어라 … "

"말해라. 누구냐?"

"권업회요."

"이름, 이름을 말해라. 어서, 안 그러면 이 사람들이 밧줄을 당길 것이고 그렇게 되면 말하고 싶어도 말할 틈이 없을 거다 … "

"홍범서 … 홍범서가 보냈소 … "

강철이 마른 남자에게 종이를 내밀고 진술서를 적도록 한 뒤 그들을 풀어주었다. 놓아주면서 그들을 훈계하는 것도 잊지 않았다.

"이만큼 하고 보내주는 거 다행으로 생각해. 다음번엔 내가 직접 밧줄을 당길 것이니 그때는 아무도 나를 막지 못할 것이다. 가서 너희들을 보낸 자에게 고해라. 지금부터는 어떤 명분을 내세워서도 사람들에게 돈을 강탈해서는 안 된다. 알아들었어?"

"예, 예." 약탈자들이 고개를 주억거렸다. 그런데 비쩍 마른 사내의 행동을 보아하니 그를 믿어주기가 힘들었다. 그는 나가면서 마지막으로 강철을 뱀의 눈으로 쏘아보았다. 마치 다음번엔 어디를 찔러야 하는지 가늠하는 것처럼.

이런 사건은 축하하지 않고 넘어갈 수가 없었다. 벌써 자정이 넘었지만,

말로페이가 최고급 술을 한 병 꺼내왔고 그의 아들 마트베이가 안주를 바로 내왔다. 말로페이가 잔을 들고 말했다.

"며칠 전만 해도 내 모든 사업이 잿더미가 됐다고 한탄하고 있었는데. 그런데 오늘은 희망이 되돌아왔고, 그뿐만 아니라 같이 불구덩이라도 뛰어들 수 있을 법한 진정한 친구를 얻었다오. 김 선생님, 우리가 서로 알게 되어서 얼마나 기쁘고, 친구가 돼서 얼마나 좋은지 모르겠소! 인제부터는 아무 때나 내킬 때면 이곳으로 찾아오도록 해. 언제 오더라도 여기서는 친구를 항상 반길 거네!"

··· 강철이 수업 종료를 학생들에게 알리자마자 홍범서가 문지방에 나타났다. 비웃는 듯한 태도로 학생들이 모두 나갈 때까지 기다렸다가 교탁으로 다가왔다.

"잘 지냈나, 강철! 네가 우리 아이들을 잘 손봐준 덕에 그중 하나가 나를 밀고까지 했다네. 대단해, 참 대단해." 홍범서가 고개를 절레절레 흔들었다. "무엇을 위해서 내가 그런 일을 하는지 자네 생각해 봤나?"

"어떤 목적도 그런 행동을 정당화할 순 없지요." 조용하지만 단호하게 강철이 말했다.

"좋아, 자네가 나를 정당화할 필요는 없다. 그런데 지금 나와 함께 가서 우리 유격대를 직접 봤으면 하네. 그러면 자네가 우리의 사업과 행동을 조금이라도 이해할 수 있을지 모르지. 갈 텐가?"

"가지요."

그들이 밖으로 나왔다. 아침부터 날씨가 흐리더니 올해 첫눈이 내리고 있었다. 굵은 눈송이가 비스듬히 맨땅에 앉는가 싶더니 바람에 날려갔다. 그런데 담장 밑과 건물 아래 빈틈, 산골짜기에는 흰 눈송이가 쌓이기 시작해 하얀 담요처럼 두꺼워질 준비를 하고 있었다.

나와서 보니 홍범서 외에도 말을 타고 온 사람이 둘 더 있었다. 안장이 올려진 여분의 말이 있는 것을 보니 강철과의 만남이 홍범서가 계획한 대로 흘러가는 듯싶었다.

"말 타본 적은 있는가, 선생?" 홍범서가 피식 웃으며 강철에게 질문을 던지고선 대답도 듣지 않고 날쌔게 말에 올라탔다. 말 위에서 강철이 안장에 올라타는 것을 보더니, 만족스러운 코웃음으로 평을 했다. 말을 탄 네 사람이 숲으로 갔다.

강철은 그들이 가는 방향에 한인 시골 마을이 있는 것을 알았다. 그곳에 사는 사람들은 채소 농사를 지었는데 도심에 있는 한인 정착촌을 통해 팔기 위해 늘 도시로 채소를 싣고 왔다. 그래서 이 시골 마을은 그리 멀지 않은 곳에 있는 것 같은 인상을 주었다. 하지만 실상은 이 시골까지 가려면 말을 타고 적어도 한 시간은 가야 했다.

호숫가의 아늑한 계곡에 서른 가구 정도가 자리 잡고 있었다. 그 주변에는 키 작은 나무들로 빽빽이 덮인 낮은 산들이 둘러싸고 있었다.

"마을 자리에 예전에는 배를 만드는 데 쓰는 소나무가 있었다고 합디다." 강철의 옆에서 가던 홍범서가 말했다. "그것들을 베어서 블라디보스토크로 배를 만들러 날랐다고 해요. 그래서 이 길이 보시다시피 좋게 나 있는 거요. 소나무를 다 베어서 공터가 된 땅을 조선 사람들이 살 곳으로 정한 것이지요."

그들은 마을을 돌아 나뭇잎으로 두툼하게 뒤덮인 땅을 밟으며 숲속으로 들어갔다. 때때로 개암나무 덤불이 길을 막고 있어서 그들은 말에서 내려 고삐를 잡고 걸어야 했다. 어떤 장소에서 홍범서가 한 손을 들었다.

"말은 여기 두자." 홍범서가 이렇게 말하고 나머지 두 사람 중 하나에게 명했다. "너는 여기서 말을 지키고 있거라."

그들이 한 50m도 채 가지 않았을 때 위협하는 고함이 들렸다.

"누구냐? 거기 서라, 아니면 총을 쏜다."

"나 홍범서다. 나를 못 알아보겠냐?"

"아이고, 이런, 사령관님 … "

떨기나무 덤불에서 소총을 든 사람이 나왔다. 그는 벌써 솜바지에 양가죽 털옷을 입고 겨울 복장을 하고 있었다. 모피 귀마개 모자 아래로 아직 수염도 나지 않은 앳된 얼굴이 보였다.

"두봉아, 춥지 않으냐?"

"아직 겨울도 아닌데 벌써 춥겠습니까? 등가죽이 뱃가죽에 붙은 것은 맞아요." 보초가 푸념을 했다. "윤섭이 보시면 빨리 교대 좀 하라고 해주시오."

"너 언제부터 보초 서고 있느냐?"

"오전 10시부터 섰어요. 오줌 싸러도, 똥 싸러도 갈 수 없고. 얼마나 배가 고픈지 풀이라도 아구창에 처넣을까 싶소."

"알았다, 그만해라, 뭘 그리 옹알대느냐." 홍범서가 짜증스럽게 소년의 말을 끊었다. "염려 마라, 윤섭이가 네가 말한 대로 하도록 내가 꼭 이르마."

홍범서가 강철을 곁눈질로 슬쩍 보았다. 하지만 강철의 얼굴은 아무 동요도 내비치지 않았다.

커다란 통나무 막사가 그들 앞에 섰다. 두 개의 굴뚝에서 연기가 피어오르고 있었다. 홍범서가 육중한 문을 열었고, 그들은 안으로 들어갔다.

실내는 양편으로 이층침대가 죽 늘어서 있었다. 중간에는 넓은 통로가 있었다. 한쪽 끝에 솥을 올린 거대한 난로가 있고 반대편 끝에는 탁자와 간이의자들이 놓인 여유 있는 공간이 있었다.

어두침침한 실내에 눈이 금방 적응하지 못했다. 유격대원 대부분이 침상에 누워있었다. 담배 연기가 자욱했다. 누군가는 나지막하게 노래를 불렀다.

"윤 중대장 어디 있나?" 홍범서가 큰소리로 물었다. "이리로 빨리 불러 와라!"

"지금 윤은 아무리 불러도 소용없어요, 빨리도, 늦게도 오지 않아요." 누 군가가 킥킥거렸다. "아침부터 보드카를 퍼마시고 구석에 처박혀서 자고 있어요."

"뭐라고? 윤섭이가 술에 취해? 한 번도 술 취한 적이 없는데…"

"이런 생활을 하면 누구라도 술병에 입을 대겠지요." 같은 대원이 철학 적인 투로 말했다. "나도 마시고 싶지만, 아무것도 없네요."

"너 지금 무슨 말을 지껄이는 게냐?" 홍범서가 화를 버럭 냈다. "그리고 사령관과 말할 때는 일어나야지!"

"내가 당신이 사령관인지 어떻게 압니까? 당신은 이곳에 보름에 한 번 오는데, 윤 중대장은 항상 우리와 함께 있잖아요. 윤 중대장이 진짜 사령관 이지, 당신은 누군지 나는 모르오."

이 말에 홍범서가 순간 당황했다. 그러고선 눈을 부릅떴다.

"사령관을 못 알아보는 게 어떤 것인지 내가 지금 보여주겠다." 홍범서 가 리볼버를 꺼내려고 외투의 단추를 거칠게 풀기 시작했다. 권총이 홍범 서의 손에서 번쩍일 때 소란을 일으킨 철학자가 침상에서 벌떡 일어났다.

"사령관님, 제가 잘못했습니다. 어두워서 사령관님인지 몰랐습니다. 어 이, 다들 일어나. 2열 종대로 집합!"

줄 서는 데 5분은 족히 걸렸다. 홍범서가 종대 앞을 걸어 다녔다.

"자, 큰소리로 번호 붙이기 시작한다!"

"일, 이, 삼, 사…"

총 스물일곱 명이었다. 복장은 그리 형편없지 않았지만, 모두가 얼굴이 피폐하고 칙칙했다.

홍범서가 오른쪽 줄에서 왼쪽 줄로 갔다가 다시 대열 중간으로 왔다.

"친구들, 그간 어떻게 지냈나?" 홍범서가 큰소리로 물었다.

침묵, 그러다 뒤쪽 어딘가에서 별 감흥 없는 대답이 들려왔다.

"그냥 지냈습니다."

"여러분들 기분이 언짢은 게 보인다. 그래봤자 소용없는 일이다. 여기서 넉 달은 더 견뎌야 하는데 여러분들은 벌써 기합이 빠져있다. 이런 상태로 우리가 어떻게 봄에 조선으로 출격하겠나?"

"봄까지 일단 먼저 살아있어야 할 것 아닙니까, 사령관님." 같은 목소리지만 이제 뭔가 독기를 품고 있었다. "멀건 좁쌀죽만 먹고는 오래 견디지 못합니다…"

"먹을 것을 구하기 위해 할 수 있는 건 다 하고 있다. 그렇지만 여러분도 병영 규율을 지켜야 한다는 것을 잊지 말아야 한다. 내가 보니 몇몇 초소에는 보초를 서지도 않고 교대도 제때 하지 않으며 아직 해가 지지도 않았는데 병사들이 침상에서 뒹굴고 있다. 이래서는 아무 일도 못 한다…"

"가능하면 그 말씀을 중대장한테 하시지. 그 사람은 규율을 잘도 지키니까…"

조롱 섞인 반응이 나머지들에게 힘을 실어 주었다.

"참고 참았는데 이제 참을 만큼 참았소."

"옳소, 중대장도 이제 견디지 못한다면 끝났다는 말이오."

홍범서가 고개를 쳐들었다.

"누가 끝났다고 말했나? 너야? 이리 나와."

한 서른쯤 돼 보이는 대원이 단호하게 대열에서 나와 사령관 앞으로 갔다.

"예, 내가 끝이라고 말했소. 내 생각이 그를 수도 있지만 그렇다면 나를 설득해 보시오, 사령관···"

"예전의 자네가 아니다, 봉국이. 우리는 두 번이나 함께 조선으로 진격하지 않았나. 왜놈들을 징벌하면서 조국의 독립을 꿈꾸지 않았나. 우리를 위협하는 자들이 아무도 없고 일시적인 어려움만 극복하면 되는 이 시점에서 자네는 벌써 굴복했단 말인가?"

"아무것도 이룰 수 없을 거요, 사령관. 조선이 다 함께 들고 일어서야 뭐라도 될 것인데 그런 일은 일어나지 않아요. 우리 말고 아무도 독립을 생각할 일이 없소. 그런데 우리가 왜요? 두 번 진격했지요, 그래서 무엇이 어떻게 됐습니까? 왜놈들 수십 명을 죽였지요. 앞으로 전투를 다섯 번 더 벌인다고 칩시다. 그래서 왜놈들을 백 명, 아니 천 명을 죽인다 쳐봐요. 그래봤자 달라지는 것은 아무것도 없소. 숲에서 허송세월하다가 인생이 다 지나갈 뿐이요. 나도 러시아에서 자유롭게 살고 싶소. 땅을 일구고 집을 짓고 결혼도 하고 아이도 낳고···"

"그럼 자네는 이제 부대에서 나가고 싶다는 말인가?" 홍범서가 눈을 가늘게 떴다. "나가! 아무도 너를 안 잡는다···"

"나를 붙잡는 건 조선으로 추방될지도 모른다는 두려움이오." 봉국이 나지막하게 서두르지 않고 말했다. "다른 많은 대원이 그랬던 것처럼··· 하지만 우리는 여하튼 내일 현지 당국에 가서 손을 들고 항복하기로 마음먹었소."

"'우리'라고 했나··· 좋아, 나가고 싶은 사람은 모두 앞으로 나온다···"

네 명을 제외하고 모든 대원이 한 발짝 앞으로 나왔다. 홍범서가 한 명 한 명을 날카롭게 쏘아보더니 분노가 바로 터져 나올 만큼 폐에 공기를 가득 모았다. 그때 강철이 먼저 입을 뗐다.

"홍범서 사령관님이 여러분의 인생에 대해 고심하지 않는다고 생각하신다면 그건 착각입니다. 여러분을 합법화시킬 문제를 의논하러 우리가 마침

온 겁니다. 저는 권업회의 정착민 권리보호 분과를 맡은 사람입니다. 권업회가 어떤 단체입니까? 일단 각자 침상에 자리를 잡고 앉으시면 제가 조선 정착민들이 연해주에서 어떻게 사는지 자세하게 이야기해 드리겠습니다."

이야기가 두 시간을 넘게 이어졌다. 그런 다음 강철은 수십 개 질문에 답변해야 했다. 이 시간 내내 홍범서는 한마디도 하지 않았다. 마치 처음 보는 사람처럼 강철을 이따금 쳐다보았을 뿐이다.

"이야기를 들어보니 무척 흥미롭네요." 봉국이 말했다. "그렇긴 한데 우리가 어떤 방도로 연해주에 합법적으로 정착할 수 있습니까?"

"시 정부나 주 정부에 이주민 문제를 담당하는 관리들이 있습니다. 우리가 그들과 만나서 상황을 설명하겠습니다. 여러분을 계절 임금 노동자로 등록시키도록 애써볼 수 있습니다. 그리고 반년 정도 후에는 영주권을 받을 수 있도록 해보겠습니다."

"그렇게만 된다면 정말로 좋겠소!" 누군가가 꿈꾸듯 말했다. "진짜 그게 가능하겠습니까?"

"예." 강철이 고개를 끄덕였다. "지금 이주민에 대한 당국의 태도가 매우 호의적입니다. 그런데 좋은 결정이 날 때까지 여러분은 일단 이곳에서 살아야 합니다. 하지만 유격대의 흔적을 지워야 합니다. 무기와 탄약을 감추고 참호를 평평하게 다지고 막사의 비밀 출입구를 틀어막아야 합니다. 우선 생년, 직업, 가족관계를 써넣은 전체 대원의 명단을 작성해야 합니다. 일단 여기서 지게를 만드세요. 곧 닥칠 평화로운 시기에 요긴하게 쓰일 것이 지게입니다."

집으로 돌아가는 길은 벌써 어둑해지기 시작했다. 강철의 집 앞에 다다르자, 홍범서도 말에서 내려 강철에게 말했다.

"내 체면과 위신이 땅에 떨어지지 않게 도와줘서 고맙소. 내 행동에 대해서 곰곰이 생각을 해봐야겠소. 어째서인지 최근에는 일이 잘 풀리지 않네요. 아마 내 잘못인 것 같소. 다시 한 번 고맙습니다. 그리고 … 우리가 친구가 되면 좋겠소.”

엄격한 사령관이 마지막 말을 속삭이듯 내뱉고 손을 내밀었다. 강철이
따뜻한 마음으로 손을 잡았다.

말에 올라타고서 홍범서가 말했다.

“내일 식량을 가지고 다시 부대로 갈 건데 선생이 요청한 것은 다 해놓
겠소. 그리고 부대원들의 인생이 결정될 때까지 나도 그들과 같이 생활할
것이오.”

다음 날 아침 일찍 강철은 리파토프가 전해준 주소로 찾아갔다. 지침 대
로 감시하는 자가 없는지를 살피며 골목길을 두 시간 정도 배회하다가 벽
돌로 지은 저택 앞에 다다랐다. 강철은 저택을 보고 잘못 찾아왔나 싶었지
만, 종이에 적힌 거리명과 번지가 맞았다. 정문 옆 문패에 적힌 집주인의
이름도 같았다. ‘아르투호프 V.V. 기계 기술자’.

흰 앞치마를 두른 하녀가 강철을 서재로 안내하자 체격이 크고 늠름한
남자가 책상에서 일어섰다.

“아주 오래전부터 기다리고 있었습니다.” 남자가 반갑게 웃으며 말했다.
“이쪽으로 앉으십시오 … 다시 한 번 인사드립니다, 안녕하십니까! 귀하께
서는, 말하자면, 우리의 사상에 자양분을 제공할 환경에 속한 최초의 한인
이십니다. 어떻게 지내시는지, 학교는 어떤지 이야기 좀 들어봅시다. 그래
요, 그래, 학교는 잘되고 있습니까? 베니아민 리파토프가 저에게 편지를 보
낼 때마다 선생의 일에 관해 말하면서 무슨 일이 생기면 도와드리라고 했
습니다. 별일 없이 잘 지내시는 거지요?”

“예, 제가 하는 일은 무탈합니다.” 강철이 말하고 자기도 모르게 빙그레
웃었다. 앞에 앉은 이 사람이 얼마나 진심으로 반기는지 같은 친절함으로
대하지 않을 도리가 없었다. “그런데 저 혼자서는 해결하지 못할 문제가
하나 있습니다 … ”

강철은 홍범서 유격대에 관해 자세하게 이야기했다.

"우리 러시아에는 속담이 하나 있는데, '포수에게는 날짐승이 스스로 달려든다'*라고 합니다. 우리 선착장 수리에 목재가 엄청나게 필요할 겁니다. 한인 유격대가 마침 그 일을 해주면 되겠습니다. 근무 조건이나 임금, 물자 공급 같은 것은 우리 십장과 상세하게 의논하십시오. 대원들의 합법화 문제는 제가 회사 사장님과 이야기해 보겠습니다. 별 어려움은 없을 거로 보입니다. 자, 이제는 저와 같이 아침을 드셨으면 좋겠습니다."

그들은 두 사람을 위한 음식이 차려진 식당 방으로 갔다. 흰 빵, 버터, 커피 … 커다란 접시에는 방금 구운 돼지고기 커틀릿이 놓여 있었다. 두 남자는 맛있게 아침을 먹었다.

"그 유격대에는 언제 다녀오셨습니까?"

"어제 다녀왔습니다."

"으흠, 그렇다면 여기서 그리 멀지 않은 곳이군요. 대원들은 배를 곯고 있습니까?"

"솔직하게 말씀드리지요. 그 사람들이 먹는 음식은 지금 우리가 먹는 음식 같지 않습니다."

"그 사람들 생활이 어떨지 짐작이 됩니다, 김 선생님. 저도 시베리아 타이가 출신입니다. 아버지께서 운이 좋으셨지요. 금광을 발견하셨어요. 팔지도, 술로 탕진하지도 않고 유리하게 사용하셨어요. 그런데 시간이 지나면서 금광으로 인해 아버지의 행동은 이성으로 이해하기 힘들게 변했습니다. 동업자를 배신하고, 어린 여동생을 부유한 노인에게 시집보내고, 어머니와 저를 버리고 백만장자 여자와 결혼했어요. 정신병원에서 생을 마감하셨고 …

• • • • • • • • • •

* '포수에게는 날짐승이 스스로 달려든다' : 참을성 있게 기다리면 좋은 결과가 있다는 뜻

아버지의 삶이 아마도 세상을 재구성해야 한다고 생각하도록 저를 이끈 동기 중 하나가 됐을 겁니다. 그러다가 나중에 많은 철학자와 혁명가의 저작을 읽게 되고… 돈이나 부의 축적을 최고 가치로 여기는 사회는 새롭게 거듭나도록 다시 만들어야 하고 도덕적 가치는 재정립되어야 합니다. 금송아지에 바치기에는 삶이 너무도 아름답습니다. 바로 그래서 공산주의자들의 목표가 저의 마음과 머리에 와닿습니다. 비록 러시아의 경제가 현재 호황을 누리고 있긴 하지만, 자본과 노동의 관계 깊숙한 곳에서는 불만과 반란, 혁명의 씨앗이 자라고 있습니다. 이 난폭한 전제군주제는 역사의 쓰레기장으로 한시바삐 보내버려야 하고요…"

아침 식사를 마치고 그들은 수리 중인 선착장으로 함께 갔다. 거기서 아르투호프는 끼릴 바실리예비치 판뉴코프 십장에게 강철을 소개해 주었다. 십장은 벌목꾼 조합이 생겼다는 말을 듣고 반색했다.

"다 한인이라는 말씀이지요? 러시아말은 할 줄 안답니까? 그러면 통역관이 필요하겠네요… 선생이 알아봐 줄 수 있습니까? 잘됐네요! 우리가 벌목 허가권을 한 달 전에 마튜린 상인한테서 샀어요. 그곳 막사와 주방도 멀쩡하고. 장비까지 다 있습니다. 작년에는 거기서 자유이주자들이 일했는데 올해는 어째 일이 잘 안됐어요."

"그런데 먼저 짚고 가야 할 일이 있습니다." 강철이 말했다. "벌목꾼 조합원들이 벌채 경험이 있는지는 확실히 모르겠습니다. 또 한 가지는 복장이 너무 가볍습니다…"

"그런 문제라면 해결할 수 있어요. 지금 필수품 목록을 짜보지요… 중요한 것은, 사람들이 책임감이 있어야 하고 정신줄을 놓을 정도로 술을 마셔선 안 되고 자기 생활은 알아서 챙겨야 한다는 겁니다. 그 사람들을 언제 만나 일터로 데려갈 수 있습니까?"

"내일모레 아침입니다."

이렇게 홍범서의 유격대는 벌목꾼 조합으로 변신했고 대원들은 타이가 움막집에서 통나무 막사로 옮겨갔다. 강철의 학교를 조기 졸업한 지환물이 그들과 함께 생활하게 되었다. 지환물은 거기서 낮에는 나무를 베고 저녁에는 대원들에게 러시아어를 가르치기로 했다. 이제 저녁이 되면 막사 옆에서 화기애애한 함성이 자주 들려왔다. 이 소리는 조선인 벌목꾼들이 선생님을 따라 러시아어 단어를 합창하는 소리였다.

# 제40장

 라디보스톡시 기마경찰 제3분과

김강철 사건 번호 제47번

작성 일자: 1913년 8월 17일

## 현재 기준 기록 목차

림자의 밀보. 김강철의 권업회 탈퇴, 1914년 4월 15일

12. 제2호 인쇄소에서 있었던 김강철 체포와 관련된 조서, 1914년 7월 6일

13. 아르투호프 V.V. 하녀의 보고, 1914년 7월 25일

14. 〈권업신문〉에 실린 '참전을 위해 러시아군에 자원입대한 조선인들에게 고함' 발췌본, 1914년 8월 2일


## 1. 기본 사항 조사. 1913년 8월 17일 작성

- 성: 김
- 이름: 강철
- 부칭:
- 생년월일: 1890년 11월 4일
- 출생지: 조선, 경성
- 출신성분: 조선 양반 출신으로 추정
- 학력: 조선 중등교육. 러시아어를 꽤 유창하게 함. 프랑스어 아니면 스페인어 같은 유럽어도 아는 것으로 추정됨.
- 러시아제국으로 이주 일자: 1912년 5월
- 혼인 여부: 미혼
- 품행: 국가 질서를 위반하는 경우와 상황에 부닥친 적 없음. 전과 없음.
- 직업: 조선 이주민들이 다니는 러시아어 일요 학교 교사
- 키: 2 아르신 10 베르쇽(173cm)
- 특이점 포함 용모: 약간 튀어나온 광대뼈, 얼굴은 마른 편임. 눈이 한인 평균보다는 큰 편, 넓은 어깨. 오른쪽 눈썹 위에 난 흉터가 눈에 띔. 운동으로 다져진 다부진 체격, 운동이 일상적이며 딱딱한 물체를 주먹으로 가격해서 주먹 뼈가 옹골차게 두드러짐.

이 기본사항은 김강철과 직접 대면하여 기마경찰 제3분과 선임수사관 세르게예프 소위가 자필로 작성한 것임.

## 2. 아무르스크 시 기마경찰 과장의 급보, 913년 8월 2일

블라디보스토크시 기마경찰 제3분과장 귀하

소위 '러시아 볼셰비키 사회민주당'이라는 불법 조직 활동에 가담한 혐의로 작년 7월부터 경찰의 비밀 감시를 받는 베니아민 페트로비치 리파토프(러시아인, 26세)에 대한 보고를 내무부의 지시에 따라 급송합니다. 리파토프는 인구학 전공자로 동남아에서 온 이주민, 특히 한인 이주민들의 생활을 연구하고자 아무르주 일대 탐사를 위한 공식 허가를 받아냈습니다.

니콜스크시에 도착한 그는 러시아지리학회 정회원이자, 일련의 신뢰할 수 없는 글을 발표하여 경찰의 비밀 감시를 받는 부베노프 중위와 여러 차례 만남을 가졌습니다. 바로 이 부베노프 중위가 리파토프에게 조선에서 온 반군 김강철을 통역관이자 길 안내자로 추천했습니다.('반군'이라는 단어는 문장부호로 강조되었고 그 옆에 물음표가 있음. 여기서도 그렇고 다른 문서에서도 서기가 연필로 그런 표시를 해놓았음) 저희가 우려하는 바는 탐사대가 한인들이 밀집한 지역을 찾아다니며 학술적 목적의 행위만 수행한 것이 아니라는 사실입니다. 조선 이주민 중에는 일본 정복자들에 대항하는 무장 투쟁 조직 '의병' 활동을 벌이는 자들이 적지 않습니다. 사회민주당원들이 테러나 무장 행위, 기타 무력 충돌 등에 의병들을 끌어들여 활용할 가능성을 배제할 수 없는 상황입니다.(?)

우리가 입수한 자료에 따르면 탐사대가 블라디보스토크에 도착하는 시기는 8월 초가 될 것입니다.

진실한 존경을 표하며,
기병 대위 쿨리코프

## 3. 첩보망을 통한 밀보, 1913년 8월 19일

알아낸 소식을 전달함. 감시 대상으로 지목해 준 사람이 8월 19일에 나타남. 처음 본 순간 이 사람이 비범한 사람임을 단번에 알아볼 수 있었음.

조선에서 이주한 지 일 년 반밖에 안 됐지만 러시아말을 아주 잘했고 다른 조선 이주민들에게 러시아어를 가르치겠다는 명확한 목표를 세움. 친화력이 강하고 신뢰감을 줌.

그는 곧바로 조선인 단체 권업회와 접촉점을 찾기 시작함. 얼마 안 가 이 사람이 권업회 간부가 될 가능성을 배제할 수 없음.

그의 조선말은 어법이 정확하고 수도 말씨임. 양반 출신임을 쉽게 짐작할 수 있음.

최근 두 달 반을 조선 이주민들의 실상을 조사한다는 명목하에 통역관과 길 안내자 자격으로 탐사대와 같이 지냄. 지금은 한인 마을에 사는 과부 오근의 집에 세 들어 살고 있음. 탐사대장의 비호 아래 러시아어 일요 학교 개교 허가를 얻으러 다니느라 분주함.

첩보원 그림자.

## 4. 첩보망을 통한 밀보, 1913년 9월 19일

… 그런 식으로 그는 권업회의 반군 활동 지지자들이 조선인들을 대상으로 의병 활동 지원을 위해 강제로 돈을 갈취했다는 타당한 증거를 발견하여 이를 단체 지도부에 보고했음. 활동가들의 격렬한 회의가 끝나고 반군 사령관 홍범서가 그를 타이가 지대에 숨어있는 유격대로 데리고 감. 어찌어찌해서 그는 빈둥거리며 시간을 보내는 대신 벌목을 하도록 유격대원들을 설득함. 바로 그 시기에 그는 블라디보스토크 주요 선착장 수리를 담당하는 기술자인 아르투호프와 여러 차례 만났는데, 어쩐 일인지 갈 때마다 매우 조심하는 태도를 보임. 그가 이 도시에서 존경받는 사람을 어떤 경로로 알게 되었는지는 밝혀지지 않았음.

그가 벌목 조합 일에 직접 관여하지는 않았지만, 그의 권위는 논쟁의 여지가 없을 정도로 확고함. 그가 운영하는 학교의 졸업생 두 명이 조합에서 같이 일하면서 벌목꾼들에게 러시아말을 가르침.

마지막으로, 나에게 미리 귀띔해 주었던 그 여자가 9월 17일 아르투호프의 집을 다녀갔는데 바로 그때 그가 그곳에 있었음. 그와 여자가 두 시간 후에 그 집에서 나옴. 그들은 함께 시내를 걸어 다님. 다음날 그는 '프리모리예'라는 호텔로 갔고 거기서 그녀와 다시 만나 우역까지 데려다주고 거기서 그녀는 하바롭스크로 떠났음.

### 5. 소시민 아나스타시야 파블로브나 이-타라세비치의 편지 사본, 1913년 10월 26일

잘 지내고 계시는지요, 강철!

우리가 알게 된 지 한 달이 조금 넘었습니다. 이 시간 동안 저는 우리가 만났던 일과 당신이 하셨던 말을 생각하면서 당신과 상상 속에서 논쟁을 벌이기도 했다는 것을 굳이 감추지 않겠습니다. 어떻게든 저의 신념과 이상을 다시금 재고해 보려고도 했습니다. 제가 아시아 출신이라 겪어야 했던 서럽고도 굴욕적인 삶의 순간들이 많았다고 말씀드렸던 것, 기억하시지요? 나와 비슷한 사람이 없고 어딜 가나 하얀 까마귀처럼 눈에 띄는 존재로 사는 것이 저의 숙명이라고 생각했었습니다. 그런데 당신의 말이 제 안에 있는 모든 것을 뒤바꿔 놓았습니다. 이제 저는 제가 고통스럽게 보았던 것들을 다른 식으로 바라봅니다.

어제가 아버지가 돌아가신 지 1주기가 되는 날이었습니다. 저의 아버지는 나름대로 뛰어나신 분이셨습니다. 1세대 이주민으로 소년이었을 때 러시아로 와서 교육받고 광산 기술자가 되셨어요. 조국에 공헌한 상으로 블라디미르 3등급 훈장을 받아 세습 귀족의 권리도 얻었습니다. 머리 회전이 빠르고 일을 좋아하고 활력 넘치는 기질은 병적인 허영심과 어우러졌어요. 아버지께서는 러시아 귀족 사회에서 인정받기를 원하셨어요. 목적을 달성하기 위해 러시아 귀족의 딸과 재혼하셨지요. 그 여자는 아버지와 8년을 같이 살다가 사라졌습니다. 지금은 프랑스에서 산다고 들었는데 행복하게 살기를 바랍니다.

저는 가정교사에게 배우기도 했고 김나지움 여학교를 몇 학년 다니기도 했습니다. 제가 열여덟이 되었을 때 아버지께서 동업자의 아들에게 시집가라고 강권하셨어요. 그래서 저는 남편의 성을 따라 타라세비치가 되었습니다. 저희 남편이 저에게 어떤 영향을 주었고 지금 그가 어디에 있는지 제가 당신에게 말했었지요. 그가 선택한 인생길 때문에 양가 부모님들은 불화하게 되었고 회사 일에 제일 먼저 영향을 끼쳤습니다. 결과적으로 한 분은 돌아가시고 한 분은 정신이상이 되었어요. 하지만 저는 남편을 사랑했고 지금도 여전히 사랑합니다. 그가 있는 곳으로 가려는 저의 결정은 변함이 없습니다.

당신을 만나기 전까지 저는 조선인들과는 거의 교류 없이 살았습니다. 아주 드물게 그들이 눈에 띈 적은 있었지만, 그럴 때마다 제가 그들과 어떻게든 연관이 있다는 생각이 들어 수치스럽고 거북했습니다. 이제 저는 그런 감정들이 거짓된 것임을 압니다. 당신이 제 안에 있는 자긍심을 깨워주셨어요. 제 안에는 오천 년 역사를 자랑하는 가장 오래된 민족의 피가 흐르고 있습니다.

언제 다시 우리가 만날지 알 수는 없지만, 가끔 이렇게 소식을 전한다면 기쁠 것입니다. 당신이 이제는 저의 오라버니같이 느껴집니다.

요청하신 교과서들을 준비하였습니다. 이 편지와 함께 소포가 도착할 것입니다.

올해 겨울은 추울 거라고 합니다. 우역에서 사람들이 하는 이야기를 들었습니다. 몸조심하십시오.

당신의 누이 아나스타시야 올림


## 6. 김강철의 편지 사본, 1913년 10월 29일

아나스타시야!

잘 지내고 계시지요?

살면서 편지를 받아보고 이렇게 놀랍도록 반가운 마음이 드는 경우는 그리 많지 않았습니다. 마치 당신을 마주 대하고 당신의 이야기를 들으며 당신의 목소리를 느끼는 것만 같습니다. 저의 편지도 당신에게 큰 반가움이 되었으면 좋겠습니다.

교과서를 보내주셔서 감사합니다. 목록에 적힌 수량대로 깨끗하고 안전하게 잘 도착했습니다.

러시아는 책을 읽는 나라입니다. 그래서 제가 보기에는 이 나라의 장래가 밝을 것입니다. 책을 읽는 이유는 이곳 사람들은 궁핍하지 않고 대다수 사람이 사유하고 논쟁할 시간이 있어서입니다. 음주 같은 불행을 위한 시간도 있지만, 지역사회 전체를 지배하는 일하는 분위기가 그런 나쁜 습관의 확산을 막아주고 있습니다.

조선 사람들이 이 나라에서 어려움을 겪는 주된 이유는 다른 양육 방식이나 사고방식, 성격 차이 때문입니다. 하지만 많은 차이에도 두 민족을 묶는 놀랍도록 유사한 점이 있습니다. 그것은 바로 자기 비하 성향입니다. 러시아어 알파벳 철자 'ъ'를 맨 끝에 배치하는 것이 우연한 일이 아닙니다. 조선 사람들은 자기 자신을 말할 때 삼인칭으로 말합니다. 하지만 사람들의 행동과 진실한 감정이 다를 때가 얼마나 많습니까? 멸시받는 것도 얼마든지 뽐낼 수 있는 일입니다, 우리가 삶에서 자주 목도하듯이. 그래서 의식의 전환과 계급과 신분에 대한 봉기가 일어납니다.

조선인과 러시아인은 계급을 공고히 하는 사회에서 자랐습니다. 그 누구보다 당신과 내가 이를 잘 느끼고, 그것이 한 인간의 인격 발달에 얼마나 해가 되는지 그 누구보다도 잘 압니다.

조선 사람들이 러시아에 정착하게 된 것은 소외된 이들의 쓰라린 운명이기도 하지만, 더 나은 미래에 대한 희망이자 믿음이기도 합니다. 익숙했던 환경의 변화는 의식 발달에 엄청난 자극을 줍니다. 저는 완전한 인격체라고 말할 수 있는 조선 사람들을 만나보았습니다. 앞으로 닥칠 수많은 일에서 그들은 깨어있는 선택을 하고 사회변혁의 성패를 좌우할 것입니다.

지난번 당신의 편지를 읽다가 저도 모르게 어머니 생각이 났습니다. 저는 당신과 비슷한 나이에 어머니를 여의어서 얼마나 대단한 여성이었는지 잘 기억하고 있습니다. 어머니께서는 유럽에서 교육받고 스페인어와 프랑스어를 하셨습니다. 조선으로 돌아오셔서 저의 아버지를 만나 사랑하게 되었습니다. 아버지 역시도 비범한 분이셨습니다. 두 분은 이상적인 남녀 관계를, 국민과 모국, 부모와 자식 관계를 저에게 몸소 보여주셨습니다.

남편을 따르려는 당신의 결정을 온 마음을 다해 응원합니다. 러시아에서 그와 비슷한 헌신과 사랑의 예가 이미 있었습니다. 한 데카브리스트(12월 혁명당원)의 손녀로부터 저는 그런 이야기를 들었던 적이 있습니다.

당신의 요청과 지시는 다 완수되었습니다. 이만 글을 맺습니다.

진심을 담아 김강철 올림


## 7. 셀리베르스토프 부사관의 보고, 1913년 11월 14일

어제, 1913년 11월 13일 저의 관할 구역인 한인 벌목장에 두 사람이 찾아온 사실을 보고드립니다. 그들은 선착장을 수리하는 노동자를 대표해서 왔다고 밝혔습니다. 한 명의 이름은 로모프, 다른 한 사람은 아르쮸쉰입니다. 그들은 한인 벌목꾼들이 노동자 파업에 동참해야 한다고 호소했는데 한인들은 오랫동안 이 사람들이 무슨 말을 하는지 알아듣지 못했습니다. 생계 수단인 일을 그만두는 것, 게다가 다른 사람에게 아무도 일을 하지 못하게 하는 것은 한인들의 이해 수준을 넘어서는 일이었던 것 같습니다. 한인들은 김강철이라는 어떤 동포를 데리고 오라고 사람을 급히 보냈습니다. 김강철은 블라디보스토크 한인 마을에서 교사로 일하는데, 벌목꾼 사이에서 중요한 영향력을 끼치는 인물입니다. 김강철이 네 시간 후에 벌목장으로 와서 방문객들의 말을 다 듣고서 벌목꾼들 앞에 섰습니다. 그의 결론은 한마디로 솔로몬의 결정이었습니다. '벌목은 하되 선착장으로는 보내지 않는다'로 결정했습니다.

## 8. 〈권업신문〉 보도, '러시아어 학교' 발췌본, 1913년 11월 17일

이 학교는 특이하다. 학생이 아동이 아니라 어른이다. 조선 사람들이 이 곳에서 모국어가 아니라 러시아말을 배운다. 말을 할 줄 몰라 타국땅에서 많은 이들이 크나큰 어려움을 겪는다.

이런 학교를 개교하겠다는 생각이 권업회 간부들의 머릿속에 예전부터 있었다. 하지만 이를 실천할 만한 사람이 없었다. 그런데 이렇게 실천가가 등장한 것이다. 그는 바로 짧은 시간에 러시아말을 빠르게 터득하고 동포 들에게 지식을 나누어주기로 한 김강철이다. 학교는 9월 17일에 개교하였 고 석 달이 지나자 첫 졸업생을 배출했다. 수업에 등록한 열여섯 명 중에서 중도에 학업을 포기한 사람은 한 명뿐이다. 그것도 다른 곳으로 이주해서 였다.

시의회 교육분과위원회는 이 학교 학생들의 발전을 높이 평가해서 그중 네 명에게 상장을 수여하였다. 그들은 비슷한 학교에서 러시아말을 가르칠 자격을 얻었다. 그래서 이제는 그런 반이 다섯 배로 늘어날 것이다.

졸업식은 했지만, 방학은 없을 예정이다. 새로운 반이 벌써 꾸려졌다. 그 들의 고귀한 대의에 행운과 성공을 바라 마지않는다!

## 9. 시마코프 중위의 보고, 1913년 12월 5일

연해주 국경수비대장 샤탈로프 대령 귀하

보고서

존경하는 각하!

1913년 12월 3일 러시아 – 중국 국경 지대 포시에트 지역에서 유명한 훈 후즈*의 두목 칭바오가 검거된 사실을 보고합니다. 취조 과정에서 그는

· · · · · · · · · · ·

* 훈후즈 : 만주에서 약탈을 일삼던 중국인 도당

선착장 수리용 목재를 납품하는 한인 벌목꾼들을 약탈할 목적으로 12월 초에 블라디보스토크에 갔던 사실을 자백하였습니다. 하지만 모의했던 습격은 성공하지 못했습니다. 누군가가 미리 벌목꾼들에게 언질을 주었을 수도 있고, 그들이 방어 태세를 잘 갖추어 놓았기 때문일 수도 있습니다. 그런데 베르당총으로 무장한 12명의 훈후즈 습격자들이 도끼와 말뚝으로만 대응했던 벌목꾼들에게 참패했다는 것은 사실입니다. 이때 훈후즈 6명이 즉사했고 3명은 실종되었습니다. 가슴에 자상을 입은 두목 칭바오는 기적적으로 숲으로 도망칠 수 있었습니다. 가까스로 목숨을 건진 나머지 2명이 두목을 국경까지 데리고 왔습니다.

"한인 벌목꾼에 대해서 어떻게 알게 되었는가?"라는 질문에 칭바오가 자백한 바에 따르면, 한인 벌목꾼들은 아주 좋은 급여를 받지만, 고국으로 돌아갈 꿈을 갖고 있기에 돈을 쓰지 않고 모은다고 한 한인이 칭바오에게 귀띔해주었습니다.

우리가 벌목꾼을 가장한 한인 반군 유격대를 상대하고 있다는 추정을 조심스럽게 해봅니다. 이 유격대는 지난여름에 조선 북부로 출격하여 전투를 벌인 바 있습니다. 벌목꾼 막사로 조사차 파견된 페트로프 소위는 이들이 훈후즈에게서 빼앗은 무기를 어떻게 처리했는지 알아내지 못했습니다. 그 무기 중에는 최신 일본 기관총도 있습니다. 이 상황은 그들이 조선으로 또다시 진격할 계획을 세우고 있다는 방증입니다.

충성을 표하며
시마코프 중위


## 10. 김강철의 편지 사본, 1914년 3월 25일

이고르 블라디미로비치, 나탈리야 세르게예브나,
그간 안녕하셨습니까?
오랜만에 인사드립니다. 자주 연락드리지 못했던 상황이 있었습니다. 베니아민 페트로비치 리파토프의 요청으로 제가 하바롭스크로 온 지 이제 두 달이 지났습니다. 그분과 단 일주일만 같이 지낼 수 있었지만, 그분이 쓰실 극동 이주민에 관한 책을 위해 자료를 준비하고 대화를 나누면서 보낸 일주일은 잊을 수 없는 날들이었습니다. 저는 두 분 생각을 자주 합니다. 두 분 덕분에 이렇게 훌륭한 사람과 제가 만날 수가 있었으니까요.

이곳으로 오면서 처음에는 썰매에서, 그다음은 기차에서 러시아제국이 얼마나 광대하고 광활한지 눈으로 직접 확인했습니다. 동시에 문명화된 생활을 하기에는 얼마나 토대가 마련되지 않았는지도 보았습니다. 이런 광활한 대지에 사는 사람들은 마음이 넓고 담대한 기질을 갖추어야 할 것입니다. 러시아 중심부에 사는 사람은 어떤지 모르겠으나 시베리아 사람들은 그런 건강한 인상을 줍니다.

기차에서는 잊지 못할 날들을 보냈습니다. 기차 자체만 이야기해도 길어질 것이니 지금은 철제 객차를 타고 이동하는 속도감에서 느껴진, 말로 표현할 수 없는 황홀함과 환희에 대해서만 말씀드리고 싶습니다. 객차에서 보는 사람들, 실내 장식, 대화들이 모두 흥미로웠습니다. 식사 또한 뭘 내오든지 모두 맛있었습니다. 여행에서 오는 특별한 식욕으로 양념을 쳤으니까요! 소금을 뿌린 평범한 흑빵까지도 식욕을 자극했습니다.

곧, 아주 곧 철도가 두 분이 사시는 곳까지, 그 너머 블라디보스토크까지 깔린다고 합니다. 말을 타면 3주 넘게 가야 할 길을 기차를 타고 하루 만에 갈 수 있게 된다니 상상조차 하기 어렵습니다.

리파토프와 저는 함께 지방 지리학회에도 다녀왔습니다. 그곳에서 이고르 바실리예비치, 당신에 대한 따뜻한 이야기를 들어서 무척 반가웠습니다. 그곳에서는 당신 이야기를 하고 당신을 기억하고 당신의 새로운 탐사 기획들이 탄생하기를 기대합니다. 불러만 주시면 망설이지 않고 무슨 역할로든 탐사대에 합류하고 싶습니다.

우리는 하바롭스크에 있는 한 공장에도 다녀왔습니다. 짐작했던 대로 작업 조건이 정말로 끔찍하고 거의 모든 것을 손으로 하고 있었습니다. 그런 힘겨운 육체노동은 값비싼 기계나 장치를 믿고 맡기지 못할, 러시아 노동자의 문맹 때문에 어쩔 수 없는 것이라고 설명합니다. 어쩌면 이것이 자본주의의 참모습일 수도 있습니다. 이루 말로 할 수 없는 잔혹한 착취의 대가로 자본을 축적한다니요? 이제 축적된 자본은 자본주의 시스템 강화를 위해 작동하지 않겠습니까? 아니면 반대로 이 무자비한 체제의 붕괴로 이어질까요?

제가 판단하기는 어렵습니다. 아직 많은 것을 보지 못했고 읽은 것도 적고 제대로 사유하지도 못합니다. 하지만 역동적인 삶이 내 주변에서 끓어오르고 아우성치고 있다는 느낌이 돌아오는 내내 저를 사로잡았습니다. 그리고 저 또한 이 삶의 소용돌이 속에 있다는 것을요!

저의 과도한 낙관주의로 두 분이 지치지 않으셨길 바랍니다. 건강하게 잘 지내십시오.

진실한 벗 강철 드림


## 11. 고려인 이주자이자 권업회 간부 이동휘의 자필 기록, 1914년 4월 15일 비밀 수색 중 발견.　러시아어 번역자: 마가이 도로페이

… 오늘이 조선 출격을 논의하는 두 번째 회의였다. 지난 3월에는 홍범서 사령관이 권업회 사무국의 결정을 수행할 수가 없었다. 대원들이 사령관의 명령을 따르지 않았고 홍범서 대신에 김강철이 사령관을 맡게 해달라고 요구했기 때문이다.

김강철. 이 사람은 처음 볼 때부터 마음에 들었다. 말수가 적고 신중하며 교양이 있다. 신뢰감을 심어준다. 말없이 사람들을 도우려 서두르는 그런 사람이다. 의병들이 공연히 그를 그렇게 신뢰하는 것이 아니다.

이 사람에 대해 알려진 바는 많지 않다. 대한제국 군대가 해산된 후 실직한 양반 출신 장교이다. 조선 북부에서 일본 침략자들과 한때 전투를 벌였고 그러다 유격대가 해체되고 러시아로 넘어왔다. 일 년 반 만에 러시아어를 습득했고 (놀라울 정도로 짧은 기간이다!) 동포들을 가르치기 시작했다. 그의 학교는 블라디보스토크에 사는 조선 사람들이 다 알고 있다. 강 대표가 회의를 개최했고 홍범서 사령관에게 곧바로 발언할 기회를 주었다.

사령관이 짧게 조선의 상황을 설명했다. 이런저런 통로를 통해 정보를 입수했고 대부분은 왜놈들이 조선인을 무자비하게 탄압한다는 내용이었다.

그다음 홍 사령관은 본론으로 바로 들어갔다. 작년 조선 출격에서 돌아왔을 때 의병대원은 34명이었다. 여러 이유로 그중 7명이 이탈했다. 남은 의병들은 벌목꾼 막사에서 벌목과 군사훈련을 하며 안전하게 겨울을 났다. 그런 주춧돌을 마련한 덕분에 자원자가 늘어 의병 숫자가 50명이 되었다. 그런데 문제는 의병들이 김강철의 영향 아래에 있다는 것이다. 그는 애국자를 자처하면서도 조선으로의 출격은 반대하고 있다.

- 의장: 공연히 바로 비난하지는 맙시다. 먼저 김강철 동지의 발언을 들어봅시다.

- 김강철: 하바롭스크에 있으면서 조선을 주제로 한 이런저런 출판물을 우연히 접하게 되었습니다. 그것을 통해 지금 조선에는 많은 변화가 일어나고 자본주의 과정이 진행되고 있는 것을 알게 되었습니다. 중산층 부르주아 수가 늘어나고 있으며 그들은 돈을 버는 것에만 몰두합니다. 일본인과 조선인 사이의 극심한 대립도 없으며, 의병 운동이 조선 내부에서는 완전히 소멸하였습니다. 그와 동시에 많은 농민이 파산하여 도시로 나가거나 타국땅으로 이주하고 있습니다. 작년 한 해 연해주 국경초소에서 공식 집계한 조선 이주민 숫자가 1,648명이었습니다. 이는 이주 역사상 가장 높은 수치입니다. 이주민 대부분이 농민입니다. 그들은 왜놈들과 무장투쟁을 벌이기 위해 러시아 국경을 넘어오는 것이 아닙니다. 그들은 가장 기본적인 의식주 해결을 위해 오는 겁니다. 이들 손에 무기를 쥐여주고 왔던 길을 다시 가라고 하는 것은, 여러분도 아시다시피, 전혀 불가능합니다. 심지어 그런 가능성이 있다고 해도 저는 그렇게 하지 않을 겁니다. 조선에서 그들을 반길 사람은 아무도 없습니다. 솔직히 말해서 조선의 농민들은 외국에서 의병들이 국내로 들어와 벌이는 전투를 반기지 않습니다. 의병들이 돌아가고 나면 자기

들이 혹독한 정치적 박해를 당하기 때문입니다.

제가 조선으로의 진격을 반대하는 이유가 또 하나 있습니다. 남의 나라에 살면서 그 나라의 국익을 무시하는 행위를 해서는 안 됩니다. 현재 러시아는 일본과 좋은 관계를 유지해야 할 필요가 있고 그것이 러시아의 국익입니다. 그래서 러시아 당국이 이주민들에게 러일 갈등을 불러일으킬 수 있는 행동을 중단하라고 요구하는 것입니다. 물론 많은 러시아인이, 꽤 영향력 있는 사람들도 포함하여, 조선 사람들의 염원에 공감하지만, 그들은 자국의 국익을 더 중요하게 생각합니다. 우리의 경솔한 행동으로 러시아 당국의 부정적인 태도를 유발할 수 있습니다.

김강철의 발언에 냉정할 수 있는 사람은 아무도 없었다. 어떤 사람들은 경악하고, 어떤 사람들은 생각에 잠기고, 또 어떤 사람들은 분노를 터뜨렸다. 사람들이 김강철을 비겁하고 비애국적인 배신자라고 비난했다. 그런 반응에 김강철이 대답했다. "저를 비겁하다고 비난할 자격들이 있습니까? 사람들을 죽음으로 내모는 것은 참으로 대단히 용맹스럽습니다. 그리고 저를 배신자라도 부를 자격들도 없습니다. 사람은 믿고 맡겨진 것, 소중한 것만을 배신할 수 있으니까요. 그리고 마지막으로 제가 생각하는 애국은 조국과 동포에 득이 되고, 도움이 필요한 이웃들을 돕는 것입니다. 제가 만약 여러분의 말을 따른다면 제 의견을 주장하지 못하는 비겁한 사람이 되는 겁니다. 또한 당신들이 자신의 비현실적인 목표를 위해 죽음으로 내몰고 싶어 하는 조선의 아들들을 배신하는 꼴이 됩니다. 여러분은 다수이지만 저는 여러분의 결정에 복종하지 않을 것이며 대원들이 여러분의 명령에 따르지 않도록 할 수 있는 모든 것을 할 겁니다."

그때 홍범서 사령관이 질문을 던졌다. "의병들이 조국의 독립을 위해 싸우는 것 대신에, 막사에서 그런 노예 같은 삶을 살도록 하는 것이 진정 선생이 원하는 일이요?" 김강철이 대답했다. "사령관님이 그들에게 직접 물어보십시오. 맞습니다. 지금 그들은 고된 삶을 살고 있습니다. 그것은 그들이 러시아말을 모르고 제대로 된 직업이 없고 신분증도 없기 때문입니다.

하지만 조금만 시간이 지나면 모든 것이 정상화될 겁니다. 그리고 그들 한 사람 한 사람이 다 행복하게 살 수 있습니다. 그런데 그들이 그런 평화로운 삶을 원하지 않고 손에 총을 들고 조국으로 돌아가고 싶어 한다면, 그때는 반군 부대가 저절로 생겨날 겁니다."

나 또한 오랫동안 고민했던 질문을 김강철에게 던지기로 했다. "우리의 가장 중대한 사명이 조선의 독립이 아니란 말입니까? 조선 사람들이 이곳 러시아에 자리를 잡고 배부르고 평온한 생활을 하게 되면 조국은 이제 까맣게 잊어버릴 겁니다. 결핍과 고통은 사람을 변화시키고 의식과 사고에 혁명을 일으킵니다. 그럴 때 사람은 이 세상과 제도, 사회, 체제를 변화시키려는 사람들의 대열에 합류하게 됩니다. 진정 그렇지 않습니까?"

김강철이 대답했다. "맞습니다. 현재 조선 정착민들은 러시아에서 가장 무력하고 잔혹하게 착취당하는 사회 계급 중 하나입니다. 그래서 그들의 이해관계는 자신의 권리를 위해 투쟁하는 러시아 프롤레타리아트와 농민 계급의 이해관계와 밀접하게 얽혀 있습니다. 하지만 의식의 진보를 위해 일부러 결핍과 고통을 바라는 것은 악독한 자들만이 생각할 수 있는 일입니다. 모든 교양 있는 조선인의 사명은 동포들을 돕는 것입니다. 권업회 또한 이를 가장 중요한 활동 기조로 삼아야 할 것입니다. 현재 러시아에는 다수의 사회주의자, 민주주의자 정당과 활동단체가 있습니다. 그들은 러시아에서 전제군주제를 몰아내고 공화국을 수립하고 입헌 체제를 구축하기 위해 열심히 투쟁하고 있습니다. 우리가 러시아의 일부가 되었으니 이 역사의 진행 방향에서 비켜나 있을 수가 없습니다."

송 분과장의 발언이다. "이 나라는 절대 우리의 조국이 될 수 없습니다. 러시아인들은 우리를 결코 동등하게 대하지 않을 것이며 그들에게 우리는 영원히 이등 국민이 될 겁니다."

김강철이 대답했다. "러시아 사람 나름이지요. 분별이 있고 교양 있는 사람들은 우리를 인정할 것이고 어리석은 자들은 그렇게 하겠지요. 만약 조선에 러시아에서 온 이주민들이 살았다면 조선 사람들이 곧바로 동등하게 대했을 거라고 보십니까?"

이 말에 모두가 웃음을 터뜨렸고 분위기가 살아났다. 농담을 하기도 하고 추억을 얘기하기도 했다. 회의가 유쾌한 분위기에서 끝날 것 같았다. 하지만 그게 끝이 아니었다.

강 의장: "우리 동지 중에 이미 사회주의 사상에 경도된 활동가가 한 명 있습니다. (이것이 걸림돌이 될 것은 분명했다) 이제 두 번째로 그런 활동가가 생겼네요. 왜 김강철 분과장이 진격을 말리는지, 우리가 모두 목숨 걸고 이루려는 목표를 왜 말리는지 진정 모르시겠습니까? 이 사람은 가진 자와 못 가진 자들의 계급투쟁으로 우리를 유인하려는 것입니다. 그것은 길이 아니라 수렁입니다. 부자와 빈자는 영원히 존재할 것이고 그들 간의 대립 또한 영원히 이어질 것이기 때문입니다. 계급 투쟁, 혁명, 이것이 우리의 신입 회원을 꼬드기고 있습니다. 자산이사회, 회원 총회에서 이 사람이 한 연설을 기억하십니까? 그래서 저는 우리 단체에는 이 사람의 자리가 없다고 판단합니다. 이 문제를 표결에 부쳐 가부를 정하자고 제안합니다."

김강철의 말이다. "잠시만요. 표결하실 필요 없습니다. 저 스스로 이 단체를 나가겠습니다. 그렇다고 해서 제가 앞으로 동포를 돕지 않거나 지키지 않고 러시아어를 가르치지 않겠다는 뜻은 아닙니다. 그리고 조언을 조금 해드리지요. 조선으로 출격하자고 선동하는 사람들을 앞으로 더는 부대로 보내지 마십시오. 오는 사람들 전부 가둬서 강제로 하루에 나무 열 그루씩 베게 할 겁니다. 이제는 여러분의 허락하에 이 자리에서 일어서고 싶습니다."

김강철이 나가서 회의가 종료되었다. 아무도 조선 출격 문제를 꺼내지 않았다.

김강철이라는 젊은이와 내가 다시 만날 날이 올 것 같은 예감이 강하게 든다. 시각과 지향점에서 이 청년과 나는 공통점이 많다. 중요한 것은 닥쳐올 이 지역의 변화에서 조선인 정착민들의 역할을 아는 것이다.

## 12. 제2호 인쇄소에서 있었던 김강철 체포와 관련된 조서, 1914년 7월 6일

시 정부 검사장직을 맡은 본인, 세르게예프 소위의 승인에 따라 제2호 인쇄소에 대한 수색을 벌였다. 수색이 진행되는 동안 내부에는 방문객 3인이 있었는데 우리가 자리를 뜨지 말고 머물기를 요청했다. 두 명은 러시아인이었고 나머지 한 명은 용모가 아시아인이었다. 그는 꾸러미를 들고 있었다. 우리가 방문객들의 신분증을 검사했을 때 그가 옆방으로 도망쳐 창문을 통해 재빠르게 반지하 공간을 빠져나갔다. 밖에 섰던 2인조 경찰 표도로프와 얌시코프가 그를 추격했지만, 도중에 어떤 남자가 굼뜨게 걸으며 길을 막는 바람에 체포에 실패했다. 이 행인은 의도하지 않고 우연히 그렇게 되었다고 주장하지만 몇 가지 정황들은 생각해 볼 여지를 남긴다.

1. 행인 또한 아시아인, 즉, 한인이었다. 그의 이름은 김강철, 블라디보스토크에 살고 러시아 공민증을 소지하고 있다.

2. 추격하던 기마경찰들이 확실히 단언하지는 않았지만, 그래도 이 사람이 굼뜨게 이리저리 피하면서 일부러 추격을 어렵게 했다고 주장한다.

한편, 첩보원의 구두 보고에 따르면 도망친 아시아인이 인쇄소로 들어왔을 때는 꾸러미를 들고 있지 않았다. 이 점에 주목할 필요가 있다. 인쇄소 주인과 종업원들은 들어올 때부터 꾸러미를 들고 있었다고 주장한다.

김강철과 인쇄소 방문객 두 명을 취조하고 나서, 참고인 조사가 필요할 때는 반드시 경찰서에 출두해야 한다는 지시를 내리고 석방했다.


## 13. 아르투호프 V.V. 하녀의 보고, 1914년 7월 25일

… 3일에 주인 'V.V.'를 '김'이라고 불리는 젊은 한인이 방문했습니다. 그 사람은 항상 저녁 늦게 옵니다. 그들은 서재에서 이야기를 먼저 나눈 다음 식당 방으로 와서 저녁을 먹었습니다. 제가 이해한 바로는 그 손님이 전선

에 다녀왔는데 그 일에 집주인이 영향을 준 듯했습니다. 집주인이 두 번이나 이런 말을 한 것을 들은 적이 있습니다. '군사를 아는 사람들이 우리에게 필요합니다. 군사를 배우도록 우리가 특별히 선생을 파견한다고 여기십시오.' 그들은 꽤 오랫동안 앉아서 혁명과 계급투쟁의 미래, 그리고 프롤레타리아트의 헤게모니라던가 … 어쨌든 그런 것과 한인 정착민들의 앞날에 관해서 이야기했습니다.

## 14. 〈권업신문〉에 실린 '참전을 위해 러시아군에 자원입대한 한인들의 전언' 발췌본, 1914년 8월 2일

존경하는 동포 여러분!

스스로 영웅임을 자처하는 허영심 때문에 우리가 신문에 호소하는 글을 쓰는 것이 아닙니다. 그렇습니다. 우리는 자원하여 현역으로 입대했고 이 결정은 그리 특별한 것이 아닙니다. 그런데 우리에게 왜 그런 일을 하느냐고 물어오는 동포들이 적지 않습니다. 일부는 우리를 만류하기도 합니다. 그래서 우리는 신문을 통해 그들에게 답변하고 싶습니다. 우리는 러시아의 국민이고 국민 각자의 신성한 의무는 조국이 어려움에 부닥쳤을 때 일어나 지키는 것입니다.

우리에게도 당연히 아버지와 어머니, 형제와 자매, 친인척, 지인들이 있습니다. 우리 중 누군가 돌아오지 못한다면 그들은 너무나 고통스러울 것입니다. 그렇지만 아들들이 군 복무를 피했다고 그들을 탓할 사람이 없을 터이니, 부모가 부끄러워할 일은 없을 것입니다. 우리는 마땅히 해야 할 군 복무를 수행할 것입니다.

자원입대자

안 게라심, 뱌가이 플라톤, 동 세르게이,

김 안드레이, 김강철,

김 세라핌, 리가이 시몬, 니가이 표트르,

오가이 티모페이, 티가이 트로핌

　조사 대상이 현역으로 입대함에 따라 김강철 사건은 기록 보관소로 송
치함.

부관 세르게예프

제**5**부

통찰

# 제41장

"전사, 대열 앞으로!"

"예, 전사 김강철!

앞에 선 병사가 길을 터주려고 앞으로 옆으로 비키는 바람에 강철이 그의 어깨를 치고 나왔다. 스미르노프 준위는 새 병사가 대열에서 나오는 모습을 세심하게 지켜보았다. 지난달 되풀이했던 지긋지긋한 명령, '중지! 명령 반복 수행!'을 다시 외칠 필요가 없어서 확실히 만족스러운 얼굴이었다.

"김 전사, 교육이 끝날 때까지 베레테니코프 하사 소관으로 배치된다. 소대, 우향우! 행진, 앞으로 가!"

소대가 강철을 지나쳐 행진했다. 많은 병사가 강철에게 동정 어린 미소를 지어 보였다.

베레테니코프 하사는 연대 훈련소에서 정찰병이 될 병사들에게 무기를 가지고, 혹은 무기 없이 하는 백병전 기술을 가르쳤다. 강철 소대의 대원들이 받은 첫 수업은 그들의 뇌리에 오랜 세월 박혔다.

병사들이 한가운데가 짓밟혀 뭉개진 푸른 초지 위에 두 줄로 섰다. 짚으로 만든 인형을 총검으로 찌르고 장애물을 넘는 훈련을 방금 했기에, 젊은 병사들은 흥이 한껏 올라 있었다. 그런 그들 앞에 지금 꾀죄죄한 하사관이 나타났다. 그는 가늠하는 눈길로 대열을 흘긋거리며 이리저리 왔다 갔다 하더니 우측 측면에 선 페트로프를 불러냈다. 페트로프는 키가 2m 가까이 되는 장신인데 어깨가 2.5m로 보일 만큼 넓었다. 그는 누가 덤비더라도 그냥 장난치듯 때려줄 수 있는 체구지만, 하사관은 그의 손에 총검이 꽂힌 모신나강 소총을 쥐여주고 명령했다. "공격!"

페트로프가 잠시 어리둥절했다. 하지만 명령을 받았기에 그는 총검이 땅으로 향하게 총을 내리고서 무장하지 않은 하사관에게로 다가갔다. 그런데 페트로프가 미처 세 걸음도 걷기 전에 베레테니코프 하사관이 그에게로 잽싸게 달려들어 소총을 움켜잡았다. 하사관이 잡은 소총을 급격히 뒤틀고 거인 병사의 손에서 소총을 빼앗았다. 페트로프가 뒤늦게 하사에게 달려들려 했지만, 금세 얼어붙었다. 하사가 페트로프의 가슴에 총검을 대고 찌르기 일보 직전이었던 것이다.

대열이 웅성거렸다.

"다시 한 번 보여준다." 하사가 유쾌하게 말했다. "전사, 다시 소총을 잡는다! … 공격!"

페트로프가 이번에는 소총을 커다란 손아귀에 꼭 쥐고서 담대하게 성큼성큼 다가갔다. 이번에도 베레테니코프 하사는 소총을 가로대로 삼고, 굽힌 자기 무릎을 족쇄로 삼아 페트로프의 두꺼운 종아리를 감싸 조이며 총검의 칼끝을 피해 날렵하게 페트로프를 덮쳤다. 페트로프가 낫에 베인 것처럼 쓰러졌다. 소총이 또다시 날쌘 하사의 손에 넘어가 총검이 다시 페트로프의 가슴을 찔렀다.

"나와 대결하고 싶은 병사가 있나?" 베레테니코프가 물었다. 그의 날카로운 시선이 대열에 선 사병들을 훑고 가다가 강철에게 머물렀다. "에스키모인가?"

"아닙니다, 한인입니다."

"한인?" 하사가 놀랐다. "수백 명 병사가 나를 거쳐 갔지만 한인은 처음 보네. 잘하는 게 뭔가, 한인? 격투기, 주짓수?"

"태권도입니다." 강철이 말했다. "주짓수와 닮았습니다 … "

"앞으로 나온다." 하사관이 명령했다. "이제 나를 생포해야 할 가상의 적이라고 상정한다. 공격!" 이런 명령을 내리고 베레테니코프 하사가 주머니에서 가상의 담뱃갑을 꺼내 담배 한 대를 집은 후 불을 붙이는 시늉을 했다. 그러면서 곁눈질로 강철이 다가오는 것을 지켜보았다.

강철은 어려운 이 과제를 명확히 이해했다. 그가 어떤 행동을 하더라도 반격이 뒤따를 것이다. 그러면 어떻게 될 것인가? 예측할 수 있을 것이니 이길 수 있다는 말이다. 그래서 먼저 위협적으로 뛰어올랐다. 얍!

하사가 그 즉시 바닥으로 몸을 숙여 강철의 다리를 잡으려고 하였다. 하지만 그의 손가락이 잡은 것 허공뿐이었다. 마지막 순간에 강철이 하사를 뛰어넘은 것이다.

베레테니코프가 재빨리 일어나서 뒤를 돌아보자마자 엄청난 타격이 가슴을 강타하여 그를 땅으로 넘어뜨렸다. 그가 미처 정신을 차리기 전에 강철이 그를 눌러 팔을 꺾었다.

숨을 죽이고 격투를 지켜보던 소대가 감탄의 함성을 터뜨렸다. 자기들과 같이 처지인 신병이 백병전 교관인 베레테니코프를 눈앞에서 일격에 쓰러뜨린 것이다! 세상에나, 발차기 한 번으로 끝내버리다니. 후에 모두가 이 장면을 두고두고 화제에 올렸다.

실패를 인정하고 그것을 분석할 줄 아는 사람인 베레테니코프는 전투를 복기하고 자신의 실수를 깨달았다. 강철이 공격하는 척하면서 하사의 공격을 유도했다. 공격이 앞서 예측되었기에 그 어떤 효력도 발휘할 수 없었다. 적이 하사를 뛰어넘어 그의 시야에서 사라졌다. 모든 것이 순식간에 이뤄졌지만 패배하기에는 충분한 시간이었다. 하사가 원래 자리로 돌아왔을 때는 대결의 결과를 결정짓는 공격이 이미 그를 향하고 있었다.

한 달 사이 그들은 초지에서 두 번 더 만났다. 그들은 소총을 들고 백병전을 벌였는데 훈련소 연대 거의 모두가 이 광경을 넋을 놓고 구경하였다. 이십 분이 조금 넘는 대결에서 승자는 결정되지 않았다. 연대 부사령관이 직접 나서서 이 격투를 중단했기 때문이다.

또 한번은 단검으로 공격하고 공격을 피하는 대결을 역할을 바꿔가면서 시연했다. 사람들은 두 대결자가 진짜로 공격하고 방어한다는 것을 몰랐고, 미리 제대로 연습한 수업을 보여주고 있다고 생각했다. 실제로 대결이 치명적이지는 않았고, 그렇게 하는 것이 유일한 규칙이었다.

그런데 지금은 베레테니코프 하사가 강철에게 덤비라고 하면서 승기를 잡아 만회하고 싶어 했다. 소대원 대부분이 그렇게 생각하며 동정 어린 시선으로 동기를 바라보았다.

병역 판정 검사장에서 옷을 벗은 강철이 병무 판정단 앞에 섰을 때 단장이던 대위가 강철의 어깨를 두드리며 말했다.

"이 사람을 정찰병에 등록하도록⋯"

이 결정으로 인해 강철은 연대 훈련소에 입소하게 되었다. 블라디보스토크에서 페름까지 신병들 모두가 같은 군용열차를 타고 왔다가 자대 배치에 따라 각기 다른 도착지로 분리되었다. 한인 중에서는 강철이 가장 먼저 분리되어 극심한 외로움을 느꼈다. 하지만 그런 감정은 빨리 사라졌다. 신병이라면 다들 외로워서 모두가 지인과 친구를 만들려 서두르기 때문이다.

훈련소 정찰 소대에서 병사를 고를 때는 체격뿐만 아니라 문해력도 기준이 되었다. 그들은 지도와 나침반을 이용하여 지형의 위치를 파악하는 훈련, 다양한 총기로 하는 사격 훈련, 지뢰 매설이나 제거 훈련을 받았고, 독일군의 표식 구별법 등 적진에서 유용하게 활용할 많은 것을 배웠다. 신체 훈련을 특히 강조했다. 거의 이틀에 한 번꼴로 그들은 완전 군장하고 수 킬로미터를 행군했다. 곧 정찰병이 될 병사들은 아침과 저녁, 하루 두 번씩 장애물 코스를 통과해야 했다. 아무리 힘들어도 익숙해지기 마련이다. 이렇게 남은 2주를 강철은 베레테니코프 하사의 지휘 아래 있게 된 것이다.

하사가 강철을 데리러 직접 막사로 왔다. 새것으로 보이는 튜닉형 군복과 크롬 가죽 장화를 신고 있었다. 머리에는 전투모를 썼다.

"안녕하신가, 김 전사!"

"건강하시길 바랍니다, 하사관님!" 강철이 씩씩하게 대답했다.

베레테니코프 하사가 싱긋 웃으며 손을 내밀었다.

"김 전사, 몇 년생인가?"

"90년생입니다, 하사관님 … "

"그렇게 말할 필요 없네." 베레테니코프 하사가 강철의 말을 끊었다. "우리 둘이 있을 때는 나를 그냥 알렉세이 스테파노비치라고, 이름으로 부르게. 어쨌든 내가 자네보다 열 살이 많으니, 동생 같으니까."

"정말입니까?" 강철이 깜짝 놀랐다. "저는 기껏해야 스물일곱, 여덟 정도라고 생각했습니다 … "

"내가 머리도, 눈썹도 온통 밝은 금발이라 얼핏 보면 젊어 보이지. 나는 러일전쟁에도 참전한 몸인데 말이다. 거기서 백병전에 관심을 두기 시작했다. 얼마나 웃기느냐면, 일본 군인을 러시아 병사와 비교할 수가 없지 않나. 키로 보나 몸무게로 보나. 사무라이들을, 모자를 던지듯 그렇게 쓸어버릴 줄 알았지. 그런데 그렇게 안 됐다. 일본군이 겁이 없었어. 훈련을 잘 받았기 때문이야. 특히 백병전에 그렇게 강하더라고. 그런 기술을 습득하지 못한 우리 군은 수없이 죽었다. 나도 배를 총검에 찔려 반년을 병원에 누워있었고 기적적으로 살아났다. 사무라이든 누구든 대등하게 싸울 수 있을 만큼 훈련하겠다고 스스로 맹세했다. 그래서 이런 교본도 쓴 거다 … "

알렉세이 스테파노비치 베레테니코프 하사관이 품에서 두툼한 노트를 꺼내 강철에게 내밀었다. 겉표지에 〈백병전의 기본〉이라고 쓰여 있었다. 모든 경우의 자세가 그림으로 묘사되어 있었다.

"여기 쓰여 있는 것은 전부 수많은 전사에게서 전수한 것이다. 북쪽 시베리아 출신인 한티 - 만시인, 에스키모인들은 훌륭한 전사이다. 올가미를 잘 던지지. 캅카스인들은 칼을 잘 던진다. 러시아인 중에서는 주먹싸움에 아주 능숙한 사람들이 있다. 자네는 발차기를 특이하게 하는데 그런 사람을 지금껏 나는 본 적이 없다. 이 자세와 또 뭔가를 내가 자네에게서 배우고 싶어. 물론 자네가 보여주길 원한다면 말이지."

"제 동기들은 하사님이 저를 짓이겨 죽으로 만들어 놓을 거로 생각했습니다." 강철이 빙그레 웃었다. "제가 할 줄 아는 것은 다 보여드리겠습니다. 그리고 저도 하사님께 배우고 싶습니다."

"그래, 잘됐다!"

2주 동안 아침부터 저녁까지 그들은 떨어지지 않았다. 강철이 시범 수업에서 베레테니코프 하사를 도와 스파링 상대가 되었다. 그들은 하루에 20~30회 전투를 벌였다. 저녁에는 기진맥진하여 침상까지 기어서 갈 지경이었다.

훈련소 수료를 얼마 앞두고 베레테니코프 하사가 강철에게 훈련소에 교관으로 남을 의사가 없는지 물어왔다.

"제가 전선에서 이리로 왔다면 남을 의사가 있었을지도 모릅니다." 강철이 말했다. "지금은 진짜 전투에서 자신을 시험해 보고 싶습니다."

"무슨 말인지 알겠네." 베레테니코프 하사가 고개를 끄덕였다. "자네가 훌륭한 정찰병이 될 것을 믿어 의심치 않는다. 자네는 용감한 사람이지만, 조심해서 나쁠 건 없네. 항상 기억하게."

10월 초에 연대 훈련소 수료식이 열렸다. 이제 막 병장feldwebel이 된 서른 명으로 구성된 그룹은 고멜 부근에서 작전을 펼치는 12보병사단의 전선으로 파견되었다.

참으로 이상하게도 훗날 강철은 그들이 어떻게 전선까지 갔는지 자세한 것을 떠올릴 수가 없었다. 화물열차, 군인과 난민들로 복잡했던 기차역, 뜨거운 물과 빵을 타러 서던 긴 줄, 폭파된 다리와 그 앞에서 오래 기다렸던 것들은 뇌에 각인되었다. 그런데 세세한 일들은 기억에서 사라졌다. 전선에 간다는 중요한 목표에만 의식이 계속 집중된 상태였기에 그랬을 수도 있다. 어디서, 그리고 언제, 빗발치는 요란한 포격 소리를 그의 귀가 포착했는지도 기억하지 못했다. 강철은 그것을 전쟁의 당연한 속성이라 여겼기 때문이다. 그러나 그런 소리가 들려오면 끔찍한 공포를 느끼는 순간들도 있었다. 그런 굉음이 멀리서 들려올 때도 이럴건만, 가까이서는 어떤 기분이 들까?

기차역에서 지친 얼굴의 대위가 그들을 찾아내었고 그가 인솔하는 대로 전위부대를 향해 도보로 이동했다.

사단본부가 자리 잡은 지주의 넓은 영지 안뜰에서 서른 명이 분리되어 배치될 때까지 오랫동안 기다렸다. 강철이 속한 소그룹은 준위가 이끄는 곳으로 좀 더 멀리 갔다. 연대 사령부에서도 그리 서두르지 않았다. 이미 어두워지고 있었고 모두의 배는 허기로 요동치고 있었다. 마침내 그들이 머물 곳을 배정받았다. 그러나 어도비 점토로 지은 오두막에서 장교들이 나올 때까지 다시 기다려야 했다. 장교마다 종이를 들고서 한 사람의, 또는 두 명의 이름을 불렀다.

강철을 호명한 키가 큰 소위는 이빨에 궐련을 물고 있었다. 소위에게서 보드카, 담배, 땀과 오드콜로뉴가 섞인 냄새가 났다.

"김 병장, 성이 왜 이리 특이하지? 뭐야, 추코트 사람이야?"

"전혀 아닙니다, 소위님. 한인입니다."

"아아, 그래서 연해주에서 왔군. 우리 연대 사령관님도 마침 거기서 왔는데 자네 민족 이야기를 하신 적이 있지. 자, 이제 여기를 봐. 병장은 연대정찰소대에 배치되었다. 내 소대야. 내 성은 콜빈이다. 연대 훈련소에서 뭘 배웠는지는 모르겠지만, 만약 병장이 소대 용사들 수준을 따라오지 못하면 일반 보병소대로 다시 보낼 거다. 알겠나? 자 이제는 나를 따라온다 … "

소위를 따라 좁은 통로를 걸어가며 강철은 지금 일어나는 모든 일이 완전히 비현실적이라는 생각에 사로잡혔다. 어둑해지는 하늘에서는 이따금 번쩍거리는 빛이 보였다. 번개인지 대포가 내뿜는 섬광인지 알 수 없었다. 저기 어딘가에 있을 적은 아직 상징적인 존재일 뿐이다. 아직 적을 향한 증오나 분노가 없기 때문이다. 천둥이 치는 것으로 쉽게 오인될 수 있는 대포의 굉음. 그 속에 섞인 기관총의 반복되는 포효는 깊은 숲에서 울리는 딱따구리의 따-따-따-따 소리와 비슷하다.

드디어 엄폐호에 도착했다. 작은 석유램프 두 개가 희미하게 흙집의 내부를 비추고 있었다. 그 안은 이층 침상과 자욱한 연기, 쌕쌕거리는 기침 소리로 가득 찼다.

"선임하사관 니키틴." 하사관이 대답하자 소위가 지시했다. "신임 김 병장이다. 먹을 것과 마실 것, 잠자리를 내주도록. 우리에게 어떤 신입이 들어왔는지 내일 한번 보도록 하지."

"예, 알겠습니다. 소위님!"

안내한 대로 강철이 작은 탁자에 앉자, 어떤 고깃국물이 담긴 냄비와 빵한 덩어리를 금방 내왔다. 작은 석유램프 아래서 니키틴의 얼굴은 명확하게 보이지 않았지만, 목소리만으로도 명랑한 사람이라고 느껴졌다.

"자, 슈냅스도 마셔봐. 독일 보드카야." 하사관이 수통에서 철제 컵에 액체를 따른 뒤 내밀었다.

강철이 군말 없이 약품 냄새가 나는 슈냅스를 마시고 차가운 양배춧국을 먹기 시작했다. 생각지도 않게 국이 아주 맛있었다. 갑자기 숟가락이 뭔가에 걸렸다. 커다란 고깃덩어리였는데 보자마자 마음이 녹아내렸다.

강철의 눈이 스르르 감겼다. 니키틴이 그걸 보고 숟가락을 놓자마자 말했다.

"비어 있는 자리 아무 데나 가서 누워."

잠에 빠져들면서 강철은 누군가 군복 외투를 덮어주는 것을 느꼈다.

밀죽으로 아침밥을 먹으며 강철은 함께 복무할 동료들을 둘러보았다. 모두 합해서 아홉 명이라 의아스러웠다. 나란히 배치된 엄폐호 두 곳은 더 많은 병사를 계산하여 설비되었기 때문이다.

"다른 병사들은 경계 구역 초소에 있어." 니키틴이 말해주었다. "김 병장도 곧 가게 될 거다."

그는 식탁 위에다가 손가락으로 최전선을 그리고 소대의 위치를 보여주었다. 그리고 전투 상황을 간략하게 설명해 주었다.

"우리 구역은 이상하리만큼 조용하다. 사령관들도 이 상황이 당황스러운지, 초소 병사들에게 하루빨리 명령을 수행하라고, 반드시 장교를 잡으라고 재촉하고 있다. 마치 초소 병사들이 관목 덤불 아래서 술 한잔하고 뒹굴면서 우리를 기다리고 있다는 듯." 하사관이 큰소리로 깔깔거렸다. 그는 진짜로 유쾌한 사람이었다. 웃음이 그의 거무튀튀한 얼굴을 환하게 밝혔다. "연대의 위치에서 최전선을 넘어가기는 몹시 어렵다. 독일군들이 사격 진지를 구축해 놓았는데 내가 직접 본 바로는 후미는 완전히 비었어. 계속해서 포화를 퍼붓고 있는데, 그래도 괜찮아. 소대장님이 뭔가 방법을 생각해 낼 거야. 용맹스러운 정찰병이지!"

그의 말에 진심 어린 감탄이 비쳤다.

"김 병장, 분위기 파악할 시간 정도는 주고 나서, 뺑이치도록 돌려야 하는 게 순서인 건 맞다. 그런데 미안하지만, 그럴 시간이 없네. 2분대를 맡아서 김 병장이 허수아비가 아니라는 걸 보여줘. 분대원들이 자네를 각기 다른 방식으로 받아들일 거야. 전임 분대장이 시즈프라고 용맹스러운 하사였지. 바실리 시즈프, 고이 잠들길. 독일군 후방으로 여덟 차례나 다녀왔는데 아홉 번째 갔을 때는 돌아오지 못했어. 네 명이 갔는데 한 명만 돌아왔다."

아침 식사를 마치고 강철은 분대원들과 인사를 나눴다. 명단에는 병사 일곱 명이 있었지만, 현재는 세 명뿐이었다.

"전사 코르주힌···"

"전사 발라빈···"

"전사 코르밀린···"

병사들이 잠에서 깬 지 얼마 안 돼서 그렇게 어리게 보일 것이다. 입술은 도톰하고 눈은 꿈꾸는 것 같다. 코르주힌만 입가에 주름이 움푹 팼다. 겪은 공포와 목도한 죽음의 흔적이다. 그는 전쟁이 거의 막 시작할 때부터 전선에 있었기에 많은 것을 보았다.

"독일군과 백병전으로 싸운 적이 있나, 코르주힌?" 강철이 물었다.

"그런 적 있습니다. 봄에 정찰을 나갔었는데 그때 우리는 자파드나야드비나에 있었습니다. 돌아오는 길에 적군 순찰대와 맞닥뜨렸습니다. 적은 둘, 우리는 셋이었습니다. 우리 부대원이 한 명을 맡고, 저와 이바노프가, 나중에 유산탄 파편에 맞아 죽은 병사예요, 같이 나머지 하나를 맡았어요. 얼마나 힘이 세고 질긴 놈이던지. 병장님이 그놈을 찌르지 않았다면 우리 둘 다 목숨을 잃었을 겁니다···"

"저는 아직 적을 잡으러 정찰을 나간 적이 없습니다." 코르밀린이 솔직하게 고백했다. "누구를 칼로 찔러야 한다고 생각만 해도 가슴이 철렁 내려앉아서요."

"너도 할 수 있어." 코르주힌이 씁쓸하게 웃었다. "적이 너를 찌르든가 네가 적을 찌르든가 해야 할 때가 오면··· 너도 할 수 있어. 우리 부대에 쥐마킨이라고 있었는데 입대 전에는 서커스단에 있었지. 쥐마킨에게 칼을 꽂았어! 상처를 입고 어떤 후방 부대로 이송됐지."

이야기를 나누다 보니 시간이 어떻게 가는지도 몰랐다. 점심 직전에 콜빈 소위가 왔다.

"니키틴, 한인과는 좀 친해졌나? 어떤가?"

"적을 아직 생포해서 보여준 적이 없습니다." 농담인지 진담인지 알 수 없게 하사관이 대답했다.

"추천서에 뭐라고 쓰여 있는지 아나? 백병전 교관이었다고 쓰여 있네. 그거 진짜인가, 김 병장?"

"네, 그렇습니다, 소위님." 강철이 대답했다.

소위가 강철을 유심히 바라보았다.

"좋아, 실전에서 확인해 보지. 자, 이제 집중. 나흘 후에 우리가 수색을 나갈 거다. 왜 나흘 후라고 생각하나?"

"준비할 시간이 필요합니까?" 니키틴이 물었다.

"아니, 생각들 해봐!" 콜빈 소위가 지시한 후 하늘을 올려다보았다. "답은 저기 있다."

"달." 강철이 알아맞혔다. "기울어질 겁니다."

"맞다." 소위가 싱긋 웃으며 나뭇가지로 땅바닥에 그림을 그리기 시작했다. "여기가 독일군 참호. 여기, 여기, 여기가 사격 진지다. 총 여섯 군데야. 사격 진지마다 발사 구역이 정해져 있어. 우리의 경로는 얕은 강의 바닥을 따라 바로 여기까지 갈 거야. 여기서 위로, 이 방향으로 포복하다가 여기서 왼쪽으로 돌 거다. 가장 위험한 곳이 여기야. 이 사격 진지는 해당 구역을 완전히 포화로 덮을 수 있다. 그래서 특정 시간에 우리 포병부대가 이 진지를 덮칠 거다. 그 순간을 이용하여 우리는 위험한 구역을 지날 수 있고 왼쪽으로 빠져서 이 사격 진지의 뒤편으로 이동할 수 있다. 거기서 적을 생포하여 강으로 돌아간다."

"부대원 몇 명이 같이 움직입니까?" 니키틴이 물었다.

"일곱이다. 내가 직접 인솔해서 간다. 그러니 대원을 차출하게. 뭐 물어 보고 싶은 게 있나, 김 병장?"

"사격 진지가 어떤 곳입니까?"

"엄폐호와 비슷하지만, 침상이 없고 포문이 있는 형태다. 그런데 그건 왜 묻지?"

"충돌 장소를 미리 상상해 보고 싶어서입니다."

"흠 … 엄폐호는 포탄에 완전히 파괴될 수도 있고, 어쩌면 … 자, 일단 사격 진지 함락 훈련을 해보자고. 니키틴 하사관, 부대원들이 나흘 후 19:00 정각에 출격할 준비가 돼 있어야 한다."

"네, 알겠습니다. 소위님."

밤에 강철은 니키틴과 함께 감시병 교대에 동행했다. 전방까지 300m 정도 거리였는데 빠른 걸음으로 그곳에 도착했다. 정찰병 두 명이 계속하여 앞에서 왔다 갔다 하고 있었다.

보병들은 그들을 오랜 친구처럼 맞아주었다. 아직 늦은 시간이 아니라 참호는 사람들로 가득 차 있었다.

정찰병은 두 그룹으로 나뉘었다. 한 그룹은 왼쪽으로, 다른 그룹은 오른쪽으로 갔다. 니키틴이 이따금 설명해 주었다.

"여기서부터 독일군 진지가 800m 거리다. 여기서 직진하면 소위님이 말했던 그 강이 있다. 전사 보흐린쩨프, 감시 상황은 어떤가?"

어둠 속에서 어깨가 떡 벌어지고 건장한 남자가 나왔다.

"독일 참호 속 병사 숫자가 확실히 줄었습니다. 안경 쓴 비리비리한 독일 놈이 하루 내내 안 보였습니다. 대신에 독일 놈들이 수풀 속에서 나무를 베기 시작했습니다. 틀림없이 사격 진지를 하나 더 지을 계획인 것 같습니다."

"흠, 그것참 재미있는 일이군." 니키틴이 말했다.

그들은 감시 초소 세 곳을 더 둘러봤다. 그들은 모두 독일군 참호의 병사 수가 줄었다고 보고했다.

"독일 놈들이 무슨 일을 꾸미고 있군." 니키틴 하사관은 그렇게 판단했다. "이 문제는 지휘관들이 고민하라고 하고. 우리가 할 일은 생포다."

그들은 자정이 지나서야 돌아왔다. 잠에 빠져들면서, 강철은 자신이 엄폐호에 이렇게 빨리 익숙해지다니 놀랄 일이라고 생각했다. 소리와 냄새, 환경이 이제 더는 낯설지 않았다. 겨우 하루 반이 지났을 뿐인데.

콜빈 소위가 앞에 앉은 정찰병들을 둘러보았다. 총 일곱이었다. 그중 여섯이 오늘 밤 정찰을 나간다. 일곱 번째가 김 병장인데 참여 여부가 아직 결정되지 않았다. 동참하지 못할 이유로는 강철이 아직 탄약 냄새를 맡아볼 겨를도 없었다는 것이다. 동참할 이유로는 강철이 사흘간 정찰병들과 같이 연습하면서 그들에게 백병전을 가르쳤다는 것이다. 게다가 부대원들은 강철에게 감탄했다. 콜빈 소위도 강철의 동작을 지켜보다가 무기를 들고, 혹은 없이 하는 반격과 공격 자세의 효율성에 탄복해 마지않았다. 그때 소위는 젊은 병장 강철을 데리고 가야겠다고 마음먹었다.

"여기 있는 장병 모두가 오늘 밤 수색에 나간다. 그래, 그래, 김 병장도 간다. 복장은 솜 재킷이다. 리볼버, 수류탄, 칼로 무장한다. 24시간 동안 건식 식량을 먹는다. 니키틴 하사관, 장비를 직접 점검하도록. 덜거덕거리거나 울리거나, 아무 소리도 내선 안 된다. 전체 집합은 18:00이다. 질문 있나? 이것으로 훈시를 마친다, 이상."

강철이 소위에게 다가갔다.

"소위님, 질문해도 되겠습니까?"

"말해라."

"소위님께서 전리품 독일 장검을 갖고 계신다고 병사들에게 들었습니다."

"그래, 어디선가 뒹굴고 있을 거다."

"수색 때 저에게 잠시 빌려주실 수 있습니까?"

"줄 수 있다. 그런데 그걸로 뭐하게? 다리 밑에서 걸리적거리기만 할 텐데…"

"그러진 않을 겁니다, 소위님. 근접전에서 그만큼 좋은 무기가 없습니다."

"좋아, 당번병 시켜 보내주지."

… 정각 18:00에 높은 개암나무로 둘러싸인 숲속 작은 초지에서 정찰병들이 줄을 섰다. 콜빈 소위가 직접 군장을 점검했다.

"모두 제자리에서 뛴다. 시작! 핫둘, 핫둘… 코르밀린 준사, 허리에서 수통을 빼도록." 소위가 보흐린쩨프를 보고 말했다. "준사는 주머니에서 무슨 소리가 난다… 모두 뒤로 돈다. 뒤로 돌앗!"

콜빈 소위가 강철의 뒤에 멈춰 섰다.

"등에서 어떻게 장검을 꺼낼 텐가?"

"보여드릴까요, 소위님?"

"그래, 그래, 한번 보여줘 봐…"

강철이 앞으로 몇 발짝 나가 개암나무 떨기 옆에 섰다. 순식간에 양손을 어깨 뒤로 넘겨 기민하게 등 뒤에서 검을 뽑았다. 쉭, 쉭!… 칼을 휘두르는 소리가 미처 잦아들기도 전에 강철이 뒤로 돌아 전투 자세로 꼿꼿하게 섰다. 그제야 강철의 뒤에서 나뭇가지 두 개가 바스락거리는 소리를 내며 땅에 떨어졌다.

이 장면을 지켜보던 정찰병들이 얼마나 놀랐던지 대열이 숨도 안 쉬고 순간 얼어붙었다.

"완전히… 서커스 같네." 콜빈이 피식 웃었다. "실전에서 어떤지 두고 보지. 이제 공통 과제를 설명하겠다. 우리는 단숨에 전투지대를 통과하여 협곡까지 간다. 그다음은 포복하여 전진한다. 독일군 기지에 완전히 접근했을 때 대포 네 대가 독일 제2 사격 진지를 난사하기 시작할 것이다. 포격이 끝나자마자 우리는 다시 돌진한다. 바로 그 사격 진지를 향해서. 아무도 포로로 잡지 않고 교대할 시간을 기다릴 것이다. 그때 장교만 포획한다. 돌아오는 길도 같은 경로다. 임무가 명확하게 이해되는가? … 그러면 개시한다. 보흐린쩨프 전사, 코르밀린 전사, 선봉대로 간다. 기본 대열의 앞은 김 병장이 선다. 나는 중간이다. 니키틴 하사가 끝에 선다. 앞으로!"

앞 사람이 디딘 곳을 디디려고 노력하면서 그들은 가볍게 걸었다. 그런 걸음은 집중력을 높이고 과도한 긴장감을 덜어준다. 그렇게 해도 감각이 얼마나 예민한지, 어떤 느낌이든 어떤 생각이든 의식에 박혀 고스란히 각인되었다.

모래로 뒤덮인 벨라루스 땅은 탄성이 높다. 자라는 풀도 다양하지 않다. 많은 것은 월귤나무 열매다. 먹으면 입술이 시퍼렇게 되고 위에서 부풀어 오른다. 버섯도 많다.

이곳의 숲은 러시아 극동과 비교하면 동산이다. 거대한 삼나무도 플라타너스도 없다. 휘어진 소나무에 개암나무뿐이다. 완전히 고요하고 평화로운 숲이다. 이런 숲은 산책하기에 정말 좋을 것이다. 위험한 맹수도 없고 무서운 덤불도 없다.

전쟁의 냄새조차 느껴지지 않는다. 이런 곳에서는 너를 단방에 날려버릴 적이 저 수풀 뒤에 매복해 있을지도 모른다는 생각은 상상조차 어렵다. 그렇다면 부주의한 한순간이 삶과 죽음을 갈라놓을 것이다. 그렇게 되면 죽기가 쉬울지는 모르지만, 강철은 그래도 자기 죽음과 직접 대면하고 싶다. 그의 실수 하나가 자기 자신이나 전우들의 죽음을 불러올 수 있기에 어떤 부주의도 허용하지 않을 것이다.

참호 속에서는 잠깐 담배를 피우며 휴식했다.

금세 어두워지기 시작했다. 낮에서 밤으로 넘어가는 전환에 눈이 미처

적응하지 못한 이 어스름 녘을 이용해 전투지대를 통과하기로 콜빈 소위가
결정했다.

"개울까지 돌진!" 소위가 명령하자 대원들이 조용한 사슬을 이루어 독
일군 참호를 향해 돌진했다.

얼마 동안 그들이 달렸는지 강철은 느끼지 못했다. 얇은 개울이 흐르는
야트막한 계곡에 다다랐을 때야 그는 비로소 온몸이 젖어있는 것을 발견했
다. 누가 나를 향해 총을 쏠지도 모른다는 두려움 속에서 달리는 것은 이다
지도 힘든 일이다.

소위의 계산이 지금까지는 맞았다. 봄에 개울이 만들어 내는 작은 도랑
을 이용하여 그들은 포복하여 전진했다. 콜빈 소위가 맨 앞에서 기었는데
솔선수범하는 모습이 존경심을 자아냈다. 그다음은 강철이 기었다. 소위의
부츠에서 나는 가죽 냄새가 간격 유지를 위한 기준점이 되었다.

150m 정도 포복하여 갔을 때 뒤에서 포화가 시작되었다. 휘익 소리를
내며 그들 위로 포탄이 날아갔지만 어쨌든 그들을 겨냥하여 쏘는 것 같은
느낌이 드는 건 어쩔 수 없었다. 포탄이 터지느라 진동하는 땅에 강철이
바짝 엎드려 붙었다. 포탄이 터지는 곳 아래 무력하게 엎드려 있기는 얼마
나 끔찍한 일인가! 누구라도 자칫하면 한순간에 갈가리 찢겨 산산이 조각
날 수 있고 그때 할 수 있는 일은 아무것도 없다. 모든 것이 운에, 하늘의
뜻에 달렸다. 제발, 이렇게 죽을 수는 없다 … 강철이 이 말을 마음속으로
뇌까릴 새도 없이 콜빈 소위의 명령이 들려왔다. "나를 따라 앞으로 돌진!"
강철이 잘못 들은 것이 아니다. 소위가 일어서서 달렸다. 그 뒤를 빨리 따
라가야 한다!

포탄이 여전히 앞에서 터지고 있는 와중에 대원들이 폭발한 곳을 따라
안전한 지대로 들어서기 위해 화염으로 휩싸인 쪽으로 뛰었다.

포격이 중단되었다.

"모두 제자리에 엎드려." 콜빈 소위가 명령했다. "김, 보흐린쩨프, 내 뒤

를 따른다!"

그들이 아직 TNT 냄새가 가시지 않은 적군의 참호로 내려가서 앞으로 나갔다.

"할트!halt(독일어 '정지')" 누군가가 소리쳤다. "누구냐?"

"아군이다." 콜빈 소위가 독일어로 대답했다. "누가 아직 살아있나?"

"전부 직격탄을 맞았을까 두렵습니다. 저는 초소에 있어서 가까스로 목숨을 구했습니다…"

독일 병사가 소총을 어깨에 메고 그들을 향해 다가왔다. 갑자기 멈춰서더니 소총을 내리려고 했다. 이때 강철이 앞으로 돌진해 그의 발을 걸어 넘어뜨리고 목에 칼을 겨누었다.

"쉿!"

독일군을 묶어서 입에 군모를 쑤셔 넣었다. 대원들이 그 주변을 다 수색했다. 3인치 대포의 포탄이 독일군 엄폐호의 통나무 천장을 뚫어 거의 초토화했고 살아남은 사람은 아무도 없었다. 시체 일곱 구를 찾아냈다.

콜빈 소위가 정찰병들을 집합시켰다.

"지금, 아니면 아침에 이곳으로 적들이 올 거다." 소위가 말했다. "그때 우리가 장교를 포획해야 한다. 그래서 우리는 계획대로 매복을 실시한다. 니키틴과 코르주힌은 저쪽으로, 김은…"

독일군들이 두 시간 후에 나타났다. 총 네 명이었다. 그들은 특별한 조심성 없이 헝겊 조각으로 덮은 '박쥐'로 길을 비추면서 움직였다. 엄폐호 옆에서 그중 한 명이 소리쳤다.

"쿠르트, 지그문트, 거기 있나? 전부를 덮친 것 같습니다, 상위님…"

이 말을 하는 병사에게 나머지 셋이 다가오자마자 매복해 있던 정찰병들이 그들을 덮쳤다.

강철이 호리호리한 독일군의 목을 옆에서 움켜쥐고 찌르려던 찰나 딱딱한 장교의 견장이 손에서 느껴졌다. 단검의 손잡이로 그의 머리를 내려치고서 강철이 말했다.

"장교가 여기 있습니다."

나머지 병사 셋은 그 자리에서 죽였다. 그런데 처음 잡아 묶여있는 병사는 어떻게 처리할지 몰랐다.

"포로로 데리고 갈까요?" 정찰병 중 하나가 말했다.

"안돼." 콜빈이 단호하게 내뱉었다. "니키틴, 처리해 … "

니키틴 하사가 아무 말 없이 묶인 병사에게로 다가갔다. 짧은 비명이 들려왔다.

몸을 숨길 수 있는 냇가까지 약 30m 남은 지점에서 독일 포병의 공격이 시작되었다. 이제 정찰병들을 덮칠 것 같이 포탄이 바로 옆에서 터졌다. 강철은 머리를 양손으로 감싸고 바닥에 바짝 밀착했다. 그런데 참으로 이상하게도 이제 더는 두렵지 않았다.

포성이 지나갔다. 잠잠해지자마자 콜빈 소위가 일어섰다.

"달려!" 소위가 소리 질렀다.

정찰병 둘은 이제 명령을 수행할 수가 없었다. 심지어 눈을 감을 시간조차 없었다. 포로로 잡힌 독일군 장교는 파편을 맞은 듯 보였다. 그는 나지막하게 신음을 내고 있었다. 니키틴과 강철이 그를 양편에서 부축해 끌고 갔다.

개울가 근처에서 한숨 돌리고 포복하여 기지로 돌아왔다. 어두운 밤이 살아남은 사람들에게는 득이 되었다. 엄폐호에 도착하여 가장 먼저 한 일이 포로 처리였다. 포탄의 작은 파편이 그의 옆구리에 박혔다. 니키틴이 파편을 꺼내고 붕대를 감아주었다.

"결혼식 전까지는 아물 거다." 별로 쾌활하지 않게 하사가 농담했다. "어이, 독일 놈, 내가 너를 어떻게 죽음에서 지켜줬는지 네가 안다면…"

소대 위치에서 콜빈 소위가 부대원들에게 말했다.

"용기와 용맹을 발휘해 줘 고맙다. 니키틴, 경비병을 대동하여 연대 본부로 포로를 데려가도록. 모두 24시간 동안 휴식을 취한다."

그렇게 강철의 첫 출격이 끝났다. 그는 낮에는 포로를 본 적이 없었다. 정찰병의 모든 임무가 밤에 수행되는 것을 고려하면 그건 정상적인 상황이었다. 강철이 같이 출격하여 포획한 포로는 마흔 명이 넘었는데 그의 기억에 남은 것은 세 사람뿐이다. 그중 하나였던 하우프트만 크라우제와는 심지어 버려진 구덩이에서 이틀을 같이 지내기도 했다. 그런데 이 일은 1년 후에 일어날 것이다. 지금 김강철 병장은 침상에 누워있다. 방금 그는 부대원들과 무사 귀환을 축하하며, 그리고 코르주힌, 바신의 영원한 안식을 기원하며 한잔했다. 보드카가 들어가자 긴장이 풀렸지만, 그래도 어쩐지 잠이 오지 않았다. 하지만 피로와 알코올은 자기 몫을 되찾는 법이다. 이윽고 엄폐호 전체가 깊은 잠에 빠져들었다.

# 제42장

 들리는 기차 창밖으로 러시아 중부 지역의 풍경이 보인다. 언덕과 숲, 강이 끊임없이 이어지는 그림이다 … 수확을 마친 누런 들판이 우수를 불러오고, 이미 가을 색으로 갈아입은, 푸르름이 가신 숲들이 보인다.

멀리서 기적소리가 들려온다. 굽어진 길을 지나갈 때면 기관차가 잘 보인다. 열린 창으로 숯이 그을리는 내음이 스며든다. 강철은 침대칸 이층에 누워 군복 외투를 덮고 있다. 잠에서 깨어난 지 오래지만 일어나기가 싫다. 구르는 바퀴가 내는 규칙적인 소리, 똑같은 풍경, 흐릿한 회색빛 아침, 이 모든 것이 얼마 전의 일들을 기억에서 꺼내온다. 더구나 전혀 서두를 필요가 없이 이렇게 태평하게 누워본 지도 얼마 만인가.

최전선에서 보낸 3년은 강철을 많이 변모시켰다. 자원입대하여 전선으로 가게 했던 애국심은 이제 흔적도 없이 사라졌다. 세상에서 일어나는 이 모든 학살은 전쟁에서 돈을 벌고자 하는 사람들에게만 필요한 일이라는 것을 그는 깨달았다. 이런 깨달음을 얻은 자가 강철 혼자만이 아니었다. 장교며 병사며 수천 명이 탈영하고 있지 않은가. 전선은 안팎으로 노출되었다. 군대는 황제 퇴위 이후부터 확실하게 무너지기 시작했다. 임시 정부가 '승리의 그날까지 전쟁을!'이라는 슬로건을 내세운 건 맞다. 하지만 그것을 실천하길 바라는 사람은 무시할 정도로 적었다. 관등, 군 계급, 구체제의 호칭이 없어지고 집회와 시위(군대에서 이런 일이 일어나다니!)가 일상이 되었고 전투에 나서려는 병사가 없었다. 고분고분한 총알받이는 이제 사라졌고 병사들이 이빨을 드러내기 시작했다.

반전 감정이 강철을 강하게 사로잡은 계기가 있었다. 강철은 1년 전 연대 사령관 알렉세이 니콜라예비치 로모프쩨프의 비호를 받아 준위를 양성하는 사관학교에 들어가게 되었다. 맞다, 강철이 국경에서 억류되었을 때 취조했고 강철을 풀어주며 10 루블을 주었던 바로 그 로모프쩨프 대위이다.

새로 부임한 연대 사령관이 연해주에서 복무했었다는 말을 강철이 처음 들었을 때 아무르 국경수비대장이 저절로 떠올랐다. 이 장교는 그때 강철이 상상했던 모습과는 아주 다른 사람이었으니까. 그 생각을 하고 잊어버렸다. 더구나 강철은 그 사람의 이름도 성도 몰랐지 않나.

강철이 연대에 오고 나서 석 달쯤 지났을 때 시상식이 있었다. 행사에 사단장이 직접 참석했다. 강철이 호명된 수상자로 장군 앞에 섰을 때 장군 뒤에 앉은 중령이 보였다. 그때 강철은 그가 아무르 국경수비대장이었던 바로 그 사람임을 알아보았다. 너무나 뜻밖이고 반가운 만남이라 얼굴이 웃음으로 펴지는 걸 억제할 수가 없었다. 사단장은 하사관의 기분이 좋은 건 당연하다고 생각했지만, 중령은 하사관의 웃음이 자기를 향한 것을 알아차리고 의아해했다. 중령이 뒤를 돌아보더니 강철을 뚫어지게 바라보았다.

다음날 게오르기 훈장 수훈자 강철이 연대 사령관에게 호출되었다.

"김 하사, 우리가 전에 만난 적이 있는 것 같은데." 강철이 들어와서 관등성명을 대자 로모프쩨프가 말했다. "그렇지 않다고 해도 반갑다. 자네 연해주에서 오지 않았나?"

"예, 그렇습니다, 각하! 그리고 연해주에서 중령님을 뵌 적이 있습니다. 아무르 국경수비대에서 뵈었습니다."

"자네가 바로 그 도주자였단 말인가?" 중령이 화들짝 놀랐다. "자네 칼을 내가 아직도 갖고 있지 … 참, 그렇지, 부베노프 부관이 보내온 편지에서 자네가 아주 많이 변했다고 썼더군. 러시아어를 아주 잘하는군. 그리고 이제 훌륭한 병사가, 아니, 하사가 되었고, 전설을 만든다지. 이렇게 만나지 않았으면 나는 자네의 변신을 절대 믿지 못했을 거다."

"저 자신도 잘 믿기지 않습니다." 강철이 말했다. "저에게 주신 도움에 감사드리고 싶어서 만나 뵀으면 좋겠다고 생각했었습니다."

"에이, 별거 아니었지. 그동안 어떻게 살았는지, 무슨 일을 했는지 이야기 좀 해봐."

"그리 특별한 건 없습니다. 땅 파고 풀 베는 거 배우고 … 훌륭한 러시아 대장장이에게서 대장간 일도 배웠습니다. 일뿐만 아니라 많은 것을 배웠습니다. 그러다가 주인어른 트로핌이 병이 들었고 그 아들에게는 제가 필요하지 않았나 봅니다. 그래서 니콜스크로 갔다가 부베노프 부관의 도움으로 블라디보스토크로 이주했습니다 … "

"블라디보스토크에서는 무슨 일을 했나?"

"한인들에게 러시아말을 가르쳤습니다."

"군에는 동원돼서 왔나? 아니야? 자원입대했다는 말인가? … 왜?"

"러시아가 저를 받아주었기 때문입니다."

"러시아가 마음 상하게 한 적은 없었나?" 로모프쩨프가 실눈을 떴다.

"없습니다." 강철이 고개를 가로저었다. "그런 사람들이 있었지만, 그들이 곧 러시아는 아니지 않습니까."

"그러면 모든 것이 만족스럽다는 말인가?"

"어떻게 답변을 드려야 할지 모르겠습니다, 중령님." 우리 조선에서는 바보만이 모든 것에 만족한다고 합니다. 모든 것에 만족하기에는 인생에서 아직 많은 것이 마련되지 않았습니다 … "

"훌륭한 대답이군, 김 하사. 나와 부베노프 부관이 논쟁을 벌이곤 했지. 연해주의 앞날이 어찌 될지, 그 지역이 발전하는 데 이주민들이 어떤 역할을 할지를 말이야. 솔직히 고백하자면 나는 동아시아에서 이주민이 유입되는 것을 반대했어. 그때 자네도 받아주고 싶지 않았지. 그렇지만 자네는, 터놓고 말해서, 내가 싫어하는 일본인들과 싸웠잖나. 그리고 지금은 우리가 함께 독일에 맞서 어머니 러시아를 위해 싸우고 있어. 자네가 우리 연대에 있고 군인의 용맹과 용기의 본보기가 돼주어 참 기쁘네. 우리가 다시 만났고 이렇게 정당한 상을 받았으니 축하하는 의미로 한잔하세!"

그로부터 일 년 후 로모프쩨프 중령은 사단본부로 전출되었다. 새 보직으로 떠나기 전날 밤 중령이 강철을 불렀다.

"이 시간 동안 김 하사, 우리가 더 자주 만나 여러 이야기를 나눌 수도 있었지만, 하사에게 득이 되지 않을 이런저런 소문을 피하려면 내가 지휘 계통을 준수해야 했네. 그렇긴 하지만 몇 차례 나눈 이야기만으로도 하사가 생각하는 사람이고 그래서 계속 발전하는 사람이라고 확신한다. 하사의 마음과 지성의 진정한 깊이는 내가 모를 수도 있다. 언젠가 다른 상황에서 또 만난다면 … 내가 하사를 사관학교에 추천했다. 첨부 문서에 하사는 러시아 공민권을 취득한 조선 귀족이며 러시아군의 하사, 게오르기 십자 훈장을 두 번이나 받은 수훈자로 소개되었다. 이것은 명령이다." 로모프쩨프가 강철의 눈에 서린 거절 의사를 읽고 힘주어 말했다. "학교를 졸업하면 장교 사회에 속할 수 있다. 거긴 다른 환경이다. 그런 사회에서 하사는 군사 귀족이라는 또 하나의 러시아 신분을 알게 될 것인데, 그들은 무엇보다 의무와 명예를 중요시하는 집단이다. 역사적으로 장교들이 그 점을 잊어버릴 때 국가에 어려운 시기가 찾아왔었지."

중령이 잠시 말을 멈추고 한숨을 내쉰 다음 말했다.

"지금 그런 시기가 도래할 거라는 예감이 강하게 드는데 … "

로모프쩨프 중령의 말이 옳았음이 증명되었다.

전쟁이 끝나고 일정한 시간이 흐르면 전쟁에 관한 회상은 매혹적일 수도 있다. 하지만 전투를 치러야 할 때는 신이 나서 싸우기 어렵다. 전쟁은 모든 감정을 둔하게 만드는, 무자비하고 잔인하고 추악한 일일 뿐이다. 사람은 숙명론자가 된다. 죽음에 대한 무관심이 삶에 대한 무관심으로 바뀌기 때문이다. 이것보다 더 끔찍한 것이 뭐가 있겠는가?

사관학교에서 강철은 시몬 자하로프와 가까이 지냈다. 그는 잡계급 집안 출신인데 그의 부모는 지금까지 사라토프 부근 시골에서 교사 생활을 하고 있었다. 처음부터 그들은 막사 안 침상을 나란히 썼다. 군에서는 친해지는 것이 어렵지 않다. 질문 두세 개를 던지고 두어 번 같이 담배를 피우다 보면 오래전부터 친한 사이처럼 느껴진다. 하지만 사관학교로 입학한 사관생도들은 전선에서 바로 왔기 때문에 많은 생도가 처음 며칠, 심지어 몇 주를 못 잤던 잠을 몰아 잤다. 강철도, 시몬도 예외가 아니었다. 그런 시간이 지나자, 그들은 서로에게 관심을 보이기 시작했다.

이 젊은 러시아 청년 안에 있는 친절한 마음 씀씀이, 놀랄 만큼 지치지 않는 선의가 가장 놀라웠다. 시선 속에, 목소리 속에, 웃음 속에 녹아든… 시간이 흐르면서 강철은 이 청년이 얼마나 총명하고 얼마나 교양이 풍부한지, 또 얼마나 진실하고 순수한 마음을 가졌는지 깨달았다. 하지만 애초에 충격적일 만큼 매혹적으로 마음을 사로잡은 것은 단연 그의 친절한 마음씨였다.

그들은 친구가 되었다. 그들은 언제나 24시간 내내 붙어있었지만, 그 점이 힘들지 않았다. 시몬은 아는 것이 더 많았고 기꺼이 지식을 나누었으며 재미있게 이야기할 줄 아는 친구였다. 그렇긴 해도 인생 경험과 군사 경험이 많은 강철이 그들의 관계에서 어쨌든 더 성숙해 보였다.

사관생도 중에는 우크라이나, 벨라루스, 캅카스, 중앙아시아 출신들도 있었다. 어떤 이들은 러시아인의 용모와 몹시 닮았고 어떤 이들은 아예 달랐다. 이들은 어떤 민족이며, 그들 나라의 역사와 문화는 어떤지, 러시아와의 관계는 어떠한지, 동아시아 출신 강철은 알고자 하는 욕구를 불태웠다. 시몬도 강철에게 많은 것을 알려줄 수 있는 사람이었다. 그렇게 강철은 자포리자 요새, 트랜스코카시아 국가*, 중앙아시아 티무르, 그 먼 땅의 여행가와 연구자들에 관해, 그 밖의 또 많은 것들을 알게 되었다. 시몬과의 대화는 휴게시간에, 당직 근무 중에, 저녁을 먹고 잠깐 짬이 날 때마다 이어졌는데, 고마워하며 이야기를 경청하는 사람은 강철만이 아니었다. 다민족

• • • • • • • • • • •

* 트랜스코카시아 국가 : 코카서스와 아르메니아 고원의 산맥 안에 있는 나라. 조지아, 아제르바이잔, 아르메니아를 말함.(옮긴이)

국가인 자기 조국의 역사에 관해 제대로 알지 못하는 러시아인들도 많았다. 이런저런 추한 사실들을 부정하는 일도 있었다. 특별히 기억에 남는 일은 성이 반도린인 러시아인과 시몬이 벌였던 논쟁이다. 그는 무슨 이유에서인지 자신이 코사크인이라고 말했다.

그래서 한날은 강철이 코사크인이 누구며 어디 출신인지를 시몬에게 물었다.

"코사크인은 민족이 아니야." 시몬이 진지하게 말했다. "그건 거주지와 생업으로 묶인 사람들의 명칭이야. 난로공이나 광부처럼. 역사적, 경제적, 정치적 조건으로 인해 코사크인은 어떤 특정한 계층이 된 거지."

이 대화는 자습 시간에 교실에서 있었다. 반도린이 이 말을 듣더니 고개를 들고 비웃으며 말했다.

"비유하는 꼬락서니하곤. 코사크인은 조국의 제1 수호자들이야. 그런데 난로공 취급을 하다니 … "

"이 문제로 논쟁하는 건 적절하지 않아." 시몬이 고개를 가로저었다. "자네와 내 주장이 다르고 각자의 주장이 있는 거니까. 그래서 서로가 그냥 남의 의견을 경청해 주면 된다고 생각해. 나의 주장을 들어들 볼 텐가?"

"당연하지." 강철이 시몬을 응원해 주었다. "만약 누가 중간에 말을 자르면, 우리가 그에게 문밖으로 나가라고 할 거야. 시몬, 계속해 봐."

"너희들 이런 속담 알지? '할머니, 자, 유리의 날 여기 있다.' 이 속담은 어떻게 생겨난 걸까? 너희들은 이 말이 어디서 생겨났는지 알아? 15세기까지 농노들이 유리의 날에는 한 지주에서 다른 지주 소속으로 옮겨갈 수가 있었어. 그런데 차르 알렉세이 3세가 이 조항을 폐기하고 농노제를 강화했지. 그때 용기 있고 단호한 많은 농노가 개간되지 않은 야생의 땅으로 도망치기 시작했어. 그런 곳으로 도망가면 잡히지 않으니까. 그러자 얼마 안 가 돈강과 드네프르강 하구에 자유로운 사람들의 공동체가 형성되었고 그들은 자신을 코사크족이라고 불렀지. 그 사람들은 노략질하면서 살게 되었어.

상품을 싣고 가는 캐러밴을 공격하고 폴란드와 튀르키예로 원정을 다녔지. 쟁기를 손에 쥐는 자는 공동체에서 추방하겠다고 코사크 불문법으로 정했지. 노예 같은 농노의 노동이 얼마나 질렸으면 그런 법을 다 만들었겠어!"

시몬이 이 말을 하면서 듣는 동료들을 유심히 둘러보았다.

"얼마 안 가 코사크인은 위협적인 세력이 되었고 러시아 통치자들의 '극심한 골칫거리'가 되었지. 도망친 농노의 피난처가 끊임없는 혼란의 근원, 국경 분쟁의 원인이었지. 그들을 근절하려고 시도했지만 실패했어. 그래서 이용하기로 한 거야. 코사크인들에게 국가가 급여를 주면서 대신 국경을 지키라고 한 거야. 그러다 시간이 흘러 러시아 내부에서 일종의 군사 카스트가 형성되었고, 군 복무가 그들의 가장 중요한 의무가 되었어. 또한 당국은 테르스코예나 아무르크코예 같은 지역에 코사크인을 위한 특별 거주지를 만들었지. 그 거주지들이 갖는 공통점이 있어. 전부 러시아 국경지대라는 거야."

나중에 강철과 둘만 남게 되자 시몬이 평소답지 않게 신랄하게 말했다.

"역사를 보면 얼마나 부끄러운 변신들이 일어나는지. 한때 자유를 사랑하던 코사크인들이 지금은 전제군주제의 묶인 개가 되어 자유를 요구할 기미가 보이는 사람은 누구라도 물어뜯으려 하고 있으니."

시몬이 들려준 캅카스 이야기도 생생하고 감격스러웠다.

"푸시킨과 레르몬토프가 극찬한 놀라운 땅이야! 자유와 명예, 충심과 환대. 60년 동안 캅카스는 몇 안 되는 산악지대 사람들의 힘으로 러시아인의 침략에 저항했었지. 전쟁은 끝이 없을 것 같았어. 결국 나름의 전술을 택할 수밖에 없었지. 숲을, 나무를 베어버리고, 마을을 잇는 길을 만들고, 군사 요새를 건설하고, 한마디로 말해서, 법적으로 이미 러시아에 속한 지역을 공들여 단계적으로 정복해 갔어."

시몬이 잘 알지 못하거나, 최소한 고민해 보지 않은 문제는 없는 것 같았다. 김나지움을 졸업하고 그는 기술대학에 입학했다가 부모님이 돌아가시자 정규과정으로 학업을 계속할 돈이 없어서 자격검정 시험으로 대학을 졸업했다. 그의 전공이 철도 건설이었기에 전쟁이 발발하자마자 그는 즉시 동원되었다. 시몬 덕분에 세계대전이 어떻게 시작되었고, 전쟁의 진정한 원인이 무엇이며, 결과가 어떻게 되었는지 강철은 알게 되었다.

"아마도 이 전쟁에서 러시아가 이기지 못할 거야." 시몬이 고민을 털어놓았다. "하지만 적지 않은 사람들을 쓰러뜨릴 거다. 이제 모든 계급 계층에서 불만이 터져 나오고 있어. 전제군주제가 무너지면 러시아와 인류 전체의 위대한 지성들이 꿈꾸는 자유롭고 민주적인 세상이 건설될 거야."

졸업을 얼마 앞두고 강철은 자신이 러시아사회민주노동당에 소속된 것을 시몬에게 털어놓기로 마음먹었다.

"하나도 놀라운 건 없다." 시몬이 대답했다. "너는 자유와 평등, 사해동포주의를 갈망하는 억압받는 소수민족에 속하잖아. 그것은 억압받는 모든 이들이 갈구하는 것이야. 정치적, 민족적, 경제적 동기 등 여러 동기로 말이지. 그런데 억압받는 사람들의 대다수가, 너도 감지했을 수 있지만, 글을 모르고 게으른 외지인들이야. 부르주아에게서 부를 빼앗아 모두가 공평하게 나눈다는 원시적 평등을 약속하면서 그들을 선동할 필요는 없어. 역사를 보면 그런 일이 여러 차례 있었으니까. 혁명이 끝날 때마다 독재가 찾아왔지. 왜냐하면 억압받는 자들의 지도자들이 어리석은 사람들이 아니었거나, 자신의 목적을 따랐거나, 아니면 자기들이 이루려고 투쟁하는 미래를 제대로 상상하지 못해서였겠지. 공산주의자들의 이상은 인류의 신성한 꿈이지만 그런 밝은 미래를 한 번에 건설하기는 불가능한 거야. 자유로운 세상을 어떻게 만들어야 하는지 이 땅의 사람들 대다수가 알게 되기까지 수년, 수십 년, 어쩌면 수백 년이 걸릴 수도 있겠다.

나도 울리야노프(레닌)의 저작을 몇 번 접해보았지. 예를 들어, 그는 러시아의 자본주의가 민중에 대한 무자비한 착취 위에서 발전하고 있기에 혁명의 기운이 급속도로 고조되고 있다고 주장하지. 그런데 이 무자비한 착취는 이 민중 대다수가 문맹이고 신식 장비 다루는 법을 빠르게 익히지 못하는 데서 기인하지. 만약 노동자가 글을 모르면, 그를 믿고 비싼 장비를 맡길 수 없다면, 유럽을 따라잡기 위해 할 수 있는 일은 한 가지밖에 없어. 그것은 혹독한 육체노동인데, 그런 노동을 하다 보면 정말로 의식이 빠르게 진보하지. 그렇게 혹독한 육체노동에 대항해서 말이야. 물론, 이 새로운 노예의 멍에에서 해방해 주겠다고 그들에게 약속하면 그들은 자네 동지들이 가자는 곳이면 어디든 따라갈 거야. 산업 노동을 거부하는 새로운 코사크인들이 탄생하는 거지. 그리고, 낡은 것, 반anti농민적인 것이 어떻게 되었는지 우리는 이미 알고 있지."

"그러면 자네는 새로운 세상 건설이 불가능하다고 여기는 건가?"

"왜 불가능해? 단지 시간, 일정한 수준의 교육을 받은 대중, 합당한 생산 방식의 발전 단계가 필요하다는 이야기야. 그리고 한가지 법칙이 더 있어. 물질적 노예근성은 단번에 잘라버릴 수 있지만, 정신적 노예근성은 그렇게 빨리 근절하기 어려울 거야."

"그런데 시몬, 자네는 혁명으로 세상을 재편할 수 있다고 왜 안 믿지? 자네 같은 그런 다른 지성들과 우리가 모두 함께 그 일을 하려고 한다면 … 그래도 정말 안 될 거라고 보나?"

"한번 시도해 보자, 나는 그렇게 말할 거네. 그런데 그런 실험을 위해 치르게 될 대가는 무엇일까? 프랑스 혁명은 수십만 명의 목숨을 대가로 가져갔어. 자네가 원하는 것이 그것인가?"

"아니, 원하지 않아."

"그렇지만 그런 대가가 따를 거야. 억압받는 자들이 갈망하는 평등이라는 것이 몰수를 선호하거든. 그 누가 힘들여 모은 부를 자발적으로 내주겠어? 그렇기에 전쟁도 일어날 거네 … "

시몬은 전쟁에 대한 자기 견해를 이렇게 피력했다.

"맬서스 주교라고 있었는데 그는 전쟁이 필요하고 유용하다고 주장했었지. 노련한 농부가 밭에서 시들고 병든 채소를 전부 솎아내는 것과 비슷하다고 하면서. 솎아내는 게 뭐지, 응? 뭐가 어찌 됐든 인류의 역사는 전쟁, 또 전쟁이야. 강자가 약자를 공격하지, 더 강해지기 위해서. 군사적 정복을 통해서만 존재할 수 있었던 국가들도 있었지. 물론 그들의 시대가 짧긴 했지만. 군국주의가 단호히 단죄받을 날이 올 거야. 그런 날이 벌써 오고 있을지도 몰라. 전쟁이 세계전이 되고 있고 군사 무기가 지속해서 발전한다면 그것은 전 세계의 자살행위나 마찬가지니까.

맬서스의 이론은 냉소주의 때문에 거부감을 주지만 역사적 전제가 매력적이기도 하지. 패전이 혁명을 위한 전쟁을 불러올 거라는 레닌 울리야노프의 이론은 냉소주의와 역사적 전제 때문에 거부감을 주네. '총칼을 현 제도를 향해 돌리자'라고 말하는 것 같아. 그렇게 되려면 아주 작은 게 필요하다고 하네, '패전'이라는. 사람들에게 완전히 굴욕과 파멸, 분열을 경험하게 하여 이른바 '혁명 의식'을 고취하도록 한다? 자네 한번 상상해 봐. 자네와 나, 수천수만의 병사와 장교들이 전선에서 피를 흘리면서 갑자기 패전을 바란다? … 자신의 정치적 이익을 뽑아내기 위해 자기 나라가 패전할 날을 꿈꾼다? 그런 냉소주의자들이 권력을 잡는다면 나라의 미래가 어찌 될지 그려지나?"

아아, 시몬, 시몬, 네 말이 얼마나 옳았던가 … 차르가 퇴위했고 사람들은 전쟁에 지쳤다. 러시아군과 독일군의 친교가 곳곳에서 목도되고 있다. 전선은 붕괴하고 탈영은 감당할 수 없는 수준으로 일어나고 있다. 어떻게 지내느냐, 시몬? 너랑 다시 만날 날이 올까?

사관학교를 졸업하고 강철과 시몬은 각기 다른 부대로 전출되었다. 반년이 지나 〈군보〉에 실린 부상자 명단에서 강철은 시몬 자하로프 준위를 발견했다. 그래서 후방 육군병원에 즉각 편지를 보냈지만, 답장은 받지 못했다.

거의 일 년을 강철은 남서부 전선에서 정찰소대를 지휘했다. 장교사회는 진심으로 그를 따뜻하게 맞아주었고 강철은 그것을 귀히 받아들였다. 대부분 시간을 소대에서 보냈기에 누구와도 아주 가까워지진 않았다. 그는 소대원을 보호하려 애썼지만, 사상자가 없을 수는 없었다. 가장 비극적인 출격은 마지막 출격을 앞두고 일어났다. 정찰병 여덟 명 중에서 강철과 코스테리코프 전사, 단 두 명만 귀환했다. 코스테리코프 전사는 3개월 전에 소대로 편입된 신참이었다. 이 신참이 강철의 목숨을 구해주었다. 강에 가까이 다가갔을 때 이 둘을 제외한 정찰병들은 모두 전사했다. 물속으로 잠수하여 두꺼운 호박 줄기로 만든 관을 통해 숨 쉬는 방법을 코스테리코프가 알아냈는데, 그 방법으로 갈대밭에 몇 시간을 매복해 있다가 그들은 살아남았다. 그로부터 한 달 후 코스테리코프는 광폭한 총격으로 목숨을 잃었다.

구덩이에서 강철이 이틀을 같이 보내야 했던 독일군 하웁트만 생포도 기억에 남는다. 적군 장교가 프랑스어를 알아서 강철과 그는 온갖 이야기를 주고받았다. 독일 장교는 정찰병의 포로로 잡혔다는 사실에 그리 낙심하지 않았다.

"나는 지옥같이 끔찍한 전쟁에 지쳤다." 그가 속내를 드러냈다. "나를 죽일 수도 있다는 공포에 매 순간 떨면서 산다는 것이."

그들이 전선을 넘어갈 때 보초의 외침에 하웁트만이 직접 독일어로 응답한 덕분에 적군 초소를 무사히 통과할 수 있었다.

일주일 전에는 연대에서 반란이 일어났고 연대 장병 거의 전부가 기차를 탈취하기 위해 철도역으로 달려갔다. 연대장과 일부 장교들이 장병들을 설득하려고 애썼지만, 오히려 무장해제당해 구금되었다. 정찰소대도 사건에서 물러나 있지 않았기에 탈영병 대열에 합류했다. 강철의 오른팔 이반 미로노프 하사가 병사평의회에서 영향력 있는 인물이라 소대장 강철이 체포되지 않도록 막아주었다.

"한시바삐 연대에서 탈출하시는 게 좋을 겁니다." 이반이 강철에게 말했다. "연대본부에서 가져온 여러 서류 양식이 있습니다. 여기서 필요한 서류를 아무거나 골라서 탈주에 꼭 성공하십시오. 우리는 소대장님이 좋은 분이라는 걸 알지만 다른 병사들은 모르지 않습니까. 지금 병사들은 장교들에게 분을 품고 악에 받쳐 있습니다."

강철은 이반의 조언을 따르기로 했다. 그는 출장 증명서를 가지고 저녁에 기차에 올라탔다. 로스토프에서 모스크바로 가는 다른 기차로 갈아탔다. 그곳에서 무슨 일이 펼쳐질지는 오직 신만이 알 것이다.

3년 전, 강철은 입대하자마자 리파토프에게 편지를 보냈다. 답장을 받고 기뻐했다. 1년 정도 편지를 주고받던 시점에 강철은 낯선 필체로 쓰인 짧은 편지를 받았다. 리파토프가 어딘지 모를 곳으로 떠났다는 내용이었다. 하지만 운명이 엮여 뜻밖의 만남이 일어나는 것이 인생이 주는 놀라움이다. 어느 날 어떤 신문기자가 연대로 찾아왔다. 그와 동행한 화가가 있었는데 그 화가가 바로 알렉세이 코브로프인 것을 강철이 알아보았다. 두 사람 다 이런 극적인 만남에 몹시 반가워했다.

"언젠가 베니아민 리파토프가 저에게 당신이 군에 있다고 말해준 적이 있어서 만날 수도 있겠다고 생각은 했었어요. 그런데 이렇게 실제로 만나게 될 줄이야…"

알렉세이는 리파토프가 반년 전에 체포되어 시베리아로 유형을 떠났다는 소식을 알려주었다. 그 이후로 리파토프가 어떻게 되었는지는 모른다고 했다. 하지만 두 달 전 임시정부가 모든 양심수의 사면을 발표했기에 어쩌면 리파토프는 모스크바에 있을지도 모른다.

강철은 최근까지 부베노프 부부와 편지를 주고받았다. 부베노프가 복무하는 곳도 최전선이긴 하지만 그의 부대는 북서 전선에 주둔해 있었다. 장길이와 마트베이도 편지를 보내왔다.

아침 여섯 시쯤 기차가 모스크바에 도착했다. 마부가 강철이 말한 주소로 가는 길을 꽤 많이 돌아서 갔다. 하지만 강철은 화가 나지 않았다. 그렇게 많이 들어왔고 책에서 읽었던 모스크바를 허겁지겁 구경하는 중이었으니까.

문을 열어준 사람이 바로 리파토프였다.

"누구를 찾아오셨습니까? 에에? 강철입니까! 세상에 이렇게 만나다니!"

두 사람이 부둥켜안았다.

뜨거운 물로 몸을 씻고 코냑을 마시면서 아침 식사를 하고 차를 마셨다. 그리고 이어지는 질문, 또 질문. 모든 것이 얼마나 기적적으로 이루어지는가! 불과 몇 시간 전만 해도 강철은 모스크바에서 무슨 일이 벌어질지 알 수 없었다. 그런데 지금은 몸을 누일 지붕과 먹을 양식이 있다. 그리고 가장 중요한 것은, 즉시 업무에 착수하라고 독려하는 동지가 있다.

"지금 상황이 이렇습니다." 리파토프가 강철에게 일의 진행 상황을 설명하기 시작했다. "모든 정당이 힘을 합쳐 전제군주제를 타도했습니다. 최소 계획은 이행되었지요. 두 번째 단계는 권력 문제입니다. 누가 국가의 방향타를 잡을 것인가? 이론적으로는 10월에 소집되는 제헌의회에서 결정되어야 합니다. 지금까지 어떤 정당도 절대권력을 주장하지 않습니다. 우리, 볼셰비키만 제외하고. 그런데 우리를 그리 진지하게 받아들이지 않습니다. 입헌민주당과 사회혁명당은 소시민과 농민들 사이에서 큰 권위를 누리고 있어요. 우리가 가진 비장의 카드는 노동자계급입니다. 레닌 동무가 프롤레타리아트 독재를 슬로건으로 내거는 이유가 있는 겁니다."

"제헌의회가 볼셰비키에 유리하도록 권력 문제를 해결할 수 있습니까?"

"그게 아니어서 문제라는 거지요. 결정이 연립정부에 넘어갈 수는 있지만, 어떤 경우에도 러시아사회민주노동당에 권력이 넘어오는 일은 없을 겁니다. 그래서 무장투쟁으로 권력을 장악해야 할 필요가 있는 겁니다."

"죄송합니다만, 이 모든 것이 이해가 잘되지 않는데요." 강철이 솔직하게 털어놓았다. "모든 정당과 운동 세력들이 군주제 타도에 동참했는데 권력을 볼셰비키가 잡아야 한다. 왜이지요?"

"그건 우리 당이 가장 억압받는 계급인 프롤레타리아와 농민을 대변하기 때문이지요. 우리에게는 위대한 공산주의 사상가들이 고생 끝에 얻어낸 꿈이 있어요. 새로워진 인류라는 가장 신성한 꿈이. 내가 보니 강철, 동무는 뭔가에 대해 의심하기 시작했어요. 아니면 장교 견장이 그렇게 만드는 것인지." 리파토프의 마지막 말에는 웃음이 조금 섞여 있었다. "오늘 일정은 이렇습니다. 당신은 여기서 조금 쉬고 나는 어디를 좀 다녀와야 해요. 예? 피곤하지 않다고? 잘됐네요, 그럼 함께 갑시다. 우리가 지금 때마침 무장 민병대를 만들고 있는데 지휘관과 전투 교관이 생긴다면 더 좋을 겁니다. 이제 당신이 입을 만한 민간인 옷을 찾아보겠소. 행진, 행진, 앞으로, 노동자 민중이여!"

리파토프가 팔을 흔들며 마지막 말은 흥얼거렸다. 그의 열정은 전염성이 있었다. 강철 역시도 기분이 들떴다. 바지와 셔츠, 재킷으로 재빨리 갈아입었다. 모자를 쓰자 민간인 복장이 완성되었다.

"흠, 신발이 문제군." 리파토프가 말했다. "조카가 있던 신발을 다 닳을 때까지 신어버려서."

"괜찮습니다." 강철이 빙그레 웃었다. "부츠가 저는 더 편합니다."

군복만 입다가 오랜만에 민간복을 입으니 아주 헐렁하게 느껴졌다.

무개 마차를 타고 가면서 강철이 뒤늦은 질문을 했다.

"죄송합니다, 얼마 전에 유배에서 돌아오셨다는 것을 그만 잊어버렸네요. 거기는 어떻습니까?"

"말 한마디로 다 표현할 수가 없어요, 친구. 그런데 거기서 살 수는 있어요. 중요한 건 남는 시간이 많아서 공부하기에는 좋습니다. 어떤 사람들에게는 그런 생활이 정말 형벌이지요. 술에 빠져 살거나 정신을 놓아버립니다. 그런데 나는 거기서 퉁구스족과 그들의 의식, 토템 신앙에 관한 괜찮은 자료들을 수집할 수 있었어요. 유배도 겪는 사람에 따라 다릅니다. 나한테는 유용한 경험이었어요. 당신은 군 생활을 어떻게 생각합니까? 후회하진 않습니까?"

"아니요." 강철이 단호하게 대답했다. "사람들이 안 됐습니다, 얼마나 사람들이 죽임을 당했는지. 그런데 전선에서 살아 돌아오는 자들은 아무도 두려워하지 않습니다. 병사들의 총검이 이제 어떤 체제도 무너뜨릴 수 있습니다…"

"맞습니다." 리파토프가 수긍했다. "군이 누구를 지원하느냐가 현재 많은 것을 좌우합니다. 그래서 가장 시급한 과제가 군을 장악하여 우리 편으로 만드는 것입니다. 이 문제에서 최전선 군인들이 큰 역할을 할 수 있습니다. 날이 저물면 모스크바 소비에트 병사평의회에 다녀옵시다. 지금은 우리 전투원들을 훈련합시다…"

공장 공터에 스무 명 정도가 모였다. 대부분 젊은 사람들이었다. 청년들은 앞섶이 비스듬한 셔츠에 재킷을 입었고 여자들은 긴 드레스에 짧은 상의를 입었다. 나이 든 남자 몇 명은 보아하니 기술공인 것 같았다.

"여러분께 군 교관이신 김 동무를 소개합니다. 김 동무가 전투 수업을 여러분과 함께 진행할 겁니다. 사격술, 무기 분해, 청소법, 변장술 등을 가르쳐줄 겁니다. 여러분들을 위한 수업은 두 번밖에 없으니 제대로 배우길 바랍니다. 2회 후에는 다른 사람들이 수업을 들을 겁니다. 콕쩨프 동무, 무기를 이리로 가져오시고, 김 동무는 수업 시작하세요."

"예, 알겠습니다." 강철이 군대식으로 대답했다. 자기를 반원으로 둘러싼 사람들을 둘러보고 강철이 명령했다. "2열 횡대로 선다!"

어찌어찌 줄을 섰다. 리볼버 5자루, 소총 4자루, 탄약 포대 2개가 담긴 길쭉한 상자를 가져왔다.

"자, 오늘 우리는 1891년형 모신 소총을 배운다. 소총은 세 부분으로 구성되어 있다. 총신, 여기다, 약실, (강철이 노리쇠를 풀었다), 그리고 개머리판이다. 가장 중요한 약실부터 시작하겠다."

짧은 설명을 마친 후 사격술로 바로 들어갔다. 붉은 벽돌 담장 앞에 병, 낡은 동이, 냄비 뚜껑 등 여러 표적물을 세웠다. 전투원 네 명이 먼저 사격하기 위해 엎드렸다.

"모든 것을 명령을 받고 수행한다." 강철이 엄격하게 주의를 주었다. "소총을 이렇게 집는다. 서두르지 않고 노리쇠를 이렇게 당긴 다음 앞으로 민다. 손가락을 방아쇠에 올려놓지만 바로 당기지 않는다. 내가 여러분에게 말했듯이, 가늠자 구멍을 가늠쇠와 과녁에 맞추어 조준한다. 누가 쏠 준비가 되었나? 모두 준비되었나? 오른쪽 가장자리부터 시작한다. 발사!"

총성이 울리자, 냄비 뚜껑이 총알을 맞은 소리가 울렸다.

"잘했다! 다음 사람. 발사!"

어두워질 때까지 전투원당 세 번씩 사격할 차례가 돌아갔다. 모두가 신이 났고 여자들도 예외가 아니었다.

수업을 마무리하려고 강철이 전투원들을 미처 종대로 세울 새도 없이 리파토프가 팔짱을 낀 채 나타났다. 인제 그만 마치라는 표시인 것 같았다.

"전반적으로 여러분 각자가 사격하는 법을 잘 익혔다. 어려울 게 없고 연습만 하면 된다. 내일은 리볼버 사격술을 배울 것이다. 질문 있나?"

"있습니다, 교관 동무." 왼쪽 줄에서 한 처녀가 한 발짝 앞으로 나왔다. "교관 동무는 언제나 그렇게 진지하십니까, 아니면 수업 때만 그렇습니까?"

전투원들이 폭소를 터뜨렸다. 강철은 약간 당황했지만, 바로 할 말을 찾았다.

"수업에서만, 대열 앞에서만 그렇다. 그럼, 여러분, 해산!"

공장 출입문 밖으로 나오자 리파토프가 말했다.

"수업이 정말 훌륭했어요, 강철. 신참을 가르친 경험이 적지 않아 보이는데?" 대답을 듣지 않고 리파토프가 바로 물었다. "혹시 자동차도 몰 수 있소?"

"몰 수 있습니다. 사관학교 총장에게 자동차가 있었는데 타고 다니는 걸 별로 좋아하지 않았어요. 우리가, 즉 생도들이 돈을 조금 주고 운전을 가르쳐달라고 운전수를 졸랐지요. 저한테 자동차를 줘보세요, 바퀴가 어떻게 굴러가는지 보여드릴 테니."

"주겠소." 리파토프가 대답하고 격정적으로 외쳤다. "소용돌이치는 시대에 시간을 늦추려면 우리에게 자동차가 필요하고 속도가 필요합니다!"

하지만 곧 실제로 등장한 자동차도 리파토프와 강철에게 쏟아진 엄청난 양의 일을 해결해 주지 못했다. 그들은 새벽부터 늦은 밤까지 무장봉기를 준비하느라 눈코 뜰 새 없이 바빴다. 누구를 대적하여? 권력을 장악하려는 볼셰비키의 길을 막는 자는 누구라도 적대한다.

10월 26일, 볼셰비키가 이끄는 전투 분대가 페트로그라드에서 겨울 궁전을 습격했다. 임시정부는 전복되었고 레닌은 새로운 과도기 구호를 공표했다. '모든 권력을 소비에트로!'. 이 구호는 제헌의회 해산 후 불필요한 것이 되었다.

12월 러시아사회민주노동당 모스크바위원회가 권력 쟁취를 선포했다. 거의 한 달 내내 강철은 자동차 부대의 일원으로 도시를 누비고 다니며 경찰과 헌병의 무장해제, 제3국 요원 체포와 전신국 경비 등의 업무 수행에 참여했다. 크렘린을 정복할 때는 밤에 성벽을 넘어 잠입하여 무기고를 점령한 특수부대를 지휘했다.

1918년 새해를 '슬랴뱐스키 바자르'에서 축하하며 맞았다. 온갖 다양한 사람들이 함께 모였다. 세력이 커지는 정치인, 시인, 예술가들이 모였다. 모두가 젊고 성공을 갈망하는 사람들이었다. 술을 진탕 마시고 아침까지 돌아다니다 저녁에 다시 잔치를 벌이려 낮에 잠을 잤다. 그런 식으로 일주일을 보냈다. 강철은 처음으로 러시아식 신년 축제를 온전히 즐겼고 그 이후로는 명절이 되어도 이때만큼 편하고 자유롭다고 느낀 적이 없었다.

1월 중순 페트로그라드에서 볼셰비키 정치위원들이 기차로 모스크바에 들렀다. 그들은 시베리아와 극동으로 가는 대표단이었다. 그들이 당원 중에서 자원자를 모집한다는 말을 리파토프에게서 전해 듣고 강철은 그들과 같이 가고 싶은 마음이 강하게 솟았다. 강철은 그 마음을 리파토프에게 바로 내비치지 않고 이틀을 기다렸다. 자기 자신이 진정 원하는 것인지, 순간적인 변덕스러운 마음인지를 스스로 확인하고 싶었기 때문이다. 이틀이 지나자, 강철은 그곳, 연해주에 정말로 마음이 끌린다는 사실을 깨달았다.

"거기 가서 뭘 한단 말입니까?" 리파토프가 놀라 물었다. "여기도 얼마나 할 일이 많은데. 시베리아 상황이 볼셰비키에 불리하게 돌아가는 건 맞지요. 그곳으로 장교들이 많이 흘러 들어갔어요. 참, 그렇지, 황실 가족도 그 지방으로 보내졌어요. 극동에 대해서는 할 말이 없습니다. 그곳까지 언제 소비에트 권력이 영향을 미칠지. 일본과 미국의 개입도 배제할 수 없고."

"저 자신도 골똘히 생각해 봤습니다. 왜 그리로 가야 할까?" 강철이 뜸을 들이다 말을 이었다. "마음이 계속 끌립니다. 이 마음을 주체할 수가 없네요. 나는 지금껏 되돌아간 적이 없어요, 어디론가 항상 떠나기만 했지. 조선을 떠나왔고, 중국, 연해주를 떠나왔어요. 이제는 모스크바를 떠나네요. 하지만 이번에는 떠나기만 하는 것이 아니라 되돌아가기도 하는 겁니다. 비로소 내게 집이 생겼고 그 집은 극동에 있다는 뜻입니다."

일주일 후에 그들은 플랫폼에 마주하고 섰다.

"몸조심하고 자신을 잘 돌보길." 리파토프가 말했다. "우리가 여기 일을 다 해결하면 동쪽으로 갈 겁니다. 그때 블라디보스토크에서 다시 만나 중국 선술집에서 한잔합시다."

"그 선술집 문 안 닫도록 제가 각별히 신경 쓰지요." 강철이 활짝 웃었다.

기관차가 출발을 알리는 기적을 울렸다. 두 친구는 부둥켜안고 작별 인사를 나누었고, 이윽고 움직이는 기차가 그들은 갈라놓았다.

2주가 지나자 사람이 많았던 그룹에는 세 명만 남았다. 스베르들롭스크(우랄산맥 줄기에 있는 도시)를 방문한 다음에 숫자가 부쩍 줄어들었다. 그룹에서 나이로 보나 위임된 권한으로 보나 제일 연장자가 서른 살 정도로 보이는 그리고리예프였다. 위임장을 눈으로 본 사람은 몇 명에 불과했다. 그들은 그리고리예프 알렉세이 니콜라예비치가 러시아공화국 연해주 특임 전권위원이며 엄청난 권한을 위임받았다고 말했다. 한편, 누가 권력을 잡고 있는지 아직 밝혀지지 않은 지역에서 그가 권한을 어떻게 행사할 것인지는 또 다른 문제였다. 심지어 상황이 그가 권한을 행사하는 방향으로 흘러간다 해도 그리고리예프는 위엄 있는 혁명 정치위원이 되기에는 뭔가가 썩 어울리지 않아 보였다. 중키에 짧게 다듬은 턱수염, 코안경과 사람 좋은 웃음, 외모와 복장 모든 것이 체홉의 전형적인 지식인을 연상시켰다. 자세히 보아야만 단단한 입매와 꿰뚫는 듯한 날카로운 시선을 감지할 수 있었다.

그의 보좌관 미하일 블리디미로프는 훨씬 더 젊고 풍채가 좋았고 매우 민첩했다. 그는 그리고리예프에게 경호원, 보좌, 유모 역할을 했다. 온 정성을 다하여 정치위원을 섬긴다는 것을 굳이 감추지 않았다.

그들은 자신을 특별히 드러내지 않고, 그렇다고 감추지도 않고서 옴스크(시베리아 서부에 있는 도시)까지 갔다. 거기서부터는 굳이 위험을 자초하여 운명을 시험하지는 않기로 마음먹었다. 그리고리예프는 자신의 전공대로 의사로, 미하일은 그의 하인으로 둔갑했다. 강철은 장교복을 입었으나 견장은 없었다.

대화를 나누다 보니 먼 길이 그리 지겹지 않았다. 그리고리예프는 이야기를 재미있게 할 줄 아는 사람인데다, 이야기하는 걸 즐겼다. 강철은 줄곧 들었다. 그런데 때때로 그들 사이에 논쟁이 일어나기도 했다. 어떨 때는 강철이 정치범으로 유배를 갔다 온 그리고리예프의 일리 있는 주장을 듣기 위해 일부러 그를 도발하기도 했다.

"선한 차르에 대한 믿음은 러시아라는 국가가 건설된 이래 지금까지 계속 존재해 왔어요." 언젠가 그리고리예프가 이 말로 대화를 시작했다. "하지만 근본적으로 따져보면 차르들은 이방인이었어요. 심지어 그들을 모셔오기도 했지요. '오셔서 우리를 가지세요.' 이런 식으로. 그렇게 비잔티움, 프로이센에서 온 왕들이 러시아 왕위에 등극했지요. 어떤 차르들은 더 총명하고 어떤 차르들은 더 아둔했지만, 그들 전부가 국가를 자기 영지처럼 관리했어요. 민중이 봉기하여 러시아 제국을 흔들어 놓을 때도 있긴 했지만, 농민의 분노와 목표의 본질은 차르를 다른 차르로 교체하는 것에 지나지 않았지요. 전반적으로 러시아 사람들은 온순하고 게으르며 의존적입니다. 농노제, 지방 자치회, 이런 것들은 전부, 당연하게도, 자립과는 전혀 상관없는 것들이었습니다. 자유의지가 있는 사람만이 주도권을 잡습니다. 시베리아를 발견한 예르막을 예로 들어봅시다. 코사크인들과 함께 그는 자발적으로 거대한 영토를 정복했어요. 그런 다음… 그것을 차르에게 엎드려 절하며 고스란히 바쳤지요. 마침 지금 창밖으로 보이는 곳이 그 지방입니다."

"극동에서 저는 러시아 농민들을 겪어봤는데, 제 눈에는 그들이 게으르거나 의존적으로 보이지 않았습니다." 강철이 뜸들이는 틈을 타 조심스럽게 의견을 개진했다.

"그것은 스톨리핀 개혁 덕이지요. 가장 주도적인 농민들을 시베리아에 정착시킨다는. 그건 썩 괜찮은 경제 개혁이었어요. 하지만," 그리고리예프가 집게손가락을 들었다. "결과적으로 농민이 두 그룹으로 쪼개졌지요. 가난한 자들을 착취하는 부유한 계급이 형성되었어요."

"그렇지만 어떻게 모두를 똑같이 만들 수 있습니까? 어떤 사람은 총명하고 능동적이고, 어떤 사람은 어리석고 게으를 수 있잖아요. 그들이 똑같이 살 수는 없습니다." 이렇게 반박하자 자기 말이 너무나 명징하게 논리적이어서 강철 자신도 충격을 받았다. '사람들이 절대 똑같이 살 수도 없으며 그렇게 되길 원하지도 않을 것이다!' 그의 뇌를 두드리는 말이었다. '그것은 막사나 감옥에서 사는 것과 같다!'

"가난한 자도, 부유한 자도 없는 환경을 우리가 만들 겁니다. 중요한 것은 착취를 없애는 것이오." 그리고리예프가 익숙한 노랫말을 되뇌었다.

"그렇다면 어떤 사람이 부유해지고 싶어서 아무리 노력하더라도 사회주의 체제에서는 부유해질 수가 없는 거네요?"

"모든 사람과 같이 부유해진다면 그렇게 될 수 있지요."

"그렇다면 그 사람은 어떻게 동기를 부여받습니까? 모두 함께 행복한 미래를 건설하자는 사상이 동기로 작동합니까?"

"바로 그겁니다." 그리고리예프가 손가락으로 가리켰다. "수천 혁명가들이 인생을 바친 바로 그 사상 말입니다! 이보게, 젊은이, 문제를 그렇게 바라보기에는 뭔가 혼란스럽습니까?"

"제가 혼란스러운 것은 이상과 현실이 일치하지 않을 때가 잦기 때문입니다. 이 세상에 만연한 무지, 시기, 질투, 허영, 탐욕 같은 것들 때문에 사람들은 평화롭고 조화롭게 살지 못했지요. 그런데 엥겔스식으로 따지면, 이런 비뚤어진 속성은 교양, 선의, 관대함 같은 것들과 결합한 대립물의 통일과 투쟁의 본질입니다. 한쪽 면을 강제로 없애려고 애쓴다면 다른 면도 없애버리는 결과를 낳지 않을까요?"

"흥미로운 문제 제기입니다." 그리고리예프가 소리 내 웃었다. "나의 벗이여, 이론은 건조하지만, 생명 나무는 영원히 푸르른 법이오. 우리는 역사상 처음으로 위대한 실험을 합니다. 우리의 목표는 앞으로 있을 모든 실수를 정당화할 만큼 고귀합니다. 아무도 가지 않았던 길로 가는 것이기에, 우리가 실수를 피할 수는 없을 겁니다. 그렇지만 의심하는 건 필요합니다, 친구, 의심하고 탐색하고 찾아내는 것이 필요해요."

그 대화를 했던 날 밤에 강철은 오랫동안 잠을 이루지 못했다. 그는 예전의 삶과 친구들을 떠올리고 상상 속에서 그들과 이야기를 나누며, 비단 러시아뿐만 아니라, 조선에, 그리고 전 세계에 닥쳐올 근사한 미래를 설명하려고 애썼다.

아침이 되자 느닷없는 총성이 강철의 잠을 깨웠다. 기차는 멈춰 있었다. 창밖으로 황량한 들판에 덩그러니 선 간이역이 보였다.

"무슨 일입니까?" 그리고리예프의 목소리가 들려오자마자 객실로 미하일이 들어왔다.

"군인들이 기차를 사슬로 묶어 포위했습니다. 승객들의 신분증을 모조리 검사하여 장교를 색출합니다."

"어떤 군인들인가?"

"시베리아 의용군이라고 자칭합니다…"

문을 열기 전에 누군가 객실의 문을 두드렸다. 문틈으로 높은 털모자를 쓰고 코사크인 대위 견장을 단 장교가 보였다. 거무스름한 피부에 콧수염이 세련된, 쾌활해 보이는 인상이었다.

"여러분, 신분증 보여주세요, 동요하지 마십시오." 그는 그리고리예프와 미하일의 신분증을 돌려주었으나 강철의 장교 신분증은 돌려주지 않았다. "소위님, 짐을 챙겨서 열차에서 내리십시오."

"대체 이게 무슨 일입니까?"

"러시아가 현재 위험에 처했고 장교의 의무는 대열에 서는 것입니다. 왈가왈부하지 마시고 명령에 따라주시길 바랍니다." 코사크인 대위가 이렇게 말하고 다음 객실로 갔다.

강철이 빠르게 짐을 챙겼다.

"이렇게 이별하다니 너무 안타깝소." 그리고리예프가 강철을 포옹했다. 그러고선 귀에 대고 속삭였다. "여기서 그리 오래 있진 않을 거로 생각하오. 하바롭스크에서 만납시다."

기차가 간이역에 사십여 명을 남겨두고 떠났다. 내린 사람들의 얼굴에는 의아함, 당혹감, 분노가 서려 있었다. 기다리는 동안 이런저런 말들을 주고받았다. 모두가 장교였고 심지어 참모본부 대령도 있었다. 조국의 수호자로 나서려는 기미는 그 누구에게서도 느껴지지 않았으나 대놓고 분통을 터뜨리는 일은 아무도 하지 못했다.

마침내 무장한 장교들이 나타났다. 대령이 앞으로 나왔다.

"장교 여러분, 예의 없는 행동에 대해 양해를 구합니다. 하지만 콜차크 제독의 명령은 분명합니다. 모든 장교를 억류하여 시베리아 의용군 부대로 동원하라는 것입니다. 지금 여러분을 우리가 임시로 기거하고 있는 가건물로 모시고 갈 겁니다. 거기서 여러 중대와 소대로 배치될 것입니다."

강철이 소대로 편입되어 소대장에 임명되었을 때 그는 병사들을 유심히 둘러보았다. 턱수염을 기른 병사가 턱수염이 없는 병사보다 많았다. 군복이 새것인 걸 보니 얼마 전에 편성된 부대인 것 같았다. '자발적 동원' - 강철은 속으로 씁쓸하게 웃었다. 자세를 보니 적어도 소대의 절반은 군에서 복무했던 사람들 같았으나 동원된 사람들의 모습은 그리 씩씩하지 않았다.

그들의 분위기를 알아보는 것이 좋을 것 같아 강철은 이리로 오기 전 대령이 장교들에게 했던 연설을 병사들 앞에서 한번 해보기로 하였다.

"제군들, 조국이 지금 위기에 처했다! 반역자와 배신자들이 페트로그라드에서 봉기를 일으켜 나라 전체를 독일 놈들에게 팔아먹으려 하고 있다. 우리가 이것을 가만둘 수 있겠나?

용맹스러운 콜차크 제독께서 우리 군을 이끌고 계신다. 제독의 영도하에 우리는 모스크바를 넘어 페트로그라드까지 진격할 것이다. 러시아가 국난에 처했을 때 등에 칼을 꽂은 개새끼들을, 즉 유대인 프리메이슨 볼셰비키, 사회주의자, 사회혁명당원들을 우리가 샅샅이 찾아내어 러시아에서 완전히 발본색원할 것이다. 참된 애국심을 발휘하여 그자들에게 가재가 동면하는 곳을 보여줄 사람은 손을 들라!"

마치 혀가 입술에서 풀려난 듯 이렇게 말이 술술 나와 자유롭게 비상할 줄은 상상도 못 했기에 강철 자신도 깜짝 놀랐다. 병사 몇 명이 마지못해 억지로 손을 들자, 나머지들도 따라 들었다.

"적군이 원하는 건 무엇인가? 우리의 집, 우리의 땅, 우리의 아내를 뺏는 것이다. 우리를 날품팔이로 만들려고 한다. 그런데 … "

"누가 내 마누라 마르파 좀 가져가면 얼마나 좋을까나." 오른쪽 측면에서 굵직한 목소리가 들려왔다. "지긋지긋해 죽겠어 … "

대열이 천둥 같은 폭소를 터뜨렸다.

"내 할망구도 끼워서 가져가." 누가 새된 목소리로 한마디 보탰다.

폭소가 더 흥을 달았다.

강철도 웃음이 터져 나왔지만 이내 고개를 가로저었다.

"지금 웃음이 나올 땐가? 이 목석같은 인간들아. 지금은 울어야 할 상황이다! 전쟁이, 내전이 터지기 일보 직전이고 곧 전국이 화염에 휩싸일 것이다. 그런데 제군들은 웃음이 나오나 … 러시아 사내는 벼락 맞기 전에 성호 긋는 법이 없다더니* 그 말이 참말일세."

"러시아 사내 걱정은 그리하지 않으셔도 됩니다." 대열 중간에서 갈색 눈동자가 지적으로 보이는 늠름한 병사가 말했다. "러시아 사내는 한번 시동이 걸리면 아무도 손에서 놓아주지 않습니다. 우리는 타타르인, 프랑스인, 독일인 전부를 이겼습니다 … 그런 방식으로 우리는 누구를 대적해도 이길 수 있습니다, 소위님."

강철이 턱을 치켜들었다.

∙∙∙∙∙∙∙∙∙∙∙
* 러시아 사내는 벼락 맞기 전에 성호 긋는 법이 없다 : 미리 했어야 할 일을 위험에 처해 가장 마지막 순간에 한다는 말(옮긴이)

"나도 의심하지 않는다. 하지만 지금 우리는 타타르인, 프랑스인, 독일인을 대적하는 것이 아니다. 여러분과 같은 러시아 사내, 여러분의 이웃, 형제를 대적하는 것이다. 소총을 들기 전에 잘 생각하길 바란다. 바흐루세프 하사, 이제 가건물로 병사들을 인솔한다."

이틀 후 무기와 탄약이 지급되었고 야밤에 강철 소대의 소대원 일동은 소대장 강철과 함께 무단으로 병영을 이탈하였다.

# 제43장

바롭스크에 도착하기까지 멈추는 역마다 소대원들이 내렸다. 떠나가는 이들이 의무처럼 강철에게 특별한 작별 인사를 했다. 승객들은 이 건장하고 턱수염이 더부룩한 병사들이 서부 전선 참호에서 도망치는 중이라 생각하고 동정심을 가지고 그들을 대했다. 간혹 검표원이 오긴 했지만, 열차표가 없는 군인들을 못 본 척하고 지나쳤다. 하바롭스크역 바로 직전 역에서 바흐루세프 하사가 자기 배낭을 내렸다.

"우리 시골 마을 이름이 벨키노인데 기차역에서 아주 가깝습니다. 30베르스타(약 32km) 정도 됩니다. 역 이름은 메드베제보입니다. 기억하기 쉽습니다. 곰(메드베지)와 다람쥐(벨카)로 연상하시면 됩니다. 이 지역에 정착하시면 우리 마을로 놀러 오십시오. 언제 오셔도 항상 반가울 겁니다. 우리를 징집하려 했던 사람들과 같이 오지는 마시고요. 그들은 모든 것을 예전과 같아지도록 니콜라이 황제를 복위시키려 하지만, 제가 볼 때 과거로 회귀할 길은 없습니다. 사람들이 달라졌어요, 특히 전선에 있는 사람들이요. 무엇으로도 우리를 두렵게 못 할 겁니다. 우리는 어떤 권력도 전복할 수 있고 어떤 권력도 세울 수 있습니다 … "

"하사는 어떤 권력을 세우고 싶습니까?"

"정의로운 권력입니다. 우리의 관습과 신앙을 인정하고, 전쟁에서 무의미하게 피를 흘리도록 강요하지 않으며 모든 사람이 문맹에서 벗어나도록 할 권력 말입니다."

"사회주의 권력을 원한다는 말이군요?" 강철이 웃으며 말했다.

"모두를 평등하게 하겠다는 사람들 말씀입니까? 에이, 신사 양반, 모두를 평등하게 한다는 게 가당한 일입니까? 사람들이 형제라고 해도 다 다른

데 모두를 평등하게 만든다니요 … 그럼, 이만 안녕히 가십시오, 저는 여기 메드베제보 역에서 내립니다 … "

승강장에 붉은 완장을 두른 무장한 사람들이 기차가 도착하길 기다리고 있었다. 그들은 승강대 디딤판에서 내리는 바흐루세프 하사를 그 자리에서 바로 체포했다.

적군들이 하사에게 뭔가를 묻더니 그를 어디론가 데리고 가려는 것이 창밖으로 훤히 보였다. 강철이 개입하기로 했다. 그는 승강대로 달려가 순찰대에게 소리쳤다.

"누가 책임자입니까?" 강철이 따지듯 물었다.

"접니다." 가죽점퍼와 빵모자 차림의 붉은 수염 순찰대원이 태연하게 대답했다. "그런데 누구십니까, 장교님?"

강철이 정치위원증을 내밀었다.

"며칠 전에 이런 문서를 본 적이 있습니다. 페트로그라드에서 오신 동무였는데."

"그리고리예프 동무입니까?"

"예, 맞습니다. 그럼 장교님도 우리 동지시군요. 거기, 모스크바는 좀 어떻습니까?"

"제가 전부 이야기해 드리겠습니다. 그런데 지금은 일단 저 군인을 보내주세요. 우리와 같이 온 사람입니다. 지금 소비에트 정권을 선전하러 자기 고향마을로 가는 중입니다."

"알겠습니다, 위원 동무. 어이, 세트콥, 군인 풀어줘. 우리 편이야 … "

강철이 하바롭스크에 도착했을 때 그와 남은 유일한 사람은 자발적으로 연락병 역할을 담당했던 니키타 보차로프였다. 니키타는 스몰렌시나 출신으로 어려서 부모님을 잃고 삼촌 집에서 자랐다. 열여섯 살에 블라디보스토크로 가려고 삼촌 집에서 도망쳤다. 그는 거기서 선원이 되어 머나먼 미지의 나라로 항해하고 싶었지만, 이르쿠츠크에 갇히게 된다. 제재소에서 일하다 입대하여 서부전선에서 상처를 입었다. 그러다 지금 다시 또 극동에 끌리는 것이었다.

강철이 왜 그렇게 극동이 끌리냐고 물어보니, 니키타는 그의 할아버지가 벨린스카우젠 제독이 이끄는 배의 해병이었고 아버지는 아르투르항(뤼순항)에서 전사했다고 대답했다.

니키타는 기차를 타고 오는 동안 이 이야기를 강철에게 하면서 '바다, 바다를 너무나 보고 싶어요!'라고 여러 번 말했었다.

하바롭스크에서 강철은 니키타와 함께 예전에 총독 관저였던 '소비에트의 집'으로 향했다. 복도에서 처음 만난 사람에게 그리고리예프가 어디 있느냐고 물으니 대답해 주었다.

"오른쪽 끝 방입니다."

문에 '페트로그라드에서 온 특임 전권위원'이라는 팻말이 붙어있었지만, 강철은 그곳에서 그리고리예프를 본다는 것이 실감 나지 않았다. 그런데 알렉세이 페트로비치 그리고리예프는 그리 놀라지 않은 것 같았다.

서로 포옹을 나눈 뒤 그리고리예프가 말했다. "이렇게 보니 좋네, 안 그래도 할 일이 태산이야. 앉아요, 내가 돌아가는 상황을 설명할 테니. 페트로그라드에서 일어난 10월 사건 이후 이곳에 노동자, 농민, 군인 대표로 결성된 극동 소비에트가 결성되었어. 그런데 이 소비에트는 하바롭스크에서만 영향력을 행사하고 있고, 다른 도시에는 그 도시들만의 소비에트, 반anti 소비에트 등 다른 단체들이 결성된 상태예요. 볼가에서 우랄까지의 철도는 반란을 일으킨 체코 전쟁포로들의 손아귀에 있고, 옴스크는 반혁명군을 열렬히 모집하는 콜차크 제독 세력의 중심지가 되었어요. 한마디로 첩첩산중이요. 블라디보스토크에서는 장교들의 지지 아래 멘셰비키와 사회혁명당원들이 권력을 잡았어요. 이제 곧 미국인이나 일본인을 가장한 간섭주의자들이 등장할 수도 있고요. 우수리스크 전선이 형성되었는데, 양측이 아직 관망하는 자세를 취하고 있긴 하지만 맹렬하게 공격을 준비하고 있습니다. 이런 상황에는 사람 하나가 아쉽고 소중한데, 군사 경험이 있는 사람이 특히 그렇습니다. 우리는 정규군을 창설하고 부대를 편성하여 크라스나야 레치카 지역에 배치하기 시작했어요. 나는 당신을 한인유격대 업무 담당 정치위원으로 임명해달라고 소비에트에 요청할 작정입니다. 그래요, 그래, 한인유격대 맞습니다. 현재 한인이 하바롭스크에 몇천 명, 연해주에는 몇만 명이 삽니다. 가장 억압받고 결핍이 많은 그들은 반드시 소비에트 권력의 편에 서야 합니다. 우리가 어떻게 일하느냐에 모든 것이 달려있습니다. 아참, 하바롭스크 소비에트에 한인 여성이 있어요, 외교인민위원부를 맡고 있습니다."

"이름이 어떻게 됩니까?" 강철이 관심을 보이며 물었다.

"알렉산드라 페트로브나 김입니다. 혹시 아십니까?"

"아니요. 14년도에 블라디보스토크에서 만난 어떤 여성이 갑자기 생각나서 혹시 몰라 물어봤습니다."

"그럴 수 있지요 … 어디서 묵을 겁니까?"

"아직 정한 곳이 없습니다." 강철이 웃었다. "역에서 바로 위원님께 오는 길입니다. 동행도 있고요."

강철이 역에서 억류된 다음 일어난 일을 그리고리예프에게 짧게 들려주었다.

"당신은 단단한 사람이오." 그리고리예프가 치켜세웠다. "그럼 병사는 사령부 경비소대에 배정하고 당신은 내 숙소로 같이 가야겠군요. 이제 고국 동포를 만나러 갑시다. 외교인민위원부 위원 집무실이 이층이오. 여성이자 외무위원임을 고려하여 제일 좋은 공간을 내드렸지요."

집무실은 정말로 인상적이었다. 널찍한 책상에 앉은 검은 머리 여성이 강철을 궁금한 눈빛으로 보더니 놀란 미소를 지었다. 강철을 알아본 듯했다.

"세상에, 이게 얼마 만인가요!" 여자가 소리를 질렀다. "얼마 전에 당신 생각을 했었는데."

"그간 잘 계셨습니까, 아나스타시야 … " 강철이 묻는 듯한 표정으로 그녀를 바라보았다.

"알렉산드라 페트로브나입니다." 그녀가 웃었다. "그때는 가명을 쓸 수밖에 없었어요."

그녀는 아주 많이 변해있었다. 우아한 회색 양복과 흰 블라우스를 입고 있었다. 머리 모양도 복장에 어울렸다. 그리고 가장 중요한 것은 태도가 매우 위엄있었다. 한마디로 말해서 주변 환경에 유기적으로 잘 어울렸다. 악수는 예전과 마찬가지로 굳세고 활력이 넘쳤다.

"성숙해지셨네요." 알렉산드라가 칭찬하며 강철을 유심히 바라보았다. "그리고리예프 동무가 저에게 당신 이야기를 들려주셨는데 그 사람이 당신이라고는 생각하지 못했어요. 한인이 장교가 되는 건 드물고도 드문 일이지요 … 어떻게 지내셨는지 이야기 좀 해주세요 … "

"별로 특별한 일은 없었습니다." 강철이 말했다. 전쟁에는 낭만이 없고, 주변이 다 죽음으로 얼룩졌을 때는 냉정하게 정신을 차리게 됩니다. 다치는 바람에 휴가를 얻어서 곧바로 모스크바로 갔습니다. 거기서 12월 사건을 같이 겪었고요. 그러다 이 지방으로 다시 오고 싶은 마음이 강하게 들었어요. 기차로 이곳으로 오는 도중에 저와 다른 군인들을 장교 순찰대가 열차에서 하차시켰지요. 이야기를 듣고 콜차크 제독이 페트로그라드 진격을 위해 모병하는 것을 알아냈습니다."

"콜차크만이 아니지요. 현재 자칭 러시아 구세주들이 적지 않게 생겨났어요." 알렉산드라 페트로브나가 쓸쓸하게 웃었다. "콜차크 군대의 분위기는 좀 어떻습니까?"

"최전방 군인들은 전쟁에 지쳐 떨어져 나갈 정도입니다. 이런 상황에서 시베리아 농민들에게 무엇을 고취하여 소비에트 권력에 맞서 싸우게 할 것인지 이해조차 어렵습니다. 땅이 널렸으니 일만 하라는 것인지 … "

"김 동무 말이 옳습니다." 그리고리예프가 말했다. "그런데 우리는, 우리는 무엇을 농민들에게 고취할 수 있습니까?"

두 정치위원이 기대하며 답변을 기다렸다.

"평등, 인민 권력, 교육받을 기회." 강철이 서두르지 않고 한마디 한마디 강조하여 말했다. "모든 농민을 한꺼번에 즉시 고무시킬 수는 없지만, 어려운 생활을 하는 사람들은 언제나 변화를 기다렸고 기대하고 있습니다. 그리고 이 변화를 혁명이 가지고 오는 것입니다."

"훌륭한 말씀입니다. 그렇지요? 알렉산드라 페트로브나!" 그리고리예프가 큰 소리로 외쳤다. "말이, 혁명의 발언들이 오늘날 대중을 이끌고 있습니다. 저는 김 동무를 한인유격대 업무 담당 정치위원으로 임명하면 좋을 것 같습니다."

"동의합니다." 알렉산드라가 고개를 끄덕였다. "사무국 저녁 회의에서 이 문제를 거론합시다. 그리고, 김 동무, 아마 고려사회당 창당에 관심을 가지실 것 같습니다. 그래요, 3월 23일에 이곳 하바롭스크에서 조직 회의가 개최될 겁니다. 이동휘 동무가 중앙위원회 위원장으로 선출되었습니다."

"예? 이동휘 선생께서 여기 계십니까?"

"예. 내일 만나보실 수 있습니다. 이동휘 선생께서는 수많은 혹독한 시련을 겪으셨지만, 품위 있게 견뎌내셨습니다. 선생의 견해가 아직은 많은 부분에서 소민족주의 성향을 띠긴 하지만, 전체적으로 보면 훌륭한 업적을 많이 이루셨지요. 여기저기 분산된 한인 단체를 통합하고 최초로 한인들의 사회주의당을 창당하셨습니다. 이 당은 틀림없이 공산주의당으로 성장할 것입니다. 내일 만나 뵙고 이야기를 직접 나누시지요. 김 동무가 그분과 함께 일을 잘해 나가면 좋겠습니다."

그리고리예프는 알바트로스 호텔의 작은 방 두 개가 딸린 객실에서 기거하고 있었는데 강철은 자정이 되어서야 그곳에 도착했다.

"이 소파를 쓰면 됩니다. 그 문을 열면 욕실과 화장실이 있습니다." 알렉세이 페트로비치가 말했다. "나는 바로 잠자리에 들겠습니다."

장화가 벗겨지지 않아 어렵게 벗고 나서, 더러워진 양말과 양말 대신 신은 삼각보를 들고 강철이 욕실로 들어갔다. 뜨거운 물을 받은 욕조에 몸을 담그자 피곤한 육신이 맞이하는 갑작스러운 편안함에 신음이 나왔다. 전깃불, 타일, 거울⋯ 깨끗하고 안락한 환경에서 산다는 것은 얼마나 축복인가! 누구라도 사람이라면 이렇게 살아야 하고 그것은 가능한 일이다. 이 세상에는 풍요가 넘쳐나지만, 한 줌도 안 되는 사람들이 장악하고 있다. 수많은 농민, 노동자들의 노동을 착취하여 가난에 허덕이게 만들고 그들은 부를 이루는 것이다.

이런 이야기들이 오간 저녁 회의를 마치고도 강철의 머릿속을 이 생각이 여전히 맴돌았다. 기존 체제를 변혁하려는 열망 하나로 뭉친 사람들이 그렇게 다양하고 각기 다른 사람들이라는 사실에 강철은 가장 큰 충격을 받았다. 짧고, 단정하게 수염을 정리한 사람, 턱수염을 길게 기른 사람, 곱상한 손, 굳은살이 박힌 손, 나비넥타이를 한 사람, 여밈 외투를 입은 사람, 코안경을 쓴 사람, 두꺼운 철제로 만든 둥근 안경을 쓴 사람⋯ 외양보다 말의 대조가 더 두드러졌다. 군인의 중립적이고 간결한 어휘, 교수의 화려한 수사, 직업 혁명가들의 격정적인 연설, 평민의 무게감 있는 어구들.

강철은 눈을 감았지만, 들려오는 목소리를 막을 도리가 없었다.

" ··· 이런 식으로 우리는 현재 백군 체코군단에 의해 중앙으로부터 단절되어 있습니다. 동쪽에서 콜차크 군에 합류하기를 원하는 코사크인들이 아타만(코사크인의 우두머리) 시묘노프를 수장으로 하여 우리를 향해 진격해 오고 있습니다. 일본 간섭주의자들이 블라디보스토크에 상륙했다는 전언도 있습니다 ··· 우리 부대는 무기와 탄약, 식량과 군복이 충분히 공급되지 않아 전투가 불가능합니다. 배신과 탈영이 잦아지고 있습니다. 후방 부대 아스콜쩨프 대장에 이어 연대장 세 명과 포병사단이 적의 편으로 넘어갔습니다 ··· "

"현재 하바롭스크는 민병대 오천 명을 조직할 수 있지만, 무기고에는 고작 소총 이백 개와 탄약 몇천 개밖에 없습니다. 무기를 싣고 옴스크에서 오는 기차가 아직 우리 지역까지 도착하지 않았습니다."

"스물여섯 개 유격부대가 결성되었는데 그중 열네 개가 한인, 중국인, 몽골인 등 다민족으로 구성된 대열입니다. 기본적으로 사용하는 무기가 사냥용 소총과 베르당총입니다 ··· "

"우리 상황이 아무리 어렵더라도, 동지들, 우리에게는 그 어떤 포환이나 총탄도 두렵지 않을 피 끓는 혁명의 열정이 있다는 것을 잊지 마십시오."

그리고 각자의 발언이 끝나면, '조직한다, 금지한다, 형성한다, 해체한다, 임명한다, 제거한다, 총살한다' 같은 위압적이고 단호한 단어들로 시작되는 결의안이 채택된다.

발언을 경청하던 강철은 두 시간이 흐르자 갑자기 이 모든 논쟁과 결의가 실제로는 아무 소용이 없을 거라는 생각에 사로잡힌 자신을 문득 발견했다. 회의는 명확한 의제가 있는 것이 아니었고, 각자가 하고 싶은 말을 했으며, 채택되는 결정을 실제로 이행할 사람이 없었기 때문이다. 강철은 자기도 모르게 모든 것이 구체적이었던 군대가 그리워졌다. 군대에서는 누가, 언제, 어떤 기한까지, 어떤 방법으로 실행할 것인지가 명확했다. 참모부 회의가 이렇게 이루어진다는 것은 상상조차 하기 힘들다! 상황이 치명적이라고까지 말하고 싶진 않더라도, 최소한 위태롭긴 하다. 이 도시는 적을 격퇴할 준비가 전혀 돼 있지 않다. 특히 강 쪽은 더 심각하다. 대포와 기관총을 장착한 예인선 두세 척만 있어도 선착장으로 돌입하여 병력을 상륙시킬 수 있다.

발언 사이사이에 조직 관련 문제들을 결정했다. 강철을 한인유격대 담당위원으로 임명하자는 문제는 오 분 만에 결정되었다. 이력을 짧게 소개하고 사소한 질의응답을 하고 투표했다. 박수가 쏟아지는 가운데 즉석에서 임명장이 수여되었다.

다음 날 알렉산드라 페트로브나의 집무실에서 즐거운 만남이 강철을 기다리고 있었다. 탁자에 조선 사람 몇이 앉아있었는데 강철은 그중에서 이동휘를 알아보았다. 나이 든 혁명가의 머리는 더 하얗게 셌지만, 눈빛은 여전히 불굴의 의지로 형형하게 빛나고 있었다. 강철이 양손으로 반가운 동지의 손을 덥석 잡았다.

집무실 주인 알렉산드라 김이 두 남자의 만남을 흐뭇하게 바라보았다. 그리고 강철에게 나머지 사람들을 소개하였다.

"부위원장 오가이 블라디미르 본체로비치 동무이십니다. 군사학교장이자 병무과장 류봉철 동무, 청소년분과장 오성묵 동무이십니다."

자기 이름이 거론되는 사람이 고개를 까딱했다.

"제가 여러분께 김강철 동무를 소개하겠습니다. 14년도부터 러시아사회민주노동당 당원이시고 장교이십니다. 어제 소비에트 회의에서 김 동무가 한인유격대 담당 정치위원으로 확정되었습니다. 동무는 최전방에서 축적한 경험을 총동원하여 조직과 보급 문제에 도움을 주실 겁니다. 게다가 제가 아는 바로는, 젊어서 김 동무는 일제에 대항하여 조선에서 유격대, 의병 활동을 활발히 하셨습니다. 하지만 최근 3년간 최전방에 계셨기에 작금의 한인 문제에는 그리 밝지 않을 수도 있습니다. 여러분께서 현재의 모든 상

황을 김 동무에게 알려주시면 좋겠습니다 ··· 일주일 후에 김강철 동무는 한
인유격대 상황에 관한 자세한 보고를 국방본부에 올려야 합니다."

해야 할 일과 고민으로 가득 찬 날들이 강철에게 시작되었다. 조직되는
유격대에 무기와 탄약, 군복과 의약품 등 행군에 필요한 여러 물자를 공급
해야 했다. 그런데 유격대가 가지는 강점은 무엇일까? 첫 번째로 현지 주
민들의 지지였다. 러시아 사람들이 한인유격대원들을 지지할까? 결론은 하
나다, 지원하지 않는다. 그래서 누가 뭐래도 한인유격대의 주둔지는 연해
주가 되어야 한다. 강철도 이를 국방본부 회의에서 분명히 피력했다.

"한인유격대를 지금 창설되는 정규군 부대로 합류하면 어떻습니까?" 전
직 대위이자 군사 전문가인 가브릴린이 제안했다.

"좋은 생각인 듯한데 김 동무는 이를 어떻게 생각하시오?" 시도르쩨프
참모장이 지원하고 나섰다.

"일반 군부대를 만들자는 제안이라면 그것에 반대할 요소들은 이렇습니
다. 현역 군 복무를 했던 경험이 있는 한인이 극소수이고 러시아어로 잘
모르며 러시아 음식과 조선 음식의 차이가 매우 크다는 점도 중요합니다.
민족별로 부대를 편성한다면 문제가 해결될 겁니다."

"그런 단위의 크기는 얼마나 되는 게 좋겠습니까?" 그리고리예프가 이
질문을 했다.

"아무리 많이 잡아도 사오백 명 정도 될 겁니다."

"연해주 한인유격대가 얼마나 됩니까?"

"만 명에서 만 오천 명 정도 됩니다."

"그럼 생각할 것도 없습니다." 그리고리예프가 단호하게 말했다. "한인
유격대를 전부 연해주로 보내야 합니다. 더구나 한인들의 원수인 일본 사
무라이들이 거기서 지금 사납게 날뛰고 있습니다. 우리 상황이 아무리 어

럽더라도 우리는 미래를 생각하지 않을 수가 없습니다."

아는 한인 동지들이 시간이 지날수록 보이지 않았다. 일부는 전선으로 가고 일부는 유격대에 편성되어 후방 연해주로 갔다. 자원자 청년부대를 이끌게 된 오성묵도 하바롭스크를 떠났다. 류동철은 편성된 바로 다음 날 우수리스크 전선에서 주둔하게 된 인터내셔널 대대의 인민위원이 되었다. 그의 대대원 거의 모두가 이만 철도역과 뱌젬스카야 철도역 부근 전장에서 전사하게 될 것이다.

강철은 군인으로서 사방이 적군으로 둘러싸인 하바롭스크의 운명을 예측해 보았다. 이 도시 근처에는 무기공장도, 무기고도 없었다. 가장 중요한 것은 인력이다. 하바롭스크는 가난한 사람들의 지원을 기대할 수 있는 시골이나 광산으로부터 완전히 단절되어 있었다.

하바롭스크의 이런 숙명을 이해하였기에 국방본부가 김 동무를 연해주로 보내기로 했다는 그리고리예프의 말에 강철은 고개를 저으며 부정적으로 대답할 수밖에 없었다. 이런 때에 강철은 동지들을 버려두고 떠날 수가 없었다.

"동무 감정이 어떤지 알만합니다." 그리고리예프가 말했다. "하바롭스크가 함락된다 해도 혁명이 끝나는 게 아니에요. 그래서 우리가 김 동무를 연해주로 보내기로 한 겁니다. 거기서 한인과 중국인 이주민들 속에서 유격대 활동을 힘차게 전개할 수 있고, 전개해야 합니다. 김 동무의 과제는 그들을 통합하여 러시아유격대, 중앙과 소통의 창구를 마련하는 것입니다. 때가 오면 백군의 후방에서 단일 전선으로 행동해야 해요. 김 동무를 위해 준비한 것이 있소. 현재 기준으로 밝혀진 대략적인 유격대 주둔지들과 사령관들의 이름, 암호명입니다. 이건 접선 장소 주소와 암호, 블라디보스토크와 우수리스크에 있는 우리 사람들의 성명이오."

그리고리예프가 작은 꾸러미를 내밀었다. 강철이 다시 고개를 가로저었다.

"제 마음속 모든 것이 이 결정에 반대합니다. 저는 여기 남아있는 동지들과 운명을 함께하고 싶습니다."

"아이고, 강철, 강철 동무." 그리고리예프가 쓸쓸하게 웃었다. "이건 혁명 과업입니다. 이것은 한 도시에서 승전하는 것보다 훨씬 더 큰 일이에요. 적군(붉은 군대)이 지금 모든 방면에서 포위되긴 했지만, 그중에서 특히 서부전선이 위태로운 상황입니다. 거기서 지금 혁명의 앞날이 결정되고 있어요. 우선 데니킨 부대를 격퇴하고 나면 콜차크 부대를 향해 총검을 돌릴 겁니다. 이곳에 남은 사람들을 그렇게 걱정할 필요 없어요. 국방본부가 퇴로를 생각해 두었습니다. 부대 일부는 아무르강을 따라 중앙아시아로 빠질 것입니다. 또 일부는 지하에 남을 것이고. 우리는, 김 동무, 이런 일을 겪어보지 않았지요. 당신은 노련한 사람이에요. 우리가 김 동무에게 신분을 위장할 장치를 마련하지 못해서 유감입니다. 그 일을 할 겨를이 없었어요. 그런데 내 생각에는 김 동무의 진짜 이름으로 떠나는 것이 가장 좋을 것 같소. 그래, 그래요, 고려 사람, 유일한 한인 장교, 최전선에서 독일과 싸운 군인, 전쟁 영웅이 집으로 간다, 이렇게 명분을 내걸고."

"그럼 그리고리예프 동무는 어디로 가십니까?"

"나는 오늘 최전선으로 떠납니다. 나도 남은 군인들을 추려 유격대를 만들 겁니다. 지금 작별 인사 합시다. 다시 꼭 만나세…블라디보스토크에서."

그리고리예프가 강철을 부둥켜안았다.

우수리스크 최전선의 총연장은 약 300km였다. 뱌젬스카야 철도역에서 시작하여 무헨 마을을 따라 이어졌다. 참호, 철조망, 사격 진지, 대포 같은 전형적인 방식의 대치는 이 경로의 일부에만 구축되었는데, 뱌젬스카야 철도역 같은 전략적 요충지 근처가 주를 이뤘다. 다른 지역에서는 유격대가 수백km를 자유롭게 적의 후방으로 침투할 수도 있었다. 적군이든 백군이든 철도를 점유하는 것이 가장 중요한 과업이었다. 전략적 이유로 적군과 백군 모두 철로와 교량을 폭파하지 않으려 노력했다. 참으로 이상하게도 여객 열차는 양방향으로 다 운행되었다. 그렇지만 양측 모두 철저하게 검문검색을 벌였다.

철도로 최전선을 통과하는 방법은 제외되었다. 최전선을 둘러 가려면 타이가나 산으로 가야 한다. 그러려면 마땅한 장비가 필요하고 지형을 알아야 한다. 게다가 시간도 엄청나게 많이 든다. 지도를 들여다보다가 강철은 8월 물이 불어나는 우수리강을 따라가면 뱌젬스카야 철도역을 우회할 수 있다는 결론에 이르렀다. 거기서 나와 다시 철도를 이용하면 된다.

니키타 보차로프가 강철과 같이 가는 것에 바로 동의했고 이제는 어디를 가든 강철과 동행한다. 적당한 배와 기관사를 찾는 일만 남았다. 강철이 이 문제를 해결하기 위해 아무르 소함대 사령관에게 물어보자 그는 오래 고민하지 않고 말했다.

"상인 하리토노프의 유람선이 하나 있는데 가장 적합할 것 같습니다. 배 이름이 '산들바람'이에요. 강항의 사령관에게 보여줄 메모를 지금 바로 적어주지요."

"석탄을 한번 채우면 몇km를 항해할 수 있습니까?"

"강의 물살에 달려있어요. 평균 100마일 정도 갑니다."

"그럼 한 200km 정도 됩니까?"

"맞아요, 젊은이."

강철이 곧바로 강항으로 출발했다. 해군모를 쓴 살집이 있는 나이 든 사령관이 메모가 적힌 종이를 한참 들여다보더니 멀리 떨어진 선착장을 가리켰다. 그곳에는 길고 가느다란 파이프가 달린 작은 배가 홀로 외로이 물결에 출렁이고 있었다.

작은 배는 한때 갈매기처럼 하얬을 것이다. 하지만 혁명의 회오리바람이 배를 심하게 강타하여 칠은 벗겨지고 파이프에 묻은 그을음은 장례식용 고리처럼 보였다.

부두로 등을 보이고 갑판에 선 어떤 선원이 뭔가를 하느라 분주했다. 갑자기 그가 뒤를 돌아보자, 강철은 어딘가 낯익은 얼굴이라고 생각했다. 그러자마자 그를 바로 알아보았다. 세상에나, 아포냐가 아닌가! 그렇다, 하바롭스크 강항의 선착장, 아무르강 물결 위에서 출렁이는 작은 배의 갑판 위에서 해군용 줄무늬 윗도리에 허름한 작업복을 입고 서 있는 사람은 다름 아닌 아포냐 루자예프였다.

"아포냐!"

"철!"

그들이 서로에게 달려가 부둥켜안았다.

작은 배의 증기 설비가 내는 소음은, 나무와 덤불이 무성한 인적 없는 강가를 배경으로 하기엔 너무 크고 경치에 어울리지 않았다. 야생 그대로의 주변이 참으로 아름다웠지만, 풍경에 취할 겨를이 없었다. 배에 탄 사람들이 돌아가며 4시간씩 신경을 곤두세우고 경계를 섰다. 강이 넓지 않았고 수로가 낯설었기 때문이다. 아무르강의 지류인 우수리강은 언제라도 암초나 통나무 같은 뜻밖의 선물을 선사할 수 있었다. 그래서 그들 중 한 사람은 갈고리를 들고 선수에 앉아 앞을 경계하고 있어야 했다. 아포냐가 키를 잡고 나머지가 증기통에 불을 지폈다.

강철이 알렉산드라 페트로브나 김에게 작별 인사를 하러 들렀을 때 네 번째 탑승자가 갑자기 생겼다.

"떠나기 전에 나를 찾아와 줘서 고맙습니다." 알렉산드라가 말했다. "첫째, 블라디보스토크의 지하 접선 장소와 자금을 김 동무에게 전해드려야 합니다. 둘째, 여러분과 같이 갈 동행자가 생겼습니다. 당의 일에 아주 헌신적인 믿을만한 동무입니다. 셋째, 행운을 빕니다!"

"행운을 빕니다. 알렉산드라." 강철이 애석해하며 말했다. 다시는 이 훌륭한 여성을 볼 날일 없을 거라는 예감이 강하게 들어 심장이 조여왔다.

새로 합류한 동행자는 언뜻 보기에 청년 같았다. 생생하게 살아있고 명랑한 눈이 특히 그를 젊어 보이게 했다. 하지만 그가 빵모자를 벗자 하얗게 센 짧게 깎은 머리가 드러났다.

"시냐긴 파벨 알렉산드로비치입니다." 그가 자기 이름을 말하고 강철의 손을 힘주어 잡았다.

강의 안개가 걷히기 시작하는 새벽에 길을 떠났다. 두 시간 후에 우수리 강 하구에 도달하자 거기서 배를 왼쪽으로 회전했다. 아포냐가 물살은 강하고 강가에는 가까운 강의 복판에서 배가 운행되도록 애쓰면서 침착하게 배를 몰았다.

그렇지, 아포냐… 세상에나, 이런 행복한 만남이 있을 줄이야! 몇 년이 흐르고 그들의 길이 하바롭스크 강항에서 교차하게 될 줄 누가 상상이나 했으랴…

어제 그들은 하나밖에 없는 선실에서 일찍 잠자리에 든 동행들을 대화로 방해하지 않으려고 갑판에 앉아 늦은 시간까지 대화를 나누었다.

" … 먼저 크론슈타트로 갔어, 거기서 수리점의 대장장이로 일하도록 배정받았어." 그간 어떻게 살았는지 아포냐가 이야기를 시작했다. "그런데 승선하고 싶다는 생각이 계속 드는 거야. 그래서 결국 내 뜻대로 된 거지. 나를 례벨로 전출했고 거기서 두 달간 선박 기관사 일을 배웠지. 그러다가 구축함 〈베스스트라시니(무소불위)〉을 탔어. 배 이름이 영향을 주었는지, 아니면 사령관이 그렇게 무모한 사람이었는지 우리 대원들은 다 실제로 용감한 군인들이었어. 우리가 독일 함대들을 아주 박살을 내주곤 했다니까! 야간 어뢰 공격이라고 들어는 봤나 몰라. 어둠 속에서 기계가 악을 쓰며 울부짖으며 얼굴로 물보라를 튀기는 거야. 그런데 우리는 적을 향해 돌진하고 있지. 맹렬한 환희가 마음속에서 들끓다가 문득 때때로 소스라치게 놀라지. 이 바보 자식아, 너는 지금 영원히 죽으러 달려가는 거야, 그런데 이렇게 기뻐 날뛰고 있냐?"

강철은 자신이 적의 후방을 습격하면서 수없이 느꼈던 감정을 아포냐가 똑같이 전달하고 있어 자기도 모르게 깜짝 놀랐다.

"겨울에는 항해하는 일이 적어서 계속해서 뭔가를 배우기만 했어. 그래서 갱부, 키잡이, 신호원 일을 배웠지. 갑판장 학교에 등록했지만 보시다시피 졸업은 못 했어. 우리 구축함이 폭파된 지 거의 일 년이 지났지. 독일 놈들 손에 그렇게 된 게 아니라 우리 실수로! 항구에서 나가면서 모든 일이 일어났어. 사령관이 판단을 잘못한 것인지, 아니면 기뢰 분대와 뭔가 조율이 잘 안 된 것인지 모르겠지만, 출항하자마자 군함이 물속에 가라앉았어. 해안으로 헤엄쳐 간 다섯 명만 목숨을 구할 수 있었지. 떠다니는 배에 매달려 있던 사람들은 추위로 일거에 죽어버렸어."

아포냐가 한숨을 몰아쉬더니 다시 담배에 불을 붙였다.

"지금까지 그날 밤이 꿈에 나와… 나는 헤엄쳐 강가로 가고 있는데 몸에 힘이 하나도 없고 너무 추워서 다리와 팔, 온몸이 얼어붙어 감각이 없는 거야. 철, 네 생각을 얼마나 자주 했는지 몰라. 네가 나에게 수영하는 법을 가르쳐주었잖아, 그게 다가 아니지만…" 아포냐가 강철의 팔꿈치를 덥석 잡았다. "고마워, 형제. 이렇게 다시 뜻밖에 만나다니… 누군가 우리가 잘되라고 빌어주는 게 확실해."

"예피판 아저씨 가족은 어떻게 지내? 아내 마리야는?"

"내가 마리야에게 장가든 소식을 어떻게 들었어?" 아포냐가 의아해했다.

"나탈리야 세르게예브나가 편지에 썼어."

"나탈리야, 그 여선생? 희한하네, 그 여선생은 어떻게 알았을까?"

"모르겠네." 강철이 껄껄 웃었다. "어쨌든 내가 편지는 받았어, 15년 12월에 결혼했다는 것 같은데."

"맞아, 나 그때 장가들었어. 16년 초에 군에 징집되었고. 그때 마리야가 홀몸이 아니었지. 군에서 내 아들이 태어났다는 소식을 들었어. 철, 나에게 아들이 있다 이 말씀이야! 지금 두 살이야. 그런데 아직도 얼굴을 못 봤네! 아들놈과 마리야 생각을 할 때면 불안해서 이따금 심장이 조여드는 것 같아. 이 모든 혼란스러운 상황 때문에 식구들에게 무슨 일이 생길까 싶어 … 내 이야기만 내내 했네. 이제 네가 말해봐, 어디서 복무했어? 적군(붉은 군대)에는 어떻게 들어온 거야?"

"남서부 최전선에 있는 보병 특수장갑차 부대에 있었지. 적군에 들어온 것은 볼셰비키가 하는 일이 옳다고 믿기 때문이야. 이 모든 혼란이 가시고 나면 어떤 삶이 펼쳐질지 나도 몰라. 하지만 이전 체제는 지워지고 평등과 형제애, 자유의 시대가 도래할 것은 확실히 안다. 신분제는 없어질 거다. 다시 말해 귀족으로 태어나 모든 것이 갖춰진 사람과, 농민의 운명을 지고 평생을 허덕이며 살아야 하는 사람이 있는 세상은 이제 사라질 거다."

"그렇지만 누군가는 땅을 갈고 씨를 뿌려야 하잖아." 아포냐가 반박했다. "나는 군에 있으면서 그렇게도 땅이 그립더라."

"내 말은 농민이나 노동자가 사라져야 한다는 말이 아니야. 당연히 모든 사람이 일을 하게 될 거야. 모든 사람이 선택의 기회를 얻고, 모든 사람이 교육받을 기회를 얻게 된다는 말이야. 어떤 사람은 공장을 소유하고 수천 헥타르 땅을 가지는데, 어떤 사람은 가진 거라곤 몸뚱아리밖에 없는 그런 착취를 없애겠다는 말이야."

"사회주의자들이 우리 해군에서도 선동을 벌였었다. 내가 다 이해할 수 있는 수준은 아니었지만, 많은 부분 옳은 말을 하더군. 그런데 그런 말이 실제로는 어떻게 될까? … 글쎄, 어쨌든 좋아, 중요한 것은 너와 다시 만났고 함께 집으로 가니까. 너는 아직 장가 안 갔어?"

"안 갔어." 강철이 쓸쓸하게 미소 지었다. "이제 옆구리 좀 붙이자*. 내일 새벽에 출항해야 하니까."

"그런데, 철, 러시아말을 이렇게 잘 배우다니." 줄사닥다리를 타고 선실로 내려가며 아포냐가 감탄하면서 말했다.

… 강철이 정박할 곳을 찾기 시작했을 때는 저녁 어둠이 내려앉기 두어 시간 전이었다. 그런 황무지에서 누군가를 만날 가능성은 없었지만 무슨 일이든 일어날 수는 있는 법이다. 더구나 총 없이 타이가로 오는 사람은 없다. 약간의 망설임 끝에 강철은 강이 굽어지는 곳에 배를 정박하기로 마음먹었다.

재빨리 모닥불을 피울 자리를 정돈하고 장작을 모았다. 이윽고 솥의 물이 끓기 시작했다. 아포냐가 음식을 만들었다. 삶은 고기와 보리, 감자를 넣고 국물이 자작하도록 끓인 국을 모두가 맛있게 먹었다. 진하게 끓인 차로 저녁 식사를 마무리했다.

담뱃불을 붙였다. 거의 다 타들어 간 모닥불이 이제 처음만큼 타는 소리를 내지 않자, 이들이 앉은 자리를 면류관처럼 둘러싼, 오래된 나무의 가지 사이로 부는 바람 소리가 들려왔다. 이따금 흔들리는 배의 측면에 물이 부서지는 소리가 바람 소리를 덮었다. 생각에 잠긴 침묵을 깨뜨린 건 파벨 알렉산드로비치였다.

"김 동무, 김 동무는 계급으로 보나 군사적 경험으로 보나 우리 중에 가장 선배입니다. 경로와 우리가 할 수 있는 조치를 알려주시면 좋겠습니다."

"기꺼이 알려드리겠습니다. 안 그래도 마침 그러려던 참이었습니다." 강철이 꽁초를 모닥불에 던지고 말을 이어갔다. "우리 배는 앞으로 40km 정도를 더 갈 수 있습니다. 석탄으로 연료를 보급할 만한 곳이 이제는 없습니다. 그래서 우리에게 편한 목적지는 비킨 철도역입니다. 첫째, 이 역은 우수

........... 
* 잠을 자자는 뜻

리강 지류에 있는데 우리가 지류를 따라가면 역에 바로 도착할 수 있습니다. 그런데 이 경로에 반대하는 분이 있습니까? 없네요. 그렇다면 누가 누가 될지, 다시 말해, 각자가 어떤 역할을 할 것인지 의논합시다. 저부터 시작하면 장교인데 오랫동안 군 병원에서 치료받아서 지금에서야 집으로 돌아가는 중입니다. 니키타 보차로프는 저의 연락병이고 마찬가지로 연해주 출신입니다. 이제는 파벨 알렉산드로비치 차례입니다."

"나는 거상 시묘노프의 수석 관리인이자 아타만(코사크인의 우두머리) 시묘노프의 사촌 동생이라고 소개하지요. 광산 장비 공급 일을 처리하려고 프랑스로 갔지만, 전쟁이 터져서 잘못되는 바람에 이렇게 세상을 떠돌게 되었다고 하겠습니다."

"그 거상과 대질 신문을 시킬까 봐 걱정되지는 않습니까?"

"실제로 전쟁 전에 그 거상 밑에서 일했습니다. 그분은 이미 저세상 사람입니다. 그분이 나를 프랑스로 보냈는지 아닌지는 나 말고 이 세상에서 아는 사람이 이제는 없습니다."

"그러면 이제 아포냐만 남았네. 너는 누구로 위장할 거냐?"

"병원에서 발급받은 증명서가 있는데 나는 현역에서 완전히 제대했다고 쓰여 있어. 거기에 이해가 안 되는 단어가 있는데. 편집증이라고. 이게 뭔지 제대로 설명을 안 해주더라고 … "

"머리가 완전히 정상은 아니라는 뜻입니다." 파벨 알렉산드로비치가 설명해 주었다. "정말로 발작이 일어날 때가 있습니까?"

"있었지요." 아포냐가 쾌활하게 대답했다. "그러다가 괜찮아졌어요. 하지만 나중에 간질에 걸렸었지요. 이 때문에 군에서 완전히 제대하도록 위원회가 결정을 내렸어요. 이놈의 전쟁 정말로 지긋지긋합니다."

"그래." 강철이 웃으면서 말했다. "열차에서 우리는 처음 만나 인사를 할 겁니다, 관리인 어르신, 그다음 우리에게 발트해 영웅이 합류합니다. 타박상을 두 번 입고 발작을 세 번 한 상급 선원 아포냐 루자예프입니다."

모두가 웃음을 터뜨렸다. 웃음소리가 잦아들자 갑자기 아포냐가 물었다.

"그런데 철, 너 진짜로 장교야?"

"응." 강철이 대답했다. "더 말해주면, 조선에서도 나는 장교였어. 내 조국을 강탈한 왜놈들만 아니었다면 군에서 계속 복무했을 거야."

"그럼 혁명은 어쩌고? 볼셰비키가 세계혁명을 꿈꾸잖아. 그 꿈이 갑자기 조선에서 실현되기 시작한다면 그때 너는 뭘 할 것 같아?"

"모르겠네." 강철이 솔직하게 털어놓았다. "나는 어려서부터 삶이 얼마나 불공평하게 할당되었는지를 생각해 왔어. 나는 양반의 아들이라 좋은 집에 살면서 흰 쌀밥을 먹는데, 내 또래 농민의 자식들은 조밥을 먹는다, 왜 그럴까? … 그건 아니지, 자기 자신이 직접 이루고, 노동하고, 재능을 발휘하여 삶을 윤택하게 하는 것을, 누구라도 어떤 일에서 자기를 실현할 수 있는 그런 세상을 나는 꿈꿨어."

"당신 말씀이 맞습니다, 강철." 파벨 알렉산드로비치가 수긍했다. "공산주의 이론을 공부하고 그것을 삶에 구현해 내려 애쓰는 사람들은 가난한 사람들이 아닌 이유가 있습니다. 레닌도 귀족 출신입니다. 그래, 맞아요, 레닌의 아버지는 지방 관리였는데 상당히 높은 직위였습니다. 얼마나 많은 참모본부 장교들이 혁명의 편으로 넘어갔습니까? 왜냐하면 현존하는 체제를 더 나은 방향으로 변혁하고 싶기 때문입니다."

"저의 아버지께서는 미국에 다녀오시고 나서 거기는 완전히 다른 삶이 존재한다고 말씀하셨어요." 갑자기 니키타가 대화에 동참했다. "그곳은 각자가 자유롭게 살면서 아무도 두려워하지 않는다고 합니다."

"부정하지 않습니다." 파벨 알렉산드로비치가 고개를 끄덕였다. "미국은 민주주의 면에서 큰 진전을 이루었지만, 그건 부르주아 민주주의입니다. 다시 말해 부자들을 먼저 위하는 민주주의입니다. 우리가 원하는 민주주의는 가장 가난한 계층을 위해 작동하는 민주주의입니다."

아무도 그의 말에 반박하지 않았는데 이 상황이 웬일인지 그를 건드렸다.

"여기 아포냐를 예로 들어보지요. 아포냐가 차르 시절에 지주를 상대로 소송을 걸었다면 이길 수 있었겠습니까? 바로 그것입니다. 전제군주제에서는 모든 것이 통치 계급 보호와 기득권 강화를 위한 목적에 맞추어져 있습니다."

"그렇다면 우리가 모두 가난한 사람이 되어야 한다, 이 말씀입니까?" 니키타가 꽤 합리적으로 지적했다.

강철은 몹시 궁금해하며 파벨 알렉산드로비치의 대답을 기다렸다.

"아니, 뭐 하러? 모두가 동등하게 살아야 한다 이 말이지요."

"그런데 만약 내가 그러기 싫은다면요?" 아포냐가 도전적으로 물었다.

"어떻게 되고 싶은데? 부유하게, 아니면 가난하게?"

"부유하게요."

"나라가 부유해지면 자네도 부유해질 거야."

이 대답이 합리적이어서 모두가 수긍했다.

나흘째 되는 날 해 질 무렵 배가 우수리강 지류인 비켄강으로 들어섰다. 1km 정도 더 가자, 강변이 보였고 그곳에 정박했다. 모닥불을 피우지 않기로 하고 빵과 숙성돼지비계로 끼니를 때웠다.

"날이 밝아오기 전에 배를 가라앉혀야 해." 강철이 걱정스럽게 말했다. "우리가 늦잠을 자지는 않을까 걱정되네."

"그렇다면 돌아가며 보초를 서야겠네." 아포냐가 점잖게 말했다. "내가 제일 처음 보초를 설게. 관리인 어르신, 시계 좀 빌려주시지요."

마지막 보초를 강철이 섰다. 따뜻한 선실에서 나오니 밤이 더 쌀쌀하게 느껴졌다. 강 위로 자욱한 짙은 안개가 머금은 물기가 얼굴과 손을 씻겨 주는 것 같았다. 배가 흔들렸으나 닻이 잡아주고 있어 강가로 가 닿지는 않았으나, 배가 현악기의 줄처럼 느슨해졌다가 갑자기 당겨지면서 부딪히 는 소리가 느닷없이 들리곤 했다.

6년 전, 범선을 타고 한강 하구에서 아버지를 기다리던 때가 떠올랐다. 그때도 배가 흔들리면서 얼굴로 강물이 튀었었다. 아주 오래전 일이지만, 마치 어제 일어난 일처럼 생생했다. 아버지, 지금 어디 계시나요? 제 목소 리를 듣고 계십니까? 아버지의 아들은 지금 그곳, 한강에서 멀리 떠나와 이역만리에 있습니다. 아버지 아들은 지금 깜깜한 남의 하늘 아래서 운명 이 정한 길로 나아가기 위해 새벽이 오기를 기다리고 있습니다. 앞으로 운 명이 어디로 이끌지 누가 알겠습니까? 아버지 아들이 아는 것은 단 하나입 니다. 아버지께서 아들 때문에 부끄러워하실 일은, 모욕을 느끼실 일은 절 대 없을 겁니다.

아버지와 어머니, 아내와 아들, 친구들을 회상하느라 하마터면 나머지 대원들을 늦게 깨울 뻔했다.

배에서 짐을 다 내리자, 아포냐가 밧줄을 풀었다.

"그냥 내버려 둬도 되지 않을까?" 아포냐가 말했다. 아무도 동조하지 않 자, 밧줄 끝을 당겨 물속으로 집어넣었다. "잘 가라, '산들바람'아!"

동이 트기를 기다리며 연극을 개시할 준비에 서둘렀다. 미리 정한 각자 의 역할에 맞게 옷을 갈아입었다.

강철이 배낭에서 장교용 상의를 꺼내 어깨에 견장을 달았다. 잠깐 생각 하더니 게오르기 십자 훈장도 달았다. 군복 외투는 구별되는 표식 없이 입기로 했다. 부츠도 닦지 않기로 했다. 몸을 다치고 전쟁에 지친 나머지 모든 것에 무관심한 어떤 장교가 집으로 돌아간다. 나흘 동안 깎지 않은 까칠한 수염도 그럴싸하게 한몫했다.

웃음소리에 고개를 들었다. 더럽고 다 찢어진 짧은 수병용 웃옷을 입은 아포냐가 안짱다리 걸음으로 편집광 흉내를 냈다. 그 뒤를 파벨 알렉산드로비치가 조끼에 달린 시곗줄을 만지작거리면서 점잖게 걷고 있었다. 웃기고 영리한 청년인 니키타도 얼뜨기 병사 흉내를 내기로 작정했나 보다. 외투는 벨트로 묶지 않아 벌러덩거리고, 끈을 뜯어낸 모자를 머리에 비스듬하게 걸쳤다. 게다가 표정은 또 얼마나 맹하고 순진한지 모두가 유쾌하게 깔깔거렸다.

강철도 그들을 따라서 뭔가를 흉내 내보기로 했다. 느릿느릿한 걸음걸이로 몇 발짝 걷더니 나머지 동행들을 무심한 시선으로 둘러보았다.

파벨 알렉산드로비치가 한마디 했다. "그래, 살고 싶으면 어떤 배우보다 더 연기를 잘해야지. 한번은 내가 여장을 한 적이 있어요. 여자 옷을 입으니 참 편하더라고."

그들이 기차역으로 출발했다. 아포냐가 앞장섰다. 만약 무슨 일이 생기면, 거주지로부터 이렇게 멀리 떨어진 곳에 있는 이유를 설명할 말이 아포냐에게는 있다. '머리가 정상이 아니에요, 이해하시지요 … '

한 시간 후 그들은 별안간 철로를 발견했고 담장을 따라 빽빽하게 심긴 나무 뒤로 몸을 숨기면서 철로를 따라 걸었다. 그렇게 가다가 철도 보선공의 집을 맞닥뜨렸다. 굴뚝에서 연기가 나는 걸 보니 누가 집 안에 있는 것 같았다. 진짜로 집에서 젊고 체격이 좋은 여자가 나와 텃밭에서 바로 볼일을 보았다.

"이제 남자가 볼일을 볼 차례군." 아포냐가 킥킥거렸다.

그 후 두 시간을 지켜보는 동안 남자는 나타나지 않았다.

"형제들, 보선공이 없는 게 확실합니다. 만약… 그 여자가 보선공이 아니라면." 파벨 알렉산드로비치가 그렇게 추측하고 아포냐를 의미심장하게 바라보았다.

아포냐가 픽 웃으며 고개를 끄덕였다.

"좋아요, 제가 가지요. 그런데 남자가 없고 이 여자가 꼬리를 치면, 그러니까, 나는 못 해요…"

"그럼 나를 불러." 니키타가 킥킥거렸다. "나는 젊은 여자라면 사족을 못 쓰지."

"그래, 부르마." 아포냐가 일어섰다. "그럼, 나는 가요."

아포냐가 철도 축답까지 가서 안짱다리 걸음으로 걸었다. 옆에서 보면 술에 취한 사람이 걷는 것 같았다. 나머지들이 이 광경을 구경하느라 여자가 나타난 것을 금방 알아차리지 못했다.

"저 여자가 어디서 나타났지?" 니키타가 놀란 목소리로 말했다. "아무도 문밖으로 나오지 않은 것 같은데."

"집 뒤편에 문이 또 있나 보네. 거기에 노반으로 바로 나가는 출입구가 있나 보네." 파벨 알렉산드로비치가 말했다.

두 사람이 서로에게 가까이 다가갔다. 마주 보고 잠시 서 있더니 그중 한 명이 쓰러졌다. 그것은 아포냐였다. 여자가 팔을 버둥거리더니 쓰러진 아포냐에게 달려가 일으켜 세웠다. 두 사람이 껴안고 집 모퉁이 뒤로 사라졌다.

애타는 기다림이 한 시간 동안 이어졌다.

"우리 아포냐가 너무 오래 붙어있네." 파벨 알렉산드로비치가 말했다. "뭐라도 대처를 해야 하지 않겠습니까? 중위님."

316

"뜨거운 여자일세." 니키타가 입맛을 다셨다. "그런 여자는 바로 빠져나올 수가 없지. 어, 저기 나왔네요."

아포냐가 속옷만 입은 채, 거기다 장화를 신고서 마당으로 나왔다. 담장으로 달려가 소변을 누었다. 연습한 편집광의 걸음걸이로 집을 향해 가다가 갑자기 동행들이 있는 곳으로 얼굴을 돌리고 손을 흔들기 시작했다.

"수신호가 틀림없습니다. 중위님."

해양에서 쓰는 알파벳을 강철도 조금 알고 있었기에 그도 이를 눈치챘다. 'SOS'인 것 같았다.

"아포냐가 도우러 빨리 오라고 하는 것 같습니다." 강철이 웃었다. "저기 주인 여자가 있네요."

여자가 흰 속치마 위에 바로 솜옷을 걸치고 밖으로 뛰어나왔다. 여자가 아포냐에게 뛰어가 그를 집으로 끌고 들어갔다.

"상황이 변했으니 새로운 계획을 제안합니다." 파벨 알렉산드로비치가 말했다. "나는 방첩대의 비밀 요원이고 당신들 둘은 특히 위험한 적군의 스파이를 잡으라고 내게 붙여준 사람들입니다. 이 명분으로 우리는 열차를 세우고 우수리스크까지 같이 이동할 것입니다. 사실 우리에겐 그것을 증명할 아무런 신분증이 없지만 연기만 제대로 한다면 괜찮을 테니 믿어보세요. 나는 비밀 요원들이 어떻게 행동하는지 알 만큼은 체포되고 호송되었었습니다. 당신 둘은 엄격한 표정으로 입을 다물고 있기만 하면 됩니다.

집으로 들어가는 문이 잠겨있었다. 파벨 알렉산드로비치가 주먹으로 문을 두드리며 큰 소리로 외쳤다.

"문 열어, 아니면 총을 쏜다! 보차로프 전사, 문을 부숴라!"

니키타가 소총의 개머리판으로 문을 힘껏 내리치자, 자물쇠가 견디지 못하고 떨어졌다.

파벨 알렉산드로비치가 먼저 방으로 들어가 소리쳤다.

"모두 꼼짝 마, 아니면 쏜다! 어이, 너, 침대에서 내려와 바닥에 엎드려!"

반나체의 여자가 미친 듯 황급히 바닥으로 기어가 꼼짝없이 얼어붙었고, 아포냐는 갑자기 사나워진 동지들을 보고 입을 떡 벌렸다.

"잡혔네, 이 빨갱이 새끼." 파벨 알렉산드로비치가 다시 소리를 지르고 침대 위로 뛰어올라 아포냐의 따귀를 세게 때렸다. "일어나, 파렴치한 새끼야! 뭐라고? 아가리 닥쳐! 옷 입어, 어서!"

몇 분이 지나자, 아포냐의 모습은 진짜로 체포된 사람 같았다. 얼굴은 피칠이 되었고 손은 묶였으며 모자는 거꾸로 쓰고 있었다.

"이자를 밖으로 데리고 나가라, 도망치지 않게 잘 감시하세요, 중위님. 이 쌍년은 제가 지금 조사하겠습니다."

밖으로 나와 강철이 아포냐에게 눈을 찡긋했다. 아포냐는 얼굴을 찌푸리긴 했지만, 따라 웃었다. 열린 문틈으로 파벨 알렉산드로비치가 가엾은 신호원 여자를 심문하는 소리가 들려왔다.

"실토해, 쌍년아, 너 저놈과 한패지? 너 공범이냐? 뭐? 우연히 너희 집에 들어왔다고? 저놈이 바보야, 어? 저자는 적군의 노련한 밀정이다. 저놈은 너 같은 여자를 수십 명을 죽였어 … 이 바보 같은 년아, 이년아! 뭐라고? 당국에 보고하려고 했다고? 뭐야, 여기 전신기가 있어? 그거 잘됐네 … 그렇단 말이지 … 네가 저놈을 붙잡았다, 그렇지? 이름과 부칭이 어떻게 되나? 이것은 상황을 완전히 바꿔놓는 거야, 타이시야 표도로브나, 너는 큰 감사장을 받을 수도 있어. 자 이제, 타이시야 표도로브나, 내 말에 똑똑하게 대답해라. 우수리스크행 열차가 언제 오지? 흠, 두 시간 후라고? 그 열차를 네가 멈출 수 있지? 뭘 꾸물대? 얼른 전달해, 어떤 역에서 적군의 노련한 첩자를 생포했다, 그자를 열차에 태워 우수리스크로 호송할 수 있도록 열차를 잠깐 멈춰주십시오, 비밀 요원 자발류힌, 이렇게. 전부 전달했어? 그래, 이제 요기할 것 좀 가져와… 중위님, 체포된 자를 데리고 오십시오!"

"예, 알겠습니다. 요원님!"

파벨 알렉산드로비치가 아포냐를 엄격한 눈빛으로 훑어보았다.

"할 말이 있냐, 빨갱이 쓰레기야?"

"똑같은 쓰레기의 말을 내가 듣고 있네." 아포냐가 맞받아쳤다.

"그래, 그래, 까불어봐라, 우수리스크에 가자마자 네 이빨이 다 뽑힐 테
니. 나는 그게 그렇게 걱정되네. 저 방구석으로 가서 벽 보고 서. 여러분,
우리는 먼 길을 떠나기 전에 연료 좀 넣읍시다. 어랏, 여주인이 정성껏 상
을 차리셨네. 숙성돼지비계, 달걀도 부치고… 보차로프 전사, 밥 먹고 여주
인 상대 좀 해드려. 당연히 여주인이 그러겠다고 하면 말이지. 하하… "

"예, 분부대로 하겠습니다." 니키타가 구두 뒤축을 맞부딪히며 경례하고
여자를 바라보고 말했다. "할 거야?"

여자가 얼굴을 붉혔지만 시원시원하게 대답했다.

"못할 이유도 없지. 그쪽은 보니까 훨씬 더 잘 탈 것 같은데, 저 미친놈
같지 않게."

남자들이 큰소리로 폭소를 터뜨렸다. 아포냐만 잠자코 벽을 보고 서 있
었다.

… 멀리서 기관차의 기적 소리가 들려올 때는 이미 날이 어두웠다. 신호
원이 붉은 등불을 들고 노반으로 나갔다.

"가장 어려운 순간이니 모두 바짝 긴장하세요." 파벨 알렉산드로비치가
말했다. "체포된 자를 데리고 나오세요. 개머리판, 개머리판으로 등을 밀고,
보차로프 전사… "

증기기관차가 속도를 늦추고 증기와 연기를 내뿜으며 그들을 지나쳤다.

첫 번째 객차에서 두 사람이 뛰어내려 그들 쪽으로 다가왔다.

"열차 수송 사령관이 누굽니까?" 파벨 알렉산드로비치가 고압적으로 물었다.

"접니다." 장교가 한 발 앞으로 나왔다. "예르몰로프 대위입니다."

"적군의 노련한 첩자를 체포했다는 전보를 받으셨습니까?"

"네, 그렇습니다."

"어느 객차에 그를 태우는 게 좋겠습니까?"

"5호입니다. 거기에 체포된 자들을 호송하는 특수 객실이 있습니다."

"우리를 안내해 주십시오, 대위님."

결박된 아포냐를 어렵게 객차에 태웠다. 복도에 섰던 승객들이 무슨 일인가 싶어 얼굴에 아직 핏자국이 남아있는 아포냐를 흘긋거렸다. 소총 개머리판을 이용해 니키타가 창살을 친 객차로 아포냐를 밀어 넣는 동안, 표정이 침울한 나이 든 차장이 객실 문을 열어주고 나서 닫았다.

"열쇠는 이리로 주게." 파벨 알렉산드로비치가 요구했다. "대위님, 이제 옆 객실을 저희에게 배정해주십시오."

"알겠습니다. 차장, 승객들을 여기서 다른 장소로 빨리 이동시켜."

"감사합니다, 대위님. 그건 그렇고, 저의 성은 자발류힌입니다. 아마 들어보셨을 겁니다…"

"들어보지 못했습니다. 자발류힌."

"그럼 앞으로 들어보실 겁니다. 이제 가보셔도 됩니다, 대위님."

열차가 출발했다. 보차로프는 복도에 남아 아포냐를 감시하고 강철과 파벨 알렉산드로비치는 승객이 비워준 옆 객실로 들어갔다.

"대위가 나의 성을 들었을 때 얼굴이 어떻게 일그러졌는지 눈치채셨나요?"

"왜요? 아주 유명한 성입니까?" 강철이 궁금해 물었다.

"자발류힌? 예, 제3과의 최고 비밀 요원입니다. 그자가 나를 세 번이나 체포했어요. 자, 이제 좀 쉬십시오, 중위님. 아무 일도 생기지 않으면 내일 저녁쯤 우수리스크에 도착할 겁니다."

파벨 알렉산드로비치의 말대로 열차는 하루 반 만에 우수리스크에 도착했다.

# 제44장

철이 설레는 마음을 다독이며 부베노프 부부의 집 현관문을 두드렸다. 나무망치는 예전 그대로였고 사슬은 새것처럼 보였다. 아니면 예전에는 사슬이 아예 없었던 것도 같았다.

문이 열리자, 문지방에 나탈리야가 서 있었다. 사람을 보자마자 그녀의 얼굴이 심한 공포로 일그러졌다.

"안 돼요, 안 돼!" 작은 목소리로 속삭이며 그녀가 부르짖었다.

"나탈리, 왜 그러십니까?" 강철이 빙그레 웃었다. 그때 강철은 나탈리야가 왜 그렇게 놀랐는지 바로 알 수 있었다. "저예요, 당신의 오랜 친구, 강…"

"아, 철, 세상에나, 어떻게 내가 못 알아보고…" 나탈리야가 정신을 차리고 강철을 덥석 안았다. "군인을 보자마자 이고르 생각이 나서. 남편이 백군 콜차크 군대에 징집되었어요."

익숙한 응접실과 가구가 예전 그대로였다. 그들은 소파에 앉았다.

"어떻게 이곳에 오시게 된 거예요?"

"어떻게라니요? 저는 집으로, 정확하게 말하면 고향이라 여기는 곳으로 돌아온 겁니다. 집으로 여길만한 곳이 저에겐 없으니까요."

"그간 내내 최전선에 있었나요?"

"최전선, 군 병원, 휴가." 강철이 어깨를 으쓱했다. "아마 다시 가지는 않을 겁니다."

"당신이 장교로 진급한 소식을 신문에서 읽었어요. 이고르가 그렇게 기뻔했지요. 남편 말로는 장교가 병사보다 살아남을 가능성이 높다고 했어요."

강철이 씁쓸하게 웃었다.

"예, 당연하지요. 그런데 지금 이고르 블라디미로비치는 어디 계십니까?"

"옴스크에요. 지금 최고 사령본부에 있어요. 콜차크가 적군(붉은 군대)을 이길까요, 어떻게 생각하세요?"

"제 생각에는 콜차크가 적군을 이기지 못할 겁니다. 미국이나 일본에 지원군을 요청하지 않는다면 말입니다. 그렇지만 미국이나 일본이나 러시아 차르를 위해 피 흘리는 일은 원하지 않을 겁니다."

"러시아 역사를 보면 스칸디나비아 바이킹을 불러들인 일이 여러 차례 있었지만, 모두 민중 봉기로 끝났지요… 철, 시장하시겠군요? 바로 가서…"

"괜찮습니다, 신경 쓰지 마세요, 나탈리." 강철이 나탈리야를 만류했다. "지금 호텔에 묵고 있는데 군인인지라 정시에 식사하는 것에 익숙합니다."

"군인인지라." 나탈리야가 웃으며 강철의 말을 따라 했다. "철, 러시아어로 이렇게 표현을 잘하시게 됐네요. 제가 다 뿌듯해요."

강철이 나탈리야의 말에 미소로 화답했다.

"조선 사람들이 이런 경우에 흔히 하는 표현이 있습니다. 러시아어로 번역하면 '이게 다 당신 덕분입니다' 입니다."

"무슨 말씀이세요." 나탈리야가 손을 내저었다. "그런데 언제 도착하신 거예요?"

"사흘 전에 왔습니다. 아포냐와 같이 왔는데, 기억하시나요?"

"당연히 기억하지요. 아포냐가 마리야와 결혼했다고 제가 편지에 썼었잖아요.”

"참고로 아포냐 아들이 두 살이랍니다. 아포냐가 루자옙카에 다녀오자고 저를 설득했어요. 마리야도 보고 여동생 나스텐카도 봤습니다. 이제 완전히 아가씨가 됐어요. 그런데 마리야 아버지, 예피판 쿠즈미치는 사위가 올 때까지 기다리질 못했네요. 반년 전에 작고하셨습니다.”

"그분이 연세가 그리 많지 않았잖아요.” 나탈리야가 깜짝 놀랐다.

"그러게나 말입니다, 많지 않았지요. 러시아 사람들이 흔히 말하듯, 운명에서 벗어날 수가 없는가 봅니다.”

강철이 한숨을 내쉬었다. 나탈리야가 강철의 어두워진 낯빛을 보더니 일어섰다.

"어쨌든 차 대접은 해드려야죠.”

그렇다, 운명에서 벗어날 수가 없다. 그런데 대체 누가 예피판 쿠즈미치의 운명을 정해놓았단 말인가? 그렇게 선량하게 살던 사람의 운명을 말이다. 어떤 일본인들이 나타나 그를 죽였다. 그들은 왜 하필이면 그의 집으로 침입했을까? 그들은 무엇을 찾고 있었을까? 그중 한 군인이 마리야를 강간하려 할 때 예피판이 도끼를 집어 들었다. 치열한 몸싸움이 벌어지던 가운데 예피판은 두 발의 총상을 입고 총검으로 찔렸다. 그런 와중에도 결국 강간범에게 필사적으로 손을 뻗어 그놈의 머리를 도끼로 찍었다.

강철이 이 이야기를 전해 들었을 때 분노와 증오가 치밀어 올라 목이 메었다. 아포냐가 주먹을 불끈 쥐고 분에 차서 말했다. "이게 전부 백군 개새끼들 때문이다. 예전 체제로 돌아가려고 누구든 가리지 않고 똥꼬를 핥아주고 있으니. 몸을 파는 쓰레기들. 안 되지. 유격대에 들어가서 그놈들을 박살 낼 거다!”

홍씨 부부도 이제 세상에 없다. 그들은 한해에 세상을 떴다. 홍씨 아주머니가 먼저 가고 그 뒤를 아저씨가 따랐다. 어떻게 그런 인생이 있단 말인

가. 고국을 떠나와 이역만리에서 험난한 생을 살다 편히 누울 방 한 칸조차 마련하지 못한 채 그렇게 죽다니?

강철은 표트르도 만나지 못했다. 전쟁이 발발하자마자 소식도 없이 어디론가 사라졌다고 한다.

표트르의 여동생 옐레나는 혼례식 전날 밤 집을 나갔다. 큰오빠 게라심이 옐레나의 옷을 모조리 모아 불을 싸질렀는데 이건 조선 사람들에겐 가장 무서운 저주였다. 마치 죽은 사람 옷을 불태우는 것처럼…

아아, 옐레나, 옐레나… 아름답고 자존심 강한 영혼. 사랑하지 않는 사람과 살고 싶지 않았나 보다. 아마 마지막 순간까지 주저하면서 참고 견디면 사랑하게 될 거라고 기대하고 믿었을지도 모른다. 그런 식으로 가장의 말에 순종하지 않았다니! 한인 여성에게는 드문 경우다. 만나서 그녀의 눈을 바라보고 싶다…

나탈리야가 대접할 음식이 담긴 쟁반을 들고 돌아왔다.

"신선한 베이글과 과즙 넣은 사탕이에요."

나탈리야가 얇은 도자기 잔에 김이 모락모락 나는 차를 따랐다. 강철이 한 모금 마시고 미소를 지었다.

"군에 있을 때 당신의 맛있는 차가 수도 없이 생각났습니다. 제가 보기에 기억, 맛, 목소리 같은 것들은 변수들인데, 이런 가장 추상적인 것들이 사람에게 가장 변함없고 가장 일정한 것으로 인식된다는 것이 참으로 이상합니다."

"사랑을 빼놓으셨네요, 철." 나탈리야가 말했다.

"그래요, 사랑도. 그리고 용기, 우정, 신의 같은 인간이 느끼는 감정도 그렇지요…"

나탈리야가 놀라서 감탄하는 눈빛으로 강철을 바라보았다.

"전투 장교가 그런 깨달음을 얻으리라고는 기대하지 않았어요." 나탈리야의 웃음이 갑자기 뚝 끊겼다. "제가 한가지 말하지 않은 게 있는데 그 소식이 당신을 아주 기쁘게 할 수도 있어요. 무슨 말인지 한번 알아맞혀 보세요."

"할 수도?" 강철이 놀라서 묻자, 그녀의 질문에서 핵심 단어를 정확히 뽑아낸 강철을 보고 나탈리야가 깜짝 놀랐다. "제가 잘못 들은 게 아니지요? 당신이 '할 수도' 있다고 하셨지요?"

"네, 당신이 잘못 들은 게 아니에요. 만남이 당신을 … 어머나, 어쩌다 나도 모르게 말이 나와 버렸지?"

강철의 눈을 보고 그녀는 그가 짐작했음을 알아차렸다.

"맞아요." 나탈리야가 고개를 끄덕였다. "그녀가 우리 집에 살고 있어요. 학교에서 가르치는데 이제 곧 올 겁니다. 정말 안됐어요. 문자 그대로 결혼식 직전에 도망쳤잖아요. 우리가 당신 이야기를 자주 나누고 당신을 위해 기도도 했어요."

강철이 두 손을 깍지 끼고 세게 눌렀다. 강철은 그녀 생각을 했을까? 그렇다, 아주 가끔이지만, 하긴 했었다. 언젠가 꿨던 꿈처럼 기억했었다. 이제 강철이 그녀를 볼 것이다. 세상에, 심장이 왜 이렇게 뛰나. 불안해서인가 기뻐서인가? 그렇다, 기뻐서이다!

어디선가 저 멀리서 나탈리야의 목소리가 들려왔다.

" … 초등학교에서 가르쳐요. 아이들이 그녀를 아주 잘 따라요, 남자애들이 특히. 작년에는 김나지움 이사회에서 그녀를 최우수 초등교사로 선정했어요 … 지금 오는 것 같네요."

강철이 일어섰다 …

옐레나가 문지방에서 손바닥을 가슴에 대고 얼어붙었다. 그녀의 눈에 의아함, 공포, 기쁨이 뒤섞여있었다 …

강철이 고개를 숙이고 한국말로 말했다.

"이렇게 오랜만에 다시 만나서 반갑습니다."

옐레나가 고개를 살짝 숙이면서 똑같이 모국어로 대답했다.

"저도 반갑습니다."

나탈리야가 흐뭇한 미소를 지으며 이들의 만남을 지켜보았다. 얼마나 많이 절제하고 예의를 차리는가! 나탈리야가 만약 이고르 블라디미로비치와 그렇게 오랜 시간을 헤어졌다 다시 만났다면 그에게 달려가 목을 부둥켜안았을 것이다. 웃고 울고 입을 맞추고 난리가 났을 텐데 … 한마디로 말해서 러시아 여자답게 행동했을 것이다. 아니지, 언젠가는 이고르에게도 아시아식 자제력을 보여줄 필요가 있겠다.

아니, 어쩌면 내가 있어서 불편해서 그런가?

"옐레나, 손님 좀 대접해 드리고 있어. 나는 가서 차를 새로 준비할게."

"그래." 옐레나가 겨우 들릴 정도로 대답하고 강철을 마주하고 앉았다. 그녀가 눈을 내리깔았다. "뭘 드릴까요 … 저기, 귀하."

귀하가 갑자기 그들 사이에 놓인 탁자의 양 끝을 손으로 잡더니 한 번에 들어 한쪽으로 치웠다. 그런 다음 단호하게 말했다.

"저는 당신이 제 눈을 똑바로 보고, 손을 뻗고, 활짝 웃고 … 저를 안아주셨으면 합니다."

강철이 일어서서 옐레나에게 다가가 그녀를 힘껏 품에 안았다. 옐레나가 그의 가슴에 얼굴을 파묻고 울음을 터뜨렸다.

그가 마침내 왔다. 내가 사랑하는 단 한 사람이!

방에 들어오던 나탈리야가 하마터면 찻주전자를 떨어뜨릴 뻔했다. 강철과 옐레나가 부둥켜안고 서서 웃기도 하고 울기도 하면서 뭔가를 서로에게 이야기하고 있었다.

그들은 사흘을 같이 보냈다. 강철은 늦은 저녁이 되어서야 호텔로 돌아갔고 잠만 자고 나왔다. 아침에는 천생배필이 학교로 출근하는 길을 동행하기 위해 그녀의 집으로 서둘러 갔다. 그다음은 혼자서 시내를 돌아다니다가 수업을 마친 옐레나를 만나러 정확한 시간에 다시 갔다. 그러면 남아 있는 시간을 두 사람이 온전히 쓸 수 있었다. 그들은 함께 점심과 저녁을 준비했다. 학생들의 숙제를 같이 검사했다. 소리 내 책을 읽고 축음기의 거대한 나팔에서 나오는 음악을 들었다. 이따금 옐레나가 피아노를 쳤다. 그러나 무엇보다 그들은 그간의 이야기를 하고 또 했다. 서로에게 마음을 드러내 보이고 싶은, 이해받고 받아들여지고 싶은 그들 마음속 갈망이 이렇게 깨어났다.

나탈리야는 두 사람이 시간을 더 자주 보내도록 배려하면서 그들 일을 조용히 기뻐했다. 그러나 젊은 한 쌍은 나탈리야가 같이 있어도 전혀 방해되지 않아서 있든 없든 개의치 않았다. 모든 것이 배경으로 물러났다. 사랑, 보고 싶은 열망, 서로의 이야기를 듣고 이야기하고 웃고 손과 입술로 만지고 싶은 하나의 감정 안에서 두 사람이 살고 있었기 때문이다. 이런 지복의 순간에 강철에게 불현듯 이런 단순한 생각이 찾아올 때가 있었다. 옐레나가 곁에 없다면 삶은 의미를 잃을 것이라는. 그들은 영원히 함께해야 한다. 강철은 옐레나를 아내로 바라보았다.

그러나 얼마 안 가 가혹한 현실이 강철의 정신을 바짝 깨웠다. 지금은 무자비하게 동족을 죽이고 동족에게 죽임을 당하는 잔혹한 전쟁이 벌어지고 있다. 더구나 희생당하는 사람들은 역사의 흐름에서 멀찌감치 서서 구경만 하고 있지 않으려는 사람들이다. 자신이 죽으면 사랑하는 여인은 불행과 고립의 나락으로 떨어질 거라는 생각을 계속하는 지금, 이제부터 죽음의 공포를 어떻게 누를 수 있을 것인가?

강철을 괴롭히던 이런 생각들이 그의 눈빛에 고스란히 드러났나 보다. 옐레나가 어느 날 약간 당황하여 이런 질문을 했기 때문이다.

"철, 몸이 안 좋아요?"

강철이 무한한 사랑이 넘치는 눈빛으로 옐레나의 눈을 지그시 바라보았다. 그리고 이렇게 말했다.

"방금 당신과 평생을 함께 산 것 같소…"

"살아보니 어떤가요?"

"끔찍하게 짧네요. 마치 무더운 한낮에 입만 축인 것처럼." 강철은 마지막 말을 속삭이듯 중얼거렸다.

"왜 그렇게 우울해 보여요?" 옐레나가 조용히 물었다. "떠나야 하는 건가요?"

강철이 고개를 끄덕였다.

"꼭 가셔야 하나요?"

강철이 다시 고개를 끄덕였다.

"당신… 적군의 편에 설 거지요?"

"예. 그건 역사적 필연입니다."

"나는 이해할 수가 없어요." 옐레나가 의아해했다. "차르가 통치하던 러시아가 조선 사람을 거둬줬고 공민권과 땅도 주고 교육받을 기회도 줬잖아요? 자기 것을 내주는 사람의 손을 그렇게 꼭 물어뜯어야 합니까?"

강철은 옐레나의 말을 듣고 기분 좋게 깜짝 놀랐다. 그녀의 어여쁜 머리가 그런 고민으로 차 있기도 하구나.

"이주민 중에서 겨우 15%만 자리를 제대로 잡았고 러시아 공민으로 인정되었어요. 나머지 사람들의 삶이 조선에서 살 때보다 나아졌다 하더라도 그들은 기존 체제를 전복하는 길을 택할 겁니다."

"왜 그런데요?"

"심리입니다. 언젠가 자기 삶을 근본적으로 바꿨던 적이 있는 사람은 변화를 두려워하지 않아요. 오히려 변화를 바라지요. 모든 조선 사람이 새로운 삶을 갈망합니다. 그런데 내가 왜 한쪽으로 물러나 있어야 하지요? 마르크스가 말한 대로 프롤레타리아트는 자신을 감고 있는 족쇄 외에 잃을 것이 없고, 족쇄 대신에 전 세계를 얻을 것입니다." 강철이 슬며시 웃고 말을 이었다. "그런데 이제는 나의 족쇄에 끊어질까 두려운 가느다란 금목걸이가 하나 생겨서 고민이 큽니다. 언젠가 당신은 나와 같이 떠나기를 원하지 않았었지요. 그래서 나는 당신을 잊으려 애썼고 마음이 잦아들었었어요. 그런데 다시 당신을 찾은 지금은 내 속에 있는 모든 것이 불안과 의구심으로 휩싸여 있습니다…"

옐레나가 가슴에 손을 얹었다. "아버지에 대한 존경심과 사랑, 저의 어린 나이, 그리고 처녀로서의 두려움이 당신과 함께 떠나는 걸 막았어요."

"그런데 어떻게 혼례식 전날… 도망칠 결심을 했습니까?"

"아버지가 이 세상에 안 계시고, 나도 성숙했으니까요. 사랑하지 않는 사람과 평생을 살아야 한다고 생각할 때마다 엄습하는 공포가 얼마나 강했던지 이것저것 따지지 않고 도망쳤어요."

강철이 목에 치미는 뜨거운 것을 꿀꺽 삼켰다.

"나와는? 나와 평생 같이 살 생각을 하면 두렵지 않습니까?"

옐레나가 강철의 눈을 바라보면서 고개를 가로저었다.

"아니요. 하지만 당신은 떠나야 하잖아요…"

"옐레나, 이렇게 어여쁜 옐레나, 내가 당신과 함께 할 수 있다면 얼마나 좋겠습니까, 하지만…"

"무슨 말인지 알아요. 남자의 의무, 남자의 명예… 책에서는 얼마나 멋지게 들리는 표현인가요, 하지만 현실에서는 이해하기 힘들어요. 제가 당신과 같이 가면 안 되나요?"

"안 됩니다. 그건 절대적으로 예외입니다. 전쟁은 여성의 일이 아닙니다."

"자비의 자매들(병자와 부상자를 무료로 돌보는 일에 자발적으로 헌신하는 사람들의 단체 - 옮긴이)로 가면요? 책에서 읽었는데…"

"당신이 읽은 건 최전선에서 수십 킬로미터 떨어진 후방 야전병원에 관한 것일 겁니다. 나는, 나는 심지어 내일은 어디에 있을지도 모르는 상황입니다. 하지만 이 한 가지는 분명히 압니다. 어디로 가게 되든 당신이 세상에 존재하고 여기서 날 기다린다고 생각하면 내 마음이 든든하고 따스해질 겁니다. 돌아오면, 꼭 돌아올게요, 그때 결혼합시다!"

옐레나의 눈이 빛났다.

"철, 내일 우리가 식을 올리면 안 될까요? 처녀가 이런 말을 먼저 하는 게 적절하지 않지만, 나는 당신의 아내가 되고 싶어요. 당신이 갑자기 안 돌아오고 싶을 수도 있고요."

"제가요?" 강철이 소스라치게 놀랐다. "옐레나, 정말 진지하게 식을 올리고 싶은 거요? 만약 내가 전사라도 하면 어쩌려고?"

옐레나는 바로 대답하지 않았다. 오랫동안 강철의 눈을 바라본 다음 말했다.

"안 돼요, 철. 당신이 감히 저를 과부로 만들 수는 없어요. 하지만 그런 일이 일어난다면 그건 나와 당신의 운명인 거예요. 당신의 청혼을 받아들이겠어요. 철, 저는 내일 교회에서 식을 올릴 수 있어요."

"교회요? 무슨 교회요?"

"무슨 교회라니요? 러시아정교회지요…"

"그런데 나는 러시아 정교 신자가 아닌 것 같은데요." 강철이 빙그레 웃었다. "그렇긴 하지만 교회에서 예식을 허락한다면 그렇게 하겠습니다."

그들은 이 결정을 나탈리야에게 알렸다.

"어머나, 정말 잘됐어요." 나탈리야가 말했다. "언제쯤 그런 행복한 행동을 하시길 원하나요?"

"빠를수록 좋습니다." 강철이 대답했다. "그런데 뭘 어떻게 준비해야 하는지 모릅니다."

"일단 바실리 주교님을 봬야 해요. 제가 그분을 아주 잘 아니까 이야기를 해볼 수 있어요…"

"아닙니다." 강철이 고개를 가로저었다. "제가 직접 만나 뵙고 이야기를 드리는 게 좋을 것 같습니다. 그분은 어디에 사십니까?"

"교회 옆에 사택이 있어요. 담장이 없는 작은 집입니다. 근처에서 행인에게 물어보면 누구나 알려줄 겁니다."

다음날 강철은 옐레나를 학교까지 바래다주고 바실리 주교에게 갔다.

작은 터에 돌로 지어 석회로 칠한 교회당이 서 있었다. 흐린 가을 아침빛이라 금빛의 작은 돔이 희미하게 빛났다. 그 옆에 오두막 한 채가 섰는데 사람들이 많이 밟고 다녀서인지 넓은 길 하나가 그 집을 잇고 있었다.

바실리 주교가 문 앞에 선 강철을 보자 '환영합니다'라는 말로 맞으며 살림방으로 안내했다.

창문이 낮아 집 안이 어두컴컴했고 칠 냄새와 기름 냄새, 삭힌 양배춧국 냄새가 났다. 벽에는 성상화가 많이 걸렸고 그중 하나의 옆 귀퉁이에 노란 불빛이 한 방울씩 떨어지는 것 같은 등불이 놓여 있었다. 여기저기에 십자가가 있었지만, 가장 눈에 띄는 건 사제복을 입은 주교의 넓은 가슴에 달린 십자가였다.

"이쪽으로 앉으십시오." 바실리 주교가 조각된 의자를 가리켰다. 사제가 천천히 탁자를 돌아 강철을 마주 보고 앉았다. 조심스럽게 두꺼운 책을 덮어 한쪽으로 놓았다.

바실리 주교는 중키였지만 풍채가 좋았다. 더부룩한 턱수염 때문에 그의 나이를 가늠하기 어려웠다. 확실히 마흔 살은 넘긴 것 같은데 마흔보다 몇 살이나 더 많은지는 추측해야 했다. 회색 눈동자의 눈빛은 선량함과 자비 그 자체였다.

"무슨 일을 도와드릴까요?" 강철을 궁금한 눈으로 바라보며 사제가 물었다.

"저는 조언을 구하러 왔습니다." 강철이 말했다. "러시아정교회 신도가 아니긴 하지만요."

"신앙과 피부색, 죄과와 상관없이 모든 사람을, 있는 힘껏 돕는 것이 저희의 의무입니다." 바실리 주교가 고개를 숙였다. "나의 아들이여, 말씀하십시오. 당신의 말씀이 내 마음속에서 이해와 공감을 불러올 겁니다."

"감사합니다." 강철도 따라서 고개를 숙였다. "저에게 시집오기로 동의하여 저를 행복에 겹게 한 아가씨가 교회에서 예식을 올리고 싶어 합니다. 그런데 앞서 말씀드렸다시피 저는 러시아 정교 신도가 아닙니다."

"어떤 신앙을 가지고 계십니까?"

"불교입니다. '신앙'이라고 하기는 과합니다. 단지 저는 그리스도의 계명과 근본적으로 비슷한 부처님의 계율 속에서 자랐을 뿐입니다."

"신약성서 읽어보셨습니까?"

"예, 읽어봤습니다. 전부 다 이해한 건 아니지만, 많은 것을 받아들였습니다."

"나의 아들이여, 당신의 말씀이 저를 기쁘게 합니다. 제가 보기에 한인이신 것 같습니다. 죄송하지만, 당신의 배필은 어디 사람입니까?"

"마찬가지로 한인입니다. 어쩌면 주교님께서 아실 수도 있는데 옐레나

트로피모브나입니다. 김나지움 교사입니다."

"신실한 처녀입니다." 바실리 주교가 인정하듯 고개를 끄덕였다. "교회에서 식을 올리고 싶은데 도덕적인 측면이 걱정된다는 말씀이군요?"

"예, 맞습니다." 강철이 인정했다. "그렇게 했을 때 옐레나에게 해를 끼치거나 마음을 다치게 하지 않겠습니까?"

"당신이 그렇게 생각할 수 있다는 것 자체가 당신이 남의 신앙을 존중한다는 뜻입니다." 바실리 주교가 옅은 미소를 지었다. "그리고 그 신앙을 받아들일 준비가 돼 있다는 뜻도 되고요."

"이 문제에서 어떤 이기심이 보이지 않습니까?" 강철이 주교의 눈을 똑바로 바라보았다.

"전혀요." 주교가 고개를 가로저었다. "기독교 교리의 기저에는 이웃에 대한 사랑이 깔려있습니다. 당신을 행동하도록 하는 건 사랑이 아닙니까?"

"맞습니다. 사랑입니다."

"저는 당신의 바람에 죄가 없다고 생각합니다. 언제 예식을 올리고 싶습니까?"

"가능하다면 오늘 하고 싶습니다."

바실리 주교가 놀라서 강철을 바라보다가 말했다.

"그렇다면, 나의 아들이여, 즉시 세례를 받아야 합니다. 당신은 찬물에 몸을 담글 만큼은 건강합니까?"

"입수한다는 말씀이요? 예."

"한 시간 후에 다시 교회로 오십시오. 속옷은 여벌을 가지고 오시고요."

"감사합니다, 바실리 주교님."

한 시간 후에 강철은 교회에 있었다. 겉모습은 소박한 교회가 내부는 화려하게 장엄했다. 성인들의 온화한 얼굴이 그려진 성상화가 달린 성화벽은 시간이 지남에 따라 어두워졌고, 바실리 주교는 금빛으로 수놓은 옷을 입고 있었으며, 유향과 양초 냄새는 평온과 안정감을 불러왔다.

사제가 연기가 나는 향로를 휘두르며 제대로 이해되지 않는 말을 낭송하는 가운데 강철이 옷을 벗고 성수가 담긴 커다란 물통에 들어갔다. 차갑다는 느낌은 없었고 온몸에 전에 없던 활력이 느껴졌다. 수건으로 몸을 닦고 옷을 입은 다음에는 더 기운이 났다.

"나는 당신을 콘스탄틴이라는 세례명으로 부릅니다." 바실리 주교의 말이 세례식이 끝난 후에야 강철에게 가닿았다. 이 이름의 뜻이 무엇일지 궁금했다.

점심을 먹으며 강철은 두 여인에게 사제를 만난 이야기와 두 시간 후에 혼례식을 올려야 한다는 말을 했다.

"어떻게요?" 옐레나가 외쳤다. "저는… 내가 해야 할 일이 … 우리가 준비를 해야 하잖아요!"

"걱정하지 마, 옐레나." 나탈리야가 그녀를 안심시켰다. "웨딩드레스는 나에게 있고, 지인들에게는 내가 지금 다니면서 알릴 것이고, 전부 다 잘 될 테니 걱정 마 … "

죽음의 순간이 온다면 강철이 기억하는 건 다른 어떤 것도 아닌 이 혼례식일 것이다. 그가 옐레나와 함께 어떻게 성단 앞에 서 있었는지, 신랑, 신부 머리 위에서 어떻게 사람들이 왕관을 들고 서 있었는지를. 유향과 양초가 타는 냄새, 천사 같은 합창, 바실리 주교의 경건한 낭송, 참석한 사람들의 호의, 한마디로, 수많은 세월, 수많은 사람의 생각이 축적된 교회의 내부 전체 분위기에 도취한 강철의 마음은 참으로 행복했다. 이때는 세상 모든 사람을 한 사람씩 껴안으며 모두에게 용서를 구하고 모든 것을 용서하고, 모두에게 자신이 지금 느끼는 행복을 빌어주고 싶었다.

강철은 자신을 보며 가벼운 아이러니를 느끼면서 성단까지 걸어가지 않았다. 신을 믿지 않으면서 교회에 들어와 신의 이름으로 혼례식을 치르는 지경까지 왔구나 … 하면서. 그런데 모든 것이 순식간에 바뀌었다. 그는 신자가 되지는 않았지만, 그의 마음은 잠깐이나마 신앙과 결합하였다. 누구를, 무엇을 믿는 신앙일까? 맙소사, 예수든, 부처든, 모하마드든 그 이름이 그렇게 중요한가? 모든 사람의 영혼에는 전능자가 있고 그는 우리에 관해 모든 것을 알고 있으며 사는 동안 우리를 진실의 길로 이끈다.

그는 하느님의 종 옐레나를 아내로 맞이하는 데 동의하는가?

그렇다! 신이시여, 그녀를 만나게 해주시고 제게 사랑이라는 신성한 감정을 불어넣어 주셔서 감사합니다!

사흘간 '신혼생활'을 했다. 교외에 있는 상인 체브리코프의 저택에서 행복한 사흘을 보내는 동안 아무도 그들을 방해하지 않았다. 사흘이 한순간처럼 지났지만, 기억 속에 영원으로 남았다. 이제 이별의 시간이 왔다. 블라디보스토크행 기차는 짧은 기적소리를 남기고 사랑하는 아내에게서 강철을 앗아갔다. 열차의 발판에 서서 이를 악물고서, 멀어지는 옐레나의 얼굴을, 울어서 벌게진 눈을, 흔들리는 하얀 손수건을, 자그마한 역사를 뒤로하고 속절없이 선 여자의 형상을 눈을 떼지 않고 지켜보았다. 그 순간 모든 것이 사라졌다. 익숙한 타이가 밀림들이 끊임없이 이어지며 열차를 스치고 지나갔다 …

블라디보스토크까지 강철은 별일 없이 무사히 도착했으나, 역사에서 군 순찰대가 그를 불러 세웠다.

"실례합니다, 중위님. 저는 중위님을 지금 도시 군사령부로 호송해야 합니다." 아주 젊은 준위가 강철의 신분증을 보고 나서 말했다.

"무엇이 문제입니까?"

"솔직히 말씀드리면, 제가 의심쩍은 것은 … 어떻게 말씀드려야 할지 모르겠지만, 중위님의 외모입니다. 현지인이십니까?"

"아닙니다, 준위님. 나는 이주민 한인입니다. 이게 문제입니까?"

"귀하께서는 블라디보스토크까지 오시는 데 거의 일 년이 걸렸습니다. 적군(붉은 군대) 놈들이 장악한 러시아 전역을 통과해서 말입니다."

"제가 적군과 한패는 아닌지 묻고 싶은 겁니까? 아닙니다. 그들은 장교를 계급의 원수로 생각하기 때문입니다. 블라디보스토크으로 오는 여정이 그렇게 오래 걸린 이유는, 오래전에 입은 상처가 시도 때도 없이 통증을 유발하기 때문입니다."

"오, 죄송합니다, 중위님." 준위가 군화의 뒤축을 모아 치며 말했다. "그래도 저는 귀하를 이 도시 군사령부로 호송해야 합니다. 근처에 있습니다, 중위님 … "

시 경비 사령관은 콧수염이 덥수룩한 육중한 대령이었다. 그가 준위의 보고를 듣고 나서 강철을 유심히 훑어보더니 입을 뗐다.

"무슨 연대에서 복무했습니까, 중위?"

"제230연대에서 복무했습니다, 대령님."

"아아, 우리 연대네. 연대장은 누구였습니까?"

"로모프쩨프 알렉세이 니콜라예비치 대령입니다."

"맞습니다." 대령이 고개를 끄덕였다. "그와 헤어진 지 오래됐나요, 중위?"

"작년 10월입니다, 대령님. 제가 다치자 로모프쩨프 대령께서 몸소 병원까지 데려다주셨습니다."

"그때 그분의 심기가 어땠습니까?"

"심기가 어땠을 것 같습니까, 대령님 … 전선이 무너졌고 병사들은 최전선에서 떼를 지어 도망쳤습니다. 도처에 배신자, 첩자, 빌어먹을 볼셰비키가 날뛰고 있는데 … 심기가 이루 말할 수 없이 언짢았겠지요, 대령님.”

"절망하지 마시고 기운 내시오, 중위. 전쟁영웅으로 환향하는 것 아닙니까. 소비에트 공화국과는 지금 휴전 중입니다. 극장도 다니고, 레스토랑에도 가시고 … 어디서 묵을 겁니까, 중위?”

"아직 모르겠습니다, 대령님. 제가 받은 모든 상을 조용하고 편안한 집 한 칸과 바꾸고 싶은 심정입니다 … ”

"무슨 말이오? 묵을 데가 없다는 말입니까? ‘졸로또이 록’이라는 호텔에서 일단 얼마간 묵는 건 어떻습니까? 그러다가 적당한 거처를 마련하면 되지요. 준위, 중위님을 ‘졸로또이 록’으로 모셔다드리고 주인에게 나, 시경비 사령관 그라질로프가 전쟁영웅을 특별히 모셔달라 부탁드린다고 전하게.”

호텔이 사람들로 넘쳐났기에 경비 사령관의 추천은 마침 유용하게 작용했다. 호텔 주인이 강철에게 작지만 아늑한 객실을 내줬는데, 이 방을 사용하던 앞사람이 얼마나 황급히 떠났는지 재떨이에서 아직 담배꽁초의 연기가 피어오르고 있었다. 강철이 우선 창문을 열고 청소부가 방을 정리하는 동안 신선한 차가운 공기를 들이마시며 창밖으로 펼쳐진 도시의 풍경을 감상했다.

‘이제 목욕하고 저녁을 먹고 너를 생각하며 잠자리에 들 거야.’

요새는 상상 속에서 옐레나와 자주 대화를 나눴다. 마치 그녀가 곁에 있는 것처럼.

# 제45장

**강**철이 넓은 방으로 들어서자, 방 한가운데 거대한 지도가 놓인 커다란 탁자가 눈에 들어왔다. 몇 사람이 몸을 숙이고 지도를 들여다보고 있었고 그중 한 명이 뭔가를 설명하다가 누가 들어오는 것을 보고 말을 멈췄다. 이 사람은 사십 세 조지아인 바라타슈빌리 여단장인데 용감무쌍함으로 전설이 된 사람이었다. 그 옆에는 군사 전문가이자 차르 군대의 전직 참모 대위였던 사마린 참모장이 서 있었다. 세 번째 사람은 여단 지휘부가 아니었지만, 턱수염이 덮인 얼굴은 누군가와 매우 흡사했다. 하지만 자세히 볼 겨를이 없어서 강철은 손을 들어 경례했다.

"여단장 동무, 명령을 받고 온 한인 중대 김 사령관 인사드립니다!"

"잘 오셨소, 김 동무." 여단장이 반갑게 인사하고 누군지 모르는 사람을 향해 말했다. "이 사람이 바로 그 영웅적인 한인 사령관입니다…"

그가 허리를 펴고 깜짝 놀라서 외쳤다.

"와, 이게 누군가, 강철이잖아! 이렇게 만나다니, 철, 나야, 한번 안아보세!"

이 낯선 사람이 다름 아닌 리파토프인 것을 강철이 이제야 알아보았다. 턱수염 하나가 이렇게 사람을 변모시키다니!

그들이 부둥켜안았다.

"살아있구나! 세상에, 살아있네, 철! 자네를 다시 만날 날이 올 거라고 굳게 믿고 있었지!"

"당신이 살아있어 나도 기쁘기 그지없습니다, 베니아민 페트로비치!"

그들이 서로의 등을 두드리며 방을 거의 한 바퀴 돌았다.

"오랜 친구들이 만났나 봅니다." 바라타슈빌리가 큰 소리로 말했다. "이런 일은 축하해야지요."

"축하하지요, 반드시 축하할 겁니다, 조지아 사람. 논의할 일을 끝내고 축하합시다."

"옳은 말씀이오, 혁명군사위원회 위원 동무, 감상에 젖을 시간은 조금 뒤로 미룹시다." 여단장이 고개를 끄덕였다. "참모장님, 김 동무를 위해 특별히 정세를 다시 한 번 설명해 주게."

그들이 지도를 둘러싸고 섰다. 사마린이 나뭇가지로 지도의 원을 가리키며 전문가다운 목소리로 설명하기 시작했다.

"내가 이미 언급했듯이 스파스크-달니 시골 지역은 높은 언덕에 있습니다. 오른쪽으로는 진펄이 한카호수까지 뻗어있어요. 왼쪽은 통과하기 어려운 타이가 밀림입니다. 돌파구가 될 수 있는 지점이 트인 평야인데 가로가 200~250m, 세로가 거의 1km 정도 됩니다. 이곳을 적들이 철조망 여섯 단으로 막아놓았습니다. 지역 전체에 틀림없이 발사 지점들이 포진해 있을 겁니다. 입수된 정보에 따르면 백군 요새의 병력은 총검이 3~5천 개, 대포가 10~15대로 추산되고 기관총이 몇 대인지는 밝혀내지 못했습니다. 국방사령부가 교회 옆에 자리 잡은 것이 확실합니다. 정황상 교회의 종탑을 감시초소로 써야 해서인 것 같습니다.

요새를 정면 공격으로 함락하기는 매우 어렵고, 성공 가능성도 지극히 의심스럽습니다. 피해 또한 실제로 엄청날 것입니다. 다른 방안은 체계적인 포병 사격으로 엄폐물을 쓸어버리고 사격 진지를 파괴하는 것입니다. 이 방법은 참호가 가려져 있어 상황을 모르는 데다, 또 아군의 총열 뭉치와 탄약이 적기 때문에 어렵습니다. 게다가 전날 내린 눈이 모든 윤곽선을 덮고 있어서 이 작전은 완전히 불가능해집니다."

"흠, 그런 상황에서 작전 성공을 위해 뭘 해야 합니까?" 여단장이 말했다.

"첫째, 요새에 관한 정확한 기밀정보, 사격 진지 배치도, 참호와 엄폐호 위치도가 필요합니다. 둘째, 구경 6인치 박격포 중대 2개와 각 총열당 탄환 100개씩이 필요합니다. 셋째, 목숨을 내던질 각오가 된 자원자 중대가 필요합니다."

"김 동무, 할 말이 있는가? 의견이 있으면 말해 보겠나?"

"제 생각에는 영리한 '끄나풀'이 필요하다고 생각합니다, 여단장 동무."

"맞는 말이네. 그런데 스파스크를 김 동무가 직접 다녀오는 게 좋을 것 같아." 바라타슈빌리가 손가락으로 지도의 한 지점을 찔렀다. "내부에서 적의 소굴을 염탐하는 거지. 안 믿기나? 계획한 작전을 지금 리파토프 동무가 자네에게 설명할 거네."

"계획은 이렇네, 철. 우리가 장교 하나를 포획했는데, 스파스크 요새의 사령관인 레칼로프 대령에게 서신을 전달하는 업무를 담당하는 연락 장교야. 우리는 그 장교를 우리 사람으로 대체할 생각을 했지만, 이 연락장교가 불행히도 칼미크족(서몽골족(오이라트)을 호칭한 민족명)이었어. 극동 군대를 다 뒤졌는데도 대체할 사람을 찾지 못했지. 그래서 한인 중에서 찾아보기로 했지, 한인과 칼미크인이 서로 닮았으니까. 그런데 자네가 이 자리의 후보가 될 줄은 전혀 예상하지 못했네. 그들 모두가 맹렬히 저항했고 그 결과 장교 하나와 병사 하나가 사망했어. 살아남은 한 명이 말하길 스파스크에서 그 연락 장교 얼굴을 아는 사람이 없다는군. 자네도 병사 두 명을 데리고 가게. 여기 연락 장교 신분증이야." 리파토프가 종이를 내밀었다.

강철이 서류를 잠깐 훑어보았다.

'칼리노프 표도르 삼기노비치, 공작 가문 출생 … 생년 - 1892년 … 단기 장교 과정 … 특무상사 … 남서부 전선 … 게오르기 십자 훈장 및 성블라디미르 훈장 수훈 … 코사크 대위 … 보브루이스크 부근에서 부상 … 마지막

복무지 - 칼미크인 연대, 시묘노프 장군 휘하 경비기병부대 사령관···'

그들은 전선에서, 군 병원에서, 그 후에는 모스크바에서 만났을 수도 있다. 거기에 어떤 칼미크인 부대가 있었으니까. 그들의 길이 스파스크 부근에서 교차하긴 했지만, 이제는 서로 만날 일이 절대 없을 것이다···

바라타슈빌리의 목소리가 멀리서 들려오는 듯했다.

" ··· 연락병을 다시 돌려보내고 김 동무는 이곳에 남게. 하루는 채비하고 내일모레 새벽에 길을 떠나도록."

"저희 집에 이 사람을 재우겠습니다." 리파토프가 말했다.

"좋도록 하게." 여단장이 양손을 벌렸다. "그렇지만 저녁은 우리 집에서 같이 하지."

저녁 식탁에는 많은 사람이 모여 떠들썩한 분위기를 만들었다. 여단 지휘부가 다 모인 것 같았다. 전사한 동지들과 블류헤르 동무를 위해, 리파토프로 대표되는 혁명군사위원회를 위해, 승리를 위해, 인류의 밝은 미래를 위해 건배했다. 사회자를 자처한 바라타슈빌리 여단장이 운을 띄워 수많은 건배사가 계속 이어졌다. 강철은 난생처음으로 조지아식 건배사를 들었는데 그의 마음을 단번에 사로잡았다. 술을 사양할 수가 없었다. 독한 가양주를 새끼 양고기와 같이 먹고 마셨다. 양고기 뼈는 이빨로 강하게 씹어서 부숴 먹었다. 노래를 불렀다. 합창하기도 하고 혼자 부르기도 했다. 러시아어가 우크라이나어, 조지아어, 그리고 무슨 말인지 모를 단어들과 함께 뒤섞였다. 이 노래 속에는 얼마나 많은 사랑과 환희, 고통이 담겨있는가! 군복과 딸깍거리는 허리띠, 바닥에 부딪히는 장검 소리가 없었다면, 목숨 걸고 싸우는 사람들이 두 진영으로 갈린 최전선이 근처 어딘가에서 이어진다는 것을 믿기 어려웠을 것이다.

자정이 되어서야 리파토프와 강철은 술자리에서 나올 수 있었다. 길에는 눈이 내렸지만, 추위는 느껴지지 않았다.

"이다지도 밤이 아름다울 수가." 리파토프가 감탄하며 말했다. "이런 밤에는 사랑하는 여인과 함께 거닐어야 하는데. 그런 여자가 있어, 철?"

"훨씬 더한 게 있지." 강철이 소리 내어 웃었다. "아내."

"자네 결혼했나? 언제 그럴 새가 있었어?"

"나 자신도 인생이 그렇게 풀릴지 몰랐어요. 그 일이 일어나지 않을 수도 있었다고 생각하면 지금도 한 번씩 끔찍하답니다!"

"나도 그런 생각을 할 때가 있지. 자 다 왔네… 이쪽으로 들어가게, 조심해서. 지금 초를 켤 테니… 자 이제 밝아졌네!"

리파토프가 불의 심지를 펴서 세웠다. 작은 불꽃이 불빛을 내며 타오르다가 곧바로 곧게 펴졌다. 탁자 주변이 금세 안락해졌다. 리파토프가 손바닥으로 얼굴을 비비고 나서 말했다.

"자, 이제 이야기 좀 해봐, 철."

"무슨 이야기요?"

"그간 어떻게 살았는지. 무슨 말이든 듣고 싶네…"

그래서 강철이 이야기를 시작했다. 처음에는 군대식으로 간략하게 설명했다. 그러다 점차 기억들이 그를 사로잡았다.

"… 8개월 정도 요새사령부에서 있었습니다. 그 시간 동안 지하 활동가들과 연결되어 무기와 탄약 공급을 도왔습니다. 무기를 도시에서 싣고 와 은신처에 숨겼어요. 무기가 필요한 날이 이렇게 빨리 올 줄은 몰랐지요. 그러다가 활동가 하나가 우리를 배신했어요. 사람들을 급하게 유격대로 나눠 보내야 했고 우리와 계속 연락을 유지했지요. 그러다가 나도 도시를 떠났습니다."

강철이 잠시 침묵했다. 전쟁은 전쟁이고 언제 어디서나 질서는 필요하다고 강조하길 좋아하던 블라디보스토크에서 만난 육중한 사령관이 머릿속에 생생히 떠올랐다. "도둑과 사기꾼, 협잡꾼들은 누가 권력을 잡든 있을 겁니다, 치안에 신경 쓰지 않는 한. 방첩대가 지하 활동가를 잡도록 하고 당신과 우리는 질서 유지에 힘쓰는 거지요."라던 그의 말이 생각났다.

"거의 일 년을 타이가에서 유격대와 함께 보냈어요. 우수리 지역을 세로로, 가로로 질러 통과했습니다. 포시에트에서는 백군과 일본군의 통행을 금지하는 자유 지역을 만들었어요. 적군(붉은 군대)이 가까워진다는 것을 알게 되었을 때 적군의 진격 방향으로 이동해서 만나기로 했지요."

"그런데 왜 자녤 콘스탄틴이라고 부르나?"

"세례를 받았어요." 강철이 빙그레 웃었다. "교회에서 혼례식을 올리려고."

"러시아 아가씨와 결혼했나?" 리파토프가 의아해했다.

"그건 아니고 조선 사람인데 러시아 정교 신자예요. 일전에 일했던 집 주인의 딸입니다. 내가 루자옙카 시골 마을을 왜 떠나야 했는지 이야기했던 것 기억하지요? 그때 나를 지금 아내의 오빠가 경찰에 신고했잖아요. 그런데 아내가 그것을 내게 알려주었고 덕분에 나는 형을 피할 수 있었지요. 그때 함께 떠나자고 했지만, 아내가 결심을 못 했었어요. 얼마 전에 루자옙카에 한번 들렀는데 아내가 결혼식 전날 도망쳤다지 뭡니까. 그러다 니콜스크로 갔는데 거기 지인 집에서 아내를 다시 만났어요."

"부베노프 집에서?"

"맞아요. 그 부부가 옐레나를 받아줬지요."

"그러면 이고르 블라디미로비치 부베노프는 만났는가?"

"백군에 징집당했어요."

"우리가 옴스크에서 콜차크 대장을 체포했을 때 사령부원 목록에서 부베노프 성을 봤어. 취조 과정에서 알게 된 사실은 부베노프가 하바롭스크로 전출됐다더군. 그런데 거기서도 그를 못 찾았어."

"우리가 적군을 만나러 이동하던 중에 제가 니콜스크에 머물렀던 적이 있는데요. 부베노프 아내 나탈리야 말로는 남편이 베르호얀스크에서 보낸 소식을 받았다고 하더군요."

"그게 언제쯤이지?"

"반년 전입니다."

"베르호얀스크는 우리 적군이 점령한 지 오래됐는데." 리파토프가 뭔가를 생각하며 말했다. "부베노프가 그럼 실종됐단 말인가?"

리파토프가 담배에 불을 붙이고 창가로 가서 환기창을 열었다.

"고요하고 평화롭네." 길거리를 바라보며 생각에 잠긴 듯 말했다. "첫눈이야… 어릴 때는 첫눈이 오면 얼마나 좋았던지. 폭신한 송이가 하늘에서 떨어지면 세상은 현실 같지 않았지. 어쩌면 이 모든 것이 실제로는 꿈이 아닐까? 러시아 변두리의 오두막, 내전, 적군과 백군, 서로를 향한 짐승 같은 증오와 잔악함… 강철, 나는 누가 됐든 승자들이 그리 행복하지 않을 것 같아. 패자들의 끔찍한 운명, 수많은 무고한 희생자들 생각이 승자들을 잠식할 것 같아. 철, 자네 그런 생각 해봤나?"

"왜 안 해봤겠어요, 수없이 해봤지요. 그렇지만 우리는 시위를 떠난 화살입니다. 되돌아갈 길은 없습니다. "

"시위를 떠난 화살이라, 흠, 좋은 표현이군… "

"혹시 하바롭스크 혁명위원회 위원들은 어떻게 됐는지 아십니까?"

"당연히 알고 있지. 내가 2년 동안 동시베리아 전선 체카(특별위원회, 반혁명, 투기 및 사보타주 퇴치를 위한 러시아 전국 특별위원회의 약칭) 위원장이었으니까. 나의 체카 요원들이 도시를 함락하고 나서 백군들이 저지른 잔악한 행위를 철저히 조사했어. 수많은 혁명위원회 위원들과 적군 사령관들이 총살당했거나 바지선에서 수장되었지. 그들 중에는 자네의 동족 김 스탄케비치(알렉산드라 페트로브나)도 있었어. 그들 모두가 죽음 앞에서 흔들리지 않았고 아무도 배신하지 않았고 용감하게 순교자처럼 절명했다네."

강철의 눈앞이 뿌예졌다. 그래, 그 여성은 목숨을 부지하고자 자비를 구하는 행동은 하지 않을 사람이었다.

"그리고리예프는 살아남았어. 지금은 남부 전선에서 제1 기병대의 일원으로 중앙아시아 반혁명 세력을 소탕하고 있네. 그럼 인제 그만 잠자리에 들지 … "

판자 침대에 누워 리파토프가 말했다.

"그런데 말이지, 나도 결혼했어, 철 … 그래서 아주 아주 행복해 … 잘 자게, 철."

24시간이 지나서야, 안내자가 강철과 동행들을 진펄에서 어떤 작은 시골 마을로 데리고 갔다.

"이곳에 내 친척이 삽니다." 그가 말했다. "거기서 몸을 말리고 좀 데웁시다."

밤을 그 집에서 보내며 몸을 말리고 한숨을 돌린 다음 새벽에 기운을 얻은 모습으로 길을 떠났다. 강철은 든든한 양털 가죽 반코트를 입고 허리에는 검대가 달린 장교용 벨트를 차고 있었다. 머리에는 어깨까지 닿는 흑갈색 여우 모피 모자를 썼다. 강철과 동행한 자하로프 하사와 미샤코프 하사의 복장도 강철에 뒤지지 않았는데, 차이점이 있다면 그들은 체르케스식 높은 털모자를 써서 기병대 카빈총의 총신이 어깨 뒤로 솟아있는 것뿐이었다. 마을에서 기다리던 안내자가 말을 구해놓았다. 그는 강철 일행을 3일간 기다리기로 했고 강철이 나타나지 않을 경우 왔던 길로 다시 돌아가야 했다.

겨울 길은 대부분 인적이 없었다. 배부른 말이 씩씩하게 걸어서 강철도 저녁쯤에는 스파스크에 도착하기를 바랐다.

첫 번째 검문검색은 올레니예 마을 부근에서 이루어졌다. 초소에 병사 셋과 장교 하나가 있었는데 검은 외투를 입고 콧수염이 없는 준위였다.

"오오, 멀리서 여기까지 오셨습니다, 공작님." 신분증을 보더니, 그가 큰 소리로 말했다.

"8일을 길에서 보냈습니다." 강철이 피곤한 목소리로 대답했다. "스파스크에 제대로 쉴만한 곳이 있었으면 합니다."

"반드시 그래야지요, 각하. 가장 부유한 곳이고 저택이 삼백 채 정도 됩니다. 내일 저희를 교대할 것이니 다시 만나 뵙기를 바랍니다, 공작님."

"그러지요, 물론입니다."

스파스크에 가까워질수록 마차와 기병을 더 자주 마주쳤다. 횡목으로 막아놓은 입구에서 다시 멈춰야 했다. 이번에는 서류를 더 꼼꼼히 검사했다.

"본부까지 어떻게 가야 합니까, 중위님?" 강철이 초소 책임자에게 물었다.

"먼저 요새사령부에서 임시 출입증을 발급받아야 합니다. 교회까지 직진해서 가시다 보면 본부와 요새사령부가 있습니다. 안녕히 가십시오!"

경비사령부에서 다시 검문이 이루어졌다. 호리호리한 준위가 강철의 말을 듣고 경비 사령관에게 보고하기로 했다.

"그냥 검문만 할 수는 없습니다. 귀하께서는 오렌부르지예에서 바로 오신 코사크 대위시니까요."

강철이 자신을 소개했을 때 살집이 두둑한 중령인 경비 사령관도 거의 같은 말을 했다.

"한 달 전에 우리는 하바롭스크에서 온 마지막 부대를 받았고 그때부터 외부와 단절되어 있습니다. 지금 아는 것은 연해주로 가려면 우리를 통과할 수밖에 없다는 것입니다. 적군들이 스파스크를 함락하기가 그리 쉽지 않을 겁니다. 우리가 이렇게 단단합니다." 여기서 경비 사령관이 엄청나게 큰 주먹을 쳐들었다. "참, 그건 그렇고 어떻게 여기까지 오셨습니까?"

"중국을 통해서 왔습니다, 중령님. 처음에는 열차를 타고, 그다음은 말을 타고 왔습니다."

"중국 누렁이들이 불편하시게 하지는 않았습니까? 일본 사무라이들은요?"

"사소한 일이 두세 번 있었지만, 보통은 우리에게 호의적이었습니다."

"거기 우리 편이 많습디까?" 경비 사령관이 최대한 무심한 투로 말하려고 애썼지만, 그의 말속에서 감출 길 없는 관심이 번득였다.

"예, 적지 않습니다. 하얼빈에 특히 많습니다."

"어떻게든 그 사람들을 우리 백군으로 동원할 수는 없겠습니까?"

"시도해 볼 가치는 있겠지만, 전체적으로 많은 사람이 투지를 잃었습니다."

"여기도 현재 탈영이 빈번합니다. 시골 출신들이 주로 도망칩니다. 그렇지만 코사크인과 장교들의 분위기는 아주 단호합니다. 우리는 잃을 것이 없습니다. 그렇기에 적군은 스파스크를 통과하지 못할 겁니다."

경비 사령관이 전화기의 손잡이를 돌렸다.

"여보세요, 본부입니까? 폴랴코프입니다. 레칼로프 대령님 바꿔주십시오 … 안녕하십니까, 대령님! 시묘노프 장군 부대에서 파견된 장교에 관해 보고드립니다. 대령님을 직접 뵙고 비밀 서한을 전달하겠다고 합니다. 예, 알겠습니다, 대령님!" 경비 사령관이 문 앞에 앉은 장교에게 말했다. "구세프 준위, 칼리노바 대위를 대령님께 안내하게."

요새 지역 사령관의 집무실은 적군 바라타슈빌리 여단장의 사무실보다 더 넓었다. 내부 장식도 훨씬 더 좋았다. 바닥에는 페르시아 양탄자가 깔렸고 벽에는 비싼 그림들이 걸렸으며 양초 50개를 꽂을 수 있는 샹들리에와 폭신해서 안락해 보이는 아름다운 의자들이 놓여있었다.

사령관은 혼자가 아니었다. 멀찌감치 떨어진 구석에 놓인 전화기 옆에 장교 두 명이 앉아있었고, 다른 장교 하나는 벽에 걸린 큰 지도를 만지작거리며 색연필로 뭔가를 표시하고 있었다. 사령관은 원탁에 앉아서 고위 간부 세 명과 차를 마시고 있었다.

강철이 앞으로 가 장화 뒷굽을 맞부딪쳤다.

"대령님, 코사크 대위 칼리노프가 시묘노프 장군님의 명을 받고 대령님께 장군님의 서한을 전해드릴 영광을 누리게 되었습니다."

"시묘노프?" 순수 혈통을 드러내는 얼굴에서 검고 짙은 눈썹이 놀란 듯 위로 치켜 올라갔다. "알렉세이 페트로비치 말인가?"

"네, 그렇습니다, 대령님."

"흐음…" 레칼로프 대령이 의아해했다. "어디에서 이리로 왔나? 정확하게 말하면, 지금 시묘노프 장군은 어디에 계시나?"

"하얼빈에서 20km 떨어진 한펑에 계십니다."

"멀리까지도 가셨네." 대령이 고개를 가로저었다. "장군께서는 거기서 뭘 하시나?"

"그것을 구두로 대령님께만 따로 전달하라는 지시를 받았습니다, 대령님."

"알겠소. 앉으시오, 대위, 이리로… 장교들, 내가 참모본부 아카데미 동급생 시묘노프 장군의 전달 사항을 듣는 동안 가서 차 좀 준비해 오시오."

강철이 탁자에 앉은 사람들을 둘러보다가 얼어붙었다. 강철 왼편에 이고르 블라디미로비치 부베노프가 앉아있는 게 아닌가! 그의 자세와 얼굴, 눈빛이 '어떻게, 어쩌다가?'라고 말하고 있었다.

"이곳까지 어떤 경로로 오셨습니까, 대위?" 장교 중 한 명이 강철 앞에 찻잔을 내려놓으며 물었다.

"솔직히 말씀드려서 상당히 많이 지쳤습니다." 강철이 대답했다. "하얼빈에서 찌시까지는 문제없이 갔는데 거기서부터는 전선을 피하고자 1천 km를 넘게 말을 타고 와야 했습니다. 스파스크에서 동쪽으로 40km 떨어진 지점에서 국경을 넘었습니다."

차는 맛이 훌륭한 중국 차였다. 강철이 뜨겁고 진한 차를 맛있게 홀짝였다. 옆에서 보면 멀고도 험난한 여정을 끝내서 안도하는 사람처럼 보였다. 실제로는 마음속으로 바짝 긴장하고 있었다. 언제라도 부베노프가 진실을 말할 수 있지 않은가. 그래서 부베노프의 목소리가 들렸을 때 강철은 약간 흠칫했다.

"죄송합니다만, 대령께서 소개하셨을 때 잘 들리지 않았습니다…"

"칼리노프 표도르 삼기노비치 대위입니다. 칼미키야 출신입니다."

"혹시 칼리노프 짜가뉴르 공작 집안 출신이 아니십니까?" 세 번째 장교가 화색을 띠었다. 과하게 크고 벌건 코가 귀족다운 외모를 망친 연로한 중령이었다.

집안이나 지인과 관련된 질문을 하는 위험한 순간이 올 수도 있다는 경고를 듣긴 했지만, 등골이 서늘해졌다. 하지만 이런 심리적 불안을 물리치고 뭐라도 해야 한다. 그래서 눈을 휘둥그레하게 뜨며 물었다.

"혹시 누구 말씀입니까?"

"친위대에 칼리노프라는 중위가 있었는데 친구들에게 항상 말을 선물하는 것으로 유명했지요…"

"아아, 아슈크 아저씨." 강철이 활짝 웃었다. "이란으로 떠나셨습니다. 상상이 되십니까? 증기선 하나를 통째로 빌려서 가족들과 키우던 종마를 모조리 다 태워 카스피해를 통과해서 갔습니다. 지금은 거기서 어떻게 지내시는지 잘 모릅니다."

"동양 사람들은 언제 어디서나 합의를 잘 보지요." 중령이 코웃음 쳤다. "그런데 우리 러시아 사람들은 우리들끼리도 합의를 못 봐요. 이런저런 민주주의자와 혁명가들을 너무 봐줄 필요가 없었어요. 정말로 그자들은 우리와 그리 오래 협상하지 않을 겁니다…"

"게오르기 미하일로비치, 손님 계신 자리에서 굳이 그렇게." 레칼로프 대령이 중재하듯 말했다. "그건 그렇고 대위, 시묘노프 장군께서 귀관을 높이 평가하시는군요. 여러분, 칼리노프 공작께 기분 좋은 저녁을 준비해 드리시오. 우리 부대가 작지만, 빵조각만 뜯으며 살지는 않는 것을 보여주길 바라오. 모두 물러가도 좋소."

장교들이 물러갔다. 문 옆에서 부베노프가 다시 한 번 강철을 보더니, 고개를 숙였다.

대령과 강철 둘만 남겨지자, 대령이 말했다.

"게오르기 미하일로비치 중령 말이 실례가 됐다면 미안합니다. 옛 근위대원이 어디서나 말을 가리지 않고 거침없이 합니다. 사실은 우리 상황이 짐작하시다시피 매우, 매우 개탄스럽습니다."

"동맹국들은요? 미국이나 일본 사람들은 어디 있습니까?"

"우리가 러시아 내륙으로 진격해서 승리를 거두었을 때는 그들이 동맹이었지요. 그런데 지금 이런 상황에서는, 이미 오래전부터 전속력을 다해 고국으로 내빼고 있어요."

대령이 일어서서 방을 거닐었다.

"그래요, 공작님, 군사에서 가장 중요한 것은 기세입니다. 그건 그렇고 구두로 내게 전달해야 할 사항이 뭡니까, 대위?"

강철이 일어섰다.

"대령님께 구두로 전달하라고 명령받은 내용을 말씀드리겠습니다. 적군이 스파스크 점령을 시작하지 않았다면 이곳에 소수만 남기고 주요 병력은 중국으로 이동하도록 결정하시는 게 어떻겠냐는 말씀입니다." 이 말을 듣자 레칼로프 대령은 잘못 들었다고 여긴 듯 고개를 쳐들었다. "적군이 침입하는 경우에도 마찬가집니다. 하얼빈 부근에서 새로운 백군 부대가 창설되고 있는데 현재 병력이 약 4만 정도 됩니다. 한편 러시아 중부와 남부에서는 적군 체제에 대한 농민들의 불만이 끓어오르고 있습니다. 대규모 봉기가 몇 차례 있었는데 끔찍이도 잔혹하게 진압되었습니다. 새로운 백군 부대는 투르케스탄, 캅카스와 러시아 남부로 이동할 것입니다. 시묘노프 장군께서는 조국의 해방을 위한 마지막 행군에 대령님께서 동참하셔서 함께 책임을 나누시길 바라십니다. 중국에서 탈 없이 이동하실 수 있도록 서류와 2백만 위안을 가지고 왔습니다."

레칼로프 대령이 강철의 말을 다 듣고 고개를 약간 떨구었다. 그러다 쓸쓸하게 웃었다.

"시묘노프 장군께서 그렇게 깊은 신뢰를 보여주시니 감사하기 그지없소이다. 그리고 장군의 전갈을 나에게 전하기 위해 위험을 무릅쓰고 여기까지 온 대위에게도 감사합니다. 내일 내가 답을 주리다."

레칼로프가 더는 말하지 않고 자기 책상으로 갔다.

"나중에 다시 이야기하시지요, 공작님. 어디서 묵을 예정입니까?"

"저에게 임시숙소가 배정되었습니다."

"그래요, 가서 짐을 푸세요. 이곳에 술집이 하나 있는데 저녁이면 장교들이 그곳으로 늘 모입니다. 장교들과 인사도 나누시고, 그러면 아마 극동지역에 남은 마지막 백군인 우리가 얼마나 어려운 선택의 갈림길에 서 있는지 직접 아시게 될 겁니다."

자하로프와 미샤코프가 말을 매 놓은 말뚝 옆에서 기다리고 있었다. 그곳은 기병들이 드나드는 길이었기에 교차로처럼 활기가 있었다. 말 옆에서 어쩔 수 없이 시간을 때워야 했던 두 연락병은 담배를 맛있게 피우며 서로를 장난스럽게 놀려대고 있었다.

"안 추운가, 용사들?" 강철이 기운찬 목소리로 묻고 나서 보니 부베노프가 그들을 향해 다가오고 있었다. 강철이 그를 향해 달려갔다.

"이고르 블라디미로비치! 살아계시고 건강하신 것을 보니 얼마나 기쁜지 모릅니다." 강철이 손을 내밀었다. "이런 가장무도회를 벌이게 되어서 죄송합니다. 하지만 전쟁은 전쟁이라."

"당신이 칼미크 공작의 모습으로 이곳에 온 것을 어떻게 이해해야 합니까 … 밀정입니까?"

당황스러움이 역력한 부베노프의 얼굴이 얼마나 익숙한 모습이었는지 강철은 웃을 상황이 전혀 아닌데도 하마터면 웃음을 터뜨릴 뻔했다.

"예. 저는 거기, 적군 진영에서 왔습니다. 적군이 스파스크를 습격할 겁니다."

"당신 생각에는 내가 무엇을 해야 합니까?" 부베노프의 목소리가 약간 떨렸다.

"모르겠습니다, 이고르 블라디미로비치. 양심이 그렇게 명령한다면 저를 고발하셔도 됩니다."

부베노프가 단호하게 고개를 가로저었다.

"아니요, 절대 그렇게는 안 합니다. 머리로는 당신이 적이라는 것을 알지만, 마음으로는 … "

"저도 당신의 적이 아닙니다. 단지 우리가 바리케이드를 가운데 놓고 각기 다른 편으로 갈라졌을 뿐입니다. 집을 떠나오신 지 오래됐습니까?"

"3년입니다. 그런데 어떻게, 대체 어떻게 이곳으로 오게 된 겁니까?"

"오오, 그건 긴 이야기입니다. 2년 전에 귀댁에 갔었습니다. 그리고 거기서 부인의 친구와 결혼까지 했습니다."

"예? 나탈리야 보셨습니까? 어떻게 지내던가요? … "

"오매불망 당신만 기다리고 있습니다. 이고르 블라디미로비치, 제가 지금 같이 온 군인들이 짐을 풀고 쉬도록 해야 합니다. 저녁에 술집에서 만납시다. 그런데 저는 어쨌든 칼미크 공작 칼리노프이고 우리는 옴스크의 총사령부에서 만났었다고 합시다. 정말로 콜차크 장군의 사령부에서 복무하셨지 않습니까?"

"그래요, 그런데 당신이 그것을 어떻게 압니까?"

"부인께서 전해주셨어요. 그러면 저녁에 만납시다, 이고르 블라디미로비치. 저는 칼리노프 공작이라는 걸 기억하세요."

"알겠습니다." 부베노프가 고개를 끄덕이고 본부 쪽으로 천천히 걸어갔다. 강철은 언제나 호감과 존경심을 갖고 대했던 사람에게 깊은 연민을 느끼며 멀어져 가는 부베노프의 뒷모습을 바라보았다.

임시숙소로 배정된 농가는 자그마했다. 집주인인 노부부는 낯선 남자 세 명이 들이닥치자 아주 겁을 집어먹은 듯했다. 하지만 노련한 하사들이 빠르게 노인들의 마음을 얻었고 30분이 지나자 모두 함께 식탁을 차리기 시작했다. 강철이 자하로프 하사에게 저녁 내내 나가 있겠다고 미리 언질을 주었고 술을 과하게 마시지 말라고 일렀다.

"말의 안장을 풀지 말고, 총은 옆에 두고, 교대로 잠을 자도록. 이곳을 떠야 할 순간이 언제든지 올 수 있으니."

"알겠습니다, 대위님."

회색빛 겨울밤이었다. 눈, 집, 나무들, 모든 것이 아른거리고 뿌옜다. 거의 모두가 커튼을 내린 농가의 어두운 창 사이에서 불빛이 비치는 창이 드문드문 보였다. 심지어 개 짖는 소리도 들리지 않았다. 모든 것이 무언가를 기다리며 숨을 죽이고 있는 것 같았다. 추운 밤을 예고하듯 발을 디딜 때마다 밟히는 눈이 뽀드득 소리를 냈다.

강철은 술집을 어렵지 않게 찾았다. 음악 소리가 들리는 이곳으로 장교들이 패거리로, 혹은 혼자서 찾아들었다. 술집 출입문 옆에는 술에 약간 취한 늙은 외팔이가 군복 외투를 입고 들어오는 사람마다 인사하면서 같은 말을 반복했다. "자비를 베풀어 주세요, 자비를 베풀어 주세요!". 누군가 돈을 넣어주면 전직 군인은 허리를 곧게 펴고 살아남은 손으로 거수경례하며 쉰 목소리로 외쳤다. "즐거이 노력하겠습니다, 장교님!"

자욱한 담배 연기와 공기 중에 진동하는 술 냄새가 따스한 파도처럼 강철을 덮쳤다. 높은 어조의 목소리들이 왁자지껄한 가운데, 천장으로 솟구쳤다가 다시 바닥으로 내리꽂히는 솔로 바이올린의 연주가 울려 퍼졌다. 바이올린 연주자는 검은 턱수염 사내로 집시 복장을 하고 있었다. 그는 탁자에서 탁자를 오가며 구슬픈 곡조로 마음을 흔들고 있었다. 제복과 어깨띠, 금색 견장과 알록달록한 훈장을 단 손님들 속에서 민간인 복장의 연주자와 사환들이 더 돋보였다.

강철이 입구에서 머뭇거리며 서 있자 곧바로 부베노프의 목소리가 들려왔다. "칼리노프 공작님, 이쪽으로 오십시오!"

식탁에 다섯 명이 앉아있었다. 그중 셋은 대령의 집무실에서 본 사람들이었고, 네 번째 사람은 얼굴이 갸름하고 예민한 늙은 참모 대위, 다섯 번째 사람은 강철처럼 아시아 민족이었다.

"여러분, 칼리노프 대위님을 소개합니다." 부베노프가 사람들을 보며 말했다. "칼미크족 공작이십니다."

사람들에게 가볍게 상체를 숙이며 인사하고 권하는 자리에 앉으면서 강철은 아시아인의 집요한 눈길을 곧바로 포착했다. 그리고 어떤 이유에서인지는 모르지만, 그를 향한 경계심이 발동되었다.

"공작님, 우리 일행을 소개해 드리겠습니다. 베르호비츠키 중령, 노비코프 중령, 네페도프 참모 대위와 야고마쯔 소위입니다."

소개된 장교들은 자리에 앉아서 자기 이름이 호명될 때마다 고개를 살짝 까딱했지만, 야고마쯔 소위만 자리에서 일어나 상체를 숙여 인사했다.

'정말 일본인이란 말인가?' 강철이 너무 놀란 나머지 가슴이 서늘해지는 것을 느꼈다. 강철은 조금 전에 자신이 실수를 저지른 것 같았다. 장교들에게 아시아식으로 인사한 것이다. 혹시 이 아시아인이 강철의 인사법을 일부러 따라 하며 실수했다는 신호를 준 건 아닐까?

탁한 액체가 든 유리잔을 강철 앞에 놓았다.

"건배합시다, 코사크 대위께서 건배사를 하시겠습니다." 베르호비츠키가 말했다. 모두가 기대하는 눈빛으로 강철을 바라보았다.

강철이 일어섰다.

"당연히, 저는 우리의 만남을 위해 건배하고 싶습니다. 여러분, 이 만남과 앞으로 있을 수많은 만남이 여기보다 더 서쪽 지역에서 이루어지기를 기원합니다. 건배!"

"멋진 건배사입니다, 대위님." 참모 대위가 강철과 잔을 부딪치기 위해 자리에서 살짝 일어나며 말했다. "모스크바에서, 그리고 페트로그라드에서 만나기를 바라며 건배!"

누군가는 잔을 맞부딪히고, 누군가는 그냥 술잔을 들어 비웠다. 대위가 탁자를 돌아 강철에게 다가왔다. 술 냄새를 풍기며 그가 말했다.

"대위가 어떤 소식을 가지고 우리에게 왔는지 모르겠으나 러시아식으로 당신에게 세 번 키스하며 인사하고 싶습니다."

강철에게는 대위와 부둥켜안는 것 외에 다른 선택의 여지가 없었다.

"공작님, 음식 좀 드십시오, 드세요." 부베노프가 작은 접시에 뭔가를 퍼 담으며 말했다. "술을 오래, 많이 마시셔야 하니까요. 우리가 마침 공작님 이야기를 하고 있었는데, 어떤 소식을 대령님께 가지고 오셨는지 모두가 끔찍하게 궁금해합니다. 그렇지 않습니까, 장교님들?"

"맞습니다." 참모 대위가 동조했다. "무슨 일이 일어나도 적군은 스파스크를 절대 함락하지 못할 겁니다. 제가 보증합니다!"

"네페도프 대위가 요새 지역의 건설 부문을 도맡고 계십니다." 베르호비츠키가 설명했다. "이분은 정말로 절대 무너뜨릴 수 없는 뭔가를 만들어 냈습니다. 재능 있는 러시아군 기술자 네페도프 대위를 위하여!"

모두가 잔을 비우고 담배에 불을 붙였다. 이번에는 극동에 마지막 남은 백군의 요새를 위해 잔을 들었고, 그다음에는 반란을 일으킨 폭도들의 어두운 무지를 물리칠 지성의 승리를 위해 마셨고, 식탁에서 건배할 수 있는 모든 명분이 동원된 건배사가 이어졌다. 강철은 당연히 그만큼의 술을 감당할 수가 없어서 꾀를 내어 이 상황을 모면하기로 했다. 강철이 자기 앞에 술잔을 두 개 놓았는데 하나는 빈 술잔이었다. 건배가 이어질 때마다 주먹으로 가린 채 빈 잔을 들었고 마신 것처럼 탁자에 다시 내려놓았다. 내려놓을 때는 빈 술잔이 모두에게 보이도록 했다. 술잔에 술을 따를 때는 다른 잔에 있는 보드카를 조심스럽게 비워냈다.

두 시간이 지나자, 고위 간부들이 자리에서 일어섰다.

"이제 우리는 그만 일어서야겠네." 베르호비츠키가 말했다. "여러분은 젊으니 할 수 있을 때 실컷 놀고 마시기를. 야고마쯔 소위, 항상 그렇듯 우리와 같이 가실 겁니까?"

저녁 내내 두 마디도 하지 않은 일본인이 손짓으로 아니라는 대답을 했다. 겉보기에 그는 술에 만취한 것 같았으나 강철은 사실이 그렇지 않음을 알고 있었다. 강철은 저녁 내내 일본인이 자신을 관찰하는 것을 느꼈고 강철도 그를 눈치채지 못하게 관찰했다. 매번 술잔을 들 때마다 야고마쯔는 보드카에 입만 축이고 난 뒤 누구보다 먼저 술병을 집어 자기 잔에 술을 따랐다. 그래서 그가 술을 아예 마시지 않거나, 조금 마신 다음 술을 약간 보충하는 걸 짐작하는 사람은 아무도 없었다.

"야고, 야고는 우리와 함께 남아있겠답니다." 참모 대위가 흥분하여 큰 소리로 외쳤다. "네가 일본인이긴 하지만, 나는 너를 사랑해. 죄 많은 이 땅의 모든 사람을 내가 얼마나 사랑하는데."

그러고선 갑자기 맑은 바리톤으로 노래를 시작했다.


'당신을 사랑했습니다. 사랑의 불꽃이

내 마음에서 완전히 꺼지지 않았을지도.

하지만 내 사랑이 당신을 힘들게 하지 않기를,

그 무엇으로도 당신을 슬프게 하지 않기를.'


사람들이 잠자코 평온하게 노래를 들었다. 대위가 마지막 소절을 끝내자, 박수가 터져 나왔다.

"브라보, 대위님, 브라보!"

강철 역시 노래에 경도되었다. 부베노프의 목소리가 멀리서 실려 온 것처럼 들려왔다.

"남다른 재능을 가진 사람이에요. 하지만 병적일 정도로 자기애가 강해요, 인정받지 못한 많은 천재처럼. 이 사람은 많은 것을 이룰 수 있었을 텐데 유감스럽게도…"

부베노프의 말에서 그런 절망적인 우울이 뿜어져 나오다니, 강철은 다시 연민이 마음을 찌르는 듯했다. 하지만 지금은 이런 감정에 잠겨 있을 겨를이 없다.

"네페도프 대위님, 그런 목소리는 볼쇼이극장 무대에서 선보이셔야 할 정도네요. 대위님을 위하여 술잔을 듭니다."

"고맙습니다, 코사크 대위님. 목소리는 뭐… 제가 열정을 쏟는 것은 건축입니다. 하지만 운명이 이끄는 대로 저는 여기서, 보시다시피, 러시아 변방에서 축성가가 되어 저의 마지막 방새를 건설했습니다."

"대위님께서 적군이 그 방새를 절대 함락하지 못할 거라고 하셨지요?"

"정면에서는 절대 못 할 겁니다. 공성 무기를 갖추고, 세심한 갱도를 파는 작업을 할 때만 적군이 승리를 기대해 볼 수 있는데 겨울에는 불가능한 작업입니다. 내가 지금 보여드리지요, 보세요." 네페도프가 식탁 위 그릇을 한쪽으로 과감하게 치워버리고 탁자 중앙을 비웠다. "이것이 짐작해 볼 수 있는 습격 경로입니다. 이 경로에 우리가 마련해 놓은 것은 여섯 단의 철조망과 그 앞의 구덩이입니다." 그가 포크 여섯 개와 숟가락을 탁자에 늘어놓았다. "측면에는," 옆에 빵조각을 갖다 놓았다. "검증된 사격 구역과 함께 기관총 발사 지점 12곳이 설치되었습니다. 각 지점이 통나무 박공지붕이 덮인 독특한 벙커 형태입니다. 중앙에는 참호 3곳, 그 뒤에는 구경 6인치 박격포 부대가 있습니다. 그 표시를 이 청어요리로 합시다. 이렇습니다, 코사크 대위, 이 포열이 이쪽저쪽으로 오가는 철도 플랫폼에 설치되었습니다. 그러려고 레일과 원치를 설치해야 했습니다. 무기마다 발사 구역을 각각 설정해 놓았습니다. 적군이 철조망을 통과하여 침투한다고 하더라도 100m 너비의 지뢰밭이 그들을 기다리고 있습니다. 그렇게 되면 그들은 겁에 질려 땀 좀 흘려야 될 겁니다. 이런 식으로 병력이 배치된 상황에서는 적군에게 희망이 전혀 없습니다!"

"대단하십니다, 훌륭한 작업입니다." 강철이 이렇게 말하고 네페도프의 술잔에 술을 가득 따라주었다. "그럼, 대위님, 다시 한 번 귀하를 위해, 귀하의 위대한 군기술자적 재능을 위해 건배합시다!"

마지막 잔이 영광스러운 러시아 축성가를 강타한 듯했다. 그는 식탁에 고개를 박고 잠이 들었다. 네페도프가 이야기하는 동안 야고마쯔는 어딘가로 나가서 돌아오지 않았고 이 상황이 웬일인지 강철을 불안하게 했다.

"일본 장교는 어떻게 이리로 오게 된 겁니까?" 강철이 부베노프에게 물었다.

"누가 알겠습니까. 일본군 대표로 이곳에 왔다고 하지만, 내 생각에 그는 방첩 요원인 것 같습니다."

"러시아어는 할 줄 압니까?"

"말은 잘 못 하지만, 다 알아 듣습니다. 아 참, 조선말은 아주 잘하는 것 같았어요. 야고마쯔가 포로로 잡힌 조선인 유격대원을 취조하는 모습을 내가 직접 봤습니다."

"그렇군요. 조선 사람은 적군 편에, 일본 사람은 백군 편에 섰네요. 모든 것이 논리적으로 타당합니다." 일본 장교를 계속 생각하며 강철이 말했다. 그자에게서 눈을 떼지 말았어야 했는데 …

"아니요." 부베노프가 고개를 가로저었다. "이 문제에는 아무런 논리가 없습니다. 단지 어떤 세력이 서로를 죽을 만큼 적대하는 두 진영으로 나뉘게끔 러시아를 쪼개놓았을 뿐입니다. 하지만 이 모든 것이 머지않아 끝날 겁니다. 요새 지역 하나로, 그것을 아무리 강고하게 세웠다 하더라도, 적군의 침입을 막아낼 수 있겠습니까, 러시아 전체가 등 뒤에 서서 적군을 응원하는 마당에! … "

"이고르 블라디미로비치, 저와 함께 떠나시지요."

"어디로요?"

"적군으로요. 적군에 전직 장교가 적지 않습니다."

부베노프가 고개를 저었다.

"처음부터 갔다면 모를까 … 지금 그럴 수는 없어요. 만약 간다면 어떻게, 언제 간다는 말입니까?"

"지금 바로입니다. 그 일본인이 나간 이유가 있다고 느껴집니다. 저희와 같이 떠나십시다, 이고르 블라디미로비치."

"아니요. 저는 이곳에 남아 패자의 운명을 함께 해야 합니다."

"왜요? 당신은 학자라 손에 피를 묻히지 않았다고 저는 확신합니다. 기다리는 사람들을 생각하십시오, 나탈리야가 기다리고 있습니다."

"안 됩니다, 철. 제안은 감사합니다만 나는 그럴 수 없어요. 그리고 최근 2년 동안 내가 술을 엄청나게 마셔댔어요 … 나는 이미 끝난 사람입니다. 우리가 졌어요, 우리는 미래를 믿지 않았으니까요."

"당신에게는 나탈리야가 있습니다. 앞으로 아이도 생길 거고요. 마음을 다잡고 자신을 지키세요, 이고르 블라디미로비치."

"아니, 안 됩니다. 당신은 서둘러 여길 떠나세요. 이 야고마쯔는 방첩 요원 케드로프와 연결된 자입니다. 무서운 사람입니다."

"당신을 설득하지 못해서 안타깝습니다. 이고르 블라디미로비치, 그렇지만 다시 만날 날이 오길 바랍니다. 안녕히 계십시오!"

차디찬 공기를 쐬자, 강철은 순식간에 정신이 맑아졌다. 사방이 어두웠지만, 강철은 어느 방향으로 가야 할지 빠르게 알아냈다. 가는 길에 권총을 권총집에서 꺼내 양가죽 코트 품속에 넣었다.

집 근처에 오자 걸음을 늦추고 귀를 기울였다. 조용한 것 같았다. 하지만 불안감이 그를 떠나지 않았다. '아, 올 테면 와라.' 그렇게 생각하고 술에 취한 사람의 걸음걸이를 흉내 내며 갔다. 발길질로 바깥문을 열고 현관으로 다가가 소리쳤다.

"자하로프, 미샤코프! 게으른 짐승 같으니라고, 처자고 있냐, 개새끼들!"

강철이 문을 거칠게 밀었다. 그런데 문이 잠겨있었다.

"군에서는 어떻게 자야 하는지 내가 지금 보여주지." 강철이 다시 소리를 질렀다. 그러자 문이 느닷없이 활짝 열리고 문지방에 어떤 형체가 나타났다.

이 사람이 같이 온 연락병들이 아니라는 육감에 강철은 주먹으로 머리를 겨냥하여 앞으로 뛰어들었다. 그러자 강철 자신도 넘어지면서 쓰러진 형체 위를 덮쳤다. 그때 누군가가 등불을 손에 들고 현관으로 나왔다.

"중위님, 무슨 일입니까?"

"아아 …" 강철이 신음하며 권총을 꺼냈다. 그는 등불이 가까이 올 때까지 기다렸다가 손을 뻗었다. 권총 손잡이가 정확히 관자놀이를 강타했다. 축 늘어진 몸이 시체처럼 강철에게 떨어졌다. 그걸 치우고 일어서서 살림방으로 들어가자마자 강철은 그 자리에 얼어붙었다. 납작한 카빈 총검이 하마터면 강철의 가슴을 뚫고 박힐 뻔한 것이다. 그때 주저 없이 곧바로 강철은 총검 밑으로 몸을 숙여 순식간에 총을 뺏은 뒤 개머리판으로 총 주인을 내리쳤다.

"자하로프, 미샤코프!" 강철이 다시 한 번 불렀지만 아무도 대답하지 않았다. 그는 서둘러 출구로 나갔다. 현관에서 누군가가 강철의 다리를 잡으려고 했지만, 강철이 부츠로 발길질하자 이빨이 뿌지직하는 소리가 들렸다.

바깥으로 나온 강철은 낮은 담장을 뛰어넘어 이웃집의 마구간으로 들어갔다. 그곳은 낮에 말을 매어둔 곳이었다. 다행히도 말은 제자리에 있었다. 강철이 자기 밤색 종마를 꺼내 안장에 올라탔다. 언제라도 기절한 사람이 깨어나 경보를 울릴 수 있지만, 강철은 서두르지 않았다. 여유 있는 속도로 마을을 빠져나가서야 그는 말을 채찍질하기 시작했다. 아침이 다가올 무렵 추위로 온몸이 꽁꽁 언 채로 그는 안내자가 기다리고 있는 마을에 당도할 수 있었다.

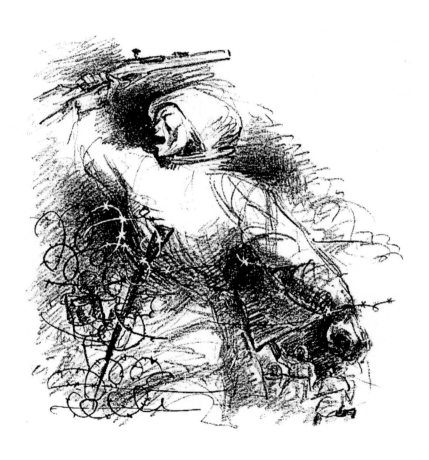

# 제46장

 밤. 얼굴을 분간할 수 없다. 4열로 정렬된 전사들의 실루엣만 보일 뿐이다.

하얀 눈, 하얀 옷이 창백한 반사광에 흐릿하게 보인다. 그런데도 사람들의 대열을 바라보는 강철은 수백 명의 눈이 내뿜는 강렬한 긴장의 빛을 느낀다.

"적군(붉은 군대) 동무들! 우리는 적진으로 가장 먼저 돌진하는 드높은 명예와 신뢰를 얻었다 … "

강철이 이 말을 시작하고 잠시 울컥했다. '드높은 명예와 신뢰' 얼마나 멋진 말인가! 하지만 사실은 모든 것이 뻔할 정도로 단조롭게 일어났다. 여단장이 이렇게 말했었다. "자네의 첩보 활동은 어떤 자료로도 뒷받침되지 않았으니, 유격대를 데리고 제일 먼저 일선으로 가게." 본부 회의에 있던 사람들은 말없이 앉아있었고 침묵으로 동의를 표시했다.

철조망과 기관총이 기다리는 곳으로 가장 앞서서 돌진하는 것 … 이것이 명예와 신뢰인가? 언젠가 로마 병사들이 정복한 땅의 원주민들을 야만인이라 부르며 출정에 그들을 앞세웠었다. 그때 야만인들은 명예와 신뢰가 무엇인지 알았을까? 그렇다면 나의 동포들은 알고 있을까?

편협한 사람은 위험을 온전히 상상할 수 없기에 공포를 느끼지 못한다고 한다. 슬기로운 사람들은 온 힘을 기울여 영적인 것에 호소하며 공포를 억누른다. 나의 동포들이여, 당신들은 어떤 사람인가, 거창한 말로 마음을 감화하여 당신들을, 그리고 자기 자신을 전선으로 가도록 부추기는 나는 또 어떤 사람인가?

"그곳에는 철조망과 기관총이 우리를 기다리고 있다. 그날이 찾아올지도 모른다는 두려움에 떨면서, 자기들을 향해 다가오는 용맹스럽고 강건한 혁명의 용사들을 의식하며 힘을 잃어가는 적들이 그곳에서 우리를 기다리고 있다…

우리에게는 이틀, 준비할 시간이 단 이틀 주어졌다. 훈련용 철조망이 마을 밖에 세워졌다. 대장장이 시절 숙련된 기술을 살려 가위 칼을 내가 직접 만들었다. 아침부터 저녁까지 포복 훈련을 하고, 소리 내지 않고 철조망을 절단하는 기술을 배운다. 두 사람이 뻗어있는 금속 가시를 잡고 있으면 세 번째 사람이 칼날로 그것을 자르는 방법이다. 뒤에서는 구덩이를 막을 장대를 가지고 포복한다.

여섯 단의 철조망과 기둥마다 10개씩 줄이 감겼다. 두 팀으로 나눠서 한다면 240번씩 절단해야 하며 빈 깡통이 매달린 줄이 끊어지면서 소리가 나는 일은 절대 없어야 한다. 그게 다가 아니다. 앞에는 지뢰밭이 기다리고 있다. 그곳에서는 한 번의 실수가 모든 것을 망칠 수 있다. 무엇을 배웠는지는 습격이 보여줄 것이지만 사령관으로서 나는 훈련할 시간이 적다는 것을, 너무 적다는 것을 실감하고 있다. '무소불위 혁명의 용사들'로 구성된 선발대가 조그마한 실수라도 한다면, '기다림의 공포에 지친 적들은' 순식간에 선발대를 전멸할 수 있다."

"여단은 우리에게 필요한 모든 것을 제공해 주었고, 우리는 완벽하게 무장한 상태이며, 위장용 흰색 옷을 입고 있다…"

온마을에서 침대보 스무 장 정도가 모였고, 여단 병참 하사관이 눈물이 그렁그렁한 눈으로 창고에 남아있는 속옷을 전부 내주자, 거기서 가장 큰 크기를 선별했다. 다행스럽게도 한인들은 체구가 작아서 겨울옷 위에 셔츠와 속바지를 입어도 아주 넉넉했다. '훌륭하게 무장한' 용사들은 유령처럼 보였다. 얼굴도 흰색 염료로 칠하고 싶었지만, 그런 염료를 대체 어디서 구한단 말인가… 어쨌든 적들이 이런 끔찍한 모습을 본다면 놀라자빠질 테니 우리에게는 득이 될 것이다.

"각자에게 충분한 탄약이 할당되었다…"

모든 소대에서 수류탄과 F1 수류탄을 모았지만, 한 사람당 고작해야 두 개씩 돌아가는 양이었다. 강철이 소총의 총신을 톱으로 잘라내서 짧게 만들라고 명령했다. 짧은 소총은 포복할 때도 편하고, 좁은 참호나 좁은 엄폐호에서 교전이 벌어질 때 발사하기도 편하다. 군사 전문가 사마린은 국유재산을 이렇게 취급하는 것에 경악했지만, 여단장은 이러한 혁신적인 모습의 장점을 즉각 높이 평가했다.

"드디어 우리 유격대에 46명의 병력이 보충되었다. 이들은 유격대 투사, 여러 부대에서 싸운 우리 동포들이다. 여단의 한인들이 모두 단일 대오로 뭉쳤다. 많지도 적지도 않다. 도합 232명의 용사이다 … "

강철이 증강 병력 군인들과 인사를 나눌 때 그를 홀린 듯 바라보는 한 소년병이 눈길을 끌었다. 자기 차례가 오자 소년병의 눈이 환하게 빛을 뿜었다. 박인달이라고 자기를 소개했지만, 그 이름이 강철에게 말해주는 것은 아무것도 없었다. 그래서 강철이 소년병에게 물었다.

"자네 나를 아나?"

"예!" 소년병이 흥분하여 대답했다. "조선에서 우리와 같이 넘어왔잖아요. 노인과 여자 두 명, 사위 … 기억하십니까?"

당연히 기억하지, 인달! 나중에 둘만 있는 자리에서 소년병이 놀랄만한 소식을 전해주었다. 강철과 순희 사이에 아들이 태어났다는 소식이었다. 그리고 그 아이가 벌써 열 살이 되었다! 아이를 출산하면서 아이 엄마는 죽었고 그 아이는 인달의 집에서 키우고 있었다. 아이의 이름은 인철이었다. 할아버지는 두 해 전에 이미 세상을 떠났다.

아들이 벌써 열 살인데 강철은 그 아이의 존재도 모르고 있었다니. 가엾은 순희! 당신을 완전히 잊은 나를 용서해주게 … 하지만 우리의 아들은 이제 더는 고아로 살지 않을 거야. 이 전투에서 적의 총탄이 나를 죽이지 않는다면, 나의 소중한 아들 인철아, 그때는 같이 살자!

"이제 전투에 임하는 지시 사항을 말하겠다. 우리 한인통합유격대에 주어진 임무는 철조망을 끊고 장대로 구덩이를 막고 공격로의 지뢰를 제거하는 것이다. 한마디로, 우리가 훈련했던 모든 것을 하는 것이다. 행동 순서는 다음과 같다. 철조망이 시작되는 곳으로 먼저 가위를 가진 3인조 네 그룹이 가고 그 뒤를 공병들이 따른다. 통로가 마련되면 공병들이 먼저 간다. 일렬로 포복하는데 앞 사람이 간 길만 따라간다. 말을 해서도 안 되고 담배를 피워서도 안 된다. 가장 명심할 것은 어떤 경우에도 총을 쏘아서는 안된다는 것이다. 무슨 일이 일어나더라도 사격은 안 된다!

신호탄으로 신호를 주면 철조망 뒤에서 포병대가 사격을 개시한다. 사격이 중지되었을 때 사령관의 신호에 따라 수류탄 대오가 앞으로 전진한다. 그런 다음에야 우리가 참호에 침입한다. 김태길 그룹은 왼쪽 측면의 기관총 발사 지점을 박살 내고 남길성 그룹은 오른쪽 측면을 맡는다. 어떤 대가를 치르더라도 기관총 발사 지점을 초토화해야 한다, 그렇지 않으면 주력부대 전사들이 엄청나게 희생될 것이다.

동포들이여, 한가지가 더 있다! 우리는 우리의 빛나는 미래를 위해, 여러분 각자가 온전한 시민이 될 새로운 소비에트 국가를 위해 마지막 결전에 나간다. 우리의 승리가 오랜 고통을 겪고 있는 우리의 조국, 조선 해방에 어떻게 기여할지 누가 알겠는가.

그런 야간 전투에서 살아남기가 어렵다는 것은 알고 있다. 그렇기에 절도있게 단결하여 행동하고 내가 말한 모든 요구사항을 따르는 것이 더욱 중요하다 … ”

이때 오른쪽 측면에서 바라타슈빌리 여단장을 필두로 한 군인들 무리가 등장했다. 위엄있는 검은 망토를 걸치고 검은색 높은 털모자를 쓴 여단장은 쉽게 눈에 띄었다.

“제군들, 집중! 가운데로 정렬!” 강철이 여단장을 향해 다가갔다. “여단장 동무! 한인통합유격대가 적의 요새 지역 스파스크로 진격할 준비를 마쳤습니다! 유격대 사령관 김, 보고드립니다!”

"열중쉬어." 바라타슈빌리 여단장이 명령하고 대열을 향해 얼굴을 돌렸다. "제군들 사령관의 지시 사항에 덧붙여 한마디 하겠다. 제군들의 영웅적인 야간 공격은 혁명의 역사에 길이 남을 것이며 스파스크 요새 습격에 감사하는 후손들이 그것을 찬양하며 전설을 이야기할 날이 올 것이다. 전진하라, 한인 용사들이여! 내일 아침 우리는 자유를 찾은 스파스크에서 승리를 자축할 것이다. 지휘하시오, 김 동무."

강철이 한 발짝 앞으로 나왔다.

"각 그룹의 연락병은 나에게 온다! 대열, 좌향좌! 모두 출발 위치로, 행진!"

부대가 움직이기 시작했다. 아무것도 소리 내지 않고, 아무도 말하지 않았고 기침조차 하지 않았다. 발밑에서 밟히는 눈이 내는 뽀드득 소리만 밤의 적막을 깨뜨렸다.

몇몇 소대를 보내고서 강철도 출발했다. 바로 뒤에서 연락병들이 따라왔는데 그중에 박인달도 있었다. 옆에 있으라고 하자, 무슨 일이 생긴다면, 이 소년은 이제 열여섯밖에 되지 않았는데…

"철, 잠시만." 리파토프의 목소리가 뒤에서 들리는가 하더니 그가 순식간에 강철의 옆으로 왔다. "무슨 말을 해야 할지 모르겠네… 자네가 살아남는 것 하나만은 알아. 한번 안아보세. 신이 함께하길!"

"리파토프, 무신론자 아닙니까." 강철이 빙그레 웃었다.

"맞아, 무신론자야. 하지만 이런 상황에서는 우리 전우들을 위험해서 지켜줄 하느님이 있다고 믿고 싶네."

30분 후에 부대가 출발 위치에 도착했고 첫 번째 그룹이 진격을 향해 떠났다.

칠흑 같은 어둠으로 둘러싸인 순결한 하얀 들판, 그것을 통과하는 것은 '산다'는 의미였다. 주위는 얼마나 적막한가! 신이시여, 할 수 있는 한 오래 이 적막이 치명적인 총격으로 폭발하지 않게 하소서…

눈이 덮인 들판이 흰옷으로 위장한 용사들을 집어삼켰다. 10~15m만 더 가면 그들은 아예 구별되지 않을 것이고 연속되는 하얀 어스름 속에서 모든 것이 합쳐져 하나로 보일 것이다. 강철과 연락병 대열이 따라갈 차례가 되었다.

첫 번째 100m를 그들은 몸을 숙이고 걸어서 갔고 그다음부터는 포복하여 가기 시작했다. 돌파조의 가장자리에 있는 사람은 당연히 힘이 든다. 쌓인 눈이 그리 높지 않다고 해도 사람이 지나간 흔적을 따라 이동하는 것과 아무도 지나가지 않은 길을 따라 이동하는 것은 완전히 다르기 때문이다.

첫 번째 철조망을 통과했다. 그리고 구덩이 위는 장대로 사다리를 만들어 덮었다. 차가운 눈이 달아오른 얼굴과 목에 떨어지며 녹아 찝찝한 물줄기가 되어 목덜미로 흘렀다. '용사들에게 보드카를 줬어야 했나.' 강철이 뒤늦게 생각했으나 곧바로 그 생각을 뒤집었다. 만약 '만세'를 외치면서 공개적으로 공격에 나섰다면 보드카가 도움이 되었을지도 모른다. 하지만 야간 습격에는 술에 취한 용맹함이 아무 쓸모가 없다. 이때는 맑은 정신의 경계심과 신중함이 모든 것을 결정한다.

두 번째 철조망을 통과했다 … 세 번째 철조망을 통과했다 … 그러다 갑자기 폭발음이 정적을 깨뜨렸다. 왼쪽 측면에서 대인 지뢰가 터진 것이다. 강철은 얼어붙은 땅에 바짝 몸을 대고 움직이지 않았다. 이제 시작될 것이다, 이제 … 강철과 모든 용사가 맹렬한 사격을 예상하긴 했지만, 사격의 시작은 느닷없고, 귀청이 찢어질 정도로 아찔했다. 기관총 대여섯대가 즉시 발사되었다. 길고도 난폭하게 그들은 들판의 왼쪽을 향해 기관총을 갈겨댔다. 강철이 고개를 들어 발사 지점의 위치를 확인했다. 제발 용사들이 대응 사격을 하지 말아야 할 텐데 … 강철이 불안에 떨며 생각했다. 걱정과는 달리 용사들은 강철의 명령을 정확하게 수행했다.

기관총 소리가 대포 포성의 굉음으로 갑자기 중단되었다. 두 번째, 세 번째 포성. 폭발로 땅이 흔들릴 때마다 용사들은 더 깊이 눈 속으로 파고들었다.

이 저주받을 대인 지뢰는 사방을 얼마나 참혹하게 뒤흔들어 놓았나? 지뢰를 밟은 불쌍한 병사는 이미 죽었을 것이고, 살아남은 자들은 눈 속으로 파고들면서, 포탄이 자기를 피해 가기를, 지나가서 터지기를 아마 하늘에 대고 빌고 있을 것이다.

포격이 느닷없이 시작된 것처럼 느닷없이 중단되었다. 엎드려, 엎드려라, 용사들이여, 움직이지 말라. 15분은 이 자세로 기다려야 한다. 적의 감시자들이 지금 쌍안경의 접안렌즈를 맹렬히 들여다보고 있을 것이기 때문이다. 그러다 이내 안심하고, 길 잃은 육중한 날짐승이 지뢰를 밟았다고 생각할 것이다.

"아무도 움직이지 마라." 강철이 명령했고 그의 명령이 즉시 연속하여 입에서 입으로 전달되었다.

이 시간은 얼마나 길게 느껴지는가. 꼼짝없이 엎드려서 젖은 몸이 추위로 점점 얼어붙는 것을 느끼는 것보다 끔찍한 일은 없다. 먼저 발이 뻣뻣해진다. 러시아 펠트 부츠를 신은 사람은 좋겠다! 그다음 손가락의 감각이 사라진다. 지금 벌떡 일어나 제자리 뛰기를 하고 손뼉을 칠 수만 있다면 얼마나 좋을까! … 부자와 가난한 자에 관한 전래동화가 떠올랐다. 동화에서는 누더기를 입은 사람은 혹한 할아버지로부터 자신을 지킬 수 있었고 부자는 모피를 입고서도 얼어붙었다.

시간이 됐다, 전진! 다시 모두가 숨을 죽이며 움직이기 시작했다. 어딘가에서 빈 깡통이 내는 소리가 어렴풋이 들려왔다. 모두가 다시 꼼짝 않고 얼어붙었지만 아무 일도 일어나지 않았다.

네 번째 철조망이다. 갈수록 구덩이가 점점 더 많이 보였다. 백군들은 습격을 대비할 시간이 충분했던 것이다.

여섯 번째인 마지막 철조망 옆에서 전진 그룹이 사슬을 이루어 매복했다. 강철이 그들이 있는 곳까지 도달한 다음 거기서부터는 혼자 포복해서 갔다.

10m, 20m, 30m. 때가 왔다. 그는 권총집에서 신호총을 꺼내기 전에 입김

을 불어 손을 데웠다. 방아쇠를 당겨 발사했다. 신호탄이 쉬익 소리를 내며 하늘로 날았다가 '탁'하고 터지면서 하얀빛을 내뿜었다. 불과 몇 초 동안 타오른 신호탄은 그 신호로 공격자의 음모를 배반적으로 드러내면서, 동시에 여단 포병부대에 구원의 총격을 가하라고 재촉하였다. 신호탄이 미처 다 사그라지기도 전에 강철이 벌떡 일어나 뒤로 돌았다. 구경 6인치 포의 일제사격이 그를 넘어뜨렸을 때 그는 10m도 채 가지 못한 상태였다. 도대체 왜 이런 황당한 일이? 포탄이 완전 가까이 떨어져서 그의 용사들을 덮쳤다니!

작전 계획을 짰을 때 포탄의 언더슈트(목표지점보다 덜 날아가서 떨어지는 현상) 문제가 모두를 걱정시켰다. 그래서 이런 해결책을 내놓았다. '첫 번째 일제 사격 후에 20초 동안 사격을 멈춘다. 이 20초 동안 두 번째 신호탄을 쏘지 않으면 다시 같은 조준 거리로 포를 발사한다.'

강철이 재빨리 두 번째 신호총을 꺼내 신호탄을 쏘아 올렸다. 그러자 곧바로 백군의 전면에 배치된 부대가 활동을 개시했다. 사격할 때 번쩍이는 빛으로 보니 강철의 부대가 적의 발포 지점의 반원 안에 있었고 그것은 백군이 뿌리는 죽음의 바람을 바로 맞는 것이나 다름없는 상황이었다. 하지만 적군의 대포가 다시 일제사격을 시작하자 백군의 소총과 기관총 소리가 곧바로 묻혀버렸다. 이번에는 포탄이 강철의 위로 날아갔다. 자, 한 번 더, 한 번 더!

이제 포병들이 사격을 멈출 것이고 이때 병사들을 땅에서 일으켜야 한다.

강철이 일어나서 소리쳤다. "대원들, 나를 따르라!"

얼마나 많은 대원이 자신을 따라 달려왔는지 강철은 알지 못했다. 그는 앞에서 달리고 있었기에 뒤따르는 발소리만 들었을 뿐이다.

이제 불타오르는 백군의 참호가 나왔다.

"수류탄을 던져라!"

그들이 참호로 들어갔을 때 내부는 폭발로 인해 날리는 연기와 재가 아

374

직 자욱했다. 하얀색 덧옷을 입은 적군들이 검은 외투를 입은 백군들과 한데 엉켜서 정신없이 총을 난사하며 그야말로 아수라장을 만들었다. 러시아말 쌍욕과 한국말 욕설이, 비명과 신음, 죽어가며 색색거리는 소리가 뒤섞였다.

누군가 측면 출입구에서 튀어나와 강철에게 달려들었다. 강철이 리볼버를 쏘았다. 그것은 리볼버 실린더에 든 마지막 총알이었다. 오랜 습관대로 등에 찬 장검을 뽑아 들었다. 독일 장교를 생포하러 첫 출격을 나갔을 때 정찰병들이 강철에게 선물한 코사크 장검이었는데 지금까지 그것을 늘 몸에 지니고 다녔다.

참호 벽에서 검은 형체가 분리되었다. 그가 발사하기 직전에 강철은 몸을 숙여 한 바퀴 공중회전 하여 뛰어올랐다. 그러자 이 낯선 인물의 얼굴이 손을 뻗기에도 너무 가까운 거리에 나타났다. 강철은 180도 급회전하여 칼날을 휘둘러 이 낯선 사람의 머리를 베었다. 강철이 쓰러진 몸 위에 뛰어오르자마자 번뜩이는 섬광 때문에 한순간 앞이 보이지 않았다. 옆구리를 강타당하자, 강철은 몸을 움츠렸다. 바로 그때 귀 위로 누군가 쏜 총알이 날아갔다. 총을 쏜 사람은 한시도 강철 곁에서 멀리 떨어지지 않았던 인달이었다.

"안 다쳤어요, 강철 아저씨?"

"괜찮다, 인달아. 저기 엄폐호 틈을 향해 발사해라."

강철이 수류탄을 꺼내 안전고리를 뽑았다. 머릿속으로 셋까지 센 다음 던졌다. 폭발과 함께 흙덩어리와 눈덩이가 그들을 향해 쏟아졌다.

"누구요?" 조선말로 누군가가 묻는 목소리가 들려왔다.

"한편이요." 강철이 대답하고 일어섰다. 앞에 조선 사람이 있다면 이 참호는 이제 우리가 점령한 것이다.

강철이 연락 통로로 다니며 '중앙 그룹은 방어 태세를 갖추라'라는 같은 명령을 되풀이했다.

여기저기에 쓰러진 시체들이 나뒹굴었다. 아군은 흰색 옷으로 쉽게 알아볼 수 있었다. 하나, 둘, 셋… 일대를 돌아다니며 소대장들의 보고를 듣고 안타까운 심정으로 사망자 수를 추산했다. 60여 명이 전사했다. 용사들의 3분의 2였다! 이것은 중앙 그룹에서만 나온 숫자이다. 아직도 총성이 울려 퍼지고 있는 측면 그룹에서는 얼마큼의 사상자가 나올까?

김태길 그룹에서 소식이 왔다. 왼쪽 측면 백군의 모든 기관총 발사 지점이 파괴되었다. 오른쪽에서는 아직도 막심중기관총과 루이스경기관총이 내는 소리가 들려왔다.

지원군이 도착했다. 참호는 금방 활기를 띠었다.

"김 사령관님, 여단장님께 가십시오!"

강철이 여단장에게로 갔을 때 바라타슈빌리 여단장이 사람들을 배치하고 있었다.

"여단장 동무, 적의 전방 참호가 점령되었고 사격지점은 제압되었고…"

"내 눈에도 보여요, 보여, 김 동무." 여단장이 그의 말을 잘랐다. "한번 안아보세, 대단하오! 손실은 큰가?"

"예, 큽니다, 여단장 동무."

"안타깝다, 김 동무. 하지만 주요 임무는 완수되었다. 이제 백군의 공격을 격퇴하고 반격을 시작해야 할 때다. 그런데, 김 동무, 완수해야 할 임무가 하나 더 있네. 오른쪽 측면의 용사들을 모두 모으게. 우리가 반격을 시작하면 오른쪽에서 스파스크를 우회하여 매복한다."

다시 뜨거운 덩어리가 강철의 목에 치밀었다. 지칠 대로 지친 그의 용사들이 지금 즉시 10km가 넘는 거리를 행군하여 도주하는 백군을 차단하라는 명령을 받은 것이다.

… 수많은 적의 공격진이 나타났을 때는 날이 밝아오고 있었다.

"쏘지 마라, 더 가까워질 때까지 기다린다." 명령이 내려졌다.

적이 점점 가까이 오고 있었다. 긴장감이 극에 달했다. 달려오는 병사의 형체가 명확하게 보이고, 장교의 외투들이 여기저기서 반짝거렸다. 그들이 말없이 다가왔기에 이것은 마치 악몽을 꾸는 것처럼 느껴졌다.

"발사!" 명령이 내려졌고 빗발치는 사격 소리가 다시 적막을 찢어놓았다.

강철이 직접 기관총을 잡았다. 자동 화기의 미친 듯한 떨림은 강철의 가슴에서 끓어오르는 분노와 닮았다. 모든 것이 배경으로 물러나고, 그의 눈앞에는 가늠자 구멍과 적의 형상, 맞혀서 쓰러뜨리자는 맹렬한 열망만이 존재했다.

"공격 준비!" 적군 대열을 향해 명령이 내려졌다. "앞으로!"

우렁찬 나팔 소리가 울려 퍼졌다. 적을 향해 돌진하라는 독려였다. 가락이 맞지 않는 '우라~아' 소리를 지르며 모두가 힘을 모았다. 러시아어로 만세를 뜻하는 함성 '우라'에 한국어 '만세~에'가 뒤섞였다.

총검을 들고 다가오는 적군에 대항할 엄두를 못 내고 백군이 서둘러 후퇴하기 시작했다. 강철이 숫자가 크게 준 자기 병력을 이끌고 스파스크를 우회했다.

그들은 수십 미터 길이로 한 줄로 서서 걸었다. 가장 강하고 인내력이 강한 사람들이 앞장서서 아무도 밟지 않은 새하얀 눈을 차례로 밟으며 길을 만들어 나아갔다.

강철이 세어보니 용사의 수가 98명이었다. 거기다 부상자 16명은 간호병 3명의 보호 아래 참호에 남았다. 모두 합해도 한인통합유격대의 절반 이상이 목숨을 잃었다. 저녁에 숫자를 다시 세면 몇 명이 될 것인지 아직 아무도 모른다!

전투를 피하여 퇴각하긴 했지만, 들리는 총성의 빈도로 보아 백군이 항복할 생각은 아닌 것 같았다.

유격대의 많은 용사가 지쳐서 간신히 걸음을 지탱했다. 하지만 멈추어

설 수는 없었고 눈밭에 눕는 건 더더욱 안 되었다. 강철은 기운 내라는 명령을 이따금 내리기도 하고 뒤처진 사람들이 먼저 지나가도록 하면서 말과 미소로 독려했다. 강철의 뒤에 꼭 붙어 인달이 따라왔다. 키도 작고 허약해 보였지만 인달은 다른 장병들보다 더 끈기 있는 모습을 보였다.

그러다 사람들의 힘이 완전히 소진되는 것 같은 순간에 갑자기 누군가가 노래를 시작했다. 그것은 농민들의 노동요 '옹헤야'였다. 한 소절, 두 소절… 홀로 부르는 노래가 높은음에서 잦아들자 곧바로 몇 명이 노래를 이어받아 같이 불렀고, 그러자 얼마 안 가 밝고 구성진 합창이 눈밭에 울려 퍼졌다. 누군가가 노래 박자에 맞춰 몸을 흔들기 시작하자 이 춤이 파도처럼 줄을 이어 뒤로 전달되었다.

옹헤야!
어절씨구, 옹헤야!
저절씨구, 옹헤야!
잘도 한다, 옹헤야!

이 노래는 끝도 없이 이어질 수 있다, 마치 우리네 삶이 그러하듯. 주변에 있는 모든 것을 이 노래의 구절로 만들 수 있다. 옹헤야! 하얀 눈아, 옹헤야! 배고프다, 옹헤야! 안 무섭다, 옹헤야! 도망가네, 옹헤야!

여기저기서 새로운 노랫말이 터져 나왔다. '그렇지, 백군은 우리를 이길 수 없지.' 강철이 생각했다. '얼마나 넓은 황야를 지나오고, 얼마나 많은 사람이 죽었는데 우리는 그래도 앞으로 나가고 있다… 심지어 노래도 부른다.'

두 시간 후 그들은 스파스크의 동쪽 끝으로 나갔다. 도중에 그들은 검문소에 있던 백군 병사 몇을 분쇄했다. 그 검문소는 일주일 전에 강철의 신분증을 검사했던 곳이었다.

포로로 잡인 백군 병사 두 명을 데리고 왔다. 둘 다 턱수염을 기른 중년의 사내였다. 한 명의 얼굴은 분명히 겁에 질려 있었지만, 다른 한 명은 일부러 보라는 듯이 태연한 표정으로 부러진 이를 혀로 핥으며 아무렇게나 피를 내뱉고 있었다.

강철이 그들과 말해보기로 했다. 일 년 반을 유격대에서 생활하는 동안 그는 포로로 잡힌 장교를 몇 차례 심문한 적이 있었다. 그들이 적군에게 품은 증오는 말이 필요 없는 것이었다. 무엇이 이 사내들을 움직이게 했는지 알고 싶었다.

"아침에 이 마을을 떠난 사람들이 많았는가?" 강철이 더 가까이 서 있는 무모한 자에게 물었다.

"많았든 말든 네가 무슨 상관이냐?" 그가 거칠게 대답했다. "온갖 이교도들이 변장을 하고 와서 겁을 줬다고 생각하는군. 허 참, 그래, 잡아먹어라."

"이교도라고 말했냐?" 강철이 소리 없이 웃었다. 그는 이 용감한 사내가 더 마음에 들었다. "너의 상관, 장교들이 이교도들이다. 너희를 버리고 아침에 도망치지 않느냐."

"어디서 헛소리야? 흉측한 아시아 놈이." 포로가 주먹을 불끈 쥐었다.

"짐마차는? 아침에 진짜로 짐마차가 없었더냐?"

"아침에 있었지. 그건 맞아. 그건 여기 토박이 부자들이 도망친 거다…"

"네가 어떻게 아느냐? 현지인이야? 스파스크 출신이야?"

"무슨 스파스크야, 난 마케예프카 출신이다. 여기서 150 베르스타(160km) 떨어진."

"부자들은 도망갔는데 너는 여기서 그들의 재산을 지키고 있느냐?"

"나는 아무도 지키지 않아. 경비 초소를 지키라는 명령을 받고 경비를 섰을 뿐이다."

"경비를 제대로 못 섰다, 병사. 너는 마을에서 아무도 못 나가게 하라는 명령을 받고도 짐마차는 지나가도록 해주었지. 게다가 너는 지금 그 사실을 우리에게 밀고하지 않았나.”

포로가 망연자실했다.

“그래서 … 내가 뭘 밀고했는데? 나는 아무것도 밀고하지 않았다 … ”

“밀고했어, 밀고했지.” 강철이 빙그레 웃었다. “그러면 중요한 정보를 우리에게 넘겨준 대가로 너는 보내주마. 그런데 너의 동료는 우리가 총살하겠다.”

포로의 눈이 다시 망연자실해졌다. 그러다 그는 곧바로 씁쓸하게 웃으며 단호하게 말했다.

“그렇게는 안 될 거다. 나도 쏴라.”

“왜 그래야 하지?” 강철이 내심 놀랐다.

“왜냐하면 이 사람은 나의 대부이기 때문이다. 내가 어떻게 그를 버리고 가겠나? 나는 군인으로 동원되었지만, 이 사람은 병역면제자여서 집에 남을 수도 있었다. 하지만 그렇게 하지 않고 나와 같이 입대했다. 그런데 내가 지금 이 사람을 어떻게 버리나?”

“좋다, 병사, 질문 하나에 대답하면 내가 너희 둘을 다 집으로 보내주겠다. 일본 장교가 이곳을 통과해서 나갔느냐?”

“기억나는 게 없는데. 아킴, 혹시 봤어?”

“봤어, 봤어.” 다른 포로가 기운을 차렸다. “엊그제 병사 두 명과 함께 떠났다. 우리 장교가 그와 뭔가 이야기를 나눴는데 무슨 말을 했는지는 모른다. 그때 너는 식사 준비를 하고 있었잖아, 프롤, 그래서 너는 못 본 거야.”

“너희들 요새 사령관은 어디 있나? 도망치지 않았나?”

“아니다.” 용감한 포로가 고개를 가로저었다. “각하는 도망이나 치실 분이 아니다.”

"이렇게 야윈 중령은, 안경을 썼는데, 초소를 통과했나?”

"그런 사람은 없었다.” 둘 다 자신 있게 대답했다.

강철은 심장이 조여드는 것 같았다. 그렇다면 부베노프는 아직 스파스크에 있다는 말이다. 그런데 부베노프가 왜 도망을 갔겠는가, 그의 성격도 이 입술 터진 러시아 병사의 성격 못지아니하지 않나?

"여보게들, 됐다. 전투를 치렀으니, 그것으로 족하다.” 강철이 말했다. "지금부터 앞으로 영원히 이곳, 연해주에는 새로운 권력이, 노동자와 농민의 권력이 군림할 것이다. 때가 오면, 지주와 부르주아가 없는 세상이 얼마나 좋은 세상인지 너희들 눈으로 보게 될 것이다. 집으로 가라, 그리고 앞으로는 너희들의 노동자, 농민 권력을 향해 절대 무기를 들지 마라.”

"권력은 이러나저러나 권력이지.” 프롤이 중얼거렸다. 하지만 그런 중얼거림 속에는 악의보다는 안도감이 더 컸다.

두 사람이 초소에서 나갔다. 한 사람은 가면서 계속 뒤를 돌아보았지만, 다른 한 사람은 한 번도 고개를 돌리지 않았다.

강철이 그들의 뒤를 바라보는데 서글픔이 밀려왔다. 그도 저런 안도감을 가지고 집으로, 옐레나에게로 가고 싶었다…

생각 속에서 강철을 끄집어낸 건 인달의 목소리였다.

"사령관 동무, 건물로 들어오시랍니다.”

검문소 옆에 딸린 작은 오두막은 사람들로 꽉 차서 몸을 돌릴 틈도 없었지만, 사령관이 등장하자 용사들이 간격을 더 좁혀 뜨거운 소형 난로 옆 공간을 확보해 주었다. 어디선가 간이의자도 등장했다.

"이쪽으로 오십시오, 사령관 동무… 뜨끈한 차 한 잔 잡수시고요…”

누군가 강철에게 군용 컵을 내밀었고, 다른 누군가는 말린 호밀빵 한 조각을 건넸다.

"고맙소, 제군들." 강철이 고개를 끄덕이고 컵을 들어 한 모금 마셨다.

기분 좋은 온기가 가슴으로 퍼져 내려갔다. 그러자 갑자기 극심한 허기가 느껴져서 말린 빵을 맛있게 깨물어 씹었다.

"밥이 없을 때는 말린 빵이 제격이지요." 초로의 병사가 웃으며 말했다. 그의 이름은 강섭이었다. 그는 처음부터 강철이 지휘하는 유격대에 있었다. 그는 수년을 숯 굽는 일을 했기에 얼굴이 검었다. 그가 활짝 웃자 놀랍도록 하얀 치아가 드러났다.

"강섭 아재, 그런 이빨이 말린 빵 깨물기에 딱 좋은데." 옆에 앉은 마른 청년이 놀렸다. 그의 목소리가 깜짝 놀랄 정도로 감미로웠다.

"배고플 때면 깨물어 먹지, 그런데 윤설이 너는 시도 때도 없이 노래만 부르잖아." 숯장이가 되받아쳤다.

바로 이 사람이 행군에서 '옹헤야'를 처음 부른 사람이었구나! 이렇게 젊은 사람이 지친 사람들의 기운을 어떻게 북돋아야 하는지 바로 알아맞혔다니. 아름다운 목소리와 노래하는 재능이 다가 아니라, 자기 노래가 다른 이들에게 절실하다는 확신이 필요한 것이다.

"윤설이가 유명한 가수가 되는 날이 오면 사람들이 이놈 노래만 들어도 배곯는 걸 잊어버릴 거다." 누군가 농을 던졌다. 태국이 이 말을 한 것 같았다. 그는 타이가 사냥꾼이었는데 지금은 2소대 기관총 사수이다.

"배부른 놈 마음에 들기가 더 어렵지요." 윤설이 껄껄 웃었다. "배부른 놈은 한숨 자고 싶지 노래 따윈 듣고 싶지 않거든요. 진짜 그렇지요, 사령관 동무?"

강철이 고개를 끄덕였다.

"사실이 그렇지요. 그런데 사람이 영원히 느끼는 굶주림이 하나 있습니다. 그것은 바로 마음의 허기입니다. 윤설이가 유명한 가수가 되는 날이 오면 이 땅에는 헐벗고 굶주린 사람들이 더는 없을 겁니다. 그러면 그때는 무엇이 사람을 행동으로 이끌까요? 그것은 마음의 허기입니다. 모르는 것을 배우고 싶은 바람, 아름다운 것을 끌어안으려는 마음." 강철이 자기를 바라보는 사람들을 둘러보았다. "더 나은 사람이 되고 싶은 욕망. 위대한 그리스 철학자 소크라테스가 언젠가 이런 말을 외쳤습니다. '세상에, 내가 알면 알수록 나 자신이 아는 것이 얼마나 적은지 깨닫게 된다니!'"

"그리스가 여기서 멉니까?" 미래에 유명한 가수가 될 윤설이가 물었다.

"단순히 먼 것이 아니라 지구 반대편 끝에 있어." 남길성이 소리 내어 웃었다. 그는 교사로 일했고 지금은 강철의 부사령관이다. "스파스크가 바로 지척에 있어요. 몸을 데웠으니 이제 모두 나갑시다!"

강철이 모두와 함께 밖으로 나갔다. 가장 먼저 감지한 것은 전투 소리가 달라졌다는 것이다.

"온다, 그들이 온다." 누군가의 목소리가 중앙에서 들렸다. 강철도 마을에서 검은 종대가 등장하는 모습을 보고 있었다. 그가 쌍안경을 들었다.

백군들이 스파스크를 떠났다. 하지만 그것은 무질서하게 도망치는 모습이 아니었다. 검은 종대는 행군 속도에 맞춰서 걸었고 대오별로 일정한 거리를 유지하고 있었다. 코사크 부대가 말을 타고 앞장섰다. 종대 중앙에 수레가 있는 것을 보니 부상자들을 실은 것 같았다. 말을 탄 장교들이 옆에 있었다. 가장 보수적으로 잡아도 적병의 수는 천여 명에 달했다.

어떻게 할 것인가? 여단장의 명령은 명확했다, '매복하라'. 하지만 그들은 우리를 짓밟아 버릴 것이다, 조금 전 우리가 초소 경비대를 짓밟았듯! 더구나 앞줄에는 기병대가 있지 않은가!

강철이 다시 한 번 지형을 둘러보고 결정을 내렸다. 부대를 길에서 왼쪽으로, 작은 비탈 뒤로 이끌고 간다. 그렇게 되면 말에게는 어떤 식의 장애물이라도 될 것이다.

"모두 나를 따르라!" 강철이 소리치고 재촉하듯 팔을 흔들었다.

길에서 약 80m 정도 나가 일렬로 엎드렸다. 기관총 사수 둘을 각 측면에 배치하고 강철이 신호를 주기 전에는 사격하지 말 것을 명령했다. 중앙에는 강철, 그 옆에 태국이 자리를 잡았다.

"소총은 내가 명령을 내릴 때 일제 사격으로만 쏜다!"

강철의 명령이 양옆으로 전달되었다.

야간 근접전에 안성맞춤이었던, 총신을 톱질하여 짧게 만든 소총은 이런 거리에서는 무익했다.

적의 종대가 점점 더 가까워지고 있었다. '적들이 우리가 있는 것을 알아채지 못하다니 이상하다', 이런 생각을 하며 강철은 좋은 운이 미심쩍었다.

여하튼, 강철의 부대에 맞설 안전조치를 취하지 않은 상태로 적의 종대는 빠른 행군 속도로 걷고 있었다.

앞에 선 코사크 기병들이 매복한 지점에 다다랐다. 기병들의 흔들리는 높다란 털모자, 말의 주둥이에서 나오는 하얀 김이 쌍안경 없이도 보일 정도였다. 보병 종대의 머리가 직사 선에 일치할 때 강철이 태길의 시선을 느끼고 차분하게 말했다.

"아직 이르다. 내가 명령을 내릴 때 종대 뒷부분을 집중해서 쏘아라. 수레, 야전 부엌은 건들지 말도록."

일 분, 이 분, 삼 분… 이때다!

분노에 찬 기관총의 스타카토가 끊이지 않을 것처럼 이어졌다. 빗나간 총알이 단 한발이라도 있었을까. 사람들이 폭풍에 아무렇게나 던져진 짚단처럼 고꾸라졌다. 죽음의 파도가 오른쪽으로 왼쪽으로 가다가 무자비한 법칙으로 다시 돌아왔다.

강철이 예상했던 것처럼 종대가 걷는 속도를 늦췄다. 하지만 정신이 나간 수레의 말들이 날뛰면서 앞에 가는 말들을 덮치기 시작했다. 당연히 앞

말들은 기병대를 덮쳤다.

하지만 적들도 얼마나 빨리 대응했는지 언급하지 않을 수 없다. 일부 병사들이 눈밭에 즉시 엎드려 대응사격을 개시했으며 다른 일부는 재촉하는 장교들의 명에 따라 매복하고 있는 적진 쪽으로 돌아섰다. 그러자 강철이 소리 질렀다.

"사격 중지!"

갑작스럽게 기관총 소리가 멈추자, 적병들이 당황했다. 종대의 선봉대는 그때 더 멀어져가고 있었다. 선봉대를 향해 강철의 부대가 사격하지 않았기에 전투가 벌어지는 곳으로 되돌아오는 자는 적었다. 한번 퇴각한 적은 계속 도망치기 쉬운 법이다.

눈밭에 엎드린 병사들이 후퇴하기 시작했다. 그러자 강철이 오른쪽 기관총 사수에게 전달되도록 명령을 내렸다. '종대의 선봉대를 향해 사격하라'.

종대의 중간 부분이 사격을 당하면 할 수 있는 일은 앞으로 가는 것이다. 하지만 총격이 뒤에서 오면 되돌이킬 기력이 없다. 강철이 기대한 것은 바로 이것이었다.

맞은편에 남아있던 병사들이 공격을 개시했다. 앞줄에 선 적병들이 계곡 속으로 잠시 몸을 감췄다가 모습을 드러내는 바로 그 순간, 명확한 표적이 되었다.

"일제 사격, 개시!" 강철이 있는 힘을 다해 우렁차게 명령을 내렸다.

수십 개의 소총에서 총알이 빗발치며 적병들의 첫 줄을 쓸어버렸다. 하지만 뒤에서 다른 적병들이 또 떼를 지어 밀고 나왔다.

노리쇠를 당기는 데 2초가 걸리고, 조준하는 데 3초가 걸린다.

발사!

일제 사격이 잠깐 멈추는 짧은 간격을 기관총 발사가 메웠다.

발사!

돌격하는 자들의 진영은 혼란의 도가니였다. 이때 기병의 검을 손에 들고 한 장교가 나타났다. 그는 칼을 휘두르며 앞으로 더 나가라고 병사들을 재촉하자마자 총알에 맞고 쓰러졌다.

사령관의 죽음이 돌격의 결과를 결정했다. 병사들이 후퇴하기 시작했다.

"사격 중지!"

흩어진 종대가 동쪽으로 도망쳤다. 길에는 수십 명의 시체와 수레 몇 개가 널브러져 있었다. 승리다!

"에이, 지금 말이 있었으면 저것들을 쫓아갔을 텐데." 누군가의 젊고 들뜬 목소리가 들렸다.

강철이 씁쓸하게 웃었다. 여보게 젊은이, 멀쩡히 살아남은 것을 감사하게. 만약 시간이 촉박하지 않았다면 우리가 백군 근위병들과 상대가 되겠는가? 군사 훈련을 제대로 받은 사람들인데, 우리는 한방에 짓밟혔을 거다.

전체 상황으로 볼 때 백군들이 왜 패배하고 있을까? 이 질문을 놓고 강철은 여러 번 고민했었다. 그런데 인제야 그는 명확한 대답을 찾은 것 같았다. 그들에겐 이상이 없다. 적군에겐 이상이 있다. 공산주의 사회 건설이라는 이상, 톰마소 캄파넬라가 그다지도 아름답게 써놓지 않았나. 수십만의 의식을 사로잡은 이상. 그들은 여러 방식으로 나라의 미래를 상상했다. 어떤 사람들은 착취 계급이 없는 나라를 꿈꾸고, 어떤 사람들은 토지의 무상 공유를, 또 어떤 사람들은 걱정 없이 넉넉하게 살 기회를 꿈꾼다. 그런데 그 모든 것을 아우르는 것이 하나 있으니, 그것은 과거와 단절하고 새롭고 희망찬 삶으로 나아가고자 하는 불타는 열망이다.

다시 검문소 초소 쪽으로 나갔다. 무기를 줍고 버려진 수레를 뒤졌다. 심각한 상처를 입은 백군 근위병 몇을 건물 안으로 이송했다. 그러고 나서 강철은 부대를 이끌고 이미 총성이 멈춘 스파스크로 향했다.

386

마을 변두리에서 명령조의 고함이 그들을 불러세웠다. "정지, 누구냐?" 농가의 창문 밖으로 고개를 내민 적군이 외쳤다. 다른 구멍으로 기관총의 총구가 튀어나와 있었다.

"제1 한인통합유격대다." 강철이 대답했다.

"사령관은 이쪽으로, 나머지 대원들은 제자리에 선다!"

이번에는 다른 사람이 명령을 내렸다. 현관에 키가 크고 어깨가 넓은 잘 생긴 사람이 서 있었다. 그는 여단에서 용맹스럽기로 유명한 코사크인 레프카였다. 그의 가족을 백군들이 사살했기에 백군을 향한 그의 증오는 하늘을 찔렀다.

"김, 자네야?" 깜짝 놀라서 그가 외쳤다. "쏘지 마, 우리 편이야."

그가 현관에서 뛰어 내려왔다.

"자네 유격대가 야간 전투에서 전부 전사했다고 들어서." 레프카가 말했다. "그런데 모두가 집귀신 같은 몰골이네 … "

"지금 이 지역의 상황은 어떤가?" 강철이 물었다.

"우리가 이 지역을 함락했어, 함락했다고! 사실 백군 절반이 도망치긴 했지만, 에이, 그놈들을 따라잡을 기병대가 없는 게 안타깝지. 그런데 어디서 오는 길인가?" 코사크인 레프카가 한인 사령관 강철의 극도로 피로한 눈을 바라보고 고개를 끄덕였다. "알만해, 알만해. 여단 본부는 이 길을 따라 직진하면 있네 … "

유격대가 스파스크 길을 따라 걸었다. 주변은 아무런 일도 일어나지 않은 것 같은 모습이었다. 굴뚝에서는 연기가 피어올랐고 마당에서는 적군들도, 지역 주민들도 분주하게 오가고 있었다. 신이 난 목소리들, 여자들의 웃음소리 …

지난밤 악몽은 진정 꿈이었단 말인가? 만약 그렇다면 강철의 뒤를 따라오는 건 유격대원 전부이지 이렇게 적은 사람들이 아닐 것이다. 이들의 몰골은 보는 사람들의 의아함, 연민, 심지어 웃음까지도 유발할 정도다.

패자들의 본부가 승자들의 본부가 되었다. 파란만장한 전쟁의 법칙이다. 용사들을 숙소로 배치하라는 명령을 내리고 강철은 집 안으로 들어가기 전에 흙으로 칠갑한 젖은 침대보를 벗었다.

방 안에 있던 사람들이 강철이 들어오자 모두 일어섰다.

"여단장 동무, 동무의 명령에 따라 제1 한인통합유격대는 스파스크 동쪽 지점에서 매복하였습니다. 하지만 퇴각하는 적들은 교전을 벌이지 않았고, 전사한 적병 50여 명의 시체를 들판에 내버려 두고 도주하였습니다. 이 지점에서 아군의 전사자는 발생하지 않았으나, 야간 (이때 강철이 목에 치미는 뜨거운 덩어리를 꿀꺽 삼켰다), 야간 습격에서 아군 148명이 전사했습니다."

"지금 나의 감정을 무슨 말로 표현해야 할지 모르겠다, 김 동무." 바라타 슈빌리가 슬픈 표정으로 양손을 벌렸다. "내가 할 수 있는 말은, 귀관의 유격대가 위대한 업적을 달성했으며 우리는 절대 그것을 잊지 않겠다는 것뿐이다. 용맹스럽게 명령을 이행한 데 대해 여단을 대표하여 귀관과 장병 한 사람 한 사람에게 뜨거운 감사를 표한다. 우리는 이를 전체 여단에 다시 알릴 것이다. 특별히 뛰어났던 전쟁 영웅에게 하사할 상장을 준비하게. 김 동무, 귀관에게는 적기훈장을 수여하겠다. 내 소중한 부하, 이제 가서 좀 쉬게. 내일 오전 10시에 전체 집합이 있을 거네."

리파토프와 인사하면서 강철은 여단 본부에 묻고 싶었던 것을 떠올렸다.

"포로로 잡힌 장교가 있습니까?"

리파토프가 질문의 핵심을 금방 알아챘다.

"있네. 부베노프도 그중 한 명이야. 내일 그들의 운명을 결정할 거야."

강철은 불안해졌다.

"부베노프가 그전에 저를 밀고하지 않았다는 사실을 말했었습니다. 그 점을 고려해 주셨으면 합니다. 그런데 부베노프를 만나볼 수는 있습니까?"

"있지, 그런데 먼저 쉬는 게 어떤가?" 리파토프가 말은 그렇게 했지만, 강철을 보더니, 고개를 끄덕였다. "좋아, 지금 만나게 해주지…"

체포된 장교들이 헛간에 모여있었다. 부베노프는 한쪽 구석에 앉아있었는데, 한 손에 붕대가 이상한 모양으로 감겨있었다. 강철은 그에게 달려가 부둥켜안고서 뭐라도 위로가 되는 말을 해주고 싶었다. 그러나 그는 솟구치는 마음을 억눌렀다. 그러면 안 된다는 생각이 문득 그를 엄습했기 때문이다. 그렇게 하면 자기 선생이자 친구인 사람을 굴욕적일 정도로 어색한 상황으로 내몰 수도 있으니까. 어쩌면 부베노프는 자기가 원해서 이 백군 장교들과 함께한 것이 아닐 수도 있다. 하지만 어쨌든 그는 백군 편에서 싸웠으니 그들 앞에서 위신이 떨어지는 상황을 원하지 않을 것이다.

순간 그들의 눈이 마주쳤다. 강철이 거의 알아볼 수 있을 정도로만 부베노프에게 고개를 까딱하고 나왔다.

강철의 가슴은 연민과 슬픔으로 오랫동안 미어졌다.

# 제47장

백군들은 블라디보스토크를 사실상 교전 없이 내주었다. 바라타슈빌리 여단의 선봉대가 작별의 기적을 울리며 '졸로토이 록' 만을 떠나가는 과적된 증기선을 덮치는 일도 있었다. 극동에서 거의 2년 동안 벌였던 적백 내전이 끝났다.

극동 적군 부대의 축하 시위와 열병식이 도시의 중앙광장에서 거행되었다. 블류헤르 사령관이 대열을 돌면서 직접 혁명 훈장을 수여했다. 두각을 나타낸 이들 중에는 고려인터내셔널연대의 용사들도 있었다. 사령관 강철과 부사령관 김태길은 적기훈장을 받았고, 용사 여덟 명은 개인화기와 기념 시계를 포상으로 받았다.

연설이 울려 퍼졌다. 고취된 장병들은 연설자를 뚫어지게 바라보며 경청했다. 실제로 대열에 선 군인 모두에게 새로운 인생이 시작되지 않았나. 젊은이들에게 선택권이 주어졌다. 모든 연사가 강조하는 것처럼 적군에 남느냐 아니면 소집 해제되느냐였다. 나이 든 사람들은 집으로 돌아가면 평시의 새 생활이 펼쳐질 것이었다. 평시의 새 생활이 어떤 모습일지 상상할 수 있는 사람은 적었지만, 예전보다 더 나은 삶이 되리라 굳게 믿었고 기대했다.

군대식 규율과 일과를 엄격히 준수할 필요가 사라졌다. '사령관 – 부하' 관계는 오늘 내일이면 없어질 것이다. 본부 사무원들이 아침부터 저녁까지 서류와 증명서를 작성했지만 그런데도 꾸물댄다는 질책을 들었다. 군인들이 삼삼오오 모여서 담배를 피우고, 있었던 일을 회상하고, 입씨름을 했지만, 대부분은 미래를 이야기했다.

강철은 혼자 있고 싶었다. 그도 물론 이런저런 역할을 상상하면서 미래를 생각했다. 그렇지만 군인은 싫었다. 전투는 벌일 만큼 벌였으니 이제 그만해도 된다. 그런데 평시에 그가 할 수 있는 일은 무엇일까? 대장장이, 교사? 어디서 공부할 기회가 생긴다면! 그런데 강철은 벌써 서른두 살이 아닌가? …

'졸로토이 록' 만이다. 바다에서 부는 바람이 굵은 물결을 데리고 온다. 검은 파도가 해안의 돌에 세게 부딪히다 부서진다. 흐린 날이다. 주변 모든 것이 헐벗었다. 습하고 으슬으슬하지만, 공기에선 벌써 봄 내음이 난다.

멀리 보이는 선착장에서 어선들이 장난감처럼 흔들린다. 예전과 달리 정박지에는 강철이 바다 여행을 상상하며 즐겨 감상하던 대양을 오가는 기선이 없다.

광대한 바다가 손짓한다. 저기 수평선을 넘어 새로운 나라와 사람들을 보고 싶다.

저기 멀리에 그의 고향이 있다. 여기서 출발하여 한반도를 한 바퀴 두르면 한강 하구가 나올 것이다. 거기서 강철은 러시아로 오는 기나긴 여정을 시작했었다.

그가 고향으로 돌아갈 날이 올 것인가? 산비탈에 핀, 봄을 알리는 매화를, 푸르른 벼가 자라는 논을 보며 가슴 시리도록 친숙한 매미 소리를 들을 날이 올 것인가?

아마도 올 것이다. 그러나 그렇게 빨리 오지는 않을 것이다. 바다만 강철과 고향 땅을 갈라놓는 것이 아니다. 그는 사방이 제국주의 세력으로 둘러싸인 나라에 살고 있다. 그들은 연합군을 만들어 혁명을 진압하려고 개입했다. 그것이 성공하지 못하자 그들은 '공산주의라는 전염병'이 다른 나라로 퍼져나가지 못하도록 이 공화국을 둘러싼 긴밀한 고리를 형성하는 것 외에 다른 것을 선택할 여지가 없었다. 그들이 그렇게 한다 해도, 봄이 오는 것을 막을 수 없듯, 혁명 사상이 승리의 행진을 이어 나가는 것을, 비인간적 착취와 모든 부를 집어삼키는 권력이 없는 세상을 만들겠다는 꿈을 멈추기는 불가능하다.

혁명의 바람이 온 지구를 덮어서 부르주아 체제와 독재, 식민 체제를 쓸어버릴 것이다. 그렇게 조선에까지 혁명의 바람이 가닿을 것이다. 1년 전 동포들이 일제에 저항하여 들고 일어난 3·1운동이 있었던 바로 그 조선에까지. 간악한 정복자들이 이 운동을 피로 물들였지만, 그들의 희생은 헛되지 않다. 때가 오면 새로운 전사들이 대오를 정비할 것이다. 노예화와 폭력은 인류 공동체의 본성에 거스르는 것이기 때문이다.

마음속 깊은 곳에서 항상 괴롭히던 의심이 하나 있었는데 강철은 아직 그것을 아무에게도 털어놓은 적이 없었다. 그것은 '러시아 사람이 사회주의에 정말로 적합하게 창조된 사람들인가? 새로운 제도를 건설하겠다는 위대한 실험을 실천할 곳으로 역사는 러시아와 러시아 사람들을 선택했다. 이것이 역사의 중대한 과오가 되지는 않을까?' 였다.

이때 사관학교에서 알게 된 시몬 자하로프가 저절로 떠올랐다. 그가 이런 말을 한 적이 있다. "러시아에서 자본주의가 정착하는 과정에서 유독 심하게 민중들을 착취하는 데는 이유가 있어. 여기에 놀랄 건 없네. 시골을 예로 들어보지. 그곳은 대다수가 러시아 농민들인데 그들은 사유재산을 모르고 살았기에 제대로 일하는 법을 익히지 못했어. 그런데 농노제가 없어지자, 농민에게 있던 '아버지 – 주인'이 사라진 거야. 모든 일을 결정해 주던 상전이 없어진 거지. 젬스트보(1864년에 창설된 지방 자치회)는 노동력이 필요한 도시로 유입된 농민이 대량으로 파멸되는 순간을 지연시키기만 했을 뿐이야. 건강하고 건장한 것으로 충분하지 않아. 공장에서는 비싼 장비를 믿고 맡길 수 있도록 글을 아는, 기술을 쉽게 익힐 사람들을 원하지. 그런 상황이라 고된 육체노동밖에 할 도리가 없는 거야.

여러 유럽 국가가 자본주의가 도입되는 이 극악한 시기를 먼저 겪었지.

러시아도 그런 시기를 겪어내고 다른 자본주의 선진국들과 같은 수준으로 일어설 수 있었을 텐데. 스톨리삔, 스트루베 같은 개혁가들의 노력 덕에 탄탄한 농업인, 글을 아는 직업 노동자가 탄생하게 되었지. 그런데 사회주의 혁명가들이 등장해서 정당을 만들고, 신문과 선동물을 발행하여 러시아라는 국가의 배를 온갖 수단을 동원하여 흔들자고 촉구하고 있어. 당연히 전제군주제는 철폐되거나 헌법으로 제한되어야 마땅해. 왜냐하면, 전제군주제는 아둔한 정책으로 모든 계급, 계층이 등을 돌리도록 했으니까. 임시정부가 수립되었고 그것은 제헌의회를 만들어야 했어. 하지만 레닌을 필두로 한 볼셰비키가 쿠데타를 일으켜 권력을 장악했지. 결과적으로 적백 내전이 일어났어. 적군이 승리할 거라고 확실하게 예상하네. 그들이 내거는 모두의 평등, 모두의 부에 대한 구호와 약속은 기적을 바라는 달콤한 꿈에 젖어 살았던 가난한 자들에게 영감을 줄 거네. 그러다 전쟁이 끝날 거야. 부자는 이제 존재하지 않고 공장은 몰수되고 땅은 농민들에게 나눠줄 거야. 그다음은 어떻게 될까? 그다음은 '여보게, 일해야지' 이러겠지. 그런데 피땀을 흘리며 일하는 자, 부유하게 살고 싶어 노력하는 자는 고통을 당할 거야. 왜냐하면 그런 자는 항상 가난한 자, 다시 말해 일하지 않는 자와 평등해지게 될 거니까. 그렇게 하지 않으면 또다시 격차와 분열이 일어날 테니까. 그런데 사람들을 평등하게 하기 위해서는 독재가 필요해. 독재는 반드시 등장할 거야. 그런데 독재자들은 온갖 수단을 동원하여 자기 체제의 진면모를 숨기려고 하겠지. 나라가 사방에 적대적인 세력으로 둘러싸여 있다는 둥, 나라 안에는 아직 해결되지 못한 '불화'가 있다는 둥 하면서. 그렇게 되면 이제 다른 식의 분열이 발생할 거야. 독재에 찬성하는 사람들과 그것에 반대하는 사람들 사이의 분열이.

사회주의와 민주주의, 좋지, 하지만 사회주의와 독재, 그것은 양립할 수 없는 것들이야. 전자를 실현하기에는 러시아 사회가 아직 그만큼 성숙하지 못했기에 후자가 남을 거야. 결론적으로 어떻게 될지는 신만이 아시겠지. 내가 한가지는 예측할 수 있어. 진정한 사회주의와 진정한 민주주의가 무엇인지 깨달을 때까지 러시아의 앞날에는 수많은 고통이 뒤따를 거네."

바다, 끝없이 먼 수평선, 부서지는 파도 … 강철은 언젠가 옐레나와 함께 이곳으로 올 것이다. 아내는 이곳을 마음에 꼭 들어 할 것이다. 그들의 아이도 조개를 줍고, 깔깔대며 게를 따라다니면서 해안에서 뛰놀 것이다.

아이 생각을 하자 철수가 떠올랐다. 가엾은 아이, 운명의 장난으로 중국에 남았다. 이제 너는 벌써 열두 살이 되었겠지. 그간 어떻게 살았느냐? 의식을 잃은 강철을 찾아 데리고 갔던 중국인의 동그란 얼굴이 머릿속에 떠올랐다. 그 사람 이름이 뭐였더라? 푸린이었던 것 같다. 푸린과 같은 사람이 너를 거뒀기를 빈다, 철수야. 세월이 흐르면 그 사람이 네가 누군지, 어디서 왔는지 말해줄 날이 올까? 그렇게 되면 네 가슴 속에는 아물지 않을 상처가 생기고, 너에게는 근본을 찾고 싶은 마음이 들까? 어쩌면 우리가 다시 만날 날이 올까? 이 세상에서는 무슨 일이든 일어날 수 있으니까. 누가 상상이나 할 수 있었으랴? 너의 아비가 조선에서 태어나 살다가 러시아로 가서 러시아어를 배우고 세계대전에 참전하고 혁명에 가담할 줄을? 이 거대한 러시아의 서쪽 끝까지 갔다가 다시 이곳 동쪽 끝 해안으로 오게 될 줄을?

어쩌면 너는 누가 너의 진짜 부모인지 모른 채로 살게 될지도 모른다, 철수야. 그렇게 되면 마음은 더 편할 것이다. 하지만 진실이 무엇인지 알고 싶지 않은 사람이 이 세상에 어디 한 사람이라도 있더냐?

모든 것이 운명으로 예정되어 있다. 강철이 인달과 만나게 되어 다른 아들이 있다는 사실을 알게 된 것이 진정 운명의 힘이 아니었을까? 열 살배기 인철이는 진짜 아버지가 있다는 사실을 꿈에도 생시에도 모르겠지만, 운명의 계획표에는 다가올 만남과 예상치 못한 인생의 전환이 이미 예정되어 있다.

부베노프는? 그가 그때 국경 초소에서 복무하지 않았더라면 강철의 인생은 모든 것이 다르게 흘러갔을 것이다. 그리고 부베노프의 삶도 역시 달랐을 것이다. 스파스크에서 다시 조우하지 않았더라면 그는 다른 체포된 장교들처럼 총살당했을 것이다. 하지만 강철이 부베노프의 석방을 강력하게 주장했고 우수리스크까지 호위하도록 그에게 인달을 붙여주었다. 그리고 인달은 희소식을 가지고 왔다. 옐레나가 아들을 낳았는데 곧 돌이 될 것이고 '파벨'이라는 러시아 이름을 지어주었다는 소식이었다. 파벨은 벌써 걷기 시작하고 단어를 옹알거린다. 이제 아주 조금만 있으면 아빠와 이복형을 만나게 될 것을 아이는 아직 모른다. 그렇다, 어쩌면 운명이 만드는 그런 일생일대의 전환들 때문에 인생은 놀라운 것일지도 모른다.

"사령관 동무!" 멀리서 인달의 목소리가 들려왔다. 강철이 주위를 둘러보았다. 충실한 연락병이 빠른 걸음으로 다가오고 있었다. "겨우 찾았습니다요."

"무슨 일이 생겼냐, 인달아?"

"특별한 일은 없고요, 그냥 태길이 아재와 길성이 아재, 그리고 다른 사람들이 벌써 술집으로 갔어요. 사령관 동무를 급히 찾아서 송별연이 있는 걸 다시 말씀드리라고 했어요."

"그렇네, 내가 완전히 잊고 있었다." 강철이 빙그레 웃었다.

사흘 전에 강철의 유격대가 해산되었다. 적군에 남기로 희망한 열여섯 명은 투르케스탄 전선으로 급파되는 기병연대에 입대하였다.

강철에게도 군에 남으라는 제안이 있었지만, 그는 곧바로 거절했다. 사마린이 그를 설득하면서 상급사령부 과정으로 갈 수 있도록 힘써보겠다고 약속했지만, 강철의 결심은 확고했다.

리파토프는 강철의 결정을 지지했다.

리파토프가 말했다. "지역 집행위원회에 소수민족 담당 부서를 신설하는데 한인분과 담당으로 자네를 추천하려고 하네."

"제가 잘할 수 있을까요?" 강철이 자신 없이 물었다. "그런 일을 해본 적이 없어서 …"

"누구든 해본 사람이 있어?" 리파토프가 껄껄 웃었다. "우리가 세상에서 처음으로 사회주의 국가를 건설하지 않는가, 그러니 그런 일을 해본 사람은 아무도 없다네. 하지만 우리에겐 가장 중요한 것이 있지. 그건 소망과 믿음이야. 당이 있고 현명한 레닌 동지와 다른 지도자들이 있네."

"동무는 어디로 가십니까?"

"나도 자네와 같은 일을 하게 될 거야. 다른 것이 있다면 나는 인민위원부에서 일할 거네, 민족 문제 담당으로. 스탈린 동지에게서 호출을 이미 받았네."

이 대화는 이틀 전에 있었고 이제 리파토프가 모스크바로 떠나야 할 때가 왔다.

연해주에서 내전은 끝났지만 삶은 계속된다. 적군이 블라디보스토크로 입성했을 때는 도시 전체가 멸종한 듯했다. 그런데 지금은 봄을 맞을 준비로 부산하다. 말에 오르면, 마당에서 움직이는 사람들, 밭일하는 사람들, 말뚝에 하얀 그물을 펼쳐놓고 고치는 사람들이 잘 보인다.

인달이 조금 뒤처져서 왔기에 강철이 뭘 물어보려고 뒤를 돌아보았다.

"너 군에 남기로 확실히 결정한 거냐?"

"예, 강철 아재." 인달이 쾌활하게 대답했다. "젊을 때 넓은 세상을 보고 싶어요."

그렇다, 투르케스탄으로 떠나기로 한 인달의 결정에 강철은 깜짝 놀랐다.

"대원들 전부가 박한수의 꾐에 넘어간 거냐?"

"그렇다고 볼 수 있지요." 인달이가 큰소리로 웃었다.

유격대에 박한수라고 젊은 병사가 있었다. 그는 중앙아시아에 열광하는 청년이었는데, 그곳에 있는 러시아 영토가 투르케스탄이라고 불렸다. 중앙아시아에 가고 싶은 이 청년의 꿈이 어디서 생겨났는지 모두가 알고 있었다. 언젠가, 7세기 아니면 8세기에 그의 조상이 고구려 사절단의 일원으로 대실크로드를 따라 놀라운 여행을 한 적이 있었다. 한반도에서 사마르칸트까지 수천 킬로미터를 가는 데 꼬박 2년이 걸렸다. 조상의 위업은 대대로 이어져 오는 가문의 전설이 되었다. 박인수는 그 전설의 진실을 입증할 유일한 증거인, 아랍 문자가 새겨지고 구멍이 뚫린 검은 동전을 눈동자처럼 간직했다.

유격대원들이라면 모두 이 전설을 알고 있었다. 게다가 이 특별한 동전을 손에 쥐어보지 않은 병사는 하나도 없었다. 그래서 기병연대 지원자 모집 공고가 났을 때 박한수가 가장 먼저 등록했고, 자신의 영감으로 열다섯 젊은 장병들을 더 감염시켰다. 이 이상한 사람을 비웃을 수도 있고 마음속으로 질투할 수도 있다. 그러나 12세기 전에 고구려의 사신들이 갔던 그 멀고 더운 지방을 자기 눈으로 본다는 것, 그것보다 더 유혹적인 것이 또 어디 있으랴? 젊음이란, 밥을 먹여야 할 때가 아니라, 비범한 것을 보여줘야 할 때이다.

인달이 강철을 데리고 도착한 술집은 아는 곳이었다. 이 술집 주인이 제자였던 만수, 러시아 이름으로는 마트베이의 아버지이지 않았나. 그때 현지 깡패들이 주인에게 헌납을 강요했고 그래서 몸싸움까지 벌이지 않았나. 그때 강철은 주인, 씩씩한 그의 아들 마트베이와 함께 깡패들을 혼내주었었지. 진짜로 그때 그 주인이 지금 오랜 지인을 맞이할까?

긴 탁자에 자리 잡은 병사들이 일어나서 반갑게 인사하며 사령관을 맞았다. 그들의 밝은 얼굴을 둘러보자, 강철의 마음이 따스해져 왔다.

"사령관 동무, 이쪽으로." 김태길이 탁자 중앙 자리를 손으로 가리키며 말했다. "자, 이제 모두가 한자리에 모였으니 시작해도 되겠네요. 젊은이들,

뭐 한다고 그렇게 앉았어? 연장자께 술을 따라드려야 하는 거 모릅니까? 군에서 완전히 버릇이 잘못 들었구만 … 하지만 괜찮다, 집에 가면 어른들이 당신들에게 진짜 예의와 법도를 가르쳐줄 테니. 다 따랐냐? … 러시아 사람들이 말하듯, 건배사를 안 하고 술을 마시는 건 술주정뱅이와 무신론자뿐이지. 첫 번째 건배사는 우리 사령관께서 하시겠습니다. 김강철 동지, 한 말씀 하시지요, 예?"

강철이 병사들 앞에서 연설한 적이 어디 한두 번이랴. 하지만 명령을 내릴 때의 언어와 이런 상황에서, 사령관과 부하가 존재하지 않는 이런 분위기에서 한마디 하는 것은 완전히 다른 일이다. 강철이 술잔을 들고 일어섰다.

"우리 전우들! 우리는 죽음을 눈앞에서 수없이 보았다. 우리는 기관총도, 대포도 두려워하지 않았다. 우리가 옳은 일을 위해 싸웠기 때문이다. 우리가 그동안 얼마나 많은 전우를 잃었는가, 고인들의 명복을 빈다! 먼저 그들을 위해서 나는 이 잔을 들고 싶다.

둘째, 이제 완전히 다른 인생이 펼쳐진다. 평화로운 시절에도 목표를 이루고 우정을 지키기 위해 용기와 희생이 필요한 순간들이 있다. 여러분이 새롭게 맞이하는 인생에서 언제나 약자를 돕고 불의에 맞서는 사람으로 남아주길 바란다.

셋째, 우리의 전우애를 잊지 말기 바란다. 여러분이 어디에 있든, 누구로 살든, 죽음을 향해 함께 나아갔던 전우들을 기억하길 바란다."

모두가 일어서서 잔을 앞으로 내밀었다.

그들은 차례대로 사령관과 부사령관들을 위해, 레닌과 블류헤르 동지를 위해, 세계 혁명의 승리를 위해 건배했다.

날쌔게 저녁 시중을 드는 깡마른 소년을 보자 강철은 이 술집의 예전 주인과 아들이 생각났다. 사환이 옆으로 다시 왔을 때 강철이 그에게 물었다.

"여기서 일한 지 오래됐느냐?"

"거의 반년쯤 됐어요." 소년이 대답했다.

"술집 주인은 누구냐?"

"한동철입니다."

"이리로 불러올 수 있느냐?"

"예. 주인어른께 지금 말씀드릴게요."

또다시 건배하고 나자, 강철의 등 뒤에서 소년의 목소리가 들렸다.

"사령관 아저씨, 지금 말씀드렸어요 … "

강철이 뒤를 돌아보자, 거기에는 서른 줄에 접어든 마른 체격의 조선 사람이 서 있었다. 그가 반가운 얼굴로 고개를 숙였다. 강철도 일어서서 미소로 화답했다. 답례로 고개를 숙이면서 강철이 생각했다. '내가 이 사람을 어디서 본 것 같은데.' 고개를 들고서 강철은 술집 주인을 뚫어지게 바라보았다. 주인은 여전히 상냥하게 웃는 표정으로 다가와 물었다.

"죄송합니다만 무슨 문제가 있습니까, 사령관님?"

술집 주인은 조선 북부지역의 사투리가 아주 강했다.

"아니, 아닙니다. 다 괜찮습니다." 강철이 서둘러 주인을 안심시키고 앉아 있는 장병들에게 말했다. "전우들! 이렇게 우리를 잘 대접해 주신 술집 주인이시다. 술 한 잔 따라드려라. 이분의 건강을 위하여 전부 같이 한잔하지 … "

주인이 두 손으로 술잔을 받아 비우고선 좁게 난 턱수염을 손으로 닦았다.

'잘못 봤네.' 강철이 생각하고 주인에게 물었다.

"예전 주인은 어디로 갔습니까? 혹시 그분을 아십니까?"

"모릅니다, 사령관님. 제가 조선에서 반년 전에 들어왔는데 그때 이 술집을 저희 이모님께서 운영하셨습니다. 한 달 전에 돌아가셨는데 이걸 전부 저에게 유산으로 남기셨습니다."

"아, 그러시군요." 강철이 말하면서 다시 한 번 잘못 봤다고 생각했다.

하지만 아카츠키는 그가 강철임을 곧바로 알아보았다. 강철이 뒤늦게 도착했을 때 병사들이 떠들썩하게 인사를 하자, 옆방에 있던 일본 정보장교 아카츠키가 홀 쪽으로 난 작은 창문을 통해 대체 누가 왔길래 이리 시끌벅적하게 맞이하는지 보기로 했다. 그리고 기절할 뻔했다.

숨을까 싶은 생각이 먼저 들었다. 그러다 자신의 소심함을 비웃었다. 자신이 강철의 등 뒤에서 다른 사람으로 변신했던 경험이 없었단 말인가? 이런 쉬운 상황에서 겁을 먹는다면 그 경험은 다 어디다 쓸 것인가? 자신이 이미 만난 적이 있는 사람들과 다시 마주치는 일이 어디 한 두번이랴? 그때마다 매번 급히 숨을 것인가? 게다가 이 사람이 어떻게 투박한 선술집 주인에게서 일본 장교의 모습을 알아본단 말인가?

그래서 사환이 그에게 손님이 부른다고 했을 때 그는 한 치의 망설임도 없이 홀로 나갔다. 강철의 꿰뚫는 듯한 시선에 순간 긴장했지만, 정보장교로서의 경험이 적의 의심에 대응하는 방법을 알려주었다. 사투리 억양을 쓴다는 함정이 제대로 먹힌 것을 알아채고서는 안도할 수 있었다.

그는 저녁 내내 조선 군인들의 저녁 식사 자리를 주시하며 그들의 자긍심 넘치는 말을 들으며 이를 악물었다. 세상에, 이 하찮은 조선 정착민들의 인생이 이렇게 바뀌었다니! 반란을 일으킨 칙칙한 러시아 군상들과 함께 이렇게 부유한 나라를 점령하고, 어이없게도 14개국 연합군의 공격을 격퇴하고, 바로 옆에 위대한 대일본제국이 버티고 있는 이곳에서 이렇게 승리를 자축하고 앉아있다니!

그래서 아카츠키는 이 문제를 해결할 방법을 고심했다. 오락가락하는 기억은 종잡을 수 없는 것 아닌가. 오늘의 실패가 내일의 환한 신호가 될 수도 있다. 게다가 아카츠키는 평범하지 않은 사람을 대하고 있다. 어떤 상황에서 그들이 만난 적이 있는지만 보아도 알 수 있다. 이 적군 사령관은 프랑스어를 섞어 말하며 얼마나 감쪽같이 백군 장교 역할을 해냈던가. '이 자를 미행해서 어디 사는지 알아낸 다음 최종 결정을 내리면 되겠다.'고 아카츠키가 생각했다.

하지만 늘 그렇듯, 운명이 직접 나서서 일본 장교의 계획을 바꿔놓았다.

술을 과하게 마신 인달이 자기도 건배사를 하겠다고 나선 것이다.

"동무들!" 인달이 모든 소리를 집어삼킬 정도로 낭랑하게 울리는 목소리로 고함을 질렀다. "여러분은 우리 사령관님이 얼마나 훌륭한 분인지 아십니까? 우리 가족이 중국을 거쳐 러시아로 들어올 때 안내자가, 그 추악한 개새끼가 우리를 속였습니다. 중국 산적 두 놈에게 형수와 누님을 팔아넘겼습니다. 할아버지와 매형 그리고 저를 죽이려고 밧줄로 묶었습니다. 그때 강철 아재가 아니었다면 … 아재가 민화에 나오는 호걸처럼 결정적인 순간에 바람같이 나타나서 안내자를 죽이고 중국 도적들을 붙잡아 소중한 우리 여인들을 구출해 주셨어요 … "

어린 소년병이 뭐라고 계속 말했지만 이제 그의 말은 아카츠키의 귀에 들어오지 않았다. 김강철이 김철의 아들이라니! 조선의 마지막 황제를 납치하여 조선 북쪽으로 데려가려 한 자의 아들이라니! 아카츠키의 명예를 바닥에 떨어뜨릴 뻔한 자의 아들이라니!

그의 아들은 또 어떻고? 자기 친구들을 모아 일본 경비정을 탈취하여 대원들을 몰살하고서 북으로 갔다. 거기서 유격대를 조직하여 수많은 문제를 일으켰다.

안 된다. 이 사람은 단 한 번의 형벌로 끝내야 한다. 그것은 죽음이다. 그것은 나, 이 켄토 아카츠키 대위의 응징이다. 선견지명의 손이 직접 대일본제국의 불구대천 원수 앞으로 나를 데리고 왔다. 나는 강철을 없앨 것이고, 그것은 사무라이로 불릴 자격에 걸맞은 위업이 될 것이다.

아카츠키가 사람들이 모두 '버버리'라고 부르는 하인을 불렀다. 그것은 조선말로 '농아'라는 뜻이다. 실제로 이 부하는 놀랍도록 강하고 기민한 정보요원으로 이름이 무키마라였다. 그가 훌륭하게 행하지 못한 일은 하나도 없었다. 주인과 하인 사이에 이런 대화가 오갔다.

"저기 식탁 상석에 앉은 저 사람 보이나? 장교용 검대를 차고 가슴에 훈장을 단?"

하인이 고개를 살짝 까딱이는 것으로 대답을 대신했다.

"저녁을 먹고 저자가 어디 사는지 미행해서 알아내야 하네. 저자를 없애야 해. 이걸 명심하게."

그가 다시 고개를 살짝 까딱였다. 이때 하인의 얼굴은 냉정했지만, 가느다란 눈만은 더 가늘어졌다.

마지막 작별의 건배를 들고 손님들이 술집을 나가기 시작했을 때 아카츠키의 부하는 이미 옆집 마당에 숨어 길에서 그들을 기다리고 있었다. 달이 뜨지 않았고 표적물과 그의 전우들은 술에 취했기에, 강철이 연락병과 함께 사는 한인 정착촌 집까지 미행하는 건 노련한 정보요원에게 식은 죽 먹기였다.

투르케스탄 파병을 위해 편성된 기병연대가 이틀 후에 떠났다. 이 부대와 함께 리파토프도 떠났다.

기차가 출발하기 전 승강강에는 여느 때와 다름없는 활기가 넘쳐났다. 리파토프가 사령관들과 함께 서서 대화를 나누고 있다가 강철을 발견했다.

"우리 적기훈장 수훈자가 납셨네." 리파토프가 반갑게 인사했다. "용사 몇 명이 먼 곳으로 떠나나?"

"열여섯 명입니다." 강철이 대답했다. "동무까지 치면 열일곱입니다 … "

"그래, 그것이 우리의 숙명이지." 리파토프가 씁쓸하게 웃었다. 그가 강철의 팔짱을 끼고 열차를 따라 천천히 걸었다.

"자네와 둘만 있고 싶어서. 자네가 그때 나를 배웅했었는데, 기억하나?" 거의 10년 전이었지. 내가 블라디보스토크를 떠났을 그때가. 여기로 다시 올 날이 또 올까?"

"누가 떠나는 사람인지 모르겠네요." 강철이 껄껄 웃었다. "그때도 같은 말을 하셨어요. 그렇다면 이곳으로 다시 올 날이 온다는 말입니다."

"그럴 날이 왔으면 좋겠네 … "

리파노프의 얼굴이 깨끗하게 면도 되어 있었는데, 익숙하지 않아서 그런지 자주 턱을 쓰다듬었다.

"턱수염은 왜 밀었습니까?" 강철이 물었다. "아주 잘 어울렸었는데 … "

"상황이 바뀌면 내 모습도 바꿔야 할 때가 있지." 리파토프가 큰소리로 웃었다. "용모에 변화를 주고 싶으면 턱수염을 길러봐. 아무도 못 알아볼 테니. 지하활동을 할 때도 나는 그렇게 했었네."

"그런데 조선 사람에게 턱수염은 … " 강철이 피식 웃었다. 그러다 갑자기 말을 멈췄다. 술집 주인이 생각난 것이다. 턱수염! 그래 그것 때문에 그 사람을 못 알아봤구나. 내가 왜 미처 그 생각을 못 했을까!

"어이, 친구, 무슨 생각이 나서 그래?"

"아, 아닙니다 … "

"너무 슬퍼하지 마. 앞으로도 멋진 만남이 우리를 기다리고 있을 거야. 기관차가 이제 그만 작별하라고 기적소리를 울리네 … "

기차가 떠났다. 강철이 참모 사령관들과 함께 역광장으로 나갔다.

"언제 집으로 떠납니까?" 사마린 참모장이 물었다.

"내일 갑니다." 강철이 대답했다.

참모장이 손을 내밀었다.

"군에 남지 않기로 해서 몹시 애석하오." 그가 말했다. "좋은 일들이 많이 생기길 바라오. 또 만납시다, 전장에서는 아니고 … "

"안녕히 계십시오, 사마린 동무."

강철이 모두와 인사를 나누고 말에 올라탔다. 이제 혼자 남았으니 침착하게 생각을 되짚고 추측을 확인해 볼 수 있다. 그렇다, 술집 주인이 스파스크에서 봤던 그 일본 장교일 수도 있다. 그럴 수도 있겠다고 추측만 하는 이유는 그를 고작 한번 봤고 그것도 어두운 등불 아래서 봤기 때문이다. 목소리도 듣지 못했다. 목소리는 다르게 꾸미기가 어려운 법인데. 또 무엇을 위조하기가 어려울까? 눈이다. 강철이 기억을 더듬어 보았다. 일본 장교를 소개받았을 때 마음속 모든 것이 휘몰아치던 것을 기억했다. 대놓고 장교의 얼굴을 바라보았지만, 마주치는 눈빛을 본 적은 없다. 곁눈질로 보는 것은 완전히 일본식 태도이다. 하지만 강철은 가느다란 눈이 탐색하는 시선을 몇 번이나 포착했었다. 만약 술집 주인이 그 장교와 다른 사람이라면 그 둘은 놀라울 정도로 비슷하다. 그런데 …

강철이 주위를 둘러보기 위해 등자에 거의 서 있을 정도로 몸을 세웠다. 어떻게 강철은 미처 알아채지 못했나. 그자는 아마 강철을 알아보았을 것이다. 그렇다면 아마 강철에게 미행이 따라붙었을지도 모른다.

강철이 갑자기 말을 돌려 오던 길로 다시 돌아가자, 30m 뒤 지점에서 회색 옷을 입은 어떤 자가 골목으로 돌진하는 것이 보였다. 강철이 그쪽으로 달려갔지만, 그자는 땅으로 꺼져버린 것처럼 보이지 않았다. 여인 두 명이 서둘러 강철 쪽으로 걸어오고 있었다. 그중 더 어려 보이는 여자가 주변을 둘러보았다. 주위에서 개들이 필사적으로 짖었다.

"남자가 어디로 도망쳤는지 못 보셨습니까?" 강철이 물었다.

"담을 넘어서 저쪽으로 갔습니다." 더 나이 든 여자가 대답했다. "얼마나 놀랐는지, 빌어먹을 째진 눈이 … "

강철이 여자들이 가리킨 방향으로 가서 마당을 들여다보았다. 기다란 장작더미 근처에서 검은 개가 일어서려 애쓰면서 불쌍하게 끙끙거리고 있었다. 도망친 자가 개의 등을 밟고 떨어진 듯했다. 이웃집은 담장이 낮았고 그다음은 다른 골목길이었다. 이리저리 피해서 도망치는 자는 아무리 애를 써도 잡을 수 없는 법이다. 오래 생각하지 않고 강철은 항구 쪽으로 말을 몰았다.

강철이 익숙한 술집으로 들어서자마자 주인이 곧바로 나타났다. 그는 음식이 가득한 쟁반을 들고 부엌에서 나오던 참이었다. 다가오는 강철을 보자 순간적으로 상황을 파악하고 뜨거운 밥과 국그릇이 놓인 쟁반을 강철을 향해 던졌다. 강철이 그것을 피하고, 뒤돌아 부엌으로 도망치는 주인을 좇아갔다. 부엌에는 마당으로 나가는 문이 있었다.

"서라, 아니면 쏜다!" 강철이 소리쳤다.

위협적인 경고를 듣자, 담장으로 도망가던 일본 정보요원은 걸음을 멈출 수밖에 없었다. 그는 뒤돌아서서 자신을 향한 리볼버의 총구를 보자 꼼짝없이 얼어붙었다. 그 순간 강철은 자신의 추측이 맞았음을 확신했다.

"뒤로 돌아서 담장에 손을 대고 서라 … 다리는 벌리고." 강철이 명령했다. "이렇게 만나다니요, 대위 양반. 조선을 그렇게 뻔뻔스럽게 찬탈했으니, 러시아도 너희들 손아귀에 있다고 생각하느냐?"

"조선은 자발적으로 대일본제국에 합병했다." 아카츠키가 귀청이 떠나가도록 부르짖었다. "우리가 러일전쟁에서 승리했으니, 앞으로도 영원히 이길 것이다."

강철은 이 일본 장교의 완벽한 조선말을 듣고 자기도 모르게 깜짝 놀랐다. 이 사람이 진짜 일본인인가?

"너는 조국을 팔아먹은 사악한 반역자, 일제의 앞잡이 조선 사람이구나."

아카츠키가 피식 웃었다.

"사람에게 총구를 디밀며 모욕하긴 참 쉽지. 당신 아버지는 그런 짓을 하지 않았을 것입니다."

"네가 나의 아버지를 아느냐!" 강철이 소스라치게 놀랐다. "아버지가… 아버지가 살아계시더냐?"

"아니요." 강철의 질문에 녹아든 아픔과 희망에 마음이 흔들리긴 했지만, 아카츠키가 독하게 대답했다. "김철은 반역죄로 처형되었지만, 진정한 군인의 모습으로 끝까지 늠름했습니다. 당신의 아내 일은 비극적인 실수였고 나는 유감스러울 뿐입니다."

일본 정보요원은 이 모든 것을 굳이 말해서 왜 자신을 더 궁지로 모는지 자기도 납득하지 못했다. 그런데 그를 이렇게 하도록 움직이는 것은 '적의 위엄을 높이면 자신도 높아진다'는 사무라이의 무사도 정신 중 하나였다.

이 말을 듣고 충격을 받은 강철이 리볼버를 내렸다.

"쓰라린 소식을 듣게 되었구나. 하지만 아버지의 운명이 어떻게 되었는지 알려준 하늘에 감사한다." 그러고선 왜 그런지 모르지만, 높임말로 말했다. "당신은 누굽니까? 어떻게 나의 아버지와 아내 일을 압니까? 완전히 다른 세상이 된 이 나라에서 대체 무엇을 하고 있습니까?"

"이 나라가 다른 세상이 되었기에 내가 여기 있는 겁니다. 이 상황이 일본에 어떤 위협이 될지 일본이 알아야 합니다. 나는 조선의 적이 아닙니다. 믿어주세요. 다른 상황에서 만났더라면 우리는 손을 맞잡고 두 나라의 이익을 위해 복무했을지도 모릅니다. 당신의 동생 동철을 그런 일을 위해 양성하는 것처럼."

"당신은 내 동생도 압니까?" 충격이 더해진 강철이 소리쳤다.

"내가 직접 그를 일본으로 보냈습니다. 잘 교육받은 청년입니다. 아마 찬란한 미래가 그를 기다리고 있을 겁니다…"

강철이 숨을 고르고 말했다.

"내가 보이도록 돌아서세요. 당신이 누군지 모르겠지만 나는 당신이 첩자로 사살되기를 바라지 않습니다. 당신이 두려워할 것은 러시아가 아니라 당신 나라의 핍박받는 민중들과 당신들이 노예로 삼은 조선 사람들입니다. 언젠가 때가 되면 그들이 떨쳐 일어나 러시아 민중들처럼 사회주의를 건설할 겁니다. 장교의 명예를 걸고 내게 맹세하시오. 러시아를 즉시 떠나서 다시는 돌아오지 않겠다고. 그러면 내가 당신을 풀어주겠소."

아카츠키가 망설였다. 그를 마주하고 선 사람이 품위 있게 이 상황을 벗어날 출구를 제시한다. 그것을 받아들이지 않으면 어리석은 일일 것이다. 장교의 맹세라? 장교에게 군인의 의무와 명령을 수행하는 것보다 더 높은 명예는 없는 상황에서 그것이 무슨 값어치를 가질까?

"좋습니다." 아카츠키가 고개를 끄덕였다. "다시는 러시아로 돌아오지 않겠다고 장교로서 약속합니다."

강철이 리볼버를 권총집에 꽂고, 다시 한 번 일본 장교의 얼굴을 보고, 대문으로 갔다. 대문까지 미처 다다르기도 전에 뒤에서 들리는 소리에 순간적으로 돌아섰다. 회색 옷을 입은 사람이 낫을 광폭하게 휘두르며 그에게 달려오고 있었다. 담장에 서 있던 아카츠키가 급하게 손을 들자 달려오던 자가 강철의 3m 앞에서 소리 없이 고꾸라졌다. 그의 등에서 칼의 손잡이가 덜렁거렸다.

"강철 선생, 우리가 이제 비긴 겁니다." 일본 장교가 엷은 미소를 띠며 말했다. 그리고 나서 격식을 차려 고개를 숙였다. "안녕히 가십시오!"

강철도 따라서 고개를 숙일 수밖에 없었다.

# 제48장

**일**요일 아침.

사내아이가 폭설로 쓰러진 울타리를 세우고 있었다. 아이는 작업을 두 단계로 나누어서 했다. 새 말뚝을 박고 난 다음 울타리를 옮겨 묶었다. 소년과 의붓아버지는 전날 밤에 미리 말뚝을 만들어 놓았다. 매끄럽게 다듬어 한쪽 끝을 뾰족하게 깎은 말뚝을 텃밭 전체에 둘러 박았다. 고요한 아침에 들리는 정확하고 고른 도끼 소리로 보아하니 소년은 이 연장을 한두 번 사용하는 것이 아니었다.

땅이 축축해서 때릴 때마다 말뚝이 눈에 띄게 들어가 박혔다. 작업이 잘 진행되어 소년은 신이 났다. 그래서 얼마 전에 학교에서 배운 노래를 흥얼거리기까지 했다. 러시아 노래였는데 시인 조명희가 조선말로 번안했다. 노랫말에 '소비에트'나 '프롤레타리아트' 같은 무슨 말인지 모르는 낱말들도 있었지만 그래도 상관없었다. 노래의 박자가 작업 분위기에 맞아서 일할 때 흥을 돋우고 힘을 보태준다는 사실이 중요했다.

소년은 말뚝이 제대로 박혔는지 두 손으로 흔들어 보고 나서 만족하여 다음 말뚝으로 옮겨갔다.

어린 주인이 그렇게 세밀하게 울타리를 친 텃밭 뒤에는 초가지붕이 덮인 야트막한 작은 집이 웅크리고 있었다. 겨울 동안 볼품이 없어진 두꺼운 초가지붕은 털이 덥수룩한 수캐를 닮아있었다. 일을 하면서 마당으로 들락거리는 여자가 이따금 흐뭇한 미소로 소년을 바라보았다.

집은 마을에서 거의 외따로 떨어져 있었고, 생김새는 다른 집들과 별반 다르지 않았다. 숲이 바로 코앞에 있었고 강은 더 가까웠다. 옆에는 길도 나 있었다. 또래들이 가을에 열매와 버섯을 따러, 여름에 수영하러, 겨울에

스키를 타러 갈 때면 소년의 집을 반드시 지나가야 했다. 열 살배기 아이에게는 그런 상황이 큰 이점으로 인식되는 법이다.

소년은 나이에 비해 키가 커서 옷이 깡총했다. 셔츠 소매를 걷어붙이고 있으니, 손에 드러난 힘줄이 잘 보였다. 아이는 실제 나이보다 더 성숙해 보였고 지금처럼 무언가에 열중할 때는 특히 그랬다. 하지만 웃을 때만은 완전히 아이의 표정이 되었다.

아이의 얼굴은 이마가 넓어서 인상적이었다. 집중할 때는 이마에 가로 주름이 드러났고 그것은 고생과 고통의 상처처럼 보였다. 아이는 두 해 전 그의 부모가 낳아준 부모가 아니라는 사실을, 자신이 외삼촌과 숙모가 거둬준 고아라는 사실을 알게 되었다. 아이와 벌인 힘겨루기에서 진 동급생 박일이 상대에게 상처를 줄 다른 방법을 찾지 못하자, 아이에게 이 아픈 진실을 고함으로 알린 것이다. 사실 나중에는 이 아이들이 막역한 사이가 되었지만, 소년은 그의 악담을 오랫동안 기억했다. "너는 고아야, 거렁뱅이 고아, 불쌍해서 네 친척들이 너에게 밥을 주는 거다!" 왜 '거렁뱅이'인지, 왜 '불쌍해서'인지 아이는 잘 이해하지 못했지만, 어쨌든 눈물이 날 정도로 마음이 상했다. 자기가 다른 아이들보다 더 못 사는가? 정말 다른 부모들이 자기 자식을 사랑하는 것처럼 그는 사랑받지 못한단 말인가?

그날 그는 여느 때처럼 "엄마, 다녀왔어요! 도와드릴 일 있어요?"라고 외치며 마당으로 뛰어 들어가지 않았다. 그리고 집주인에게도 "아버지, 다녀오셨어요!"라고 하지 않았다. 그리고 양부모는 인철이의 친모인 순희가 자기 생명을 아이의 생명과 맞바꾼 사실을 모두가 알고 있는 마을에서 피할 수 없는 일이 일어난 것을 감지했다.

아이의 아버지가 누구야? 비록 마을 사람들이 아이 양부모로부터 아이 아버지에 대해 좋은 말을 많이 듣긴 했지만, 아무도 그가 누군지 몰랐다.

밤에 외삼촌과 숙모는 아이가 흐느끼는 소리에 잠에서 깼다. 숙모가 외삼촌에게 물었다. "여보, 가서 인철이 좀 달래줘요." 외삼촌이 일어나 아이에게 가서 노동으로 굳은살이 박여 거칠고 뻣뻣한 손을 들썩이는 조카의 등에 얹었다. 외삼촌은 아이에게 다정한 말을 할 줄 아는 사람이 아니었지만, 이번에는 연민과 공감이 적절한 말을 찾도록 도와주었다. 운명이 파란만장하여 그렇게 되었고 아이의 아버지는 살아있으며 반드시 찾아와서 너를 데려가 같이 살 거라고 아이를 달랬다. 아버지는 강하고 용감하고 훌륭한 사람이라는 말도 덧붙였다. 그리고 조선에서 중국을 거쳐 러시아로 넘어올 때 죽을 수밖에 없는 상황에서 가족 전체를 아이의 아버지가 어떻게 구했는지도 들려주었다. 외삼촌의 말에 안심한 아이가 잠들었다.

사람은 있어야 마땅한 것이 결핍되었을 때 꿈을 만든다. 꿈에서도, 현실에서도 아이는 아버지와 만나는 장면을 자주 보았다. 장면의 세세한 부분은 다르더라도 전체 분위기는 항상 설레고 기뻤다.

그때부터 집 앞에 난 길이 더욱 중요해졌다. 바로 이 길에 아버지가 어느 날 갑자기 나타날 것이다. 어떤 모습으로 나타날지는 중요하지 않았다. 그들은 만나면 서로를 금방 알아볼 것이다. 그 점이 가장 중요했다.

말뚝 열 개를 박고 아이는 잠시 쉬기로 했다. 바닥에 놓인 울타리에 앉아 여느 때와 마찬가지로 길을 내다보고 있었다. 저 멀리 언덕에서 말을 탄 어떤 남자가 모습을 드러내며 아이의 눈길을 사로잡았다. '러시아 아저씨인가 보네, 그런데 우리 마을에는 무슨 일로 오는 걸까?' 아이가 생각했다.

어릴 때부터 어른들은 소년뿐만 아니라 다른 아이들에게도 러시아 사람을 멀리하라고 가르쳤다. 러시아 사람은 곰과 같아서 무슨 짓을 저지를지 모른다. 일주일 전에는 화순 아주머니 딸을 러시아인들이 강간했다. 처녀가 친구들과 같이 숲으로 뿌리를 캐러 갔는데 어쩌다 보니 일행과 떨어지게 되었고 술에 취한 사내 두 명과 마주쳤다. 그들이 처녀를 강간했다. 아이는 강간이 무엇인지 몰랐지만, 뭔가 몹시 나쁘고 못된 짓인 것 같았다.

말 탄 사람이 그때 사라졌다가 가까운 동산에 다시 나타났다. 머리가 먼저 보이더니 어깨, 말의 대가리, 그리고 전체 모습이 나타났다. 아름다운 장면이었다. 푸른 언덕이 펼쳐진 곳에서 말을 타고 오는 남자. 게다가 그냥 말을 탄 남자가 아니라 진짜 군인, 군모를 쓰고 장교들이 입는 재킷을 입은 기병이었다.

'혹시, 훈후즈(중국 강도단)일까?' 소년에게 그런 생각이 들었지만, 금방 아닐 거로 생각했다. 아이들은 훈후즈를 무서워했지만, 마지막으로 나타난 것이 10년도 더 전이라고 했다. 그렇기에 이렇게 훤한 대낮에 훈후즈가 말을 타고 나타나지는 않을 것 같았다. 시골 마을에는 최전선에서 전쟁을 치렀고 집에 총을 가지고 있는 용감한 남자들이 적지 않다.

그렇다면 이 사람은 누굴까? 소년은 호기심에 사로잡힌 동시에 두렵기도 했다. 소년의 집 근처 길은 외곽의 집 두 채를 싸고돌며 고리를 만들어 소년의 집 앞을 지나갔다. '가까이 가서 보자, 도망칠 시간은 있을 테니.' 소년이 마음을 먹고 일어섰다.

기병이 완전히 가까워지고 있었다. 가까이서 보니 그는 더 늠름해 보였다. 재킷 위에 검대를 찼고 옆구리에는 진짜 장검을 차고 있었다. 말의 옆구리에는 가방들이 달려있었고 그 위로 권총 손잡이가 나와 있었다. 기병의 얼굴이 이제 명확히 보였다. '조선 사람이네. (소년이 자지러지게 놀랐다) 누구 집에 가는 걸까?'

말에 탄 사람이 소년을 보고 반갑게 손을 흔들었다. 소년도 그에게 반갑게 손을 흔들었다. 그러자 갑자기 그 사람이 말을 몰아 소년에게로 반듯하게 다가왔다. 소년의 3m 정도 앞에서 그가 안장에서 내렸다⋯ 별이 달린 군모를 벗고⋯ 빙그레 웃었다.

이 미소를 보자 소년은 이 사람을 어디서 본 것 같은 느낌이 들었다. 그런데 어디서 봤을까? 남자가 제자리에 서서 예전부터 아는 사람처럼 여전히 웃고 있었다. 그러자 느닷없는 예감이 소년을 찌릿하게 관통했다. 소년이 떨리는 주먹을 심장에 갖다 대고 예감을 감히 믿기 두려워 그만 얼어붙었다.

남자가 앞으로 다가와 흥분에 휩싸인 목소리로 말했다.

"잘 있었느냐, 아들아!"

목소리가 채 잦아들기도 전에 소년이 앞으로 달려 나갔다. 강한 팔이 아이를 와락 끌어안았고 아이가 남자의 가슴에 얼굴을 파묻었다. 두 사람은 부둥켜안고 오랫동안 서 있었다. 아이가 속삭였다.

"아버지, 제가 얼마나 기다렸는지 모르실 거예요!"

강철이 아들의 머리를 쓰다듬었다.

"안다, 나를 용서해라, 더 일찍 올 수가 없었단다…"

아이가 얼굴을 들어 붉은 리본 위에 달린 훈장을 보았다.

"아버지, 전투에 나가셨어요?"

"그래, 그랬다. 전쟁이 이제 끝났고 그래서 너에게 온 거다." 강철이 아들의 어린 얼굴을 부드럽게 바라보며 말했다. 강철은 마을 초입에서 두 번째 집에 아들 인철이가 사는 것을 물론 알고 있었다. 하지만 그걸 몰랐더라도 자기 아들인 것을 한눈에 알아봤을 것이다. 그만큼 아들은 강철을 닮아 있었다.

"이제 우리가 같이 살 거예요?"

"물론이지. 이제 우리는 항상 같이 살 거다."

"그러면 여기서 같이 살 거예요?"

"아니다, 아들아, 우리는 도시로 갈 건데…"

강철이 미처 말을 다 하기도 전에 여자의 목소리가 들렸다.

"인철아, 우리 집에 무슨 손님이 찾아오신 거냐?"

아버지와 아들이 뒤로 돌아섰다.

"이분이 제 숙모예요." 소년이 아버지에게 말하고 낭랑한 목소리로 밝게 외쳤다. "숙모, 아버지가 오셨어요! 제 아버지가 오셨어요!"

여자가 깜짝 놀라 이랑을 허겁지겁 뛰어넘으며 그들에게로 급히 다가왔다.

고단한 세월이 인철의 숙모를 비껴가지는 않은 모양이다. 주름과 희끗희끗한 흰머리 때문에 완전히 노인처럼 보였다. 말투 또한 노인의 그것이었다.

"아이고, 세상에나." 여자가 반갑게 소리쳤다. "세월이 이렇게나 흘렀네요. 우리가 얼마나 인철이 아버지 생각을 많이 했는데요 … 인철이도 아버지가 언제 오시는지 얼마나 많이 물어봤는지 몰라요 … "

강철이 환하게 웃으며 고개를 숙였다.

"안녕하셨습니까, 사모님!" 숙모의 이름을 기억하지 못해 조선에서 으레 그렇듯 이 호칭으로 불렀다. 지체 높은 사람의 부인에게 부르는 호칭인 '사모님'이라고 부른 것이다.

군달의 아내가 당황했다.

"제가 무슨 '사모님'이에요? 저는 그냥 평범한 아낙인데. 러시아에서 오래 사셔서 조선 관습을 완전히 잊어버리셨나 봐요 … "

그녀가 웃으며 몸을 바로 세웠다. 강철의 정중한 호칭에 어쨌든 기분은 좋은 모양이었다.

그런데 갑자기 정신을 차리더니 놀라서 물었다.

"그런데 우리가 여기 사는 걸 어떻게 아셨어요?"

"믿기 어렵지만, 제가 사모님의 아들 인달이를 만났지 뭡니까, 그리고 그 아이가 … "

강철이 할 말을 미처 마치기도 전에 휘청거리는 여자를 부축하러 앞으로 나갔다.

416

"인달이를요!" 여자가 소리쳤다. "걔는 어떻게 됐어요? 혹시 그 아이가…"

"아닙니다, 아닙니다." 강철이 여자를 안심시켰다. "인달이는 살아있습니다. 지금 중앙아시아로 갔습니다."

"중앙아시아요? 거기가 어딘데요? 집에서 눈이 빠지도록 기다리고 있는데 뭐 하러 중앙아시아는 갔답니까?"

"인달이는 이제 붉은 군대의 군인입니다. 그리고 자원해서 그곳으로 간 겁니다. 걱정하지 마십시오. 혼자 간 것이 아닙니다. 오백 명이 갔는데 그중 열여섯 명이 조선 사람입니다."

"아이고, 그렇게도 할 일이 없나, 뭐 하러 중앙아시아는 가서. 그럼 인달이가 살아있다는 말씀이지요? 여위지는 않았어요? 아프지는 않대요?"

"지금 인달이 키가 저보다 이만큼이나 더 큽니다." 강철이 웃으면서 손으로 보여주었다. "강하고 의젓하고 아주 민첩합니다… 일 년 전에 만났는데 그때 제가 인달이를 바로 못 알아봤습니다. 그 아이가 제게 전부 이야기해 주었습니다…"

"불쌍한 순희 아가씨." 군달의 아내가 한숨을 쉬더니 문득 정신을 차렸다. "참, 그런데 왜 이러고 서 있지. 집으로 들어가세요, 인철이 아버지. 남편은 지금 집에 없어요. 점심때 온다고 하고 나갔지요. 인철아, 오늘 일을 아주 많이 했으니 이제 그만해라. 우리가 너한테 밤낮으로 일만 시킨다고 네 아버지가 생각하실 수도 있으니까…"

"그럼요, 많긴 많지요." 소년이 중얼거렸다. "근데 이게 뭐, 일인가요?"

그들이 나누는 대화를 강철이 놓치지 않고 유심히 들었다. 농담 같은 말과 독립적인 대답을 들으니, 숙모와 조카 사이가 아주 친한 것 같았다. 강철은 숙모를 향한 따스한 감사의 마음이 들었다.

"담장을 둘러서 가야겠다." 강철이 말했다. "인철아, 말 끌어보고 싶으냐? 고삐를 잡아봐라 … ”

마당에서 그는 여행 가방을 내리고 말의 안장을 풀었다. 아버지를 뭐라도 돕고 싶은 아이가 물었다.

“말에게 먹이를 줘야 할까요? 우리 집에 밀기울이 있어요.”

“그러면 좋겠구나.” 강철이 활짝 웃었다. “그럼 너는 그 일을 하고 나는 짐을 집안으로 가져다 놓으마.”

집은 강철이 지금껏 적지 않게 봐온 한인 정착민들이 사는 평범한 집이었다. 숙모는 벌써 아궁이에 불을 피우고 바삐 움직였다.

“아랫목에 앉으세요.” 숙모가 이렇게 권하고 나서, 강철이 방을 둘러보자, 말했다. “궁궐은 아니지요, 다들 사는 것처럼 이렇게 살아요.”

“괜찮습니다.” 강철이 안심시켰다. “곧 잘사시게 될 겁니다. 그건 그렇고 제가 아랫목에 앉아서 뭘 하겠습니까? 아들놈과 함께 울타리를 만들지요, 숙모님이 맛있는 식사를 준비하시는 동안.”

“무슨 말씀이세요! 그런 법이 어디 있습니까? 손님이 일을 … ”

하지만 강철이 여자의 말을 잘랐다.

“저는 이 집에서 손님이 아닙니다. 가족이지. 우리가 함께 러시아로 왔던 일 잊으셨습니까?”

“어떻게 그런 일을 잊어버립니까? 그래도 먼 길 오시느라 피곤하실 텐데 나중에 하셔도 … 옷이라도 갈아입으시고 … ”

“먼지가 나는 일도 아닌데요.” 강철이 웃으면서 밖으로 나갔다.

솔직히 고백하자면 집 안을 보자 강철은 우울해졌다. 이런 환경에서 자기 아들이 그간 살았다고 생각하자 마음이 아팠다. 그 어떤 친척도 대신할 수 없는 아버지와 어머니가 옆에 있었다면 형편이 어때도 상관없을 수도 있다…

인철은 말에게 먹이를 부어주고 나서 말이 대가리를 동이에 처박고 때때로 갈기를 흔들면서 씹어 먹는 모습을 흥미진진하게 바라보았다. 아버지를 보자 인철의 모습이 온통 환해졌다.

"아주 맛있나 봐요. 전쟁터에 타고 가는 말인가요, 아버지?"

"당연하지, 아들아. 우리가 이놈을 타고 집으로 가면 너도 확실히 알게 될 거다."

"이 말을 타고 가요?" 인철의 목소리에 미심쩍음과 기쁨이 같이 녹아있었다. "그런데 제가 말을 한 번도 안 타봤는데요!"

"배우면 되지." 아버지가 안심시키고 말했다. "지금은 우리가 같이 울타리 세우는 일을 마무리하면 어떻겠냐?"

"아버지와 함께하면 뭐든 할 수 있어요!"

텃밭에서 다시 말뚝 박는 소리가 들려오자, 숙모가 집에서 나와 일하는 모습을 호기심 어린 눈길로 지켜보았다. 소년이 망치로 말뚝을 세우고 그 뒤를 아버지가 따라가며 도끼로 박았다. 두 손으로 손잡이를 잡고 온 힘을 다해 내리쳤다. 두세 번 내리치면 말뚝이 필요한 깊이만큼 박혔다.

"이분은 누구신가?" 숙모가 이웃집 여자의 목소리를 들었다. "아아, 일꾼인가 보네! 한 번에 울타리를 다 고칠 것 같네…"

군달의 아내가 입술을 꼭 다물었다. 이웃집 여자를 좋아하지 않을 나름의 이유가 있었지만, 완전히 무시할 수는 없었다. 게다가 지금은 시시비비를 가려야 할 때는 더더욱 아니었다. 군달의 아내도 다른 여느 아낙네들처럼 완전히 여자였다. 궁금한 걸 드러내는 것은 물론 궁금증을 해소하기도 좋아했다.

"인철이 아버지야." 그렇게 말하고 이웃집 여자의 얼굴 피부가 늘어지는 것을 기분 좋게 바라보았다.

"에구머니나." 여자가 외쳤다. "드디어 오셨나 보네! 그런데 애가 어떻게 맞았대?"

"어떻게는 무슨 어떻게야? 안 보여? 안 좋았으면 저렇게 같이 사이좋게 일하고 있겠어?"

"그 말이 참말이네. 아 참, 내 정신 좀 봐. 나 소금 좀 얻으러 왔는데. 소금 좀 빌려줘. 애들 아빠한테 아무리 말해도 뭘 미리 사다 놓는 법이 없다니까."

군달의 아내가 다시 입술을 꽉 다물었다. 그래, 소금 빌리러 왔겠지! 이제 소문이 온 동네에 퍼지겠구먼. 그런데 군달의 아내는 내심 소문이 퍼지길 원했다. 어찌 됐든 관심을 받는 건 항상 기분 좋은 일이니까.

"그래, 줄게." 군달의 아내가 너그럽게 말했다.

말뚝에 울타리 두 개를 묶는 일만 남았을 때 인철이 말했다.

"외삼촌 오세요."

강철은 군달을 깡마르고 소심하고 부끄러움을 많이 타는 모습으로 기억했다. 그런데 십 년도 더 지난 지금 강철 앞에는 한창때의 사내가 서 있다. 어깨는 넓게 펴지고 걸음은 더 당당해졌다. 가장 중요한 변화는 시선이었다. 이 사람은 이제 위험한 일이 생겨도 머리를 감추는 일은 하지 않을 것 같았다.

"뭐라고 말할 수 없이 반갑소." 그가 손을 내밀며 말했다. 군달의 악수도 힘차고 단호했다.

"저도 반갑습니다." 강철이 대답했다. "그리고 제 자식을 잘 거둬주셔서 감사합니다."

"이놈이 어디 남인가." 군달이 말하고 나서 세워진 울타리를 보고 살짝 웃었다. "신이 나서 일했나 보네 … "

여기서도 변화가 있었다. 조선 사람이라면 손님에게 일을 시켰다고 하면 깜짝 놀라면서 천 번이고 만 번이고 미안하다고 사과할 것이다.

"예." 강철이 고개를 끄덕였다. "아들놈과 같이 일하는 게 그리 좋은 일인지 여태껏 몰랐습니다."

"인철이가 일을 야무지게 하지." 그러고선 군달이 인철에게 말했다. "네 아버지가 반드시 데리러 올 거라고 내가 말했지?"

"예, 말씀하셨어요, 삼촌." 인철이 대답했다. "저도 삼촌 말씀을 찰떡같이 믿었잖아요."

"밥상을 다 차렸다네. 아니면 일을 마저 다 하고 싶은가?"

"인철이더러 결정하라고 하지요." 강철이 미소를 지었다. "여기서 선임 전문가니까요."

아이가 칭찬에 얼굴을 붉히며 삼촌을 흉내 낸 듯 점잖게 말했다.

"한번 시작했으면 끝을 봐야지요."

남자들이 소리 높여 웃었다.

"진짜 주인다운 대답이다." 군달이 흐뭇하게 말했다. "그러면 셋이서 빨리 끝내지. 안 그러면 집사람이 언짢아할 테니까 … "

밥상 앞에 앉았다. 차린 음식이 많아 밥상이 작아 보였다. 중간에는 삶은 닭이 놓여 있고, 밥그릇과 국그릇, 찐 생선과 온갖 나물을 담은 접시들이 상에 올랐다. 그런데도 군달의 아내는 손님이 오셨는데 차린 게 없다고 말했다. 손님에게 '식탁이 사람으로 풍성할수록 좋지요'라고 말하는 나라에서 이미 십 년을 넘게 살았어도 말이다.

하지만 가양주는 러시아 보드카였다. 작은 사기 술잔에 보드카를 따르면서 군달이 물었다.

"처음으로 술 마신 날을 기억합니까?"

"당연하지요." 강철이 말했다. "그땐 숨이 차올라서 숨을 제대로 쉴 수가 없었지요…"

그들을 따라 숙모와 아이도 웃었다.

"다시 만난 것을 위하여 한잔합시다!" 군달이 잔을 들고 말했다. "이 만남이 우리에게 가져다준 기쁨을 위하여 한잔하세!"

남자들이 술잔을 비우고 안주를 먹으려고 할 때 문이 열리면서 두 남자가 나타났다.

"아, 내 친구들이오!" 군달이 큰 소리로 말했다. "혼자 술 마시는 꼴을 절대 못 보지. 이리로들 와서 앉게…"

숙모와 아이가 서둘러 자리를 비켜주었다. 새로 온 손님들이 자리에 앉자, 집주인이 그들을 소개했다.

"이 사람은 봉일이고, 이 사람은 태산일세. 내 막역한 친구들이지. 이 사람들과 같이 유격대 활동도 했었지. 여보게들, 이제 내가 자네들에게 여러 번 얘기했었던 사람을 소개하지. 김강철 동무시다. 그간 이 사람이 어떻게 살았는지 모르지만, 이 사람을 한번 보게. 군복을 입은 것을 보니 전쟁에서 싸운 것 같군. 가슴에는 우리가 본 적이 없는 훈장이 달려있네. 용맹한 사람이고 전쟁에서 싸웠다는 뜻이지. 이 사람이 내 아들놈을 만났다네. 그리고 반가운 소식을 가져왔지. 인달이가 살아있고 지금은 중앙아시아인가 어딘가에 있다네. 그런데 내가 가장 기쁜 것은 인철이가 아버지를 얻었다는 거야. 이런 사람이 우리 집에 앉아 있어서 내가 얼마나 든든하고 자랑스러운지 모르네. 귀빈을 위하여, 혁명 영웅을 위하여 한잔 드세!"

화기애애한 분위기 속에서 술을 마시고 밥을 먹기 시작했다. 군달이 이렇게 말을 잘하는 사람일지 상상하기도 어려웠는데, 강철이 생각했다.

안주인이 새 음식을 내왔다.

"천천히 많이 드세요, 손님들. 특별히 차린 것은 없지만 맛있게 많이 드십시오…"

"고맙습니다. 음식이 다 맛있습니다…"

다시 술잔에 보드카를 따랐다. 군달이 갑자기 한숨을 쉬었다.

"아버지가 곁에 안 계셔서 못내 아쉽네. 노친네가 얼마나 기뻐하셨을까. 빌어먹을 류머티즘 때문에 그렇게 고생하시다 가셨는데… 여동생도 불쌍하고." 군달이 눈을 비비고 갑자기 소리 내어 웃었다. "둘이서 얼마나 빨리 애를 만들었는지 우리가 눈 깜짝할 새도 없었다니까."

"그런 일은 복잡하지 않지." 봉일이 장단을 맞췄다. "우리 마누라가 애를 낳을 때마다 나는 생각했어, 대체 어쩌다가? 태산이가 이 일에서는 대단한 전문가니까 우리한테 설명해 줄 수 있을 거야. 다섯이나 만들었잖아…"

태산이 턱수염을 쓰다듬더니 진지하게 말했다.

"그 일에는 큰 비밀이 하나 있지."

"무슨 비밀인데?"

"등불 기름을 아껴야 해. 그것이 바로 비밀이야…"

남자들의 웃음소리에 집 안이 흔들리는 것 같았다.

"여보, 애 앞에서 그런 말씀을 하시면…" 인철과 함께 부뚜막 옆에 자리 잡은 안주인의 목소리가 들렸다. 그녀의 말에 가벼운 질책이 섞였지만, 눈은 웃고 있었다.

"진짜 그렇네." 군달은 아차 싶었다. "그건 그렇고 러시아 강간범들이 사는 집은 찾아냈어?"

"찾아냈어." 봉일이 대답했다. "우리가 마침 그 일로 왔는데 손님을 보고
는 잊어버렸네. 사냥꾼 올렌이 그놈들의 거처를 찾아냈어. 생긴 것을 말하
는데 영락없이 그놈들이야. 게다가 그놈들은 러시아 마을에 사는 놈들이
아니야. 외지 놈들이라네. 내일 새벽에 그놈들 잡으러 갈 거야. 모든 것이
확실해지면, 진짜로 러시아 마을 사람들이 아니라면, 그 자리에서 마무리
지을 거네 … "

"무슨 말씀을 하시는 겁니까?" 강철이 물었다.

"러시아 놈 둘이서 우리 마을 처녀에게 몹쓸 짓을 했어. 처음에는 이웃
마을 사람들 소행이라고 생각했는데 자기 마을 사람 중에 그런 사람은 절
대 없다고 맹세하는 거야." 군달이 설명했다. "그런데 우리는 그 말을 믿기
가 어려웠지. 러시아 사람들이 우리에게 못된 짓을 해도 벌을 받지 않던
시절은 이미 지나갔어. 이제 모든 게 확인이 됐으니, 눈에는 눈, 이에는 이
야. 어디서 모일 텐가?"

"자네는 안 와도 되지 않겠어? 손님도 오셨는데." 태산이 말했다.

"이런 일이니까 내가 가야지. 내 아내와 손님은 그 이유를 아네."

"그럼 학교 옆에서 만나지, 새벽 네 시에."

"몇 명이나 오나?"

"우리 생각에 다섯이면 충분할 것 같아. 자네는 어찌 생각하나, 군달이?"

"그럼, 충분히 처리할 수 있지." 군달이 자신 있게 말했다.

"저도 가면 어떻겠습니까?" 강철이 물었다.

"이번 일에는 전혀 그럴 필요가 없어." 군달이 단호하게 잘라 말했다.
"이 일은 우리 마을 처녀 일이니, 우리가 해결해야지."

점심 식사가 길어졌다. 그들이 밥상에서 일어설 때는 이미 날이 어두워졌다. 내일 계획한 일이 없었다면 더 오래 앉아있었을 것이다. 말하고 질문하고 기억 못 하는 일이 없을 정도로 넘치도록 대화를 나누었다. 강철이 그간 있었던 일을 자세하게 이야기했고 그러다 보니 그 십 년을 다시 산 기분이 들었다.

군달도 적지 않은 고생을 했다. 온 가족이 러시아 부잣집에서 날품을 팔며 번 돈으로 조금씩 땅을 산 이야기를 하면서 몇 번씩이나 눈물을 쏟았다. 아내가 중병에 걸려서 아이를 더는 낳지 못하게 된 일, 아버지가 돌아가신 일, 쇠약해지면서 아들 집 짓는 일도 같이 마무리하시지 못했다고 했다. 그런데 유격대 생활을 회상하며 이야기할 때 군달은 눈을 반짝거리며 주먹을 불끈 쥐었다. 그는 몇 번이나 반복해서 말했다. '이제 우리는 다른 사람이 되었다. 이제 빈손으로 우리를 차지하는 사람은 없을 거다. 우리를 보호하는 세력이 생겼다 … '

집주인은 친구들을 배웅하러 대문 밖으로 나갔고 강철은 외벽에 붙은 자리에 앉아 있었다. 얼마 안 있자 인철이 외투를 들고나왔다.

"아버지, 저녁에는 추워요."

"고맙다, 아들아." 아들의 배려에 마음이 뭉클했다. "옆에 앉아라, 자 … 외투를 걸치니 참 따뜻하지?"

"아주 따뜻해요. 그런데 우리가 같이 이사 가는 곳은 조선 사람이 많아요?"

"거기는 다양한 사람들이 살지. 조선 사람도 있고, 러시아 사람도 있고, 또 다른 사람들도 있고. 너 러시아말 할 줄 아느냐, 아들?"

"조금 알아요. '소비에트', '프롤레타리아트', '크라스나야 아르미야(붉은 군대)' … "

"이제 곧 많은 말을 알게 될 거다. 러시아 친구들도 사귀고…"

"걔네들하고 같이 논 적이 한 번도 없어요. 솔직히 말씀드리면 싸운 적이 한 번 있었어요. 숲에 버섯을 따러 갔는데 거기서 금발 머리들을 만났어요. 박일이가 게네들 머리를 때려주자고 했어요."

"그래서, 때려줬니?"

"그럴 수가 없었어요. 우리는 게네들이 모두 세 명인지 알았는데 나중에 보니까 떼로 몰려왔어요… 겨우 도망칠 수 있었어요…"

소년이 작은 소리로 웃었다.

"공부는 잘하냐?"

"잘해요. 박일이만 저보다 잘해요. 암산도 얼마나 잘하는데요. 시 외우기도 다른 애들보다 더 빨리하고. 저도 그렇게 하는 법을 배우고 싶은데…"

"배울 거다. 연습을 많이 하면 배우게 돼. 너 놀이하는 법은 잘 알지?"

"예."

"놀이를 하면 할수록 더 잘하는 거 알지? 기억력도 마찬가지야."

발소리가 들렸다. 군달이 돌아오는 소리였다.

"피곤하지, 매제? 일찍 잠자리에 들까? 인철이도 아침에 학교에 가야 하고"

강철이 반대하지 않았다.

인철의 아버지가 왔다는 소식이 반 아이들 사이에 이미 다 퍼져있었다. 아이들이 인철이에게 많은 것을 물어보았다. 말과 장검, 훈장 이야기를 주로 물어보고 방과 후에 인철이 집에 달려가 보고 싶다는 마음을 내비쳤다. 박일만 조용히 물어보았다.

"너는 아마 다른 곳으로 가겠지?"

친구와 헤어진다는 사실이 갑자기 명확하게 다가와 인철은 대답으로 고개만 끄덕였다.

쉬는 시간에 마당으로 전체 집합하라는 지시가 내려졌다. 모든 학생이 떠들썩하게 고함을 지르며 밖으로 나왔다. 반별로 지정된 자리가 있었다. 줄을 서는 동안 아이들은 전체 집합하는 이유를 경쟁하듯 말했다. 학교장이 어떤 군인과 함께 현관에 나타날 때도 아이들은 조용해지지 않았다.

"저분이 너희 아버지야?" 박일이 속삭이며 물었다.

"응." 인철도 속삭이며 대답하며 현관에서 눈을 떼지 않았다.

학교장 이재상은 작은 키에 약간 살집이 있는 남자였고 학교 아이들은 교장을 '목수'라는 별명으로 불렀다. 그가 조용히 하라는 의미로 손을 들었다.

교장이 울리는 목소리로 말했다. "여러분! 오늘 우리 학교에 기쁜 일이 일어났습니다. 여러분 모두가 우리 학교의 우등생 5학년 인철이를 알고 있을 겁니다. 인철이가 지금껏 보지 못했던 인철이의 아버님께서 이렇게 오셨습니다. 그 이유는 인철이의 아버님께서 여러 해 동안 전선에 계셨기 때문입니다. 처음에는 독일군과 싸우시고 나중에는 부자와 자본가에 대항하여 싸우셨습니다. 여러분에게 행복한 어린 시절을 선사하기 위해, 여러분이 무사히 공부해서 새로운 인생을 훌륭하게 건설하도록 하기 위함이었습니다. 이제 인철이를 축하하고 인철이가 어디에 있든 공부 잘하고 행복하게 살도록 빌어줍시다."

모두가 손뼉을 쳤다.

교장이 말을 이어갔다. "자, 이제 저는 여러분에게 인철이의 아버님을 소개하고자 합니다. 김강철 동무께서는 고려인터내셔널연대를 지휘하셨고, 적군(붉은 군대)의 영웅적인 일원으로 극동을 백군과 일본군의 손아귀에서 해방하였습니다. 김 동무는 혁명의 영웅입니다. 블류헤르 총사령관님께서 동무에게 직접 훈장을 수여하셨습니다. 김동무께서 여러분께 하시고 싶은 말씀이 있습니다. 김 동무를 박수로 맞이합시다."

강철이 당황하여 약간 허둥거렸다. 학교장이 그를 너무 극찬했다. 그런데 한인연대와 블류헤르 총사령관의 훈장 수여 사실은 학교장이 대체 어떻게 알았을까?

아이들 눈 수백 개가 강철을 주시했다. 애들에게 뭘 말해야 하나?

"10년 전에 저는 다른 조선 사람들과 함께 조선에서 러시아로 걸어서 왔습니다. 그때 우리 머릿속에는 한 가지 생각밖에 없었습니다. 이 나라가 우리를 어떻게 맞이할까? 우리와 우리 아이들이 이 나라에서 어떻게 살아가게 될까?

제가 여러분의 아버지, 형님들과 같이 새로운 권력을 위해 싸울 때 우리는 모두 한 가지 목표만을 생각했습니다. 우리 아이들은 우리보다 더 행복하게 살아야 한다.

이제 여러분은 우리보다 더 행복하게 살 수 있습니다. 여러분 앞에는 모든 길이 열려있기 때문입니다. 가장 중요한 길은 지식의 길입니다. 지식이 없다면 사람은 노예입니다. 거지입니다. 약자입니다. 예를 한번 들어보지요. 제 아들이 러시아 친구들과 한 번도 사귄 적이 없다고 저에게 말해주었습니다. 싸운 적만 있다고 했습니다. 왜 그랬을까요? 왜냐하면 아들과 러시아 아이들이 서로 말을 알아듣지 못하기 때문입니다. 아들이 러시아말을 알았다면, 러시아 아이들이 조선말을 알았다면, 그들이 만나서 서로를 야만인처럼 보는 일은 없었을 것입니다. 한 사람이 다른 사람에게 물어볼 수 있겠지요. "어디서 왔니?", "나는 어디서 왔는데 너는 어디서 왔니?" 그렇게 되면 곧바로 소통이 시작됩니다. 이것이 아무 이유도 없이 쌈박질이나 하는 것보다 훨씬 좋지 않습니까?

여러분은 많은 사람에게 제2의 고향이 될 수 있는 나라에 살고 있습니다. 러시아가 얼마나 큰 나라인지 여러분은 아십니까? 저는 벨라루스, 발트 연안, 시베리아에도 가봤습니다. 여러분은 그곳에 러시아 사람만 산다고 생각하나요? 그곳에는 수십 개 민족이 살고 있습니다. 그들은 서로 러시아 말로 소통하며 친하게 지냅니다. 교장 선생님께서 새 학년부터는 러시아말 수업이 들어갈 거라고 저에게 말씀하셨습니다. 정말 잘된 일입니다. 이 나라 말을 배우십시오, 이 나라의 관습과 전통을 알고 존중하십시오. 이 나라를 사랑하고 지키려고 하십시오. 그러면 이 나라는 여러분을 절대 남의 자식으로 대하지 않을 겁니다. 이 나라는 여러분에게 언제나 친어머니가 될 겁니다!"

인철이 살면서 이때처럼 손뼉을 세게 친 적은 없었다.

"너희 아버지는 진짜 사령관님이다." 박일이 말했다. 아이의 말에 부러움이 약간 섞여 있었다. "언제 떠나?"

"몰라." 인철이 대답했다. "나는 여기서 살고 싶은데 … "

인철은 이 말을 친구의 시선을 피하면서 했다. 마음속으로는 떠나고 싶었기 때문이다. 아버지가 사는 저 먼 세계가 벌써 아이를 유혹하고 있었다.

저녁 무렵이 되자 집에 다른 소식이 날아들었다. 강간범들을 잡으러 갔던 사냥꾼들이 돌아왔다. 그들을 맞으러 온 마을 사람들이 다 쏟아져나왔다. 맨 앞에 군달이 보였고 그 뒤를 따르는 말을 탄 두 사람이 보였는데 그중 한 명이 태산이었다. 그가 머리를 다친 봉일을 부축하고 있었다. 천만다행으로 모두 살아 돌아왔다! 그들은 말없이, 서두르지 않고, 힘든 일을 마치고 돌아오는 사람처럼 왔다. 그들이 목적을 이뤘는지는 아직 알아보기 힘들었다.

갑자기 군달이 손을 들고 웃음을 지었다. 그것은 인사의 표시만이 아니라 승리의 표시이기도 했다. 그러자 길거리에 선 사람들이 웅성거리기 시작했다. 어디선가 봉일의 아내가 나타나 소리를 지르며 말 쪽으로 달려가 남편의 다리를 부여잡았다. 아내의 뒤를 따라 "아버지, 아버지!"하고 소리치며 사내아이와 계집아이가 뛰어왔다.

일행은 말을 탄 채로 봉일의 집으로 급히 가서 다친 봉일을 조심스럽게 말에서 내렸다.

"뚝!" 계속하여 울부짖는 봉일의 아내에게 군달이 강압적으로 소리쳤다. "살아 돌아왔으면 기뻐해야지. 곡소리로 운을 망치지 말고…"

군달이 같이 갔던 사람들을 향해 돌아서서, 대장으로서 숲에 갔던 일을 총평했다.

"모두가 용맹스럽게 대처해 줘서 기쁘다. 이제 각자 집으로 가지. 일어난 일에 관해서는 우리가 약조한 대로 말하기로 하고…"

숲에 갔던 사람들을 그들의 아내와 아이들이 데리고 갔다. 군달도 집사람의 응원을 받으며 집으로 갔다. 강철과 인철은 옆에서 같이 걸었다. 숲에 갔던 사람들이 무슨 말을 약조했는지 알 것 같아서 여자와 아이가 있는 자리에서는 아무 말도 하지 않기로 마음먹었다. 단지 이 말만 했다. "잘 끝나서 다행이네요."

저녁을 먹고 나서 담배를 피우러 밖으로 나가서야 군달이 일어난 일을 이야기해 주었다.

사냥꾼 올렌이 전한 말과 달리 그들은 모두 세 사람이었다. 그들 중 하나가 보초를 서고 있었다. 봉일이 보초의 무기를 뺏어보겠다고 나서서 그를 붙잡아 베르당총을 뺏긴 했지만, 혼자서 보초를 감당할 수가 없었다. 그 러시아인은 황소처럼 강한 놈이어서 세 사람이 붙어서야 겨우 쓰러뜨리고 칼로 베어 죽일 수 있었다. 보초를 상대하는 동안 나머지 둘이 잠에서 깨어나 밖으로 도망쳤다. 사냥꾼 올렌이 즉시 한 사람을 죽였는데, 나머지 한 사람이 총을 쏘았고 봉일이 총알에 맞았다.

"우리가 그때 얼마나 악에 받쳤는지 나머지 한 놈에게 총알로 아예 구멍이 뚫릴 정도로 총을 쏘아 재꼈다니까." 군달이 주먹으로 무릎을 치며 말했다.

"시체는 어떻게 했소?" 강철이 잠자코 기다리다가 물었다.

"불을 싸질렀어. 불이 얼마나 크고 냄새는 또 얼마나 고약하던지." 군달이 피식 웃었다.

"양심에 걸리지는 않겠지? 강간범을 죽이려고 하지 않았을 때도 있었잖아 … "

"내가 그 일을 많이 생각해 봤지. 그때 내가 왜 쏘지 않았는지 알게 됐어. 그놈은 내 아내를 강간하려고 했지, 그런데 강간하지는 못했잖아? 하려고만 했지 … 진짜로 강간했었다면 내가 그놈을 죽여버렸을 거야. 내 말 무슨 말인지 알지, 매제? 사람들이 끔찍한 욕망을 품을 때가 많잖아. 예를 들어 이웃의 아내나 아니면 다른 누군가를 범하고 싶을 때도 있잖아. 그런 생각을 한다고 해서 죄를 저질렀다고 볼 수는 없지 않은가? 어리석은 행동을 하지 않도록 우리를 말리는 것들이 많지, 법도 있고 사람들의 비난, 처벌에 대한 공포, 양심. 그런데 그놈들은 … 그놈들은 이미 사람이 아니니 박멸해야지."

"모르겠네, 모르겠어." 생각에 잠긴 강철이 말했다. "자네가 변했고, 이 마을에서 지도자로 인정받는 모습을 보니 어쨌든 기쁘네. 단지 … 신중하면 좋겠네. 법이 시행되면 사적 처벌은 비난받고 근절될 것이야. 그렇지만 내가 자네를 가르칠 수는 없을 것 같네, 자네는 이제 인생의 진정한 주인이 되었으니."

두 남자가 아무 말 없이 앉아 있다가 군달이 담배를 내밀었다.

"근데 언제 떠나기로 했나?" 군달이 담배에 불을 붙이며 물었다.

"내일, 여기서 내가 도울 일이 없다면."

"조금 더 있어도 될 텐데. 누구 기다리는 사람 있나?"

"있지, 아내와 아기. 이제 두 살이래. 아직 나는 못 봤고."

"그러면 가야지."

"아내와 아기를 인철이가 만날 건데 어떻게 일러줘야 할지 고민이야…"

"인철이는 이해심이 깊고 곰살맞은 녀석이야. 이해하지, 암 이해하고말고. 그 녀석과 헤어진다고 생각하니 마음이 안됐어. 하지만 그놈이 아버지를 만나서 좋아하는 걸 보니 기쁘네."

"고맙네, 군달이."

"매제, 자네에게도 고맙네. 전부 다…"

우리네 인생은 어릴 때부터 말년에 이르기까지 만남과 헤어짐의 연속이다.

인철이 아버지의 모습을 처음으로 보았던 마을 어귀에 있는 바로 그 동산에서 그는 수업을 빼먹고 달려온 친구들과 이제 작별 인사를 나누고 있었다. 성인 남자들은 다른 표정을 지으며 이런저런 이야기로 이별의 슬픔을 감출 줄 알지만, 여자와 아이들은 얼굴에 모두 드러낸다.

인철의 숙모는 외삼촌이 꾸짖는 눈짓으로 계속 흘긋거렸지만, 헤어짐을 아쉬워하며 눈물을 흘렸다. 마지막으로 껴안고 서로의 손을 맞잡으며 안녕히 가시라고 인사했다. 안장 두 개를 얹은 말이 구불구불한 길을 따라가다가 점처럼 보일 정도로 멀어졌을 때도 사내아이 셋은 여전히 언덕에 서서 손을 흔들고 있었다…

블라디보스토크에서 강철은 더는 필요 없을 것 같아 말을 팔기로 마음먹었다. 아들에게 입힐 옷과 아내와 부베노프 부부에게 줄 선물을 뭐라도 사야 했다. 우수리스크행 기차가 이틀 후에 있어서 시간은 충분했다.

여러 화폐가 있긴 했지만, 돈은 대부분 도시에서 사용되었다. 농민들은 물물교환을 선호했다. 그래서 강철은 말을 다양한 식품이 담긴 자루 두 개와 맞바꾼 다음 좌판과 상점을 돌아다니며 숙성돼지비계나 훈제 소시지를 필요한 물건과 맞바꾸었다.

강철이 카빈총을 반납하러 들른 지역 사령부에서 근무용 객차에 타는 표를 구하도록 도와주었다. 장검과 리볼버는 개인화기였기에 소지할 권리가 있었다.

인철에게는 이 여행이 연속되는 발견이었다. 휘둥그레진 눈으로 인철은 석조주택과 포장도로, 마차와 희귀한 자동차, 한 번도 본 적이 없는 옷을 입은 도시 남자와 여자들을 바라보았다. 그리고 기차를 타자 환희가 폭풍처럼 몰아닥쳤다. 인철은 어른들의 도시 이야기를 들었던 적이 물론 있다. 하지만 듣는 것과 직접 눈으로 보는 것은 다른 일이 아닌가.

아이에게 특히 충격을 준 것은 바다였다. 어디서 온 물이 이다지도 많단 말인가, 게다가 소금 맛이 나네? 철로 만든 배가 왜 가라앉지 않을까? 선원들은 어떻게 바다에서 방향을 잘 찾아가지? 거기에는 길이 없잖아? 수백, 수천 가지 질문이 생겼고 이건 모두 아버지에게 물어보면 된다. 아버지는 세상의 모든 것을 알고 계시잖아. 그런데 아버지의 말은 인철에게 충격적이었다.

"인철아, 사람의 손으로 만든 모든 것은, 물건이든, 건물이든, 도구든, 책이든, 그림이든, 음악이든, 뭐든 이해하고 설명할 수 있는 거란다. 왜냐하면 사람의 머리가 그것을 이루려고 애를 썼기 때문이지. 그런데 세상에는 알아야 할 것들이 얼마나 많은지 아느냐? 사람이 모든 것을 알 수는 없어, 그래서 행복한 거야. 무슨 말인지 알겠느냐?"

"왜 그렇지요?"

"만약 사람이 모든 것을 안다면 사는 것이 재미없기 때문이지. 상상해 봐, 네가 수업 시간에 앉아있는데 이미 아는 걸 배운다고 생각해 봐. 그것이 재미있을까?"

"에이, 아니요."

"그것 봐라. 네가 뭔가 새로운 것을 알게 되면 그것이 왜 그런지 이해하기 시작하지. 그러면 신나겠지, 맞지? 모든 사람이 뭔가를 발견하고, 창조하고 그러면서 그들은 행복하다고 느끼는 거야."

"우리 학교에 상걸이라고 있는데 그 애 말로는 모든 것을 신이 만들었대요. 그거 맞아요, 아버지?"

"흠, 그 아이가 그렇게 말했어?"

"예."

"너는 어떻게 생각하느냐, 흠, 신이 뭘 하려고 이 모든 것을 만들었을까?"

"저는 모르겠어요 … "

"으음, 너와 나, 그리고 다른 사람들이 살면서 죽을 때까지 알아내려고 노력하게 하려고. 알아내는 것이 얼마나 재미있는 일인지 너는 이제 알지 않니."

"이 모든 것을 신이 뭐 하려고 만들었는지 알아내는 과정에서 우리가 재미를 느끼게 하려고, 신이 이 모든 것을 만들었다는 말씀이지요?"

"그렇지. 실제로 신이 만들었는지 우리가 알아채지 못할 정도로 신은 모든 것을 아주 은밀하게 만들었지. 사람은 이 문제도 알아내야 해. 얼마나 재미있을지 상상이 되냐?"

"네."

아버지와 해변에서 나눈 이 대화를 인철은 평생토록 기억할 것이다. 강철은 걱정했던 이야기를 여기서 아들과 나누기로 마음먹었다.

"인철아, 너 남자끼리의 대화가 뭔지 아느냐?"

"남자 둘이 이야기하는 것 맞아요?"

"그렇지. 다 자라서 독립적인 남자들이 이야기하는 거지. 10년 전에 너의 어머니와 나는 헤어졌다. 그때 너는 아직 세상에 없었고 나는 네가 태어난 것도 몰랐어. 알았다면 바로 너를 보러 달려갔을 거야. 그런데 아버지에게는 아들이 하나 더 있어, 아주 작은 아기, 이제 겨우 두 살이야. 너의 동생이다. 그 아이와 그 아이 엄마가 우리를 기다리고 있어. 너와 나를. 우리가 이제 그 집으로 갈 거야. 우리는 한 가족으로 살게 될 거야."

"내 엄마는 아니에요?"

"너의 엄마가 되도록 노력할 거야. 내가 너의 참된 아버지가 되도록 노력할 것처럼. 네가 참된 아들이 되도록 노력할 것처럼."

"참된 아들이 된다는 게 무슨 말이에요?"

"참된 아들, 참된 엄마, 참된 아버지가 된다는 것은 사랑하고 돕고 믿어주는 것이야 … "

"저는 참된 아들이 될게요, 아버지 … "

"너를 믿는다, 아들아. 나도 너에게 참된 아버지가 되마."

"엄마는요? 참된 엄마가 될까요?"

"반드시 그럴 거다. 너도 엄마를 사랑하고 돕고 신뢰하고 믿어줄 거야 … "

화창한 봄날 오후에 남자와 소년이 부베노프의 집으로 다가갔다. 바깥문이 열려있어서 그들은 마당으로 들어갔다. 두 여자, 러시아 여자와 조선 여자가 밭에서 뭔가를 하고 있었다. 집주인이 늘 꽃을 심던 곳이 채소밭으로 바뀌었다. 풀밭에서 아기가 놀고 있었다.

누가 들어오자, 여자들이 몸을 일으켰다. 갑자기 조선 여자가 기쁨에 찬 비명을 지르며 달려왔다. 그녀는 남자를 부둥켜안고 키스를 퍼붓고 나서 소년을 안고 키스했다. 여자가 그들에게서 떨어져나와 아기에게 달려가 소중한 이들에게 보여주려 데리고 왔다. 그들 넷은, 여자가 소년의 어깨에 손을 올린 채 앞장서고, 남자가 아기를 안고 뒤를 따르면서 집 안으로 들어갔다.

독자 여러분, 이렇게 행복한 분위기에서 김씨 일가에 관한 1권을 끝내고 싶다. 하지만, 유감스럽게도, 삶은 지속하고, 아직 펜을 놓기는 이르다. 역경과 극심한 고난, 위업에 관해 쓰는 것보다 즐겁고 평화로운 생활에 관해 쓰기가 훨씬 더 어렵다. 그렇기에, 독자 여러분, 주인공의 인생에서 가족, 이웃들과 함께하며 행복했던 10년을 건너뛰는 것을 양해해주기를 바란다. 그 시절은 당신의 상상에 맡기겠다.

하지만 일부 사실들은 알려드리겠다.

김강철은 적백 내전이 끝난 후에 주 집행위원회에서 한민족 인민 담당 전권위원으로 일하게 된다. 그로부터 2년 후에 그는 산업 아카데미에 입학했고 그곳을 졸업하고 연해주에서 최초로 만들어진 기계-트랙터 기지 중 한 곳을 이끌었다. 1930년에 그는 포시에트지구 집행위원회 위원장으로 임명되었다.

김 옐레나는 초등학교 교사로 중단 없이 일하고 있다.

김인철은 농업전문학교를 졸업하고 아버지가 오시기 전에 살았던 시골 마을로 발령받는다.

김 알렉세이는 초중고 통합학교에 다니는데 역사에 관심이 많다.

리가이 군달은 집산화가 시작된 때부터 '프리모르스카야 즈베즈다'라는 집단농장의 위원장이다.

리가이 인달은 우즈베키스탄에서 산다. 들려오는 소문으로는 우즈벡 여자와 결혼했다고 한다.

부베노프 이고르 블라디미로비치는 세계적으로 저명한 지도학자이자 교수가 되었다. 블라디보스토크에 산다. 슬하에 딸 하나를 두었다.

부베노바 나탈리야 세르게예브나는 중등학교의 교장이 되었다.

루자예프 아파나시 카시야노비치(아포냐)는 연해주지역 당위원회 농업부문 부서장이 되었다. 슬하에 자녀 넷을 두었다.

리파토프 베니아민 페트로비치는 저명한 민속지리학자이자 인민위원부 민족분과 부위원장이 되었다.

박 표트르는 독일 포로로 잡혔다가 1924년에 돌아와서 독학으로 농학자가 되었다. 새로운 품종의 쌀과 콩을 많이 개발했다. 러시아 여자와 결혼하여 자녀 둘을 두었다.

박 게라심은 집산화가 시작될 때 중국으로 이주했다.

로모프쩨프 알렉세이 니콜라예비치는 극동 군사 관구 사단의 사령관이 되었다.

# 제49장

**10**년이 흘렀다.

새로운 소련 공화국이 형성되는 시기였다. 내전이 끝나고 승리를 거머쥔 적군은 경제가 완전히 마비된 거대한 나라와 직면했다.

공장은 가동이 중단되고 통화 거래 시스템은 멈추었고 농산물 생산량은 급속도로 감소하였다. 당국은 배급제를 도입할 수밖에 없었다.

대다수가 농민이었던 엄청난 수의 소집 해제된 군인들은 세계대전과 내전에 참전하는 동안 농사일에서 멀어졌다.

거처가 없는 아이들 수십만 명이 나라를 떠돌아다녔고 이는 심각한 재난 상황을 확연하게 보여주는 지표였다. 무력한 노인과 장애인, 환자들의 상황은 더 끔찍했다.

그런 희망 없는 상황에서 공산당은 영리한 행보를 취한다. 당이 신경제정책 네프NEP를 추진한다. 네프의 슬로건은 '자영업을 시작하라, 생산할 수 있는 것은 생산하라, 사고팔라, 가능한 한 많은 씨를 뿌려라, 한마디로 말해서, 부유해지라!'였다. 그러자 나라가 되살아나기 시작했다. 모든 것은 언제나 진취적인 사람들로부터 시작되기 때문이다.

공산당이 이런 식으로 위기를 넘긴 것은 처음이 아니었다. 전제군주제와 싸웠던 시기의 전략과 전술을 되짚어 보자. 공산당은 자기들의 이해관계가 다른 정당, 시류의 이해관계와 일치하는 동안은 그들과 함께 가다가 나중에 경쟁자들을 앞세우고 그들의 등을 찌른다. 제헌의회 해산은 볼셰비키의 간교와 위선을 보여주는 명징한 사례이다.

공장에 숨이 돌아오고 경제가 살아나기 시작했다. 자금 회전율을 높이기 위해 1913년에 러시아가 제정한 금주법이 철폐되었다. 보드카가 강물처럼 흘렀다.

열심히 일하여 부를 모으는 새로운 계급이 탄생했다. 당의 묵인하에 활동하는 그들을 도시에서는 '네프맨', 시골에서는 '쿨락스(주먹들)'라고 불렀다. 이 단어들은 오랫동안 보통명사처럼 쓰일 것이다. 그런데 '네프맨'과 '쿨락스'는 실제로 자신들의 임무를 완수하는 대로 사라져야 마땅할 무어인(Moor人)이었다. 그리고 그 시기가 도래했을 때 당이 명령했다. "잡아들여라!" 실제로 나라의 경제를 되살린 사람들은 공산주의자들에 대한 증오를 영원히 품고서 투옥되거나 유형 당했다.

그렇다면 노동에 대한 대중의 열의는 실제로 존재했을까? 소비에트 역사 교과서나 소련의 문학과 예술가들의 작품에, 마르크스 – 레닌주의자들의 논문에 그리도 많이 등장했던 그 열의 말이다. 그것은 진짜로 존재했을까? 맞다, 있었다. 사람들이 본질적으로 고귀한 공산주의 사상을 온 마음으로 받아들였기 때문이다. 그런데 프롤레타리아트 독재를 공식 독트린으로 끌어올리고 나서 폭력이나 착취 없이 사회를 건설하는 것이 가능한 일인가? 사방이 적대적인 자본주의 진영으로 둘러싸여 있고, 계급투쟁이 강화되고 있는 이런 상황에서는 권력기관과 가혹한 억압 기구의 강력한 전면적 통제가 필수불가결하고도 정당하다면서 공산주의자들은 온갖 방법으로 독재의 필요성을 강조했다. 그렇게 새롭게 태어난 사회는 식물이 덮개 아래서 질식하는 것처럼 질식하기 시작했다. 민주주의의 자유로운 공기와 참된 평등의 생명수가 없는 상태로!

소련이 병들고 있을 때 나타난 첫 번째 증상은 1930년대 초에 연속적인 집산화 정책에 반기를 들고 일어난 농민들의 반란과 폭동이었다. 이 연속적인 집산화가 몰고 온 위기는 볼가강 유역의 기근이었다.

그것은 1932년에 일어났다.

진성 당원 및 소비에트 노동자 회의가 마무리될 즈음이었다. 강당에 우울한 적막이 흘렀다. 중요한 기념일이나 노동의 승리를 기념하는 회합에서 흔히 보는 활기찬 분위기가 아니었다. 오늘 오른 의제는 무거운 주제였다. '볼가 부근 지역의 굶주리는 동지들을 추가 지원하기 위해 총력을 동원하자'. 이 문제를 농민의 언어로 번역한다면 '지금 항아리에 남은 마지막 곡식을 싹싹 긁어서 국가에 바쳐라'.

몇 시간 동안 강당에는 거의 의장의 목소리만이 들렸다. 의장은 당 주州위원회 농업부서장 루자예프(아포냐) 동무였다. 그가 회의 내용을 요약했다.

"자, 동지들, 당 지령의 불이행이 무슨 결과를 초래할지 여러분 각자가 아실 거로 생각합니다. 추가로 곡물을 보내는 일은 어떤 대가를 치르더라도 완수해야 합니다. 그렇지 않으면," 의장이 주먹으로 단상을 내리쳤다. "당원 자격 박탈은 태업자에게 닥칠 일에 비하면 꽃놀이로 느껴질 겁니다. 또한, 기한도 잊지 마십시오. 6월 15일까지 모든 지구가 저에게 보고를 올려야 합니다. 이것으로 진성 당원 회의를 마칩니다."

의자를 미는 소리, 한숨, 종이를 모이는 소리. 대부분 연로하고 존경받는 사람들인 지구 책임자들은 침울한 표정으로 회의장을 나갔다.

"강철 동무, 잠시만 기다려." 루자예프 동지(아포냐)가 말하고 나서 그들 둘만 남았을 때 소리 없이 웃었다. "앉게 … 만난 지 오래됐잖아. 언제 우리가 마지막으로 봤더라?"

"한 3개월 전에. 파종 전에 봤었지." 강철도 빙그레하며 대답했다. 하지만 눈에는 우울함이 그득했다.

"왜 그렇게 피곤한 얼굴이야? 흰머리도 나는 것 같고 … 기력이 쇠하는 거냐, 어? 너는 황소같이 강한 남자잖아, 안 그래, 철? 내가 알잖아. 내가 힘든 과업을 전달한 건 맞아, 그렇지만 해낼 수 있는 거야. 무조건 해야 해." 반박하려는 손짓을 알아채고 그가 소리를 높였다. "같이 밥이나 먹으러 가자."

그들이 건물 밖으로 나왔다. 현관 앞으로 '엠카'*가 다가왔다.

"점심식사" 루자예프가 운전수에게 짧은 한마디를 던진 다음 푹신한 좌석에 등을 대고 지친 듯 눈을 감았다.

강철이 창밖으로 눈을 돌려 요사이 도시에서 일어나는 이런저런 변화를 멍하니 바라보았다. 하지만 머릿속을 온통 맴도는 건 오늘 회의에서 다룬 주제뿐이었다.

집단농장에서 추가로 밀 1,500톤, 쌀 2,000톤을 거둬 조달국에 넘겨야 한다. 다른 곡물은 말할 것도 없다! 그것도 한여름인 이때! 어떻게, 어떤 방식으로 이 과업을 달성할 것인가? 집단농장 창고는 비어있지 않은가! 또다시 집단농장 농민들을 닦달해야 하나? 또다시 사람들을 불러보아 설득하고 위협하고 명령하고 … 물론 집단농장 한인들은 집에 모아놓은 곡식이 있을 것이다. 왜냐하면 한인집단농장들은 러시아인집단농장들과는 달리 토지를 임대하는 방식을 항상 적용해 왔고 그래서 수확량이 공식적인 수치보다 높았기 때문이다. 수확량을 높이기 위해 치른 대가는 어떠한가? 가족들은 남녀노소 가리지 않고 한 톨이라도 더 수확하려고 여름 내내 논에서 일한다. 그렇게 해야만 더 많은 것을 거둘 수 있다. 일부 지도자들이 '자본주의의 잔재'라고 여기는 이 방법만이 계획 경제하에서 집단농장에 수익을 가져다 줄 수 있다. 수많은 러시아인집단농장의 상황은 처참하다. 시골에 묶어두려고 농민들에게 신분증을 발급해 주지 않지만 그런데도 농민들은 도시로 도주하고 있다.

이러한 혼란이 왜, 어째서 발생했을까? 대체 왜, 자유롭고 흥겨운 노동은 커녕 농민들을 이렇게 예속하는 지경까지 이르렀을까? 집산화가 시작되던 시기에 러시아에서 중국으로 이주한 수천의 한인들이 옳은 선택을 했단 말인가? 그들은 토지와 가축을 공유하는 방법으로는 좋은 결실을 절대 얻을

* 엠카 : M1, 1936년부터 1942년까지 고리키 자동차 공장에서 대량 생산된 소련 승용차.(옮긴이)

수 없다는 것을 단순한 농민의 셈법으로도 예측했는데, 당 지도부, 학자, 스탈린 동지는 이를 몰랐다는 말인가?

아주 오래전, 조선에서 강철이 왜놈들과 싸울 때 유격대의 오랜 안내자였던 산어범이 이런 말을 했었다. '가난은 대부분 게으름과 술에서 비롯된다.' 그런데 지금은 왜, 사람들이 죄수처럼 일하는데도, 대체 왜, 부유하게 살 수 없단 말인가?

마음속 깊은 곳에서 강철은 답을 알고 있었지만, 그것을 명확하게 표현하기가 왠지 두려웠다. 오늘 회의는 다시 한 번 상황을 냉정한 눈으로 바라보게끔 하는 계기가 되었다.

무슨 말을 하든 간에, 모든 악의 근원은 사유재산의 부재에 있다. 인간에게 쉬지 않고 일할 동기를 부여하는, 바로 그 재산 말이다. 왜냐하면 노동의 결실을 일하는 자가 마음대로 처분할 수 있기 때문이다. 그런데 지금은 모든 것이 국가로 간다.

트로핌, 예피판, 그리고 다른 러시아인 농민, 한인 농민, 상인, 사업가들을 기억해 보자! 그들은 신명 나게 일했고 정직하게 번 돈을 모두 가졌다. 그런데 모두를 평준화시켜 모두 한 용기에 모아 일하도록 강제했다… 그리고 파멸되어 갔다. 왜? 혁명을 일으키고 그렇게 많은 피를 쏟았건만, 그 모든 것이 그런 씁쓸한 결과에 이르기 위해서였단 말인가? 보편적 평등, 형제애, 자유를 꿈꿀 때는 얼마나 황홀했던가! 희망 없는 현실은 얼마나 암담한가!

강철이 한숨을 내쉬고 이를 앙다물었다.

차가 프리모르스카야 호텔 앞에 멈췄다. 루자예프가 출장을 올 때면 늘 묵는 곳이다. 종업원이 기름 바른 머리를 정중하게 숙이고 말했다.

"별실로 안내해 드리겠습니다."

하얀 식탁보, 크리스탈, 백동 식기 … 언젠 처음으로 유럽식으로 차린 식탁을 보았을 때 강철은 경탄해 마지않았었다. 가구와 실내 장식, 주택도 마찬가지였다. 그때는 이 모든 것을 많은 이들이 누릴 세상이 올 거라고 순진하게 생각했었다. 그런데 오늘 강철은 생각한다. 그런 세상이 온다손 치더라도 그건 아주 먼 미래일 것이라고.

루자예프가 메뉴판을 열고 종업원에게 주문을 일러주기 시작했다.

"으음, 소금에 절인 버섯, 신선한 오이샐러드. 올리비에*? 나쁘지 않지 … 흠, 연어 수프 … 아니, 아니지, 살랸카**로 주지. 으~음, 메인요리로는 튀긴 살코기나 썰지. 잘 익혀서 내와 … 음, 나머지는 자네가 알아서 주고, 종업원 동무. 술 말이야? 계급도 술을 마다할 바보가 아니니***, 하하. 강철 동무, 보드카 마실까? 좋아, 각자 250그램씩 마시기로 하고 맥주도 가져와. 뭐, 바닷가재? 아니야, 그건 러시아 사람이 즐기는 요리가 아니지. 차라리 양파 올린 청어 절임 가져와. 자, 됐어 … "

차에서 취한 휴식과 기대되는 식사가 루자예프에게 활력을 불어넣었다. 하지만 오랜 동무의 우울한 표정이 기분을 잡쳤다. 아포냐는 자기 기분과 사람들의 기분이 항상 같기를 바랐다.

"강철 동무, 오늘 동무는 완전히 내 마음에 안 듭니다. 우리가 만났는데 너는 안 반갑단 말이야?"

"반갑지, 왜 아니겠어." 힘없이 웃으며 강철이 말했다. "그냥 생각을 좀 하느라."

"골머리를 앓을 시간은 앞으로도 있으니," 루자예프가 '골머리'의 모음

••••••••••

* 올리비에 : 고기, 햄, 감자, 오이, 완두콩 등을 유제품에 버무린 샐러드로 명절마다 식탁에 오른다.(옮긴이)
  ** 살랸카 : 고기, 양배추, 버섯 또는 생선을 넣고 끓인 탕(옮긴이)
*** '계급도 술을 마다할 바보가 아니니' : 마야콥스키의 시 '세르게이 예세닌에게'에 서 인용(옮긴이)

을 강조하며 말했다. "오늘은 긴장을 좀 풀고 옛날 설이나 풀어보자고, 우리가 대장간에서 망치질하던 때 말이야 … 오늘 왜 그렇게 뭐 씹은 표정을 짓고 있는지 모르겠네. 자네는 방법이 있잖아, 오늘 모인 동지들보다 자네는 규모도 크고 선도적인 지구의 대표잖아. 그런데 뭐 그리 약한 모습을 보이고 그래? 집에 무슨 일이 있는 거야? 참, 안부 묻는 걸 잊어버렸네, 옐레나하고 파벨은 잘 지내고?"

"응, 잘 지내, 건강하고. 너희 식구들은?"

"무슨 일이 있겠어? 기름판에서 스케이트 타는 것처럼 살지. 삐까삐쩍한 아파트에, 좋은 학교, 나라 최고의 기숙학교!" 자기 흥에 겨워 루자예프가 껄껄 웃었다. "집 식구들도 나처럼 똥 쌀 곳도, 씻을 곳도 없는 시골 오두막에서 한번 살아봐야 한다니까!"

"그런데, 아포냐, 우리가 민중의 종이라고 여기면서 다른 사람보다 더 잘 사는 것이 자네가 보기에 이상하지 않아? 특별한 아파트, 특별 병원, 특별 배급 … "

"뭐가? 우리 일이 그렇잖은가? 책임이 막중한! 사회혁명당원들이 그런 비슷한 질문으로 레닌 동무를 공격했을 때, 오랜 볼셰비키는 특별한 배려와 존경을 받을 자격이 있다고 말씀하셨지. 투옥되고 유형을 살면서 건강을 해쳤으니까. 레닌 동무가! 그런데 네가 지금 반혁명적인 질문을 하다니." 루자예프가 장난스럽게 손가락으로 위협하는 시늉을 했다. "그런 말을 또 하면 가혹하게 징계할 거다 … "

"나는 이미 징계를 받았었지."

"암, 알고말고. 발류신 발언에 자네는 뭐 때문에 그렇게 나선 건가? 주위원회 제1서기에 반대하면서 말이야, 왜? 아이고, 강철, 자넨 원칙이 너무 강해서 나를 무덤까지 끌고 간다니까. 그때 자네를 한 번만 봐달라고 겨우 발류신을 설득했지. 그 사람이 나에게 빚진 게 있어서 그렇지, 안 그랬으면 자넬 용서하지 않았을 거야."

루자예프는 자기를 발류신이 특별하게 대접한다는 암시를 여러 번 줬지만, 강철은 한 번도 관심을 보이지 않았다. 그런데 지금, 이 상황에서는 누구라 해도 물어봤을 것이다. 이 지방에서 당의 제일 높은 지도자가 자기 아랫사람에게 무슨 빚을 졌는지를. 그런데 오랜 친구라는 자가 마치 듣지도 않은 것처럼 묻질 않는다. 강철의 이런 태도에 루자예프는 화가 났다. 그때 종업원이 쟁반을 들고 나타났다.

마법의 식탁보처럼 순식간에 식탁이 차려졌다. 중간에는 땀을 흠뻑 흘리는 것처럼 보이는 보드카 유리병이 놓였다. 강철은 갑자기 술이 마시고 싶었다.

첫 잔을 마시고 바로 두 번째 잔을 꺾었다. 그렇게 마시는 것이 아포냐 루자예프의 습관이었다. 강철이 먼저 안주를 먹은 다음 술을 마시라고 충고했다. 그러지 않으면 빨리 취한다고. 그러자 아포냐가 조금 화가 난 듯 말했다. "나는 원래 이런 식으로 마셔. 그렇지만 누구보다 술이 세지."

샬란카를 내왔다. 먹어보니 아주 맛있었다. 샬란카를 먹으며 다시 술잔을 비웠다.

"자네는 그 사람이 나에게 무슨 빚을 졌는지 궁금하지 않아?" 종업원이 빈 접시를 가져갈 때까지 기다린 다음 아포냐가 도전하듯 물었다.

강철이 물어보는 눈빛으로 친구를 바라보았다.

"발류신은, 자네도 아마 들었겠지만, 아~주 사냥을 좋아하지. 그가 지역 서기가 되었을 때 우리 집단농장에 자주 왔어. 나는 그때 온갖 대표 일을 제쳐두고 그와 함께 사냥을 다녔지. 한번은 가을에 내가 그와 같이 섬에 서식하는 나는 거위를 사냥하러 달녜예 호수로 갔거든. 그렇게 보트를 타고 갔지. 나는 노를 젓고 발류신은 선미에 앉아있었어. 그런데 갑자기 호수 중간쯤 갔을 때 우리 위로 거위 떼가 나타난 거야. 발류신이 벌떡 일어나 총을 쏘았지. 반동이 강했는지, 아니면 술을 많이 마신 건지, 여하튼 흔들리다가 중심을 잃었지 뭔가. 그 사람이 몸집이 크잖아, 몸무게가 한 6푸드 (99kg)는 나갈 거야. 그가 넘어지면서 보트가 뒤집히고 나도 물에 빠졌지. 내가 어떻게 그 사람을 끌고 나왔는지 기억이 안 나. 나도 물에 빠져 죽을 뻔했으니까. 그때 나는 네 생각이 났지, 철, 자네가 나에게 수영을 가르쳐 줬잖아 … 한마디로, 내가 그의 목숨을 구해준 거야. 그때 발류신이 말했지. "무덤에 들어가는 순간까지 나는 너한테 빚졌다, 아포냐." 그러고 나서 나를 농업 아카데미에 입학시켰고 지구위원회 서기로 추천했어. 그리고 지금은 이렇게 주위원회에서 일하게 되었고 … 그는 나에게 빚이 있고, 나는 자네에게 빚이 있어. 그래서 항상 자네의 친구로 남을 거다! 들었지, 철, 항상!"

"내가 자네에게 수영을 가르치지 않았다면 우리가 친구가 되었을까?"

아포냐가 어리둥절하다가 얼굴을 찌푸렸다.

"뭐 하러 그런 말을 해? 당연히 됐겠지, 하지만 … "

"내가 알기로는, 아포냐, 우정은 의무로 생기는 게 아니다. 우리가 그때, 젊었을 때, 언젠가 누가 누구에게 무슨 빚이 있는지 계산하게 될 거라고 생각이나 했을까? 고마운 친구, 좋아, 충실한 친구, 좋아, 하지만 빚이 있는 건 아니야. 이 차이를 자네는 이해하는가?"

"알았어, 알겠다고, 철, 내가 표현을 그리 잘 못한 것 같네." 아포냐가 수긍하듯 말하고선 강철에게 바짝 다가가 조용히 말했다. "들어봐. 이제 발류신이 모스크바로 전출될 거야. 무슨 말인지 알겠어? 전출된다고!"

"그게 왜?"

"그게 왜라니?!" 속삭이면서도 소리칠 수가 있는 걸 아포냐가 보여줬다. "그 자리에 누구를 앉히겠어?"

"자먀찐이 아닐까?" 강철이 말했다.

"그럴 수 있지." 아포냐가 인상을 썼다. "네가 지금 내 아픈 물집을 건드렸어. 오오, 그 자먀찐, 빌어먹을 인텔리! 그 사람만 아니면 좋겠네, 제발, 그 인간은 나를 없는 사람 취급하니까." 마지막 말은 의기소침하게 나왔다. "일부러 그런다니까, 알아? 자먀찐이 아니라면 누가 또 있을까, 어떻게 생각해?"

아포냐의 어조에 강철을 어리둥절하게 하는 뭔가가 있었다.

"자네?"

"나도 될 수 있지." 아포냐가 고개를 끄덕이더니 입술을 앙다물었다. "왜 안 되겠어? 왜 그렇게 쳐다봐? 나도 하바리는 아니야. 한번 상상해 봐, 내가 주위원회 제1서기야! 그러면 나는 … 산을 옮길 수도 있지! 그렇게 되면, 내가, 철, 자네를 지구위원회 제1서기를 만들 거야! … 하기야 한인을 승인해 주진 않을 테니 제1서기는 못 되겠군. 그럼 제2서기 … 그것도 나쁘진 않지."

"나는 제1서기도, 제2서기도 되고 싶지 않네."

"자네가 지금은 그렇게 말하지. 그런데 임명되고 나면 기분이 째질걸 … 째~질 거다 … "

"그래, 기분 좋을 수 있지." 이제 강철이 수긍해 줄 차례다. "아포냐, 고기 식기 전에 들지. 자네의 찬란한 미래를 위하여!"

"흠, 드디어 맞는 말을 하는군 … "

맞다, 진짜로 뭔가 이상하게 마음이 불편하다고 강철은 생각했다. 친구에게 그다지도 밝은 미래가 기다린다면 기뻐할 일인데 반대로 겁이 나다니. 갑자기 그렇게 임명된다면 이 지방은 어떻게 될 것인가? 하기야 가장 높은 곳에 있는 한 사람이 모든 것을 결정하는 그런 권력 시스템에서 무슨 일이야 있겠느냐만. 그것보다 나쁜 일은 일어나지 않을 것이다.

"아포냐, 그런데 자네는 두렵지 않나?"

"뭐가 말이야?"

"뭐, 책임감 같은 것. 갑자기 실수라도 한다든지 … "

"두려워. 자네가 알듯이, 살면서 아무것도 두려워하지 않았지만, 이 일은 두려워. 당이 지령을 내리면 모든 것이 명확하지, 가서 명령대로 해! 그런데 맡은 자리에서 스스로 주도권을 보이라고 당이 호소하면 그때는 실수할까 봐 두렵지. 실수에 대한 대가는, 자네도 알잖아 … 아아, 그래, 이제야 생각났네." 아포냐가 다시 몸을 밀착하여 목소리를 낮추고 말했다. "부베노프를 주시하기 시작했어 … "

"누가?"

"저기서." 아포냐가 어딘가 한쪽으로 고개를 획 들어 올렸다. "그에 대한 조사가 이미 착수됐어. 부르주아 학자들과 연결고리를 만들고 있어. 나는 너한테 아무 말도 안 했다 … "

"NKVD(내무인민위원부)*?"

"쉿! 그래."

강철이 이를 악물었다. 이고르 블라디미로비치 부베노프와 마지막으로 만난 자리를 기억했다. 그가 세계지도학회 부회장으로 선출된 것을 축하하는 잔치였다. 그때 쑥스러운 웃음을 지으며 축하를 받던 그의 모습이 선연했다. 그런 사람을 수사하다니! 감옥에서 치욕적으로 썩고 있는 사회학자, 통계학자들로도 모자란단 말인가, 이제 부베노프까지 잡아들이려 하다니! 그럴 순 없지 …

나머지 음식은 침울한 분위기에서 먹었다. 아포냐는 맥주 한 병을 더 마

· · · · · · · · · ·
* NKVD : 내무인민위원부: 소련 내무부이자 최고 정보기관, KGB의 전신(옮긴이)

시더니 완전히 뻗어버렸다. 그를 객실까지 데리고 가서 침대에 눕혔다.

호텔을 나온 강철은 신선한 바닷바람을 실컷 들이키고 나서 망설이지 않고 부베노프의 집으로 향했다. 그들은 도보 30분 거리에 살았다.

바깥문도, 현관문도 모두 잠겨있지 않아서 강철이 집으로 들어갔다. 부베노프 부부는 지금 막 점심을 마친 듯했고 두 사람 다 부엌에 있었다. 나탈리야는 설거지하고 이고르는 접시를 닦아 찬장에 넣고 있었다.

"세계적으로 유명한 학자와 부인께서 여가에 가장 좋아하는 취미활동을 하고 계시는군요." 강철이 말했다.

언제나 그렇듯 부베노프 부부가 강철을 반겼다. 나탈리야가 점심을 권했다.

"애석하게도 금방 식탁에서 일어나 오는 길입니다."

"그럼 차 한잔 드세요. 응접실에 앉아요, 철. 우리는 하던 거 금방 마무리할게요."

지금 부베노프 부부가 사는 집은 이전 집보다 훨씬 작았지만, 더 아늑해 보였다. 푸른 식물이 많고, 햇빛이 잘 들고, 가장 중요한 것은 멋진 바다가 보였다. 그렇다. 이런 둥지를 떠날 날이 오면 무척이나 슬플 것이다. 그런데 이곳을 떠날 수밖에 없다. 강철에게는 의심의 여지가 없었다. '그를 설득할 수만 있다면' 강철이 생각했다. 부베노프는 겉보기에는 유해 보여도 자기가 결심한 것은 바꾸지 않는 사람이기 때문이었다.

"이 지역에는 어인 일입니까?" 강철의 손을 잡으며 부베노프가 물었다. 친구의 작은 손바닥에 닿는 감촉이 깨끗했다. 그의 미소는 또 얼마나 순하고 진실한지 그걸 보고 같이 웃지 않을 재간이 없었다.

"당연히 일 때문에 왔지요. 직장이나 협회에는 별고 없습니까?"

"별고 없지요." 약간 놀라면서 부베노프가 대답했다. "학기가 끝나면 책

집필에 전념해야지요."

'어디서 책을 집필하시게 될지 누가 알겠습니까?' 강철이 중요한 대화를 할 순간을 잠시 미루며 머릿속으로 부베노프에게 말했다.

나탈리야가 쟁반을 들고 응접실로 왔다.

"테라스에서 차를 마실까요?" 그녀가 명랑하게 물었다. 하지만 강철의 표정을 보자 그냥 탁자로 와서 쟁반을 놓고 앉았다. "철, 무슨 일이 생겼나요?"

"여기를 떠나셔야 합니다." 강철의 목소리가 갑자기 잠겼다. 그가 기침을 하고 단호하게 말했다. "서두를수록 좋습니다."

"어디로요? 왜요?"

"이고르 블라디미로비치, NKVD(내무인민위원부)에서 당신을 겨냥해 칼을 꺼내 들었습니다. 벌써 조사가 시작됐고 반드시 체포로 끝날 겁니다…"

"무슨 그런 일이, 왜요? 이고르는 권력에 완전히 충직하고, 게다가 학자인데." 나탈리야가 두서없이 말하고서 남편을 바라보았다.

"저도 왜 그런지 모릅니다." 강철이 어두운 표정으로 말했다. "지식인들을 겨냥한 숙청이 이루어지고 있는 것은 압니다. 도주해야 합니다!"

"이 사람은 아무 잘못도 없어요! 이고르, 뭐라고 말 좀 해봐…"

이고르 블라디미로치 부베노프가 두 손으로 깍지를 꼈다.

"철의 말이 맞아. NKVD(내무인민위원부)에서 나를 벌써 조사하고 갔어. 대학교로 찾아왔더라고."

"어떻게?" 나탈리야와 강철이 한목소리로 소리쳤다. "그런데 당신 나한테 아무 말도 안 했어?"

"당신 걱정시키고 싶지 않았어, 나탈리야."

"조사 때 뭘 물어보던가요, 이고르 블라디미로비치?"

"여러 가지를 물어봤어요. 대학 동료 교수들, 지리학회 일, 그런 것들. 외국 잡지에 실린 글. 지도를 작성하는 새로운 방법이나 학과의 계획에 관해서도 물었어요. 아, 맞다, 내가 학자로서 사회학이나 통계에 대해 어떻게 생각하는지, 그런 질문도 했어요 … "

"사회학에 대해서는 뭐라고 대답했습니까?"

"가장 유망한 학문이고 앞으로 계속 발전해 나갈 것이라고 말했습니다. 마치 대화를 나눈 것 같았는데 … 인상이 좋고 아주 박식한 젊은이였어요. 모스크바국립대학교를 졸업했고 … "

"이고르 블라디미로비치, 두 분은 지금 하루빨리 여기를 떠나셔야 합니다!" 강철이 할 수 있는 만큼 단호하게 말했다.

"그런데 어디로 갑니까? 게다가 나는 아무 잘못도 없습니다. 떠난다는 것은 내가 간접적으로 나의 죄를 시인하는 꼴이 됩니다."

"누구한테 시인한다는 말씀입니까? 그들은 이 일이 아니라도 뭐라도 꼬투리를 잡아 당신의 죄를 만들어 낼 겁니다. 나탈리야, 제발 부탁입니다, 이렇게 사정합니다, 도망가세요. 더 늦기 전에 빨리 가세요!"

강철의 경보가 이제 그들에게 전달되었다. 그들이 서로를 마주 보았다가 나탈리야가 혼란스러운 어조로 말했다.

"그런데 어디로 간단 말입니까?"

"제가 댁으로 오는 길에 고민을 해봤습니다. 이고르 블라디미로비치, 얀콥스키 백작을 아신다고 했던 거 기억하시지요?"

"예." 그가 대답했다. 그러더니 기운이 조금 나는 듯했다. "걸어 다니는 백과사전 같은 분이지요. 생물자연보호구역 조성에 관한 그분의 기사에 모두가 열광했지요 … "

"이고르, 그런 얘기는 나중에 … 말을 끊어서 미안해. 철, 하시고 싶은 말이 뭔가요?"

"얀콥스키 백작은 혁명이 일어나자, 조선으로 이주했습니다. 거기서 그를 보았다고 한 동포가 제게 전해주었습니다. 백작은 지금 함경도에 사는데 한반도의 북쪽입니다. 그가 러시아에서 탈출한 수많은 러시아 장교를 미국과 캐나다로 갈 수 있도록 도왔다고 합니다. 조선 연안에서 정기적으로 조업하는 한인 어부들이 많습니다. 그 사람들을 통해 조선으로 가실 수 있습니다."

"어떻게" 이고르 블라디미로비치가 말을 시작하려다 절망적으로 손을 내젓고 응접실을 슬픈 눈으로 둘러보았다.

"우리가 언제 준비해야 합니까?" 나탈리야는 이제 마음을 굳게 먹은 듯했다. "뭘 챙겨갈 수 있나요?"

"가장 필요하고 값어치가 있는 것을 챙기세요. 오늘 저녁에 제가 다시 와서 언제 출발할지 말씀드리겠습니다. 이삼일 후 정도로 생각하고 있습니다."

"그렇게 빨리요 … " 나탈리야의 감정이 격해졌다. 그녀의 눈이 촉촉해지자, 강철은 고개를 숙였다.


음력으로 5월 23일이다. 잘라또이룩 만 외곽에 있는 작은 부두이다. 정박한 어선이 바닷물에 살짝 흔들리고 있었다. 썰물까지 한 시간이 남았다.

나탈리야와 딸은 이미 배 안에 있다. 남자들이 부두에 서서 마지막 작별의 담배를 같이 피우고 있었다.

이 사흘은 강철에게 유달리 힘든 날들이었다. 부베노프의 집에서 강철은 장길의 집으로 바로 갔다. 그 아이는 강철이 전쟁에 나가기 전까지 같이 살면서 러시아어를 가르쳐주고 아들처럼 돌봐주었던 아이였다. 아이는 자라서 참전도 했고 이제 어부가 되었다. 어업협동조합이 결성되기 시작했을 때 장길은 그중 하나를 맡아 이끌었다. 장길이 대표를 맡은 조합에는 러시아인, 한인, 중국인들이 있었는데 모두가 장길을 절대적으로 존중하고 그의 권위를 인정했다. 그는 망설임 없이 도움을 주기로 약속하고 날짜를 정해주었다. 한발 더 나아가 강철의 요청을 자기가 직접 이행하기로 했다.

부베노프 부부에게 출항일을 알리고 나서 자기 집에서 묵으라는 그들의 설득에도 불구하고 강철은 집으로 가기로 했다. 자정이 되어서야 집에 도착했다. 옐레나는 남편이 돌아오지 않을 것으로 생각했다가 그를 보자 아주 기뻐했다. 이렇게 그들은 마음을 주고받으며 화목하게 살았고, 아내의 사랑과 가족의 지지 덕분에 강철은 지구집행위원회 위원장이라는 힘든 직책이 주는 어려움을 모두 극복해 낼 수 있었다. 남편을 사랑하는 마음으로 그녀는 무슨 일이 일어났음을 직감했지만, 불필요한 질문으로 남편의 심기를 거스르지 않을 줄 알았으며, 때가 되면 남편이 모든 것을 스스로 말할 것을 알고 있었다.

이른 아침부터 강철은 일상적인 지구집행위 일과와 현물 부가세 부담 일로 분주했다. 당이 지시한 막중한 과제를 이행하도록 설득도 하고 부탁도 하고 으름장도 놓으면서 이틀 동안 각 촌락을 돌아다녔다. 그리고 마지막 집단농장을 방문하고 나서 아무에게도 말하지 않고 블라디보스토크로 급히 떠났다. 부베노프 가족의 도주를 마무리 짓기 위해서였다.

밤이다. 비가 조용히 내린다. 이별의 고통과 필연성에 가슴이 미어진다. 게다가 오늘따라 담배 연기가 유독 눈으로 들어간다.

담배를 다 피웠다. 장길의 목소리가 들려왔다. 출항할 때다.

강철이 러시아인 친구 앞으로 한 발짝 다가섰다. 그들은 서로를 부둥켜 안고 잠시 그대로 멈춰있었다.

"하느님의 길은 헤아리기 힘들지." 부베노프가 속삭였다. "철, 고맙습니다. 전부! 신이 당신도 무사히 보살펴 주기를…"

어부의 굳센 손이 마지막 승객을 붙잡아 끌어당기자, 부두에 정박했던 배를 썰물이 빠르게 데리고 떠나갔다.

그렇다, 하느님의 길은 헤아리기 힘들다! 이십 년 전에 혹독한 인생의 파도에 쫓기던 강철을 러시아가 받아주었다. 가장 먼저 받아줬던 사람이 이 사람이었다. 그때 그는 얼마큼의 공감과 선의를 보여줬던가. 그 후에도 오랜 세월을 따뜻한 우정으로, 환한 소통으로 강철을 보듬어 주었었다. 그리고 이렇게…

'제가 고맙습니다, 이고르 블라디미로비치.' 강철이 마음속으로 말했다. '내가, 내가 지금 조선으로 가서 왜놈들과 싸워야 하는데. 그런데 나는 이 나라에 익숙해지고 나의 조국을 잊어버렸구나.'

배가 이미 시야에서 사라진 지 오래였지만 강철은 부두에 계속 서 있었다.

'나를 용서해 주세요, 이고르 블라디미로비치.' 그는 가슴으로 울었다. '당신의 빛나는 두뇌와 당신의 진정한 애국심을 몰라준 나라가 당신을 쫓아내는 일에 저 같은 사람들이 비자발적인 공범자가 되었습니다. 용서하시고 안녕히 가십시오…'

비가 거세졌고 빗방울이 눈물처럼 강철의 얼굴을 타고 흘러내렸다.

부록

# 1918년부터 러시아사회민주노동당 당원인 김강철 동무 추천서 발췌본

〈… 나는 동남아에서 온 이주자들의 일상생활을 연구하는 민속지리학 연구 탐험대를 이끌었던 1913년부터 김강철 동무를 알고 있습니다. 그때 그를 혁명 활동으로 끌어들였습니다. 그렇게 김 동무는 블라디보스토크의 한인 빈민들 사이에서 마르크스주의 집단을 만들게 되었습니다. 독일과의 전쟁이 일어났을 때 그는 당의 지령에 따라 자원입대하여 전선으로 파병되었으며 거기서 군인들에게 혁명 작업을 전파하였습니다. 1917년에는 모스크바 12월 무장봉기에 참여하였습니다. 이듬해 봄에는 한인들을 규합하여 적군 유격대를 결성하려는 목적으로 하바롭스크로, 그다음은 연해주로 파견되었습니다. 1922년에 자기 유격대와 함께 붉은 군대 정규군으로 합류하였습니다. 마지막 직책이 제5군단 1사단 고려인터내셔널통합연대 사령관입니다. 스파스크 습격에 참여하여 보여준 용맹과 달성한 영웅적인 위업으로 적기훈장을 받았습니다.

이러한 장점들을 근거로 한민족 관련 직책에 김 동무를 적임자라 판단하여 극동관구 임시혁명군사위원회에 추천하는 바입니다.〉

1922년 4월 12일 　　　　　　　　　　　제5군단 혁명군사위원회 위원

　　　　　　　　　　　　　　　　　　　　　　　　　V.P. 리파토프

* * * * *

# VCK<sup>*</sup> 직원 V.K. 스미르노프 조서 발췌본

〈 … 사건 현장에 도착하고서 나는 시체 한 구를 발견했다. 참고인들이 부엌에서 일하던 농아라고 확인해 주었다. 술집 주인 한강철은 사라졌다. 술집을 수색하던 중 모제르총 2점과 탄약, 일본어로 작성된 서류가 든 상자가 발견되었다. 술집 주인은 한강철로 위장한 일본 밀정으로 밝혀졌다.

조사 결과 살인이 일어나던 때에 한강철과 만난 방문자가 술집에 있었던 사실이 드러났다. 방문자는 한인 유격대장 김강철로 추정된다. 그에 대한 수색은 실패했다. 김은 연대가 해산한 후 특정할 수 없는 곳으로 떠났다 … 〉

1922년 4월 26일

* * * * *

## 볼셰비키 연합공산당 제17차 전당대회 대의원 설문지, 201번

1. 성: 김. 이름과 부칭: 콘스탄틴 철례비치
2. 전당대회에 참여하는 투표권: 결정표
3. 위임한 조직: 극동 당 조직
4. 성별: 남성
5. 연령: 44세
6. 민족: 한인
7. 교육:
   a) 졸업한 교육 기관: 산업 아카데미, 1925년
   b) 현재 수학 중인 곳: 없음
8. 특기: 교사

· · · · · · · · · · ·

* VCK : RSFSR 인민위원회 산하 반혁명, 방해 공작을 퇴치하기 위해 조직된 러시아 전국 특별위원회.(옮긴이)

460

9. 사회적 지위: 공무직

10. 현재 주요 업무:

　　a) 기관 또는 조직의 명칭 및 직위: 극동 관구 연해주 포시에트지구
　　　지구집행위원회 위원장

11. 선출 정당 기관: 지역위원회

12. 볼셰비키 연합공산당 입당 시기: 1918년

13. 과거 다른 당적 보유 사실: 없음

14. 내전 참전 여부: 제5군단 1사단 소속, 1920~1922년 유격대로 참전

15. 수상 내역: 적기훈장 수훈

1934년 1월 23일　　　　　　　　　　　　　　　　대의원 서명

　　　　　　　　　　　　　　　　　　　　　　　등록자 서명


* * * * *

## 산업 아카데미 졸업생 김 콘스탄틴 철례비치 동지의 학적부 발췌본

〈 … 산업 아카데미에서 수학하던 기간 김 동지는 학업과 단체 활동에서
모범을 보이며 가장 긍정적인 모습을 보여주었다. 모든 과목 시험 점수가
5점 만점에서 5점, 아니면 4점이다.

　소련 당 조직에 추천한다. 〉

　　　　　　　　　　　　　　　　　　　　총장　　　젤츠만

모스크바시. 1925년　　　　　　　　당 조직 비서　페트로프


* * * * *

## 연해주 주위원회 당사무국 회의록 발췌본

〈 … 식량 문제와 관련하여 당 노선을 이행하는 과정에서 드러난 실수에
대해 공산주의자 김 콘스탄틴 철례비치를 징계한다. 단, 개인 파일에 기록
으로 남기지는 않는다. 〉

1931년 10월 25일 공산당 연해주 주위원회 서기
발류신

\* \* \* \* \*

**NKVD(내무인민위원부)의 특별 중요 사건에 대한 조사관의 보고서에서 발췌**

〈 … 부하린 - 지노비예프 그룹에 가담한 혐의를 받는 V.P. 리하토프의 측근 중에서 한인이자 현재 연해주 포시에트 지구집행위원회 위원장인 김 콘스탄틴 철례비치(조선 이름 강철)를 특별히 주시할 필요가 있다. 피의자는 김을 혁명 전부터 알았고 그가 혁명 활동에 동참하도록 직접 끌어들였으며 그 후에는 당에서 승진하도록 물심양면으로 지원했다고 진술했다. 산업 아카데미를 다니던 1924~1925년에 김은 리파토프의 집에 거주했다. 최근 5년 동안 피의자는 출장과 휴가 때 연해주를 두 번 방문했고, 두 번 다 김의 집에 기거했다.

김강철이 일본 첩보 활동에 연루됐을 가능성을 열어두고 그를 철저하게 조사할 필요가 있다고 본다. 〉

1937년 2월 12일 형사 담당 수석 조사관
벨럅스키

지령: 일본 첩보 활동에 협조한 내용으로 리파토프와 김의 라인을 극도로 신중하게 풀어낸다!

\* \* \* \* \*

**전前 인민위원부 민족분과 부위원장 리파토프 취조 발췌본**

질문: 그래서, 당신은 스탈린 동지와 당의 현정책에 반대하는 활동을 벌이는 부하린 - 지노비예프 진영에 가담한 사실을 전부 인정합니까?

답변: 전부 인정합니다.

462

질문: 당신이 일본 정보부를 위해 일했고, 일본의 사주를 받고 극동에 파
      견된 김 콘스탄틴 철례비치와 계속 연락해 온 사실을 인정합니까?
답변: 예, 인정합니다.

1937년 3월 21일                          형사 담당 수석 조사관
                                            벨랍스키

\* \* \* \* \*

### 포시에트 지구 달냐야 촌락 거주민의 투서 발췌본

〈 … 앞서 말씀드린 방식으로, 지구집행위원회 김 위원장은 모든 노력과
관심을 동포인 한인들에게만 쏟고 있습니다. 러시아인 집단농장원들은 매
우 곤궁한 생활을 하고 있습니다. 한인들은 자기 마을에 좋은 학교와 클럽,
심지어 운동장도 짓는데 우리 마을에는 오두막 독서방밖에 없습니다. 그것
도 너무 낡아 이제 쓸 수 없는 지경에 이르렀고 책은 전부 도난당했습니다.
이것은 모두 지구집행위원회 김 위원장이 일본제국주의 정보활동의 마수
에 넘어가 민족주의 정책을 펴고 있기 때문입니다. 〉

                                      소련 정부에 헌신하는
1937년 5월 12일                        젖소 담당 일꾼 S. 야로히나.

\* \* \* \* \*

### 포시에트 지구 집단농장 '스베틀리 돌' 거주자의 투서 발췌본

〈 … 이 김에 대해서는 그가 이웃 마을 한인 정착촌으로 이주했던 1922년
도부터 알고 있습니다. 그는 러시아 사람 몇 명에게 짐승 같은 린치를 가했
고, 그들이 자기네들 땅에서 사냥했다는 구실을 내세웠습니다. 우리 러시
아인들이 전쟁터에 나가 강물처럼 피를 흘릴 때 한인들은 땅을 훔쳐 모아
서 우리 보다 잘삽니다. 당은 항상 농민을 보살피기에 모두가 평등하게 살

도록 집단농장을 만들기 시작했습니다. 그런데 한인 다수는 소비에트 권력에 대적하여 중국과 일본으로 도망쳤습니다. 그리고 김 동무는 소비에트 권력 기관인 지구에 있으면서 그들의 도주를 방관했고 심지어 돕기까지 했습니다. 그런 식으로 당과 스탈린 동지의 노선을 끊어버리는 해당 행위를 한 것입니다.〉

볼셰비키 연합공산당 평당원이자 진성 당원

1937년 5월 15일                                     집단농장원 P. 사모힌

\* \* \* \* \*

## 김 K. C. 체포 기록 발췌본

〈 ··· 체포 당시 K .C. 김은 아무런 저항도 하지 않았다. 그는 다른 가족이 집에 없는 것은 아들은 작년에 사마르칸트로 유학을 떠났고 아내는 우수리스크 친척 집에 갔기 때문이라고 설명했다.

수색 과정에서 문제가 될 만한 문서나 서신, 책 등은 전혀 발견되지 않았다. 또한, 김이 개인화기를 하사받은 사실이 정확함에도 불구하고 무기도 전혀 발견되지 않았다. 그 무기는 어디 있느냐는 질문에 체포된 김은 리볼버와 장검은 이사할 때 도난당했고, 당시에 그에 대해 적절한 조처를 했다고 답했다.

체포된 김은 연해주 NKVD(내무인민위원부) 주州 구치소로 호송되었다.〉

형사 담당 수석조사관

1937년 5월 18일                                               포프좁

\* \* \* \* \*

## 포시에트 지구 기계
### 트랙터 기지 수리장 담당 루자예프 A.K. 취조 발췌본

질문: 지구집행위원회 위원장 김 콘스탄틴 철례비치와 오랜 기간 가까운

친구였던 것을 인정합니까?

답변: 인정합니다. 그게 왜 문제가 됩니까?

질문: 질문은 내가 합니다. 당신은 교관이었다가 그 후 당 주위원회 분과장으로 있으면서 갖가지 방법으로 자기 친구를 비호했다는 것을 인정합니까?

답변: 무슨 일로 내가 그를 비호했다는 겁니까?

질문: 다시 한 번 말하지만, 질문은 내가 합니다. 그가 주위원회의 지시에 반하여 조달국에 바쳐야 할 곡물의 일부를 감추려고 시도했을 때 당신이 그의 행동을 눈감아줬지요?

답변: 그 사람은 납품 계획을 완수했는데 추가분을 또 그 사람에게 떠넘겼습니다!

질문: 조사해 보니 집단농장에 아직 곡물이 많이 남았던데요?

답변: 그건 씨앗으로 쓸 것이었습니다!

질문: 씨앗이든 씨앗이 아니든 집단농장들은 김의 묵인하에 곡물을 숨겨두려고 했습니다. 그리고 그를 당에서 축출하려는 시도가 있었을 때 당신이 그를 옹호했지요? 인정합니까, 안 합니까?

답변: 그때 그를 옹호했다는 사실이 기쁠 따름입니다!

질문: 평가는 삼갔으면 합니다. 질문에 '예, 아니요'로 답변하십시오. 당신은 김이 자기 행위로 소비에트 권력에 가시적인 해를 입혔다고 인정합니까? 김이 외국, 특히 일본 정보기관의 지시에 따라 그렇게 행동했다고 인정합니까?

답변: 절대 인정하지 않습니다!

질문: 당신이 그에게 빚진 것이 많아서 그렇게 말하는 겁니까?

답변: 내가 무슨 빚을 겼는데요?

질문: 흠, 예를 들면, 당신이 주위원회에서 축출되어 직업이 없을 때 현직책에 갈 수 있도록 주선한 것.

답변: 그게 무슨 직책입니까 … 그래요, 내가 그에게 빚진 건 많지만 그것 때문에 그를 두둔하는 것은 아닙니다!

질문: 그렇다면 왜 그러는 것이지요?

답변: 그는 내 친구이고, 그가 일본의 밀정이 아니며 그런 일을 할 수도 없는 사람이라는 것을 내가 알고 믿기 때문입니다.

질문: 수사에 협조하지 않으려는 당신의 태도가 어떤 결과를 가져오는지 알고 있습니까?

답변: 잘 알고 있고 두렵지 않소!

NKVD(내무인민위원부) 지구서 담당 조사관

1937년 5월 21일 　　　　　　　　　　　　　　　　　　　사하르코프

참고: 피고인 루자예프는 경각심 상실로 10년형을 언도받음.


\* \* \* \* \*

**리프만 N. 기자의 기사 '마땅한 것을 받는 것' 발췌본**

〈 … 군검찰은 기소 취지 발언에서 피고인들이 실제로 일본 정보국의 요원들이며 그들이 가난한 정착민으로 위장하여 차르 러시아 시대에 이미 러시아 영토로 잠입한 사실을 증명하는 타당한 증거를 언급했다. 소비에트 권력이 구축된 이후, 새로운 권력이 가난하고 핍박당한 사람들 모두에게 새로운 삶을 시작할 평등한 기회를 주었음에도 사악한 사무라이 일본의 용병들은 소비에트 국가에 해를 끼치기 위해 모든 기회를 활용해 왔다. 그들은 목적을 달성하고자 입당하여 지도부 지위에 오르고 사람들을 꾀어 자기 요원으로 끌어들이는 활동을 벌였다. 그러나 이제 그들의 활동은 깨어있는 내무인민위원부 조직에 의해 근절되었다.

한인 밀정들에 대한 재판은 대중의 비난을 받도록 공개적으로 진행되었다. 그것은 환영할 만한 일이다. 적이 어떤 가면을 쓰고 있었는지 사람들이 알아야 하기 때문이다.

통찰력이 뛰어난 작가 베라 케틀린스카야는 얼마 전 출간한 소설 〈용기〉에서 성이 박씨라는 계급적 원수의 교활한 형상을 묘사하였다. 이것은 이

거주민 집단 속에 소비에트 권력의 기생충이 적지 않게 도사리고 있다는 명백한 증거이다.

피고인 K. C. 김, M. 한, C. M. 오가이는 최후진술을 거부하였다. 자기들의 죄가 완전히 입증되었고, 법정이 그들에게 가장 가혹한 형을 내릴 것을 모든 소비에트 인민이 확신하는 마당에 그들이 무슨 할 말이 있겠는가! 〉

신문 《태평양의 진실》 1937년 6월 14일 자

* * * * *

## 소련인민위원부 협의회와 전연방볼셰비키공산당 중앙위원회의 『극동 접경 지역에서 한인 거주자 퇴거』 명령 제1428-32 bcc, 1937년 8월 21일

소련인민위원회의와 전연방볼셰비키공산당 중앙위원회는 다음을 명령한다.

극동지역에 일본 첩자들의 침투를 방지하기 위해 아래와 같이 조처한다.

1. 극동 접경지역에 거주하는 모든 한인을 퇴거시켜 남카자흐스탄주, 아랄해지역, 발하시 및 우즈벡 소비에트사회주의공화국으로 이주시키도록 전연방볼셰비키공산당 극동위원회, 극동집행위원회, 내무인민위원부 극동지부에 제안한다. 극동 접경지역은 포시에트, 말로톱스크, 그로데코보, 한카이, 호롤, 체르니곱스크, 스파스크, 시마콥스크, 포스티셉스크, 비킨스크, 뱌젬스크, 하바롭스크, 수이푼스크, 키롭, 칼리닌스크, 라조, 스바보드넨스크, 블라고베셴스크, 탐봅스크, 미하일롭스크, 아르하린스크, 스탈린스크, 블류헤롭 지구를 말한다. 퇴거는 포시에트 지구와 그로데코보에 인접한 지구부터 시작한다.
2. 즉시 퇴거 명령을 집행하고 1938년 1월 1일 전에 완료한다.
3. 이주 대상 한인에게 이주 시 재산, 가재도구 및 가축을 가져갈 수 있도록 허용한다.

4. 이주 대상 한인에게 남기고 떠나는 동산 및 부동산, 파종된 작물에 상응하는 금액을 보상한다.

5. 이주 대상 한인이 국외로 이주할 의사를 피력하는 경우 방해하지 않고 국경 통과 절차를 간소화한다.

6. 소련 내무인민위원부는 퇴거와 관련하여 한인 측이 일으킬 수 있는 소동이나 질서 위반에 대한 예방조치를 마련한다.

7. 정착 지구와 지점을 확정하고, 필요한 협조를 제공하여 새로운 지역에서 이주민의 경제활동을 보장할 수 있는 조치를 즉각 마련하도록 카자흐 소비에트사회주의공화국과 우즈벡 소비에트사회주의공화국의 인민위원회에 강제한다.

8. 한인 이주 및 그들의 재산을 극동지역에서 카자흐 소비에트사회주의공화국 및 우즈벡 소비에트사회주의공화국으로 이송하기 위해 극동지역집행위원회가 신청서를 접수하면 즉시 열차를 제공하도록 소련 철도인민위원부에 강제한다.

9. 전연방볼셰비키공산당 극동위원회 및 극동집행위원회에 3일 안에 퇴거 대상 농장 및 대상자 수를 보고하도록 강제한다.

10. 퇴거 진행 상황, 정착촌에서 출발한 인원수, 재정착 지역에 도착한 인원수, 국외로 나간 인원수를 10일 이내에 전보로 보고한다.

11. 한인이 퇴거한 지역의 국경 수비를 강화하기 위해 국경수비대 인원을 3천 명 증원한다.

12. 소련 내무인민위원부는 한인이 비워두고 간 공간에 국경수비대원을 배치하도록 허가한다.

소련 인민위원평의회 의장　V. 몰로토프
전연방볼셰비키공산당　　I. 스탈린
중앙위원회 서기장

## 소련 최고재판소 군사부 선고

　소련 최고재판소 군사부는 1890년생 김 콘스탄틴 철례비치의 사건을 검토하였고 그가 1922년부터 일본 정보당국의 연해주 밀정으로서 요원을 모집하여 일본 정보당국을 위해 활동하도록 지시한 범죄를 저질렀다는 결론에 이르렀다. K. C. 김의 범죄는 모두 입증되었으므로 러시아 소비에트연방사회주의공화국 형법 제58-1a조, 58-2조, 58-8조, 58-11조에 따라 최고형인 총살형과 재산몰수형에 처한다.

　이는 최종 판결이며 상소 대상이 아니다.

군사부 재판장　G. M. 랴시코프

군검사　　　N. A. 바흐틴

1937년 6월 22일　　　　　　　　　　　서기　　　P. S. 쿨랴바

* * * * *

## 상장

　사마르칸트 국립대학교 역사학부 김 알렉세이 콘스탄티노비치는 1학년을 우수한 성적으로 수료하고 학업과 사회활동에서 본보기가 되었기에 이 상장을 수여합니다.

사마르칸트 국립대학교 총장　　스몰린

당위원회 서기　　페르히틴

1937년 6월 26일　　　　　콤소몰 위원회 서기　마길렙스키

* * * * *

## 소련 최고재판소 군사부

타슈켄트주 스레드니치르치크 지구 〈프리모르스카야 즈베즈다〉 집단농

장 위원장, 사회주의 노동 영웅 김인철 동지 귀하

　존경하는 김인철 동지!

　귀하의 부친 김 콘스탄틴 철례비치의 복권에 관한 증명서와 최고재판소
군사부 결정문의 사본을 송부합니다.

사본

＊ ＊ ＊ ＊ ＊

## 소련 최고재판소
### 결정문 제5p-026356/57호

　소련 최고재판소 군사부(재판장: 코스트로민 대령, 배석: 유트킨 대령, 코즐로
프 중령)는 1937년 6월 22일 소련 최고재판소 군사부가 러시아 소비에트연
방사회주의공화국 형법 제58-1a조, 제58-2조, 제58-8조, 제58-11조에 따라
최고형인 총살형과 재산몰수형을 선고한 포시에트 지구집행위원회 전 위
원장 김 콘스탄틴 철례비치(1890년생) 사건에 대한 군검사장의 의견서를
1957년 4월 15일 회의에서 러시아 소비에트연방사회주의공화국 형사소송
법 제378조에 규정된 절차로 검토하였다.

　유트킨 동무의 보고와 군검사차장 스펠로프 중령의 결론을 경청한 결과
소련 최고재판소 군사부는 다음을 확인하였다.

　K. C. 김은 1922년부터 연해주 일대에서 일본 정보국의 밀정으로 활동하
며 요원을 모집하고 일본 정보국을 위한 활동을 하도록 그들에게 지시하였
다는 혐의로 유죄 판결을 받았다.

　군검사장은 의견서에서 K. C. 김을 기소한 근거로 사용되었던 증거는 증
거능력이 없으며 추가로 확인된 자료로 반증되는 것으로 보아 K. C. 김은
부당하게 유죄 판결을 받은 것으로 판단할 수 있기에 범죄 구성요건해당성
이 없으므로 K. C. 김의 사건을 종결하고 판결을 취소해야 한다고 적시하
였다.

　사건 자료와 추가 조사를 검토한 결과 의견서에 적시된 주장에 동의하

여 소련 최고재판소 군사부는 다음과 같이 결정한다:

1937년 6월 22일에 김 콘스탄틴 철례비치에 대한 소련 최고재판소 군사부의 판결은 새롭게 확인된 사항을 인용하여 취소하며 형사법상 범죄 구성요건해당성이 없으므로 사건을 종결한다.

군사부 장교　바두킨<br>군법무관 대위

＊ ＊ ＊ ＊ ＊

증명서

1937년 5월 18일 체포 전까지 연해주 포시에트 지구집행위원회 위원장으로 일한 김 콘스탄틴 철례비치 사건은 1957년 4월 15일 소련 최고재판소 군사부에 의해 재심의되었다.

1937년 6월 22일 자 소련 최고재판소 군사부의 K. C. 김에 대한 판결은 새롭게 확인된 사항을 인용하여 취소되었으며 사건은 범죄 구성요건해당성이 없으므로 종결되었다.

K. C. 김은 사후에 복권되었다.

1957년 5월 5일　　　　　　　　소련 최고재판소 군사부 재판장
　　　　　　　　　　　　　　　군법무관 대령 A. 코스트로민

*1권 끝*

삶은 이어진다. 김 씨 가족의 역사도 이어진다는 뜻이다.

1911년 김철의 차남 동철은 일본으로 유학을 떠났고 그 후 우리는 그의 이름을 1922년에 일본 정보요원 아카츠키의 입을 통해서만 한번 들었다. 한일병합의 복리를 믿은 사람 중 하나였던 어린 한인의 인생은 그 뒤로 어떻게 되었을까? 그것은 떠오르는 태양의 나라로 불렸던 일본의 운명, 그 흥망성쇠와 의심할 여지없이 밀접하게 얽혀 있을 것이다. 무지갯빛에 눈이 멀었다가 맹렬히 시력을 되찾는 일이 생길 것이다. 동철은 아들 둘을 낳는다. 하나는 한반도로 가고 다른 하나는 미국으로 간다.

강철은 제1차 세계대전과 적백 내전에 참전하고 혁명을 준비했으며 전후 파괴된 터전을 다시 세우고 집산화, 산업화를 러시아 인민들과 함께 겪어낸 다음 러시아에서 비극적인 종말을 맞았다. 그는 1937년 여름 스탈린 체제하에서 숙청되고, 극동에 살던 한인은 모두 우즈베키스탄과 카자흐스탄으로 강제 이주당하는 쓰라린 일을 겪었다.

강철의 차남 인철은 우즈베키스탄 집단농장의 저명한 위원장이 된다. 막내아들 김 알렉세이는 사마르칸트 국립대학교를 졸업하고 교사가 된다. 1944년 그는 자원입대하여 최전선에서 싸운다. 그로부터 1년 후에는 북조선을 일제 식민 지배에서 해방하는 활동에 참여한다. 그는 한반도에서 일어난 동족상잔의 비극에도 참전하게 되는 운명과 마주한다.

그런데 중국에는 강철의 맏아들 철수가 살고 있다. 일본의 식민지에서 농민의 아들은 무엇을 기대할 수 있을까? 아버지와 같은 바로 그런 숙명일 것이다. 손바닥만 한 땅뙈기를 경작하는 그런 숙명. 양아버지 푸린은 남의 아들을 훔친 죄책감으로 평생을 괴로워하다 죽음을 앞두고 아들에게 진실을 고백했다. 아버지가 세상을 뜨자, 철수는 도시로 떠난다. 그 후 철수의 삶은 중국의 해방 운동과 연결된다. 1951년에 중국 지원병의 일원이 되어 포위된 북한군을 도우려 돌진하는데…

세계 곳곳에 흩어진 김철의 아들들과 손자들의 인생길은 제2차세계대전, 6.25전쟁, 베트남전에서 교차한다. 언젠가 그들 모두의 인생길이 같은 지점에서 만날 날이 올 것인가? 앞날은 흐릿한 안개 속에 가려져 있기에 나는 아직 모른다…

나는 연대기의 1권인 이 책에 나오는 앞을 못 보나, 앞날을 내다보는 선견자와 같지만, 사람은 자기 일은 모르는 법이다…

내가 확실히 아는 한 가지는 살면서 이야기를 계속 써야 한다는 것뿐이다.

타슈켄트시
1997~2002년
김용택(블라디미르 나우모비치 김)

　모든 것은 우연일까? 이 책에 여러 번 등장하는 '운명의 의지'는 우연과 얼마나 또 다를까? 우연이라 불리는 것이 어떤 이의 삶은 그냥 지나치지만, 어떤 이의 삶은 단단히 얽어맨다. 갖가지 우연들이 씨줄과 날줄처럼 얽히고설켜 어떤 지점에서 무르익으면 예상치 못한 일이 벌어질 때가 있다.

　이 책의 집필 기간은 1997년에서 2002년이다. 번역은 2021년에 했으며, 출판이 결정된 건 2023년 5월이고 출판까지 걸린 시간이 또 1년 남짓하다. 집필과 번역, 출판 사이의 오랜 틈을 크고 작은 우연들이 빼곡히 메웠을 터이다.

　작가가 우즈베키스탄에서 한 한국인을 만나지 않았더라면, 그 계기로 호주머니를 털어 십시일반 번역비를 마련하려는 사람들이 없었더라면, 일과 관련된 황당한 악재들이 번역자에게 일어나지 않았더라면, 2023년 한국에서 개최되는 콘퍼런스에 작가가 참석하지 않았더라면, 접경인문학 연구단이 꾸려지지 않았더라면, 연구단의 담당자가 러시아 유학 시절 이 책을 발견해 읽을 만큼 외로움을 겪지 않았더라면 이 책이 한국어로 출판되는 일은 일어나지 않았을지도 모른다. 일어나지 않을 일은 일어나지 않고, 일어날 일은 일어난다. 그리고 모든 일에는 때가 있다는 말이 맞을 수도 있다. 그러니 느닷없이 드나드는 희비극에도 일희일비할 이유가 없다.

　번역자는 사실주의자이다. 이렇게 개연성이 희박한 인물이 주인공인, 대단한 분량의 책을 번역하는 작업은 쉬운 일이 아니었다. 이토록 비범하고 명석하고 이상적이기만 한 인물을 마음속으로 받아들이기 힘들었다. 그러면서도 이런 인물이 역사적 상황 속에 매 순간 따라붙어 무슨 일이 일어날

때마다 솔로몬 같은 해결책을 제시하였더라면 얼마나 좋았을까 싶은 마음
도 들었다.

번역을 끝낸 지 1년 반이 더 지난 시점에서 다시 원고를 읽어볼 때는
주인공의 형상보다는 그가 참여하는 크고 작은 사건, 대화에 관심이 집중
되었다. 굵직한 사건들은 역사적 사실을 기반으로 하였고 작가의 철저한
조사가 뒷받침되었다. 주인공 강철은 거대하게 몰아치는 역사의 광풍을 직
면하고 바람에 자신을 오롯이 내맡기면서 앞으로 나아가는 삶을 살았다.
그리고 그 어떤 순간에도 오염되지 않고 성장하는 길을 택했다. 어떻게 보
면 이 소설이 상당 부분 도스토옙스키가 말하는 사실주의와 맞닿아 있다는
생각이 들었다.

> "나는 현실에 대한 나 자신만의 시각이 있어(예술에서). 대다수가 거
> 의 환상적이고 예외적이라고 평하는 것들도 내가 볼 때는 그것이 현실
> 에서 가장 핵심을 이루는 요소일 때가 종종 있거든. 현상의 진부함, 그것
> 들을 바라보는 상투적인 시선들은 내가 볼 때 사실주의가 아니야, 그 반
> 대이지." (도스토옙스키, 장편 <<백치>>를 두고 하는 말)

독자들이 읽었을 때 얼마나 잘 읽힐지, 원작자의 표현이 한국어로 충분
히 표현되었는지, 무심하게 묘사된 문장의 행간에 숨은, 들키기를 바라는
맥락이 제대로 드러날지 두려운 마음도 들지만, 더 벋으려는 마음을 여기
서 거둔다.

많은 분께 감사하다. 그중에서도 이 책이 번역되도록 물심양면으로 지원
해 주신 김태우, 최홍철, 박정연, 강영만, 장준하 님, 중앙대·한국외대 접경
인문학연구단의 손준식 단장님과 양민아 님께 특별히 고맙다는 말씀을 드
리고 싶다. 그리고 세상이 말하는 보상과 인정의 틀 속에 갇히지 않고 기록
이라는 행위로 두려움 없이 전진하신 작가님께 응원과 감사가 닿았으면 한
다.

# 유라시아 대륙을 유랑하는 한인들의 연대기
## 고려인 1세대 김강철의 러시아 정착기

## 1. 접경의 크로노토프

2024년 고려인들의 러시아로 이주의 역사는 어느덧 160주년을 맞았으며, 유라시아 대륙을 유랑하던 고려인들은 그들 나름대로의 문화공간을 형성하고 접경을 이루며 살아오고 있다. '접경'은 메리 루이스 프랫(Mary L. Pratt)이 제안한 개념으로 "두 개 이상의 문화가 소통하고 공유된 역사와 권력 관계를 협상하는 영역으로 문화가 서로 만나 충돌하고 씨름하는 사회적 공간"*을 의미한다. 그녀가 강조하는 것은 경계가 아닌 그 너머의 공간의 개념에 집중해야 한다는 것이다. 이 공간은 과거의 역사적 배경과 흔적, 기억은 연결하는 맥락으로서의 크로노토프를 통해 규명될 수 있다. 대한제국 시기에 고종 황제의 호위무사였던 김철의 첫째 아들 김강철이 러시아제국으로 이주하여, 시베리아 내전과 1922년 소비에트연방의 탄생을 겪으며 소비에트화되어가는 고려인 1세대의 생애사를 통해 고려인의 이주 역사의 한 단면을 보여주는 장편 대하소설의 첫 번째 시리즈인 이 책을 통해 그 의미를 찾아보고자 한다.

* * * * * * * * * *

* Mary L. Pratt, "Arts of the Contact Zone," in Negotiating Academic Literacies, eds. Vivian Zamek, Ruth Spack (New York: Routledge. 1998), 34.

## 2. 고려인은 누구인가? : 독립국가연합(CIS)의 한인들과 그들의 민족 정체성

　한국인의 해외 이주 역사는 19세기 후반 근세의 역사적 계기로 시작하여 다양한 개인적 계기까지 150여 년을 이어져 국내 인구 대비 재외동포가 비교적 큰 비율을 차지하고 있다. 그중 한 집단이 고려인이다. 국가법령정보센터의 '재외동포의 출입국과 법적 지위에 관한 법률(2022 개정)'에 따르면 "출생에 의하여 대한민국의 국적을 보유했던 사람(대한민국 정부 수립 전에 국외로 이주한 동포를 포함한다)으로서 외국 국적을 취득한 사람, 제1호에 해당하는 사람의 직계비속(直系卑屬)으로서 외국 국적을 취득한 사람"을 모두 재외동포로 본다. 고려인은 대한민국 정부 수립 전 러시아 및 구소련 지역으로 이주한 한인들의 후손으로 현재는 해당 지역의 국적을 갖고 있기도 하지만 여전히 한국과 밀접한 관련이 있으며 2007년 정부에서 공식적으로 고려인을 해외동포로 인정했다. 그들의 여권이나 다른 공식적 기록 문서에도 민족적 기원이 한국으로 되어있으며 현재 귀환하는 고려인들이 늘어나 국내 그들을 중심으로 한 정착촌인 고려인 마을의 확대 되고 있다. 고려인들은 이미 우리 사회 속의 내적 접경을 이루고 있고 그들에 대한 이해가 필요한 시점이다.

　'고려인', 그들은 지난 150년간 조선인에서 러시아인으로, 또 카자흐스탄인이나 우즈베키스탄인으로 낯선 땅에서의 새로운 문화를 받아들여야 했다. 시간이 지나며 현지에서 혼인 및 출산을 통한 세대교체가 일어났고 이를 거듭하다 보니 현재는 언어나 관습, 외모 등에서도 많은 변화가 생겼다. 이민 1세대의 경우, 국권 피탈과 해방의 시기의 정치적 상황으로 인한 강제 이주의 비율이 높았기에 본국 지향적 성향을 보이며 민족 정체성을 비교적 유지하였지만 세대를 거듭하면서 고국과 이주국 사이에서 자신이 처해있는 외부적 환경에 대해 반응하면서 달라진 부분도 있을 것이다. 재맥락화되고 혼종화된 '고려인'으로의 새로운 집단적 정체성이 생겨났다고 할 수 있다. 정체성이란 '고정된 장소나 물체가 아닌, 끝없이 흐르는 성질'을

뜻한다는 에드워드 사이드의 언급처럼 고려인 집단의 정체성 역시 지속적으로 변화의 가능성에 노출되어 있었기 때문이다. 가령, 그들은 한국의 명절을 여전히 잊지 않고 기억하지만 살고있는 나라의 국경일도 기념한다. 동포로 공존하는 그들을 이해하기 위해서 우리는 그 변곡점을 함께 짚어나가볼 필요가 있을 것이다.

김 블라디미르 작가의 소설은 이처럼 모국을 떠나 낯선 타국에 뿌리를 내리고 정착하게 된 고려인들이 어떻게 살았으며 살아가고 있는지 일대기적 인생을 담은 디아스포라 서사다. 고려인들의 이주는 여러 가지 요인이 있는데 초기 이민은 주로 생존권을 위협받은 한국인들에 의해 이루어졌다. 그러나 일제강점 시기, 1905년 을사조약과 1910년 한일합방을 거치며 의병 활동 및 항일운동을 하기 위한 이주도 적지 않았다. 소설 역시 일제강점 시기인 1911년을 배경으로 한다. 주인공 김강철이 식민지 압제로부터 조국을 해방시킬 것이라는 믿음과 복수에 대한 갈망을 갖고 러시아로 향하면서 이야기가 시작된다. 소설에는 민족의 과거와 관련된 역사의 단편들이 드러나며 그것들이 주인공의 삶에 상당한 영향을 미친다. 역사적 사건들이 어떻게 서술되고 또한, 인물들이 그 사건을 어떻게 인식하는지를 살펴봄으로써 고려인의 민족 정체성이 어떠한 영향을 받아 형성되어 왔는지 살펴볼 수 있다.

## 3. 잊을 수 없는 조국 : 저항의 정신으로 전복을 꿈꾸다

고려인들의 역사를 돌아보면 많은 우여곡절과 시련이 존재한다. 그들이 절망적인 상황을 겪으면서도 다시 일어서고 모일 수 있었던 것은 민족공동체의 형성을 통해서였다. 그들은 조국을 잊지 않고 모국어와 민족 문화를 비교적 잘 유지하여 전승하며 집단적 정체성을 형성해왔다. 그 근간이 된 민족주의는 일제강점기 시절 일본 제국주의를 타자로 상정하면서 그에 대한 저항의 주체로 본격적으로 대두되었다. 소설의 주인공인 김강철 역시 일본 제국주의에 대한 저항 운동을 하겠다는 다짐으로 조선을 떠나 러시아로 향한다. 당시 일본은 조선을 강점하고 을사늑약으로 조선을 통제하고자 했지만, 조선의 북쪽에서는 그에 대항하는 의병 활동이 꾸준히 있었다. 주인공 강철 역시 이러한 상황을 인지하고, 러시아로 간 한국인들 중 동지를 찾아서 일본에 저항하며 상황을 전복하고자 떠난 것이다.

굴욕과 아픔, 억압을 겪은 세대들은 낯선 땅에서 생존하면서도 그 경험을 결코 잊지 못했을 것이다. 그 경험은 소설 내 인물들의 사연을 통해 드러난다. 김강철은 일본으로 인해 주변의 소중한 사람들을 잃는다. 아버지인 김철은 일본 첩보 요원의 감시를 받다가 일본군과의 싸움에 말려 죽었고 아내는 아들의 돌잔치 날 일본군에게 비극적으로 피살당해 죽었다. 그 시기에 조선에서는 일본군의 만행으로 가까운 사람을 잃는 일이 비일비재했고 강철의 상황 역시 이를 반영하고 있다. 일본은 이러한 사회적 폭압뿐 아니라 동양척식주식회사를 내세워 경제적 수탈을 통해 조선인들을 착취하기도 했다. 강철이 러시아로 향하는 길에 만난 군달 일가의 사연 역시 이러한 상황을 대표하고 있다. 그는 어느 날 동양척식주식회사에서 들이닥친 사람들에게 회원으로 가입할 것을 강요당했고, 이에 지장을 찍었으나 그것은 불평등한 착취를 정당화하는 계약이었다. 그렇게 군달네는 모든 것을 뺏기고 조국을 떠날 수 밖에 없었다.

소설에 나오는 한 대목을 통해 우리는 고려인들이 전승하고 지켜낸 민족 정체성의 근간을 짐작해 볼 수 있다. "어쩌면 우리는 살아생전 승리하는 날을 못 볼지도 모른다. 하지만 나는 내 아들, 나의 후손들이 자유로운 한국에 살게 될 것으로 믿는다. 그들이 우리 일을 이어 나갈 것이다. 맹세하자, 심장이 뛰는 한 손에서 무기를 내려놓지 않을 것이며 우리의 아름다운 땅에 일본군이 한 놈도 남지 않도록 목숨 바쳐 싸울 것이다" 저항과 투쟁의 정신이 고국을 잊지 않게 한 것이다. 이 투쟁은 무기를 들어서만 이루어지는 것은 아니다. 주인공 강철은 스스로 의병운동에 동참하기로 한 군인이지만 이주 한인들이 항일 투쟁을 위해서만 온 것이 아니라는 사실을 분명히 안다. 군달네 사연처럼 뿌리 내릴 곳을 찾아 이주한 억압받은 농민들의 경우가 많았다. 그들을 조선으로 가도록 설득하고 항일 무장 투쟁에 참여시키는 것은 어렵다는 것을 강철은 알고 있었다. 그는 대신 교육과 계몽이 또 다른 방식의 투쟁을 가능하게 한다고 생각했고, 결국에는 배움과 교양이 모두를 평등하게 만든다고 여겼다.

러시아에서 사는 2년 동안 강철은 다만 복수에 대한 일념으로만 살아간 것은 아니다. 그의 시선이 러시아에서 적응하는 동안 달라진 것이다. 이주국에서는 그 나라의 법과 질서에 따르고 그들의 말과 문화를 받아들일 수밖에 없다. 그는 주변의 모든 것을 흡수하고자 한다. 러시아어를 배우고 그들의 문화를 배우기 위해 부단히 노력한다. 그리고 한편으로 매일 한국의 무술로 정신을 단련한다. 그는 이를 통해 어떤 환경에도 흔들림 없이 적응하고, 내면세계를 분리하여 주변을 성찰할 수 있었다고 말한다. 변해가는 와중에도 잊지 않는 이 정신은 고려인 정체성의 중요한 일부다.

## 4. 부유浮游하던 주체의 정주 : 공존을 위한 혼종적 융화

고려인들은 자신의 민족적 정체성을 잃지 않기 위한 노력을 해왔지만 동시에 새로운 사회에 적응하기 위한 노력도 해야 했다. 강철이 고작 2년 동안에도 그가 바라보는 시야가 넓어지고 달라진 것처럼 고려인들의 정체성 역시 역사를 거듭하며 끊임없이 변모되어왔다. 그 속에서 유동적이고 혼종적인 정체성이 형성될 수밖에 없었을 것이다. 자신의 민족적 기원과 새로운 정착지에서의 사회적 일원으로서의 정체성 사이에서 부유하던 그들은 결국 융화를 통해 이주국에서 공존할 수 있었을 것이다. 국경을 넘어 이주한 사람들은 그 나라의 풍습, 문화, 종교를 받아들이며 살 수 밖에 없다. 표류할 수밖에 없던 주체들이 새로운 사회에 편입되기 위한 노력을 감행한 것이다. 고려인들은 이렇게 새로운 영토에서 경험하는 이질적인 것들과 조우하면서 그들만의 정체성을 형성해왔다.

소설 속 강철의 모습이 그것을 대변한다. 그는 머리를 자르고 러시아어를 배우고 대장장이의 일도 배우며 그들이 어떻게 사는지 관찰한다. 러시아 사람들은 여자들이 조선 여자들처럼 음식을 하고 상을 차리긴 하지만 남자들과 동등하게 식탁에 앉는다. 게다가 여자들이 술을 따르지 않고 남자들이 술을 따라준다. 그렇게 해야 마땅한 것으로 인식된다. 누구 하나 격식을 차리는 사람이 없고 모두가 자유롭고 편안하다. 강철은 러시아인들에게 동질감을 느꼈고 러시아인의 눈으로 지금껏 생각지도 못했던 조선의 많은 측면을 새롭게 알게 되는 부분도 있었다. 어떤 것은 감탄하면서 긍지를 느끼며 쉽게 전해줄 수 있었고, 전하기가 당황스럽고 부끄럽기도 한 어떤 것들은 강철에게 그런 관습의 기원에 대해 깊이 생각하도록 하기도 했다.

강철뿐 아니라 정착촌의 모습을 통해서도 그들이 살아오는 모습의 일면을 볼 수 있다. 도시 변두리에는 한인들이 사는 정착촌이 있었는데 마을의 외양만으로는 러시아 생활방식과 비슷하여 이민자들이 산다고 생각하기에는 어려워 보이는 곳이었다. 집 모양도 조선과 다르고 마당을 가리는 높은 울타리가 없는 모습이지만 의식을 규정하는 것은 실존이다. 시간이 지나면 몇 세대를 거듭하며 교체되고 종국에 고유의 문화가 옅어지는 부분이 있을 것이다. 그러나 그것을 잃어갈수록 또 지키려는 노력도 열렬해진다. 고려인들은 분명 거주하는 국가의 생활방식을 고수하고 많은 부분 동화된 것들이 있다. 하지만 그들의 정체성이 형성되는 과정에서 갖고 있는 항일무장투쟁이나 강제 이주와 같은 집단 기억들이 민족 정체성이라는 뿌리와 애착을 갖게 하여 고국의 방식도 비중을 갖고 있다. 지금의 후속세대가 수용된 나라에서 태어나고 언어도 다를지라도 그들 역시 역사적인 모국과의 관계를 분명히 인식하고 있으며 이를 함께 전승한다. 한국식 떡과 러시아식 파이가, 매운 채소 무침 옆에는 러시아식으로 소금에 절인 양배추, 간장 소불고기 옆에는 숙성돼지비계가, 쌀로 빚은 가양주 옆에는 밀로 빚은 가양주가 나란히 자리 잡고 있었다는 상차림이 이를 보여준다.


## 5. 20년의 기다림... 역사는 계속된다.

이 책은 타슈켄트에서 2003년 러시아어로 초판되었고, 저자 김 블라디미르(김용택)는 본인의 저서가 한국에서 한국어로 출판되어 한국독자들과 만날 수 있기를 20년간 염원했다. <접경인문학연구단>의 손준식 단장과 연구진은 2023년 5월 19-20일에 개최된 광주 호남대학교 인문도시지원사업 국제학술대회 <하나의 민족, 하나의 미래!- K-미래/ 묻고 답하다>에 참가하여 작가 김 블라디미르와 만나 이 책의 한국에서의 출간을 계획하게 되었다. 2021년 손은정 번역가가 초벌 번역한 것을 2023년 하반기에 수정·보완하여 완성하였다. 철저한 역사적 고증을 바탕으로 장편의 원작을 집필한 김 블라디미르 작가는 이미 2편을 완성하고 현재 3편을 집필 중이다. 그들의 역사는 계속된다.

그의 후속작이 한국독자와 만나려면 또 얼마의 시간을 기다려야 할까?

고려인은 그들만의 혼종적 양식을 갖고 있지만 분명 한국 역사의 한 부분에 있으며 동포로 존재한다. 특히 최근 한국에서 거주하는 고려인의 수가 꾸준히 증가하고 있으며 고려인 마을이라는 정착촌을 이루어 우리 사회 내의 새로운 내적 접경을 이루고 있다. 소설은 고려인들의 긴 역사를 한 가족의 모습을 통해 보여주고 있다. 현재 우리 사회는 그 구성원들의 문화적 배경이 점점 다양해지며 다문화를 넘어 상호문화시대로 진입했다. 그 구성원들 중에는 21세기에 들어 그들의 역사적 조국인 대한민국으로 귀향한 고려인들도 포함되어있다. 공존을 위한 포용이 필요한 현 시기에 그들을 이해할 수 있는 친절한 길잡이의 역할을 소설이 할 수 있을 것으로 기대한다.

강명주·양민아(중앙대·한국외대 HK⁺ 접경인문학연구단 연구교수)

| 지은이 소개 |

## 블라디미르 김(용택) (Vladimir Kim)

1946년 우즈베키스탄 수도 타슈켄트 근교의 쿠일류크 마을에서 출생하여 유년기에는 북한, 중국 등지에서 거주했다. 타슈켄트 국립대학교 언론학부 재학 시절부터 우즈베키스탄 청년 신문기자와 한인 신문 <레닌기치>의 우즈베키스탄 특파원을 역임했다. 1988년 고려인 가운데 유일하게 우즈베키스탄 명예기자 칭호를 받았으며, 2018년 KBS 해외동포상을 수상했다. 1980-90년대 소련에서 활발하게 진행되었던 민족문화 부흥 운동의 주축이 된 인물 중 한 명이다. 우즈베키스탄에서 한국어 교육 활성화와 한국문학센터 설립 운동을 진행했다. 대표작은 『김가네』 1, 2편(2003, 2020), 『멀리 떠나온 사람들』(2010), 『우리 영웅』(2012, 2015, 2017) 등으로 중앙아시아로 이주한 고려인들의 역사와 문화 그리고 삶을 주제로 한 작품들을 발표하고 있다. 현재 『김가네』 3편을 집필하고 있다.

| 옮긴이 소개 |

## 손은정

러시아어 통번역사이다. 옮긴 책으로는 이반 투르게네프의 『첫사랑』, 표도르 도스토옙스키의 『지하에서 쓴 회상록』, 엮은 책으로는 『테마별 회화 러시아 단어 2300』, 지은 책으로는 『컴팩트 러시아어 단어』가 있다.

**접경인문학 번역총서 009**

# 김가네 2

초판 인쇄   2024년   5월  31일
초판 발행   2024년   6월  10일

지 은 이 ㅣ 블라디미르 김(용택) (Vladimir Kim)
옮 긴 이 ㅣ 손은정
삽      화 ㅣ 갈리나 리(Galina Li)
펴 낸 이 ㅣ 하운근
펴 낸 곳 ㅣ 學古房

주      소 ㅣ 경기도 고양시 덕양구 통일로 140 삼송테크노밸리 A동 B224
전      화 ㅣ (02)353-9908 편집부(02)356-9903
팩      스 ㅣ (02)6959-8234
홈페이지 ㅣ http://hakgobang.co.kr/
전자우편 ㅣ hakgobang@naver.com, hakgobang@chol.com
등록번호 ㅣ 제311-1994-000001호

ISBN  979-11-6995-501-0  94890
        979-11-6995-489-1  (세트)

**값 : 36,000원**